渡辺秀英 校註

大愚良寛

相馬御風 著

相馬御風と「大愚良寛」

渡辺秀英

はじめに

相馬御風は人も知るごとく糸魚川の人で、良寛を全国的に広め、良寛の徳を敬慕する素地を作った大功労者である。

明治三十九年早稲田大学英文科を卒業し「早稲田文学」を舞台に同志と自然主義運動の中心として活躍したが、その衰退とともに帰郷することとなった。

「これまでかなり永い間、自分の心の苦しみを訴えたり、叫んだり、時には何事か自信あるらしい物の言い方をしてきた私は、此の告白を境界として沈黙と忍従とを主にした宗教的自修の生活に入るべく努力したいと思います」との「還元録」の緒言のごとく大正五年三月糸魚川に退住した。その後の御風が二年にして出版したのが「大愚良寛」と「良寛和尚詩歌集」である。

退住した頃の御風は、すぐ近くの小林一茶の研究を考えたらしい、だが大学時代の同級だった会津八一より、一茶については既に「六番日記」を発見したり「俳人一茶の生涯」などの研究があることをいわれ、山崎良平（糸魚川中学校教頭）の「大愚良寛」などにより良寛研究へと傾倒していった。

研究資料

「御風さんが最初に来た時ですか。端的にいえば、西郡《にしごおり》さんの良寛伝をよく勉強してきたというだけでしょう」。まだその当時は若いながらも関係深い家におられた原田勘平翁の感想である。良寛の伝記について西郡本をすべて中心としただけに歿年も当然七十五歳としていた。

これが七十四歳説へと変ってゆくようになったのは良寛の百年祭以後で、佐藤耐雪《たいせつ》翁等が相談の結果貞心尼の「はちすの露」などを根拠にしたからである。

そうした批判は当然のことながら、その後とも御風は実によく調査研究に努力しているといると思われる。本書成立までの根本資料と見られるのは、西郡本のほかに、小林存「弥彦神社附国上と良寛」、山崎良平「大愚良寛」、牧江靖斎「良寛詩集」写本などである。

人間究明の書

本書を概観して初期の解説だけに誤説も散見されるのは致しかたない。しかし良寛研究の入門書としては何としても本書を開くべきである。最近いろいろと簡便な書が出ていて、良寛の全体を一覧できるものは多い。しかし御風もいうごとく「宗教的自修の生活に入るべく努力し」、良寛を人間的に追求している書はほかに求めることはできない。人間究明の叫ばれる昨今において、ダイジェスト的な考をすて、じっくり坐禅する気持で本書に向ったなら必ずや得るところが多いことと思う。

半世紀をへだてると目まぐるしく変り、用語は耳遠く感ぜられ、地名、人名も不明なものも多くなったので、できるだけ追求して判明させることに努めた。

遺跡巡り余談

御風の調査は大正六年で、それより半世紀あまりだが、その間の変転は実にめまぐるしいものと思う。この追跡のために国上、寺泊、島崎、出雲崎など数回めぐったが、直接応待した人で現存しているのが原田勘平の八十六翁だけである。牧ヶ花の解良夫人はまだ小学校の三年生頃で、小学校で御風の講演を聞いたという。同家で見せて頂いた御風の書には「いやひこの森の木ぬれに鳴く鳥の声も静けし真夏日にして丁巳中夏良寛禅師遺跡巡礼のおりに」と記してあった。

。巻町で御風の宿をした越中屋は上原六郎、出雲崎は佐藤恒一、寺泊は亀山弘義と次の代になり、島崎の木村元周は二代目、渡部の阿部修一郎は三代目になっている。

。調査は実施の踏査を主にしたが文書で照会したものも多く、各方面からの教示をいただいたことを感謝している。

収録と説明要項

○御風の著録を主として、附録の「橘物語」、「土佐にて良寛に遭ふ記」は省略した。
○良寛の出家の心境についての考察は、まことにくどくどしいようであるが、本書の眼目ともなるのでじっくり読んでもらいたい。
○「良寛奇話」など重複している部分も多いが、これを整理すると改作してしまわねばならぬのでそのままにした。要すればとばして読んでもらいたい。
○当用漢字を主としたが、あまり煩雑なのでそのままのものもある。
○仮名づかいはそのままにした。
○誤字、誤植は改めた。
○長歌の記載法は句ごとに放ち書きにした。
○できるだけ視覚作品で助けるように工夫した。
○ルビは困難と思われるもの、固有名詞などにふることにした。

挿絵と写真

○挿絵をあらたに加え、新潟市の富川潤一画伯をわずらはした。良寛の友人たる富川大槐の直系である。
○写真はできるだけ新しいものに変更した。

緒言

相馬御風

□本書は主として良寛和尚の「人」としての方面の私の貧しい研究と味索《みさく》との結果を纏《まと》めたもので先頃公にした「良寛和尚詩歌集」と姉妹篇たるべきものである。

□本書は良寛和尚と言う一個の人物の生涯や人格をどうしたらば明らかに世に伝えることが出来ようかと言う目的によってよりも、むしろ私一個の修養を目的としての研究と味索との結果として出来上ったのである。随て若し私の此の研究がみづからの為めになった如く、多少とも之れを読んでくださる人々の為めになることがありとすれば、それは私にとりては更に新たな歓びたるべきである。

□そんな風で、私が良寛和尚の生活と芸術との研究にとりかかったのは、もと〳〵私一個の為めの仕事に過ぎなかったのであるが、その結果の一端を斯うして文章に綴って世間へ出すようになったのは、主として松木徳聚、山崎良平二氏の懇切なる勧奨と指導と鞭韃とのたまものである。私は今謹んで此の貧しい一巻を両氏に献ずる事によって私の感謝の意を表する次第である。

□なほ私の此の研究の為めに多大の教示又は便宜を与えられた佐々木信綱、安田靫彦、藤井界雄、小林二郎、佐藤吉太郎、片山三男三、解良淳二郎、故阿部桓次郎、木村周作、原田勘平、備中法林寺住職、高橋重四郎、牧江文之丞、稲葉仁作、井上源太、根津庸策の諸氏に向って、深く感謝しなければならない。

□本書を草するに当って参考した著書並に文書類のうち最も重要なものは左の如くである。

○西郡久吾氏編述『北越偉人沙門良寛全伝』○小林粲樓氏著『弥彦神社附国上と良寛』○斎藤茂吉氏著『短歌私抄』及び『続

短歌私鈔』○小林二郎氏編『僧良寛詩集』及び其の附録山崎良平氏著『大愚良寛』○小林氏編『僧良寛歌集』○大宮季貞氏『沙門良寛和歌集』○良寛会発行『良寛全集』及び『良寛墨跡』○村山半牧編『良寛歌集』○崑崙橘茂世著『北越奇談』○東松露香著『俳諧寺一茶』○北越史料出雲崎○今泉木舌氏編『北越名流遺芳』○近世偉人伝○大日本人名辞書○大日本仏家人名辞典○帝国人名辞典○大日本地名辞書○その他数種

（以上刊行本）

○解良栄重編『良寛禅師奇話』○牧江靖斎筆写『沙門良寛師歌集』○同上『良寛禅師詩集』○同上『国上万元和尚歌集』○新潟県三島郡桐島村字島崎木村周作氏所蔵良寛遺墨及び関係文書類○同上西蒲原郡国上村渡部阿部家所蔵同上○同上国上村字牧ケ花解良淳二郎氏所蔵同上○同上字中島原田勘平氏所蔵同上○同上粟生津村鈴木時之介氏所蔵鈴木文台文書○同上同村鈴木宗久氏所蔵良寛遺墨○新潟市小林二郎氏所蔵同上及び関係書類○三島郡出雲崎町佐藤吉太郎氏編『出雲崎編年史』草稿○同上鳥井家所蔵橘屋対出雲崎町民訴訟関係書類○北越新報所載今泉木舌、原田勘平諸氏の良寛に関する文章○西頸城郡糸魚川町牧江文之丞氏所蔵良寛関係文書○碑文数種○諸家所蔵良寛遺墨及び良寛に関係ある人々の文書遺墨等若干

（以上未刊行草稿その他）

□良寛に関する私の研究は決して之れで終ったとは思っていない。或は諸賢の教示により、或はさまぐ〳〵の新材料によりて、将来ますく〳〵忠実な攻究を続けて行きたいと思っている。良寛その人については無論のこと、彼を中心として集っていた少数の特色ある人々の生活や芸術の研究の如きも、是非ともやらなければならぬことだと思っている。切に諸賢の教示を懇願する次第である。

大正七年四月二十六日越後糸魚川直指禅院の一室に於て、

相馬御風記

校註 大愚良寛

――目次――

大愚良寛

相馬御風

一、緒論

越後の僧良寛の名が、単に郷土的偉人としてのそれ以上の意味で広い世間の人々の間に云々《うんぬん》されるやうになったのは、至極最近の事に属する。併《しか》し稀有《けう》な彼の人格と芸術との価値は、既に彼の生前から直接彼と相知って居た少数の人々及びそれらの人々を通じて間接に彼を知った狭い範囲の人々から認められ尊まれて居た。その間の事情は彼の最も永《なが》く住んで居た越後の国上山《くがみやま》を中心とした、かなり広い範囲の地方に今日なほ広く伝えられて居る多くの口碑《こうひ》に徴《ちょう》しても、亦彼と直接関係のあったその地方の多くの旧家に伝えられてあるさまざまな文書《もんじょ》記録等について見ても、明かに知り得るところである。だが、特に広く世間一般へ良寛と云ふ一個稀有《けう》なる人格を知らしめる目的を以て彼の名の録されたのは、自分の寡聞《かぶん》内では文化八年即ち良寛五十五歳の年に江戸で出版された『北越奇談《ほくえつきだん》[1]』と題する書物中の記事が最初であるやうに思はれる。此の『北越奇談』と云ふ書物は、越後三条の人崑崙橘茂世《こんろんたちばなしげよ》[2]の著で、柳亭種彦《りゅうていたねひこ》[3]が序文を書き、葛飾北斎《かつしかほくさい》[4]が挿画《さしえ》を描《か》いて居る。良寛の事は、全部で六冊ある其の書の第六巻目の人物の部に国上山国上寺中興の名僧万元《ばんげん》[5]和尚の事蹟を誌《しる》した条に併《あわ》せ録してある。その全文は次の如くである。

1 北越奇談—六巻。三条の橘崑崙の著。柳亭種彦の序文、葛飾北斎の挿画にて北越地方の奇談怪談を集録したものである。文化八年刊。

2 橘崑崙—三条の人。名は茂世、字は伯桂。詩と書にすぐれ、四方を周遊し、亀田鵬斎らと交わる。「北越奇談」の著者として知らる。

3 柳亭種彦—江戸時代の戯作者。幕府に仕え、俳諧、狂歌、絵画にもすぐれていた。「偽紫田舎源氏」の作者。天保十三年歿。六十歳。

4 葛飾北斎—江戸末期の浮世絵師。絵を勝川春章に学び、狩野流、光悦流、銅版画なども研究し、風景、歴史、花鳥、風俗画などすぐれ、富岳三十六景、東海道五十三次等あり。嘉永二年歿九十歳。

5 万元和尚—国上寺中興の名僧。もと大和吉野の人。広橋氏。比叡山に上り憲海につき得度、天台宗を修めた。良長和尚を助けて国上寺を再興、のち五合庵に住む。享保三年歿。六十歳。

『万元和尚是《これ》は越国の産にあらずといへども、雲上山国上寺[6]《うんじょうざん》中興にして即此山に寂[7]《じゃく》す。実は皇都の産にして、やんごとなき御種にわたらせられ給ふよし、即自述に[8]おいの寝覚《ねざめ》といへる書あり、甚《はなはだ》麗雅なる文体にして、奇説尤《もっとも》おほしといへども、入寂の後誰ありて梓《し》に上《のぼ》すものあらず。誰渠《かれ》がもとに其艸稿《そうこう》の写しのみ残れり。予《よ》が家にも即万元和尚自筆の艸稿一冊を秘蔵せり。追て書林にあらはさんと欲す。扨《さ》て万元和尚博学大徳、詩を賦《ふ》し、和歌を詠じ、且《かつ》滑稽を好んで狂歌俳諧《はいかい》をよくす。生涯の奇事甚《はなは》だ多し。即国上山阿弥陀堂を建立し、山中清寥《りょう》の地をえらんで隠居せり。名付けて五合庵と称す。松竹緑をまじへ石径苔《こけ》厚く遥《はる》かに人跡を隔て、誠に遠公[9]支遁[10]《しとん》が興知る可《べ》し。

さてかの五合庵に近ごろ一奇僧を住す。了寛道僧と号す。人皆其無欲清塵外施俗の奇を賞する所なり。即出雲崎橘氏某の長子にして、家富門葉広し。始め名は文孝《ふみたか》、其友富取[11]《とみとり》、笹川[12]、彦山[13]《けんざん》等と共に岑子陽[14]《みねしよう》先生に学ぶこと総て六年、後禅僧に随《したがつ》て諸国に遊歴す。その出るとき書を遺《のこ》して中子[15]に家禄《かろく》をゆずり、去て数年高門を絶す。後海浜郷本[16]《ごうもと》といへる所に空庵《くうあん》ありしが、一夕《せき》旅僧一人来って隣家に申し、彼空庵に宿す。翌日近村に托鉢《たくはつ》して其の日の食に足るときは即帰る。食あまる時には乞食鳥獣にわかち与ふ。如レ此《かくのごとき》事半年、諸人其奇を称し道徳を尊んで衣服を送るものあり。即ちうけてあまるものはまた寒子[17]《かんし》にあたふ。其居出雲崎を去る事纔《わずか》に三里、時に知る人在り、必橘氏某ならんことを以て予が兄彦山に告ぐ。彦山即郷本の海浜に尋《たずね》てかの空庵を窺《うかが》ふに不レ居、唯柴扉[18]《さいひ》鎖《とざ》すことなく、薜蘿[19]《へいら》相まとふのみ。内に入りて是《これ》を見

6　雲上山—うんじょうざん。国上寺の山号。

7　寂す—じゃくす。僧などの死ぬこと。

8　おいの寝覚—書名。万元和尚の著。

9　遠公—晋代の 高僧。恵遠を いう。廬山の東林寺に禅宗をひろめ、朝野の尊信をうく。義熙十二年歿。八三歳。

10　支遁—晋代の高僧。王羲之はじめ朝野の尊信をうけ、東安寺にて太和元年歿。五三歳。

11　富取—地蔵堂町の富取之則。名は行徳。文学にすぐれた。大森子陽の門人で良寛の親友。

12　笹川—味方村の庄屋、笹川岡右衛門かと思われる。

13　彦山　三条町の橘彦山。崑崙の兄である。

14　岑子陽—大森子陽のこと。名は楽、狭川と号す。寺泊町当新田の人。江戸に出て細井平洲らに学び、帰郷して狭川塾に教授。のち鶴岡に赴き教授し、寛政三年歿。五四歳。良寛の師で北越四大儒の一人。

15　中子—弟の由之をいう。

16　郷本—三島郡寺泊町の部落名。

17　寒子—まずしい人。

18　柴扉—柴で作ったそまつなとびら。

19　薜蘿—つたかずら。

1 塵外仙客—俗界をはなれた仙人。
2 自ら古の手振にて—自然に古風な調子で。
3 姿言葉—歌体や用語。
4 大方の歌よみ—当時一般の歌人たち。
5 釈教—仏教。
6 打ちずしぬれば—打誦しで、よんでみると。

れば机上一硯筆《けんひつ》、炉《ろ》中土鍋《どなべ》一つあり、壁上《へきじょう》皆詩を題しぬ。これを読むに塵《じん》[1]外仙客の情おのずから胸中清月のおもひを生ず。其筆蹟まがふ所なき文孝《ふみたか》なりしかば、是《これ》を隣人に告て帰る。隣人即出雲崎に言を寄す。爰《ここ》に家人出で来り相伴《ともな》ひてかへらんとすれども、了寛不レ随《したがわず》、衣食を贈《おく》れども用ゆる所なしとして其の余りを返す。後《のち》行く所を知らず。年を経《へ》てかの五合庵に住す。平日の行《おこない》皆如レ此《かくのごとし》、実に近世の道僧なるへし。』

『良寛』の名を『了寛』と書きちがへるほどに、良寛その人とは縁遠くあった此の著者の如きをすらもかくまでに動かすところのあった事実について見ても、良寛の稀有《けう》なる人格が、当時既に地方の識者《しきしゃ》間に最《もっと》も興味深き話題の一つとなって居た事は疑ふべくもない。而《しか》もそれは今日広い世間の人々の間に良寛の名が持て囃《はや》される如く、彼の詩や、歌や、書を通じてではなくして、直《ただ》ちに生ける良寛その人の人格に関してであった事も特に注意し置くべき事実である。

此の事実を更に一層明らかに示してゐる記録は、良寛その人の最愛の、而《しか》して唯一人の女弟子であった貞心《ていしん》と云ふ尼《あま》が天保六年即ち良寛の死後四年を隔てた年の五月一日に書いたと云ふ良寛歌集『はちすの露』の序文である。

『良寛禅師と聞えしは、出雲崎なる橘氏の太郎のぬしにておはしけるが十八歳という年に、かしらおろし給ひて、備中の国玉島なる円通寺の和尚国仙といふ大徳の聖のおはしけるを師となして、年ごろ其処に物し玉ひしとぞ。又、世に其名聞えたる人々をばをちこちとなくあまねく尋ねとぶらひて、国々にすぎやうし玉ふ事はたと

出雲崎町を上から
（中央が良寛堂）

せばかりにして、遂に其道の奥をきはめつくしてのち、故里へかへり給ふといへども、更に住む所を定めず。こゝかしこと物し玉ひしが、後は国上の山に上り、自ら水汲み薪を拾ひて行ひすませ玉ふ事三十年とか。島崎の里なる木村何がしといふものかの道徳をしたひて親しく参りかよひけるが、齢《よわい》たけ給ひて山かげにたゞ一人物し玉ふ事の、いと覚束《おぼつか》なふ思ひ給へらるゝを、よそに見過しまゐらせむも心くるしければ、おのが家居のかたへに、いさゝかなる庵のあきたるが侍れば、かしこにわたり玉ひてむや、よろづは己がもとより物し奉らむとそゝのかし参らするに、如何覚しけむ、稲舟のいなとも宣《のたま》はず、其処にうつろひ給ひてより、主いとまめやかに後見《うしろみ》聞えければ、ぜじも心安《こころやす》しとてよろこぼひ給ひしに、其年より六とせという年の春のはじめつ方、遂に世を去り給ひぬ。

かく世はなれたる御身にしもさすがに月花の情はすて玉はず。よろづの事につけ折にふれては、歌よみ詩つくりて其心ざしをのべ給ひぬ。されど是らの事をむねとし玉はねば、誰によりて問ひ学びもし玉はず、只道の心をたねとしてぞ詠み出で給ひぬる、其うたの様、[2]自《おのづか》ら古の手振にて[3]姿言葉もたくみならねど、丈高く調なだらかにして[4]大方の歌よみの際にはあらず。長歌みじか歌とさま〴〵有るが中には、時にとり物にたはぶれてよみ捨て玉へる事も有れど、それだによの常の歌とは同じからず、[5]殊に釈教は更にも云はず、又月の兎、鉢の子、白かみ、など詠み玉ふもあはれたふとく、[6]打ちずしぬれば自ら心の濁も清まり行く心地なむせらるべき、此道に心有らむ人、此歌を見る事を得て、心に疑ふ事あらずは、何の幸か是に過ぎんや

……後略…………。』

これは良寛の歌を世に紹介しようとしてなされた最初の企てであり、且は良寛の歌の価値について世間に向って示された最初の批判であると云ってよいのであるが、しかもそれすら謂《い》ふところの歌人としての良寛を世に持て囃《はや》させんが為めの企《くわだ》てでなかった事は、如上《にょじょう》の序文によって充分明らかなことである。即ち『かく世はなれたる御身にしもさすがに月花の情はすて給はず。よろづの事につけ折にふれては、歌よみ詩つくりて其心ざしをのべ給ひぬ。されど是らの事をむねとし給はねば、誰によりて問ひ学びもし玉はず、只道の心をたねとしてぞ詠み出で給ひぬる』と云った風に、それは寧《むし》ろ単に良寛その人の人格の光輝を伝へんが為めの企てに外ならなかったと見るべきである。

併しながら、此の貞心尼の如く深い愛慕の心を以て良寛その人の人格の内部までも入り込んだ人は、その当時と雖《いえど》も甚《はなは》だ少数であって、多くの人は——自ら良寛の崇敬者を以て任じてゐた人達でも——良寛を以て一個超越的な非凡人とのみ見做《な》して居た事は明かである。前に掲《かか》げた『北越奇談』の著者の所謂《いわゆる》「奇僧」としての解釈が、おそらく其の当時に於ける世間の人々の良寛に対する定説であったらうと思はれる。いや、それは単にその当時に於てのみでなく、永く——今日に至るまでも——後人の良寛に対する定評となって来たのである。而《しか》もかうした特殊の人格としての良寛の面目をいよ〳〵ます〳〵鮮やかにせんが為めに、幾多の誇張した、若くは附会《ふかい》[1]した臆説[2]さへもいつとなく捏出《こねだ》され、人口に膾炙《かいしゃ》[3]されるやうにさへなったのである。此事は良寛の如何なる人であったかを知らんが為めに『大日本人名辞書』[4]とか『帝国人名辞典』[5]

1　附会—こじつけ。
2　臆説—あて推量の意見。
3　膾炙—もてはやされる。
4　大日本人名辞書—東京経済雑誌社の編集になり、系図、年表、人名に分け約三千余頁。明治十八年初版、増訂して大正末に至る。
5　帝国人名辞典—明治三十二年、東方閣書店より出版され、三十五年増補、四十年修訂出版されている。

とか、『日本仏家人名辞書』[6]とか云ったやうな書物を繙《ひもと》く人々の誰もが、先づぶつかるところの事実である。

ところで斯くの如く一個の奇僧として、永い間不可思議な仮空的人格を世間から附与されて来た良寛は、近年になって広い範囲の人々から、いつとはなしに卓越せる一個の歌人として、詩人として、更に書家として認識され、賞讃されるやうになって来た。此の点についてはかの江戸の学者亀田鵬斎《かめだぼうさい》[7]が、[8]文化年間北越に遊んだ折に、良寛の書を見て大いに驚き、其の居を訪ねて親しく談を交へた後人に語って『我れ草法に於て又一格を長ず』と云って喜び、更に『彼は実に喜撰《きせん》[9]以後の一人者である』と良寛その人を賞揚《よう》したと云ふやうな風説の伝播《でんぱ》[10]に一層の熱を得て、書家とし歌人とし又詩人としての良寛に対する尊重の度が、少なくとも其の郷国に於ける識者間に、彼の生前から既にかなりに高度に達してゐた事が知られるけれども、而《しか》も到底今日のそれの如く広く且高いものでなかった事も亦疑ふべくもないのである。良寛と時を同じうして彼の住んでゐた国上山に近い粟生津《あおうず》[11]と云ふところに在って、当時此の地方の最も傑出した儒者として広く尊敬されて居た鈴木文台[12]は、[13]草堂集と題する良寛の詩集の序文の中で次の如く云ってゐる。

『[14]余嘗曰師必可伝者有三、而道徳不与焉。寒山拾得之詩、懐素高閑之書、師皆兼有之、而加以和歌不墜万葉之遺響、余此言恐可謂公言也。』

おそらく之れが良寛の芸術についてなされた其の当時に於ける最高の讃辞だったのであらう。而《しか》も斯《か》くの如き鑑賞眼を以て良寛の芸術に対して居た者は、当時果して幾

---

6 日本仏家人名辞書—鷲尾順敬編。明治三十六年、東京美術より出版。日本仏教沿革、系図、門跡等を附し、約六千人を解説。

7 亀田鵬斎—江戸の儒者にして書家。名は長興、通称を文左衛門。折衷学者にて官にいられず、文化六・七・八年越後へ来る。文政九年歿、七五歳。

8 文化年間—一八〇四〜一八一七

9 喜撰—平安朝の歌人、六歌仙の一人。

10 伝播—広くつたえる。

11 粟生津—国上山より約五キロ。現在は西蒲原郡吉田町。

12 鈴木文台—粟生津の漢学者。幼時よりすぐれ後藤託元、太田芝山に学ぶ。十九歳江戸に出でのち帰郷。長善館を開いて子弟に教授。良寛と親交あり。明治三年歿七五歳。

13 草堂集—良寛自筆の詩集で三種ある。鈴木文台が良寛より借覧して写し、その兄桐軒も写本し、子の順亭が校訂増補したものなどがあった。

14 余嘗—余嘗て曰く、師に必ず伝ふべきもの三あり。而して道徳は与からず。寒山・拾得の詩、懐素・高閑の書は、師みな兼ねて之を有す。而して加ふるに和歌を以てして万葉の遺響を墜さず。余が此の言は、恐らく公言と謂ふべきなり。○寒山—唐時代、天台山国清寺に住んでいた奇僧にして詩をよくす。○拾得—寒山と共にすみ、その親友。○懐素—唐の高僧。字は蔵真。玄奘の弟子。草書にすぐれ、自叙帖、草書千字文あり。○高閑—唐の高僧。書に巧にして宣宗より紫衣を賜る。

人あったであらうか。

　いづれにしても最近に至って不思議にも歌人として、詩人として、又書家としての良寛の名が、広い世間の人々からます〳〵盛に持て囃《はや》される傾きのあることは、誠に歓ぶべきことである。かくの如くして永い間単に一個の郷土的偉人としてのみ尊崇されて来た良寛は、つひによく一般的認識を博し得るのであるが、而もそれと同時に吾吾はかくの如き事そのことがいつかは却《かえつ》て良寛その人の真面目を蔽《おお》ひ去り、若くは歪《ゆが》め損ずるに至るやうな事がないかを危ぶまないでは居られぬのである。今や彼の詩は、歌は、書は、いづれも異常な世間の好尚を博せんとしつゝある。しかも良寛みづからは如何。彼はむしろ『余に三嫌あり、料理人の料理、歌よみの歌又は詩人の詩、及び書家の書之れなり』から高言して憚《はばか》らなかった彼ではなかったか。

　しからば、良寛は世の所謂《いわゆる》宗教家であったか。云ふまでもなく彼は一個の僧侶であり、禅道の修業者であった。しかし、彼は世の一般の仏僧の如くみづからの為めの寺院と名のつくものは生涯を通じて唯一つだに持たなかった。更に若し彼と最も親しく交って居た少数者の一人であった[1]解良栄重《けらよししげ》の手記中の事実にして信ずべくば、彼は又他人に向って信仰を勧め法を説き経文を教へることすらもなかったと云ふ事である。而《しか》も其の赴く所能《よ》く人をして和せしめ、その語る所[2]平談俗語能く人の心を純化し得て余りあったと云ふ――これ抑々《そもそも》何故であるか。

　こんな風に考へると、良寛と云ふ人格がます〳〵理解しにくいものとなって来るのである。そこで人々は、つとめて彼を一個超越的人格たらしめんが為めに、強ひて異

1　解良栄重の手記―「良寛禅師奇話」をいう。栄重は解良家第十三代。安政六年歿五十歳。

2　平談俗語―平生の話や通俗のことば。

3　韜晦―才知、学問などをつつみくらまして外に現わさないこと。

4　生涯身を立つるに懶く。
騰々として天真に任す。
嚢中　三升の米。
炉辺　一束の薪。
誰か問はん　迷悟の跡。
何ぞ知らん　名利の塵。
夜雨　草庵の裡。
双脚等閑（間）に伸ぶ。
○懶立身―立身出世などは気が進まない。○騰々―進むさま。○名利塵―俗界の名誉や利益。○等閑―静かでひまなこと。原蹟の間を多く閑に誤る。但し、閑間は通用。

5　歌意は明らかであるが、純真な子供たちと良寛との姿がありありと浮かぶ作品である。今日もくらしつが深い感慨を伴っている。

6　脱俗の自己の消極さに対する自責であろう。

7　味索―味わい求める。

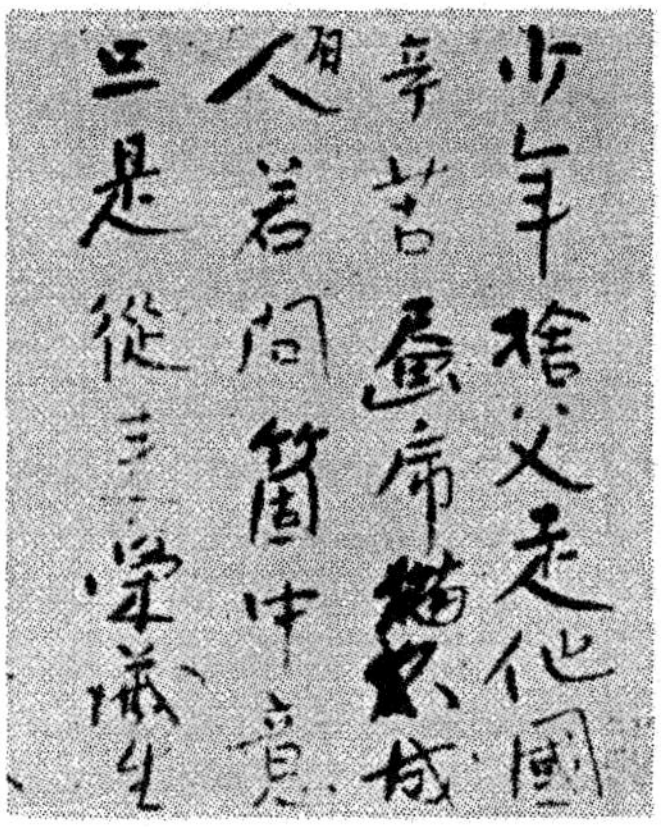

良寛出家追懐の詩
（阿部定珍の書）

少年父を捨てて他国に走り
辛苦　虎を画いて猫だも成らず
人有り若し箇中の意を問はば
只　是れ従来の栄蔵生

（41ページ参照）

常なる逸事逸話を彼に附会して喜んで居る。しかし果して世俗伝ふるが如き奇僧奇人の称呼に価する如き特色が、真に彼の本来の面目であったらうか。此の疑問について考ふるに先立って、吾々は何よりも先づ良寛その人が努めて自ら求めず、進んで自ら[3]韜晦《とうかい》して居た人であった事を、いやが上にも深く吾々自ら心に確めて置かなくてはならぬ。

[4]生涯懶立身、騰々任天真、嚢中三升米、炉辺一束薪、
誰問迷悟跡、何知名利塵、夜雨草庵裡、双脚等閑伸。

[5]霞立つながき春日をこどもらと
手まりつき〳〵今日もくらしつ

かくの如く彼は実に世の所謂『無用なる敗残の遁隠者《とんいんしゃ》』の部類に加へらるべき人物に外ならなかった。而して、

[6]何故に世をすてしぞとをり〳〵は
こゝろに恥ぢよすみぞめの袖

から常に戒しめ鞭《むち》うたないでは居られなかった程に、彼は一路たゞ自己の遁世《とんせい》の意義の完成に向って精進しつゝあったのである。而《しか》も尚斯《なおか》くの如き韜晦的《とうかいてき》、隠遁的、回避的生活を営《いとな》みつゞけた良寛其人の人格と芸術とが、今日の吾々の心胸にしかく切実なる響を伝へると云ふのは、是また何故であるか。

之れを要するに、良寛と云ふ一個の人物の生活と芸術と思想との鑑賞と味索[7]とは、今日吾々にとりて最も興味深き仕事の一つであるばかりでなく、それの効果は単に良

寛と云ふ一個の人格の史実を明らかにする以上、更に深い、更に貴い何ものかの闡明《せんめい》[1]でなければならぬと思ふ。しかし、良寛そもそも何者ぞ——此の問ひに答へる前に、吾々は先づ吾々みづからが良寛その人から受けた感激の深さと意味とを、吾々自らの心にたしかめねばならぬ。而《しか》して後に初めて吾々は空間に描き出された良寛と云ふ一個の人物を、吾々みづからの心のうちに写し取ることが出来るのである。

以上の如き意味に於て私の良寛研究は決して歌人としてとか、詩人としてとか、書家としてとか、乃至《ないし》は仏家としてとか云ふ方面での良寛の研究ではなくして、むしろ広い意味での一個の人間としての良寛その人の生活、思想、乃至芸術とに対する私の接触についての反省考察に過ぎないのである。云ひかへれば、良寛と云ふ一個の人物の生活と、芸術とに対する接触から受けた私みづからの感激の深さと意味とを、私自身の心に私みづからたしかめて見る為めの小なる努力に過ぎないのである。或は私はかうした私自身の計画の下に於ても、なほ此の種の研究の陥り易い煩瑣《はんさ》[2]なる考証[3]詮索[4]の末に拘泥し過ぎてゐる点があるかも知れない。けれども私自身では努めて謂ふところの考証の為めの考証や詮索のための詮索には囚はれないやうにしてゐる積りである。むしろさうした迂遠[5]に見える些末《さまつ》[6]な詮索のうちにまでも、私は私にとりての感激の泉を見のがすまいとしてゐるのである。

1 闡明—あきらかにする。
2 煩瑣—わずらわしくこまかい。
3 考証—古い文書などをしらべて証拠をあげること。
4 詮索—しらべさがす。
5 迂遠—まわり遠いこと。
6 些末—こまかい末の。

二、出生――幼少時代

越後出雲崎《いずもざき》に家号を橘屋《たちばなや》と云って、代々名主《なぬし》と神官とを兼ねて来た旧家があった。（今日なお此の家系は続いてゐる）苗字《みょうじ》を山本と云った。家譜《かふ》によると「山本氏、姓は橘《たちばな》にして[7]諸兄《もろえ》公に出づ、諸兄の子泰仁、泰明あり、泰明の子泰則、泰教あり、泰教の子に泰長、泰純、泰実あり、泰実は第五男にして山本中納言と称す、大同元年丙戌十月十日薨、是れ山本氏の祖なり」（西郡久吾氏編「沙門良寛全伝」）と云ふことであった。家宝の一つとして[8]日野資朝《すけとも》が佐渡へ配流《はいる》の途中宿泊した紀念に残して行ったと伝ふる短冊が一葉秘蔵されてゐた。歌は『忘るなよほどは波路をへだつとも[9]かはらず匂へやどの橘』と云《い》ふので、橘屋と云ふ家号はここから出たのだとも云はれて居た。そんな風でいつ何処からどうして此の土地に住居を定めるやうになったかは正確に知れては居なかったけれども、兎に角此の家が随分と遠い昔から此の地方での名門として尊敬されて来たことは明らかであった。しかし、さうした立派な家閥《かばつ》でありながら、昔からこれと云って際立った人材を一人も出さなかった。或はその事が却て此の家の無事に永く続いて来た一半の原因を成すものであったかも知れぬ。

ところが、天明寛政の頃に至って、突如として此の家から毛色の変った一個の人物が現れ出た。しかも彼は養子であった。先代は新左衛門と云ったが、子女いづれも[10]夭《よう》死したので、外孫に当る[11]佐渡相川町の同族橘屋[12]山本庄兵衛の長女秀子を養女とし、後与板町の割元[13]新木《あらき》氏与五右衛門の第三子左門と云ふを貰ひ受け、之を秀子に配した。

7　橘諸兄―難波皇子の曾孫。天平五年に姓の橘を賜わった。つぎつぎと昇進して正一位、左大臣兼太宰帥となる。宝字元年薨、七四歳。

8　日野資朝―鎌倉時代の忠臣。大納言俊光の子。才学にすぐれ後醍醐天皇に優待された。検非違使別当となり、東国の兵を集めて北条氏の討滅を計ったがもれて捕えられ佐渡に流され、元弘二年殺された。

9　かはらず匂へ―原蹟は「匂ひ」となっている

10　夭死―若死。

11　佐渡相川町―佐渡島の北西にあり。金山で知られ、徳川時代は人口十万といわれ、代官所あり。のち郡役所もおかれ、政治の中心地。

12　山本庄兵衛の長女秀子―佐渡の相川鉱山の隆昌とともに相川町が発展した。出雲崎の橘屋から山本治郎左衛門泰久が分家をし、相川の初代重兵衛となり、庄兵衛は五代目。

13　新木氏―原本荒木氏に誤る。

左門は通称で、また伊織《いおり》とも云ひ、名は泰雄、号を以南《いなん》と云った。私が今毛色の変った人物と云ったのは、此の以南のことであって、更に此の以南がそれよりも一層烈《はげ》しく毛色の変った人物即ち大愚《たいぐ》良寛の父なのである。彼が橘屋へ入婿《にゅうせい》[1]したのは、宝暦四年だと推定されてゐる。そして同九年に彼は養父の職を継いで、里正兼神職[2]となった。しかし、彼には代々の祖先がして来たやうに、単に家閥の職を安らかに保守してゐるだけでは満足することの出来ない烈しい心血が、いつとなしに内部に燃え上りつゝあった。此の血を彼はどう云ふ系統を通して享《う》けて来たかは解らない。又それが如何なる外部からの刺戟によって燃焼されたものであるかも解らない、しかもなほ彼が安全第一の世襲生活裡《り》にのみ没頭[3]してゐることの出来ない或物を心中に貯へて居た事は極めて明らかな事実である。天明六年彼が家職を次男由之《ゆうし》に譲って隠居するや、彼の抱《ほう》懐《かい》[4]せる心熱は日を追うていよ〳〵顕著に彼を動かすに至ったらしく、寛政三年三月即ち五十六歳の春彼はつひに意を決して京師《けいし》[5]に走った。彼の抱懐せる或物は、玆《ここ》に至って初めて明らかな形を取って現れた。彼はみづから勤王憂国の志士を以て任ずるに至った。彼の懐《ふとこ》ろには『天真録』[6]と題する慷慨悲憤《こうがいひふん》[7]の一書が、天下の公論に点火するの機を待ちつゝ秘せられてゐた。しかもついにそれは明るみへすらも持ち出されずに終らなければならぬ運命を担《にな》って居た。さらでだに峻厳《しゅんげん》[8]なる幕府の偵察[9]物色は、此の顕れざる憂国の一隠士に対してさへ、一身を京師に置くことすらも能《よ》くさせなかった。満腔《まんこう》[10]の悲憤を抱いた彼は、ついに寛政七年七月二十五日、

天真仏の告によりて身を桂川にすつ

1 入婿の年月―宝暦五年二月十八日である。新木家の記録「関守」による。
2 里正兼神職―名主として出雲崎の統治にあたり、石井神社の神職をも兼ねていた。
3 没頭―物事に熱中する。
4 抱懐―心にいだいている。
5 京師―都のある処。ここでは京都。
6 天真録―橘以南の著書であるが、内容不明。
7 慷慨悲憤―いきどおりなげき、悲しみいきどおる。
8 峻厳―きびしい。
9 偵察―うかがい見る。
10 満腔―心からの。

[11]蘇迷盧《そめいろ》の山をしるしに立ておけば
わがなきあとはいつらむかしそ

と短冊に書いた辞世の言葉を遺して、身を洛西《らくせい》桂川の流れに投じた。

彼は又生前久しく[12]尾張の俳人[13]久村暁台《くむらぎょうだい》、その他を師友として俳句和歌の創作や研究に従ひ、[14]就中《なかんずく》俳句の方面では当時の斯界《しかい》から相当に認められてゐた。けれども

燎《かがりび》のかげほのぐらしさくらばな
星ひとつ流れて寒しうみのうへ
せゝらぎの分け行くばかりけさの雪
朝霧に一段ひくし合歓の花
[15]夜の霜身のなる果やかりよりも
まき竹のほぐれて月の朧《おぼろ》かな
君恋し露の椎柴《しいしば》折敷きて
ほとゝぎす見果てぬ夢のあとつげよ

等の諸句に於けるが如く、彼の芸術的自己表現のうちにかの[16]熾烈《しれつ》な憂国的熱情などの閃《ひら》めきさへ見えないで、むしろ静かに自然と人生との[17]寂寥味を味はひつゝ生きて居た一個のやさしい抒情詩人を見出すのは何故であらうか。「せゝらぎ――」「朝霧――」「夜の霜――」等の句を以て、[18]「雄渾、崇高、凡俗の[19]企及《ききゅう》すべからざる格調[20]気韻あり」と評した『良寛全伝』の著者の如き人もあるけれども、それはあまりに人物そのものゝ先入印象に囚はれ過ぎた判断であって、正直に此等の句だけを読む人には誰にでも感じら

11 蘇迷盧―須弥山のこと。
12 尾張―今の愛知県。
13 久村暁臺―名古屋藩士。俳諧を蓬阿坊白尼に学び蕉風をおこす。暮雨庵、竜門、買夜子などいう。安永四年出雲崎に来り佐渡へ渡る。寛政四年歿。六一歳。
14 就中―その中で。
15 かりよりも―旧本すべて「つたよりも」に誤る。木村家の原蹟により改む。
16 熾烈―はげしくさかんな。
17 寂寥味―ひっそりとしてものさびしい気分。
18 雄渾―気力があって円熟している。
19 企及―くわだて及ぶ。
20 気韻―気品。

れるのは先づその静寂味ではないだらうか。

から見て来ると以南その人の人格内に二つの相矛盾[1]した傾向が烈しく闘って居たことが観取される。即ちそれは志士的熱情と、禅的若くは俳味的詩情とである。前者は即ち現実的執着であって、後者は即ち超現実的解脱欲[2]である。而《しか》してそのいづれが果して真の彼の中心自我たるべきであったかは容易に判じ難いとしても、兎に角彼が此の二つの心的傾向の争闘の犠牲となって、仆《たお》れたものである事は、明らかに認め得る。よし彼が彼の辞世の言葉の示す如く桂川に身を投じて自殺をとげたのが事実であったとしても、亦よし『良寛全伝』の著者等の推定する如く彼の辞世詞は彼がたゞ一時を韜晦《とうかい》[3]せんが為めの計策に外ならずして、彼が京師を遁《のが》れて高野山に隠遁《いんとん》し、静かに余世を送り得たと云ふのが事実であったとしても、私達には矢張如上《やはりにょじょう》の内的事実が鮮やかに認められるのである。

けれども『良寛全伝』の著者西郡久吾氏はかう云ってゐる。

「橘屋は累代荘官《るいだいしょうかん》[4]兼神職の家閥なるに、以南に至りて勤王憂国の志士を出したるは、国典の研究によりて大義名分を明瞭にし、又家閥の薫化[5]によりて悲憤慊慨《こうがい》を生じたるものにして誠に似つかはしと云ふ可し」

これによって見ると、以南が憂国の志士として越後出雲崎の橘屋から出たのは、彼自身の国典研究と橘屋の家閥そのものゝ薫化《くんか》の然らしむるのであって、その他にはこれと云って掲《かか》ぐべき何等有力な原因又は動機又は影響がないかの如く思はれるが、果してそれだけの解釈で充分だらうか。

---

1 相矛盾—お互につじつまの合わない。
2 解脱欲—迷いからさめて悟りを開きたい欲望。
3 韜晦—くらます。
4 累代—代代。荘官は庄屋、名主のこと。
5 薫化—徳の力で人を感化させる。
6 小林粲楼—小林存。中蒲原郡横越村の人。早稲田大学卒、新潟新聞主筆、民俗学者、高志路主宰。民俗学、郷土研究の著書多し。昭和三六年歿、八三歳。
7 大村光枝—江戸時代の国学者、歌人。
8 久村暁台—江戸時代の俳人。
9 造詣—学問や技芸などに深く通ずること。
10 勤樸—勤勉で飾りけがない。
11 惇雅—心から上品のこと。
12 躬行—身をもって実行する。
13 由緒—来歴。
14 草莽—草ふかいいなか。
15 横議—わがままな議論。
16 凌措—圧迫されていること。
17 慊慨—なげきいきどおる。
18 考竅—考証。
19 慊らない—不満足である。

挿絵「良寛堂」

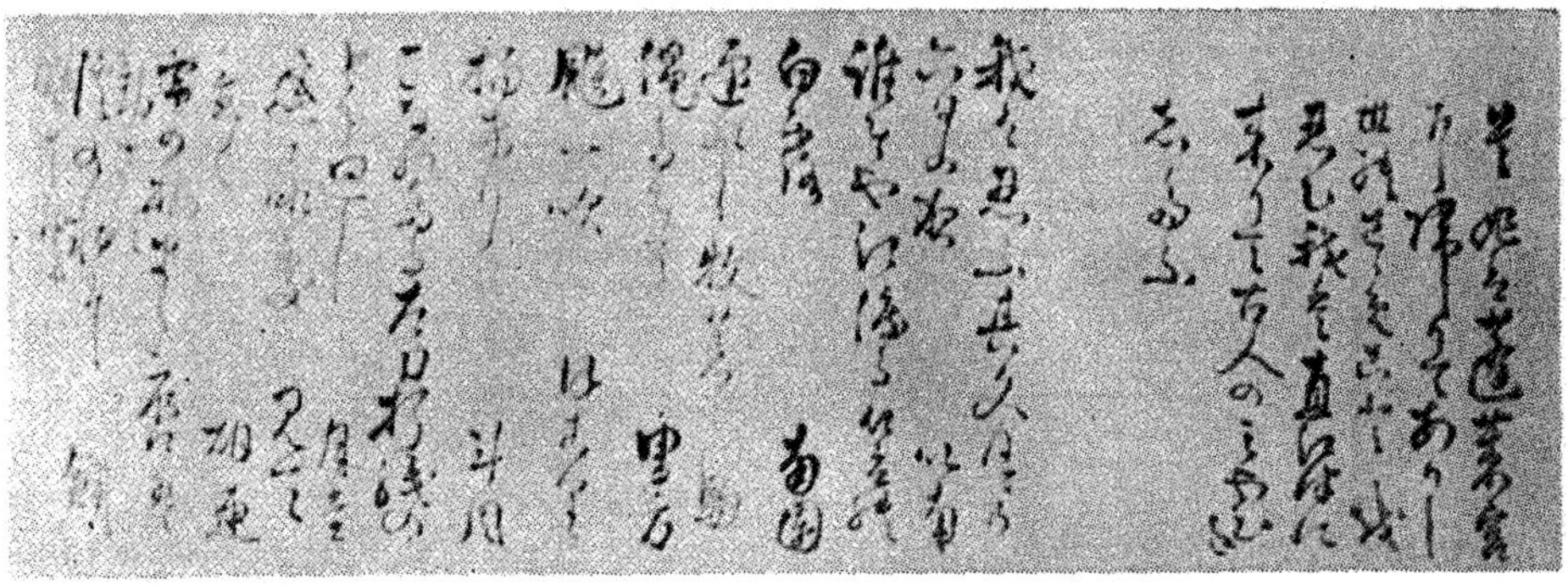

以南の直江津句会

更らに又『弥彦神社附国上と良寛』の著者小林粲楼《さんろう》[6]氏は次の如く論じて居る。

「以南、駅伝の老隠居として深く皇典に通じ、和歌を江戸の人大村光枝[7]に学び、俳諧は尾張の人久村暁台[8]を友とし、並に造詣[9]あり、性勤樸《きんぼく》[10]にして惇雅《じゆんが》[11]、平常人を教ふるに躬行[12]実践を以てし最も虚栄浮華の流俗を慨《がい》せりと、此の如きは好し、彼の家門が千有余年来の由緒《ゆいしよ》[13]を傲《おご》り、尋常一様の町家に非ずとするも、万事階級制度より割出して行事を決定したる徳川時代に在りては極めて出来過ぎなることに属す、果然彼は学術中毒の弊に陥り、草莽《そうもう》[14]に横議[15]して皇運の凌措《りようそ》[16]を憂ひたるのみか、晩年には親しく京師《けいし》に上り、伝手《つて》を求めて雲上公卿の間に斡旋し、愈々益々憤慨措く能はず、竟《つい》に心血を濾《こ》して慷慨《こうがい》[17]の書『天真録』を編む、然れども時人の顧みざるや止《や》むなくそを抱いて洛西《らくせい》の桂川に溺《おぼ》れ、其人と共言と皆当世に朽《く》ち了《おわ》んぬ」

此の二氏の評語は、私達に誠に興味の深い対照を示して居る。同じく以南が勤王憂国の志士として越後出雲崎の橘屋と云ふ旧家から出たことを題目としながら、前者は之れを「誠に似つかはしい事だ」と云ひ、後者は之を「学問中毒の弊に陥った以ての外のことだ」と断定してゐる。

しかしながら、以南その人の行動に関する此の全く相容《い》れない二つの解釈の生ずるに至った事そのことこそ、むしろ私達には最も自然な事なのである。ただ二氏とも其の断定を敢てするに際して、いづれも以南その人と家閥との関係のみに重きを置いて、その他の更に重大なる条件即ち以南その人の性情及びその時代の社会状態との関係についての考覈《こうかく》[18]のなかった点が、私達には甚だしく慊《あきた》[19]らない思ひを起させるだけである。

そこで私は先づ以南の生れ合せた時代の概況を玆で考へて見たい。以南の生れたのは[1]元文元年で、桂川へ身を投じたと云はれるのは寛政七年であるから、彼が最も著しく自己の生活上に影響を受けた時代は[2]宝暦、[3]明和、[4]安永、[5]天明等の年号を以て録された時代で、即ち謂ふ所の[6]田沼時代であった。而して田沼時代の如何なる時代であったかは、之れを国定教科書について見てさへ次の如く書いてある。

「十代将軍家治の時に至り、執政の臣その人を得ず、賄賂公けに行はれて政治正しからず、人民大に窘《くるし》めり。加之《しかのみならず》暴風洪水などの天災荐《しきり》に至り、饑饉も亦相次ぎしかば、貧民諸所に擾騒《じょうそう》し、遂に江戸の市中にも暴民の[7]蜂起《ほうき》を見るに至れり」

之れを更に『田沼時代』と題する興味の豊かな、材料の豊富な、観察の卓抜な研究録について、著者[8]辻善之助氏の挙げた此の時代の最も顕著な現象を数へて見ると、一、田沼の専権、二、役人の不正、三、士風の[9]廃弛《はいし》、四、風俗[10]淫靡《いんび》、五、[11]天災地妖《よう》、六、百姓町人の騒動、七、財政究迫と[12]貨幣新鋳、八、[13]開発と[14]座と[15]運上等で此等は総て此時代の暗黒面を示すものであると著者は云ってゐる。「併しながら」と更に此の著者は云ふ。「吾人は此暗黒の間に於て一道の光明の閃くものゝあるのを認める。それは即ち此時代に於ける新気運の潮流である」と。而してその所謂新気運の重要なる徴候として著者の説いてゐるところを数へ挙げると、一、民意の伸長、二、因襲主義の破壊、三、思想の自由と学問芸術の発達等である。

既に社会全体に亙って斯《か》くの如き気運が動いて居た事が事実であるとすれば、よし

1 元文元年—一七三六年
2 宝暦—一七五一〜一七六三年
3 明和—一七六四〜一七七一年
4 安永—一七七二〜一七八〇年
5 天明—一七八一〜一七八八年
6 田沼時代—田沼意次、意知父子の老中となった賄賂公行の暗黒時代。
7 蜂起—群がり起ること。
8 辻善之助—国史学者。学士院会員、東大教授、文博。兵庫県の生れ。東大国史科卒、「日本仏教史の研究」等多くの著書あり。
9 廃弛—おとろえてゆるむ。
10 淫靡—みだらなこと。
11 天災地妖—台風洪水地震など自然の災変。
12 貨幣新鋳—田沼時代の新鋳をあげると、明和二年五匁銀、同五年四文の真鍮銭、安永元年南鐐二朱銀などがあり、同六年には私鋳銭を禁じている。
13 開発—宝暦五年治水開発、明和三年美濃甲斐伊勢の河川修理開発、同四年関東地方、天明二年印旛沼開発、同六年手賀沼開発等。
14 座—江戸時代特別に免許されて枡秤などを造り出した家。
15 運上—江戸時代、商人の営業や運送の物品に課した税。

其の身は北越辺土の「駅伝の老隠居」であったにしても身を挺《てい》して憂国の志に殉じようとした以南の行動を以て、必ずしも「学問中毒の弊に陥った」以ての外の事とばかり断じ去る事は出来ないと同時に、時勢の影響を外にして之れを偏《ひとえ》に彼が国典の研究と家閥《かばつ》の薫化《くんか》とのみに帰する訳にも行かない。所詮は此の時代の暗黒面が刺戟せる憂憤と光明面が喚起せる求望とが何等かの形に於て内部的に彼を動かす力とならないでは措《お》かなかったに違ひない。まして彼に先んじて同じ郷国から竹内式部《たけうちしきぶ》[16]の如き熱誠剛《ごう》[17]毅《き》な志士が現れて、夙《はや》く既に当時の社会に目ざましい波動を捲起して行った事があまりに鮮やかな事実である以上、以南があの行動は又必ずしも内部からのみの力に帰することは出来ないのである。

かくの如く[18]以南が憂国の志に殉じようとしたあの犠牲的行動の必然性を認めながらも、なほ且つ私達は前にも述べた如く、彼のあの悲壮なる最後を以って、彼の内部に相闘ひつゝあった二個の全く異った力の惨《いた》ましい矛盾に基くものであったと観ないでは居られぬのは、主として私達の心に映じ来る彼の人格に因るものである。私達は勤王憂国の志士としての彼、時代の革新者として立った彼の覚悟を以て、必ずしも彼としての自己欺瞞的行動であったとはしないが、併し彼の素質が果してよく斯くの如き生活に適合して居たかどうかと云ふ事については、私達は甚大なる疑ひを禁じ得ないものである。少なくとも僅かに遺された彼の芸術は、此の疑問に対して私達に否《いな》と答へるやうに思はれる。更に「彼の性勤樸《きんぼく》にして惇雅《じゅんが》」であったと云ふ説が信ずべきものとすれば、一層切にそのことが感じられるのである。

16 竹内式部―勤王家。新潟の人。京都に出て玉木葦斎に学び、その学説は堂上に信用さる。明和三年八丈島に流され、十二月三宅島に歿、五六歳。

17 剛毅―心が強くしっかりしていること。

18 以南の伝記については佐藤吉太郎「橘以南」が詳しくまた適当な論説である。目次と論説の大略。

目　次

橘屋と京屋

橘以南

以南の入婿、以南と北溟、以南と京屋、以南の性格、以南の俳友、以南と俳筵、以南と良寛出家の場面、秀子逝く、以南と杜澂、以南と光枝、以南と暁台、以南と神職、以南と隠居、以南と嗜好、以南と行脚、以南最後の門出、以南の入洛と勤王論、以南の入水と諸家の側面観、天真仏上梓、以南とその俳句

天真仏（付録）

目次は右のようで、次のように説いている。

―以南が人間半世の二十四年間をその風雅という面を被って、そのお面の穴から世上の醜い争闘や、反対側の豪奢の振舞などをのぞきながら、隠居することもできず、火宅を離脱することもできないで、現役の身として花鳥風月の世界にその半世をくらましたということは、いかに考へてもその辛抱強さに驚かざるを得ないのであります。（以南の性格）

要するに以南の尊王論は、京都へ上って一層その志を深くした。併し勤王志士の如く四方に檄を飛ばして同志を糾合するとか、或は直接行動に出づるまでには及ばなかつたもので、香を通じて志士の誰彼と交遊もあって「天真録」を執筆したまでのことではあるまいか。（以南の入洛と勤王論）

1　享和二年―一八〇二年。
2　丈雲―前川丈雲は出雲崎の俳人。以南より五歳年長。ともに俳道を司り、俳筵を開き、暁台を佐渡へも案内した。七二歳上京して以南を弔い、「天真仏」を作る。
3　天真仏―享和二年出版。出雲崎の俳人丈雲の編した橘以南追悼の句集。
4　ちりひぢ―塵泥。
5　尾陽―尾張の南。
6　暁叟―加藤暁台のこと。
7　南子―橘以南のこと。
8　祖翁―松尾芭蕉をいう。

惟《おも》ふに以南その人は所詮一個の詩人ではなかったか。見識はあり熱情はありながらも、究極するところ其の素質に於ては進んで世と闘ひ事を成すの人でなくして、退いて自ら守り深く自ら内に養ふを以て本領とすべき「心の人」ではなかったか。世と共に事を成すべく彼はあまりに清く且弱く、事に依て己れを現はすべく彼はあまりに清く且《かつ》狭く、現実に即すべく彼の心はあまりに遠くを夢みては居なかったか。此の見地に立って彼の最後を思ふに、彼はつひに戦って敗れ、戦って仆《たお》れるに至ったのではなくして、むしろ自ら戦ひを厭《いと》ひ、戦を脱せんとした者であると云ふべきである。桂川に投ずと云ふ彼の辞世詞を以て、一時を韜晦《とうかい》せんが為めの計策だとした『良寛全伝』の著者は、此の挙を以て「英雄人を欺く的の計策」であったと評した。併し、その推定にして信ずべくば、私達はむしろその事実こそ一層強く彼の最後の行動が戦ひの為めの計策ではなくして戦ひからの厭離であった事を信ぜんとするのである。

　要するに以南は、意の人であるよりも、むしろ情の人であった。堕落の極に達したと云はれる時代の風潮と、その暗黒なる風潮の底に閃めける一道の光明とは、此の情の人以南をしてつひに立って一世の為めに何事かを為さゞるべからざるを感じさせた。偶々《たまたま》家閥《かばつ》の薫化によって彼のなせる国典の研究と暗黒なる社会の一角に生起せる悲壮なる志士の活劇とは、つひに彼をして勤王憂国の大志を抱かしめるに至った。昨の所謂「駅伝の老隠居」、昨の所謂俳諧の風流師、一変して今は悲壮なる運命の舞台に一個の闘士として現れた。事こゝに至った彼の志は誠に壮とすべく、諒《りょう》とすべきである。しかし、現実は彼の予想した如くしかく単純簡易なものではなかった。彼の進む

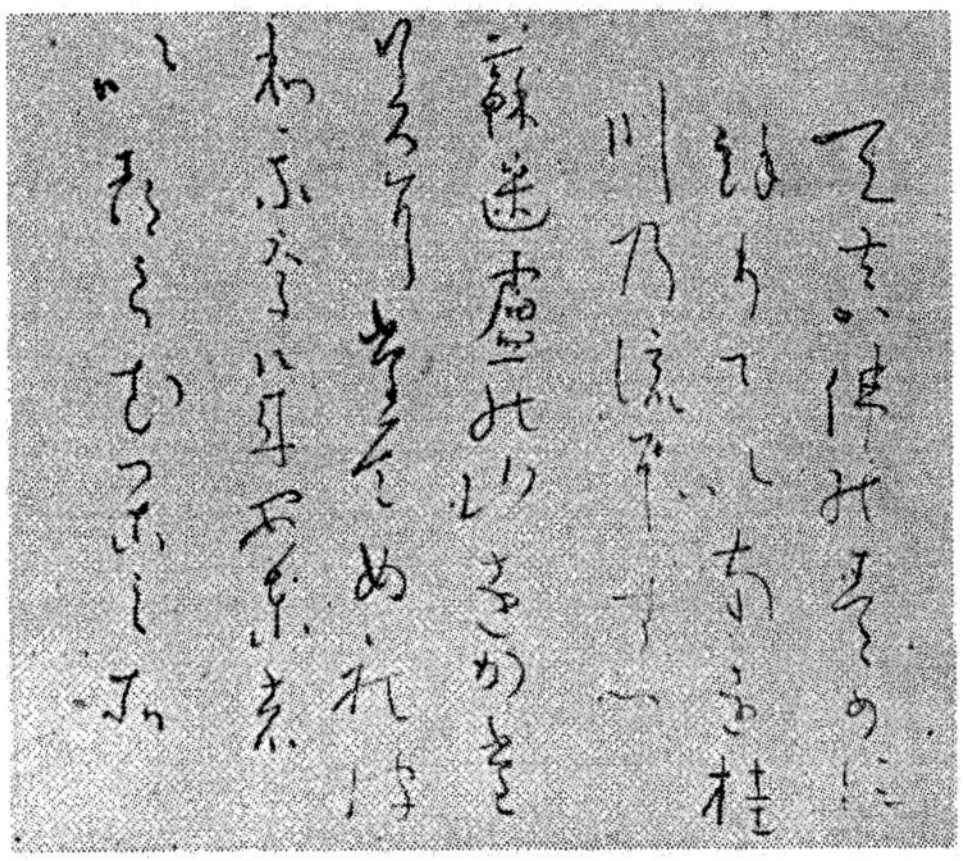

以南追悼の歌

べき道は彼にとりてはあまりに嶮しかった。幾度か彼は躓《つまず》いたであらう。幾度か彼は迷ったであらう。しかもつひに彼は何を為し得たか。彼が志を立てゝ京師《けいし》の地に踏み入って以後五年の月日は過ぎた。しかも此の五年の永い月日の間に彼は果して何を為し得たか。私達は今日なほ私達に伝へられる彼の生涯の輪廓の甚だしく悲壮であるのに感動を禁じ得ないと同時に、謂ふところの志士としての彼の事蹟の伝へられ、若《も》しくは彰はさるゝ事の、あまりに乏しくあまりに糢糊《もこ》たるを怪しみ惜しまないでは居られぬのである。仍《よっ》て惟《おも》ふに、彼の志はいかにも壮とすべきであるが、惜しいかな彼はつひに其の人ではなかったのではないか。而して彼みづからもそれの矛盾を知り且苦しんだ果てに、ついに最後の挙に出たのではないか。もしさうだとすれば、私達はそこにこそむしろ彼の生活の悲痛深刻な意義を見出すことが出来るのである。

享和《きょうわ》[1]二年二月、出雲崎の俳人丈雲《じょううん》[2]が以南七回忌《き》追善の為め京都に上り、『天真仏』[3]と題する追悼《ついとう》句集を編集《へんしゅう》し発行した。その句巻のはし書の中から以南その人の性行を窺《うかが》ふに足ると思はれるもの二三を抜いて見ると次の如くである。

「橘南子は生涯を風流に抛《なげうち》て出て家に帰らず、四海みな兄弟とし、杖を雲水にまかせて、いたらぬ国のはてもなく、花に暮し月に明し、いそのかみ身はふりにふり、老の浪の立かさなるも知らず、藻塩草《もしおぐさ》かきあつめ、池水のいひ出ることの葉[4]はちりひちの山とつもり、わたつみの底はかり知られぬ心ぞこもれりける、其頃世の中の俳諧、田土に陥り異風おどろをみだし、人をまどはすのやから白日《はくじつ》に霧をおこし、四方に土降事となりしに在尾陽《びよう》[5]に暁叟《ぎょうそう》[6]、越に南子《なんし》[7]いまそかりて之をなげき、祖翁[8]のいさをしに習て法を正し道を改め、我がともがらにしめし、国に及ぼし、玉くしげ二たび岩戸の光あきらかに、ばせをの栄を見る事は、併南子の大炬《たいきょ》を振ひだせし力ならずや、高名《こうめい》北海に鳴て響《ひびき》宇宙にあまねし、かくてゆ北越蕉風《しょうふう》中興の棟梁《とうりょう》といふならむか、さあれど、其性名利をもとめず、竹間の破笠《はりゅう》、孤村の雨、心風塵をさけてひとり豊に浄し、年[1]六十穐路《むそじ》、遊でかりそめに天のはし立見むと人には告げつつ、詠歌一首吟じ捨て、たな引雲のやすらひに、姿は見えずなりにける、

けふのみ影かすみか雲か天津《あまつ》風

与板　都《と》[2]良《りょう》　敬白」

○

「[3]昔、以南老師、墨江舎に在て木兎《みみずく》の句を吟じ、二三子に示して曰く、われ此句を作るにしかも風情幽玄にして、木兎《みみずく》の寂寥《せきりょう》おのづからひゞけり、是れ俳諧の不思議といふ可《べ》し、汝よく之をうけてよといへり、即其句を以て玆に追福の俳諧をおこす。

木兎《みみずく》や古寺の鐘つく〳〵と

銀杏《いちょう》ちりしく碑《いしぶみ》の前

○

出雲崎　古《こ》仏《ぶつ》

「今は八年のむかし若葉のころ、南子《なんし》がすゝむるに松島の片心など菅蓑《すげみの》とつて白砂ふみわけつゝ、象潟《きさがた》の雨をしたひ、雄島《おじま》の月に魂を奪はれ、水乞鳥の水駅にやどりかさねしも、かくてははてしなければと、子《し》は都に心ざし、予は武陵《ぶりょう》におもむく

1　六十穐路―六十秋路。むそじ。六十歳をいう。
2　都良―与板の中川都良。与板の豪家中川家の俳人。伝不詳。
3　昔以南老師、墨江舎に在て―（旧）昔以南老、沙墨江に在て―に誤る。
4　佯狂―にせきちがい。
5　葷と鮮―なまぐさとなまもの。

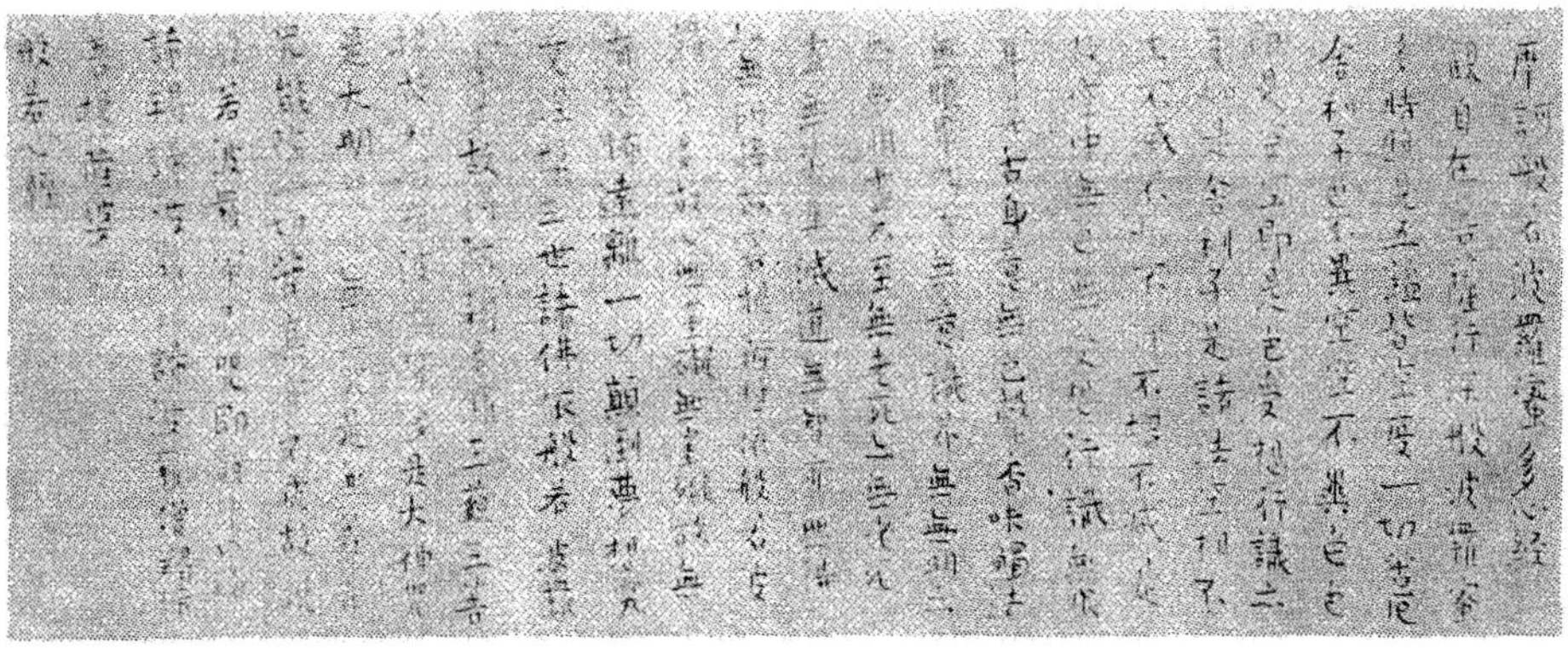

般若心経

ことのあれば、別のいと〳〵なつかしきは、秋風のはかなき便きくべきにや、秋毎《ごと》に小萩わけつる俤《おもかげ》ぞ忘られぬ。

みちのくを思へば露の身なりけり

直江　驪《り》　彭《ほう》

以上いづれも西郡氏『良寛全伝』所載

これらの追憶記によって見ると、一層鮮やかに以南の人となりが、謂ふところの志士などゝは遠い隔たりのあったものであることが想像されるのである。真個《ほんと》の以南その人は所詮かの与板の俳人中川都良の眼に映じたやうに「風塵をさけてひとり豊に浄《きよ》し」と云ふ底の清く静かな人格ではなかったらうか。しかもつひに此の素質と、かの亢奮《こうふん》との矛盾に面接して、真に己を完《まつた》くすることを得なかった彼の最後の運命は、更に私達をして一個悲痛なる詩的人格としての彼を憶ひしのばしめるのである。

而してこの悲痛なる運命を担った一個の詩的人格こそ、今日私達が無比なる法悦的詩人の典型として欽仰する禅師良寛その人の父だったのである。『弥彦神社と国上の良寛』の著者はかう書いてゐる。

「釈良寛が勤王の老志士山本以南の長男と生れたりしは、会々《たまたま》彼れが眉目脱落《びもくだつらく》の面目を傷くること甚大《じんだい》なり、味者《まいしゃ》或は彼れを以て此を推し、佯狂《ようきょう》と真狂とを弁ぜず、葷《くん》と鮮《せん》とを同器に盛りて顧念する所なし」

更に語を改めて同じ著者は次の如く論じてゐる。

「……之を良寛が家の系譜とし、之を良寛が父とす、然らば彼れも亦幼より崇高なる犠牲的精神の薫染《くんせん》[1]を受け、仏氏方外の教義の如きは流習も忌むべき筈なるに、彼れの夙《つと》に譚化《たんか》[2]して浮屠《ふと》[3]に帰せるは、豈《あに》性情の自然に冥合《めいごう》する所ありしが故か、以南の皇室の式微《しきび》[4]を憂うる、仮令《たとひ》一身を亡《ほろぼ》すと雖も尚《な》ほ皇威の発揚《よう》に待つ所あり、真狂の却《かえっ》て佯狂《ようきょう》[5]に近からざるを保《ほ》せず、良寛の跡を山沢に湮《うず》め、[6]和光同塵《どうじん》の徳を完《まっと》うせしが如き、真に岫雲《しゅううん》[7]と巻舒《けんじょ》[8]を一にし、野烏《やう》と去来を等しうす、物に拘束《こうそく》せらるゝものなく、佯狂《ようきょう》の焉《いずくん》ぞ真狂の体を得たるに非ざると知らんや、佯狂是《ようきょうぜ》か、真狂非《ひ》か、誰《た》が家の寧馨児《ねいけいじ》[9]か前者の志を憐んで後者の無用の用を念《おも》ふ」

一味卓抜な見識と云ふべきである。けれども、既にかの以南が人格内に解きがたい矛盾の悩みを認め、それに向って彼れが最後の悲痛なる運命の緒《いとぐち》を求めた私達にとりては、こゝに掲《かか》げ出された以南対良寛　関係についての疑問こそ、むしろ最も大なる興味を以て良寛その人の生活のうちに辿り求むべき主なる導線を示すものゝ如くに思はれる。

だが、それはそれとして、私達はこゝで此の父以南と並んで、良寛の母秀子のいかなる女性であったかを一通り知って置きたい。秀子は前にも述《の》べた如く橘屋の外孫で、佐渡相川町同族橘屋山本氏の女であった。出雲崎の橘屋へ養女として貰はれて来たのは彼女の幾歳頃であったか解らぬが、以南を婿として迎へ入れたのは[10]二十歳の時で、当時以南は十九歳即ち秀子より一つ年下であった。『良寛全伝』の著者に従へば、彼女は

「良妻賢母の聞高く、内を[11]治むる方あり、良人《おっと》をして内顧の憂あらしめず、又子女

1　薫染—感化。
2　譚化—物語のようにしてしまう。
3　浮屠—僧侶。
4　式微—おとろえる。
5　佯狂—うそのきちがい。
6　和光同塵—自分の美点をかくして、俗界と同じようなまねをしている。
7　岫雲—峰から出る雲。
8　巻舒—収めたりのばしたり。
9　寧馨児—秀才。
10　二十歳—二十一歳の誤。以南は十九歳—二十歳の誤。
11　治むる方あり—治める正しい方法があった。

の庭訓《ていきん》に焦慮《しょうりょ》し、内助の功多く、家運も興隆せりといふ。宜《うべ》[12]なり、其子女嶄然《ざんぜん》[13]として頭角を顕し、百年後の今日に於ても令聞[14]猶嘖々《さくさく》[15]たるものある事や」と云ふ事である。しかし、具体的に彼女の行状や性情に関する話が一つも伝って居ないと見えて、綿密な此の著者も一つもさうした事を録してゐない。たゞ良寛の追懐歌に次の如き数首があるだけである。

[16]足ちねの母がみ国と朝夕に佐渡が島べをうち見つるかな
[17]足ちねの母のかたみと朝夕に佐渡の島根をうち見つるかな
[18]古《いにしへ》にかはらぬものは荒磯海《ありそみ》と向に見ゆる佐渡が島なり
[19]天も水もひとつに見ゆる海の上に浮び出でたる佐渡が島山

しかもこれだけの歌では、たゞ良寛にとりて世間並の子が母に於けるが如く懐しさがあったと云ふ事が知られるのみで、それ以上彼女の如何なる女性であったかについては少しも知り得るところがない。けれども少なくともこれだけの母対良寛の心情が吐露《とろ》[20]されてゐる以上、彼女が[21]母として家庭の主婦として兎にも角にも平和な位置を保持し得た女性であったことを疑ふことは出来ない。

宝暦七年十二月良寛はかの父と此の母との間の長男として生れたのであった。その時以南は二十二歳、秀子は二十三歳で、[22]養祖父新左衛門はなほ此の世の人であった。而《しか》してかうした家庭に初めての子として、しかも男の子として生れた彼良寛が、いかにその幼年時代を人々の熱き寵愛のうちに過したかは想像するに難くない、[23]祖父は彼が七歳の時まで生きてゐた。祖父の死んだ翌年に次男由之が生れた。祖父歿し、次男

12　宜なり―もっともである。
13　嶄然―くっきりと他よりも高い。
14　令聞―よい評判。
15　嘖々―さかんなこと。
16　お母さんの生国だと、朝晩佐渡が島を眺めている。
17　16と同趣である。生国をかたみと変えてあるだけ。
18　歌意は説明もいるまい。良寛堂内に刻されてある。
19　出雲崎から佐渡を眺めての実景である。
20　吐露―あらわす。
21　良寛が母について歌っているのには、出家して円通寺へ出発の折の歌に、
―たらちねの　母にわかれを
つげたれば　今は此世の
なごりとや　思ひましけむ
涙ぐみ　手に手をとりて
我面を　つくづくと見し
おもかげは……（「木端集」）
とあるだけで、一語も発していないのは残念である。
22　養祖父新左衛門―以南の養祖父で宝暦十一年七月十一日歿。時に良寛は四歳。
23　祖父は彼が七歳の―養祖父のつぎの新左衛門で良寛には祖父にあたる。明和元年十一月十四日歿。

生れた以後の良寛は、或は家庭に於て以前ほど熱愛は受けなかったかも知れないけれども、しかも依然として「大切な名主《なぬし》様の世嗣《よつぎ》息子」として周囲の誰彼から愛撫され続けたことは疑ふべくもない。彼は幼名を栄蔵、長じて字《あざな》を曲（マガリ）と云った。

『全伝』には次の如く書いてある。

「性[1]魯直《ろちょく》沈黙、[2]恬澹《てんたん》[3]寡慾《かよく》、人事を[4]懶《ものう》しとし唯読書に耽《ふけ》る、衣襟《いきん》を正して人に対する能はず、人称して名主の[5]昼行燈息子《ひるあんどんむすこ》といふ、父母之を憂ふ、成童の頃出《いだ》して地蔵堂町[6]狭川子陽《きょうせんしよう》先生の塾に入らしめ和漢の学を兼修せしむ」

更に又こんな逸話が伝へられてゐる。良寛がまだ八、九歳の少年であった頃何かの事で父に叱られた時、上目で父の顔を視たので父は「父母を睨《にら》む者は鰈《かれい》になるぞ」と云った。ところが彼はそれを聞くとひとしく家を飛び出したまゝ、日暮になっても帰って来ない。周囲の者が心配して、心あたりの場所を[7]隈なく探し歩いたが解らない。しまひに海へでも行ったのではないかと云ふので、大勢の者が海岸へ探しに行って見ると、果して彼は浪際《なみぎわ》のとある岩の上にたゞ独りしょんぼりと佇《たたず》んで一心に海を眺めて居た。捜しに来た人達は驚き喜んで『そんな所にまあいつまでも何をしてゐるのだ』と問責した。少年の良寛は悲しさうな、不審げな顔付で云った、『俺はまだ鰈《かれい》になっとらんかえ』と。

これは或は後人が附会《ふかい》した作り話であるかも知れない。それにしてもさうした話を附会され、且後々までも話し伝へられて怪まれなかった事そのことが、既に彼の少年時代の真相を暗示してゐるのではないかとも云ひ得る。所詮前に引用した『全伝』の

1 魯直—おろかで正直。
2 恬澹—あっさりしている。
3 寡慾—欲がない。
4 懶し—気がすすまぬ。
5 昼行燈息子—うすのろな子供。
6 狭川子陽先生の塾—大森子陽の狭川塾
7 隈—すみのこと。

著者の記述が信ずべきものなのであらう。

と後年彼が師事した備中玉島円通寺の国仙和尚は彼に賛偈を与へた。愚は或は彼本来の面目であったのかも知れない。

良也如愚道転寛[8]　騰々任運得誰看
為附山形爛藤杖　到処壁間午睡閑[9]

彼には三人の弟と三人の妹とがあった。次弟は通称左衛門と云ひ、後巣守《すもり》と改め、雲浦《うんぽ》と号し、晩年薙髪《ちはつ》して無花果園《むかかえん》由之と称し、国学和歌及び書画を善くした。良寛の出家後彼に代って家職を相続したのは此の左衛門であった。三弟は良寛と同じく僧となり、名を円澄と云った。字は観山、碩学《せきがく》の聞えが高かった。快慶《かいけい》法印として聞えてゐる。四弟は澹斎《たんさい》と号し、文章《もんじよう》博士高辻家の儒官となり中務香《なかかつさかおる》と称して京都に住んで居た。三人の妹はいづれも他家に嫁《か》したが、そのうち第三女みかは寺家へ嫁《か》した因縁から老後薙髪《ちはつ》して妙現尼と云った。いづれにしても代々神官を兼職として居た家から、急に以南の代になってから後に、殆んど時を同じくして幾人かの僧侶を出したことは不思議な対照と云ふべきで、その間に漂《ただよ》うた雰囲気のうちに嗅《か》がれる一味の霊香に、私達は深甚の妙味を味はずには居られぬのである。之が源泉は果して何処に求むべきであるか。

8 良や愚なるが如く　道　転た寛なり、
騰々　任運　誰か　看るを得ん。
為に附す　山形の爛藤杖、
到る処　壁間　午睡閑なり。
賛偈の原蹟は、任運、午睡閑となっている。〇良也—良寛は。〇騰々—進むさま。

9 国仙和尚—武蔵国岡村の松原氏に生る。十三歳近江国清寺の全国和尚につき得度、各地を修行、大泉寺勝楽寺の住職より円通寺に移り、住職二十三年。寛政三年歿、六九歳。

□橘屋山本氏略系のうち「むら子」を訂正しておきたい。

宝暦十年以南の第二子として生まれた。長女で、良寛のすぐつぎの子である。安永六年には既に寺泊町外山文左衛門に嫁していた。子どもには、やそ、とよ、りい、安四郎（文左衛門）、乙五郎（日養）、つる、子三郎（伊藤五兵衛）の三男四女。文政七年十二月十七日六五歳、寺泊の宅でなくなった。墓は寺泊町法福寺にある。

旧説の外山茂右衛門に嫁したのは誤、滝谷寺で歿したとするも誤である。自宅で歿したので、その子文左衛門は服喪の休暇届をすぐその日に町役人へ提出している。

尼瀬の港

橘屋山本氏略系

橘諸兄―（中略）―次郎左衛門泰之（源平時代）―（中略）―八郎左衛門入道信氏（南北朝時代）―（中略）―

- 左門（以南）（養子）―配秀子（養女）
  - 良寛
  - 由之―配安子
    - 泰樹―配遊子
      - 泰世―配蝶子
        - 泰幹（養子）―配関根氏某女
          - 鉄之助（当主）
      - 泰舒
      - 泰人
  - 円澄
  - 香（澹斎）
  - むら子
  - たか子
  - みか子

（註）現在は鉄之助の子、山本荘太郎氏で横浜市港北区篠原東二丁目二一番一二号に居住。

三、出　家

越後出雲崎の名主兼神職橘家の嗣子《しし》として生れた栄蔵が、出家剃髪《ていはつ》して良寛と称するに至ったのは彼の十八歳の時で、寺は生地から程遠からぬ尼瀬《あまぜ》町の光照寺、師は同寺第十二世玄乗破了《げんじょうはりょう》和尚であったと云ふ記録は、確かに信ずべきものであるらしい。けれども、かの国典を重んずる神官の家の長子として生れた彼が、しかも十八歳と云ふ花やかな年頃になって、突如として出家剃髪するに至ったのはそも〳〵何故《なぜ》であるか、此の事については今日なほ確乎《かっこ》たる定説がない。

之れについて『全伝』の編者は次の如く書いてゐる。

「説をなすもの曰く、良寛幼名栄蔵は、生れて奇敏にして父職を襲《つ》ぎ一たび荘官[1]となりしが、時事に感ずる所あり、一日同友と青楼《せいろう》[2]に痛飲し、酣酔淋漓《かんすいりんり》[3]百金立《たちどこ》ろ[4]に散じ尽して悔色《かいしょく》なく、帰途遂に桑門《そうもん》[5]に入れりと。

又曰く、栄蔵性魯放《ろほう》[6]、襟を正して人に対する能はず、一たび荘官となりしかども、家を舎弟《しゃてい》[7]由之に譲りて出家すと。

又曰く、幼名源蔵一旦家督を相続せしも、駅中にて死刑の盗賊ありし時出役し、帰宅の後感愴《かんそう》[8]して直に出家せりと。之れ文台翁[9](鈴木)の記録に遺《のこ》れる所なり。

又曰く、一度は婦人を迎へしが、半歳ならずして恩愛を捨てゝ無為に入れりと。

また曰く、師年十八にして名主役見習となりしが、折節出雲崎代官と漁民との間に葛藤[10]起り確執解けず、名主は居仲調停[11]の地位に在りければ、師は其の意を得て仲

1　荘官―名主役をいう。
2　青楼―料理屋。
3　酣酔淋漓―へべれけに酔う。
4　立ろに散ず―見るまにつかいはたす。
5　桑門―僧門。
6　魯放―おろかでだらしない。
7　舎弟―おとうと。
8　感愴―感じて悲しくなる。
9　文台翁―粟生津の漢学者鈴木文台。
10　葛藤―もつれ。
11　居仲調停―仲裁役。

裁せんとし、代官に対しては漁民の悪口雑言《ぞうごん》をも其のまゝに上申し、漁民に向ひては代官の怒罵痛嘲《どばつうちょう》[1]をも飾なく通達しければ、両者の怨恨疾悪《えんこんしつお》[2]益激烈となりければ、代官は栄蔵の魯直《ろちょく》[3]を譴責《けんせき》[4]したり。栄蔵慨然《がいぜん》[5]として謂《おも》[6]へらく、人の生けるや直し之を罔《し》[7]ひて生けるは幸にして免れたるなり、との本文あり。今世《いまよ》澆季《ぎょうき》[8]、虚妄詐欺[9]を以て賢となす、決然厭離《おんり》せずんば将《まさ》に魚肉とならんとす。嗚呼《ああ》恐るべきかなとて、直に光照寺に奔《はし》れりとは、板井鉄さん即ち山本鉄之氏の談にして山本家の口碑《こうひ》[10]なりと。」

此等の諸説は果して良寛その人の生前に於て既に人口に流布《るふ》[11]してゐたものであるか、或は彼の歿後に於て捏出《こねだ》された臆説《おくせつ》であるかは確め難いけれども、前に掲《かか》げた『北越奇談』のうちの記述の如きについて見ても、彼の生前に於て既に其の事が世間の人人の興味深き話題となってゐた事が想像される。

けれども、以上の諸説のうち何れが最も多く信を置くに足るものであるか、如何なる準拠《じゅんきょ》[12]を求めてそれを判別すべきかを考へると、私達はそれの殆んど不可能に近いことを思はないでは居られぬのであるが、『全伝』の編者はその難事を敢《あえ》てして、次の如き臆断《おくだん》[13]を試みてゐる。

「余山本家譜を按《あん》ずるに、安永三年師十八歳にして出家し、尼瀬町光照寺第十二世玄乗破了和尚の徒弟となると。去《さ》れば此れ由之は十三歳、実母秀子は卅二歳（四十歳の誤りであらう）にして、実父以南の年齢三十一歳（三十九歳の誤りであらう）の時の事に属し、父母方《まさ》に強壮、弟妹健在、家道隆盛にして和気靄々《あいあい》たる家庭なりしならむ。此の家を棄てし栄蔵や決して悲傷の為めにあらず、厭世観の為にあらず、

1 怒罵痛嘲—はげしい悪口。
2 疾悪—にくみ。
3 魯直—ばか正直。
4 譴責—しかる。
5 慨然—なげくさま。
6 謂へらく—思うには。
7 罔ひて—だまして。
8 澆季—乱れた末世。
9 虚妄詐欺—うそを言ってだます。
10 口碑—口伝いの伝説。
11 流布—ひろまる。
12 準拠—よりどころとなる標準。
13 臆断—推量による決定。

失恋の為めにもあらず、慷慨《こうがい》の為めにもあらず、又勿論怨恨の為にもあらざるや明かなり。且《かつ》禅師と由之とは同母兄弟にして友于《ゆうう》[14]の情の厚かりし事は両師の歌文に徴して立証するを得。穎敏《えいびん》[15]やゝもすれば熱烈なる感情に伴《ともな》はれて遯世《とんせい》[16]する者亦鮮尠《またせんせん》[17]ならざれども、禅師に出家を促《うなが》したる衝動物、刺戟者を其周囲に発見するを得ず。」

かくの如く『全伝』の編者は大胆にも世間流伝の諸説を悉《ことごと》く否定し去ったのであるが、その根拠とするところに僅に良寛出家当時に於ける家庭円満の一事だけであって、最も重要なる出家の動機として伝へらるゝ外囲の刺戟即ち社会の一員としての彼が経験の事実に関しては、何等の反証をも用ひずに臆断を敢《あえ》てしてゐる。しかも之についてかの『弥彦神社附国上と良寛』の著者も、ほゞ同様の臆断を述べてゐる。

「良寛の尼瀬《あまぜ》光照寺の破了《はりよう》和尚（一に玄乗和尚といふ）に就き得度式を挙げ始めて良寛の法名を得たるは年甫《はじ》めて十八歳の交と記さる。後桃園天皇安永の末年にして、以南が『……』の辞世を残して桂川の浪に消えたる寛政七年七月二十五日を距《へだた》る約廿年にして、言はゞ豪家の部屋住みの長男、仮令《たとへ》衷心《ちゆうしん》に『欠乏なき欠乏』を感じたりとするも、時代の腐敗に憤慨する程しかく世間に接触せりとも思ほへず。又彼れにして大聖釈迦の如く厭世出離の希望あるも、父母として容易に之を許すべき事にあらず。然るに万事予定の行動の如く速かに運びて、次弟由之に父祖伝来の旧業を譲り、朝《あした》に行雲《こううん》流水を追ひて趨《はし》り、夕に樹下石上の眠を貪る放把《ほうは》[18]自由の境界を取受するに至りしは、彼れに取りて無上の幸福なりしか、否か、吾人は今之れを断定するに材料を有せず。」

14 友于の情—兄弟なかのよい。
15 穎敏—すぐれて頭のよい。
16 遯世—世をのがれる。隠世と同じ。
17 鮮尠ならざれども—少くないけれども。
18 放把—取捨と同じ。

今仮《か》りに其の二氏の臆断《おくだん》を以て正鵠《こう》[1]を得た見解であるとするならば、勢ひ私達は良寛出家の理由を何等かの他の事実の上に求めなければならぬ。そこで『全伝』の編者は次の如く説くのである。

「因《よ》りて憶《おも》ふに師は十五にして元服して姓氏を称し、双刀を帯《たい》し、一たび荘官《しょう》となりて世職に試みられしも、所謂《いわゆる》昼行燈《ひるあんどん》[2]然たる名主《なぬし》の若旦那《だんな》にして俗務を処理して齷《あく》[3]齪《そく》たること能はず、父母も其の資性を知り行動を見て、家道を委《い》する器《き》にあらずとして、且《か》つ由之十三にして成人に近づきしを以て、十八の時其の素願を容《ゆる》[4]して出家を許したるなるべし、観じ来《きた》れば師の十七八歳頃の性行顔貌《がんぼう》、眉間《びかん》に髣髴《ほうふつ》[5]するものあり、栄蔵や遂《つい》に「これ頴悟《えいご》[6]の傑物《けつぶつ》にあらずして魯鈍《ろどん》[7]、疎懶《そらん》[8]の一沙弥《しゃみ》[9]の如《ごと》くなりしならむ」即ちこれは良寛その人の魯鈍《ろどん》、疎懶《そらん》であった天性と、それに対する父母の考慮とは、彼の出家の主なる因由を求めようとした、一見極めて穏当《おんとう》な見解である。

良寛の資性に魯鈍疎懶《ろどんそらん》の趣相が多分に存したらしい事は、前にも述べた如く彼が師事したかの国仙和尚の賛偈《さんげ》[10]や彼自身の吟詠や又は諸種の口碑《ひ》によって私達も堅く信ずるところであるが、併しそれと同時にその所謂「愚《ぐ》」が通俗な意味に於けるそれで無かったことも亦《また》疑ふべくもない事だと思ふのである。尤《もっと》もこれについては『弥彦神社附国上と良寛』の著者の如く、

「良寛世才に乏しく、始めより散樗《さんちょ》[11]として周囲に取扱はれたりしか、吾人はしか信ずるの勇気なし……飄逸《ひょういつ》[12]と恪謹《かくぎん》[13]とは人の境遇にもよるものぞ、吾人は良寛が吉田町に於ける某工匠《ぼうしょう》の有力なる助言者たりしといへる其地方の口碑に徴し、更に彼れが

1 正鵠—正しい目標。
2 昼行燈—うすのろのこと。
3 齷齪—小さいことにこせこせしていること。
4 容して——許容して。
5 髣髴—ありありと浮かぶ。
6 頴悟—生れつき頭のよい。
7 魯鈍—のろま。
8 疎懶—大ざっぱでのろま。
9 沙弥—若い修行僧。
10 賛偈—功徳をほめた偈頌。
11 散樗—つまらぬ役立たず。樗は「おうち」の木で、大きいが器材に使われぬ。
12 飄逸—俗事にこだわらず気のむくままにふるまうこと。
13 恪謹—つつしみ深い。

[14]蕩児《とうじ》を訓戒して為めに其父に詫びやりたる事跡を知り、尚《な》ほ草庵は四壁寥廓《りょうかく》[15]として一衣一鉢の外翌日の糧食をも止めざりしといふに係らず、到る所の知言《ちげん》[16]に幾多の備荒貯蓄ありし書牒《しょちょう》[17]を読む時、寧ろ彼れが常識に敏なる好個《こうこ》の才人たるを認識せずんば非ず。」

とまで極論してゐる人もあるが、私達は又さほどまでに彼を凡庸視《ぼんようし》[18]しようと思ふものではない。此の点では私達はむしろ『全伝』の編者が、或は「師は智の人にあらずして情意の人なりしなり、熱烈なる情意を緇衣《しい》[19]に裹《つつ》みて外貌《ぼう》瞢騰《ぼうとう》[20]たりと雖《いえど》、大愚や愚にあらず、心裡《り》明煌々《こうこう》[21]たるものありて蔵せらる」と云ひ、或は「大愚豈《あに》愚ならむや、心眼朗徹《ろうてつ》[22]未然を察し、[23]四相を覚《さと》る、其の肉体こそ死灰枯木《しかいこぼく》[24]の如くなれ、其の意志や金《こん》剛《ごう》の如く堅《かた》く、百練鉄《れんてつ》の如く剛《つよ》く、其の情操や春風の如く暖に、又烈火の如く熱し、其の詩歌に発露せるを見て知るべきなり」と云った評語に、深い同感を禁じ得ないのである。

良寛自ら歌って云ふ「[25]生涯懶立身、騰々任天真」云々と。又歌って云ふ。

[26]少年捨父奔他国、　辛苦描虎猫不成、
箇中意志人倘問、　箇是従来栄蔵生。

更に自ら大愚と称し、曲と称す。世俗の所謂「愚」が彼の本体でなかった事は云ふまでもない次第である。から見て来て、更に飜《ひるがえ》ってかの『全伝』著者の「一たび荘官となって世職に試みられしも所謂《いわゆる》昼行燈《ひるあんどん》然たる名主の若旦那にて俗務を処理して、齷《あく》齪《そく》たること能はず、父母も其資性を知り、行動を見て、家道を委《い》する器にあらずと

14 蕩児—仕事もせず遊ぶ若者。
15 寥廓—からっとして飾りがない。
16 知言—知己。
17 書牒—書いた帖面。
18 凡庸視しよう—平凡なおろかものと見よう。
19 緇衣—黒いおころも。
20 瞢騰—よくわからず自由である。
21 煌々—きらきら輝く。
22 朗徹—はっきり底まで見ぬく。
23 四相を覚る—我相、人相、衆生相、命相をさとる、仏をいう。
24 死灰枯木—さめた灰や枯れた木で生気の全くないこと。
25 生涯身を立つるに懶く、騰々として天真に任す。
26 少年父を捨てて他国に奔り、辛苦虎を描いて猫だも成らず。箇中の意志人 倘し問はば、箇は是れ 従来の栄蔵生と。
○出家の素志が達せられず昔のままだということ。

し、且《かつ》由之十三にして成人に近づきしを以って、十八の時その素願を容《い》れて出家を許したるなるべし」と云ふ見解を取り上げて考へると、私達はそこになほ多くの説明不備の点の存することを思はずには居られぬ。就中《なかんづく》[1]それに用ひられた「素願」[2]の二字に於て最も切にそれを感ずる。仮に此の出家して仏道に入らうと云ふ事が彼の「素願」であったと云ふ事を何等かの根拠ある事実であるとしても、かの所謂昼行燈《いわゆるひるあんどん》然として居た名主の若旦那の心にかくの如き、賢明なる素願が、何時如何にして形造られるに至ったかの詮索が当然試みられないでは居られぬ筈である。況んや彼の養育されて居た家庭が、その所謂「素願」とは全然別趣の薫化《くんか》[3]を主としなければならぬ家閥《かばつ》であったに於てをやである。

『全伝』の編者は更に進んで云ふ。

「橘家は累《るい》世男系は神葬なりしかども、婦人は禅宗にして、前には逆谷村《さかしだに》[4]寛益寺《かんやくじ》[5]の檀越《だんおつ》[6]なりしを、後に尼瀬円明《えんみょう》[7]院の旦《だん》那に改めしも、旧誼《きゅうぎ》[8]を捨てず、享保中浄財を喜《き》[9]捐《いん》して寛益寺の伽藍《がらん》[10]再建の大檀越《だんおつ》たりしが如き奇特殊勝の家風なりければ、師の出家、父母の許諾《きょだく》の動機共に深く恠《あやし》むに足るものなし」

と。けれどもこれだけの事実で果してよくかくの如き家閥《かばつ》と不調和な此の家未曾有《みぞう》[11]のかの出来事が説明し尽されてゐるであらうか。之れを更に『弥彦神社附国上と良寛』について見ると、此の書の著者は次の如く云ふのである。

「たらちねの母のかたみと朝夕に佐渡の島根《しまね》[12]を打見つるかな」の一首を仔細《しさい》[13]に玩《がん》味する時、彼が母も亦家附《またいえつ》きの娘に非ず、山本家の血統は以南の代に於て既に絶えた

1 就中—その中で。
2 素願—もとよりの本願。
3 薫化—教育と感化。
4 逆谷村—三島郡三島町逆谷。
5 寛益寺—真言宗。医王山遍照院と号し、養老二年草創、寛永元年再興と伝う。出雲崎の橘屋も檀家のことがあった。
6 檀越—信徒。
7 円明院—新義真言宗豊山派の寺。出雲崎石井町、良寛記念館のすぐ西下にあり、橘屋の菩提寺である。尼瀬ではない。
8 旧誼—古くからの親しみ。
9 喜捐—喜捨と同じ。
10 伽藍—寺院の堂塔。
11 未曾有—あったためしのない。
12 佐渡の島根—佐渡の島べとの両作あり。
13 仔細—くわしい。

るものなるを知り、以南が自家の児《じ》子を以て、山本家を相続せしむるに重きを置かざりし事情も略《ほ》ぼ想像するに足るものあり、良寛の栄蔵が聊《いささ》か拘束せらるゝ所なく浮世の羈絆《きはん》[14]を断つを得たるも、結局彼れ一身の感激に非《あら》ずして、家庭散漫《さんまん》なりしに加へて性質の相冥合《めいごう》[15]するものありし故なりとす可し、かく言はゞ彼れ及び其一家を傷くること多大なるに似たれど、佯狂《ようきょう》せる父以南と、真狂彼良寛と、狂して狂せざる弟由之と、迭《たがい》に其所を得て終に怨嗟《えんさ》なしとすれば、復《ま》た何ぞ禍とするに足らんや、吾人は此最も重要なる点に関して伝説の甚だ其真を説かざるを見る也」

と。之れ或は[16]鋭く穿《うが》ち得た観察であるかも知れない。しかも、これだけではまだ〳〵最も重要なる問題に触れてゐるとは思はれない。何となれば此等の観察はどちらかと云へば事後の環境に重きを置き過ぎて事前に於ける内部的原因を軽く取扱ひ過ぎてゐるからである。即ち私達が今知らうとするところは「何故に神官の家より僧伽《そうぎゃ》[17]を出したるか」であるよりも、良寛と云ふ一個の人物が、神官の家から出て僧となったのは何人の心から出た考に因《よ》るものであるかである。更に一歩を進めて云へば、良寛の出家は『全伝』の編者の所謂良寛その人の「素願」によったのであるか、又は父以南の考に基《もとづ》くものであるか、若《も》しくは何人か他の勧奨《かんしょう》[18]乃至感化に因《よ》るものであるかと云《い》ふ事が、私達にはより多くの興味ある問題の如く思惟《じい》[19]さるゝからである。

『全伝』の編者は云ふ。

[20]余郷有兄弟、兄弟心各殊、一人弁而聡、一人訥而愚、
我見其愚者、生涯如有余、復見其聡者、到処亡命趨。

14 羈絆―きずな。外部から束縛するもの。

15 相冥合する―暗々のうちに合する。

16 以南が晩年に家庭を出て放浪し、国事に身をゆだねたことを、直系でなく婿入りしたことと、家庭の不和をもって説いているのはうがち過ぎである。

17 僧伽―僧侶の世界。

18 勧奨―すすめる。

19 思惟―考える。

20 余が郷に　兄弟有り、
兄弟　心　各殊なり。
一人は弁にして聡、
一人は訥《とつ》にして愚なり。
我れ其の愚なる者を見るに、
生涯　余有るが如し。
復た　其の聡なる者を見るに、
到る処　忘命して趨《はし》る。

の詩に見ても、愚者の愚を守るものを賞讃して自己の見地を陳《の》べられしが如し、是に由《よ》りて之を観れば師は智の人にあらずして情意の人なりしなり、熱烈なる情意を緇衣《しい》[1]に裹《つつ》みて外貌瞢騰《ぼうとう》[2]たりと雖《いえど》、大愚や愚にあらず、心裡明煌々《こうこう》たるものありて蔵せらる、遂に善知識たり傑僧たりしなり、父母の先見亀卜《きぼく》[3]の如し、是れ神官の家より僧伽《そうぎゃ》を出したる所以にして、一見甚《はなはだ》奇怪なるが如しと雖《いえども》、其の稟性《ひんせい》[4]より察すれば奇異とするに足らず、誠に当然の結果なりとなす、」

と。之れによって見れば、此の論者は良寛の出家を以て明らかに彼自身の「素願」であると認むると同時にその「素願」の形成を何よりも先づ彼自身の稟性《ひんせい》に因るものと見做《な》し、更に父母の聡明が此の「素願」の実現に都合よき事情を持ち来したものであると断定してゐる如《ごと》く思はれる。して見ると、つまり良寛出家の主なる原因が、良寛その人の稟性《ひんせい》のうちに求むべきものだと云ふことに帰着するわけで、玆《ここ》に再び良寛の資性如何と云ふことが問題となるのである。

私は既に前章に於て「愚は或は良寛本来の面目であったかも知れない」と云ふ事を述べた。けれどもその「愚」たるや普通の意味での所謂「愚」でないことも、上来述べ来《きた》った如くである、されば、良寛出家の原因が第一に彼の稟性内に求めらるべきであると云っても、決してそのことが彼の低能を指すものでない事は明らである。而《しか》も又

少年捨父母奔他国、[5]　　辛苦描虎猫不成、

から云ふ彼自身の告白を見ても解る如く、彼の資性が彼自身の出家の原因であった

1 緇衣—黒い法衣。
2 瞢騰—何もわからずのっそりしている。
3 亀卜—亀の甲を用いてのうらない。
4 稟性—うまれつきの性質。天性。
5 少年父を捨て他国に奔り、辛苦、虎を描いて、猫だも成らず。
6 良寛の「出家の歌」を見れば「積極的に自ら出家を望み僧伽たらんと欲するに至った内部的原因」が明らかに見られる。
　うつせみは　はかなきものと
　心にもひて　（「木端集」）
7 僧伽—僧侶。
8 牽強附会—こじつけ。
9 煌々—明らかなさま。
10 洞察—深い観察。
11 累代—代々。
12 定憲—定まったきまり。
13 嗣子—あとつぎの子。

挿絵「出家の図」

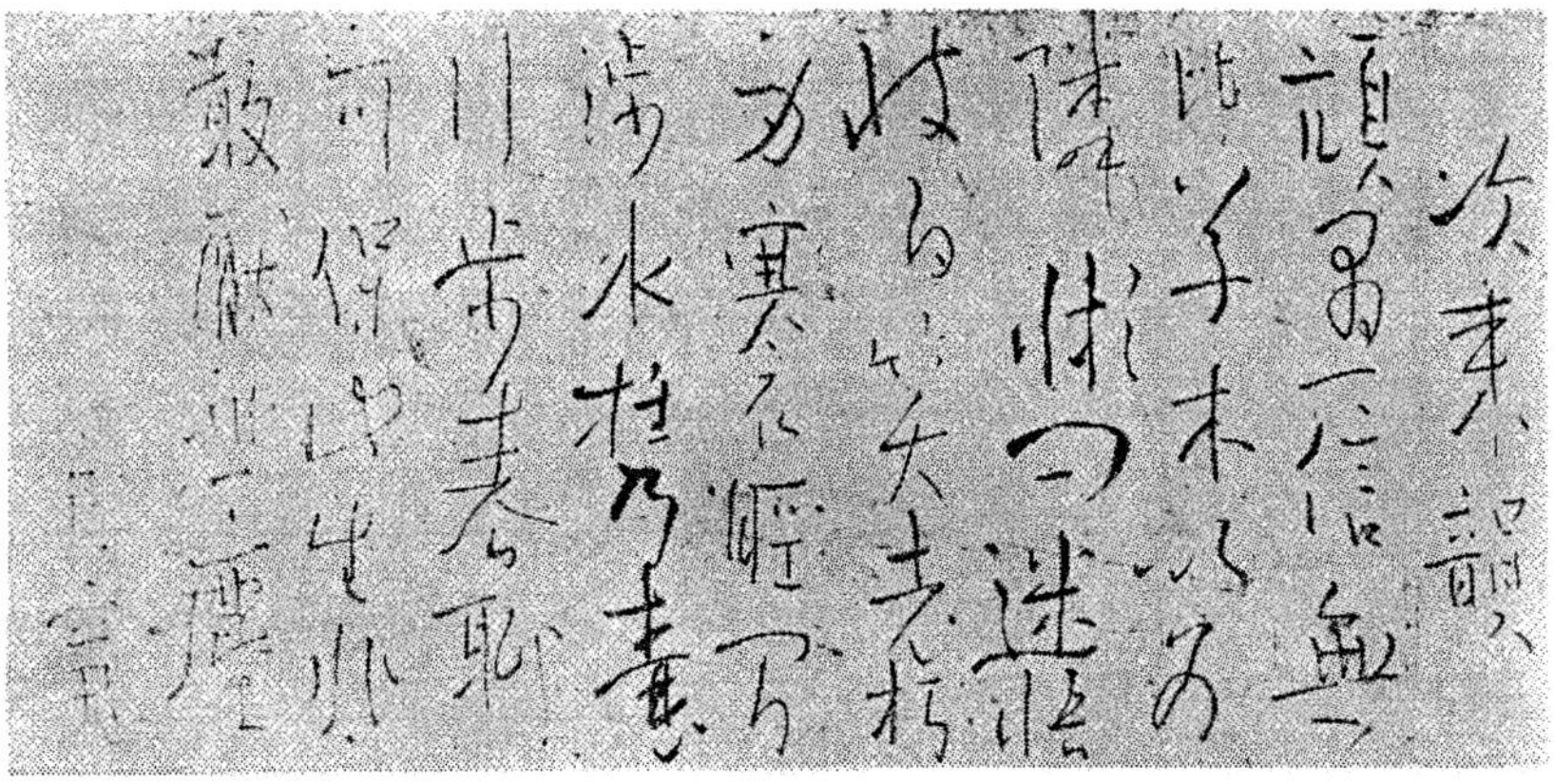

次韻、頑愚の詩

としても、それは「馬鹿で仕方ないから坊主にでもしたら」と云ふ[6]消極的原因ではなくして、寧ろそれは積極的に自ら出家を望み[7]僧伽《そうぎゃ》たらんと欲するに至った内部的原因であった事が明らかである。云ひかへれば良寛の出家は、外部から余儀なくされた消極的行動であるよりも、寧ろ内部から発した積極的要求に因由《いんゆう》する自発的行動だったのである。

かう見て来ると、かの『全伝』の編者が良寛出家の原因を良寛その人の資性に帰せんが為めに否定した世間の口碑が、必ずしも[8]牽強附会《けんきょうふかい》の俗説とのみ断じ去ることを得ないわけになるのである。況んや又該《がい》編者の「熱烈なる情意を緇衣《しい》に裹《つつ》みて外貌《ぼう》曹騰《ぼうとう》たりと雖《いえど》も大愚や愚にあらず心裡明[9]煌々《こうこう》たるものありて蔵せらる云々」の賢明なる[10]洞察《どうさつ》あるに於てをやである。然り、大愚やつひに愚ではなかった。曹騰《ぼうとう》たる彼の外貌《ぼう》の奥には、凡俗の窺《うかが》ひ知る事の出来ない心霊《れい》の熱火が燃えて居た。少なくとも此の洞察にして当を得て居るならば、かくの如き素質の青年が突如荘官としての自己の職を擲《なげう》って、身を僧伽《そうぎゃ》の境涯に投じたと云ふ稀有なる事件に、伝ふるが如き意味深い動機の存したことも、必ずしも牽強附会《けんきょうふかい》の臆説と断ずる事は出来ないと思ふ。

これと同時に、[11]累代神職を兼ね、国典を重ずるを以て家閥《かばつ》の[12]定憲《ていけん》として来た家庭が、安んじて其の[13]嗣子《しし》の僧籍に委して顧みなかった事についても、私はそれを『全伝』の編者などの推定した如き事情にのみ帰することは出来ない。無論家閥《かばつ》の伝習のうちの或る要素が与って力あったには相違なからうけれども此の事について何よりも重大視すべきは父たり、家長たる以南その人の性向でなければならぬ。わけても彼の思想傾向にそれを求めなければならぬ。茲《ここ》に至って私は前章に縷述《るじゅつ》[1]した以南その人に関する私の理解が、おのづから此の問題に向っての有力な暗示であった事を思はざるを得ないのである。而も最近に於て偶然にも私の眼に止った古書中の一記事が、一層私の以南観をして有力なる者たらしめた事をも、私は併せてこゝに記さゞるを得ないのである。

それはかの良寛と殆んど同時代に、しかもあまり程遠からぬ辺土の一隅《ぐう》から生れ出で、彼此《ひし》相通ずる生活と芸術とを以て相共に不朽《ふきゅう》の生命をかち得たる自称「信濃国乞《こつ》食首領《じきしゅりょう》[2]」俳諧寺一茶[3]の随筆『株番《かぶばん》』の中の左の如き一節である。

「今は十とせばかりに成ぬらん。越後国の俳諧法師以南といふものありけり。国々さまよひ歩きて、都にしばらく足をやすめける。折から、脚気といふ病《やまい》をなやみける。させるくるしみは見えねど、ふたゝびもとのやうになりて古郷《ふるさと》に帰らんこと、おぼつかなきなど、より添ふものゝさゝやきけるをふと聞きつけて、かくありて、日を重ね月をへて、見ぐるしき姿を人々に指さゝれんも心うしとや思ひけん。ある時

　天真仏の仰せによりて、以南《いなん》を桂《かつら》川の流にすつる。

　染色の山をしるしに立おけば
　　我なき迹《あと》はいつのむかしぞ

と書て、そこの柳《やなぎ》にありしとなん」

これについて一茶の評伝家『俳諧寺《はいかいじ》一茶』の著者[4]東松露香氏も「此等は其の覚《さと》り振

1　縷述—くわしく長くのべる。
2　首領—かしら。
3　小林一茶—江戸中期の俳人。信州柏原に生る。江戸に出て葛飾派を学び、のち独自の俳風。晩年帰郷、結婚、妻子に恵まれず、文政十一年歿六五歳。「おらが春」「七番日記」等。
4　東松露香—長野市の人。一茶の遺文の埋もれるを恐れて各地より捜索、諸の研究も集めて明治三十四年に一応まとまり、大正十年「俳諧寺一茶」を発行した。
5　山崎良平—西蒲原郡小池村の人。新潟中学卒。東大卒。糸魚川、小千谷中学校長、浦和中学校長。昭和八年歿、五二歳。「大愚良寛」を一高校友会誌、僧良寛詩集に残す。
6　殊点—特点。
7　傲岸—いばって気位が高い。
8　頑執—がんこで物にとりつく。
9　堆塊—積みかさねのかたまり。
10　知悉—知りつくす。
11　田沼意次—将軍家重家治に愛用せられて側用人より老中となり権勢をきわむ。天明八年歿、七十歳。
12　権柄—権力。
13　怒濤—荒波。
14　蟷螂の斧—かまきりが斧のように脚のはさみをあげること。
15　隆車—高い車。

出雲崎の荒波（向うは佐渡ケ島）

りの面白さに書きとゞめたるならんが、何れも一茶が心ゆけるものなるべし」と云って居るが、もし此の一茶の聴き書きにして信を置くべきものとすれば、父に以南あってこそ、子に良寛あり得た事実を、一層深く解し得るのである。而《しか》して又此の意味に於て、私は[5]山崎良平氏の『大愚良寛』中の左の如き一節に、最も多くの共鳴を感ずるものである。（山崎氏の此の評論は最初明治三十七八年頃の第一高等学校々友会雑誌に掲《かか》げられ、後にに小林二郎氏編輯の『僧良寛詩集』の巻尾に転載されたかなりの長論文で、近代的批評の題目として良寛の生活及び芸術の取扱はれたのは、恐らく之れが初だと思ふ。）

即ち山崎氏は良寛の父以南の事蹟を記し了って云ふ。

「思ふにこれ北越偉人の[6]殊点《しゅてん》を染得したるもの、[7]傲岸《ごうがん》にして[8]頑執《がんしゅう》なる北越的特長は、此人によりて既に示されたるなり。其血統を得たる良寛豈《あ》に冷々たる死灰《しかい》の[9]堆《たい》塊《かい》なるを得んや。彼が遺伝をうけたる亦決して僅少ならざりしならん」

と。又云ふ。

「彼は既に世の頼むべからざるを[10]知悉《ちしつ》し、父の意を得、飜然《ほんぜん》として世を離れたり。[11]上《かみ》田沼意次《おきつぐ》等の[12]権柄《けんぺい》にほこるあり、日光拝するを得ずして、深く九重に隠れ、暗雲日に〳〵重くして、皇威時に薄く、人をして片手大海に対するの感あらしむるに至れり。傲岸《ごうがん》にして頑執《がんしゅう》なる彼、何を以て此世に安んずるを得んや」

と。更に又云ふ。

「彼は出雲崎の地、此海の[13]怒濤《どとう》に産湯《うぶゆ》せしものなり。彼何を以て北越風土の化に離ることを得むや。果然彼は北越の傲岸と頑執との性を享受し、加之《しかのみならず》父の遺伝を得、事に当り物に触れ、感激其度を越え、慨然《がいぜん》として[14]蟷螂《とうろう》の斧《おの》を以て[15]隆車《りゅうしゃ》に当るを辞せざりき。而して之を彼の父に見よ。彼は皇室の式微《しきび》[1]を慨《がい》し、片手《へんしゆ》其救ふべからざるを知り、悲憤の極《きよく》遂に水に入《いり》て死を得たり。上人《しようにんあ》豈に何ぞ之を冷々に看過《かんか》するを得んや。彼は念頭之を離たず、常に世の澆季《ぎようき》[2]を嘆じ、之が救済に意を致しゝなり。然れども其遂に断行し難きを照破し、意を決して之を根本的に精神の救済をはからんと試み、飜然《ほんぜん》として弟に家を譲《ゆず》りて禅定《ぜんじよう》の道に入りぬ。嗚呼《ああ》此時此刹那、北海の波其高《たかさ》を層《ま》し、米山《よねやま》[3]の孤月光弥々冴えたりしならむ」

と。行論《こうろん》やゝ概念的に過ぎ、誇張に失した嫌ひがあり、且《か》つ以南の性情及び生活については多くの詮索不備の点はあるが、その着眼の仕方に於て頗《すこぶ》る私などには共鳴を与へる見解である。要するに、父以南の生活と、子良寛の生活と——此の二者の関係は、良寛その人の生涯を考へるに当って、私達には何としても最も深大な意味を蔵する問題でなければならぬのである。

おもふに、名主の家の嗣子《しし》として生れた良寛は、生来世俗と相容れない一風変った人間であった事は事実らしいが、しかしそれが普通に云ふ「馬鹿」とか「阿呆《あほう》」とか云ふたぐひのものでなかった事も疑ふことは出来ない。或は彼は常識の習得に懶《ものう》い、空想的要素の多分な少年ではなかったか。世間の少年等と交遊することよりもむしろ唯一人あてもない空想の世界に遊ぶことをより大なる楽しみとしてゐた、北国に有り勝ちな淋しい少年の一人ではなかったか。

さう思って見ると、前章に掲《かか》げた彼の少年時代の逸話の如きは、よしあれ程の落し噺《ばなし》めいた結構はなかったにしても、兎に角彼の少年時代の特色を最も鮮《あざ》やかに示した

1 式微—おとろえること。
2 澆季—乱れた末世。
3 米山—新潟県中頸城郡の東にあり。信越線米山駅より登る。高さ九九三メートル。頂上に薬師堂あり、越後の霊山の一。
4 好証左—よい証拠。
5 この句は芭蕉が「奥の細道」の行脚中に出雲崎で作ったといわれ、「銀河の序」の中に書かれている。碑として出雲崎に建つ。
6 芭蕉—江戸初期の俳人。伊賀国上野に生る。北村季吟に学び、のち江戸にて西山宗因に学び蕉風の一派を開く。元禄二年東北北陸に遊び「奥の細道」等を残し、元禄七年歿、五一歳。
7 順徳帝—第八十四代。承久三年将軍北条義時を討たんとして敗れ、佐渡へ移され、二十二年後の仁治三年崩御。六四歳。
8 日蓮—日蓮宗の開祖。安房国小湊に生る。清澄山にて剃髪、各宗派を学び、建長五年日蓮宗を開く。迫害をうけ佐渡にも流され、鎌倉に帰り、身延山に移り、弘安五年歿、六一歳。
9 資朝—日野資朝。吉野朝の公卿。北条高時を抑制せんとして失敗、正中二年佐渡へ流された。元弘二年斬罪に処せられた。
10 阿若丸—阿新丸、日野資朝の子。父の仇を討たんと佐渡に渡り、その子本間三郎を討って帰国。藤原光邦といい中納言となる。
11 原本には「匂ひ」とある。

芭蕉の銀河碑

好[4]証左《こうしょうさ》として受け容れることが出来る。[5]「荒海や佐渡によこたふ天の川」[6]と芭蕉《ばしょう》の歌った越後海岸の風趣を最もきはやかに備へた出雲崎の荒磯《あらいそ》は、おそらく孤独な少年栄蔵の最もよい空想の場所だったであらう。而して

たらちねの母がみ国と朝夕に
　佐渡が島べをうち見つるかな

天も水もひとつに見ゆる海の上に
　うかび出でたる佐渡が島山

など云ふ晩年の詠懐《えいかい》に於けるが如く、彼は又た此の雲波の間に出没する島影に対して朝な夕なさま〴〵な空想を描いたことであらう。更にやゝ長じて、彼は此の海上十八里の孤島裡《り》に行はれた歴史上の悲壮なるローマンスのかず〴〵をも聴いたであらう。そして順徳帝[7]、日蓮[8]、資朝[9]、阿若丸《くまわかまる》[10]――さうしたさま〴〵の過去の人物と、かの孤島の風光とが混融《こんゆう》して、幼ない彼の脳裡《のうり》には日を追ひ、年を経て、ます〴〵複雑《ふくざつ》な空想瞑思の世界が展開されて行ったであらう。わけても、彼自身の家に家宝の最も貴き一つとして伝へられつゝあった短冊《たんざく》、[11]「忘るなよほどは波路にへだつともかはらず匂へやどの橘」の歌の主の悲劇的生涯は切なる実感をさへも彼の胸に伝へたであらう。

更に又晩年の悟境にありての彼が最愛の遊戯が手毬とハヂキであったと云ふ事実から推《お》して、少年時代に於ける彼も亦戸外にありての男性的遊戯よりも、戸内に於ける女性的遊戯の静穏《おん》をより多く愛好したであらうことは想像するに難《かた》くない。恐らく又

かくの如き彼の嗜向《しこう》よりして、彼は寒国特有な薄暗い炉辺に離れがたい快感を感じずには居られなかったのであらう。炉辺に親しむことは、寒国にありては、同時に家人に親しむことであり、世間に親しむことである。かくして彼は、名主としての彼の父の身辺に[1]蝟集《いしゅう》し来った世間雑多の問題に、期せずして耳目を刺戟されたであらう。時恰《あたか》も徳川の政治が最も[2]堕落腐敗《だらくふはい》の状態に陥ったと称せられた田沼時代であった。その[3]溷濁《こんだく》の波動はおそらく此処北越の辺土までも及んで居たであらう。この想像にしてあやまらないとすれば、良寛の父以南の周囲にも、直接又は間接に何等か、其の種の事件の発生を見たにちがひない。而して資性の[4]廉直《れんちょく》に加へて、俳味の静寂を愛すると云った風な彼以南は、さうした世態に面し、しかも官民の仲介者としての彼の地位に[5]蹐《きょく》していかばかりの痛心を経験したかわからない。陰鬱《いんうつ》で空想的な少年栄蔵の眼は、斯《こ》うした[6]憂悶《ゆうもん》痛心に[7]擒《とら》はれた父の姿を時に薄暗き炉辺に見出さなんだであらうか。

此の栄蔵は十八歳で父の職を承《う》けたと伝へられる。而《しか》してそれは父以南が三十九歳の時に当る。一説の伝ふるが如く、栄蔵その人にして真に所謂「魯鈍疎懶《ろどんそらん》」の馬鹿息《ばかむす》子《こ》であったとすれば、此の事実の意味は全く不可解である。何となれば、自らは如何《いか》に他に欲する道があったとは云へ、明らかに魯鈍《ろどん》と知れた、しかもまだ漸《ようや》く十八歳の若輩でしかない息子に、三十九歳と云ふ働き盛りの以南が、安んじて[8]累代の家職を譲ると云ふやうな事はあまりと云へばあまりの無謀事《むぼうじ》だからである。而もそれと同年に、その家職を譲られた栄蔵が[6]剃髪して良寛となってゐる。此の事もまたあまりの軽率事に見えるではないか。

1 蝟集―たくさん集まる。
2 堕落腐敗―くずれて正しい道が行われない。
3 溷濁―にごっていること。
4 廉直―曲ったことをしないで正しいこと。
5 蹐して―小さくかがまっている。
6 憂悶―心配してふさぎこむ。
7 擒はれた―とらわれた。
8 累代―代々。
9 攪乱―かきみだすこと。
10 啻に―単に。
11 巡逡―ためらう。

田沼時代の米騒動

　けれどもそれが疑ふべからざる事実であったとすれば、その一事は何よりも先づ私達に、以南その人の胸中の憂悶《ゆうもん》の如何に烈しかったかを語ってゐるやうにしか思はれない。即ちかくの如き無理をしてまでも自らを離俗させないでは措《お》かれぬほどの苦悶が、その当時既に以南の胸裡を攪乱《かくらん》[9]してゐたのだとしか思はれない。而も彼をしてかくも断乎たる処置をとらしめた力はどこから出て来たのであらうか。憂国勤王の志士として立たうとした積極的熱情がそれであったか。離俗脱世の静寂境を求めつゝあった彼の消極的心情がそれであったか。おそらく其の両者であったらう。その両者の解きがたき心の縺《もつ》れであったらう。而してつひに此の両者のいづれにも徹することの出来なかったのが、彼れ以南の悲劇的生活の真相ではなかったか。

　此の父の悲劇的生活の根本を成した矛盾を、さながらに一身に引き受けて家職の衝《しょう》に当ったのは栄蔵であった。而《しか》も彼たるや、又実に世間から変物扱ひされ、阿呆視《あほうし》されて来た一個の空想児であって、その点では父以上の無常識漢であり、実際向きでない人間であった。果《はた》せるかな、此の変物は僅《わずか》に一年をすらも、その職に得堪《えた》へなかった、彼は一溜《ひとたま》りもなく、その地位から飛び下ろされた。啻《ただ》[10]に其の家職からばかりでなく、一躍《いちやく》して彼は世間そのものから脱却した。その点では賢《けん》にして逡巡《しゅんじゅん》[11]してゐた彼の父よりは愚《ぐ》にして猛進した方が、いち早く徹底境を見出すことが出来た。彼の父が生涯求めわびてゐたものを彼は一挙にして攫《つか》む事が出来たのである。世間は此の電光の如く石火の如き栄蔵の行動を目《もく》して、さま〴〵の噂を立てた。「あの名主の昼行燈《ひるあんどん》息《むす》子《こ》は、女に嫌はれて坊主になったのだ」から云ふものもあった。「いやあれはいつぞ

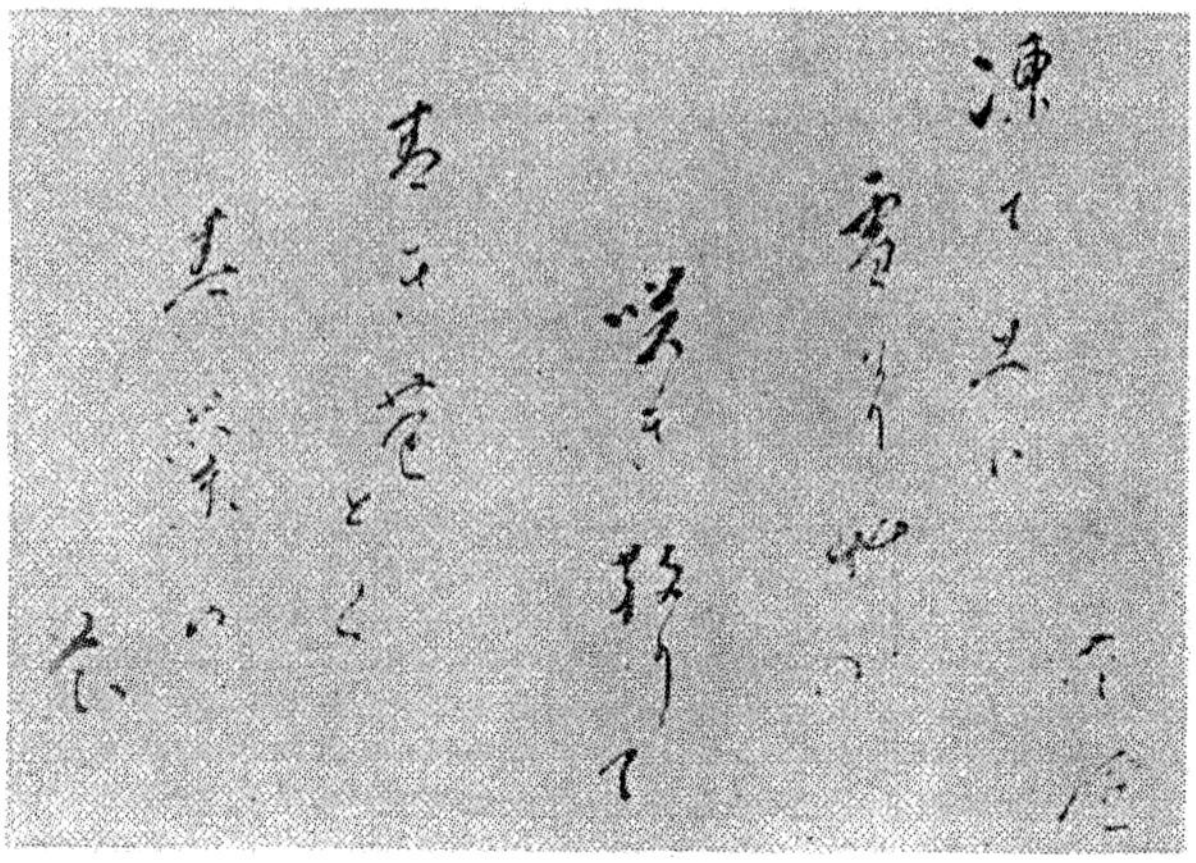

窪田空穂の筆蹟

や罪人が斬罪に処せられたのを見て、急に世の中が恐ろしく厭《いや》になったのだ」から云ふものもあった。更に又物の道理を弁《わきま》へて居るらしい或る者等《ら》は云った。「橋屋の若旦那はどうもたゞの人ではなさゝうだ、今度《こんど》急に光照寺で頭を剃ってしまはれたのも、わけを聞けばどうしてなか〳〵素晴らしいものだ、何でも此頃起った代官様と漁師《りようし》共との争ひの仲へ入って、代官の方へは漁師共の云つとる悪口雑言をそのまゝ上申し、漁師《りようし》共の方へは代官様の悪口をそのまゝ伝へると云ふ寸分も曲げない仲裁をさしやったのぢゃさうな、ところがその為めに争の火の手がだん〳〵烈しくなるばかりなので、代官様はひどく腹を立てしやって、或時栄蔵さんを呼び出してひどく叱りつけしやったさうな。それで日頃からあのやうな一風変った人なもんで、『人間は正直が第一だ。俺《おれ》はたゞ正直に物を言ったゞけだ、それで世の中が治まらんと云ふのなら、こんな世の中は俺の居る世の中ぢゃない、こんな世間にぐづ〳〵しとったら仕舞にはくだらん奴等の手にかゝって殺されてしまふ位が落ちだ、俺《おれ》はもう断じて厭《いや》だ』と云ふやうな事でとう〳〵あんなにして出家さしやったのだと云ふ事だ。」と。

けれども、どれが果して真相を穿った世評であったかは解らなかった。今日私達が良寛その人の出家の動機について、之れはと云ふ信頼すべき記録を得ないのもさうした区々たる世評がいづれとも判じ難き幾つかの口碑として存して居るからである。併し又翻《ひるが》って考へるに、私達は今強ひて[1]さうした幾つかの口碑のいづれが果して真で、いづれが果して附会説であるかを詮索するに当らないやうである。おそらくそのいづれも真であらう。おそらく又そのいづれも真ではなからう。私達は今その個々の口碑のいづれか一つを選び取らうとするよりも、むしろその凡てのうちに一貫してゐる「或るもの」を感じ、それの暗示によって何等かの具体的なものを正視し得れば、これで好いのではないか。

私は嘗《かつ》て[2]窪田空穂《くぼたうつぼ》氏の『苦んだ人、[3]西行《さいぎょう》』と題する評論を読んで、左の如き一節に[4]逢着《ほうちゃく》した時に、[5]粛然《しゅくぜん》として襟《えり》を正さないでは居られなかった。今、良寛が出家の意味を考ふるに当って、私は又しても其の一節を思ひ出したのである。

即ち窪田《くぼた》氏は云ふ。

「単に無常を感じたばかりならば、『時』の推移を悲しんだばかりならば、彼は一俗人に過ぎないが彼はさうした境遇にある自身を見出すと共に、時の推移にたゞよはされてゐる自身を見出すと、そのまゝぢっとしてはゐられなくなった。彼は何よりも先づ自身に強い愛着を感じて来た」

と。更に又氏は云ふ。

「弱い者もその人が正直である限りは、弱い者と同様に最後には主我的になる、為我的になる。彼は弱きに徹して強くなる路を選んだ。」

と。

良寛の文に云ふ。

[6]「古曰、君子不好物而遇意於物誠哉。夫人之有意触物而感、則発於憂喜。其未発謂之中、発当節謂之和。不足則不及、過則溢々流々焉至喪其身、使我細道之没身而不能尽請道其大体。陶淵明遇之菊、謝康楽遇之山水、支遁遇之馬、劉伯倫遇之酒、遇詩者、

1　口碑―伝説。

2　窪田空穂―名は通治。長野県生れ。早大卒。歌人。「まひる野」「鳥声集」等の歌集、古今和歌集評釈等の古典注釈書あり。

3　西行―平安末期 の 歌人。俗名は 佐藤義清。後鳥羽上皇に仕え、左衛門尉。二三歳出家、和歌を詠じつつ奥羽、吉野、四国等を廻る。建久元年歿七三歳。山家集あり。

4　逢着―であう。

5　粛然―つつしむ。

6　古曰く、君子は物を好まずして意を物に遇はす誠なる哉。夫れ人の意物に触るる有りて感即ち憂喜に 発す。其の 未だ発せざる、之を中と謂ひ、発して節に中る、之を和と謂ふ。及ばざれば即ち足らず、過ぐれば即ち溢れ流る。溢れ流るれば焉んぞ其の身を喪うに至らんや。我をして細かに之を道《い》はしめば身を没しても尽すこと能はず。請う其の大体を道はん。陶淵明《えんめい》は菊に遇ひ、謝康楽《しゃこうらく》は山水に遇ひ、支遁 は 馬に 遇ひ、劉伯倫《りゅうはくりん》は酒に遇う。詩に遇ふ者、画に遇ふ者、書に遇ふ者、琴に遇ふ者、狂に遇ふ者、滑稽に遇ふ者、鞠子に遇ふ者、物殊に事異なりと雖も、其の遇ふ所以のものは一なり。或は楽しみて之を忘れ、或は好みて之に執す。古来の感、目前の徴、了然として観るべし。何れを是とし、何れを非とするかは、子、其れ択べ。

良　寛　書

遇書者、遇画者、遇琴者、遇狂者、滑稽者、遇毬子者、雖物殊事異、所以其遇者一也。或楽而忘之、或好而執之。古来之感目前之徴、了然可見、何是何非、子其択焉」と。けれどもかの越後出雲崎の名主の若旦那栄蔵が、突如一変して緇衣《しい》の僧良寛となったことが、その最初の瞬間から既にかくの如き達人の心境からの行動であったとは、誰か信ずることが出来ようぞ。

この事に関しては、『弥彦神社附国上と良寛』の著者も更に説を為して次の如く云って居る。

「さるにても良寛は何の為めに僧となりしか。一世の英雄伊達正宗《だてまさむね》[1]を驚倒せる真壁《まかべ》[2]平四郎の当初の発心の如く階級制度万能主義に反抗して紫衣《しい》の栄進を誇らんが為なりしか、将《は》た自ら生死《しょうじ》の一大事を明らめ輪廻[3]の大海中に浮沈する大衆を救済せんとする為めか、二者何れとしても、先づ権門富豪に依りて積極的に活動せざるべからず、勿論良寛の才学の程度は之を為すに容易の筈なるに、計の此に出でざりしを見れば彼れの目的は此れにもあらざりしが如く、若し切に浮世の係累《けいるい》[4]を厭ふとせば跡を山林に埋め寒山《かんざん》[5]豊干《ぶかん》[6]の前蹤《せんしょう》[7]を趁《お》うて足る可く、特に郷里に近きあたりに家門の羞《しゅう》恥《ち》を晒《さら》して蛙居《あきょ》せる理由畢竟《ひっきょう》[8]解すべからず、或は彼が浮屠《ふと》[9]の門に入れるは父以南との協定の結果にして、彼れは京師に於て父以南と会し、斡旋《あっせん》[10]する所あり。以南が志を得ず憤死するに及んで、即ち郷里に帰り、潦倒《ろうとう》[11]して爾後《じご》[12]の三十年を送れるなりと想像を逞《たくまし》うせんか、以南の行動彼の如く幕府の嫌疑《けんぎ》[13]を惹《ひ》く可くして、しかも由之の家に事なく、良寛又特に生家と疎隔《そかく》したりしを思へば、揣摩《しま》[14]に過ぐると雖《いえど》も亦一点

1 伊達正宗—幼より文武に通じ米沢城に居る。豊臣秀吉につくし、朝鮮の役にも功あり重用せられた。のち大阪城攻撃に功あり仙台青葉城に居る。寛永十三年歿、七十歳。

2 真壁平四郎—常州真壁の人。城主美濃守の馬丁で主人の不興をうけ下駄にて打たれた。発憤して出家をし、宋へ渡って仏鑑禅師について修行。帰国して松島の瑞岩寺を開き、帰郷して伝正寺の住持となり、文永十年歿。法身大師という。

3 輪廻—人の霊魂は肉体とともに枯死することなく、無始無終、生死の境をめぐる。

4 係累—かかわりあい。

5 寒山—唐代、国清寺におった詩僧。

6 豊干—寒山とともに国清寺におった僧で、虎に乗っていたという。

7 前蹤—あと。前に行った人の足あとをいう。

8 畢竟—つまり。結局と同じ。

9 浮屠—僧侶のこと。

10 斡旋—世話をしてやる。

11 潦倒—おちぶれる。不遇なこと。

12 爾後—そののち。以後と同じ。

13 嫌疑—うたがい。

14 揣摩—おしはかる。推測と同じ。

の霊犀[15]《れいさい》の良寛の面目に通ずるものあるが如し」と。此の想像説も亦あまりに揣摩《しま》し過ぎた臆断《おくだん》で以南良寛二人者の関係の如きもあまりに史実を無視した嫌《きら》ひがある。而もなほ一点此の説に於て私達の共鳴を覚ゆるのは、良寛の出家を以て父以南との協定に出たものと視たに因るのであって、それと同時に其の父子の協定が如何なる内容を持ったものであるかについては、私達は前に掲《かか》げたさま／＼の口碑を一貫した「或るもの」のうちにそれの暗示を摸索[16]《もさく》するより他に詮考《せんこう》の道なきを思ふのである。

良寛みづから歌って曰《い》ふ。

[17]わが袖はしとゝにぬれぬうつせみの
　うきよのなかのことをおもふに
すめらぎの千《ち》代万代《よよろづよ》のみよなれや
　花の都に言の葉もなし
石[18]《いそ》の上《かみ》ふるの古みちしかすがに
　みくさふみわけ行く人なしに
益荒雄[19]《ますらを》のふみけむよゝのふるみちは
　荒れにけらしも行く人なしに
いにしへの人のふみけむふる道は
　あれにけるかも行く人なしに
墨染[20]《すみぞめ》のわが衣手《ころもで》のゆたならば

15　霊犀—非常にこまかくよく見る。
16　摸索—手さぐりで求める。
17　現世のつらい世の中のことを思っていると、わたくしの袖は涙でびっしょり濡れてしまいます。
18　石の上—古の枕詞。古道は古びたといっても誰か実行していそうなのに、それにしても深い雑草を踏み分けて行く人もなくなったことだなあ。古道の頽廃をなげいている。
19　益荒雄—大勇のある正義の士。武人ではない。
20　衆生済度の願望の素志を述べたものである。

うき良の民におほはましものを

諸人《もろびと》[1]のかこつ思ひをせきとめて
おのれひとりにしらしめんとか

[2]いかにしてまことの道にかなはんと
ひとへに思ふねてもさめても

如何にしてまことの道にかなひなむ
千とせのうちの一日なりとも

斯《か》くあらんとかねて知りせばなほざりに
人に心は許すまじものを

[3]世の中をおもひ〳〵てはて〳〵は
いかにやいかにならむとすらむ

[4]うつし身の人の憂《う》けくをきけばうし
我もさすがに岩木ならねば

久方の雲ふきはらへ天《あま》つ風
うきよの民の心かよはば

此等の述懐を味ふ時、私達は後年の所謂「昂々乎《こうこうこ》[5]として囚はれなかった」自由の人良寛と、全然別個のいたましき「悩める人」を想ひ浮べずには居られないのである。而もその「悩める人」は、同時に彼の父以南のうちに一層鮮やかに認め得られるを思ふ時、その所謂自己のうちなる「悩める人」に対する以南良寛二者の態度の相違の因《よ》

1 弥陀の本願をひしひし感じさせる歌だ。

2 歌意は一読して理解されるが、それだけにひしひしと胸をうつものがある。

3 済度の希望、宗教界粛清の悲願も、一木の支うる所にあらず、将来の不安に泣く真情が胸をうつ。

4 人間として他人の心配に同情している姿がしのばれる。

5 昂々乎—高くぬきんでているさま。

6 草庵に閑居しているのに対する自責の歌で、その素志が「身をすて、世を救ふ」にあったことを示している。

7 窪田空穂—長野県生れの歌人。

8 西行法師—平安末期の歌人。

9 顫動—ふるえ。ふるえ動くこと。

10 飄々乎—ふわふわ。

11 洒落—さっぱりしていること。

12 一茶—江戸中期の俳人。

13 縦まま—かって自由に。

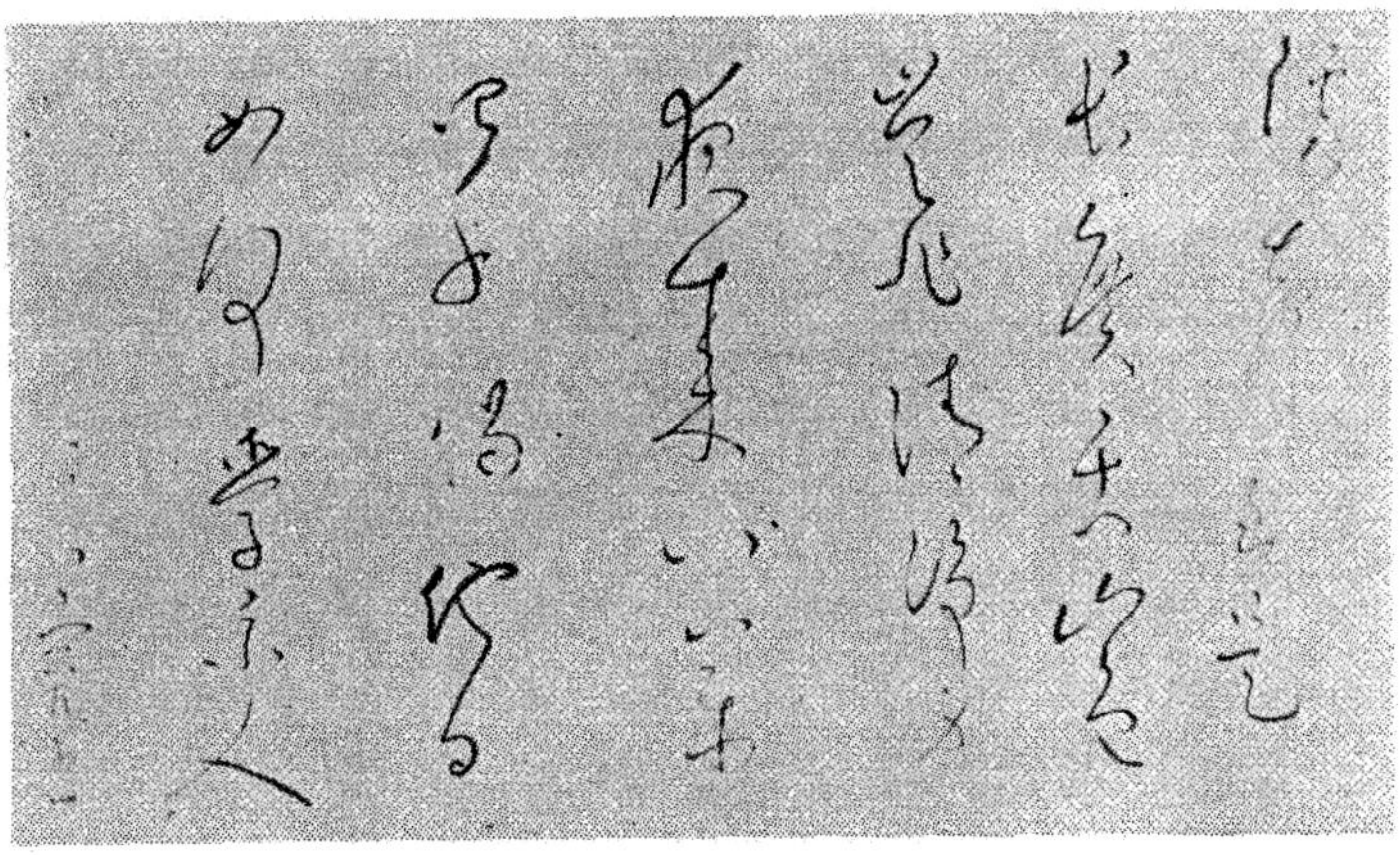
渓声長広舌の詩

って来った意味について、更に一層深い黙想に誘はれずには居られぬのである。

[6]何故に家を出でしとをりふしは
　　心に愧《は》ぢよすみぞめの袖

から良寛みづからも歌ってゐる。

身をすてゝ世を救ふ人もますものを
　　草のいほりにひまもとむとは

これは彼の弟子貞心尼《ていしんに》に与へた歌であるが、此の一首のうちに何と云ふ鋭い自省の刃《やいば》の閃《ひらめ》いて居ることであらう。而もつひに彼は如何にして、此鋭い刃《やいば》に打ち勝って、更に新たな強い彼となり得たであらうか。彼も亦《また》実に窪田《くぼた》[7]氏の評した西行《さいぎょう》[8]その人の如く「弱きに徹《てつ》して強くなる路を選んだ」人ではなかったか。

おもふに、彼は或は外貌《ぼう》頗る「魯鈍疎懶《ろどんそらん》」の趣は現はして居たに違ひなからうけれども、内部的にはむしろ痛ましいまでに敏感な神経の顫動《せんどう》[9]を感じて居た人であったらう。「わが袖はしとゝにぬれぬうつせみのうき世のなかのことをおもふに」――これが恐らく中心に於ける本当の彼自身であったのであらう。かの飄々乎《ひょうひょうこ》[10]として雲の如き洒《しゃ》[11]落《らく》の風格を以て一代を驚かしたと称せられる俳人一茶《いっさ》[12]が、実はその内部生活に於て世にも稀なる悲痛哀傷の人であった事が彼自身の日記その他の記録によって明らかであるが如く良寛も亦《また》其の内部に於ては抑へがたい哀傷の人だったのではないか。而もその哀傷を縦《ほしい》[13]まゝに外に発することの出来なかった弱い彼は、悲しめば悲しむほど、傷《いた》めば傷むほど、ます／＼自らの内へ内へと沈潜せざるを得なかった。即ち「うつせみのうき世のことを思ふ」心は、人一倍に烈しかった彼でありながらも、強く外に向って戦ふべく彼の性はあまりに弱かった。さま〴〵の口碑が伝うるが如く彼には自己の職務の上から観たゞけでも、数多く為すべき仕事があったに違ひない。人間的な彼の心は、幾たびか彼に向ふべき道を指し、為すべき仕事を示したであらう。而《しか》もそれに従ふべく余りに弱かった彼は、而してその弱きが故にあまりに高き清さを求め、あまりに深き静けさを願った彼は、つひに弱き自己を欺いてまでも強きに倣ふことは出来なかった。さればとて世の推移の現実に即して、強く自ら楽しんで生きることの猶更《なおさら》不可能であった彼は、結局たゞ一筋の道をすらも外の世界に見出すことの出来ない彼であった。

　かくして、外を閉ざされた彼の心の眼は、すさまじい力を以て彼自らの内部へと集まって来た。外に道を失った彼は、今や彼自らの内部をのぞいては絶対に生命の道を求めることが出来なかった。外の世界をどうにかすることの不可能なことを知った彼は、今や彼自らをどうにかすることより外に、道なきを思った。即ち「弱き者もその人が正直である限りは、強い者と同様に最後には主我的[1]になる、為我的《いがてき》[2]になる」——この道へ、彼も同じく進んだのであった。

　良寛の出家は、伝ふるが如く父以南を始め凡ての家人等との協定の結果であるかも知れない。而《しか》も之《こ》れを良寛その人を中心として観る時は、まさしく主我的の行動であった。如何なる事情があったにしても、襲《しゅう》職後僅に一年を経ずして、突如[3]として一切を擲《なげう》[4]って我ひとり世外の道に遁逃《とんとう》[5]し去った事は、周囲に対する自己の責《せめ》を完うした行

1　主我的—他人の利害に関係なく、ただ自分の利益だけを考え求めること。
2　為我的—主我的と同じく、自分だけの利益をはかる。
3　突如—だしぬけ。
4　擲って—投げ出して。
5　遁逃—のがれる。
6　寄与—社会に力をかして利益を与える。
7　うつそ身—現そ身で、現在自身の。
8　具現—具体的にあらわす。
9　讃仰—徳をあおぎたっとぶ。
10　真如界—悟りの世界。

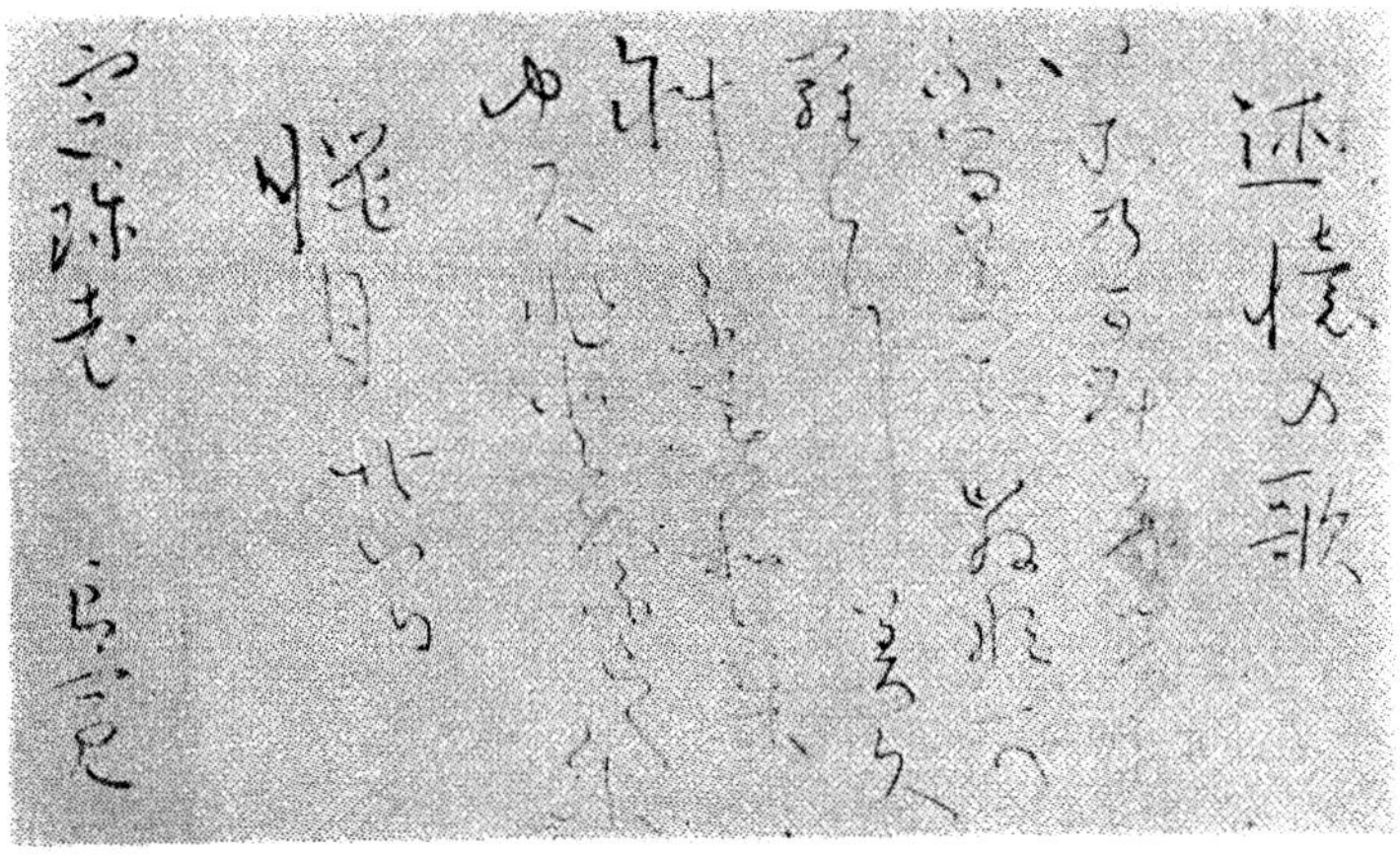

述懐の歌

動とは考へられない。而して更に彼の此の隠遁が、つひに単なる隠遁《いんとん》に終り、何等の精神的感化乃至《ないし》道徳的感化を世界に[6]寄与しなかったならば、彼の出家はつひに世間並の隠遁者の一個忌はしき主我的行動として終ったであらう。

けれども、かの主我的行動によって、進み入った良寛の未来には驚くべき広大な別個の世界が展けて居た。それは実に美妙なる愛の世界であった。而して彼はその広大な愛の世界を自己一身の上に、[7]うつそ身の生活そのものゝ上にほがらかに[8]具現《ぐげん》することを得ずには止まなかった。「弱きに徹して強くなる道を選んだ」彼はかくしてつひに最も強き者ほか住むことの出来ない、広大な愛の世界に住むことが出来るやうになった。

今日私達が、良寛その人の[9]讃仰措《さんこうお》かない所以《ゆえん》のものは、実に此の広大なる愛の世界の具現者としての彼あったが為めに外ならない。隠遁《いんとん》者良寛は此の一個の人物の仮りの姿でしかない。隠遁《いんとん》は弱き者にのみ開かれたる[10]真如界《しんにょかい》の関門に外ならない。けれども真に「弱きに徹する」ことの出来るものでなければ、此の関門の彼方に展けたる広大なる愛の世界にまでの淋しき道を進むことは出来ない。その関門のほとりには弱き主我の人にとりての誘惑が充ち〳〵て居る。こゝに留るものは亡びる、「弱きに徹して強くなった」者のみがその誘惑に打ち勝って、進むことが出来る。良寛は実にその難関を突破して進むことを得た人であった。

むらきもの心たのしも春の日にとりのむらがり遊ぶを見れば

夏草は心のままにしげりけりわれいほりせむこれのいほりに
秋もややうらさびしくぞなりにけり小笹《ささ》に雨のそゝぐをきけば
飯《いい》こふと里にもいでずなりにけりきのふもけふも雪のふれゝば

良寛

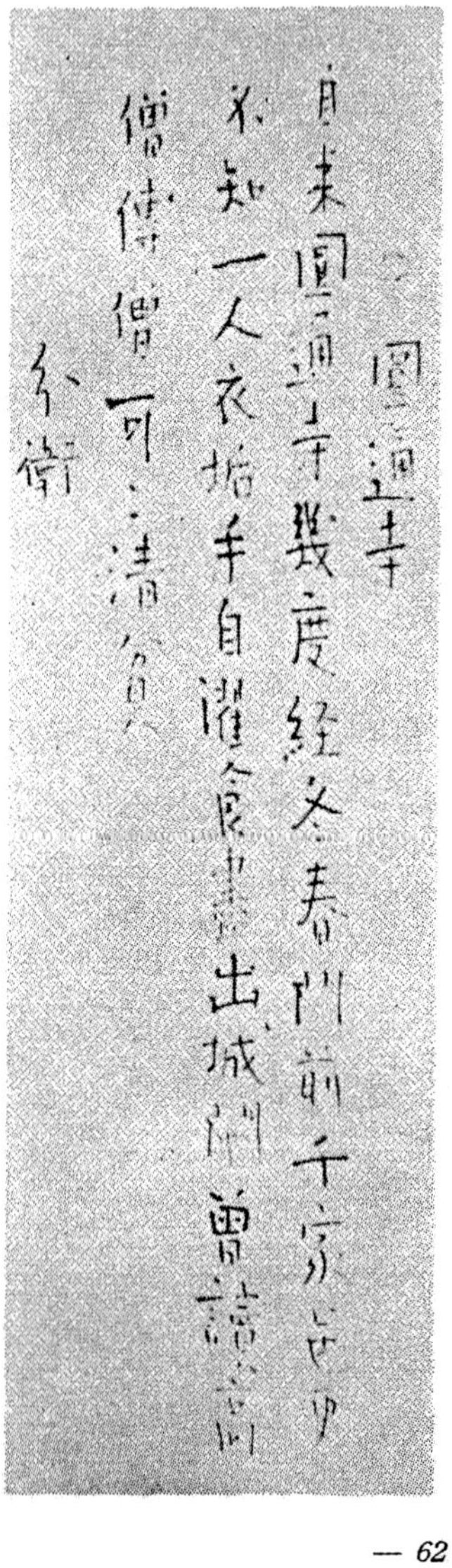
円通寺の詩（「草堂詩集」より）

四、修学時代

安永三年[1]尼瀬町光照寺[2]に入って第十二世玄乗和尚[3]の徒弟となり剃髪を受けてから足掛五年の間、良寛はそこに在って修行の功を重ねたと云はれる。けれどもその間に於ける彼の生活が如何なるものであったかは、今日少しも知る事が出来ない。昨日まで名主の家の若旦那であった彼が、一朝にして禅寺の小僧となり変ったのであるから、何かにつけて彼の心の波動の尋常でなかった事は想像するに難くない。世俗生活の本意なさに一旦は身を以て塵外に遁《のが》れ得た安らかさも感じられたであらうけれども、やがては此の仏門修業の道程にも更に別趣の困難の存することを知って、如何ばかりの苦悶《くもん》[4]を彼は経験したであらう。前章にも述べた如く、良寛の選んだ隠遁の一路は、たゞ弱きものゝみに開かれたる真如界の関門に外ならなかった。しかも、その関門のほとりには弱き主我の人にとりての誘惑が充《み》ち〳〵て居る。そしてそこに留るものは亡びるの外はないのである。進むべき道を見出しながらも、なほ進むべきが為めのもろもろの現実の悩みは、如何に烈しく彼の心身を苦しめ惑はせたであらう。

「人あり西に向ひて行かんと欲するに、百千里あらん。忽然として、中路に二河あり。一は是れ火の河にして、南にあり。二は是れ水の河にして、北にあり。二河各闊《ひろ》[5]さ百歩《ほ》にして、深くして底なく、南北に辺[6]なし。正しく水火の中間に、一の白道あり。闊《ひろ》さ四五寸ばかりなるべし。此の道、東岸より西岸に至るに、また長さ百歩なり。其の水の波交はり過ぎて道を湿《うる》ほし、其の火の焔《ほのお》、また来りて道を焼き、水

1 安永三年―一七七四年。良寛の享年を七五歳説をとる「全伝」にはこの年になり、一般の七四歳説では安永四年となる。

2 光照寺―出雲崎町尼瀬にある曹洞宗の禅寺。良寛が玄乗破了和尚について五年間修行した寺で、良寛の書いた「招隠舎」の額がある。

3 玄乗和尚―光照寺第十二世の住職。国仙和尚の弟子で、良寛を指導。文化十一年歿。

4 苦悶―くるしみもだえる。

5 闊さ―もとは水の広さをいう。

6 辺―際辺をいう。

火あひ交はりて、常に息《や》むことなし。

此の人既に空曠[1]の迥《はる》[2]かなる処に至るに、更に人物なく、多く群賊悪獣のみありて、此の人の単独なるを見て、競ひ来りて殺さんと欲す。此の人、死を怖れて[3]、直に走りて、西に向ふに、忽然として此の大河を見る。即ち自ら思へらく、此の河南北に辺を見ず、中間に一の白道を見るも極めて狭小なり。二つの岸相去ること近しと雖《いえども》、何に由《よ》りてか行くべき、今日、定めて死せんことを疑はず。正しく回らんと欲すれば群賊悪獣漸《ようや》くに来り逼《せま》る。正に南北に避け走らんとおもへば、悪獣毒虫競ひ来りて我に向ふ。正しく西に向ひて道を尋ねてゆかんと欲すれば、復《ま》た恐る、此の水火の二河に堕ちん[4]ことをと。時に当りて惶怖《こうふ》[5]すること、復《ま》た言ふべからず。即自ら念《おも》へらく、我れ今回《かえ》[6]るとも亦死せん。住《とど》まるとも亦死せん、ゆくとも亦《また》死せん。一として死を免《まぬか》れざれば、我寧《むし》[7]ろ此の道を尋《たず》ねて前に向ひてゆかん。既に此の道あり、必ず応《まさ》[8]に渡るべけんと。

此の念をなす時、東岸に忽ち人の勧むる声を聞く、汝たゞ決定《けつじょう》[9]して、此の道をたづねて行け、必ず死の難なからん、若し住まらば即ち死せんと。また西岸の上に、人ありて喚《よ》[10]んで言はく、汝一心正念にして、直に来れ、我能く汝を護らん、すべて水火の難に堕ちんことを畏《おそ》れざれと。此の人、即ち此に遣はし、彼に喚《よ》ぶを聞いて、即ち自ら正しく身心に決定《けつじょう》して道を尋ね、直に進みて疑怯退心《ぎきょうたいしん》[11]を生ぜず。行くこと一分二分するに東岸の群賊等、喚《よ》んで曰《い》はく、汝回《かえ》り来れ、此道険悪なり、過ぐるを得じ、必ず死せんことは疑はず、我等すべて悪心ありて、相向ふことなしと。此人、

1 空曠―からっぽで何もない。
2 迥か―ずっと遠く。
3 怖れて―恐れて。
4 墜ちん―落と同じ。
5 惶怖―おそれる。恐怖と同じ。
6 回る―引き返す。
7 寧ろ―いっそ。
8 応に―必ず……しよう。
9 決定―きめる。仏教には「けってい」とは読まず、「けつじょう」という。
10 喚んで―呼と同じ。
11 疑怯退心―うたがいひるんで引き返そうとする心。
12 須臾―たちまち。
13 慶楽―よろこび楽しむ。
14 善導大師―唐時代、念仏門の高僧。光明寺にて観無量寿経、阿弥陀経を説き念仏を首唱し帰依あつく、永隆二年歿、六九歳。
15 二河喩―善導の観経疏散善義にあり。水火の二河を欲と怒にたとえ、中間の白道を往生の信心にたとえて、西方願生者の入信より往生に至るまでを説いたものである。
16 備中国―今の岡山県。
17 玉島―岡山県倉敷市に属し、山陽線玉島駅よりバスで十分ほどのところ。古くは乙島と柏島とに分れていたが、今は陸続きで、瀬戸内海の要港として繁栄した。現在は埋立して海岸に水島工業地帯もできている。
18 円通寺―曹洞宗の禅寺。元禄十四年良高和尚の開基で、白華山の眺望のよい地にある広大な寺院で二百余年続いている。
19 国仙和尚―円通寺第十世の住職。
20 大徳―高僧。
21 勧化―善行をすすめて仏道にはいるようにさせる。
22 良寛の意志も幾分考えられようが、良寛

喚《よ》ぶ声を聞くと雖《いえど》も亦顧みず、一心に直に進みて、道を念じ行くに、[12]須臾《しゆゆ》にして、即ち西岸に到りて、永く諸難を離れ、善友、相見て、[13]慶楽《ぎょうらく》して已《や》むことなからん。」この[14]善導大師の『[15]二河喩《にがゆ》』に寓《ぐう》された如き眼覚め行く者の苦悶《くもん》と努力とは、正しく彼れ良寛にもあまりにあらたかな体験であったにちがひない。

良寛が尼瀬町光照寺に入ってから五年目の五月、[16]備中国[17]玉島[18]円通寺の[19]国仙和尚と云ふ[20]大徳《だいとこ》が[21]勧化《かんげ》の為めに越後へ旅して来て、光照寺にも錫《しやく》を留めた。此の大忍国仙禅師は円通寺第十世の住職で、当時其の偉器大徳を以て世に広く知られて居た。年はまだ二十二でしかなかったが、その頃もう善導の所謂「白道」を認めて進みかけて居た良寛は、一たび此の大徳の風姿に接するや離れ難い敬慕の念を禁ずることが出来なくなり、[22]つひに旧師の許を去って此の国仙和尚に随身することゝなった。そして生れて初めて故郷を外にして旅に出で、[23]善光寺に詣《もう》で、[24]江戸に遊び、[25]京師《けいし》に上って、つひに玉島に到り、そこに国仙和尚を第二の師としてます〱深く、いよ〱真実に、[26]声聞縁《しょうもんえん》覚《がく》の道にと志した。

良寛自ら歌って云ふ。

[27]従来円通寺、幾回経冬春、門前千家邑、乃不識一人、
衣垢手自濯、食尽出城闉、曾読高僧伝、僧可可清貧。

と。これによってもほゞ知ることが出来る如く、玉島時代の良寛は実にたよりない天涯の孤客であった。彼は未だ曾て知らなかった孤独と[28]不如意《ふにょい》とを味はないでは居られなかった。門前に千家の邑あれども、唯一人の識《し》る人なく、衣垢《ころもあか》つけば手づから濯《そそ》

の師の玄乗和尚の希望も多かったことを考えたい。

23 善光寺―長野市にある天台、浄土に属する寺。推古天皇十月に信濃の人若麻績東人善光が伊那麻績里の草庵に安置したのが始めという。

24 江戸に遊び―不明である。

25 京師―都のこと。

26 声聞縁覚―仏の教えを聞いて悟りをひらくこと。

27 円通寺に来ってより、幾回か冬春を経たる。門前 千家の邑《ゆう》、乃ち一人を識らず。衣垢づけば 手自ら濯ひ、食尽くれば城闉《いん》に出づ。曾って高僧の伝を読むに、僧は清貧に可なるべしと。○冬春―年と同じ。○濯―洗いそそぐ。○城闉《じん》―人家のある町をいう。○最後の句の読みは阿部定珍の訓読に従った。阿部家へは良寛が連日のごとく来り、この写本も良寛が目を通したものと思われるからである。

28 不如意―不自由。

ぎ、食尽れば城闉《じょういん》に出でゝ乞ひ歩く……此の寂寥《せきりょう》と此の不如意との裡《うち》に、彼の学び得たところは果して何であったらうか。「曾読高僧伝、僧可可清貧」――から自ら慰め励まし鞭《むち》うっては居たものゝ、彼は時に自ら平安を求めて遁《のが》れ入った行路の、あまりにもこゞしく嶮しいのに、却《かえ》って自らの転向を悔い悲しむやうなことはなかったらうか。或は又自らの弱い心の緊張を得んが為めに、強ひても寂寥孤独の裡に身をいや深く沈めるやうなことをせなんだらうか。おもふにかの善導の『二河喩』の如き体験は一歩は一歩よりますく切実に彼の心霊に感得せられた事は疑ふべくもないのである。

かくて、彼は後年の安住境にあっても、尚且《かつ》当時を追懐して涙無き能はないほどの、孤独の境涯に深く自ら進み行ったのであった。

[1]憶在円通寺、恆歎吾道孤、運柴懐龐公、踏碓思老盧、入室非敢後、
朝参常先徒、一自従散席、悠々三十年、山海隔中州、消息無人伝、
感恩終有涙、寄之水潺潺。

書巻に没し、[2]禅床に親しんで他を顧みないと云ふ程の苦学修業だけならば兎も角も、前に述べた如き孤独と不如意と難行とは、さらでだに弱くして遁《のが》れた彼にとりて、果して真に如何ばかりの忍従を強ひ、如何ばかりの悲痛を味はせたかは、蓋《けだ》し想像に余りあるところである。

けれども弱きに即して主我的になり、「弱に徹して強くなる道を選んだ」彼は、如是《かくのごとき》の苦行あり、如是《かくのごとき》の悲痛あって初めて、かの弱き主我の人の陥るべき堕落と破滅とから脱却することが出来た。隠遁逃避の関門のほとりに充満する弱き主我主義者にとり

1 憶ふ、円通寺に在りしとき、
恒に吾が道の孤なるを歎ず。
柴を運んでは龐《ほう》公を懐ひ、
碓を踏んでは老盧《ろ》を思ふ。
入室敢て後れず、
朝参常に徒に先んず。
一たび席を散じてより、
悠々　三十年。
山海　中州を隔て、
消息　人の伝ふる無し。
恩に感じて終に涙有り、
之を寄す　水潺潺《せんせん》。
○龐公―唐代禅宗の高僧。龐蘊（ほううん）字は道元という。馬祖道一の門下。
○老盧―唐の慧能禅師のこと。俗姓を盧氏という。
○潺潺―水のさらさら流れること。

2 禅床―坐禅をするとこ。

3 良也如愚―35頁参照

4 渾然―とけあって一体になるさま。

5 素因―もともとの原因。

6 石井戒全―円通寺二十五世の住職。備後の人。海徳寺十七世となり、ついで円通寺へ移る。良寛碑を建立す。昭和十五年歿、七五歳。

7 印可証明―禅家が修行者に法を授けて、修行者が法を得、悟りを得たことを証明認可すること。

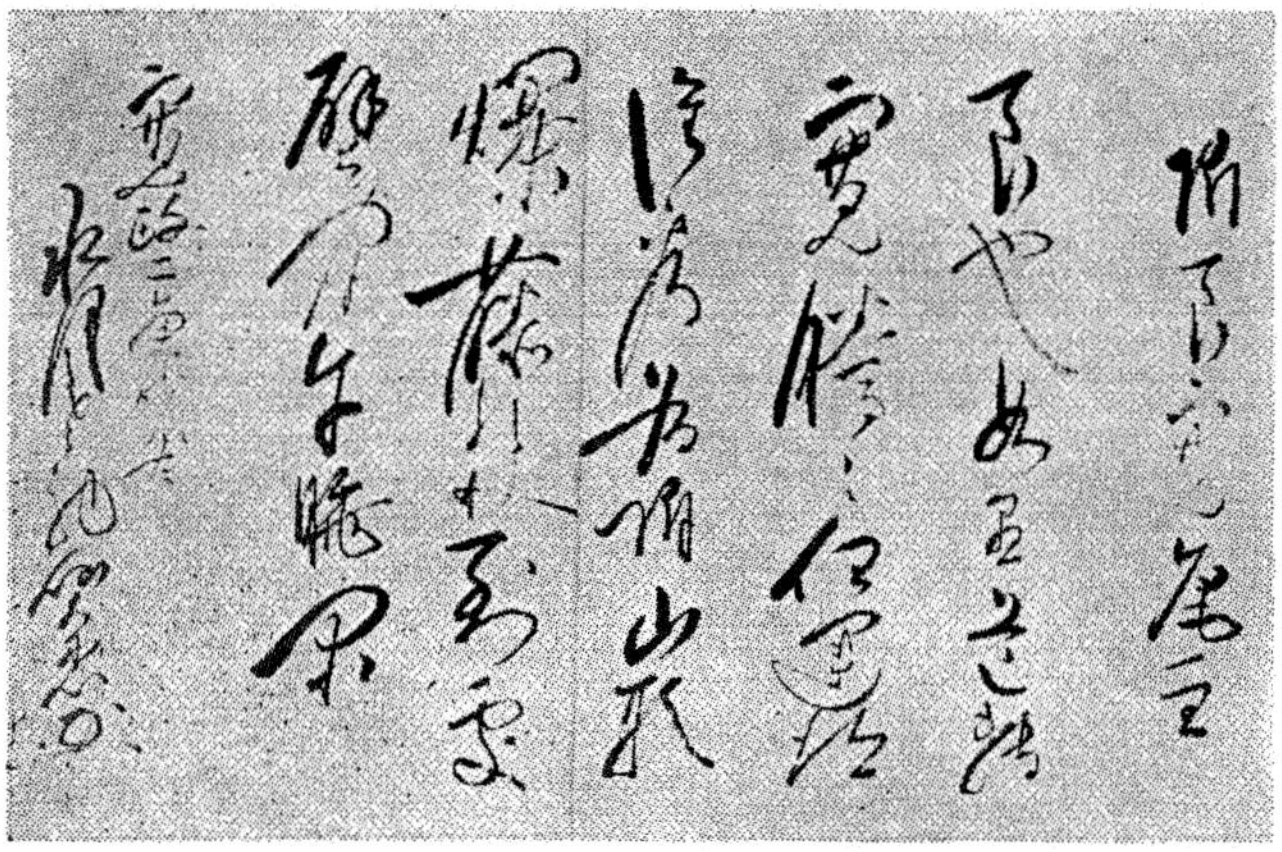

国仙和尚の良寛附偈

ての誘惑は、つひに此の苦行と悲痛とに鍛へ上げられた彼の心霊の力によって打ち勝たれた。弱きに徹して強くなった彼は、此の孤独の道を一心に直に進むことが出来た。而してつひに彼の前には悠々として到所《いたるところ》に善友を見る広大なる新天地が展《ひら》けたのであった。国仙和尚の賛偈《さんげ》に云ふ。

[3]良也如愚道転寛、騰々任運得誰看、為附山形爛藤杖、到処壁間午睡閑。

と。「愚」を以て彼が本来の面目であると解する事が出来るとしても、誰か此の如き渾[4]《こん》然《ぜん》たる人格が何等の鍛錬《たんれん》を経ずして在り得ることを信じ得るものがあらうぞ。徒らに後年の彼が卓越せる人格を讃嘆するのあまり、ひたすらそれの素因《そいん》[5]を彼本来の面目にのみ求めて、凡てが玆《ここ》にまで到来せる過程のうちにこそ、最も多くの学ぶべき意味と、味索すべき価値との存することを忘れてゐる人達に、私達が断じて与《くみ》し得ない所《ゆ》以《えん》は、主として此の点に存するのである。此の意味から、私達にとりてはかの円通寺に於ける修業時代の良寛の生活が、彼その人を理解する上に最も重要な題目なのであるけれども、悲しいことにはそれを窺《うかが》ふ為めの材料は殆んど全く残されてゐない。ただ私の能《あた》ふかぎりの探索の結果、辛うじて得たところのものは、某氏からの左の如き報告に過ぎないのである。

「本日玉島町へ罷出円通寺現住職石井戒全禅師[6]より聴収したるところ左記の通りにして実に朦朧《もうろう》たるものに御座候。

良寛師は円通寺第十世大忍国仙禅師と意気投合し約三年間同師に随身し、[7]印可証明を得て後、諸国を行脚し郷里越後に帰り一の草庵を結びて、一生を参禅に託し終りたるもの〻如し。

越後在住中始終国仙師を慕ひ文通を怠らざりしも、今は何等の(詩文等)筆跡を有せざるは甚だ遺憾なり。

同師の逸話として民間に残れるものは、始終乞食坊主の風をなし児守子供等と共に手毬《まり》歌など歌ひて遊戯せりと云ふこと。

又或時或村落に昼盗忍び入りたるに、村吏は必ず彼の乞食坊主の所為《しわざ》ならんと、之れを捕へて[1]訊問すれども、何等の答をなさず、村吏は必定《ひつじょう》彼ならんと想像に任せ、土坑を掘りて彼を生埋になさんとす、その時一豪農彼を憐み、彼れ何等の答をなさゞりしは凡人にあらず、近頃聞く所によれば円通寺に一雲水ありて頗《すこ》ぶる凡俗の姿をなして而《し》かも内心は悟道に通じ、此の地方に来ることもありと云ふ、若し彼れに非ずやと告ぐる所あり。

仍て再び尋問せしところ、果して彼にして且曰く一旦疑を受けたる上は何程弁解するとも、そは申訳に過ぎず、是れも前世の[2]罪業《ざいごう》の然らしむる所と諦《あきら》め如何なる罪苦を受くるも苦しからず、之《こ》れ敢《あえ》て彼是と申訳をなさゞる所以なりと。是に於て村吏つひに[3]己が非を謝して放免したりきと云ふ。

右の通り、その他には詩歌文章等無之候。」

これによって見ると、良寛の生涯にとりて最も重大なる意義を有する彼の円通寺留学の期間は[4]僅に三年の短時日であって、しかもその短時日の間に彼は既に伝へらる〻が如き[5]渾然《こんぜん》たる風格の人となり了《おお》せた事となってゐる。之れは殆んど奇蹟に近い事実

1 訊問、尋問―質問と同じ。
2 罪業―罪悪の報いをひきおこす行い。
3 己が非を謝し―自分の悪いことをあやまって。
4 僅に三年の―この誤りについては以下に説明されている。
5 渾然―とけあけって一体となっている。
6 天真爛漫―うまれつきのすなおな心を言動にあらわしてつつみかくしのないこと。
7 箇中の趣味、人相問はば。
8 繍毬―ししゅうをしたまり。
9 蓬髪―ぼさぼさにした髪。
10 毿髭―長くのびたひげ。
11 破衲―破れた僧衣。
12 徒跣―はだし。
13 庖厨―台所。かってば。
14 冤―無実の罪。

挿絵「円通寺の良寛」

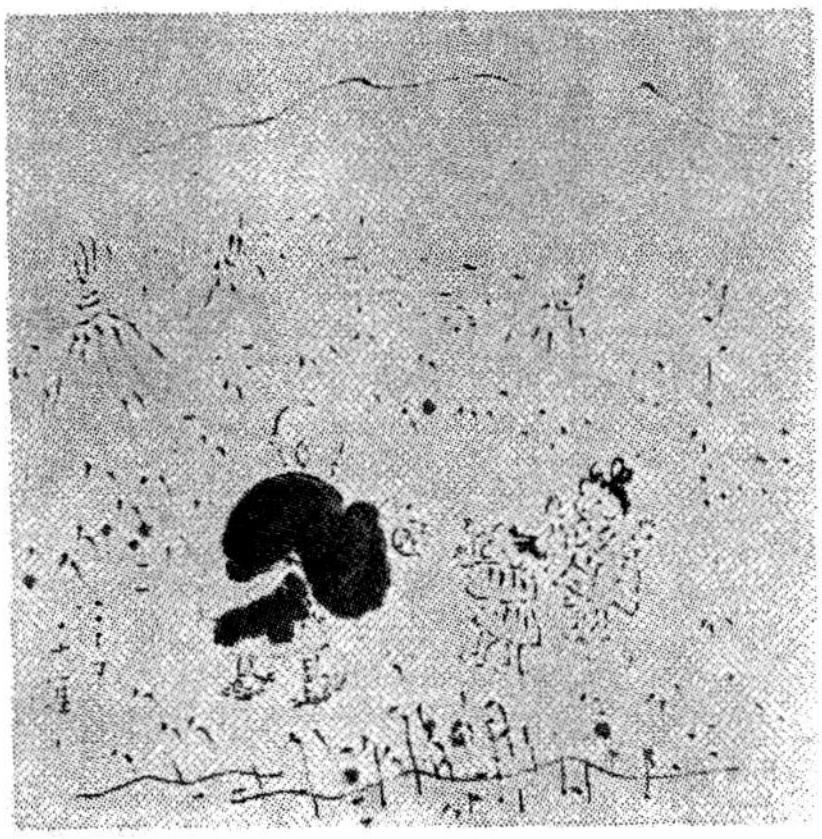

子供と遊戯の図（こしの千涯画）

である。それのみならず、こゝに伝へられた二つの逸話——良寛その人の風格を示す上に最も代表的な逸話とされてゐる此二つの逸話——が、それと殆んど同一な形式で越後の彼の郷里に於《おい》ても広く語り伝へられてゐる事は、之れ又あまりに奇怪な事実である、尤《もっと》も其の二つの逸話の第一、即ち彼の童男童女及び手毬に対する愛好癖は、かの『全伝』の編者も、

「禅師に三好あり、曰く童男童女、曰く手毬《まり》、曰くはじき是なり、小児は天真爛漫《らんまん》[6]にして其詐《いつわ》らざるを愛するなりと、手毬はじきの趣味は如何《いかが》なりけん、[7]箇中趣味人相問、一二三四五六七と、奇僧の奇癖といふ可し、[8]繍毬《じゅうきゅう》は行住座臥追随せしめしは文書によりて明なり」

と云ってゐる如く、殆んど先天的とも云って好いほどの趣味であったらしく思はれるけれども、第二の逸話の如き立派な結構のある話が、備中と越後との両所に殆んど同一の形式で伝へられてゐると云ふことは怪しむべき事実である。即ち『全伝』の編者は之れを録して次の如く云ってゐる。

「禅師時に[9]蓬髪《ほうはつ》、[10]毿髭《さんし》、[11]破衲《のう》、[12]徒跣《とせん》して人家[13]庖厨《ほうちゅう》に入り食を乞ふ、某家に至りし時、某家会《たまたま》物財を失ふ、家人師を認めて盗賊となし、法螺《ほら》を吹き板木を鳴らして村人を集め、師を縛して土中に生埋せんとす、師片言を発せず、其為すに任せたり、将に穴中に投ぜんとせし際、相識《そうしき》の人の通行するありて、曰《いわ》く是れ高名なる良寛禅師なり、汝等何為る者ぞ、速に縛を解きて謝罪すべしと、衆大に驚きて謝す、其人師に謂って曰く何ぞ[14]寃《えん》を弁ぜざると、師曰く、衆皆衲《わし》を疑ふ、弁ずるとも何の益かあらむ、弁ぜざるの勝れるに如かざるなりと、死生に処して悠揚《ゆうよう》[1]迫らず動かざる事山の如し、大悟の人にあらずんば安《いずく》ぞ[2]能《よ》く此《かく》の如きを得むや。」

いかにも之れは「大悟の人」でなければ到り得ぬ境涯である。しかも、若し此の逸事が既に彼の備中玉島留学時代にあったものとすれば、前にも述べた如くそれは殆んど奇蹟に近い事実である。良寛は果してよく其のやうに迅速にさうした大悟の域にまで到り得たであらうか。

良寛が始めて国仙禅師に随て備中へ赴いたのは、彼の二十二歳の時であった。しかも、居ること僅に三年で既に如上《にょじょう》[3]の徹底境に到り得たと云ふ。之れは何としても信ずることは出来ない。そこで再び之れを西郡氏の『全伝』について検《しら》べて見ると、既にその玉島留学の期間に甚だしい違ひのある事が解るのである。

「(玉島に)居る事七年、[4]母の喪に遭《あ》ひ、[5]天明五乙巳年を以て帰郷し追善を営《いとな》み、再び飄然として玉島に赴き、居る事五年の後、中国九州に行脚《あんぎゃ》し、長崎地方に雲水す。蓋《けだし》渡清《としん》[6]の大志ありしが如し、雄図《ゆうと》[7]果さず。再び玉島に帰り、居る事六年にして父の訃《ふ》[8]に接し帰国す。途次《とじ》高野山に上り、伊勢に詣《もう》で、京師《けいし》に到り、[9]寛政十一庚申年を以て帰郷し、再び故山の人となれり。年四十四。此間二十有三年。到処《いたるところ》名山巨《きょ》[10]刹《さつ》を訪《と》ひ、碩学《せきがく》[11]善知識《ぜんちしき》[12]の提命《ていめい》を受け、学徳円熟の域に達せり」

即ち之れが『全伝』編者の説であって、之れに依って見れば、前に掲げた逸話の如きも既に玉島在留当時に於ける良寛その人の風格を伝へたものとして受け容《い》れても好さゝうに思はれる。それは又前章に引用した『北越奇談』中に記された彼れが帰郷当

1 悠揚—ゆったりしている。
2 安ぞ—なんで。
3 如上—上に述べたような。
4 母の喪—天明三年四月二十九日になくなった。
5 天明五乙巳年—一七八五年。記述のごとくなら母の三周忌にでも帰ったのであろうが現在その資料なし。
6 渡清—清国（現在の中国）へ渡る。
7 雄図—雄大な計画。
8 訃—死亡通知。
9 寛政十一庚申年—一七九九年。この記事不詳。帰国は寛政八年のごとく、九年には原田鵲斎が良寛を五合庵に訪ねている。
10 巨刹—大きな寺。
11 碩学—大学者。
12 善知識—高僧。

時の生活状態から推しても、

[13]良也如愚道転寛、騰々任運得誰看、為附山形爛藤杖、到処壁間午睡閑。

と云ふ国仙《こくせん》禅師の賛偈《さんげ》から考へても、是認《ぜにん》する事が出来るのである。

かくの如くして、今日私達が讃嘆《さんたん》措《お》かないところの良寛その人の[14]廓然《かくねん》無礙《むげ》な風格が既に彼の玉島在留時代に於てほぼ[15]渾成《こんせい》されて居たものである事は想像出来るのであるけれども、而も同じく玉島在留時代と云ふうちにも漠然《ばくぜん》とはしてゐるが彼れの心的発展の経過の三時期のあった事も推察されるのである。即ちそれは前の七年と、中の五年と、後の六年とである。而して今その三つの期間に於ける彼が心的発展の階段を、おほまかながら分別して推考して見ると、その第一期に於ける彼は、前にも引用した

[16]従来円通寺、幾回経冬春、門前千家邑、乃不識一人、
衣垢手自濯、食尽出城闉、曾読高僧伝、僧可可清貧。

と云ふ彼自らの告白にもある如く、孤独不如意《ふにょい》の忍苦と、その忍苦を通じて古聖の道に向って邁進《まいしん》せんとする努力精進を以て生命としてゐたのであるが、[17]天明五年即ち彼が二十九歳の時に母の喪に遭って帰国し、日ならずして再び玉島へ赴いた以後の彼は、既に前期の如き単なる学徒でなくして、仏学に於ても亦彼みづからの人生そのものに対する態度に於ても何等かの確乎たる根柢を固めつゝあったに違ひない。徒《いたず》らに受け容れることよりも、寧ろ進んで自ら創《はじ》めんとすることの欲求が、漸次《ぜんじ》彼の内部を支配しつゝあったに違ひない。かくして、彼は今や過去に於て習得し得たところのものを徐々《じょじょ》に彼自らのうちに消化し、それによって生長し形成されたる自己を以て直に

13　良也如愚—35頁参照

14　廓然無礙—廓然は、大空がからりと晴れて、空中に何ものも存しないように、いわゆる胸中寸綵をかけず、兎の毛一本もないという境地の形容。無礙はさまたげるもののないこと。

15　渾成—一つにとけあって完成する。

16　従来円通寺—65頁参照

17　天明五年—この時の帰国は不明である。

活きた人生に肉迫し、我れみづからの眼を以て如実《にょじつ》の世相を観んとするの途に進んだ、此の意味で、彼れが玉島在留の第二期、即ち彼れの二十九歳から三十三歳までの五年間は、彼にとりては最も重要な修養の時期であった。此の時期を経《へ》て、初めて良寛の良寛たる風格の形造らるゝ端緒[1]《たんちょ》が開けたのである。

『弥彦神社附国上と良寛』の著者は云ふ。

「彼れ今や関門を透破[2]《とうは》して仏を殺し祖を殺し了《おわ》れり[3]、頂天立地か、廓然《かくねん》無聖[4]《むしょう》か、歓喜此《ここ》に極まって感謝報恩の一念湧然《ゆうぜん》として生ず、しかも国仙禅師は獅子児の克《よ》く獅子吼[6]《しく》し得るや否《いな》やを試験せんが為めに、此一番の附属終るや、直に彼を放下《ほうけ》して全国の叢林[7]《そうりん》に明眼の衲僧[8]《なっそう》等と枯木竜吟[9]《こぼくりようぎん》の活機を競はしめぬ。」

と。玉島在留の第二期を経て良寛が中国及び九州地方への旅行を試みた事は事実であるが、その動機及び目的が果して此の著者の云ふが如きものであったかどうかは直に断じ難い。しかし、それが後年に於ける彼の飄々乎[10]《ひょうひょうこ》として雲の如き放浪の旅でなかった事も、亦疑ふべきものでないらしい。西郡氏の『全伝』中に次の如き逸話が録されてゐる。

「或人曰く禅師雲水して西長崎に行脚す、蓋渡清求法《けだしとしんぐほう》の意志ありしが如し、愧欠扶揺[11]九万翼漫学鳴鳳在彼崗の詩、其気概を想見すべしと、舟子[12]《しゅうし》其乞丐僧[13]《かたいそう》に類せしを以て之を拒絶したる為に素懐を果さゞりしか。」

更に又彼がその頃光明皇后[14]の遺図《いと》により癩病院[15]《らい》を再興しようと企《くわだ》てゝ事遂《つい》に成らなかったと云ふ事が、典拠[16]《てんきょ》頗る不明であるが、山崎氏[17]の『大愚良寛』及び小林粲楼[18]《さんろう》氏の

1　端緒―いとぐち。
2　透破―つきやぶる。
3　仏を殺し祖を殺し了れり―悟りを開いて仏祖の教をわがものにしてしまった。
4　無聖―悟境を達してこの上ない聖者の域に達している。
5　湧然―わき出るさま。
6　獅子吼―釈尊が説きたまう演説のありさま。高僧の説法をいう。
7　叢林―大きい禅院のこと。
8　衲僧―衲衣を着た僧。禅僧をいう。
9　枯木竜吟―死中（枯木）にかえって真の生命（竜吟）を得るという意。いっさいを投げすてて、はじめて真に自由な仏の境地が生れてくること。
10　飄々乎―ふわふわとあてもなく。
11　愧欠扶揺…欠くを愧《は》づ、扶揺九万の翼、漫《みだ》りに学ぶ、鳴鳳の彼の崗《おか》に在るを。
12　舟子―船頭。
13　乞丐僧―こじきぼうず。
14　光明皇后―藤原不二等の女。聖武天皇の皇后となる。東大寺を造らせ、悲田院施薬院浴室を以て衆民を救う。宝字四年崩、六十歳。
15　癩病院―癩病の病院。
16　典拠―より所となる文書。
17　山崎氏―山崎良平
18　小林粲楼―小林存

『弥彦神社附国上と良寛』等に記されて居るところから考へても、その当時の良寛は決して謂ふところの脱俗世外の人でなくして、鬱勃[19]《うつぼつ》たる救世の熱情を胸中に蔵してゐた憂世の人であった事を想像するに難くない。随て又彼が這般[20]《しゃはん》の旅が決して漫然たる托鉢旅行でなかった事も、明らかである。

彼みづからの旅中吟に云ふ。

赤穂[21]《あこう》てふところにて天神の森に宿りぬ、さ夜ふけて嵐のいと寒う吹きたりければ

山おろしよいたくな吹きそ白たへの
　衣かたしき旅ねせし夜は

高砂の尾の上の鐘の声きけば
　今日のひと日はくれにけるかも

次の日は唐津[22]てふ所に至りぬ、こよひもやどのなかりければ

思ひきや路の芝草うちしきて
　こよひも同じかりねせむとは

想念の世界に於てかの所謂頂天立地[23]《ちょうてんりゅうち》廓然無聖の境涯に到り得た如く見えた彼も、胸の奥には依然として弱き人間の心を蔵してゐた。みづから求めてさまよひ出でた行雲[24]《こううん》流水《りゅうすい》の旅にあって、彼は今なほ此の悲しみを吐露しないでは居られぬ彼であった。彼は又かく自己の境遇の孤独不如意を悲んだと同時に、此の一人の清くして貧しき行脚僧をさへも容《い》るゝ者なく、宿すところなき人の世の冷たさを、如何ばかり深く嘆いたこ

19　鬱勃―気のさかんなさま。思いが胸にふさがるさま。
20　這般―この。このたび。
21　赤穂―兵庫県にあり。赤穂義士に知られ、刈屋の旧城址、大石屋敷、花岳寺がある。城外に良寛の歌碑がある。
22　唐津―兵庫県印南郡大塩村福泊をいう。山陽電鉄的形駅の南方一キロ余にあり、古くは唐泊といったという。池のほとりの若宮神社の松林が良寛野宿の所かという。
23　頂天立地―最上の悟境に立っている。
24　行雲流水―略して雲水という。空を流れゆく雲の如く、地を流れる水の如く一所不住の身をいう。

とであらう。しかも、その嘆きが深くなればなるほど、彼はます〳〵人間の浅ましさを憐れまないでは居られなかった。既に久しい間の経験と、修行と、教養とによって、弱き彼みづからの主我心を脱却し得て居た彼は、今や人の世の苦難がいかにはげしく身を襲《おそ》はうとも、その為めに世を怨《うら》み人を憎むことの到底出来ない彼であった。怨《うら》む代りに、彼は憐《あゆれ》んだ。憎む代りに、彼は愛した。憤る代りに、彼は祈った。世間が彼に対して冷酷であればあるほど、彼の心にはます〳〵強く救世の熱情が湧き起った。

かくの如くして、中国九州の旅から三たび玉島円通寺に帰って来た彼は、もはや旧日の如く単なる仏徒ではなかった。前に掲げた口碑の如き逸事が玉島在留当時既に彼によって演じられた事が若し事実であるとするならば、それはおそらく此の第三期の玉島時代に於てゞあったらう。此の意味で此の第三期の玉島在留六年間は、良寛その人にとりての人格完成の時期であったと云ふことが出来る。

やがて彼は「居る事六年にして[1]父の訃《ふ》に接し帰国す、途次《とじ》高野山に上り、伊勢に詣《もう》で、京都に至り、[2]寛政十一庚申年を以て帰郷し、再び故山の人となれり」（西郡氏『良寛全伝』）と伝へられてゐる。而も此再度の帰郷の旅は、彼にとりて最も深刻なる意味を持った、云はゞ彼の生涯の[3]ターニングポイントとも見るべきものであった。

すめらぎの千代万代のみよなれや
　花の都にことのはもなし（京都にて）
たをり来し花の色香はうすくとも
　あはれみたまへ心ばかりは[4]（西行法師の墓に詣でて）

1　父の訃—父以南は寛政七年六十歳で桂川に投身。

2　寛政十一庚申年—庚申は寛政十二年である。良寛の帰郷は寛政八年頃といわれている。寛政九年に原田鵲斎が訪ねている。

3　ターニングポイント—転換の機会。turning point.

4　西行法師の墓—河内弘川寺とされている。

5　きの国の高ぬのおくの古寺—紀伊国高野山。一般の書には「津の国」となっている。津の国とすれば大阪府東能勢村吉川の古義真言宗高代寺であり、古来女人高野として知られている。（岡元勝美説）

6　我　京洛を発してより、
　指を倒すこと十余支。
　日として雨の零《ふ》らざるは無く、
　之を如何ぞ思ふことなからんや。
　鴻雁翅《こうがんつばさ》応に重かるべく、
　桃花紅　転た垂る。
　舟子　暁に渡を失ひ、
　行人　暮に　岐に迷ふ。
　我が行　殊に未だ半ならず、
　領を引いて　一に眉を嚬む
　且つ去年の秋の如きは、
　一風　三日吹く。
　路辺には喬木抜け、
　雲中には茅茨《ぼうし》揚がる。
　米価之が為に貴く、
　今春も亦た斯の如し。
　斯の如くにして　倘《も》し止まずんば、
　蒼生の罹を奈何せん。

[5]きの国の高ぬのおくの古寺に

杉のしつくをきゝあかしつゝ（高野のみ寺にやどりて）

伊勢道中苦雨作二首

[6]我従発京洛、倒指十余支、無日雨不零、如之何無思、鴻雁翅応重、

桃花紅転垂、舟子暁失渡、行人暮迷岐、我行殊未半、引領一嚬眉、

且如去年秋、一風三日吹、路辺抜喬木、雲中揚茅茨、米価為之貴、

今春亦若斯、若斯倘不止、奈何蒼生罹。

又

[7]投宿破院下、孤燈思悽然、旅服誰為乾、吟咏聊自寛、雨声長在耳、

欹枕到暁天。

近江路にて

故郷へゆく人あらば言ってむ

けふあふみぢを我れこえにきと

[8]余将還郷至伊登悲駕波不預寓于客舎聞雨凄然有作。

一衣一鉢裁随身、強扶病身坐焼香、一夜蕭々幽窓雨、惹得十年逆旅情。

以上は其の旅中の述作で、此等を通してもほゞその当時の彼の心境を窺《うかが》ふことが出来るのであるが、併し這般《しゃはん》[9]の旅が彼の生涯にとりて最も深刻な意味を持った旅であったと云ふ事については、以上の詩歌は何ごとをも語ってゐない。おそらくそれは彼みづからにとりても表白[10]を絶した大経験だったことであらう。

7　投宿す　破院の下、
孤燈　思　悽然《せいぜん》。
旅服誰か為に乾かさん、
吟咏聊か自ら寛ろぐ。
雨声長く耳に在り、
枕を欹《そばだ》てて暁天に到る。

8　郷に還らんとし、余、将に伊登悲駕波（糸魚川）に至りて不預なり。客舎に寓して雨を聞き、凄然として作あり。
一衣一鉢纔《わず》かに身に随ふ。
強ひて病身を扶けて坐して焼香す。
一夜蕭々《しょうしょう》たり幽窓の雨、
惹き得たり十年逆旅《げきりょ》の情。
○不預—不快。病気のこと。○凄然—さびしくいたましいさま。○幽窓—静かでさびしい窓辺。○逆旅—旅館。

9　這般—このたびの。

10　表白—口に出して表現する。

然らばその所謂彼の表白を絶したほどの大経験とは如何《いか》なることであったか。これは或は単なる臆測[1]に過ぎぬかも知れないが、兎に角彼の這般《しゃはん》の帰旅が彼の父以南の訃《ふ》[2]に接したが為めであったと云ふ事、而も彼がその旅中に於て父以南の終焉地[3]たる京都を訪ねた事が明らかである以上、私達はその意味深い事件を中心として、良寛その人の生活にとりての最も重大な意義ある何事かを探り求めないでは居られぬのである。

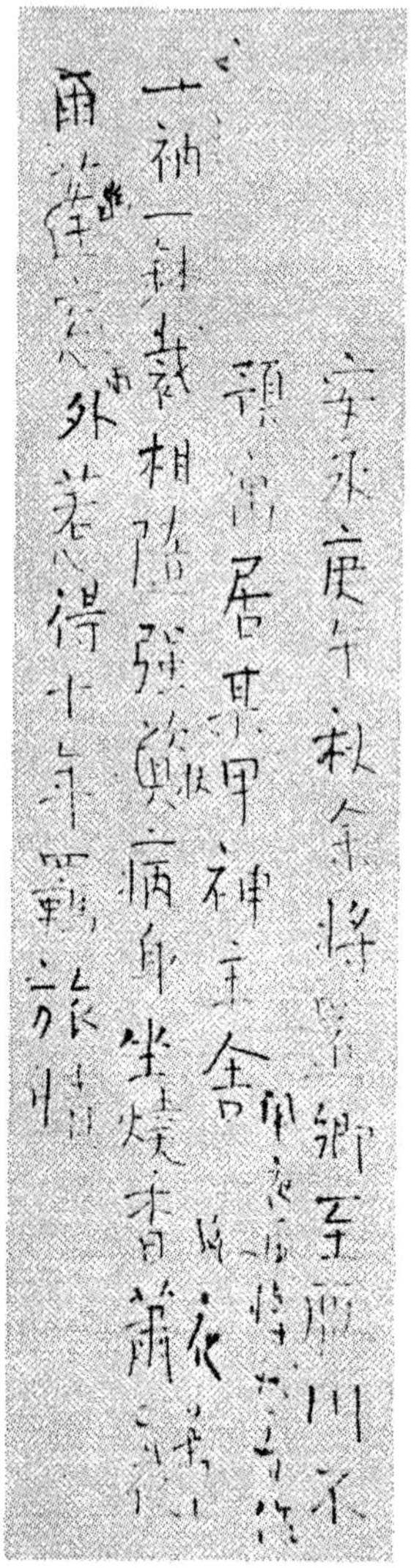

糸魚川の詩
（「草堂詩集」より）

以南　朝霧の句
（木村家遺墨）

以南　夜の霜の句
（木村家遺墨）

1　臆測—推測。おしはかる。
2　訃—死亡の通知。
3　終焉地—死んだ所。

五、父の死と彼の転機

良寛の示寂《じじゃく》[4]地である島崎村[5]木村家に保存されてゐる良寛遺品中に、良寛の父以南の「朝霧に一段ひくし合歓《ねむ》の花」[6]と云ふ句を書いた画仙紙半切に、良寛の筆蹟で「水茎《みずくき》[7]のあとも涙にかすみけりありし昔のことをおもひて――良寛」と云ふ添へ書きの施されたものがある。それは『全伝』によれば「夜のしも身のなるはてやかりよりも――以南」[8]とある今一枚の短冊と共に良寛が「行住坐臥身辺を離さず、薩埵《さった》[9]の如く、神明の如く、生ける如く在《いま》すが如く尊敬奉侍《じ》し」て居たものだと云ふことである。諸縁を放下《ほうげ》[10]し一切を離脱し、恬淡《てんたん》[11]寡慾心水澄澂《しんすいちょうちょう》[12]たる禅師も、さすがに岩木ならねばこの二物のみは忘却放棄する能はざればこそ、示寂《じじゃく》地木村氏に留められたるなれ」から『全伝』の編者西郡氏は云ってゐる。

更に『全伝』によれば

「以南の京都に於て憤然入水せんとする時なりしか、又高野山にて老死せんとする時なりしか、知人に一封を託して曰く、余の死後期年ならずして良寛と称する沙《さ》門《もん》[13]、西国より来訪すべし、其際此の記念品を交附せらるべしとて、蹤跡《しょうせき》[14]不明となれりと、是れ高野山に於ける事実なるべし、此の封中にありしも即朝ぎりの句の画仙紙半切と、夜の霜の句の短冊となりき。禅師、父君手沢《たく》[15]の存する二句を得るや、愴《そう》[16]然《ぜん》と悲しみ、惕然《てきぜん》[17]と恐れ、潸然《さんぜん》[18]と泣き之を捧持して追福菩提《ぼだい》のため、且は大師の霊場参詣《けい》のため、暫時《ざんじ》高野に滞杖し禅定《ぜんじょう》[19]せしは、

4　示寂—僧が死ぬこと。
5　島崎村—三島郡和島村島崎で越後線小島谷駅より西方徒歩十分位の所にある。
　木村家は慶長五年にその菩提寺である隆泉寺と共に能登国上戸村から兵乱をさけて当地に来たという。歴代仏教の信仰あつく、良寛の世話をしたのは十一代元右衛門利蔵である。
6　朝霧にの作は半切に書かれて木村家に保存され、これを本にして以南の生家である与板の新木家址の石碑に刻されてある。
7　水茎のあとは文字のことである。昔の事を思うと朝霧にの文字も涙でかすんでくるの意。「おもへば」と旧本にあるは「おもひて」の誤。
8　夜のしも—良寛の一族ならびに知己の人たちの作品を集めた屏風にある。78頁参照。
9　薩埵—仏のつぎの階級の人。
10　放下—投げすててしまう。
11　恬淡—あっさりしている。
12　心水澄澂—心がすみきっている。
13　沙門—僧。
14　蹤跡—あしあと。行方。
15　手沢—所持品となること。
16　愴然—いたましいさま。
17　惕然—びくびくして恐れる。
18　潸然—さめざめ。涙を流して泣くさま。
19　禅定—座静で精神を統一し、静かに真理を考えること。

紀[1]の国の高ぬのおくのふる寺に
　杉のしづくをきゝあかしつゝ

との歌に依りて明白なり、下山後京都に出で父君の故寓《こぐう》[2]を訪《と》ひ、愛弟故澹斎《たんさい》[3]の消息を尋ねて帰国せしは、実に寛政十一年の事とす」といふことである。

以南の死が「そめいろの山をしるしに……」[4]の辞世歌の前書きによって推定されるやうに入水自殺であったにしても、亦『全伝』編者の推定するが如く高野山の隠遁裡《いんとんり》に於ける老死であったにしても、兎に角彼の最後が世の常ならぬ悲痛なものであった事は明らかである。而して若しこゝに引用した『全伝』中の記事の如き事実が、以南の死後良寛その人によって経験されたことが確かであるとするならば、良寛が這般《しやはん》[5]の越後への帰旅が、彼の内生活にとりて如何に重大な意義を有する事件であったかも、ほぼ察知することが出来るのである。

良寛の生活に於ける、隠遁的傾向が、父以南の心的傾向の影響乃至《ないし》感化に負ふところ頗《すこぶ》る大なるものあることは上来くりかへし述べた如くであるが、更に此の父の死によって得たる彼の経験が、さまぐ〵な意味で彼の内生活の上に及ぼした影響を思ひやることは私達にとりて一層意味深い事でなければならぬ。

山崎良平氏は云ふ、

「彼が浮屠氏《ふとし》[6]に学定るや、立《たち》て事を成さんと欲し、亦《また》その成すべからざるを観、決然として彼は声聞縁覚《しょうもんえんがく》[7]の悟に入らんと謀れり。彼は仏として立つ能はざるも、少く

1　紀の国の―津の国かも知れず。

2　故寓―古い仮住居。

3　澹斎―良寛の弟である山本香のこと。諱は泰信、字は子測、通称中務という。博学にして京都に上り、菅原長親の学頭となり、禁中の詩会にも出席。寛政十年頃二九歳位にて歿。（石田吉貞説）

4　そめいろの山をしるしに立ておけばわがなきあとはいづらむかしぞ

5　這般―このたびの。

6　浮屠―仏をいう。塔、卒堵婆も同じ。

7　声聞縁覚―合せて二乗という。声聞とは、仏の教の声（言葉）を聞いて四諦の理を悟る人。縁覚は独覚ともいい、師にたよらないでしぜんに十二因縁の理を観じさとった人。いずれも自己のみの完成で満足する人。

も自身の安慰と正覚とを得むと決し、遂に去て居を山間に移すに至れり。」

と。更に云ふ。

「初め放浪して諸国を経歴するや、到るところ其意を漏《もら》し、自ら抑《おさ》ふる能《あた》はざるものを示したり。就中《なかんづく》[8]其最も顕著なるは、光明皇后《こうみょう》[9]の遺図[10]により、癩《らい》病院を再興し、而《しか》して遂に其成すべからざるを観たり。彼は斯《かく》の如くして、経世の事に於て幾度か試み、能く幾度か敗れ、その全く望なきを見、断乎として意を折りて去れり。然れども、彼は尚ほ全く世を忘るゝ能はざりき。即ち事に当り物に触れ、其意中をもらしぬ。……（中略）彼が至情は勃々[11]抑ふる能はず、而《し》かも尚ほ行はむと欲すれば、自己墨染の衣の幅の狭きを如何にせむ。上は幕政未だおとろへずして、権臣徒《いたず》らに柄《へい》[12]を専《もっぱ》らにし、下《しも》幕威未だ地におちずして、民一向漢学に染み、世を挙て一丸と化して、幕の有に帰し、言論の道開けず、事業の方立たず。遂に空しく有意の士をして成すなくして地に去らしむ。傲岸《ごうがん》[13]彼が如きもの、何を以て晏如《あんじょ》[14]たるを得むや。

嗚呼《ああ》之《こ》れ彼が彼たる所以《ゆえん》にして、他俗僧と異る所なり。滔々《とうとう》たる俗僧は理想もあらず、涅槃《ねはん》[15]もあらず、漫然薙髪《ちはつ》[16]して而《しか》して自ら高となす。彼良寛は然らず、混濁《こんだく》の世遂に平和と安心とを得るに由なきを見、行いて浮屠《ふと》氏に就く、既に理想あり、亦《ま》た何ぞ涅槃を解せざるあらんや」

と。いかにも能く後年に於ける良寛その人の内生活発展の消息を伝へてゐる卓見であると思ふ。

けれども良寛の生活転化に於ける此の間の消息を真によく理解しようとするには、

8 就中—その中で。

9 光明皇后—聖武天皇の皇后。東大寺、国分寺の創建を発願。悲田院、施薬院にて難民を救う。天平宝字四年薨、六十歳。

10 遺図—残された計画。

11 勃々—さかんにおころうとするさま。

12 柄—権力。

13 傲岸—おごり高ぶって人にへりくだらないさま。

14 晏如—安らかなさま。

15 涅槃—悟りの境地。泥洹、滅、滅度、円寂、寂滅ともいう。

16 薙髪—髪をそること。剃髪と同じ。

1 渡清—清国（中国）へ渡る。
2 挺さうとする—投げ出そうとする。
3 飜然—ひらりとひっくりかえるさま。
4 正鵠—正しいまと。
5 訃音—死亡通知。死んだ知らせ。
6 廓然—心が広くさっぱりしている。

其の最も有力な動機と認むべき、彼の父の悲劇的最期と彼との関係を外にしてはならぬのではなからうか。伝ふるが如く玉島在留の二十余年間に於て学び得たところのものを以てして、彼は或は天下の仏徒界に自らの盛名を誇らうとするが如き野心に燃えたことがあるかも知れぬ。或は古来の所謂《いわゆる》名僧智識の例に倣《なら》って渡清《としん》[1]遊学の大志を抱くやうな事があったかも知れぬ。或は又光明皇后の遺図《いと》による癩《らい》病院の再興と云ふが如き種々なる救世的事業の企画をも自ら進んで試みたことのあったも事実であるかも知れぬ。更に又父以南の跡を追うて、或は時代人心の腐敗を慨き、或は誤れる社会生活の状態を憤《いきどお》り、或は更に進んで身を人心の覚醒と時勢の革新とに挺《てい》[2]さうとするまでの熱情に燃えるやうな事があったかも知れぬ。而《しか》してかくの如く幾度か立ち幾度か躓《つまつ》いた彼は、つひに何等なすべからざるを観、飜然《ほんぜん》[3]として自己の凡てを挙げて声聞縁覚の一路に委《い》す事に至ったのだと云ふ解釈が、最も正鵠《せいこう》[4]を得た解釈であるのかも知れぬ。実際のところ、彼がその間の消息に関して私達のなし得る推断はそれ以上には出る事が出来ないのである。而もなほさうした余りに抽象的な理解に対して、みづから甚《はなは》だしい不満を禁じ能はない私達は、どうしても何等かの具体的事実を採り求め、それによって一層切実な感銘を得ないでは止み難いのである。此の意味で良寛が再度の、而して最終の帰国の旅中に於ける、かの悲痛な経験が、私達にとりて彼の一生中の最も重大な事件の一つとして映じ来たらざるを得ないのである。おもふに、寛文十一年父以南の訃音《ふいん》[5]に接して帰国の旅についた当時の良寛は、永い間の苦悶《くもん》と冥《めい》想と修学と経験とを経て、既に廓然《かくぜん》[6]たる大悟境に到達してゐたであらう。年齢も既に遠く四十を越えて居たのであるから、もろ〳〵の煩悩との苦しい闘ひもいつしか治まって、彼の野心は次第に新たなる慈光の暖むるところとなって居たであらう。

[7]良也如愚道転寛、　騰々任運得誰看、
為附山形爛藤杖、　到処壁間午睡閑。

恩師からのかうした賛偈《さんげ》[8]に値するだけの一個渾然《こんぜん》[9]たる風格も既に出来上って居たのであらう。前章に掲《かか》げた玉島地方の口碑に伝へられるが如き超越味や悠遊味も、夙《つと》に彼の生活滋味となって居たのであらう。而も斯くの如き彼をして、なほ且

[10]水茎のあとも涙にかすみけり
　ありし昔のことを思ひて
[11]朝ぎりの中に君ますものならば
　はるゝまに〳〵うれしからまし

とまでに弱々しい哀傷の声を吐露させずに措かなかった父以南の死は、彼の内生活にとりては正《まさ》しく一つの大きな動乱であったに違ひないのである。

一面に於て自己の性情が到底世と共に調和して推移することの出来ないことが明らかになり、他面に於て堕落せる時代の暗黒面と面接して内に自ら悲しむことの苦しさに得堪《えた》へなくなった彼は、既に遠く身を以て世外に遁《のが》れてゐた。濁った世間の流れに身を委せて安き生を得るにはあまり清く、出でゝ世と闘ふ為めにはあまり弱かった彼は、退いて自らを清くし安くし而して強くしようとする一途《ず》に進んだ。而《しか》も徐々《じょじょ》として自己の内部に安らかさと明らかさとが得られて行くにつれて、彼の眼はい

7　良也如愚—35頁参照
8　賛偈—徳をたたえた偈頌。
9　渾然—とけあってひとつになっている。
10　水茎の—筆蹟を見て追懐の情をよんだもの。
11　朝ぎりの—歌意の朝霧を主としてよんだもの。

つとなしに再び外部の世界に向けられる機会が多くなって行かないでは居なかった。

けれども其の時代に於て世間の所謂知識階級に属した人々の間の一種の流行であった生活傾向——白眼にして世を睨《にら》むとか、皮肉で世を送るとか、世間を茶にして渡るとか云った風な方向へ走るべく彼はあまりに正直であった。かくて悲しめば悲しむほど傷めば傷むほど、ますます深く自らの内へ内へと沈潜しないでは居られなかった以前の彼とは全く趣の異った、新面目の彼を見るに至った。即ち衆生倶済《しゅじょうぐさい》[1]の発願《ほつがん》がいつとはなしに彼の胸裡に燃え上ったのであった。しかも、かくの如くして幾度か起《た》ち、幾度か試みた彼は、つひに又幾度か躓《つまづ》き、幾度か敗れざるを得ない彼であった。而して此の蹉躓《さてつ》[2]と此の失敗とから、彼は再び自己の内へと還ることを学んだ。その頃の彼は最早徒《いたず》らに世の澆季《ぎょうき》[3]のみ嘆いてゐる彼ではなかった。又徒《いたず》らに自己の薄運や、事を成すべき意志の弱さを悲しんでゐる彼ではなかった。彼の内部には、既に還り住むべき魂の世界があった。かの玉島地方の口碑に伝へられてゐると云ふ彼の生活に関する逸話——賊と間違《まちが》へられて生埋められようとする間際に於ても一言の弁解をせずに居たと云ふやうな、又はひまさへあれば里に出て子守娘共と手毬をつき手毬唄を歌って遊びくらしてゐたと云ふやうな——に於けるが如き強さ、又は安らかさを、彼はその頃既に味はふことが出来たのである。

けれども、彼はやはり人間であった、自己の魂を安住せしむべき窮極の世界はすでに自己のうちに開拓し得ては居たけれども、しかも時ありて起り来る胸の波動は絶滅することは出来なかった。

1 衆生倶済—迷っている民衆も自分と一しょに救う。

2 蹉躓—つまづき。

3 澆季—乱れた末世。

4 西行法師の墓—鎌倉時代の歌僧。俗名は佐藤義清（憲清、則清、範清）。鳥羽上皇に仕え、文武にすぐれ、二十三歳出家。各地をめぐり建久元年没。七十三歳。「山家集」あり。墓は大阪府南河内郡の弘川寺にある。

5 表白—表現。口に出していう。

6 刺衝—刺激。衝激。

7 無明の闇—自らの惑または煩悩による迷いの世界。

西行法師の墓（岡元勝美写）

旅人にこれをきけとやほとゝぎす
　血になく涙かわかざりけり

草枕夜ごとにかはる宿りにも
　むすぶは同じふるさとのゆめ

ふるさとへ行く人あらば言づてむ
　今日あふみぢをわれこえにきと

身を行雲流水にまかせてゐると覚悟してゐた彼でありながらも。旅寝の床《とこ》のさびしさのうちに浸っては、矢張かう云ふ哀傷の声を禁じ得ない彼であった。同じ世界への先達として当時の彼が理想人物となったかと思はれる、かの西行《さいぎょう》[4]法師の墓に詣《もう》でても、なほ且

たをり来し花の色香はうすくとも
　あはれみたまへこゝろばかりは

と云った風なかよわい情緒の表白[5]を抑へることの出来ない彼であった。ましてや、かうした彼にとりて久しい年月の間別れてゐた父以南の死――しかも其の悲劇的な最期《さいご》の消息が、如何に痛刻な刺衝[6]であったかは、想像だも及ばないことである。

哀傷、憤激、悔恨、奮起、苦悶、悲痛……さうしたさま〳〵な心状が、雑然として彼の内部をかき乱したであらう。深い安住を得て居た彼の魂も、その為めに一時は無《む》[7]明《みょう》の闇《やみ》に投じ去られたであらう。あらゆるものを打ち捨てゝ、自己の全部を投げ出して、彼は父の敗《やぶ》れた戦ひを更に戦はうとはしなんだであらうか、或は又父の死んだ死

を、彼みづからも死なうと云ふほどの暗黒な思ひを、彼は一時たりとも抱きはしなんだであらうか。併しながらさうした胸の波動が如何に激しからうとも、その頃の彼は最早その為めに魂の永遠の滅びを招くことの出来る彼ではなかった。如何なる悩み、如何なる苦しみの底にあっても、彼の魂はその還るべき世界を求めることを忘れないまでにめざめてゐた。云ひかへれば、その頃の彼は、如何なる胸の激動をも、魂の力で統御[1]し調整することを知って居た。自己を明らかに観る眼が、その頃の彼にはもう開けてゐた。現在の自己と未来の自己と、一時的の自己と永遠の自己との関係を明らかに考へ得るだけの心が、彼にはもう用意されてゐた。彼は悲しんだ。彼は苦んだ。彼は迷った。しかし、それと同時に、悲しみにも苦しみにも迷ひにも囚はれないだけの魂の明らかさが既に彼に得られてゐた。

　紀の国のたかぬのおくの古寺に
　　杉の雫《しづく》を聞きあかしつゝ

と云ふ一首の歌によって、その折彼が高野山を訪うた事が知られてゐる。ともすれば無明の闇に投じられて果てようした彼の魂を救ひ出す為めに、這般[2]《しやはん》の旅程は彼にとりておそらく最も賢明な処置であったのであらう。而し此の静寂神厳なる霊山に於ける冥想黙思の刹那こそ、良寛その人の生涯にとりての最も意義深きターニングポイントを示すものではなからうか。帰郷以後の彼の生活の上に時を追うてます〳〵ほがらかに顕証[3]《けんしよう》されて行った隠遁《いんとん》の積極的意義が、始めて真実に彼に把握《はあく》されたのは、正《まさ》にその刹那に於てゞはなかったらうか。

1 統御―統制と同じ。
2 這般―この。これらの。
3 顕証―はっきり証明する。
4 山崎良平―48頁参照
5 「大愚良寛」―小林二郎編「良寛上人詩集」の附録としてのせてある。
6 傲岸―高くかまえていばっているさま。
7 衆生倶済―民衆も一所に救済する。
8 撤し―とりのぞく。
9 淙々―水の勢よく流れるさま。
10 職由―もとづく。
11 弾指嗟《なげ》くに堪へたり人間の世、
百年の行楽　春夢の中。
一息裁《わず》かに断ゆれば他界に属す。
四大和合、之を躬《み》と名づく。
名を争い、利を争うも竟《つい》に底事ぞ、
己を慢り、人を慢り、英雄を呈す。
請う看よ曠野凄風の暮
幾多の髑髏《どくろ》断蓬を逐う。
○弾指―指で爪はじきする。○他界―死。○四大―地水火風。一切の物を構成する成分。○凄風―さびしい風。○断蓬―きれぎれになったよもぎ。
12 無常　信に迅速、
刹那刹那に移る。
紅顔は長く保ち難く、
玄髪は変じて糸となる。
弓を張る脊梁《せきりよう》の骨、
波を畳む醜面の皮。
耳蟬《じぜん》　竟夜鳴り、
眼華　終日飛ぶ。
起居　長嘆息し、
依稀《いき》　杖に倚って之く。
常に少壮の時を憶ひ、
兼た今日の罹《うれえ》を添ふ。
痛ましい哉　老を惆むの客、
彼の霜下の枝の若し。

生を三界に受くる者、
誰人か斯に到らざる。
念々暫くも止む無く、
少壮良く幾時ぞ。
四大　日々に衰ひ、
心身　夜々に疲る。
一朝　病臥に就かば、
枕衾《ちんきん》長く離るることなからん。
平生嘍囉《ろうら》を打くも、
此に至って何の為す所ぞ。
一息纔《わず》かに截断《せつだん》すれば、
六根　共に依る無し。
親戚　面に当りて歎き、
妻子背を撫でて悲しむ。
渠《かれ》を喚ぶも渠応へず、
渠を哭するも渠知らず。
冥々たる黄泉の路、
茫々として且《か》つ独り之く。

〇玄髪―黒い髪。〇張弓―弓を張ったように曲る。〇耳蟬―耳鳴り。〇竟夜―一夜中。〇眼華―眼にかすみかがかる。〇惆老―年老いたことをなげく。〇三界―過去、現在、未来。〇念々―一瞬一瞬。〇四大―物質界を構成する地水火風。〇嘍囉―むだ口。〇六根―眼耳鼻舌身の五官と意。〇渠―彼。〇冥々―暗いさま。〇茫々―はてしないさま。

---

[4]山崎良平氏の『[5]大愚良寛』の一節に云ふ。

「[6]傲岸《ごうがん》なる頑執なる彼は、衝突の余勢を以て遂に意を屈して、[7]衆生倶済《しゆじようぐさい》の願を[8]撤《てつ》したり。撤《てつ》して而《しか》して山気青々常に人を襲ひ、水声[9]淙々《そうそう》として枕頭《ちんとう》涼々なるの地に入りき。然れども彼は父を学んで死を致すに及ばざりき。是《こ》れ未《いま》だ全く世を捨つる能はざりしと死を以て人生の重大問題と観しとに[10]職由《しよくゆう》せずんばあらず、上人詩歌集中其死生の問題に対する言を見ずと雖《いえど》も、其事に当りての処置より見るに必ず死を以て重大視せる跡見るべきなり。」

と。これは良寛が這般《しやはん》の心的経過について、他の多くの論者の眼界から一歩を擢《ぬき》ん出て深く穿《うが》った見解だと思ふが、併し私達としては其のやうな消極的方面からばかり観てゐることは出来ないのである。

〇

[11]弾指堪嗟人間世、百年行楽春夢中、一息裁断属他界、四大和合名之躬、
争名争利竟底事、慢己慢人呈英雄、請看曠野凄風暮、幾多髑髏逐断蓬。

〇

[12]無常信迅速、刹那々々移、紅顔難長保、玄髪変為糸、張弓脊梁骨、
畳波醜面皮、耳蟬竟夜鳴、眼華終日飛、起居長嘆息、依稀倚杖之、
常憶少壮時、兼添今日羅、痛哉惆老客、若彼霜下枝、受生三界者、
誰人不到斯、念々無暫止、少壮能幾時、四大日々衰、心身夜々疲、
一朝就病臥、枕衾無長離、平生打嘍囉、至此何所為、一息纔截断、

六根共無依、親戚当面歎、妻子撫背悲、喚渠渠不応、哭渠渠不知、冥々黄泉路、茫々且独之。

〇

ながらへむことぞ願ひしかくばかり
かはり果てぬる世とは知らずて

[1]いく年かたのみし人もあだし野の
くさ葉のつゆとなりにけるかな

[2]夢の世にかつまどろみてゆめをまた
かたるも夢もそれがまに〳〵

うつり行く世にしすまへばうつせみの
人の言《こと》の葉うれしくもなし

あるはなくなきは数そふ世の中に
あはれいつまでわが身歎かむ

山崎氏も云ってゐる如く良寛の詩歌中には直接死生の問題に関した表白は見ることは出来ないけれども、こゝに掲げたやうな無常観の表白は甚だ多い。此の点から見れば、彼も亦多くの仏教的厭世家と同じく、消極的な無常観を抱《いだ》いてゐた一個の弱い哀傷の人であった。

暁

[3]二十年来郷里帰、旧友零落事多非、夢破上方金鐘暁、空床無影燈火微。

1 何年か頼みにしていた人も、死んで葬られてしまったことだ。

2 夢のようにはかない世に、ほんのわずかまどろんで夢を見て、その夢を語っているが、それも夢のまに過ぎ、人生はまことにはかないものだ。

3 二十年来郷里に帰り、
旧友零落、事多く非なり。
夢は破る上方金鐘の暁、
空床影無うして燈火微かなり。
〇零落―おちぶれる。〇金鐘―かね。〇空床―誰もいない寝床。

4 今年は去年に非ず、
今時は往時に異なり。
旧友 何処にか去る、
新知 漸く已《すで》に非なり。
況んや揺落の晩に属《あた》り、
山川之が輝きを斂《おさ》む。
到る処意に可ならず、
見るとして、悽其《せいき》ならざるは無し。
〇揺落晩―木の葉の落ちる年の暮。〇斂―しまいこむ。〇悽其―ものすごくさびしい。

5 狭川先生―大森子陽をいう。号は狭川といい良寛の漢学の先生。

6 古墓 高岡《こうこう》の側、
年々 愁草生ず。
酒掃誰か復た侍す、
偶ま芻蕘《すうじょう》の行くを見る。
憶ふ昔三十年、
往来す狭川《きょうせん》の傍。
一朝 分飛の後、
消息両ながら茫々。
帰来 異物と為り、
何を以て精霊に対せん。
吾、一掬《いっきく》の涙を灑《そそ》ぎ、
薄《いささ》か言《ここ》に先生を弔ふ。

白日忽ち西に沈み、
曠野　唯松声。
徘徊去るに忍びず、
涕涙《ているい》一に裳を沾《うる》ほす。

○古墓―大森子陽の墓をいう。寺泊町当新田万福寺の裏山にある。○洒掃―墓に水をそそいだり掃除をする。○芻蕘―草刈や木こり。○狭川―西川をいう。古くは狭川とよばれた。○茫々―ぼんやりとしてわからない。○異物―死者をいう。○精霊―大森子陽の霊魂をいう。○一掬涙―ひとすくいの涙。○涕涙―なみだ。○沾―ぬらす。

○

[4] 今年非去年、今時異往時、旧友何処去、新知漸已非、況属揺落晩、
山川歛之輝、到処不可意、無見不凄其。

[5] 弔狭川先生墓

[6] 古墓高岡側、年々愁草生、洒掃孰復侍、偶見芻蕘行、憶昔三十年、
往来狭川傍、一朝分飛後、消息両茫々、帰来為異物、何以対精霊、
吾灑一掬涙、薄言弔先生、白日忽西沈、曠野唯松声、徘徊不忍去、
涕涙一沾裳。

多年の出離の後に故郷に帰って来た時にも、彼が何よりも先に痛感したのはかうした人生の推移流《る》転であった。

わが袖はしとゞにぬれぬうつせみの
　うき世のなかのことをおもふに
墨染のわが衣手《ころもで》のゆたならば
　うき世の民をおほはましものを
世の中をおもひ〳〵てはて〳〵は
　いかにやいかにならんとすらむ

かう自らも歎じてゐる如く、彼は現実生活の欠陥に対しても、結局は自己の無力を悲まないでは居られぬ弱い彼であった。

而《しか》してかくの如く哀傷的な彼にとりて、さま〴〵な意味の悲痛を蔵した父以南の死

が、いかに大きな打撃であったかは、既にくりかへし述べたところであるが、而もそれについて今日私達の甚だ不審に思ふのは、その重大な精神上の打撃に関する良寛自身の表白に接することの出来ないことである。けれども此事は、他のさま〴〵の方面にその理由を求めるよりも、むしろそれば彼自身にとっては表白を絶した大経験であったからだと云ふ事にした方が、一層よく会得[1]《えとく》出来るやうである。而して此の沈黙の苦悶を通して良寛の攫《つか》み得たところのものこそ、実に彼がその後半生に於てしかくほがらかに顕証[2]《けんしょう》した隠遁生活の積極的意義に外ならなかったと私達は固く信ずるのである。更に私達は彼をして進んで此の道に出でしめたところの力が、前に引用した山崎氏の所説に於ける死の重大視と云ふやうな消極的心状からの力でなくして、むしろ自己の生に対する積極的な愛着力そのものだと思はずには居られぬのである。

[3]風俗何孤薄、思之亦可怜、見義潜抽身、聞利競頭奔、挙世赴険巇、
無人希冉顔、勧君早終事、帰耕南畝田。

○

[4]問古々已過、思今々亦然、展転無蹤跡、誰愚又誰賢、随縁消日月、
保己待終焉、飄我来此地、回首二十年。

○

[5]なよ竹の葉したなる身をなほさらに
いざ暮さましひと日ひと日を

[6]津の国のなにはのことはよしゐやし

---

1 会得—心にさとる。理解する。

2 顕証—はっきり証明する。

3 風俗何ぞ孤薄なる、
之を思へば亦、怜れむべし。
義を見ては潜かに身を抽《ひ》き、
利を聞いては頭を競うて奔《はし》る。
世を挙げて険巇《けんき》に赴き
人の冉顔《ぜんがん》を希がふ無し。
君に勧む早く事を終へ、
南畝《なんぽ》の田に帰り耕せと。
○孤薄—ひとり立ちしてうすい。○怜—憐れむに同じ。○険巇—けわしく危険なこと。○冉顔—冉求《ぜんきゅう》と顔淵《がんえん》。ともに孔子の門人で徳行にすぐれた人。○南畝田—家の南方にある田。

4 古を問へば古巳《すで》に過ぎ、
今を思へば今も亦然り。
展転として蹤跡《しょうせき》無く、
誰を愚とし又誰を賢とせん。
縁に随って日月を消し、
己を保って終焉を待つ。
飄として 我 此の地に来り、
首を回らせば二十年。
○蹤跡—あと。本来は足あとのこと。○随縁—因縁に まかせる。○終焉—死ぬこと。○飄—あてもなく動くこと。

5 なよ竹の—葉したは、竹の葉の下と、端とを掛け詞にしたもの。とるにも足りない身をの意。

6 津の国の—よしゐやしまでが序詞。唯一歩を進め、諸人よ。の意。

7 過去現在未来の三世というが、現在だけを考えて、帰らぬ過去や、わかりもしない未来を考えるな。打算的なようだが仏法に徹しなくてはいえないことだ。

8 父以南の悲劇的な死の事実—寛政五年七

月二十五日に京都桂川に身を投じて六十歳でなくなったという。

たゞひとあしをすゝめもろ人

[7]さしあたるそのことばかりおもへたゞ

かへらぬ昔しらぬゆくすゑ

かくの如く良寛の悟りは一見極めて消極的なあきらめのやうであるけれども、而《しか》も彼みづからの性向と経験とを以《もっ》てしても能《よ》く此の境地に到り得たことの為めには、その胸底に強き生の愛着なくしては能《あた》はぬところである。論者の察するが如く、死の問題は或は時に彼を脅やかすやうな事があったかも知れぬ。而も彼の如く悲しんで破らず、悶えて狂せず、能く静かに自己の赴くところを過《あや》またなかった事は、決して徒《いたず》らに死におびゆるやうな者のなし能《あた》はないところである。

おもふにさま〴〵に動き迷うて来た彼れの心は、最後に[8]父以南の悲劇的な死の事実に面接して、かつ驚き、かつ痛み、かつ激し、かつ怖れ、かつ悶え、その激越した動揺を転機として、自己の生に対する愛着そのものゝうちに集中されて来たのであらう。而してそれまでは何かにつけて乱れ勝ちであった隠遁を思ふ心が、初めて彼れ自身のものとなることが出来たのであらう。

近代の或る詩人の言葉に「人は生活の全体を斥《しりぞ》くることによっておのづから其の弁護者となる」ものだと云《い》ふのがあるが、その場合に於ける良寛その人も、現世のあらゆるものを否定することによって初めて自己の生の絶対にして無敵なることを自覚するに至ったのであらう。かくの如くして、結局彼の心に残されたところのものは、唯一つ彼自身の救ひであった。外部的のあらゆるものに対する否定的心状が確実になればなるほど、彼はます〳〵切に自己の生に対する愛着を感じた。而して愛着は更に救ひを求むる心となった。世間の堕落を嘆き、人生の無常を悲しみ、衆生倶済《しゅじょうぐさい》の大願に動かうとして居た過去の彼は、一転してそれらの凡ての代りに唯一個の我を生かし救ふことのみ主とする彼となった。

なにゆゑに家をいでしと折ふしは
こゝろにはぢよ墨ぞめの袖

身を捨てゝ世を救ふ人もますものを
草のいほりにひまもとむとは

時にこんな風に彼みづから責めもし鞭うちもしたものゝ、而《しか》も彼は彼自身のさうした隠遁《いんとん》的生活逃避的生活を決して〳〵忌はしい主我的乃至《ないし》利己的生活だなどとは思はなかったであらう。彼はむしろさうした生活を、なまじひに自己を忘れた世間的救済などよりは、遙かに貴いものだと信じてゐたのであらう。かくの如く世を離れることによって、むしろ真に世に即《つ》くのだと信じてゐたであらう。更に又彼は真に自分ひとりを生かさうとすること、真に自分ひとりを救はうとすることは、同時に最も善く万人を生かし万人を救ふ道を求めることだと信じてゐたであらう。彼の攫《つか》んだ隠遁の積極的意義は、此の外になかったのであらう。而してこゝから出直ほすことによってこそ、彼は初めてうぶな、自然な心もちで従来のまゝの隠遁《いんとん》生活の一路を進むことが出来たのであらう。

けれども良寛が這般《しゃはん》の精神的転向は更にその時代に於ける我が国の仏教の全般的状

1 談林—古代の学問寺。諸方の徒弟を集めて学事に従わせた寺院で、栴檀林の略。浄土宗の十八檀林、日蓮宗の二十檀林のごとし。

2 学林—僧侶の学校で談林と同じ目的のもの。

3 学寮—学生を宿泊させて学業を授ける寮舎。

4 宗学—宗教的な学問。

5 鷲尾順敬—仏教学者。大阪に生れ、東洋大学卒業後、真言宗中学、駒沢大学 東洋大学に仏教を講じ、史料編纂所にも勤務。仏家人名辞書等の著あり。昭和十六年歿、七四歳。原本の順教は誤り。

6 天台宗—支那の隋時代に浙江省の天台山で天台大師（智顗）が法華経を根拠として開いた宗派。わが国へは天平勝宝六年鑑真和尚が伝え、伝教大師が比叡山延暦寺で弘めた。

態と考へ合せて一層明らかに会得することが出来る。総じて徳川時代の仏教は、幕府仏教と云ふ名で呼ばれたほどに幕府の政治に支配されて変遷して来たのであった。国家社会の経綸《けいりん》上宗教と云ふもの丶勢力をかなりに重大視した徳川時代の仏教に対する政策は、一面に於て保護を加へたと同時に、他面に於てはそれは正《まさ》しく干渉《かんしょう》であり圧《あっ》迫《ぱく》であった。徳川幕府は盛に仏学を奨励し、各宗をして[1]談林《だんりん》、[2]学林、[3]学寮等の機関を設立せしめた結果、仏学が競《きそ》うて興隆したと云はれてゐる。随て又仏教各宗に亙《わた》って[4]宗学と云ふもの丶成立したことが、我が国の仏教に於て初めて見ることを得た盛観であって、それは実に徳川時代の仏教の精華であると云はれてゐる。而《しか》もかくの如きは果して能くわが国に於ける仏教そのものにとりての、真に歓ぶべき現象であったらうか。この事については、『江戸時代史論』の中にある、[5]鷲尾順敬氏の説が最も要を得てゐる。

「従来各宗にあれほど（江戸時代）学問の競起した時代はないのであります。併《しか》しながら其学問と云ふものは、規模が極めて小さい一種の神学とも云ふべきものであります。幕府は各宗をして各自宗の学問に出精せしめようとしたもので、[6]天台宗は天台宗、[7]真言宗は真言宗、[8]浄土宗は浄土宗、[9]真宗は真宗、[10]日蓮宗は日蓮宗、各その宗の学問に出精するやうにした。これは固より必要に違ひないなれども、その結果は学問が[11]偏固《へんこ》になり易い。詰《つま》り普通学のない専門学である。当時各宗の談林、学林、学寮等の講釈は仏教学としては部分でありました。局部的の学問でありました。各宗はいづれも宗学を以て仏教全体を解釈し、自余の宗門を研究しない。であ

7　真言宗—大日経、金剛頂経等の秘密教をより所として真言秘密の教を立てる宗派。弘法大師が入唐伝来してから高野山で弘めた。

8　浄土宗—法然を開祖とし、弥陀の浄土へ生れようと願う宗派。京都の智恩院を総本山としている。

9　真宗—浄土真宗の略。法然の門弟なる親鸞を開祖とする。肉食や妻帯を許し、出家せず、修行せず、罪や苦のある凡夫のままで、阿弥陀仏の他力救済の本願力により成仏することを信じ、念仏生活をする。

10　日蓮宗—日蓮が開いた宗派。一心に南無妙法蓮華経と法華経の題目を唱えれば、この経にあらわされた諸法実相の功徳を得て成仏すると説く。

11　偏固—考えがかたよってかたい。

るから各宗に学問が興隆したが、それは仏教の部分々々を解釈してゐたもので、彼等宗教学者は極端な排他的思想を持ち互に[1]排擠《はいせい》して居た。皆な自分天下で他の畠の事を少しも知らない、それが宗学の弊風をなし、宗教学者が偏固になり[2]頑陋《がんろう》になった。」

と。更にかくの如くして漸次《ぜんじ》民衆の生活から絶縁するやうになって、つひにます〳〵一般社会の同情を失ふやうになったのが徳川時代末期に於ける仏教界の真相の一面であった事は、疑ふべくもないのである。而して良寛は実にかくの如き状態の下にあった仏教界に入って、彼自身の霊魂の救ひを求めようとしたのであった。けれども彼の如く真実な心を以て、我れみづからの救ひを求める者に対しては、当時の仏学は如何《いか》に[3]精緻《せいち》な理論を以てしても、欺《あざむ》きおほする事は出来なかった、彼の純真な心は、やがてさうした[4]欺罔《ぎもう》を観破せずには措《お》かなかった。美しき外形に飾られた内容の空しさを彼はつひに観破らずには措かなかった。

○

[5]我見講経人、雄弁如流水、五時与八教、説得太無比、身称為有識、
諸人皆作是、却問本来事、一個不能使。

○

[6]仏説十二部、部々皆淳真、東風夜来雨、林々見鮮新、何経不度生、
何枝不帯春、識取此中意、莫強論疎親。

かくの如くしてかの学匠と呼ばれ、高僧と尊ばれ、多くの寺禄に飽き、[7]紫緋《しひ》の法衣

---

1 排擠―おしのけて落す。

2 頑陋―かたくなでいやしい。

3 精緻―詳しくこまか。

4 欺罔―だましてありもしないことを作ってみせる。

5 我、講経《こうきょう》の人を見るに、
雄弁流水の如し。
五時と八教と、
説き得て太《はなは》だ比無し。
身は称して有識と為し、
諸人は皆是と作す。
却って本来の事を問うに、
一個も使う能はず。

○講経人―経義を講義する人。○五時―天台宗で釈尊の多種多様なる説を分類判別して華厳時、阿含時、方等時、般若時、法華涅槃時の五時期となしたもの。○八教―釈迦一代の施化の形式方法による頓教、漸教、秘密教、不定教と、内容の教理による蔵教、通教、別教、円教との八教をいう。○本来事―本来の面目と同じく、人々本成底の不迷不悟の面目をいう。

に誇ることを唯一の目的としてゐた時代の貴族的門閥《ばつ》的僧侶の群から脱出して、ひとり静かに黒谷[8]に隠遁して一向専心念仏の修行者となったその昔の法然《ほうねん》[9]の如く、当時の仏教界の真相に通ずれば通ずるほど、彼れ良寛の胸底にも孤独隠遁を欲する心がいよいよやみ難くなって行ったのであらう。そして寺院仏教、教権仏教から離れて、彼はひたすらに彼みづからの魂の救ひを求める自由な孤独の修行の道へます〳〵心ひかれるやうになったのであらう。

さてかくの如き心機の転向を深く自己の内部に感じつゝあった良寛は、近江伊勢の国々を経て江戸[10]に出で、更に武蔵、上野、信濃の諸国を行脚《あんぎや》して善光寺に詣で、糸魚《いとい》川《がわ》街道をとって越後に入り、日本海岸に沿うて東し、つひに二十余年振りでなつかしい郷里の土を踏むことを得た。そして旧に変らぬ雄大な故国の自然裡《り》に立って、彼は恰《あたか》も久しく別れてゐた慈母に抱かれたやうな涙の滲《にじ》むうれしさなつかしさを感じたのであるが、それと同時に彼はあまりに激しい人生流転《るてん》の跡に我にもあらず驚きもし、悲しみもしたのであった。かくて自然の悠久と人生の変転とはこも〴〵彼の孤独な心を動かし、今更ならぬ想念の世界へ彼は又しても誘《さそ》はれずに居られなかった。

それにしても私達が今日不審に堪《た》へない事実は、前にも引用した崑崙橘茂世《こんろんたちばなしげよ》と云ふ人の帰国当時の良寛の行動に関する記録である。

重複《ちようふく》の嫌《きら》ひはあるが、玆に再び該《がい》[11]記事を引用して見る。

「海浜郷本《ごうもと》[12]と云へる所に空庵《くうあん》ありしが、一夕旅僧一人来て隣家に申し彼空庵に宿す。翌日近村に托鉢《たくはつ》して其日の食に足るときは即ち帰る。食あまる時は乞食鳥獣に

6 仏説　十二部、
部々　皆淳真なり。
東風　夜来の雨、
林々　鮮新を見る。
何の経か生を度せざる、
何の枝か春を帯びざる。
此の中の意を識取して、
強いて疎親を論ずること莫かれ。
〇十二部―仏陀の説いたものを十二種に分類したもの。修多羅（契経）・祇夜（応頌）・和迦羅（授記）・伽陀（諷誦）・尼陀那（因縁）・優陀那（自説）・伊帝目多（本事）・闍多部（本生）・毘仏略・（方広）・阿浮達磨（未曾有）・阿波陀那（譬喩）・優波提舎（論議）をいう。〇東風―春風。〇度す―救って悟らせる。〇識取―認識して摂取する。

7 紫緋の法衣―紫色や緋色の高僧のおころも。

8 黒谷―京都市上京区岡崎町にある。法然上人を開山とする。金戒光明寺のこと。

9 法然―日本浄土の元祖。浄土真宗相承の第七祖源空で法然房と称している。美作国久米南条稲岡の人、保延七年出家、各地に修行し、承安五年四十三歳、洛東吉水に浄土念仏を弘め、建安二年歿八十歳。

10 江戸に出で、更に武蔵、上野―とあるが、この経路は不明である。信濃は再び善光寺に詣でた詩があるので立証される。

11 該記事―此の記事。

12 海浜郷本と云へる―11頁参照

わかちあたふ。如レ此事半年諸人其奇を称して道徳を尊んで衣服を送るものあり。即ちうけてあまるものはまた寒子にあたふ。其居出雲崎を去ると纔《わずか》に三里。時に知る人在、必《かならず》橘氏某ならんを以て予が兄彦山《けんざん》に告ぐ。彦山即郷本の海浜に尋《たず》ねてかの空庵を窺《うかが》ふに不レ居、只柴扉鎖《さいひとざ》すことなく薜蘿《へいら》相まとふのみ。内に入りて是《これ》を見れば机上一硯筆《けんぴつ》炉中土鍋一つあり。壁上皆詩を題しぬ。これを読むに塵外《じんがい》仙客の情おのづから胸中清月のおもひを生ず。其筆蹟まがふ所なき文孝《ふみたか》(良寛の俗名なりと称す)なりしかば、是を隣人に告て帰る。隣人即ち出雲崎に言を寄す。爰《ここ》に家人出で来り相伴《ともな》ひてかへらんとすれども、良寛不レ随。衣食を贈れども用ゆる所なしとして其余りを返す。後行く処を知らず。年を経てかの五合庵に住す。平日の行ひ皆此レ如。実に近世の道僧なるべし」

これは文化八年に出版された『北越奇談』中に記されたところであって、而も筆者自身が良寛と間接の関係を有するらしいところから察すれば、此の記録はかなりに信を措《お》く価値のあるものと見るべきであるが、それにしてはあまりに意外な事実である。

ふる里へ行く人あらばことづてむ
　けふあふみぢをわれこえにきと
草まくら夜ごとにかはるやどりにも
　むすぶはおなじふるさとの夢

かうみづから歌はないでは居られなかったほどの彼でありながら、いよ〳〵その二

1 著者―小林存をいう。
2 係累―かかりあい。
3 寒山―唐時代に。五台山国清寺におった奇行のあった詩僧。
4 豊干―寒山と共に国清寺におった僧で、常に虎に乗っていたという。
5 前蹤―前例。蹤は足跡のこと。
6 趁う―追うと同じ。
7 蛙居―蛙のように狭い世界に住むことで、五合庵などの庵住をいう。
8 畢竟―結局、つまり。
9 浮屠―僧侶。
10 潦倒―落ちぶれたさま。
11 揣摩―おしはかる。推測に同じ。

十余年ぶりの懐《なつ》かしい故郷に帰り着いて後の彼は、何故からうした態度に出なければならなかったのであらうか。

この疑問については唯ひとり『弥彦神社附国上と良寛』[1]の著者のみが説をなしてゐる。

「若し切に浮世の係累[2]を厭ふとせば跡を山林に埋め寒山《かんざん》[3]豊干《ぶかん》[4]の前蹤《ぜんしょう》[5]を趁《お》[6]うて足るべく、特に郷里に近きあたりに家門の羞恥を晒《さら》して蛙居《あきょ》[7]せる理由畢竟《ひっきょう》[8]解すべからず、或は彼が浮屠《ふと》[9]の門に入れるは父以南との協定の結果にして、彼れは京師に於て父以南と会し、斡旋する所あり、以南が志しを得ず憤死するに及んで、即ち郷里に帰り、潦倒《ろうとう》[10]して爾後《じご》の三十年を送れるなりと想像を逞《たくま》しうせんか、以南の行動彼の如く幕府の嫌疑を惹くべくしてしかも由之の家に事なく、良寛又特に生家と疎隔したりしを思へば、揣摩《しま》[11]に過ぐと雖《いえども》、亦《また》一点の霊犀《れいさい》[12]の良寛の面目に通ずるものあるが如し」

と。更に又

「[13]彼れが旅中に於て以南の訃報《ふほう》[14]を接受したりしや否やは疑問なれども、改めて門庭旧の如く、唯だ其主人公を欠けるを見たりし時、新たなる愁は蜂の如く彼れが胸を刺し、彼をして生家の閽《もん》を越ふるの勇気を没却せしめしも亦《また》所なり、彼れは喪家《そうか》[15]の犬の如く、只管《ひたすら》趨《はし》りて塵憂《じんゆう》[16]の累《わずらい》なき住処を求めぬ」

と。いづれも相当に拠りどころのある想像であるやうに思はれる。

けれどもさうした理由がよし幾分あった事が事実であったにしても、単にさうした

12 霊犀—ひどくよく見えること。

13 京都で父以南と会合の事実は明確でない。良寛の弟である香は京都に出て菅原長親卿の勧学館の学頭となった学者で、寛政十年病死して東福寺に葬られている。香は父の以南と会見して語らったことは考えられるが、玉島にあって仏道修行中の良寛が果して上洛できたかは疑わしいことである。

14 訃報—死亡通知。

15 喪家の犬—主家のなくなった犬。または喪事があって世話する人のない犬ともいわれ、あわれな犬をいう。

16 塵憂—俗界の心配。

1　深玄—奥深い。
2　捕捉—とらえる。

外的な理由だけで、どうしてあれ程までの徹底した態度に出ることが出来たであらうかは、頗る疑問である。

飜《ひるがえ》っておもふに、若しかの『北越奇談』中の記録にして信ずべきものとするならば、さうした彼の行動にこそ、上来述べたところの彼の心機転向の事実が一層明らかに窺はれると云ふものではなからうか。而《しか》も彼が論者の云ふが如き「跡を山林に埋め寒山豊干《かんざんぶかん》の前縦を趁《お》うて足る」と云ふやうな態度を端的に採用することなしに、郷里へまで僅に三里と云ふほどの近いところに隠れ住んでゐたと云ふ点に、更に〱深甚《しんじん》なる人間味が味はれると云ふものではなからうか。

その郷本《ごうもと》とやら云ふところの空庵《くうあん》に宿りを求めるに先立ちて、良寛はせめて一たびは彼の生家のある出雲崎の地を踏まなかったであらうか。そして出離以後二十余ぶりの我が生家の門前に佇《たたず》んで今更の如き感懐に暫くは我を忘れるやうなことがなかったらうか。けれどもその場合彼の胸裡に、人々に対する懐《なつか》しさがいよい〱切に感じられたほど、彼はやがて生起すべきもろ〱の世間的関係を予想して、自己に対し又他に対して何とは知れぬ不安の念に襲《おそ》はれずには居られなかったのではなかろうか。それほど彼の心は弱められては居なかったらうか。

かくの如くして即《つ》かんとする心と、離れんとする心との間の迷ひと悩《なや》みの殆んど測り知れぬほどの深さに沈んだ彼は、つひに意を決して再びもと来た道に引き返したのではなからうか。心に深く自分の愛する人々の幸福を祈りながら、静かに音もなく彼は彼みづからの道に帰り去ったのではなからうか。人々に対する愛着を激しく感ずれ

郷本の附近
（遠景は弥彦山、海中の柱は石油輸送の名残）

ば感ずるほど、いよ〳〵強く自己に対する不安を感じないでは居られなかった彼は、むしろかくの如くみづからを孤独の世界へ引き戻《もど》すことによって安らけき愛を完うしようと思ったのではなかろうか。

而も彼は何故にその場合直に跡を遠く山林に埋めようとはしなかったか、何故にあれほど郷里に近い場所に、あれほど身すぼらしい姿を留めなければならなかったか。更に近親の人々からあれほどの扱ひを受けなければならぬやうになったまでも、彼は何故あのやうな態度をとらなければならなかったか。

けれどもかうした疑問は、私達の容易に解き得べきものではない。私達にはたゞ僅に所謂「弱きに徹して強くならうとした」彼、最も人間的な彼の姿がおぼろげに眼にうつるだけで、その内部に隠された深玄《しんげん》[1]な意味に至っては、容易に捕捉《ほそく》[2]さるべくもないのである。

六、徹底期の良寛

二十三年間の孤独な雲水《うんすい》の旅から、再び懐かしい郷里へ帰つて来た良寛は、どうしたわけでか自分の生家のあった出雲崎には留らなかった。しかも、あまり遠くへ去りも得ずして、其の附近二三里の間をあちらこちら身を容るゝに足る空庵《くうあん》の類《たぐい》を求めて転々して居たらしい。出雲崎から海岸づたひに寺泊《てらどまり》へ通じた国道筋にある郷本《ごうもと》と云《い》ふ村の空庵にも彼は暫《しばら》く足を留めてゐたと伝へられる。出雲崎郊外の[1]中山と云ふところの草庵《そうあん》にも居たことがあると云はれる。[2]寺泊町[3]照明寺側の[4]密蔵院《みつぞういん》にも居たことがわかる。又国上《くがみ》の[5]本覚院にも身を寄せてゐたと云はれる。而してかうした間に於ける彼の生活状態のどんなものであつたかについては、「寺泊駅照明寺境地密蔵院仮住之時」と題する彼自らの詩が最もよく語ってゐる。

[6][7]観音堂側仮草庵、緑樹千章独相親、時著衣鉢下市朝、展転飲食供此身。

このやうにしてその日その日を送ってゐた間にも、彼はおそらく時に肉身の家々を訪ねもし、又旧知の誰彼と遇《あ》ひもしたであらう。そして何かにつけて一別以来のさまざまな変遷を見もし聞きもし語りもしたであらう。

[8]二十年来郷里帰、旧友零落事多非、夢破上方金鐘暁、空床無影燈火微。

○

[9]昨日出城市、乞食西又東、肩疲知嚢重、衣単覚霜濃、旧友何処去、新知少相逢、行到行楽地、松柏多悲風。

1 中山―出雲崎駅から出雲崎までの中間の小竹より、西へ一キロ程。良寛記念館よりは南へ一キロ余。

2 寺泊―信濃川が地蔵堂より分水された河口より西に発展している町。日本海岸の要地で、古くは佐渡へ渡る要港でもあり、現在は漁業、商業が盛んで、ここより西長岡までの電車もある。

3 照明寺―真言宗の古い寺である。永承二年栄秀の開基という。もと多くの院坊があったが天保の火災で焼失し、現在はユースホテルにもなっている。

4 密蔵院―照明寺に属す。天保十二年の火災で焼失し、昭和三十三年に復興された。

5 本覚院―国上寺の塔頭で、西参道を下るとすぐにあり、そのすぐ下が五合庵になっている。

6 観音堂側の仮草庵、

緑樹千章　独り相親しむ。

時に衣鉢を著けて市朝に下り、

展転飲食、此の身に供す。

○千章―千本に同じ。○衣鉢―法衣と鉄鉢。○市朝―町の中をいう。

7 観音堂の詩の時代を帰郷してまもないことのように解している。だが観音堂に居住したのは前後数回にわたっているのである。第一回は享和二年で、観音堂の詩には亥夏作と注記のあるものもあり、とすると文政十年七十歳の作ともなる。

8 二十年来郷里に帰れば、

旧友零落して事多く非なり。

夢は破る上方金鐘の暁、

空床影無うして燈火微かなり。

○零落―おちぶれている。○非―よくない。○上方金鐘―五合庵の上にある国上寺でつく鐘の声。○空床―誰もいない寝床。

かくの如き感慨《かんがい》は又おそらくさうした生活の間に於て、彼が到る所で経験しないでゐられなかつたところであらう。

わけても彼自身の生家――即ち出雲崎の橘屋山本家その当時に於ける家運衰頽《すいたい》の有様は、如何に深い悲しみを彼の心に与へたかわからない。彼は「[10]当町名主[11]左衛門並同人悴[12]馬之助義、年中不用の人集めいたし乗馬弐疋迄飼置、御武家同様の身持いたし、権威を振ひ、奢增長仕候に付、近年借金相嵩《かさ》み町方へは無体の出金割懸け、小前百姓困難為致……」と云ったやうな忌《いま》はしい理由の下に、遠からず多数の町民から訴へられようとしつゝあったほどの自家の現状、その当主たる自分の弟の生活状態等を見聞して、果して如何なる苦しみや悲しみを感じたことであらう。（この事については「良寛遺跡めぐり」のうちにくはしく述べて置いたからそれを参照されたい）

かくの如くして、前にも述べたやうに一方に於てます〱強い愛着を感じながらも、他方に於ていよ〱激しい自己に対する不安を感じないでは居られなかつた。良寛は、むしろみづからを孤独の世界へ引き戻すことによって安らけき愛を完うしようとするの途に出でたのであった。かの遠く「跡を山林に埋め寒山豊干の前蹤《しょう》を趁《お》ふ」と云ふやうな一方へも走り得ず、又身を挺して愛する人々の難を救はうとする愛着の一方へも進み得ずして、郷里から程遠からぬほとりにせめては[13]塵憂《じんゆう》の累《わずらい》なき仮住の類を求めて[14]彷徨してゐた帰国当初数年間の良寛の生活こそ、まことにかの所謂《いわゆる》即かんとする心と離れんとする心との間の悲しくいたましき迷ひと悩みの[15]好表徴《こうひょうちょう》ではないだらうか。

9　昨日城市に出で、
乞食　西又東。
肩疲れて嚢の重きを知り、
衣単にして霜の濃やかなるを覚ゆ。
旧友　何処にか去る、
新知　相逢ふこと少なり。
行きて行楽の地に　到れば、
松柏悲風多し。
○城市―町をいう。○乞食―托鉢をいう。
○松柏…古詩の「松柏は摧かれて薪と作る」により、世上の転変を悲しんでいるもの。

10　当町名主左衛門並びに同人悴馬之助義、年中不用の人集めいたし、乗馬二匹まで飼ひ置き、御武家同様の身持いたし、権威を振ひ、奢増長仕り候に付、近年借金相嵩み、町方へは無体の出金割り懸け、小前百姓困難致させ―。

11　左衛門―山本由之。良寛に代って出雲崎橘屋を相続し、名主となった。名は泰儀、号は巣守、雲浦、無花果園ともいい、天保五年七十三歳でなくなった。

12　馬之助―由之の子。名は泰樹、号は眺島斎、北渚ともいい、天保二年四十三歳でなくなった。

13　塵憂―俗界のわずらわしさ。

14　彷徨―さまよう。

15　好表徴―善いしるし。

而《しか》して彼のかうした迷ひと悩みとが恐らく其の最高調に達せんとしつゝあったであらうと思はれる頃、良寛は彼にとりての菩提《ぼだい》樹下とも称すべき静寂の座を与へられたのであった。

[1]索々五合庵、室如懸磬然、戸外杉千株、壁上偈数篇、釜中時有塵、
竈裏更無烟、唯有東村叟、時敲月下門。

即ち文化元年に於て良寛が此の国上山の五合庵と呼ぶ小庵に住することを得るに至ったことは、実に彼の生涯を通じての最も重要な事件の一つであった、何となれば此の時を画《かく》して、良寛の生活はその最も光輝ある境地への進展を示したからである。

国上《くがみ》山は越後西蒲原郡にあって、[2]弥彦《やひこ》、[3]角田《かくだ》の二山と並んで謂ふところの越後平野のたゞ中に[4]巍然《ぎぜん》として聳《そび》ゆる孤円の秀峰で、その半腹に建てられた国上寺[5]阿弥陀堂《あみだどう》の[6]由緒《ゆいしょ》や[7]酒顚童子《しゅてんどうじ》の伝説をはじめとして昔から名高い山である。此の山の風致については良寛その人の長歌が最も多くを語ってゐる。

○

[8]足びきの　国上の山の　山かげに　庵をしめつゝ　朝にけに　岩の角みち　ふみ
ならし　いゆきかへらひ　まそかゞみ　あふぎて見れば　み林は　神さびませり
おちたぎつ　水音さやけし　そこをしも　あやにともしみ　さつきには　山ほとゝ
ぎす　打ち羽ふり　来鳴きとよもし　長月の　しぐれの雨に　もみぢ葉を　一折りて
かざして　あら玉の　年の十とせを　すぐしつるかも

○

1 索々たる五合庵、
室は懸磬《けんけい》の如く然り。
戸外　杉千株、
壁上　偈《げ》数篇。
釜中《ふちゅう》時に　塵有り、
竈裏《そうり》更に烟無し。
唯有り東村の叟《そう》、
時に敲《たた》く月下の門。
○索々―さびしいさま。○懸磬―磬という楽器をつり下げたように何もないこと。○偈―偈頌で、仏の徳をたたえた韻文。○竈裏―かまどの中。甑裏としたのもある。○叟―老人。

2 弥彦―弥彦山で、国上山の東に連り高さ六三八メートル。

3 角田―角田山で弥彦山の東に連り、高さ四八二メートル。

4 巍然―がっしりと高くそびえるさま。

5 阿弥陀堂―俗に国上寺の本堂といわれ、上品上生の阿弥陀像をまつり、子の年にだけ開帳する。

6 由緒―いわれ。

7 酒顚童子―大江山に住み源頼光に退治されたといわれているが、もと国上に近い砂子塚の生れ。母の胎内に三年あり、美男で国上寺の雛僧となり、児女に慕われたといわれている。

8 国上山の庵住の生活をよんだ作品である。○いゆきかへらひ―何度も行ったり来たりして○まそかがみあふぎて見れば―真澄鏡は「見る」の枕詞。仰ぎ見ればということ。○おちたぎつ水音さやけし―滝になって落ちる水の音がすがすがしい。○あやにともしみ―むしょうに好ましいので。○さつき―五月。○打ち羽ふり来鳴きとよもし―羽をふって飛んで来て鳴きさわぎ。（とほもしは誤）

挿絵「五合庵の良寛」

[9]あしびきの　国上の山を　たそがれに　わが越え来れば　高ねには　鹿ぞ鳴くなる　麓には　紅葉ちりしく　鹿のごと　音にこそなかね　もみぢばの　いやしくしくに　ものぞかなしき

ゆふぐれに国上のやまをこえ来れば
　ころも手さむし木の葉ちりつゝ

五合庵は此の国上山の中腹に建てられた国上寺へ通ずる[10]西坂の中段にある小さな庵であった。[11]貞享年間[12]万元阿闍梨の為めに建てられたもので、阿闍梨《あじゃり》が国上寺からそこへ退隠《たいいん》して後は毎日五合米の[13]薄粥《はくじゃく》を以て禅定の[14]薬餌《やくじ》に充てゝ居たところから其の名称が与へられて居たのであった。文化元年に良寛がそこへ住むことになったのは、その年の正月前住[15]義苗《ぎびょう》和尚が歿したからであった。而もその庵の建てられた貞享年間から其の時までには百年以上たって居たのだから、いかに修理が施されたと云っても、その[16]廃頽《はいたい》の有様の尋常でなかった事が思ひやられるのであるが、それでも良寛にとりては生れて始めて安住の境を得たやうな心持がしたであらう。そしてその時良寛は四十八歳であった。　来て見れば山ばかりなり五合庵

遠く跡を山林に埋めると云ふほどでなかったにしても、少なくとも彼には——殊にその当時の彼には——始めて与へられたその禅定の道場が、いかに貴くなつかしく感ぜられたかは想像に余りある。

いざこゝに我身は老いんあしびきの
　国上の山の松の下かげ

9　国上山の夕暮の実況をよんだ作品である。○もみぢばのいやしくしくにものぞかなしき—紅葉の葉が幾重にも繁っているように物が悲しく思われるというので、いやしくしくにまでは実景と序とをかねている。

10　西坂—国上寺へ参詣するには部落の東にある地蔵尊の前からの東参道と、西にある用水池の方からの西参道とがある。

11　貞享—徳川綱吉将軍時代の年号。一六八四—一六八八年まで。

12　万元阿闍梨—和泉国吉野の人。もと広橋氏名は慧海。十六歳比叡山に入りて出家、国上山に良高和尚をたずね、ともに無量寿閣を再興した。粗米五合を給されて住んだので、その庵を五合庵という。享保三年歿、六十歳。五合庵わきに葬ってある。

13　薄粥—うすいかゆ。

14　薬餌—食料。もとは薬のことをいう。

15　義苗和尚—国上寺の住職だった人。

16　廃頽—家がくずれそうになっている。

十八歳で家を出てから三十年の永い漂泊生活の後に、彼は始めてかうした安定をここに見出したのであった。

かくの如くして五合庵に住むやうになってから、良寛の生活は内外共に日を追うてます〳〵鮮やかにそれの徹底と醇化《じゅんか》とを示した。小林粲楼《さんろう》氏が云ってゐる如く、まったく「五合庵時代の良寛は実に彼が生涯の精粋」を示してゐるのであって、今日多くの人々によって殆んど良寛その人の生涯の全部として尊崇されてゐるところのものも、主として此の五合庵時代の良寛の生活の外に出て居ないと云ってもいゝぐらゐである。彼の偉大を示す彼の詩歌の大半も、亦実に此の五合庵時代の詠出にかゝるところのものなのである。

おもふに五合庵に住むに至って、良寛は始めて真に隠遁の境地に到り得た如《ごと》く感じたであらう。而して何よりも先づ彼れの生活に与へられたところのものは、過去に於て求むることいよ〳〵切にして、得るところ却て少なかった真の静寂《じゃく》と安定との滋味に外ならなかったであらう。寂寥《せきりょう》[1]に居て寂寥に驚かされない心、孤独に住して孤独に脅かされない心、人間を愛し自然を慕うて其の愛慕に囚《と》らへられない心――否《いな》むしろ真に寂寥と孤独とを享《う》け味はふ心――人間と自然とを真に安らかに愛しいつくしむ心、廓然《かくねん》[2]として彼の心内に展《ひろ》げたところのものはさうした広大な世界ではなかったらうか。

とぶ鳥もかよはぬ山のおくにさへ
住めば住まるゝものにぞありける

1　寂寥―さびしい。
2　廓然―からりとしている。内部の広く空虚なさま。
3　石間―石と石との間。
4　わびぬれど―心細く思って嘆くけれども。
5　自棄―自分から自分を棄てて省みない。

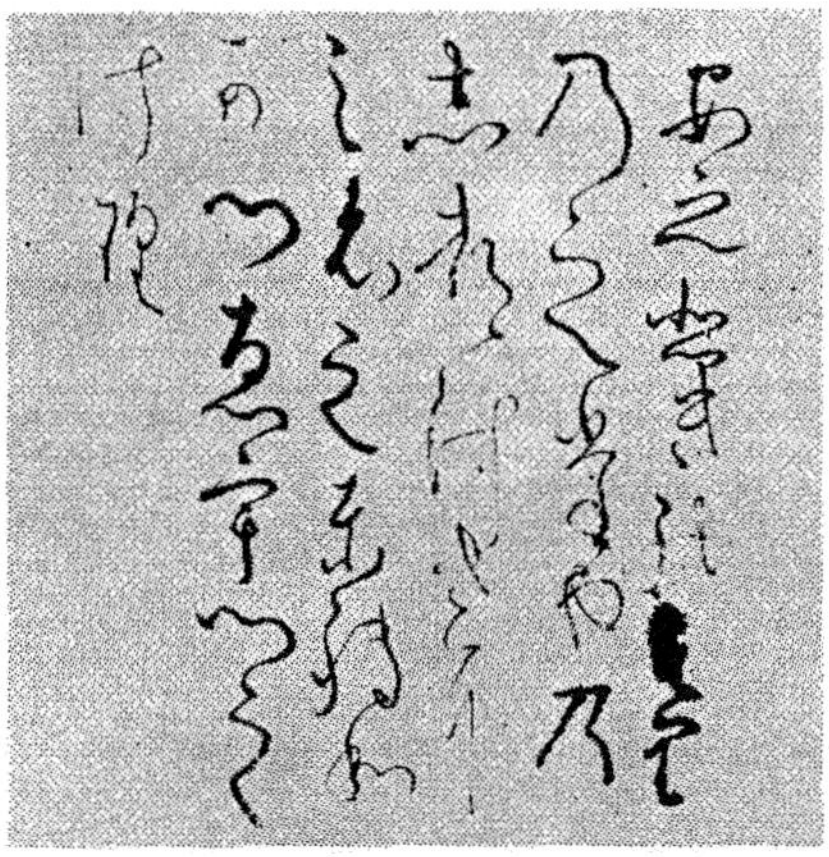

あしびきの森の下屋の静けさにしばしとて我が杖移しけり

津の国の難波《なにわ》のことはいざしらず
　草のいほりにけふもくらしつ
山かげの石間《いわま》[3]をつたふこけ水の
　かすかにわれはすみわたるかも

かうした消極的な生活気分に浸りながらも、彼の心霊の奥からはいつとはなしにほがらかな光明がさして来るのを彼は自ら感じないでは居られなかった。

みねの雲たにのかすみも立ちさりて
　春日にむかふ心地こそすれ
わびぬれど心はすめりくさのいほ
　その日その日をおくるばかりに

而《しか》してつひに彼は

焚くほどは風がもて来る落葉かな

といふほどの大安心にまで徹底《てってい》することを得たのであった。これは実にあらゆるものを投げ出すことによって、却《かえっ》て一切を得たところの心境である。自然に対し、自己の生命に対するこよなき信頼である。之《こ》れは決して消極的な自棄《じき》[5]ではない、又決して絶望的な諦めではない。むしろこれこそ生命そのもの乃至《ないし》自然そのものに向っての本当の信頼であり、こよなき感謝である。こゝまで来て始めて人は真に自己の愛し慈《いつく》しむべきを知り、他の貴び愛すべきを知ることが出来る。良寛が真に静かな心を以て、自己を顧み、自己の運命を観じ、自己を愛しはぐゝむやうになったのも、おそらくかうした心境に到達したからであったにちがひない。又それと同時に彼はそこまで行って、始めて世の中を、他の人々を、悩みなく不安なくして、観《み》且《かつ》愛することが出来たのであらう。

[1]わが袖はしとゞにぬれぬうつせみの
　　うき世のなかのことをおもふに
[2]諸人のかこつおもひをせきとめて
　　おのれひとりにしらしめんとか
わがごとやはかなきものはまたもあらじと
　　おもへばいよゝはかなかりけり
世の中をおもひ〳〵てはて〳〵は
　　いかにやいかにならむとすらむ
[3]長崎の森の烏《からす》のなかぬ日は
　　あれども袖のぬれね日ぞなき
[4]身をすてゝ世を救ふ人もますものを
　　草のいほりにひまもとむとは

こんな風に彼はなほ時あって世の為め、人の為め、又自己の為めに悲しみ傷[5]むやうなことが少なくなかったのであるが、而《しか》もその頃の彼は最早さうした哀傷の為めに自らを破ったり乱したりする彼ではなかった。悲しみながらも彼は、悲しむ自らを静か

1　しとど—びっしょり。
2　かこつ—嘆く。
3　長崎—国上山の東山麓にあり、分水町に属す。九州の長崎ではない。
4　ますものを—在すものをで、おいでになるのにの意。
5　傷む—いたましく思う。
6　ほだし—拘束となるもの。
7　那辺—どの辺。
8　迷妄—まよい。

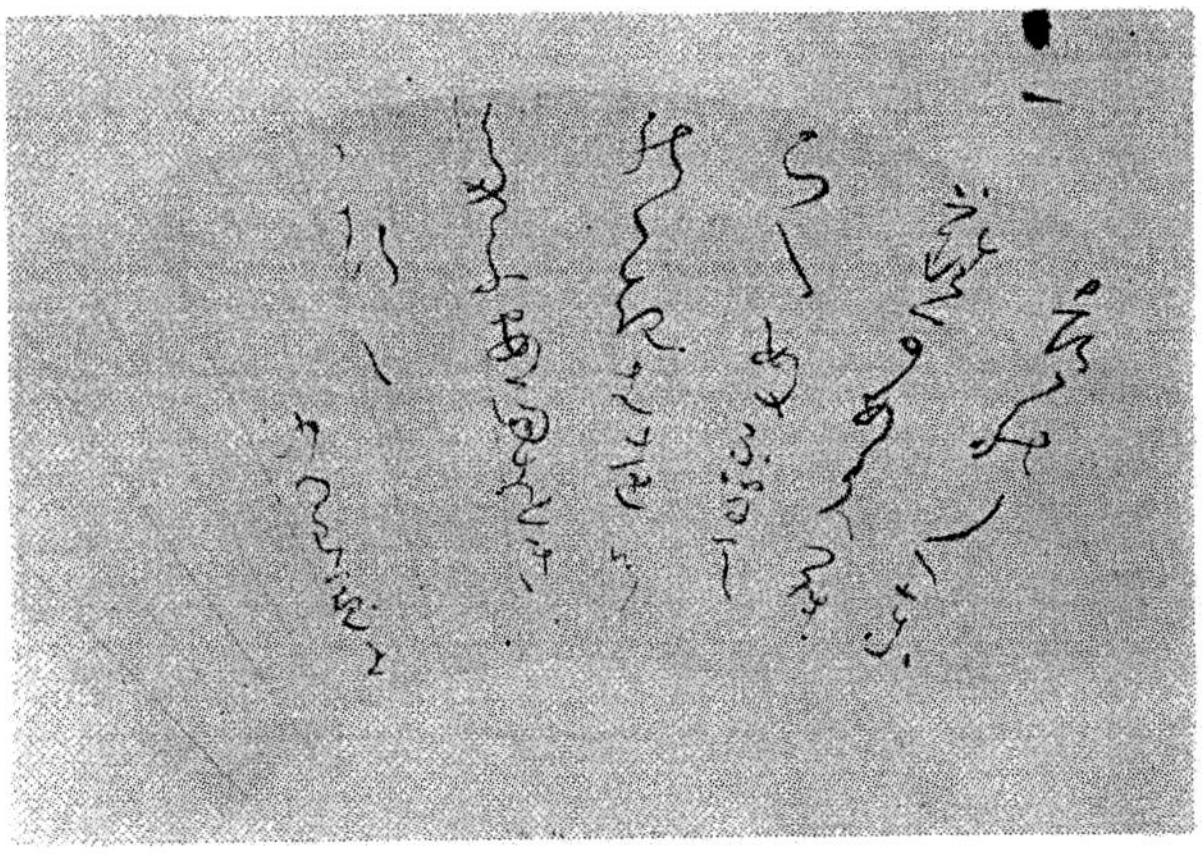

つれ〴〵とながめくらしぬ
古寺の軒ばをつたふ
雨をききつつ

に観じ、静かに味ひ、且静かに慈しみ育てることが出来た。

如何なるが苦しきものと問ふならば
　人をへだつるこゝろとこたへよ

[6]世の中のほだしを何と人とはゞ
　たづねきはめぬ心とこたへよ

彼にはもう此の世の人間同志の相寄り相集って営む生活の欠陥の因て来るところの[7]那辺にあるか、而してそれに囚はれて苦しみ悩む人々の[8]迷妄の何であるかも、明らかにわかってゐた。けれども今日の彼はもはやその為めに自らを世の所謂救世者、教化者の群に投ずる彼ではなかった。今日の彼にはただ彼自らの救ひ、唯一個の我を生かすことの願ひがあったばかりである。

いかにしてまことの道にかなひなむ
　千とせのうちの一日なりとも

いかにしてまことの道にかなはんと
　ひとへにおもふねてもさめても

彼には唯この一途しかなかった。自分一個の救ひ——けれども今日の彼には、かくして世に離れることによってこそ、真に世に即くことが出来るのだと信じられた。真に自分ひとりを生かさうとすること、真に自分ひとりを誠の道にかなはせようとすること、真に自分ひとりを救はうとすること、それが同時に最も善く万人を生かし、万人を救ふ道を求めることだと信じられた。而してかく信ずることによって、彼はいよいよ安らかな、自然な心もちで、その道へと進み得た。もはや他と我との間の障壁はなかった。もはや他の為めと云ふことゝ、我の為めと云ふことゝの間の矛盾はなかった。世間は彼であった。彼みづからは同時に世間そのものであった。いや、彼にはもう世間も我もなかった。あらゆるものが一如[1]であった。あるがままの彼が一切であった。あるがまゝの彼は同時にあらざるべからざる彼であった。

こんな逸話がその当時の良寛に就て伝へられてゐる。前にも述べた如く彼の生家出雲崎の橘屋は、その頃殆《ほと》んど家政紊乱《びんらん》[2]の極度に達してゐた。何人からの依頼があったか、彼は一日その家の若主人馬之助（良寛には甥《おい》に当る）の放蕩《ほうとう》[3]を誡《いまし》める為めに出かけて行った。しかし、いざ何か云はうと思ふと、どうしても言葉が出ないので、とう〳〵三日を空しく費《ついや》してしまった。三日目に彼は何と思ったか、そのまゝ何も云はずに暇を告げた。が、立ち際に草鞋《わらじ》を穿《は》かうとした手を控へて、彼は若主人を呼んだ。そして草鞋《わらじ》の紐を結んでくれと頼んだ。若主人も其の日に限って不思議なことを云はれるものと思ったが、命のまゝ彼の草鞋《わらじ》の紐《ひも》を結びにかゝった。と、その刹那[4]彼は無言のまゝちっと甥の顔を見守った。彼の頬《ほほ》には涙が伝はってゐた。やがて又無言のまゝ彼は去った。そのことあってから橘屋若主人の生活が頓《とみ》[5]に改善されたと云ふのである。

（因《ちなみ》に云ふ、その後良寛の生家橘屋に、町民との間の複雑な事情の下に起った訴訟事件の結果、当主であった良寛の弟由之は家財没収所払《ぼっしゅうところばらい》[6]、その子馬之助は名主役見習取放ちと云ふ悲運を見るに至ったが、しかし由之なり馬之助なりの人間としての価値がその為めに卑《ひく》くはならなかった。むしろさうした不幸の間にうけた良寛の

1 一如―ただ一つであること。
2 家政紊乱―家の経営が乱れている。
3 放蕩―酒色にふけって品行の修らぬこと。
4 刹那―瞬間。
5 頓に―急に。
6 家財没収所払―文化七年十一月の判決による。
7 消息―様子。
8 国上の五合庵における冬ごもりを詠んだ歌。○ふるなべに―ふるにつれて。○門さして―門をしめて。○ひだのたくみがうつ縄の―飛騨の工匠が打つ縄ので、一すぢの序となっている。○唯一すぢの岩清水―ただ一本の岩間から流れ出ている清水。○あらたまの―年、月、日、春などの枕詞。ここでは「ことし」の枕詞となっている。

感化と、彼等自身の経験とのお蔭で、二人ともます〳〵人間としての価値を高めて行ったと伝へられてゐる。）

以上の逸話によっても、良寛その人のその当時に於て到入《とうにゅう》してゐた生活境地の如何なるものであったかは、ほゞ想像するに難くない。何と云ふ尊い消息《しょうそく》[7]であらう。

更に五合庵在住当時に於ける良寛の日常生活の如何なるものであったかについては、矢張《やはり》何人よりも彼自身の詩歌が最も多くを語ってゐる如く思はれる。

○

[8]あしびきの　国上の山の　冬ごもり　日に日に雪の　ふるなべに　行き来の道の
跡もたえ　故さと人の　音もなし　うき世をこゝに　門さして　ひだのたくみが
うつ縄の　唯一すぢの　岩清水　そをいのちにて　あらたまの　ことしのけふも
くらしつるかも

[9]さよふけて岩間の滝《たき》つ音せぬは
高ねのみ雪ふりつもるらし

○

[10]あしびきの　野積《のづみ》の山を　ゆくりなく　わが越え来れば　をとめらが　布さらす
かと　見るまでに　よを卯の花の　咲くなべに　山ほとゝぎす　をちかへり　おの
が時とや　来鳴きどよもす

[11]郭公なく声きけばなつかしみ
此の日くらしつその山の辺に

9　静まりかえった五合庵の雪の夜が想像される。

10　野積の山に咲きかかる卯の花を詠んだもの。○野積―寺泊町の 地名。 日本海 に 面し、国上山の北麓にある。西生寺には肉身仏で名高い弘智法印がある。○ゆくりなく―思いがけなく。○よを卯の花の―世を憂（く思う）と、卯の花とを掛詞にしたもの。意味は「卯の花の」だけを表わしている。○咲くなべに―咲いているので。○をちかへり―繰返し。○来鳴きどよもす―来てさわがしく鳴く。

11　ほととぎすの鳴く山里の楽しさをよむ。

○

[1]わがいほはもりの下いほいつとてもあさぢのみこそおひしげりつゝ

国上山杉の下みちふみわけてわがすむいほにいざかへりてむ

いざこゝにわが身は老いむあしびきの国上の山の松の下いほ

[2]あしびきの山べにをればすべをなみしきみつみつゝけふもくらしつ

[3]あしびきの国上の山の山畑にまきし大根ぞあかずをせ君

[4]さす竹の君がすゝむるうまさけにわれゑひにけりそのうま酒に

とふ人もなき山里にいほりしてながむる月のかげぞくまなき

[5]山ずみのあはれを誰にかたらましまれにも人の来てもとはねば

[6]さす竹の君がみためと久方の雨間に出でゝつみし芹《せり》ぞこれ

子供らと手たづさはりてはるの野に若菜を摘《つ》めばたのしくもあるか

この宮のもりの木したに子ともらと手まりつきつゝくらしぬるかな

歌やよまむ手まりやつかむ野にやいでむ心ひとつを定めかねつも

みちのべにすみれつみつゝ鉢の子をわが忘れてぞ来しあはれ鉢の子

風はすゞし月はさやけしいざともにをどり明さむ老いのなごりに

さびしさに草のいほりを出て見れば稲葉うごかし秋風ぞふく

[7]いひ乞ふと里にも出でずこの頃は時雨のあめの間なくしふれば

あきの夜もやゝはだ寒くなりにけりひとりやさびし明しかねつも

雨の降る日はあはれなり良寛坊

1 あさぢのみこそ—浅茅のみこそで、まばらに茅萱ばかりが生えている。

2 すべをなみ—術を無み、しかたがないので。○しきみ—樒。仏にそなえる木。

3 あかずをせ君—飽かず食せ君。あなたはどうぞ飽きないで食べてください。

4 うまさけに—うまい酒に。

5 さらりと山住みの苦難をよんでいるが稀にもという作者の苦しい心情をくみたい。

6 さす竹の—君の枕詞。久方の—雨の枕詞

7 いひ乞ふと—飯乞ふと。托鉢をいう。

8　飯こはむましばやこらむ—飯乞はむ、真柴や樵らむ。托鉢に出ようか、柴を切って来ようか。

9　杉の葉しぬぎ—杉の葉をおさえたわませて。

10　青陽—春をいう。○物色—景色。○鉢盂—鉄鉢をいう。○市鄽—市街をいう。○将来—つれてくる。○要—迎える。○打毬児—まりつきのこと。○渠—彼。○咲—笑と同じ。○伊—此。○道得也何似—言うことができても、また何に似ているだろうか。

11　投田舎—いなかに泊った。○桑楡時—夕暮方。○啾々—鳥の悲しげになく声。○蔬—野菜。○—陶然—心よく酔うこと。

---

8 飯こはむましばやこらむこけ清水しぐれの雨のふらぬまに〳〵

我がいほは国上やまもとふゆごもりゆきゝの人のあとさへぞなき

9 よもすがら草のいほりにわれをれば杉の葉しぬぎあられふるなり

柴《しば》の戸のふゆのゆふべのさびしさをうき世の人にいかで語らむ

飯《いい》こふと里にもいでずなりにけりきのふもけふも雪のふれゝば

○

10 青陽二月初、物色稍新鮮　　青陽　二月の初、物色　稍《やや》　新鮮。

此時持鉢盂、得々遊市鄽　　此の時鉢盂《はつう》を持し、得々として市鄽《してん》に遊ぶ。

児童忽見我、欣然相将来　　児童　忽ち我を見、欣然として相将《ひき》いて来る。

要我寺門前、携我歩遅々　　我を要す寺門の前、我を携へて歩遅々たり。

放盂白石上、掛嚢緑樹枝　　盂《はち》を白石の上に放ち、嚢を緑樹の枝に掛く。

于此闘百艸、于此打毬児　　此に百草を闘わし、此に毬児《きくじ》を打つ。

我打渠且歌、我歌渠打之　　我が打てば渠《かれ》且つ歌い、我が歌えば渠之を打つ。

打去又打来、不知時節移　　打ち去り又打ち来り、時節の移るを知らず。

行人顧我咲、因何其如斯　　行人我を顧みて咲《わら》い、何に因りてか其れ斯の如くなると。

低頭不応伊、道得也何似　　低頭　伊《これ》に応へず、道ひ得るも也た何にか似ん。

要知箇中意、元来唯這是　　箇中の意を知らんと要せば、元来　唯是のみと。

○

11 行々投田舎、正是桑楡時　　行々　田舎に投ず、正に是れ桑楡《そうゆ》の時。

鳥雀聚竹林、啾々相率飛
鳥雀竹林に聚《あつ》まり、啾々《しゅう》として相率ゐて飛ぶ。

老農言帰来、見我如旧知
老農　言に帰り来り、我を見て旧知の如し。

喚婦漉濁酒、摘蔬以供之
婦を喚びて濁酒を漉し、蔬《そ》を摘み以て之を供す。

相対云更酌、談笑一何奇
相対して云《ここ》に更に酌み、談笑一に何ぞ奇なる。

陶然共一酔、不知是与非
陶然として共に一酔、知らず是と非とを。

○

[1]終日乞食罷、帰来掩蓬扉
終日食を乞《こ》ひ罷《や》み、帰来、蓬扉《ほうひ》を掩《お》ふ。

炉焼帯葉柴、静読寒山詩
炉には帯葉の柴《しば》を焼《た》き、静かに寒山詩を読む。

西風吹夜雨、颯々灑茅茨
西風、夜雨《やう》を吹き、颯々《さつ》として茅茨《ぼうし》に灑《そそ》ぐ。

時伸双脚臥、何思又何疑
時に双脚を伸ばして臥《ふ》せば、何を思ひ又何をか疑はん。

○

[2]玄冬十一月、雨雪正霏々
玄冬、十一月、雨雪正《まさ》に霏々《ひひ》たり。

千山同一色、万径人行稀
千山、同一色、万径《けい》、人行《じんこう》稀なり。

昔遊総作夢、艸門深掩扉
昔遊《せきゆう》、総《す》べて夢と作《な》り、草門深く扉《とびら》を掩《お》ふ。

終夜焼榾柮、静読古人詩
終夜榾柮《こつとつ》を焼《た》き、静かに読む古人の詩。

○

[3]生涯懶立身、騰々任天真
生涯身を立つるに懶《ものう》く、騰《とう》々として天真に任す。

嚢中三升米、炉辺一束薪
嚢《のう》中、三升の米、炉辺《ろへん》、一束の薪。

誰知迷悟跡、何問名利塵
誰か知らん迷悟《めいご》の跡、何ぞ問はん名利《みょうり》の塵《ちり》。

1　蓬扉—そまつな戸。○茅茨—かやぶきの屋根。○双脚—両足。

2　玄冬—冬のこと。冬は色に配すれば黒、すなわち玄にあたる。○霏々—雨や雪などのさかんに降るさま。○榾柮—柴のこと。

3　騰々—自由なこと。○名利塵—俗界の名誉や利益。

○等間—心のどかに。閑は間にも作る。

4 瞑目—目をとじる。坐禅すること。○千嶂—重なりあった山々。○人間—人間の世の中。○蒲団—円坐。○玄夜—暗い夜。○単—ひとえのこと。○定—禅定。

5 東城—東にある町。○泛々—浮かぶさま。○万乗—兵車一万台を出せる天子の位。○古仏—過去の有徳の高僧。

6 二三更—午後十時と十二時で、夜ふけのこと。○夢還辰—夢からさめた時。○点滴—雨だれ。○丁冬—雨だれの擬声音。チントンくらいにあたる。○粼皴—しわの寄っていること。○烏藤—黒い杖。

夜雨草庵裡、双脚等間伸　　夜雨《やう》、草庵の裡《うち》、双脚、等間《とうかん》に伸ばす。

○

4 瞑目千嶂夕、人間万慮空　　瞑目《めいもく》、千嶂《しょう》の夕《ゆうべ》、人間万慮《じんかんばんりょ》空し。

寂々倚蒲団、寥々対虚窓　　寂《せき》々として蒲団《ほとん》に倚《よ》り、寥《りょう》々として虚窓《きょそう》に対す。

香消玄夜永、衣単白露濃　　香《こう》消《き》えて玄夜《げんや》永《なが》く、衣単《ころもたん》にして白露濃《はくろこまや》かなり。

定起庭際歩、月上最高峰　　定《じょう》より起《た》ちて庭際《ていさい》を歩《ほ》せば、月は上《のぼ》る最高峰。

○

5 天気稍和調、鳴錫出東城　　天気、稍《やや》和調《わちょう》、錫《しゃく》を鳴らして東城に出づ。

青々園中柳、泛々池上萍　　青《せい》々たり、園中の柳《やなぎ》、泛《へん》々たり、池上《ちじょう》の萍《うきくさ》。

鉢香千家飯、心抛万乗栄　　鉢《はつ》は香《かんば》し、千家の飯《いい》、心に抛《なげう》つ、万乗《ばんじょう》の栄《えい》。

追慕古仏跡、次第乞食行　　古仏《こぶつ》の跡《あと》を追慕《ついぼ》し、次第に食《じき》を乞《こ》うて行く。

○

6 草堂雨歇二三更　　草堂《そうどう》　雨歇《あめや》む　二三更《こう》。

孤燈寂照夢還辰　　孤燈《ことう》　寂《せき》として照《て》らす夢還《ゆめかえ》るの辰《とき》。

門外点滴声丁東　　門外の点滴《てんてき》　声《こえ》　丁東《ていとう》。

壁上烏藤黒粼皴　　壁上《へきじょう》の烏藤《うとう》　黒《こく》　粼皴《りんしゅん》。

寒炉無炭誰為添　　寒炉《かんろ》　炭無きも　誰か為《ため》に添《そ》へん。

空床有書手慵伸　　空床《くうしょう》　書《しょ》有るも　手　伸《の》ばすに慵《ものう》し。

今夜此情唯自知　　今夜　此の情　唯　自《みつか》ら知る。

他時異日如何陳　　他時　異日《いじつ》　如何《いかん》か陳《の》べん。

○

[1] 裙子短兮褊衫長　　裙子《くんつ》短く　褊衫《へんさん》長し。

騰々兀々唯麼過　　騰《とう》々　兀《ごつ》々　唯麼《しも》に過ぐ。

陌上児童忽見我　　陌上《はくじょう》の児童　忽ち我を見《み》。

拍手斉唱放毬歌　　手を拍《う》って斉《ひと》しく唱《うた》う　放毬《ほうきゅう》の歌。

○

[2] 十字街頭乞食了　　十字街頭《がいとう》に食《じき》を乞《こ》ひ了《おわ》り。

八幡宮辺正徘徊　　八幡宮辺《まんぐうへん》　正《まさ》に　徘徊《はいかい》す。

児童相見共相語　　児童　相見《あいみ》て　共に相語《あいかた》る。

去年癡僧今又来　　去年の癡僧《ちそう》　今　又来ると。

○

[3] 石階蒼々蘚花重　　石階《せきかい》　蒼《そう》々として　蘚花《せんか》重《おも》く。

杉松風薫雨霽初　　杉松《さんしょう》　風薫《かぜかお》りて　雨　霽《は》るるの初。

喚取児童賖村酒　　児童を喚取《かんしゅ》して　村酒を賖《か》ひ。

酔後払却数行書　　酔後　払却《ふっきゃく》す　数行の書。

○

[4] 喬林蕭疎寒鴉集　　喬林《きょうりん》　蕭疎《しょうそ》として　寒鴉集《かんああつ》まり。

東籬黄花両三枝　　東籬《とうり》の黄花《こうか》　両三枝《りょうし》。

1　裙子—はかま。○褊衫—上着。○騰々—ゆるやかに過ごす。○兀々—おろかで心を動かさぬ。○唯麼—このように。○陌上—道の上。○放毬歌—手まり歌。

2　十字街頭—町なかのこと。○癡僧—おろかな僧。

3　蘚花—こけぐさの花。○賖—借り買い。○払却—書いたこと。酔ったので揮灑といわずに払却といったのであろう。

4　喬林—高い木の林。○蕭疎—さびしくまばら。○黄花—黄色の菊の花。○両三枝—二枝三枝。

千峰万壑唯夕照
老僧収鉢傍谷帰
○
国上山下是僧家
麁茶淡飯供此身
終年不遇穿耳客
唯見空林拾葉人
○

千峰《せんぽう》 万壑《ばんがく》 唯《ただ》 夕照《せきしょう》
老僧《ろうそう》 鉢《はつ》を収《おさ》めて 谷《たに》に傍《そ》うて帰《かえ》る。
国上山《くがみやま》の下《もと》 是《こ》れ 僧《そう》の家《いえ》。
麁茶《そちゃ》 淡飯《たんぱん》 此《こ》の身《み》に供《きょう》す。
終年《しゅうねん》 遇《あ》はず 穿耳《せんに》の客《かく》。
唯《ただ》 見《み》る 空林《くうりん》 拾葉《しゅうよう》の人《ひと》。

即ち此の時代の良寛の日常は、かの『[6]弥彦神社附国上と良寛』の著者が最も簡明に叙してゐるやうに「雨には[7]蝸居《かきょ》し、晴れには後山に真柴《ましば》を樵《こ》り、又は岡に菫《すみれ》を摘み、時に児童等と手毬《まり》を闘はし、[8]迷蔵戯《めいぞうぎ》を遊びて倦《う》むことを知らず、日出でては則ち食を街市《まち》に乞《こ》ひ日暮れば則ち宴臥《えんが》す」と云《い》った風なものであったことが明かに知り得らるのである。なほついでに右と同じ著者の詩趣に富んだ叙述をかりて此時代の良寛の日常行事の一面を窺《うかが》へば次の如くである。

「さはれ良寛が悟道は大乗《だいじょう》の悟りなり、枯木寒岩に倚《よ》りて三冬の暖気なきは彼れの[9]唾棄《だき》する所、磁石の求めずして鉄を吸収するが如く彼の性情の天真流露は幾多の識者を其周辺に引付くるものありき、彼れが交遊の重なるものを数ふるに、[10]居士《こじ》[11]左一、[12]優《う》婆《ば》夷《い》[13]有願《うがん》の両人は良寛が最も[14]傾蓋《けいがい》の感ありしもの、[15]牧ケ花の解良《けら》氏、[16]島崎の木村氏、[17]渡部《わたべ》の阿部氏の如き、何れも文墨の[18]夤縁《いんねん》ありしと共に彼れが生活の大檀那《だんな》なり

5 穿耳客―耳飾をつけた賢い人。達磨をいうが、ここは俗用で話ずきの人か。○空林―誰もいない林。
6 「弥彦神社附国上と良寛」の著者―小林存。
7 蝸居―かたつむりのような小さな庵住居。
8 迷蔵戯―かくれんぼ。
9 唾棄―ひどくきらうをいう。
10 居士―出家しないで仏門に帰依した男子。
11 左一―与板町、三輪多仲の子。良寛の門弟となり、文化四年歿。
12 優婆夷―出家しないで仏道を修める女子。有願は男子で出家しているので、これは誤である。
13 有願―南蒲原郡大島村代官新田の里正である田沢氏の男。永安寺の大舟和尚について出家し、のち燕町万能寺、ついで新飯田の円通寺に移り、文化五年歿。
14 傾蓋―ひどく親しいことをいう。
15 牧ケ花の解良氏―西蒲原郡分水町牧ケ花の庄屋。叔問、栄重は良寛の外護者として親しく往来している。
16 島崎の木村氏―三島郡和島村島崎の豪家。老年の良寛は木村元右衛門のすすめで同家に移り、ここでなくなり、墓は同家の菩提寺隆泉寺にある。
17 渡部の阿部氏―西蒲原郡国上村渡部の庄屋で酒造業をし、定珍をはじめ一家で良寛の外護につとめている。
18 夤縁―因縁と同じ。関係。

しと云ふを得べく、其他新堀《にいぼり》[1]村の医原田正貞、地蔵堂[2]の大庄屋富取氏の二代皆応酬の作あり、行路の人の如き交際に非《あら》ざりしを知る、……(中略)……

何れにしても彼れが五合庵の独棲《どくせい》は世人の考ふるが如くしかく枯寂《こじゃく》のものに非ざりしが如く、時々此等の檀那《だんな》又は知己よりも寄贈もあり。彼は遑《いとま》あれば之等《これら》の檀那、若しくは知己を巡訪して或は主人と詩歌を闘はし、或は内君《ないくん》[3]に請うて衣服の洗《せん》濯《たく》若しくは、仕立替等を遂行《すいこう》[4]し得たりしが如く、当時の彼れの勢力範囲は国上を中心として上は寺泊より或は地蔵堂、下は弥彦、粟生津、吉田の方面に及び、時としては新飯田、白根にも達したりしものゝ如く、此の間の里人は毎戸良寛の来るを待受けて彼が無二宝珠たる鉢の子に聊《いささ》かの浄財若しくは浄米を寄与するを常とせり。彼れの草庵にも此等の宗教者は屢々履を挙げて訪ひたりけむ、[5]竹丘老人の草庵に来れるを喜び叔問《しゅくもん》[6]に芋と李とを贈れるを謝する詩等もあり。然れども彼れの室裡の最大得意は彼れと共に手毬《まり》を遊び或は野辺に若草を摘まんことを強《し》ふる児童等なりしなるべく、彼等は此の衲僧《なっそう》に対して最も遠慮なく振舞ひ、其欲すると否《いな》とに拘《かかわ》らず、時々之を誘致して嬉戯の伴侶に供し、良寛も亦好んで之れに応じたりき、彼の口碑の伝ふる所、彼れが児童等と迷蔵の戯れを為すや自身鬼となり目を閉ぢつゝある中、児童の夙《つと》に彼れを捨てゝ退散せるを知らずして、翌日に至るまで静坐して包囲を待ちしと云ふが如き、彼れが如何に児童等を楽しましめんとて苦心したりしを見るべく、児童等の彼れに撫《なつ》き、彼れに傲《おご》りしもの亦故なしとせず。かくして彼れの心寂しからざる一日は国上寺の暮鐘《ぼしょう》と共に暮れて彼れは倦馬《けんば》と共にこの草庵に帰

1 新堀村の医原田正貞―西蒲原郡分水町新堀の医家で、正貞は父の鵲斎とともに良寛と親しく、その外護にあたっている。

2 地蔵堂の富取氏―西蒲原郡分水町地蔵堂の富取北仙は医家で、大庄屋は中村好哉である。

3 内君―妻。

4 遂行―やりとげる。

5 竹丘老人―国上村竹花の海津竹丘。名は間兵衛といい、詩歌も作り、天保十五年歿。

6 叔問―牧ヶ花の解良叔問。

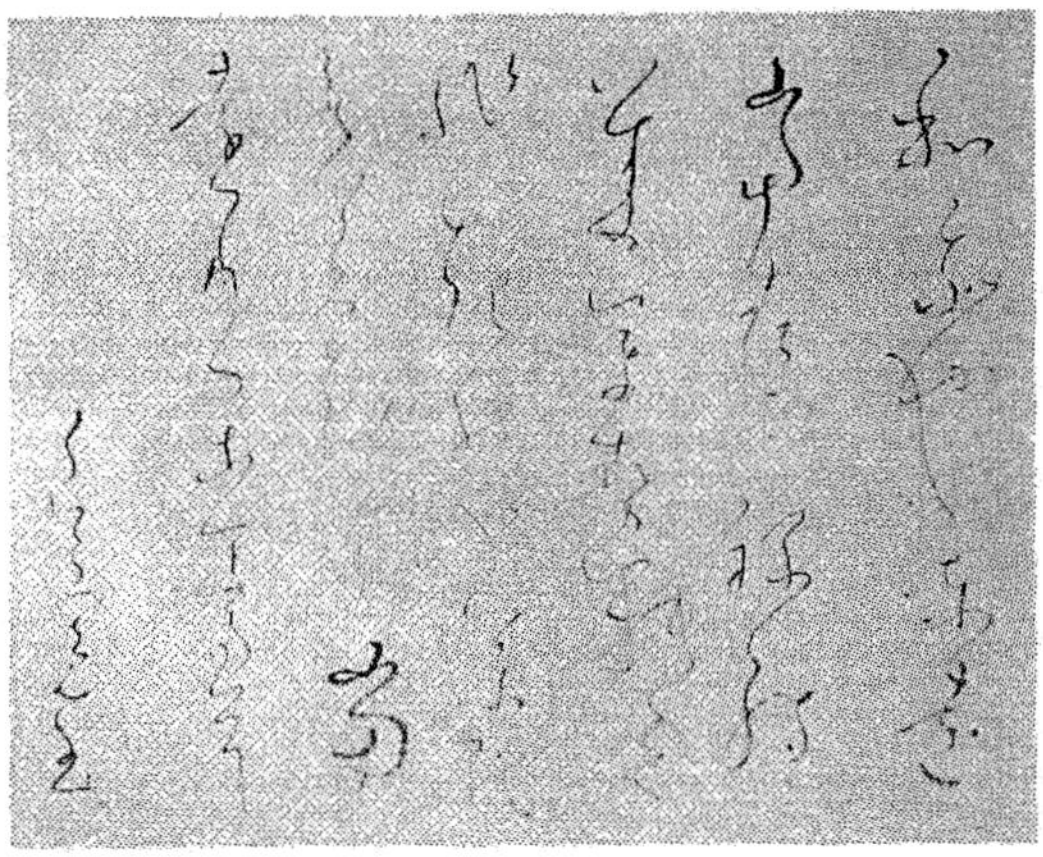
五合庵にての歌

るなり。

高砂の尾上の鐘の声きけば
今日の一日《ひとひ》はくれにけるかも

これ彼れが五合庵裡の偽らざる日常行事なりき。」
然もかくの如く優遊自適の生活裡《り》にありて、なほ良寛は決して無味枯淡《こたん》石の如くなることからは、全く反対の境地にあった。彼れは最後までも人間であった。否むしろ最も淳真なる人間であった。踊りたい時には彼は踊った。笑ひたい時には笑った。泣きたい時には彼は泣いた。酒を飲みたい時には彼は酒を飲んだ。歌ひたい時には彼は歌った。彼は時には遊女の友となってハジキの戯れに余念のない事さへあったと伝へられる。

さす竹の君がすゝむるうま酒にわれゑひにけりそのうま酒に
風は清し月はさやけしいざともにをどり明さむ老いのなごりに
いざうたへわれたち舞はむぬば玉の今宵《こよい》の月にいねらるべしや

これほど赤裸《せきら》に彼は興《きょう》じもした。

子供らとてまりつきつゝこの里にあそぶ春日はくれずともよし

これほど幼く彼は遊びもした。

山ずみのあはれを誰にかたらましまれにも人の来ても訪はねば
柴の戸の冬のゆふべのさびしさを浮世の人にいかでかたらむ
あふ坂の関のこなたにあらねどもゆきゝの人にあこがれにけり

あづさ弓春になりなば草の戸をとくいでゝ来ませ逢ひたきものを

これほど切に彼は淋しがりもし、これほどやるせなき思いで人間を慕ひもした。

もろ人のかこつ思ひをせきとめておのれひとりに知らしめんとか

わが袖はしとゞに濡れぬさよふけてうき世の中のことをおもふに

これほど深く彼は世を嘆き自らを悲しみもした。他人の不幸を聞き、他人の死に逢っても、彼は世の仏家の法を説いたり来世を語ったりするのとは異なり、たゞひたすらに悲しみを共にし、涙を共にした。わけても彼れの生家出雲崎の橘屋主人由之（良寛の弟）及びその嗣子《しし》馬之助が、町民との間の訴訟事件の結果由之[1]は家財没収所払《ところばらい》[2]、馬之助は名主役見習取放ちと云ふ事になったのは、良寛が五合庵に入ってから七年目即ち文化七年の出来事であったが、その思ひもかけなかった不幸が良寛その人の心にどのやうに烈《はげ》しい打撃を与へたかは実に想像にあまりあるところである。尤《もっと》もこのことについての良寛の述懐は、今日まで一つも発見されないけれども、さうしたものがないだけそれだけ彼れの心の悲痛の深さも一層おもひやられるのである。

わがごとやはかなきものはまたもあらじと
おもへばいよゝはかなかりけり

まったく彼はこれほどまでに自己の弱さに泣きもしたのであった。

かくの如く笑ひたい時には笑ひ、踊りたい時には踊り、遊びたい時には遊び、泣きたい時には泣いた彼れでありながら、浄念一とたび彼れのたましひの奥底から湧き上る時には、

1 由之―良寛に代って橘屋を相続し、天保五年歿、七三。
2 馬之助―由之の子。名は泰樹。号は眺島斎、北渚。天保二年歿、四三歳。

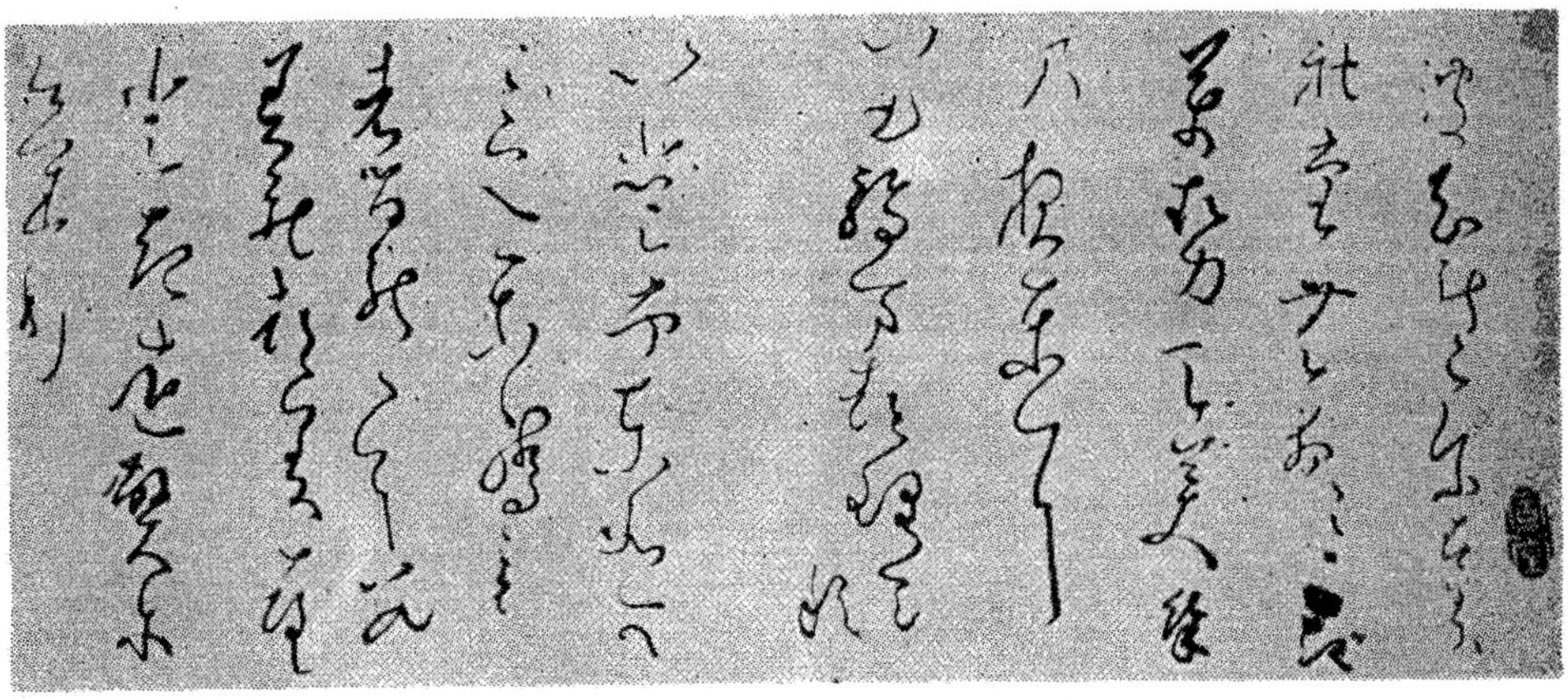

和歌二首

山かげの石間をつたふ苔みづのかすかにわれはすみわたるかも
わびぬれど心はすめり草のいほひと日ひと日をおくるばかりに
とふ人もなき山里にいほりしてながむる月のかげぞくまなき

この境地にまで透徹する厳粛な彼であった。幾度か躓《つまづ》き幾度か迷ひつゝも、彼は結局孤独に安住して自らの性を淳真を守り育つべき力を得たのであった。彼れの此の底力は、凡《すべ》て彼れの孤独の修業から得られた。おそらく彼ぐらゐ深く孤独を味はった人は少ないであらう。試みにかの北国の永い永い冬を、幾尺となく積った雪の底にうもれた山中の小庵に閉ぢこもって、唯一人ぢつとしてゐた老貧僧の上を想像して見る。その孤独、その寂寥——それは殆んど測り知るべからざる深さをおもはせる。しかも、さうした孤独の底に住し、寂寥の底に居りながらも、彼れは最後までも人間の心を失はなかった。さうした徹底的な孤独境に住しながらも、彼はつひにかの所謂《いわゆる》悟り切った冷たい理の人にはならなかった。決して文字通りの世外の人にはならなかった。むしろ彼はその孤独の修業を積めば積むほど、ます〳〵強く彼は仏陀の愛を感得した。而《しか》して此の広大なる仏陀の愛にいだかれ、身をまかせることによって、彼れは最後までも自然と人間とを愛慕しつゞけた。しかもなほ、此の切なる人間的愛慕を感じながらも、彼が余の者と異なってゐたのは、余の者がその愛慕にひかされて走り、つひにはそれの囚ふるところとなるのが常であるのに、彼のみは最後までもその愛慕を我のうちに蔵し、常に孤独なる霊魂の寂光《じやくこう》を以て之れを浄化しないでは置かなかった点にある。

1 世のなかは　果敢《はか》なきものぞ　足びきの　山どりの尾の　しだり尾の　ながながし世を　百世《ももよ》つぎ　五百世《いおよ》をかけて　よろづ世に　きはめて見れば　えだにえだ　ちまたにちまた　わかろひて　たどる道なみ　立つらくの　たつきも知らずをるらくの　すべをもしらず　とき衣《ぎぬ》の　おもひ乱れて　浮き雲の　行く方《へ》もしらず　言はんすべ　せむすべ知らず　沖にすむ　鴨の羽色の　水鳥の　やさかの息を　つきゐつゝ　誰にむかひて　歎かまし　大津のへにゐる　大船の　へつな解き放ち　とも綱ときはなち　大海原のへに　おしはなすことの如く　をちかたや繁木がもとを　やい鎌のとがまもて　打ちはらふ事のごとく　五つの陰《かげ》を　さながらに　いつゝのかげと　知る時は　心もいれず　事もなく　わたしつくしぬ　世のこと〳〵も

2 うつしみのうつし心のやまぬかも
　　生れし先にわたしにし身を
津のくにのなにはのことはよしゑやし
　たゞひとあしをすゝめもろ人

○

3 弾指堪嗟人間世　弾指　嗟《なげ》くに堪ゆ　人間の世。
百年行楽春夢中　百年の行楽　春夢の中。
一息裁断属他界　一息　裁《わず》かに断てば　他界に属し。
四大和合名之躬　四大　和合する　之を　躬と名づく。

1 仏教の五陰皆空の精神を詠んだもの。○わかろひて―若い気になって。○とき衣の―解き衣ので、乱れの枕詞。○やさかの息―八尺の息。長い息。○やい鎌の―焼鎌ので、焼いて鍛えた鋭い鎌の意である。○五つの陰―五陰。五蘊と同じ。人の心身を作る色・受・想・行・識の五つをいう。

2 わたしにし身―渡してしまった身で、仏に渡してしまった身。

争名争利竟底事　　名を争ひ　利を争ふも　竟《つい》に底事《なにごと》ぞ。
慢己慢人呈英雄　　己を慢《あなど》り　人を慢り　英雄を呈す。
請看曠野凄風暮　　請ふ、看よ　曠野　凄風の暮。
幾多髑髏逐断蓬　　幾多の　髑髏　断蓬を逐ふ。

○

[4]道妄一切妄、道真一切真　　妄《もう》と道《い》へば　一切　妄、真と道へば　一切　真なり。
真外更無妄、妄外更無真　　真外　更に　妄無く、妄外　更に　真無し。
如何修道子、只管欲覓真　　如何ぞ　修道子　只管《ひたすら》　真を覓《もと》めんと欲する。
試要覓底心、是妄乎是真　　試みに　覓めんと要する底の心、是れ妄か是れ真か。

かくの如く彼は明らかにかの所謂五蘊皆空《うんかいくう》、平等即差別《びょうどうそくさべつ》、差別即平等《さべつそくびょうどう》の観境に到入したのであるが、而《しか》も彼は此の空観に執《しゅう》して冷やかなるが如き彼ではなかった。彼は決して世の所謂《いわゆる》白眼子《はくがんし》[5]でもなければ拗《す》ね者でもなかった。前にも述べた如く、彼はかくの如く生活の全体を否定することによって、おのづからその最も真実な弁護者とならざるを得なかった。一切を否定することによって、彼は始めて一切の根源に冥合《めいごう》[6]することを得たのであった。

[7]花無心招蝶、蝶無心尋花、花開時蝶来、蝶来時花開、吾亦不知人、
人亦不知吾、不知従帝則。

彼はつひに一切を投げ出して、此の天真に依憑《いひょう》[8]することによって、始めて全き生を得たのであった。

3 弾指―指で爪はじきをする。○属他界―死ぬことをいう。○四大―万物を生成している地・水・火・風をいう。○慢己慢人―自分や他人を軽くみてばかにすること。○断蓬―根を切られたよもぎ。

4 道―言うに同じ。○妄―迷と同じ。○覓―求に同じ。

5 白眼子―冷淡な心の人。晋の阮籍の故事。

6 冥合―知らず知らずのうちに合致する。

7 花は　蝶を招くに心なく、
蝶は　花を尋ぬるに心なし。
花開く時　蝶来り、
蝶来る時　花開く。
吾も亦　人を知らず、
人も亦　吾を知らず。
知らざれども　帝の則に従ふ。
○不知従帝則。中国の古代、帝堯の時代の童謡、撃壌歌のうちにあり。

8 依憑―心身をよりかからせる。

おろかなる身こそなか〱うれしけれ弥陀のちかひにあふとおもへば
[1]かにかくにものなおもひそみ陀仏のもとのちかひのあるにまかせて
わたしにし身にしありせば今よりはかにもかくにもみだのまに〱

かくの如く彼れはおのれを空しくすることによって、始めて全き自我の安立を得た。彼れみづからの救ひは、かくの如く彼れみづからの全部を投げ出すことによって始めて得られた。即ちおのれをむなしくすることによって、はじめて全き自己が得られ生命の充実が得られたのであった。

[2]宅辺有竹林、冷々数千干、筍迸全遮道、梢直斜払天、経霜陪精神、
隔煙転幽閑、宜在松柏列、何比桃李妍、竿直節愈高、心虚根愈堅、
愛汝貞清質、千秋希莫遷。

これとりもなほさず当時に於ける良寛その人の心境でなかったらうか。[3]「心虚《むな》くして根いよ〱堅し」——その確立せる自我の根底に立って、彼は始めて廓然《かくねん》たる天地の生を楽しむことを得たのであった。生命の充実——それは同時に愛でなくて何であらう。自我の安立《あんりゅう》は、同時に愛の安立であった。彼はおのれの全部を投げ出すことによって全きおのれを得、全きおのれを得ることによって、あらゆるものに対する安らかなる愛を得た。かくの如くして一切の否定者であり、一切に対する懐疑家であった彼は、むしろその極端に到入することによって、始めて真実なる愛の讃美者となり、愛の人となったのである。

焚くほどは風がもて来る落葉かな

---

1 かにかくに—あれこれと。
もとのちかひ—弥陀の本願。

2 宅辺に 竹林あり、
冷々、数千竿（干も同じ）。
筍《たけのこ》迸《はし》りて 全く道を遮り、
梢直くして 斜に天を払ふ。
霜を経て 精神を陪し、
煙を隔てて 転た幽閑なり。
宜しく 松柏の列に在るべく、
何ぞ 桃李の妍に比せん。
竿直くして 節 愈よ高く、
心虚しくして 根 愈よ堅し。
愛す 汝が貞清の質、
千秋 希くは 遷ること莫かれ。

○宜在松柏列—年中葉が落ちないで青々としているのは松柏と同じだ。○妍—美しいこと。○心—竹の竿のからっぽのしん。○莫遷—変るな。

3 心虚しくして…宅辺有竹林の詩の中にある一節である。

一方に於てかくまで自然に対して謙虚なる自我安立の境に立った彼は、同時に他方に於てその季節々々に於ける[4]農夫労役の画像を掲げて供養祈《き》念怠らざる[5]念々感謝の彼であり、[6]「すみぞめのわが衣手のゆたならば浮世の民をおほはましものを」と自ら嘆じ、[7]「身を棄てゝ世をすくふ人もますものを草の庵にひまもとむとは」と自ら責むるところの彼であり、又かの有名なる道元和尚の『愛語』を以て座右銘とした彼であり、更に次の長歌一首によって知らるゝ如き熱烈なる犠牲的愛の讃美者としての彼であった。

[8]天雲の　むか伏すきはみ　谷ぐくの　さ渡る底ひ　国はしも　さはにあれど
も　人はしも　あまたあれども　み仏の　生れます国の　あきかたの　その古へ
の　事なりき　猿と兎と　狐とが　ことをかはして　朝には　ぬやまにあそび
夕べには　林にかへり　斯くしつゝ　年のへぬれば　久かたの　天のみことの
きこしめし　偽りまこと　知らさんと　旅人となりて　足びきの　山行き野ゆき
なづみ行き　食《お》しものあらば　たまへとて　尾花折り伏せ　いこひしに　猿《まし》は
林の　ほつえゆり　木の実を摘みて　まゐらせり　狐はやなの　あたりより　魚
をくはへて　来りたり　兎は野辺を　走れども　何もえせずて　ありければ　汝《いまし》
はこゝろ　もとなしと　戒めければ　はかなしや　兎うからを　たまくらく　猿
は柴を　折りてよ　狐はこれを　焚きてたべ　まけのまに〳〵　なしつれば　ほ
のほに投げて　あたら身を　旅人のにへと　なしにけり　旅人はそれを　見るか
らに　しなひうらぶれ　こいまろび　天を仰ぎて　よゝと泣き　地《つち》にたふれて

4　農夫の画像―世の中は早苗とるらしわが庵は形を絵にかき手向けこそすれ。

5　念々―一刹那一刹那。いつもいつもの意。

6　おほはましもの―被ひかぶし、慈愛をかけて救いあげたい。

7　ひまもとむ―暇求む。

8　月の兎の長歌で兎の犠牲的精神を詠んだもの。○谷ぐく―ひきがえる。○さはにあれども―たくさんあるけれども。○あきかたの―秋かたので秋頃のの意。○なづみ行き―苦しんで行き。○ほつえゆり―上の枝から。○何もえせずて―何も得られないで。○たまくらく―手巻くらくであるが、手招くらくとでも解したのであろう。異本には「たはくらく」「かたらくは」ともある。○にへ―贄、神に供えるささげ物から、ささげ物の意。○しなひうらぶれ―しおれて悲しみに沈み。○はふりける―葬りける。○つがの木の―つぎの枕詞。○白たへの―衣の枕詞。

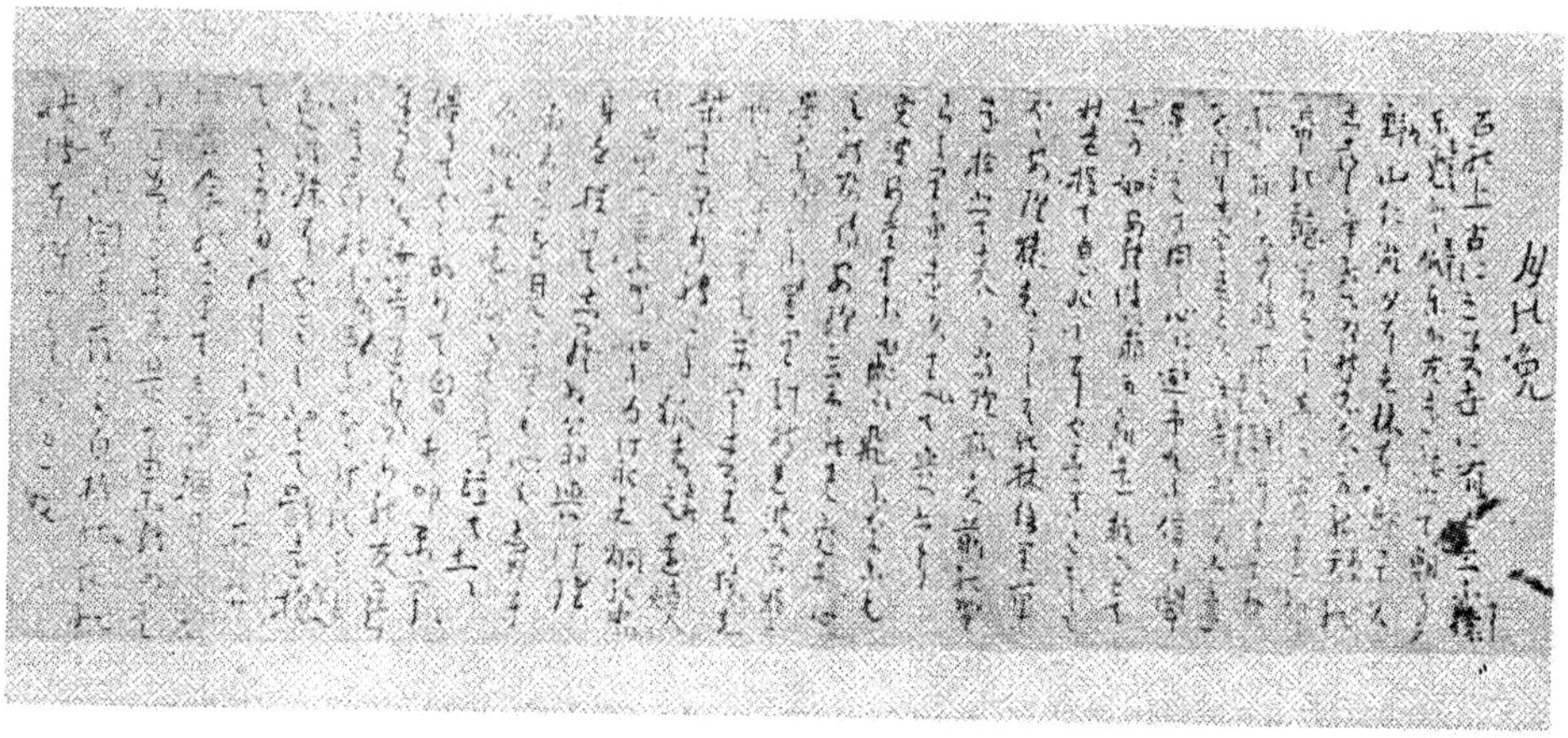

月の兎の長歌

ややありて　地うちたゝき　まをすらく　いまし三人《みたり》の　友だちに　勝《まさ》り劣りを　云はねども　あれは兎を　愛《め》ぐしとて　もとの姿に　身をなして　骸《から》をかゝへて　ひさかたの　天津み空を　かきわけて　月の宮にぞ　はふりける　しかしよりして　つがの木の　いやつぎ〳〵に　語りつぎ　言ひつぎ来り　ひさかたの月の兎と　いふことは　それがもとにて　ありけりと　聞くわれさへに　白たへの　衣の袖は　とほりて濡れぬ

要するに良寛は謂《い》ふところの傑僧でもなく、謂《い》ふところの学者智者でもなく、謂《い》ふところの聖者でもなく、将又《はたまた》謂ふところの白眼子でも世外人でもなく、実に最も淳真なる人間であった。最も博大なる愛の人であった。彼は何よりも童男童女を愛したが、彼みづからも最後まで同じく幼な児の如き淳真な人間だったのである。

彼は或日例の如く路傍の子供等と交ってかくれんぼをして遊んでゐた。中に意地のわるい子供が一人あって、彼が物蔭にかくれたのをそのまゝ置いてきぼりにしようと云ひ出して無理に他の子供を同意させた。子供等は去った。そして数時間を経てもなほ彼等は帰って来なかった。しかし和尚は平然と元の通りにして子供等の「よし」と呼ぶのを待ってゐた。と、やがてそこを通りかゝった人が、彼の其の様子を見つけて驚きのあまり「まあ、良寛様だのし、何してござるだ」と叫んだ。その声に彼もおなじく驚いて「馬鹿、そんな大きな声を出すと鬼が見つけるわ」と云ったと云ふ事が口碑に伝へられてゐる。何と云ふ淳真であらう。誰かよく斯《か》くまでに他を欺かずに居る事が出来よう。

挿絵「かくれんぼ」

更にこんな話が伝へられてゐる。ある秋の末の夜、良寛の庵へ盗人が忍び入った。しかし何一つ奪って行くやうなものがないので、うろ〳〵して居た。と、物音に目をさましてその様子を見た良寛は、その男が哀れになり、自分の着物を一枚ぬいで与へて、やさしく送り出してやった。しかし、彼はあとでその男の身の上を思ひやって「いづこにか旅寝しつらむぬば玉のよるのあらしのうたてさむきに」と云ふ一首の歌を詠んだと云ふ事である。何と云ふ貴く美しい愛の表現であらう。

次に又こんな話が伝へられてゐる。ある年の秋の月の晩のことであった。良寛は興に乗じてとある芋畑の中をあちらこちらとさまよひ歩いてゐた。と、やがてその畑の持主がそれを見つけて、これはてっきり畑荒しだと思ひあやまり、突然鉄拳を揮《ふる》って彼の頭を撲《なぐ》った。そしてそれだけで気が済まずに、とう〳〵彼を縛って木の枝に吊し上げた。それでも彼は逆らはなかった。が、とう〳〵堪へられなくなって自分は良寛である旨を白状し、芋などを盗む気は更になかったが月が佳《よ》いのでぶら〳〵歩いてゐたのだと告げて罪を謝した。百姓は始めてそれと知り、大に恥ぢ入って深く罪を謝したが、和尚は少しも相手を咎めなかったばかりか、むしろ気持よさゝうに笑って、左の如き一首の古歌を口ずさみながら飄然《ひようぜん》[1]とそこを去った。

[2]打つ人も打たるゝ人も諸《もろ》ともに
如露亦如電《によろやくによでん》、応作如是観《おうさによぜかん》

何と云ふ虚心の沙汰であらう。

更に又こんな事が彼と親交のあった解良栄重《けらよししげ》[3]と云ふ人の手記[4]によって、伝へられて

---

1 飄然―あてもなくふらりと。
2 如露―露のごとく、また電のごとく、まさに是のごとき観をなすべし。忽ちにして変る身であるから、根にもって恨んだり怒ったりするものでないと観じなさい。金剛般若波羅蜜経中の語である。
3 解良栄重―国上村牧花の庄屋。良寛の外護者。
4 手記―「良寛禅師奇話」をいふ。

ゐる。

「人曰く銭を拾ふは至って楽しと。師（良寛）之れを聞き自ら地上に銭を捨て、やがて自ら之れを拾ふ、更に情意の楽しきなし。初め人吾を欺くかと疑ふ。捨つること再三、つひに其の在るところを見失ふ。師百計してやうやく拾ひ得たり。その時に至って初めて楽しきを知る。且曰く人我を欺かずと。」

これは又何と云ふ無邪気であらう。而《しか》も之《こ》れ決して世にありふれた禅僧輩の所謂奇行ではないのである。

前記解良栄重の手記中、更に〳〵左の如く驚くべき数行が良寛の為めに書かれてゐる。

「師余が家に信宿《しんしゆく》[1]日を重ぬ。上下おのづから和睦《わぼく》し、和気家に充《み》ち、帰り去ると雖《いえども》数日のうち人自《おのずか》ら和す。師と語ること一たびすれば胸襟清きを覚ゆ。師更に内外の[2]経文を説き善を勧むるにもあらず、或は厨下《ちゆうか》[3]につきて火を焚《た》き、或は正堂[4]に坐禅す。其の話詩文にわたらず、道義に及ばず優游《ゆうゆう》として名状すべき事なし。只道義の人を化するのみ。」

茲に至っては、いよ〳〵以て彼みづからの救ひを求めることが同時に万人の救ひを求めることであり、無為が同時に活動であり、離脱が同時に済世であり、否定が同時に肯定であり、無我が同時に全我であると云ふ彼が隠遁の真意義が完成され、徹底されたのであった。今日の彼れはもはや昨の彼ではなかった。而《しか》も同時に元のまゝの彼であった。ありのまゝの人間であった。強ひて世外に立たうとする必要もなく、又強

1 信宿―二夜とまり。

2 内外の経文―内経は仏教、外経は仏教以外の書物の文章。

3 厨下―台所。

4 正堂―座敷をいう。

5 一挙手一投足―あらゆる行動。

6 短歌私鈔―大正五年 四月 白日社より刊行。アララギ叢書の第五編として、金槐集私鈔、源実朝雑記、良寛和尚歌集私鈔、良寛上人雑記、愚庵和尚の歌の五篇を収む。

7 斎藤茂吉―明治十五年山形県南村山郡金瓶に生る。東京大学医科大学を卒業。東京大学、長崎医専などに勤め、のち青山脳病院長として精神医学に貢献。その間歌人として作歌、歌学に沢山の著書を残し、昭和二八年歿、七二歳。

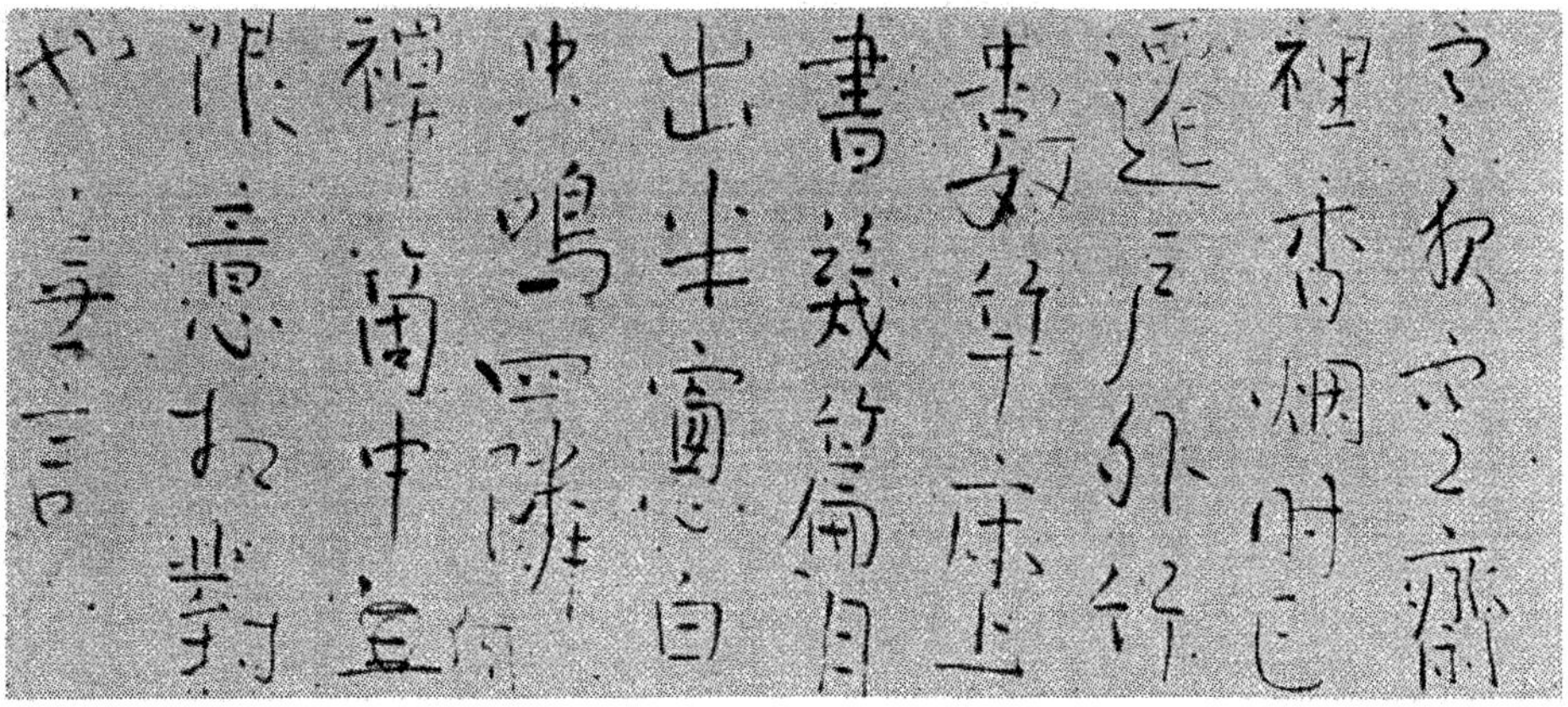

寒夜空斎の詩

いて俗と異った奇行を敢てする必要もなかった。本当の意味での淳真な人間となった彼は、[5]一挙手一投足たゞ在りのまゝの彼であった。

その当時に於ける良寛の日常生活の如何なるものであったかについては、前に引用した『国上と良寛』の著者の叙述などで既に充分その一斑を窺《うかが》ふことが出来るのであるが、更に五合庵在住当時の良寛について特に注目すべき事は、上述の如く人としての彼れがしかく円熟の妙境に到入しつゝあったと同時に、一方に於ては今日私達の見るが如き稀有《けう》なる芸術家としての良寛が形造られつゝあった事である。これは云《い》ふまでもなく彼の人格がおのづから表現されざるを得なかったからであるには相違ないが、しかもそれはその当時に於ける彼れの非凡な修練を外にしては到底在り得なかった程度を示してゐることも亦疑ふべくもないのである。これについて『短歌私抄』[6]の[7]著者斎藤茂吉氏も次の如く云ってゐる。

「良寛自身は、歌人の歌書家の書は厭《いや》であると言ってゐるといふ話であるが、其歌人書家といふのは中途半端な歌人書家を意味するのであらうから、良寛の言もさう力あるものでは無い。良寛は歌の素人《しろうと》を以て処したやうであるが、その本質に於て最早素人の域を脱してゐる。素人玄人《くろうと》などは外的に区別さるべきものでない。それから良寛の歌は野呂間な様でゐてなか〳〵敏なところがある。それは修練の結果である。野呂間と妙境とは程度が違ふ。良寛の歌は素人くさいから佳いのでなくて、妙に入ってゐるから佳《よ》いのである。」

これはたしかに半面の真を穿《うが》ち得た観察である。而もそれはひとり良寛の歌についてばかりでなく、彼の詩についても書についても同様に半面の真実を穿《うが》ってゐる。

今日なほ諸家に伝へ蔵せられてゐる良寛の書翰《しょかん》その他の文書によって知り得る如く、五合庵在住時代の良寛は歌に於ても詩に於ても又書に於ても独り静かに古人を友として学ぶことを楽しみ得たことは明らかである。

[1]玄冬十一月、雨雪正霏々、千山同一色、萬径人行稀、
昔遊総作夢、艸門深掩扉、終夜焼榾柮、静読古人詩。

おそらく斯うした生活の真の味ひが、此の頃になって始めて彼には乱されず囚はれずに味ふ事が出来たのであらう。しかも、それがおのづから彼れ自身の芸術上の修練となって行ったのでもあらう。就中《なかんずく》、古事記、万葉集、寒山詩、詩経、[2]離騒《りそう》、陶淵明、李白、杜甫等は、彼れにとりては最も会心の書であった事が明らかであり、且論語に至っては常に彼の懐にしたところだと伝へられる。彼れが解良叔問の[3]嘱《しょく》に応じて法華経の[4]浄写をしたのもそのころの事であった。その他の経典や禅宗諸家の書に親しんだ事も疑ふまでもない事であらう。更に書に於て[5]懐素《かいそ》の[6]自敍帖《じじょちょう》と、[7]道風《とうふう》の[8]あきはぎ帖の[9]臨幕《りんも》によって如何に彼れが書道の修練に努めたかは、今日伝へられる彼の逸話の数々によっても充分に窺《うかが》ひ知ることが出来るのである。かくの如くして一方に於て彼れの生活そのもの、人格そのものが、ますくいみじき円熟と徹底とを示しつゝあったと同時に、それの表現としての彼れの芸術がいよくそれの修練を積み重ねつゝ、いつしか今日見るが如き稀世の程度にまでそれの品位を高めつゝあったのである。而して今日伝へられてゐる彼の詩に於ても、歌に於ても、亦《また》書に於ても凡て光輝ある大部分

1 玄冬　十一月、雨雪　正に霏々《ひひ》たり。
千山　同一色、万径　人行　稀なり。
昔遊　総べて夢と作り、　艸門深く扉を掩う。
終夜　榾柮《こっとつ》を焼き、静かに古人の詩を読む。
○玄冬—冬をいう。○霏々—雨や雪のしきりに降るさま。○榾柮—芝木をいう。

2 離騒—戦国時代に楚の屈原の作った詩篇の名。「楚辞」にのせられてある。

3 嘱—たのみ。

4 浄写—清書。

5 懐素—唐時代の後期の書僧。永州零陵の人。仏道修行のかたわら書の修行をし、芭蕉にも書く。自叙帖、聖母帖、草書千字文等あり。

6 自叙帖—懐素が自分の学書の経歴をのべた文章を作り、自分でかいた草書の巻である。

7 道風—小野道風。三蹟の一人。醍醐、朱雀、村上の三朝に仕え、書道の大家として知られた。屏風土代、玉泉帖、秋萩帖などある。

8 あきはぎ帖—小野道風の書として知られている歌帖。「秋萩の下葉色づく……」で始まるので帖名とされている。

9 臨幕—臨書のこと。臨書と模書。

は、彼れの此の五合庵在住時代の産物であった。

更に又それ〴〵の方面に於ける良寛その人の価値が、前に引用した『国上と良寛』中に挙げられてゐるやうな多くの尊崇者には勿論、その頃越後に来遊した江戸の学者亀田鵬斎[10]の如きを始めとして少なからざる認識者を当時の識者間に有するやうになったのもその頃からであった。無為なる彼れの教化が、むしろ最も積極的な意味に於て、その当時の地方民心の間に及びつゝあった事も、亦今日よく窺《うかが》ひ知ることの出来る事実である。しかも、良寛みづからは依然として唯彼一個の救済の為めの生活に終始してゐた。彼れの芸術が超然として彼以外の世間の芸術の外に立ってゐたが如く、彼れが求道精進の一路もたゞひとへに彼みづからの他の何者の為めのそれでもなかった。彼れは依然として孤独であった。しかも、同時に彼れはおのづから凡《すべ》ての人のうちにあった。

更にその頃良寛が親しく出入して居た西蒲原郡粟生津《あおうつ》村[11]鈴木家に今なほ珍蔵されて居る左の如き一葉の書付ぐらゐ、鮮《あざ》やかにその当時に於ける良寛その人の日常生活の風姿を偲ばせるものは他に少ない。

○第一、愛用具

頭巾、手拭、鼻紙、扇子、銭、手毬、ハヂキ

○第二、随身具

笠、脚絆、カフカケ、上手巾、下手巾、杖、掛絡《くわら》[12]、

○第三、行履物《あんりもつ》[13]

10　亀田鵬斎―徳川中期の儒者。上野国に生まれたが江戸に出て井上金峨に学び古学者となる。異学の禁にて学塾は振わず、詩書にて知られ、文化九年歿、七五歳。

11　鈴木家―鈴木宗久の家。

12　掛絡―小さなけさ。

13　行履物―日常の起居動作に必要な品物。

著物、桐油《とうゆ》、鉢《はつ》、嚢、

右出立の砌《みぎり》[1]、可読之、於不然至不自由者也。

之れは一日良寛が鈴木家に来遊し午睡《ごすい》しつゝあった間に、その家の主人隆造が、私《ひそ》かに彼の頭陀《ずだ》[2]を開いて見たところ、たま〳〵さうしたものが目に留ったので、悪いことゝは思ひながら、そのまゝ自分の家の珍宝として秘蔵して置いたものだと云ふ事であるが、僅に此の一葉の文書のうちに、その当時の良寛の生活の内外両面の真実が、いみじくも活現してゐるではないか。

良寛その人の物質的の富と云っては、おそらくそれ以上にはなかったであらう。しかも、彼は此の貧しき物質を以て、無上の満足を感じ、之れを以て無上の宝としてゐた。彼の行李既にかくの如し、庵室に於ける彼れが日常生活の一斑も之《こ》れによって充分推知することが出来るのである。今日なほ諸家に蔵されて居る彼の多くの書翰によっても窺《うかが》ひ得るごとく、彼れが庵室に於ける衣食の料は殆《ほと》んど凡《すべ》て人の来って与へ、若しくは自ら出でゝ乞ひ求めるところのそれによって充たされてゐた。しかも、彼はかくして得たる貧しき法施《ほうせ》[3]の余分をすらも、自らのものとしては蓄へて置く事が出来なかった。そして努めて之れを貧しき人々に頒ち与へるのであった。

是はあたりの人に候、夫は他国へ穴ほりに行きしが、如何致し候やら去冬は帰らず、子供を多くもち候、子供また十より下なり、此春は村々を乞食して其日を送り候、何を与へて渡世の助にも致させんと思へども、貧窮の僧なれば致し方もなし、何なりと少々此ものに御与へ可被下候。

1 可読之―之を読むべし。然らざるに於ては不自由に至るものなり。

2 頭陀―托鉢のふくろ。

3 法施―布施。

4 正月一日―原蹟をみると、一に小さく二点がついて四のようである。正月四日のようである。

5 破笠褸衣―やぶれ笠にぼろごろも。

6 浄施―布施。

7 田中の一つ松に―岩室の　田中に立てる　一つ松あはれ　しぐれの雨に　濡れつつ立てり　人にありせば　蓑きせましを　笠かさましを　一つ松あはれ

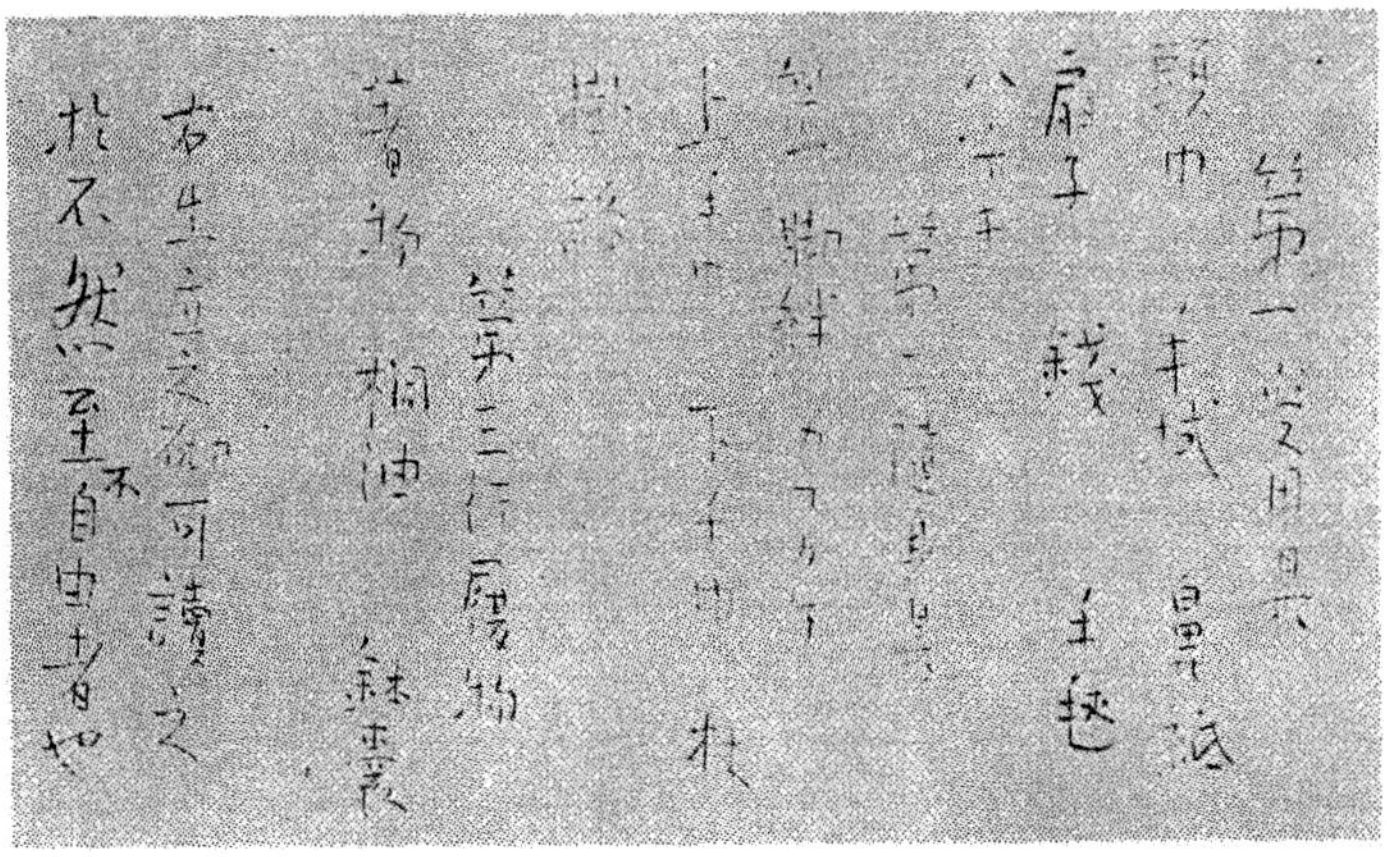

愛用具の書付

[4]正月一日　　良寛

叔問老

更にかくの如く自ら与へるものゝない時には、彼はかうした手数をまで厭《いと》はないのであった。何と云ふ懐しく、たふとい謙虚な愛の生活であったらう。

往き来の人も稀な山中の一小庵裡、雨に又雪に寂然とたゞ独《ひとり》黙坐せる良寛、[5]破笠襤《はりゆうる》衣《い》一嚢《のう》一鉢春に又秋に、ひとりとぼ〳〵と村から村に[6]浄施《じようせ》を乞ひ歩ける良寛、又は時に村童の群に入って路傍に嬉戯しつゝ日の暮れるをも忘れて居た良寛、時には又雨中に[7]立てる田中の一つ松にさへ限りない憐れみを寄せて蓑《みの》着せましを笠着せましをと独ごちつゝ夕ぐれの泥路に去りあへず佇《たたず》んで居た良寛――さうしたさま〴〵の幻像を思ひ浮べる時、私達にはかの五合庵時代の良寛が、時にはたまらなく懐しい此の世の人のごとくにも思はれ、時にはとても此の人間の世にはあり得ない神仙譚《だん》中の人物のやうにも思はれるのである。しかも、その人によってその芸術を味はひ、その芸術によってその人を味はふ時、滾々《こん》として尽きない一味の霊泉の常にそこから流れ来たるを覚えずには居られぬのである。

山かげの石間をつたふ苔みづの
かすかにわれはすみわたるかも

其の清く貴い愛の滴《したた》りは、おそらく永遠に尽きることなく汚されることなく渇し求める者の手に掬《むす》ばれるであらう。

七、良寛の芸術

―― 歌、詩及び書 ――

上来述べた如く、さま〴〵に迂余《うよ》[1]あり曲折ある径路を辿《たど》って来た良寛その人の生活が、四十八歳の時国上山中の五合庵と称する空庵に彼の住するに至って、初めて渾然《こんぜん》[2]たる円熟乃至《ないし》徹底の境致を示すことを得たのであるが、而《しか》もその事と共に今日の吾々に伝へられる更に一層貴き消息は、彼れの人格の斯くの如き渾成《こんせい》が同時に彼れの芸術の渾成であったことである。良寛の芸術について論じた人々のうちには或は彼の和歌及び俳句を以て遺伝なりと説いた人もあり、又彼れの歌の長所を以て彼れの勉強の結果であり万葉の呼吸に触れて一意修練を重ねた結果であると解釈した人もあった。吾々も無論半面に於てさうした事実を認めないでは居られぬのであるが、しかしさう云《い》ったやうな如何なることよりも先に、此の事実―即ち良寛その人の芸術の渾成《こんせい》は彼れの人格の渾成を俟《ま》って初めてなされたと云ふ厳粛なる事実に向って満腔《まんこう》[3]の恭敬を捧げないでは居られぬのである。良寛をして今日吾々の接するが如き彼れの芸術を成さしめたのには、或は彼れの遺伝の力が少なくなかったのでもあらうし、又彼れみづからの修練も与《あずか》って力あったでもあらう。けれども何よりも先づ彼れの芸術の貴い所以《ゆえん》は、それが真に彼みづからの身を以てなされた点にある。生活そのものゝ表現としておのづから創造された点にある。即ちそれは伊藤左千夫[4]の云った如く「作者の生活即ち歌なるがゆゑ」「作者の生活即ち歌の生命をなせるがゆゑ」であり、又小林粲楼[5]氏の

1 迂余―遠廻り。
2 渾然―ひとつにとけあう。
3 満腔―心からの。
4 伊藤左千夫―明治時代の歌人。元治元年千葉県に生まれ、東京へ出て苦学をし、和歌を正岡子規に学ぶ。アララギにより作歌と歌論に活躍した。大正二年歿、五十歳。
5 小林粲楼―新潟市の民族学者小林存。
6 言端語端―ことばのはしはし。
7 律呂―調子。

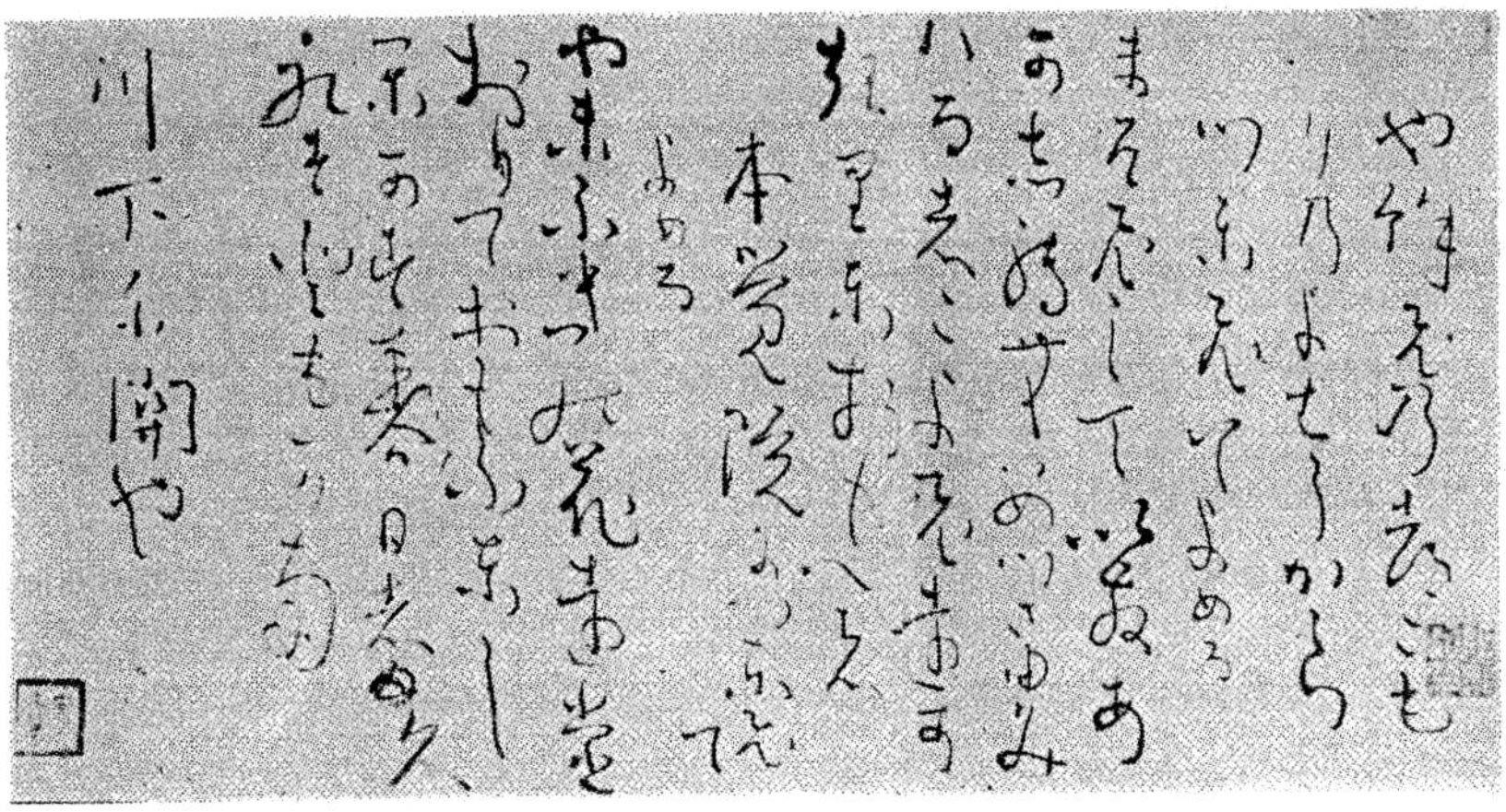

同志との歌

云ったやうに、それは「彼れが人物の根幹より自然に咲ける花」であり「霊性の物に触るゝ刹那言端語端悉《ことごと》く天地悠々の律呂《りつりよ》に共鳴して」出来たものだからである。

良寛みづからも自分に嫌ひなものが三つある。それは料理人の料理と詩人の詩及び歌人の歌とそれから書家の書であると云ってゐる如く、彼れの芸術の凡ては決して彼れみづからえらい芸術家などにならう為めにした修練や勉強などによって出来上ったものではなくして、むしろ彼れみづからの人格と生活の向上の道程に於ておのづから創造されたところの自然の結果に外ならぬのである。言ひかへればそれは彼れその人の生活乃至《ないし》人格おのづからなる表現に外ならぬのである。

前にも述べた如く今日吾々に遺されてゐる良寛の芸術の十中八九は、彼れの五合庵在住以後に於ける産出にかゝるものである。けれども、彼れが歌をよみ、詩をつくり、或は字を書いたのは、おそらくそれよりずっと以前からのことであったらう。しかも、今日吾々の知り得る限りでは、彼れが最も深くその道に到入し、最も多くそれの産出を示したのが特に彼れの五合庵在住以後であった事は、甚だ明らかな事実である。云《い》ひかへれば彼れの芸術の大部分は、彼れみづからの人格の渾成《こんせい》期に至って初めて成されたのである。又彼みづからも特にその道に向って、進んで修練に努《つと》めたのも、その時期に至ってからの事であることも今更うるさい考証を俟《ま》つまでもなく明らかな事実である。而《しか》して吾々が特に厳粛な注意を要するのは、実に此の事実に向ってゞある。

即ち良寛の芸術は、あらざるべからざる時に至って始めておのづから現れて来た芸術であった。云ふまでもなく優れた芸術は凡て作者その人の生活の表現に外ならぬのであるが、特にそれが良寛にあっては、彼れの生活乃至人格が真に抑《おさ》へがたきまでにそれの表現を要する時期に達して、始めて突如としてそれのみのいみじき表現を成したのであった。これは誠に芸術の稀有な生成の仕方のやうであるが、しかも極めて自然な事に属する。同時にそれは極めて貴い事柄である。又何人にも能《あた》ふかぎり深く味はるべき必要ある一大事である。

更に又彼れの芸術は、実になみ〱ならぬ勉強と修練とに負ふところが甚だ多いことも、実に云ふまでもないことであるが、しかも其の勉強と修練とについても、吾々は尋常の字義にのみ拘泥《こうでい》して考へてゐてはならぬのである。

今日知られる如く、彼が歌は万葉について、詩は詩経、離騒、[1]十九首及び陶淵明、寒山、李白、杜甫について、書は懐素の自叙帖、道風のあきはぎ帖などについて如何に熱心な研究と修練とをなしたかは、全く明らかな事実である。しかも、さうした修練が彼れによって最も多くなされたのは、実に彼れが五合庵に入ってから以後、即ち彼れの五十歳前後に於てゞある。彼とても恐らくそれ以前に於て多少さうした方面に力を用ひたる事はあったであらうけれども、しかも真に内部から湧き上るほどの熱心を以てそれをなしたのは、どうもその頃になってからの事であるらしい。随て若し彼れのさうした研究や修練を単に尋常の字義によって考へる時は、実に彼れを以て驚くべき晩学の人と看做《な》さなければならぬのである。そしてさほどの勉学を以てして、しかもかほどの優れた芸術、かほどの不可思議力を持った芸術を、かほどに速やかに渾成し得た事に向って、殆んど奇蹟に対するが如き驚異を感じなければならぬのであ

1　十九首—古詩十九首のことで、古詩源や文選にも収録されている。五言古詩で素朴な内容と自由な表現で知られ、漢時代枚乗らの作といわれている。

2　徒爾—あてもなく漫然とした。

3　孰《たれ》か謂ふ　我が詩は　詩なりと、
我が詩は　是れ　詩に非ず。
我が詩は　詩に非ずと知らば
始めて　与《とも》に　詩を　言ふべし。

4　啓示—神が人の心のくもりをひらいて、真理を教えしめすこと。

5　大徳—大いに徳行のある宗教家。

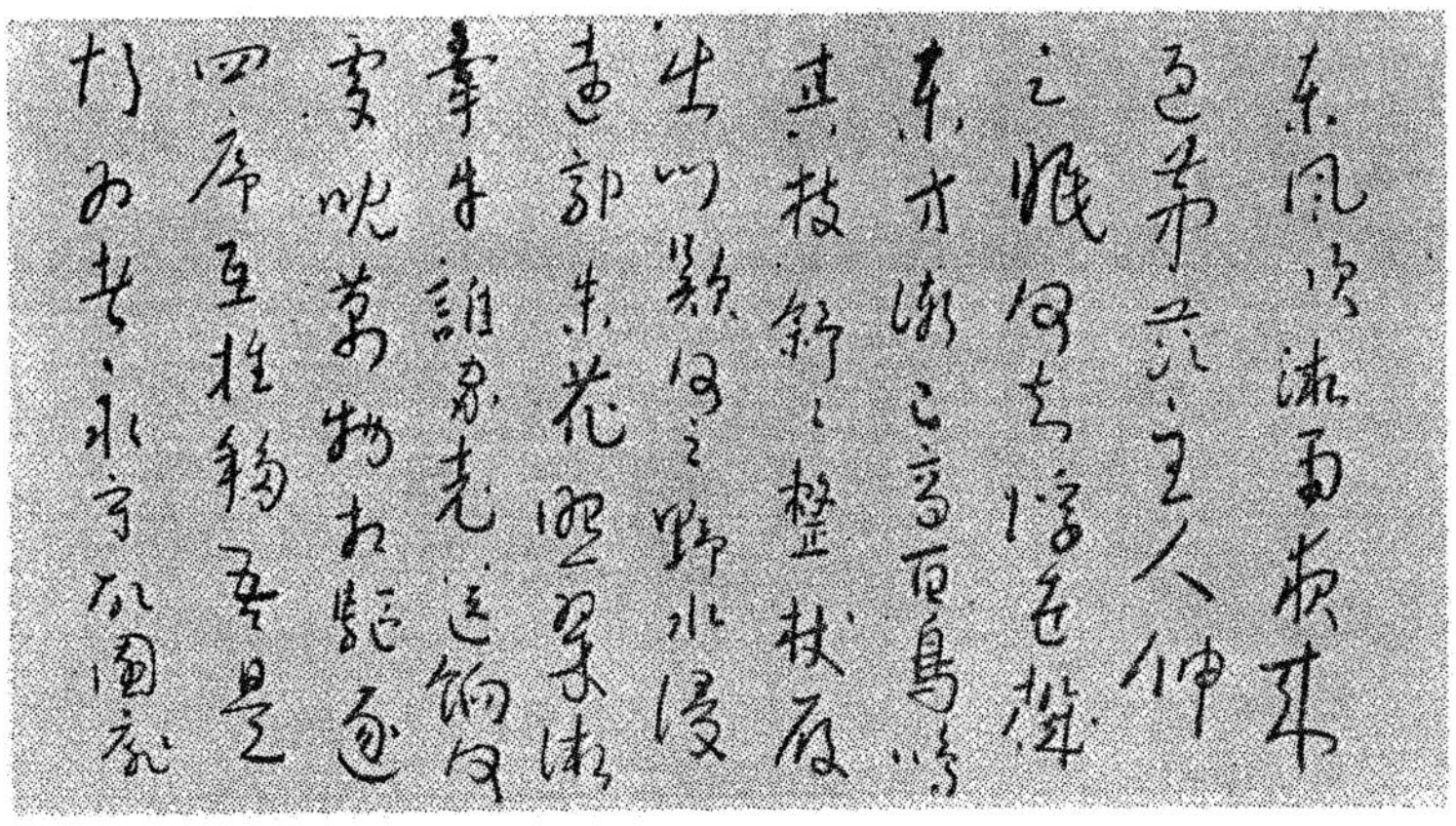

修練期の詩と書

る。けれども、かうした徒爾《とじ》[2]なる驚きは、あまりに浅はかである。既に〳〵生活即ち芸術の境地に到入して居た、その当時の良寛を理解することの出来る者にとっては、それは不可思議であるよりもむしろ極めて自然な事と思惟されなければならぬ事であり、彼れの晩学はむしろ彼れにとりて最も適当な時期に於ける修行であったと思惟されなければならぬのである。

[3]孰謂我詩々、我詩是非詩、知我詩非詩、始可与言詩。

から良寛自身も云ってゐる。箇中の消息にこそ彼れの芸術の貴さも、彼れの修練の意味も含まれてゐるのである。

要するに五合庵在住時代は、一個の人間としての良寛の円熟期であり徹底期であったと同時に、歌人としての良寛、詩人としての良寛及び書家としての良寛の修養期であり同時に渾成期であった。而《しか》して一見極めて驚異とすべき此の事実は、真によく彼れの生活そのものゝ内部に味到するものにとりては、極めて自然な、極めて貴い事柄に属するのである。云ひかへれば良寛は人間が出来たと同時に、詩が出来、歌が出来、書が出来た、そしてその何れもに於て同時に彼は不朽の生命を得た――此の事実にこそまことに吾々にとりての無上の啓示[4]が存するのである。

良寛は決して尋常の意味に於ける宗教家ではなかった。彼れは謂ふところの智者学者でもなかった、謂ふところの大徳[5]でもなかった、謂《い》ふところの救世者でもなかった、又決して謂ふところの説教者でもなかった。けれども彼れの如く自己の宗教的生活に、若くは生活の宗教味に、しかく全的な、しかくいみじき、しかく懐かしき、しかく豊富な芸術的表現を与へた人は、おそらく古来極めて其の類が少なからうと思はれる。彼は経典を説かなかった。彼は哲学を与へなかった。彼は思想を伝へなかった。しかし彼れは離れがたき懐かしさを以て宗教そのものゝ味はひを与へた。人間化した宗教味、生活そのものゝうちに融け込んだ宗教の味はひ――それを彼れは彼の生活と芸術とを通じて、不尽に吾々に与へる。宗教生活の芸術化若くは人間化――此の一点に於て彼れは実に古来稀な一人である。

かの寂寥味と人間味とがいみじき律呂《りつりょ》をなして表現された良寛の芸術くらゐ吾々に向って懐《なつか》しい、貴い宗教の滋味を与へるものが、他にどれほどあらうか。生そのものに対するまことの愛の表現として、最も淳真なる人間そのものゝ声として、かくまでに人間化された宗教そのものゝ味はひを、他に何人か斯《か》くまでに懐しく吾々に与へてくれるであらうか。

良寛の芸術中特にその詩歌については、私は既に『良寛和尚詩歌集』[1]の序文として掲げた解説に於て詳しく私見を披瀝《ひれき》[2]したから、こゝでは唯彼れの書についてだけの一通りの解説を附記して置くことにする。

今日でも幾分その傾があるが、良寛の芸術中最も夙《はや》く且最も広く世間の推賞するところとなったのは彼れの書であった。

かの儒者鈴木文台[3]のやうに良寛の生前に於て既に彼れの芸術的表現の三方面（詩と歌と書）を悉く能く理解し評価してゐた人もないではなかったが、併《しか》し多数の人々にとりては矢張《やはり》能書の一点が特に彼れについて重要視されて居たことは明らかである。

1 「良寛和尚詩歌集」―相馬御風著。大正七年春陽堂より出版。
2 披瀝―ひらきのべる。
3 鈴木文台―西蒲原郡粟生津の漢学者。
4 文化の末年―亀田鵬斎の北遊は文化六年から八年までだから、なかばといった方がよいようだ。
5 款語―楽しく語る。
6 停笻―杖をとめる。滞在すること。
7 揮灑―揮毫と同じ。紙に詩文などを書くこと。
8 雲浦―出雲崎をいう。
9 扁額―かけがく。
10 誤謬―あやまり。
11 移牒―文書をまわす。

亀田鵬斎の書
（良寛記念館蔵）

それは彼れの行状に関する逸話中、特に彼れの書に関するもの〻甚だ多く伝へられてゐる事実によっても推知されるところである。試みにそれら多くの逸話中わけて弘く伝へられてゐるもの三四を、『沙門良寛全伝』編者の採録したもの〻中から抜いて見れば次の如くである。

亀田鵬斎嘗《かつ》[4]て文化の末年北遊し、禅師（良寛）の書を観て以て逸品とし往《ゆ》いて其廬《ろ》を訪《と》ひしに、適々《たまたま》其坐禅するに会ふ、侍坐半日禅師其俗士にあらざるを知り、乃《すなわ》ち[5]款語《かんご》す、後鵬斎人に語りて曰《いわ》く、吾良寛に遇《あ》ひて草書の妙を悟り、我が書此より一格を長ぜりと。

○

是も鵬斎北遊の途次出雲崎の客舎に[6]停筇《ていこう》し、[7]揮灑《きしや》に従事せし時なりけり。会々《たまたま》某の嘱に応じ[8]雲浦《うんぽ》一望楼の[9]扁額《へんがく》を書するや良寛の為めに其運筆の[10]誤謬《ごびゆう》を指摘せられ、大に書法の秘訣を悟入せりと。

○

某村富豪某牡《ぼう》丹を愛育し、花時知人を招き観花の宴を張るを例とす、禅師も亦《また》花侯を伺ひ往いて之れを観、一枝を折りて還れども家人之《これ》を不問に附せりしが、一年、主人、禅師の書を得んと欲して未だ得る事能はざるを遺憾とし花時に[11]移牒《いちよう》して来観を促《うなが》す、師例の如く之を賞し、一二枝を折りて帰らんとす。主人大に怒り、奴僕に命じて一室に幽閉せしめ、僕をして謂《い》はしめて曰《いわ》く、主公師が牡丹花を竊折《ぬすみおり》せしを怒る、宜《よろ》しく文字を書して謝罪すべし。然らざれば幽室を出す能《あた》はざるなりとて紙箋、筆硯を供す。禅師冷然毫《ふで》[1]を援《と》りて可欺不可罔也《あざむくべきもしうべからざるなり》[2]との意を寓せる俗諺を書せり。主人之を見て忸怩《じくじ》[3]、苦笑して幽室を開きしとぞ。

○

禅師の書之を強請すと雖容易に諾《だく》せず、然れども興趣至れば筆を援《と》りて縦横毫《ふで》を揮ふ。或時七日市山田氏に至り如何なる機嫌にかありけむ直に筆墨を借り、下女部屋の煤《すす》ばみたる明障子《あかりしょうじ》[4]に鉢の子の歌一首を書し、淋漓《りんり》[5]たる墨痕《ぼっこん》[6]を眺め会心の笑を洩《も》して飃然《ひょうぜん》立ち去れりと。

○

これも或処にて興懐坌涌《ふんよう》[7]禁ずる能はざりしにや、請ふがまゝに画仙紙、唐紙に対して縦横揮毫せしが、例の磊落《らいらく》[8]洒脱《しゃだつ》[9]筆に任せて紙外の畳にまで墨色淋漓《りんり》たる大文字を書したり、後之を装して珍蔵せりと。

某年巻菱湖《まきりょうこ》[10]翁帰国し諸処にて揮灑《きしゃ》[11]に従事せしが、某素封家《そほうか》[12]の需《もとめ》に応じ、金屛《きんぺい》に揮毫し半双を終へて別室に休憩《けい》せし際、一老頭陀《づた》[13]飃然来りて堂に上り、筆を援《と》りて残る半双に忌憚《きたん》[14]なく揮灑し泛然《へんぜん》[15]として去れり。家人之を見て主人に告ぐ。主人の顰蹙《ひんしゅく》[16]を想《おも》ふ可《べ》きなり。巻翁之を聞き到り見れば、筆力遒健《しゅうけん》[17]、風雲生動、非凡の傑作なりければ、主人に告げて追求せしむ。禅師追手の来るを見るや地上に坐して助命を請ふ。其儀にあらず、願くば同行せられたしとて拉《らっ》し来り、堂に上せて歓待し、巻翁も主人も謝意を表したりと云《い》ふ。

○

---

1 毫―筆をいう。
2 可欺不可罔也―だますことはできても、無理にこじつけるべきではない。
3 忸怩―心にはずかしく思うこと。
4 明障子―紙をはっただけの障子。
5 淋漓―墨がしたたるばかり筆勢の盛んなさま。
6 墨痕―墨でかいた文字。
7 坌涌―あつまってわきでる。
8 磊落―心が大きく小事にかかわらぬさま。
9 洒脱―さっぱりしていて俗気のないこと。
10 巻菱湖―江戸時代の書家。明和四年西蒲原郡巻町に生れ、名は大任、字は致遠、別号を弘斎という。江戸に出て亀田鵬斎に学び、公卿や諸侯に書を教え名声高し。天保四年歿、六七歳。
11 揮灑―揮毫と同じ。
12 素封家―財産家。
13 頭陀―托鉢の僧。
14 忌憚―遠慮すること。
15 泛然―漂然と同じく、あてもなく行くこと。
16 顰蹙―眉をひそめていやがること。
17 遒健―強いこと。

長岡市本町三丁目大里伝四郎氏は屋号を上州屋といふ、市内老舗《ろうほ》の一なり。其先代が良寛に請うて酢《す》、醤油、上州屋と書したる招牌《かんばん》の揮毫《きごう》を得て店頭の明障子に貼《ちょう》附《ふ》し置きたるを、亀田鵬斎通行の際発見して店主に謂《い》って曰《いわ》く、上人の真筆を店頭に曝《さら》すは勿体なし、別に余が書して与ふべければ上人のは什襲《じゅうしゅう》珍蔵すべしとて揮毫して与へたるに依り、其言の如くなしおきつるに、後年巻菱湖翁之を見て曰《いわ》く、あな心憂《こころう》[18]の業や、余が一筆を揮ひて与ふべければ鵬斎先生のは秘蔵しおくべしと曰《い》はれたるに従ひたりしに、其後栃尾町《とちを》[19]の書家富川大晦《たいかい》[20]も同様の招牌を書したるを与へ菱湖のものをば蔵せしめたりと、今皆同家に保存す。

なほから云った風な良寛の能書に関する逸話を随分と多く人口に膾炙《かいしゃ》[21]されてゐるのであって、彼れが書に於て卓越してゐた事は、生前から既に一般の識《し》るところとなってゐたのである。而《しか》し此の一時については、彼れみづからも深くひそかに信ずるところがあったらしく思はれる。

歌や詩に於て師を持たなかった彼れは、書に於ても同じく何人をも師としたと云ふ形跡が存しない。しかも、彼れは歌に於ては万葉集、詩に於ては寒山詩、陶淵明等の真髄に触れてなみ〳〵ならぬ修練に努めた如く、書に於ても亦特に懐素の自叙帖、道風のあきはぎ帖等について実に非常な修練の功を積んだのであった。而《しか》して彼れが書道に於けるさうした修練に従ひ、それによってあのやうな稀世の美を成し得たのも、又歌や詩に於けると同じく主として彼れの五合庵在住期以後、即ち彼れの人格乃至生活の円熟期に入ってから後のことであった。この事は歌や詩に於けるとおなじく、実

18 心憂—つらい。

19 栃尾町—今の栃尾市。

20 富川大晦—栃尾の検断職。大橋白鶴の長子。名は直温、字は士良、別号を塊庵、蒙斎。江戸、京都にて名家に学び、学芸に深く書画にすぐれた。安政二年歿、五七歳。

21 膾炙—もてはやされている。

に彼れの書の優越性を理解する上に最も重大な事柄でなくてはならぬのである。

おもふに良寛の如く能《よ》く懐素や道風を学んだ人は、古来甚《はなは》だ少ないのであらう。しかも、それと同時に良寛の如く内発的に、自然に、自由に、淳真に、無邪気に字を書いた人は甚だ少ないであらう。良寛の歌も詩も、良寛みづからの筆頭を通してゞなければ、真にその味はひが味はひ尽せないと思はれるほど、それほど彼れの書は内発的である。彼れの書のいゝところは無論書法そのものゝ修練に負ふところが多いのであるが、しかも彼れの書に於て真に貴いものは、書に対する彼みづからの態度である。おそらく良寛の書くらゐ筆者その人の主観の表現された書は古来甚だ少ないであらう。良寛の書は、実に彼れの歌や詩とおなじく、良寛その人の表現である。良寛の書くらゐ筆者その人の気分や感情の表現された書は殆んどない。最も厳密な意味で書の芸術味を発揮し得た点で、良寛はおそらく古今独歩の称に恥ぢないであらう。良寛の書の美しさは決して形式美だけではない。それは常に生きてゐる。常に歌っている。そこに良寛の書の独特性がある。良寛の書については或は「我邦の古代は姑《しばら》く置き近世では亀田鵬斎、僧良寛、僧寂厳《じゃくごん》[1]の草書、佐々木志津馬《ささきしつま》[2]の楷書大字は支那人に見せても恥しくない」(犬養木堂《いぬがいぼくどう》[3]氏)とか、或は「張懐《ちょうかい》[4]の逸体あり」(鈴木文台)とか、或は「肉多からずして筋力緊張し、稜角《りょうかく》を脱して開蓋《かいがい》自在なる我良寛が書の如きは正に是れ神来の逸品、多く其数を見ざるなり」[5](山崎良平氏)とか、古来多くの人々によって讃辞が与へられてゐる。併し何と云っても、矢張《やはり》良寛の書に於て何人も企及《ききゅう》しがたしと思はれる点は、それの表現的であり、内発的であるところにあると思ふ。身を以て書い

1 寂厳―徳川時代後期の悉曇に深かった学僧。九歳出家をして各地に仏学を修め、悉曇学に深く書道にすぐれた。宝島寺におり、倉敷玉泉寺に退き、明和八年歿、七十歳。

2 佐々木志津馬―徳川初期の書家。京都の人。元和五年生。藤木敦直に書道を学び、前田侯に仕え、江戸に出て教授。大字にすぐれていた。元禄八年歿、七七歳。

3 犬養木堂―昭和初年の総理大臣。岡山県に生れ、名は毅。慶応義塾を卒業後大隈重信に用いられた。憲政擁護につとめ、普通選挙に奔走、政友会総裁となり、昭和六年内閣総理大臣となる。五・一五事件にて昭和七年歿、七八歳。

4 張懐―張旭と懐素。ともに唐時代の書家。

5 山崎良平―「大愚良寛」の著者。

た字、人格を以て書いた字――それが良寛の書ではないだらうか。而して何等の説明なしに、何等の理解なしに、観者を化して常にある貴くなつかしい心境に入らしむる魅力を有する点に於て、おそらく良寛の書の如きは古来甚だ稀であると云っていゝのではなからうか。

斯う云ふ見地から、吾々は雑誌『日本及日本人』[6]（大正七年三月十五日号）に掲げられた井泉居《せいせんきょ》主人[7]の良寛の書について左の如き評語に、最も深き共鳴を覚えるのである。

「草書といへば、一般に繊妙《せんみょう》軟弱なものと考へられる傾きのある既成観念が、禅師の草書に依って快く打破せられることを感じた。自由奔放などと云ふ常套《とう》的な言葉では形容し尽されないやうな、もっと本質的な自在無障碍《しょうがい》の味ひがある。紙、筆など云ふ物質が物質としてのこだはりを失って作者の心にすっかり支配されてゐる。禅師が紙に向ふ時は、恐らく今書を書くぞといふやうな気持でなしに、たゞ其の刹《せつ》那《な》の緊張した心のリズムが、一種の線をなして紙の上に踊ったものであるらしい。」まったく此の評家の云ったやうに、「禅師の書ほど芸術的な香気の高い書は他にあるまい」と思はれる。そして其の芸術的と云ふ意味は、表現的と云ふ意味と相通ずる。良寛の書は同時に彼の生活に外ならぬ。即ち彼れの書は彼れみづからの生活がもってゐたものをもってゐた。彼れの書のいゝところは、結局彼れその人のいゝところに外ならぬのである。

かくの如く考へて来ると、良寛と云った一個の貧僧が、歌、詩、書と云ふ各種の芸術に於て、殆んど同時にかほどまでの優越性を示すに至った事は、まったく驚異に値

6　日本及日本人―三宅雪嶺を中心とした雑誌。明治三十九年頃より改題して発行。政治、外交、社会、文芸、その他に国粋主義を説いた。

7　井泉居主人―俳人荻原井泉水。明治十七年東京に生る。東京帝大言語科卒業後、俳句を修め、河東碧梧桐の新傾向運動に加わり、雑誌「層雲」を刊行。句集、文集多く、書画にすぐる。

する事実のやうに思はれる。しかも、その各方面について、真によくそれの優越性の根源を究め考ふる時、むしろそれが最も自然な結果であった事を理解することを得るのは、吾々みづからにとりては誠にありがたく貴い事である。要するに良寛は良寛であって、詩人でも歌人でも又書家でもなかった――そこにこそ良寛その人の貴さがあるのではないか。而してその事を最もよく理解することの出来る者に、良寛の芸術も亦最もよくそれの功徳を与へるにちがひない。

> 良寛の生活と芸術とは自然に近き素朴のものであったが、その精神生活は高貴を目ざして居った。それは高尚な精神生活であった。子供等と戯れつゝもそれはそこに超脱の生活をいとなんで居ったのである。「思想的平等」の世界は彼の前には開顕せられなかったのである。それは浮世の執著を脱した生活ではあったが、「法則なき生活」ではなかった。無限の生成に随順する涯底なき生活に没入する悲戯芸術は彼には求められぬのである。そこには解説と解決と完成との清浄世界を見出し得よう。しかしながらそれは末代濁世の対照的仮設の世界である…………[1]三　井　甲　之　氏。

1 三井甲之―山梨県の生。一高より東大国文科卒業。根岸短歌会に入り、伊藤左千夫に信頼さる。雑誌「アカネ」を創刊し、国家主義を強調し、「しきしまのみち会」を組織。昭和二八年歿七一歳。

2 盛者必衰の悲哀をよんだ歌である。○うつせみの―人の枕詞。○かにかくに―とにかくにと同じ。○すべなき―方法のない。

3 ねもごろ―ねんごろに同じ。

4 長らく住みなれた国上山の五合庵に対する惜別の情をよんだ歌である。○唐ごろも―着るなど衣服の縁語。ここでは「もちて」にかかる。○夕づつの―「かゆきかくゆき」にかかる枕詞。

乙子の草庵

八、晩年及び死

[2]行く水は　せけばとまるを　たかやまは　こぼてば岡と　なるものを　過ぎし
月日の　かへるとは　ふみにも見えず　うつせみの　ひとにもきかず　いにしへ
も　かくしあるらし　今の世も　かくぞありける　後の世も　かくこそあらめ
かにかくに　すべなきものは　老いにぞありける

[3]ねもごろのものにもあるか年つきは
山のおくまでとめて来にけり

かう彼みづからも悲しみ歌ってゐる如く、心身脱落の徹底境に窮極の安住を得つゝあった良寛の上にも、自然がもたらす老衰の兆《きざし》は到底まぬかるべくもなかった。しかも、生きの身の、孤独なる彼には、依然として薪水の労を全然脱し去ることは出来なかった。かくて、彼は限りない離れがたさを感じながらも、結局山を下って人住む里近くに居を求めずには居られなかった。彼はつひに意を決してなつかしい国上の山を下りた。十四年の永い間の古巣であった五合庵を見すてた。

[4]あしびきの　国上の山の　山かげの　森の下やに　幾としか　我が住みにしを
唐ごろも　もちてし来れば　夏くさの　思ひしなえて　夕づゝの　か行きかく行
き　そのいほの　かくるゝまでに　その森の　見えずなるまで　玉桙《ぼこ》の　道のく
まごと　隈《くま》もおちず　かへり見ぞする　その山の辺を

さうした悲痛の思ひをいだきながらも、彼はつひに山を下りた。しかも、彼はなほさすがに全然そこを離れ去ることが出来ないで、かなりの不自由をしのびながらも、山麓に近く建てられた乙子宮《おとこのみや》[1]と呼ぶ小さな神社の境内の一隅の極めてさゝやかな庵に身を容《い》れることゝした。それは文化十四年、彼れが六十一歳[2]の時であった。

一説に良寛が五合庵を出でゝ、山麓なる乙子祠畔の草庵に移り住むやうになったのは、老衰の結果薪水の労に堪へなくなったからばかりでなくして、むしろ彼自身の過ちから火を失して五合庵を焼いてしまったからであると云はれてゐる。即ちその歳の春彼の庵室の床下に彼れの知らぬ間に筍《たけのこ》が生へ、それがいつとなしに伸び立って、つひには床板の隙間から敷菰《しきこも》を破って頭を抬《もた》げるまでになったのを見出した良寛は、たまらなくそれがいとしくなり、朝に夕にそれの伸びゆくのを眺め楽しんでゐたが、一日その尖頭《さき》が屋根裏にまで達したのを見るや、これと云ふ深い考へもなしに、いきなりあり合せた蠟燭に火を点《とも》して其の可憐なる筍《たけのこ》の為めに屋根に焼穴をこしらへてやらうとした。そして其の美しくしかも愚《おろ》かなる企《くわだ》てによって、彼は一挙にして彼みづからの棲処《すみか》[3]の全部を烏有《うゆう》[4]に帰さしめたのであった。彼が彼みづからの無上の定住処を離れずに居られなかったのも、つまりはかうした彼自身の美しい過失からである――このやうに口碑の一つは語ってゐるのである。

けれども此の口碑以上に信ずべき種々なる資料より推して考へると、良寛の此の美しい逸事の行はれたのは彼れが出雲崎郊外の中山と云ふところの草庵に仮住してゐた間のことで、これと彼れの五合庵を出た事とを結び付けたのは後人の附会《ふかい》[5]によるものらしく思はれる。尤も五合庵そのものも現在のそれは今日より遠からぬ以前に改築さ

1 乙子宮—国上寺東参道の登り口よりすぐ西へ四〇〇メートル位にある。大字国上の鎮守で弥彦神社の祭神天香語山命の御子建諸隅命（乙子命）をまつる。

2 六十一歳—良寛の歿年を七五歳とすれば、六一歳。七四歳とすれば六〇歳となる。

3 棲処—住所。

4 烏有—何もないこと。

5 附会—こじつけ。

6 朽廃—くちてだめになる。

7 朽頽—くちてくずれる。

8 この宮—乙子神社である。

9 ぬで—鐸。すずの類。

10 乙子庵の生活をよんだ歌である。〇ここしき道—けわしい道。〇つま木—柴木。〇いたつき—苦労。

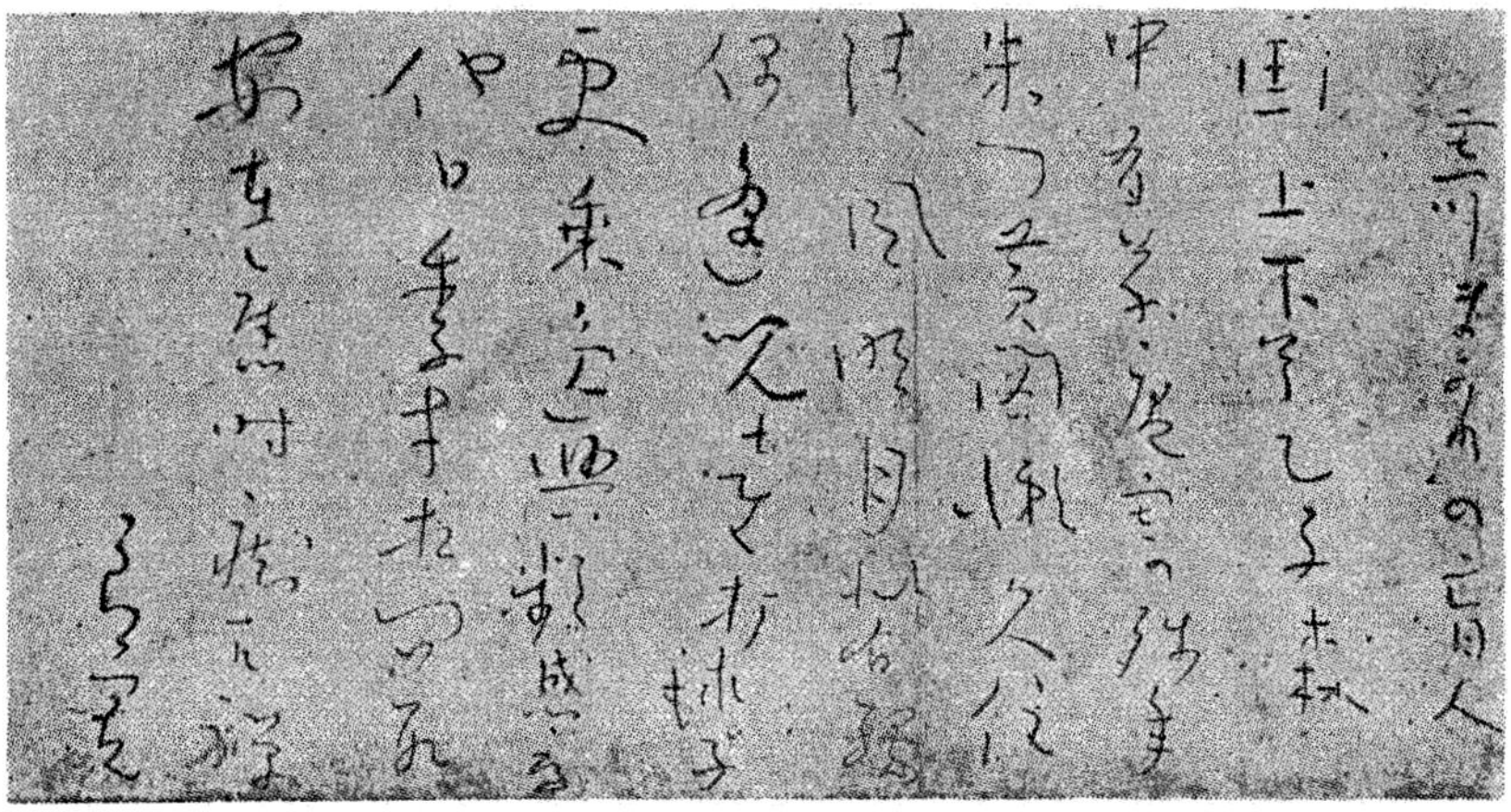

大関文仲への詩

れたものに外ならぬが、しかし此の改築も信ずべき人々の語るところによれば、そのかみの建物の天然に朽廃[6]《きゅうはい》した跡に、ずっと後年になって建てたものだと云ふことであるから、良寛がそこを去ったのも一つには彼れみづからの老衰の為めであったと共に一つには庵室そのものゝあまりに朽頽[7]して居るに堪へなくなった為めであることが想像されぬでもないのである。

さて、かくの如くして居を人里近く移しはしたものゝ、良寛その人の生活にはさう大した変化の起らなかったことは疑ふべくもない。それは

[8]この宮の森の木下にこどもらと　手まりつきつゝくらしぬるかな

[9]乙宮の森の木下にわれ居れば
　　ぬでゆらぐもよ人来たるらし

○

[10]国上の　山の麓《ふもと》の　乙宮の　森の木下に　いほりして　朝な夕なに　岩が根のこゞしき道に　つま木こり　谷にくだりて　水を汲《く》み　一日〳〵に　日を送りおくり〳〵て　いたつきの　身につもれども　うつそみの　人し知らねば　はひ〳〵て　朽ちやしなまし　萩のねもとに

かうした彼みづからの歌によってもほゞ知られるのであるが、しかもそれと同時に彼れの肉体上の老衰が、いつとはなしに彼れのうちに一味の心弱さを加へんとしつゝあったことも窺《うかが》ひ知ることが出来るのである。

「良寛の影はかゝる間に次第に里閭《りりよ》[1]に稀に見らるゝことゝなれり。彼れは漸く老いぬ。托鉢に出るにも懶《ものう》[2]く、知己交遊も多くは世を謝《しや》[3]したれば、何処に詩趣逐徴《ちくちよう》[4]の跡を尋ねんよすがもなし。従って彼れの小庵を訪ふ人も追々乏しくなり行きたれば、彼れは無聊《ぶりよう》[5]に堪へ兼ねて

乙宮の森の下庵訪ふ人は
[6]珍らしものよ森の下いほ

と詠ずるに至れり、集中に老を歎く心、人を待つ心の詩歌の多きは晩年の彼れの心情を流露したるものなる可し。」

から小林粲棲氏も云ってゐるごとく、その頃の良寛は人里に近くしていよ〳〵孤独のあはれを感ずる時が多くなって行った傾がないでもない。その頃彼が友阿部定珍に寄せたものと思はれる左の如き書翰について見ても、その頃の彼れの何事につけても心弱くなりつゝあった一端を窺《うかが》ふことが出来る。

九日の朝の御斎《おとき》[7]に参上仕度候。しかしながら独身《ひとりみ》の事に候間、いかやうの事有之候て違ひ候とも、人を以て御知せ申候事も致しかね候、且《かつ》老病の身の上に候へば、御推察可被下候。明日は人にやくそく致候事御座候間、参上致兼候。

[8]いひこふと我が来て見れば萩の花
みぎりしみゝに咲きにけらしも

八月朔日　　良寛

定珍老

1　里閭―村里の中。
2　懶く―気がすすまぬ。
3　謝す―去る。世を謝すは死ぬをいう。
4　逐徴―追い集める。
5　無聊―たいくつ。
6　珍らしものよ―（旧）珍らしもよ。
7　御斎―法会などの時の食事。
8　みぎりしみみに―みぎりは砌で、雨滴を受けとめるために軒下に石を敷いた所。転じて庭の意にも用いる。しみみには、いっぱいにの意。ここは「庭いっぱいに」の意。
9　御意を得―ご面会することができる。
10　わりなくも―無理に。
11　御来臨―おいで。
12　杜―森と同じ。

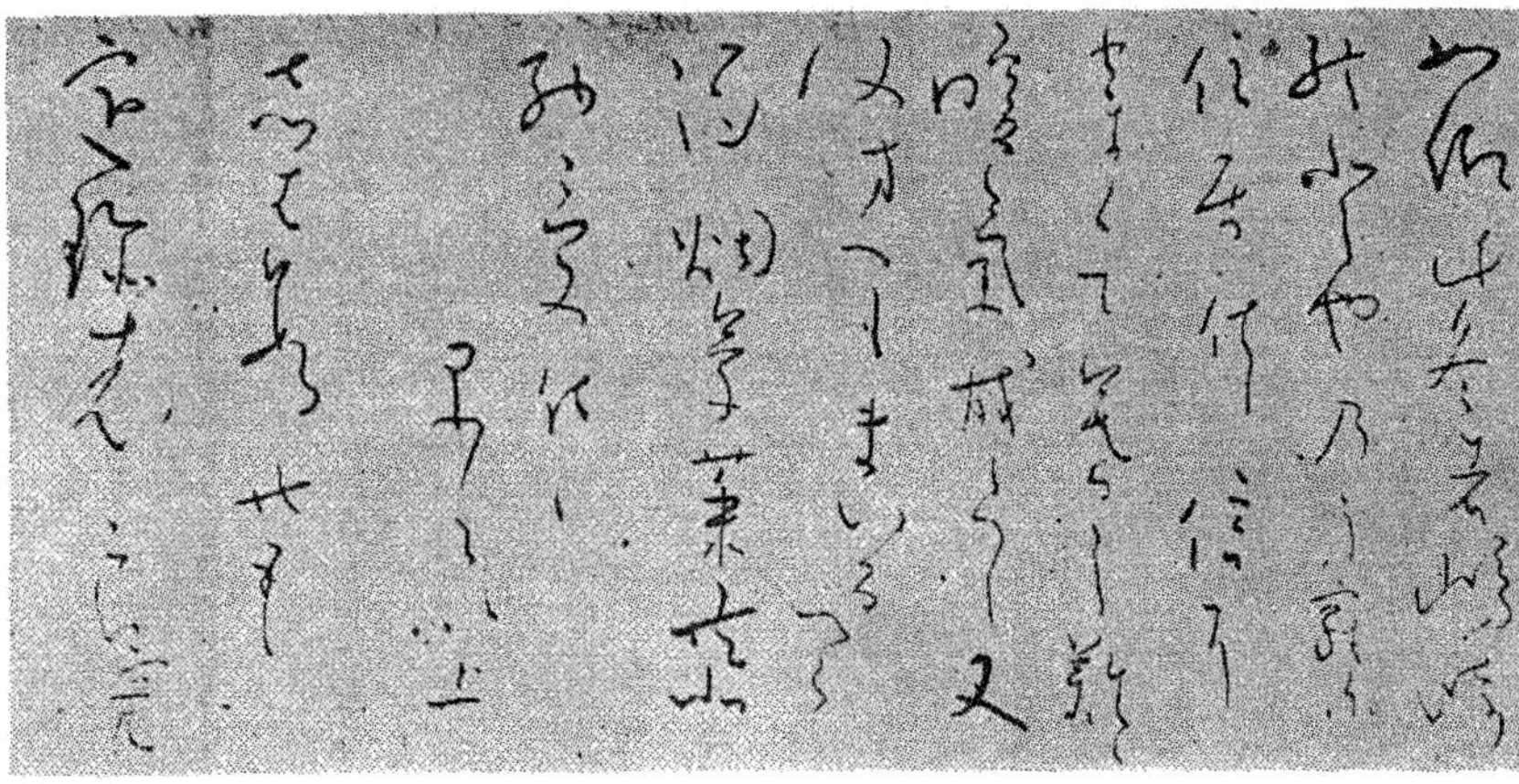

島崎庵に入る

○

先日は久々御意《ぎよい》[9]を得《え》、喜悦不斜《きえつなゝめならず》候、其をりからくあたりて強《しい》て御帰申候、甚心なう存候。是は僧の病中に物にうるさく御まかなひ、如何か御不自由にあらんと思候へば、[10]わりなくも御帰申候。御意にかけ不可被下候《くださるべからずそうろう》、近日中に天気を見合、一日御来臨入待候《ごらいりんまちいり》[11]。あまり食事不進候間、梅干御たくはへ御座候はゞ少々たまはりたく候。以上

十月十日　　　　良　寛

定珍老

かくの如くして、年一年彼の心身の上に老衰の兆が著しくなって行った。そして乙子神社境内の草庵へ移ってから十年目に、彼れは再びわが身の置きどころを、一層人里に近く求めないでは居られなかった。かくて文政九年彼はつひに懐かしい国上の山から全く離れて、以前から彼れの尊崇者であった三島郡島崎村の能登屋木村元右衛門の裏庭に建てられてあったほんの名ばかりの別宅へ移り住むことになった。それは彼れが丁度七十の歳に達した時であった。

けれども彼れが国上山麓の草庵を去る時の述懐として

えにしあらば又も住みなむおほとのゝ
杜《もり》[12]の下いほいたくあらすな

と云ふ歌があったり、又島崎へ移ってから友定珍に寄せた書翰に

如仰《おおせのごとく》此冬は島崎のとやのうらに住居仕候、信《まこと》にせまくて暮しがたく候。暖気《だんき》

成候はゞ何方《いずかた》へもまゐるべく候。酒、煙草、茶、恭納受《うやうやしくのうじゅ》仕候。早々以上。

しはす二十五日　　良寛

定珍老

と云ふのがあったりするところから考へると、彼が這般《しゃはん》の島崎転住の如何に彼れの本意でなかったかが知られるのである。即ち肉体上の老衰から、彼は余儀なく世間の助けを求めてゐたとは云へ、彼のたましひはます／＼切に山間の孤独と静寂とを慕ひ求めてやまなかったにちがひない。

しかも、彼れはつひに人間であった。一方に於て彼れのたましひがしかく強く孤独と静寂との幽玄境を慕ひながらも、他方に於て彼れの肉体上の老衰が加はると共に彼の情意はいよ／＼切に人間を愛慕しないでは措かなかった。云ふまでもなく彼れは既に／＼遠く執着から放たれてゐた。しかも、情外の情、欲外の欲は、一層強く彼のうちに燃えないではゐなかった。執着を絶して、しかもます／＼強い愛が、彼のうちにいよ／＼いちじるしく感じられた。

良寛のこの晩年に於ける清くして、しかも最も切なる人間愛慕の表現は、彼れの唯一の弟子とも称すべきかの貞心尼との関係に於てそれの最高潮を示して居る。この貞心尼の素性《すじょう》は、西郡氏の『良寛全伝』に従ふと大凡次の如くである。

「貞心尼は越後長岡藩士奥村某の女[1]、幼にして浄業を慕ふ。妙齢に至り北魚沼郡小出郷の医師某[2]に嫁し、幾年ならずして不幸所天《しょてん》[3]を喪《うしな》ひ、深く浮世の無常を観じ、ついに柏崎《かしわざき》町洞雲《とううん》寺[4]泰禅和尚に従ひて剃度《ていど》を受け、後不求庵《ふきゅうあん》[5]に住す。是より先良寛禅

1 奥村某の女—奥村五兵衛の女で、名は「ます」。
2 医師某—医師関長温。
3 所天—夫をいう。
4 洞雲寺—柏崎市大洲（おおす）にある曹洞宗の名刹。
5 不求庵—柏崎市広小路の真光寺にあり。

挿絵「貞心尼」

師の高徳を敬慕せしが、文政の末年禅師を島崎村に訪うて和歌を学び且道義を受く。師其の敏慧《びんけい》にして和歌に堪能《たんのう》[6]なるを愛し、懇切に指導せしと。始めて値遇《ちぐう》[7]せしは[8]師七十歳貞心二十九歳の時なり。爾来六星霜、花に鳥に月に雪に風に雨に往訪して敬事し、歌を練り道を講じ其の傾会を受け、禅師終焉《しゅうえん》の際、所謂末期《まつご》の水を呈せしは弟子としては此の尼公のみなりきと。又禅師の詩歌の今日に伝はりしも尼公の蒐集せし力多きに居る。又、禅師の肖像として後世に遺るもの亦此の尼公の描写せ[9]しものなり、肖像に題せる歌に曰く

[10]うき雲の姿はこゝにとゞむれど
心はもとの空にすむらむ

と。明治五年二月十日寂す。寿七十五、辞世の歌に曰く

来るに似て帰るに似たりおきつ波
立ち居は風の吹くに委せて

と。其禅師と贈答の和歌伝記等を手録せしものを『蓮《はちす》の露《つゆ》』[11]といふ……云々……」

これだけでも良寛と貞心との関係が、なみ〳〵ならぬものであった事はほゞ察しられるのであるが、しかもかの『蓮の露』のうちに収められた此の二人者の贈答歌を味誦する時、そこにいみじくも表現されてゐる或るものに対して吾々は殆んど驚異の眼を刮《ひら》かずには居られぬのである。

[12]これぞ此のほとけのみちにあそびつゝ

師常に手毬をもて遊び給ふときゝて

---

6 堪能―上手なこと。

7 値遇―会うこと。

8 師七十歳貞心二十九歳―良寛の歿年を七十五歳とする説では七十歳であるが、七十四歳の通説では六十九歳となる。

9 尼公の描写せしもの―尼公が照阿和尚に頼んで描いてもらったもので、尼公の直接描写したものではない。原蹟は良寛記念館に所蔵されている。

10 ここには肖像画の上にである。在世の姿は肖像画に留めてはあるが、その心は本来の天国に清く宿っておられることであろう。

11 蓮の露―現在は柏崎市立図書館所蔵。貞心尼筆で墨付五十枚の冊子。内容は良寛伝、良寛と貞心の応答歌、良寛戒語、稲川画水の良寛伝よりなり、天保六年成る。

12 これぞ此の―貞心尼がはじめて良寛に会見した時贈った歌。

1　つきてみよ―「これぞ此の」の返歌である。

2　はふつたの―のびていく蔦の先があちこちに分かれることから「別れ」にかかる枕詞。ここでは「はふくずの」と同じに使ったのであろう。「遠行く」「行くへ」「絶えず」「引かば」にかかる。この歌では「絶えず」にかかる枕詞となっている。

貞心尼の墓（柏崎洞雲寺）

つくやつきせぬみのりなるらむ　（貞心尼）

御かへし

[1]つきて見よひふみよいむなこゝのとを
とをとをさめて又始まるを　（良　寛）

はじめてあひ見奉りて

君にかくあひ見ることのうれしさも
まださめやらぬ夢かとぞおもふ　（貞）

御かへし

夢の世に且まどろみてゆめを又
かたるも夢もそれがまに〳〵　（良）

いとねもごろなる道の物がたりに夜もふけぬれば

白たへのころもでさむし秋の夜の
月なかぞらにすみわたるかも　（良）

されどなほあかぬこゝちして

向ひゐて千代も八千代も見てしがな
空行く月のこと問はずとも　（貞）

御かへし

[2]心さへかはらざりせばはふつたの
たえず向はむ千代も八千代も　（良）

柏崎の釈迦堂

いざかへりなむとて

立ちかへりまたもとひこむ玉鉾《たまぼこ》の
　道のしば草たどり〳〵に　（貞）

又もこよ山のいほりをいとはずば
　薄《すすき》尾花の露をわけ〳〵　（良）

ほどへてみせうそこ給はりけるなかに

君や忘る道やかくるゝこのごろは
　待てどくらせど音づれもなき　（良）

御かへしたてまつるとて

ことしげきむぐらのいほにとぢられて
　身をば心にまかせざりけり　（貞）

山のはの月はさやかにてらせども
　まだはれやらぬ峰のうすぐも　（同）

こは人の庵にありし時なり

御かへし

身をすてゝ世をすくふ人もますものを
　草の庵にひまもとむとは　（良）

久方《ひさかた》の月の光のきよければ
　てらしぬきけりからもやまとも

昔も今もうそもまことも[1]　（良）

はれやらぬ峰のうすぐもたちさりて
　のちのひかりとおもはずやきみ　（同）

春の初つかたせうそこ奉るとて

おのづから冬の日かずのくれゆけば
　まつともなきに春は来にけり　（貞）

われもひともうそもまこともへだてなく
　てらしぬきける月のさやけき　（同）

さめぬればやみも光もなかりけり
　ゆめぢをてらす有明の月　（同）

御かへし

天が下にみつる玉よりこがねより
　春のはじめの君がおとづれ　（良）

てにさはるものこそなけれのりの道
　それがさながらそれにありせば　（同）

御かへし

春風にみ山の雪はとけぬれど
　岩まによどむ谷川の水　（貞）

み山べのみ雪とけなば谷川に

1　昔も今もうそもまことも—前の歌の下の句の再考のものとして掲げたものである。前の歌はつぎの二種を考えていたもの。

(1)　久方の月の光のきよければ
　てらしぬきけりからもやまとも

(2)　久方の月の光のきよければ
　昔も今もうそもまことも

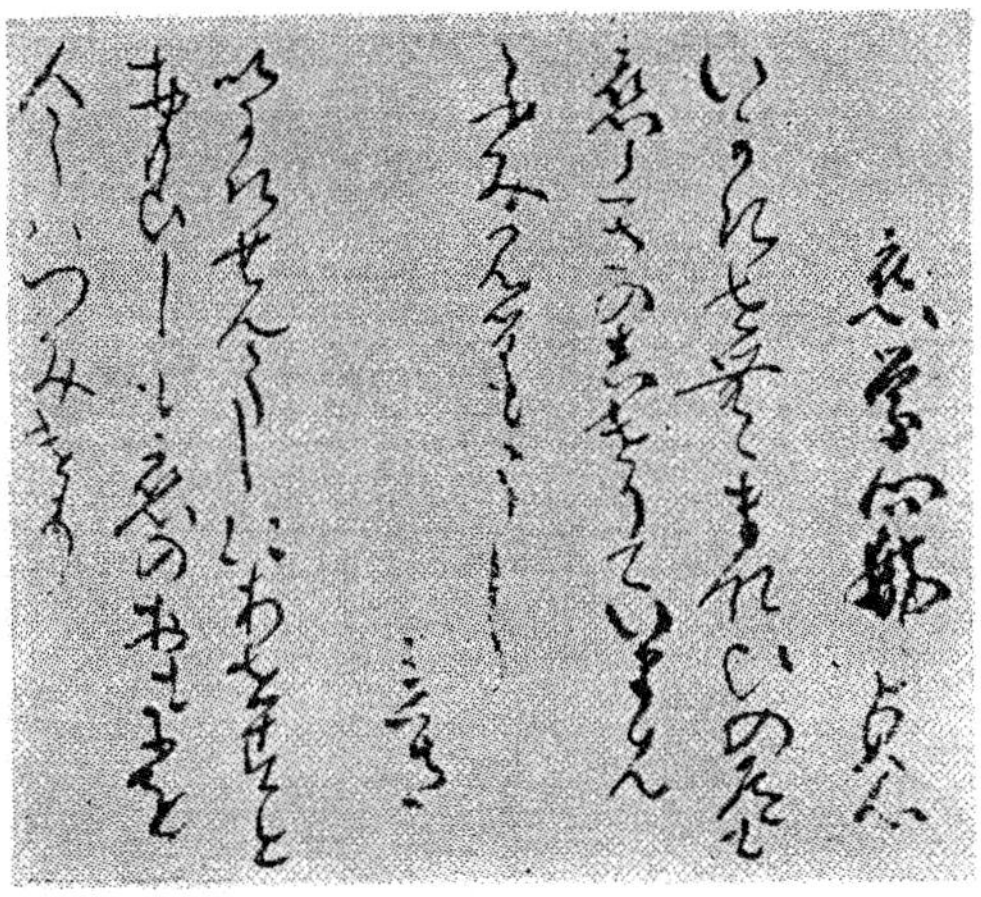

貞心尼の筆蹟

よどめる水はあらじとぞおもふ　（良）

御かへし

いづこより春はこしぞとたづぬれは

こたへぬ花にうぐひすのなく　（貞）

君なくば千たび百度数ふとも

十づゝ十をもゝとしらじを　（同）

御かへし

いざさらばわれもやみなむこゝのまり

十づゝ十をもゝとしりなば　（良）

いざゝらばかへらむといふに

りやうぜんのしやかのみ前にちぎりてし

ことな忘れそよはへだつとも　（良）

りやうぜんのしやかのみ前にちぎりてし

ことは忘れずよはへだつとも　（貞）

声韻の書を語り給ひて

かりそめのことゝなもひそこのことは

言のはのみとおもほすな君　（良）

いとま申すとて

いざさらばさきくてませよほとゝぎす

1　しばなく―しきりに鳴く。
2　いのちまたくば―命が安全であったら。
3　にほひて―匂ひよく咲く。
4　いほもりて―庵を守って。
5　みあへする―御饗するで、ごちそうする。
6　しとね―衾で、夜具のこと。
7　麻布小衾―麻布でつくった夜具。
8　五韻―アイウエオの五母音を主にした。五十音図。これによりて字を分類し、重複した文字をのぞくと四十八字になる。
9　たらちを―父をいう。父以南の書に歌をかいたものは島崎村木村家の良寛美術館にある。
10　タガヤサム―タガヤサムという木の色も肌も非常に美しいが、タガヤサムの木よりは、人民としては田を耕すほうがよろしい。

しばなく頃は又も来て見む　（貞）

[1]うきぐもの身にしありせば時鳥《ほととぎす》
しばなくころはいづこにまたむ　（良）

[2]秋はぎの花さくころは来て見ませ
いのちまたくば共にかざさむ　（同）

されど其ほどをまたず又とひ奉りて

秋萩の花咲くころを待ちどをみ
夏草わけて又も来にけり　（貞）

御かへし

秋はぎのさくをとをみと夏草の
露をわけ〳〵とひし君はも　（良）

[3]或夏のころまうでけるに何《いず》ちへか出《いで》給ひけん見えたまはず、
たゞ花がめに蓮のさしたるがいとにほひてありければ

[4]来て見れば人こそ見えねいほもりて
にほふ蓮《はちす》の花のたふとさ　（貞）

御かへし

[5]みあへする物こそなけれ小がめなる
蓮の花を見つゝしのばせ　（良）

[6]御はらからなる由之翁のもとよりしとね奉るとて

貞心尼の「蓮の露」

7 極楽のはちすの花のはなびらを
よそひて見ませ麻布小衾《あさでこぶすま》　（貞）

御かへし
極らくのはちすの花のはなびらを
われにくやうす君が神つゝ　（良）

いざゝらばはちすの上にうちのらむ
よしやかはづと人は見るとも　（同）

8 五韻を
くさぐさのあやをり出す四十八もじ
こゝろとひゞきをたてぬきにして　（同）

9 たらちをの書き給ひしものを御覧じて
みづくきのあとも涙にかすみけり
ありし昔のことを思ひて　（良）

民の子のたがやさんといふ木にて、いとたくみにきざみたる物を
見せ奉りければ
10 たがやさむいろもはだへもたへなれど
たがやさんよりたがやさんには　（同）

ある時与板の里へわたらせ給ふとて、友どちのもとよりしらせたりければ急ぎまうでけるに、明日はやごとなき方へわたり給ふよし、

人々なごりをしみて物語りきこえかはしつ。打とけて遊びける中に、君は色くろく衣もくろければ、今よりからすとこそまをさめと言ひければ、げによく我にはふさひたる名にこそと、打ち笑ひ給ひながら

いづこへも立ちてを行かむあすよりは
　からすてふ名を人のつくれば　（良）

とのたまひければ

山がらず里にいゆかば子がらすも
　誘《いざな》ひて行け羽ねよわくとも　（貞）

御かへし

誘ひて行かば行かめどひとの見て
　あやしめ見らばいかにしてまし　（良）

御かへし

鳶《とび》は鳶雀は雀さぎはさぎ
　烏《からす》はからす何かあやしき　（貞）

日もくれぬれば宿りにかへり、又あすこそとはめとて

いざゝらばわれはかへらむ君はこゝに
　いやすくいねよ早あすにせむ　（良）

あくる日はとく訪ひ来給ひければ

うたやよまむ手まりやつかむ野にやいでむ

1　うたやよまむ…傍書して、うたもよまむ手毬もつかむ野にもでむ…としてある。
2　たいめ―対面。面会。
3　せうそこ―消息。

貞心尼との遊行（こしの千涯画）

君がまに〳〵なしてあそばむ　（貞）

御かへし

[1]うたやよまむ手毬やつかむ野にやでむ
心ひとつを定めかねつも　（良）

秋はかならずおのが庵をとふべしとちぎり給ひしが、心地例《れい》ならねばしばしためらひてなどせうそこ給はり

秋はぎのはなのさかりもすぎにけり
契《ちぎ》りし事もまだとけなくに　（良）

其後はとかく御心地さはやぎたまはず、冬になりてたゞ御庵りにのみこもらせ給ひて、[2]人にたいめもむづかしとて、うちより戸さしかためてものし給へる由、人の語りければ、[3]せうそこ奉るとて

そのまゝになほたへしのべ今さらに
しばしのゆめをいとふなよ君　（貞）

と申し遣しければ、その後給はりけること葉はなくて

梓弓《あずさゆみ》春になりなば草の庵《いお》を
とくとひてましあひたきものを　（良）

かくてしはすの末つかた俄に重らせ給ふよし人のもとよりしらせたりければ、打おどろきて急ぎまうでゝ見奉るに、さのみ悩ましき御けしきにもあらず、床の上に坐しゐたまへるが、おのがまゐりしを

1　Gerokomik—養老

貞心尼の「蓮の露」

うれしとやおもほしけむ

いつ〳〵とまちにし人は来りたり
　今はあひ見て何か思はむ　（良）

むさしのゝくさばのつゆのながらへて
　ながらへはつる身にしあらねば　（良）

かゝればひる夜、御片はらに在りて御ありさま見奉りぬるに、たゞ日にそへてよわりによわり行き給ひぬれば、いかにせん、とてもかくても遠からずかくれさせ給ふらめと思ふに、いとかなしくて

生き死にの界《さかひ》はなれて住む身にも
　さらぬわかれのあるぞ悲しき　（貞）

御かへし

うらを見せおもてを見せてちるもみぢ　（良）

かの『短歌私鈔』の著者斎藤茂吉氏も其の書の中で「良寛と貞心尼との因縁は極めて自然である、この事を思ふ毎に予はいゝ気持になる、良寛は貞心尼に会って、ますます優秀なる歌を作った。その歌は寒く乾きゝったものでなく、恋人に対するやうな温い血の流れてゐるものである。人間は生の身であるから、いくら天然を愛したとて、天然は遠慮なく人間に迫って来る。そこにゐて心細くないなどゝいふのは嘘である。良寛は老境に達してから浄い女の貞心から看護を受けた。本当の意味の看護である。良寛にとっては、こよなき Gerokomik[1] の一つであったらう。世にも尊き因縁で

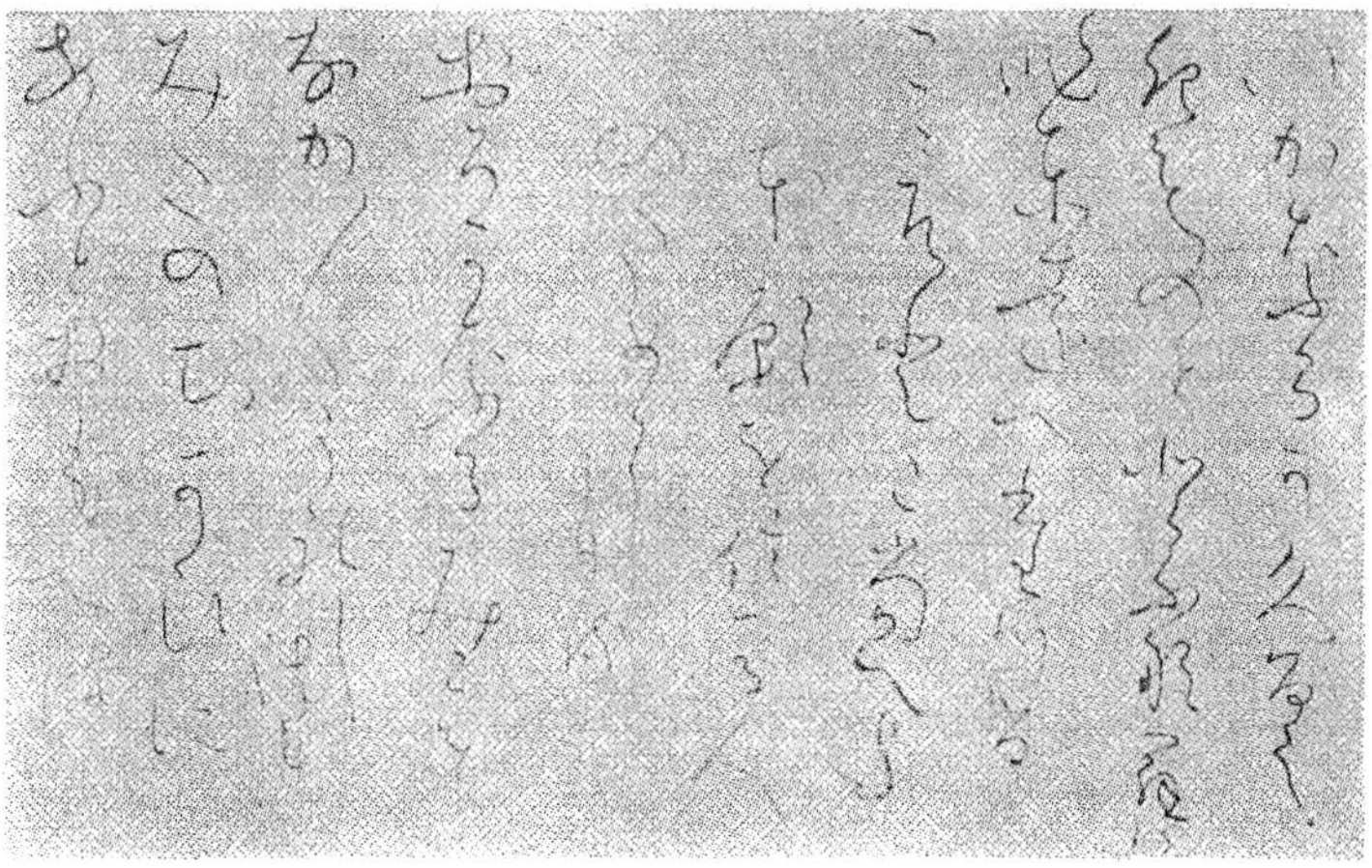

本願の歌（木村家蔵）

ある。」と讃嘆してゐるが、まったく此の良寛と貞心尼との交りほど純にしてしかもあたゝかく、人間的にしてしかも執着なく、霊的にしてしかも血の通った、美しく、尊く、いみじき愛は、此の世には殆んど有り得べからざる事の如くに思はれる。

いざなひて行かば行かめど人の見て
　　あやしめ見らばいかにしてまし

何と云ふ尊い幼なさであらう。

うたやよまむ手毬やつかむ野にやいでむ
　　君がまに〳〵なしてあそばむ

何と云ふあたゝかさであらう。

梓弓《あずさゆみ》春になりなば草の庵を
　　とくとひてましあひたきものを

何と云ふ淳真であらう。『短歌私鈔』の著者の如きも此の一首を評して「急促し極まった然も流動し止まざる純正不二の心のあらはれである、」と随喜し、「死に近き老法師の良寛が若い女人の貞心尼に対した心は真に純無礙《げ》であった」と讃嘆してゐる。まったくかくまでに淳真な純潔な人間的愛のかくまでに切実な表現は、さう無暗と在り得るものではない。そこには実に涙のこぼれるほどの貴い美しさがある。そして良寛の生涯は晩年の此の奇蹟に近い美しい愛の表現によって、どれくらゐ其の貴さを高めてゐるかわからない。それを通して彼れはまことに淳真なる人間愛の一の極致を示した。彼の生命はそこに至って、まさに永遠に亡びることなき人間愛の光りを発し得た

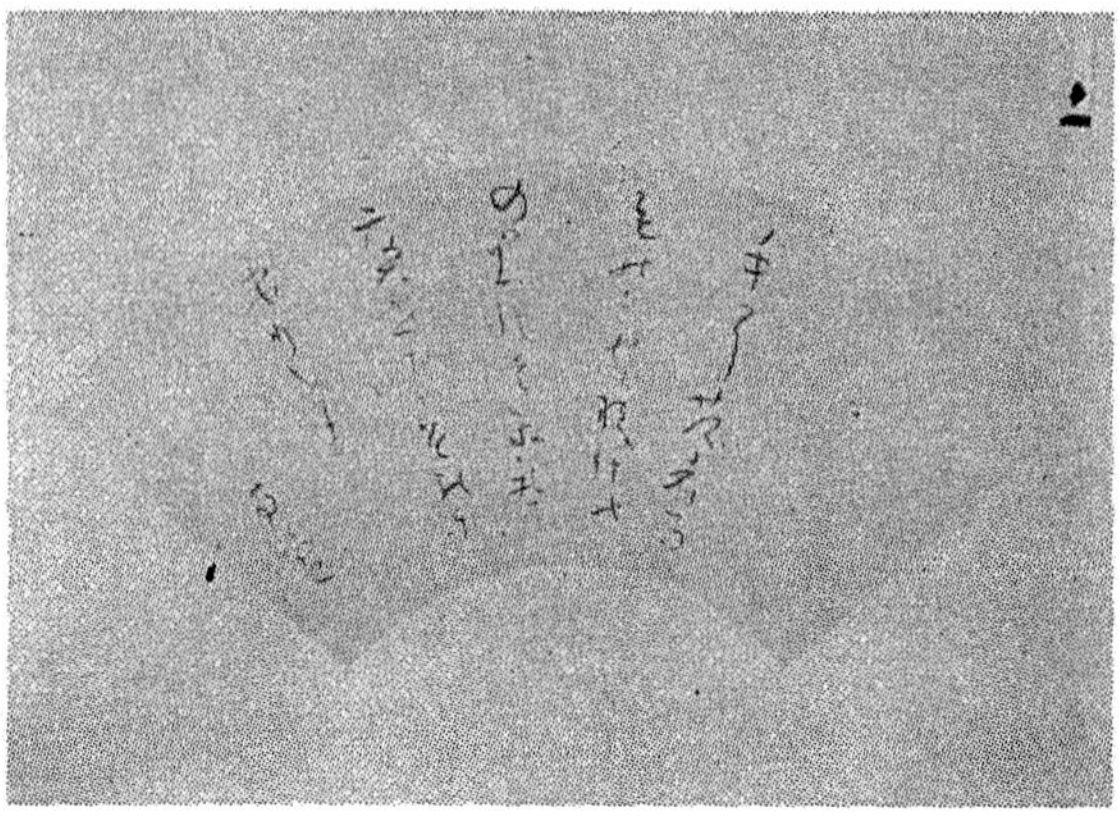

和歌一首（木村家蔵）

のであった。

島崎村木村家の別室に移ってから後の良寛は、年一年加った老衰の為めに、籠居《ろうきょ》孤坐の日が多かったと云《い》はれる。而《しか》もその寂寥と無聊《ぶりょう》との底にあって、彼の生命はかの貞心尼との交りによって、むしろ反対に最も温かな、最も純潔な、最も切実な、最も淳真な愛の輝きを得たのであった。かくて其の最後の、そして最美の光輝を放ちつつ、彼の人間的生命は日を追うて寂滅の境に近づいて行った。そして前に引用した貞心尼の手録中にも見られる如く、天保元年の秋頃から頓《とみ》に著しさを増した彼の肉体上の衰弱は、冬の寒さの加はるにつれて、ます／＼その度を増して行き、年の暮頃にはつひに再び立つ時のないことを明らかに思はせるやうになった。そのよしを伝へ聞いて、人々は驚いて集って来た。

むさし野のくさばのつゆのながらへて
　　ながらへはつる身にしあらねば

彼自らも既にこんな風に静かに安らかに自分の運命の終りを覚悟してゐた。
そしてそれとなく最後の面会に来た人々に向っても、

いつ／＼とまちにし人は来りたり
　　今はあひ見て何か思はむ（貞心尼に）

さす竹の君と相見てかたらへば
　　此の世に何かおもひのこさむ（弟由之に）

自ら進んで斯《こ》う云った風な歓ばしい別を告げずには居なかった。彼は更に静かに今将に寂滅の境に赴かうとしつゝある自分の姿を眺めさへもした。

裏を見せおもてを見せて散るもみぢ

そこに至っては既に彼の心は自然そのものゝ博大にまで達してゐた。裏を見せおもてを見せて散るもみぢ――それはその場合の彼にとりては決して単なる比喩などではなかった。彼の眼にはさうした如実の自然が鮮やかに眺められたにちがひない。ほのかな黄金光の遍照《へんしょう》した静かなうらゝかな秋の空――それを彼は見た。その裡《うち》にはてしも知れず拡《ひろ》がった曠野、曠野のたゞ中に黙然と立ってゐる一本の大きな樹、その枝から風もないのに二ひら三ひら音もなく或は裏を見せ或は表を見せつゝ舞ひ落ちる美しい色の葉――それを彼は見た。そしてそれが今将に亡び行かうとして居る彼みづからであるなどゝ思ひどころでない、拡充した絶対化した心持で、彼はおそらく眼前に展《ひら》かれた其の自然の美しさを心ゆくばかり味はったであらう。

かくて彼のたましひは、今やまったく自然そのものゝたましひであった。自然と彼とは一如《にょ》[1]であった。

かたみとて何かのこさむ春は花
夏ほとゝぎす秋はもみぢば

要するに之れ[2]が彼の最後の言葉であった。これはもう良寛と云ふ限られた一個の人間の言葉ではなくして、実に自然そのものゝ声であった。天保二年正月六日、七十五歳を寿命として良寛その人はつひに安らかな大往生をとげたとは云ふものゝ、その死はもう謂ふところの死ではなかった。良寛その人の生命は、既に〳〵にさうした肉体

1　一如――一体。
2　之れが彼の最後の言葉であった。「かたみとて……」の歌は、良寛の在世時代に与板の山田よせ子が短冊に形見として書いてもらったものである。良寛最後の言葉ではあるまい。（由之「八重菊日記」。相馬御風「良寛と蕩児」に所載）

の死に先立って自然とのいみじき永遠の融会《ゆうかい》[1]を示して居たのであった。

口碑の伝ふるところによれば、良寛示寂《じじやく》の翌日親族故旧等相会して遺骸《いがい》を沐浴《もくよく》[2]納棺し、且《かつ》その枕衾《ちんきん》[3]を斂《おさ》めようとした時に、思ひがけもなく褥《しとね》[4]の下から四十両の小判が出たので、人々は故人の用意周到其の死後にまで及んでゐたことを深く感嘆し、その金によって葬儀から追善の式までも営んだと云ふことであるが、今尚木村家に存してゐる其の当時の記録について見てもさうした事実の跡が少しも窺《うかが》ひ得ないばかりでなく、良寛その人の性向や生活の一般と考へ合せて見ても、それはあまりに不自然な出来事の如く思はれる。おそらくそれは他の何人かの逸事が、人口を経ていつしか良寛その人の上に附会《ふかい》されるに至ったのであらう。

かたみとて何かのこさむ春は花
　夏ほとゝぎす秋はもみぢば

吾々は矢張《やはり》これ以外何等のかたみをも認めたくはないのである。

良寛の遺骸を擁しての葬儀は与板町徳昌寺第二十七世活眼《かつげん》大機和尚を導師として営まれた。木村家の記録に会葬者に供した斎飯《ときめし》用の白米は一石六斗を要したことが記されてゐるところから考へても、その葬儀の如何に盛大であったかゞ知られると同時に、生前に於ける良寛その人の徳化の範囲の如何に広かったかの一端をも窺《うかが》ふことが出来る。之れ又決しておろそかに看過すべからざる事実である。（建碑その他については「遺跡めぐり」参照の事）

良寛の遺品で今日なほ保存されてゐるものは甚だ少ないのであるが、その少ない遺品中でもわけて貴いものとされてゐるのは、彼れが最後までも枕辺を離さずに大切に

1　融会―とけあう。
2　沐浴―髪を洗い、からだを洗うこと。
3　枕衾―枕や夜具。
4　褥―敷きぶとん。

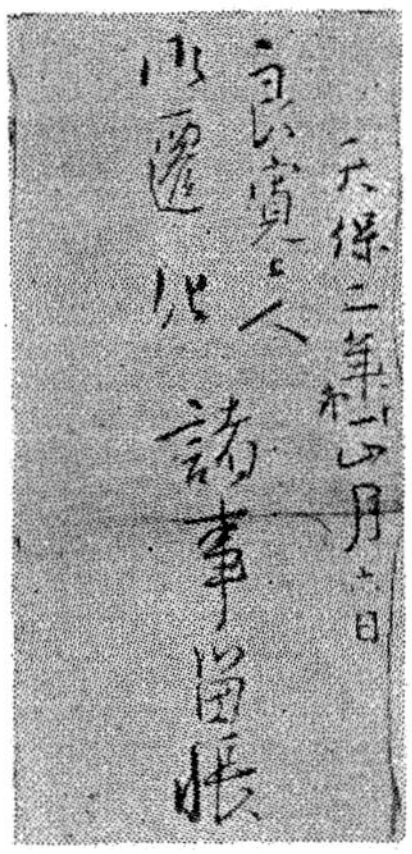

良寛葬儀の香典帳
（木村家蔵）

してゐたと云はれる一幅の掛軸である。それは彼の父以南が半折《せつ》に「朝ぎりに一段ひくし合歓《ねむ》の花」と云ふ自作の一句を書いたもので、おそらくそれは彼に残された唯一《ゆいいつ》の父のかたみとして良寛が永く身に添へて秘蔵してゐたものであらう。そして其の半折の片端には小さく良寛自身の筆で、左の如き一首の短歌が書き添へてある。

みづくきのあとも涙にかすみけり
　　ありし昔のことをおもひて

今にして此の一首の意味を味はふ時、良寛その人に対する吾々の心も亦正《またまさ》しくその外に出ないことを、痛切に感じないでは居られぬのである。

○良寛の死顔

高僧伝などによく有る事にてめづらしからぬ事に候へど、面《まのあた》り見し事に候へば御話中上〻《まいらせそうろう》。師病中さのみ御悩みもなく眠るが如く座化し給ひ、四日目の薪《たきぎ》しきにて御棺を野辺に送り、引導も済みし頃、下三条へんのものとて男一人走り来りどうぞ〳〵一目をがませたまはれと、泣く〳〵手をすりて願ひければ、不便《ふびん》に思ひ、さらばとて棺を開きけるに顔色少しも変らず生けるが如くなりければ、皆驚き、是れは〳〵と、多くのもの立ちかはりてをがみて果てしなければ、やがて蓋おほひ、火をかけて、送りの人々も煙と共に立ちわかれ帰りける。云々

——（以上貞心尼の文書中より）——

1　魯鈍―のろま。

2　昼行灯―うすのろをいう。

九、逸　話

人が他人の噂《うわさ》をする場合には、多くその人の或る特殊相又は或る特殊の事件や行為を話材にしたがるものである。そしてその人が噂をし合って居る当人達にとって縁遠くあればあるほど、ますく〵それが甚だしいやうである。更にそれが謂ふところの偉大な人物である場合には、いつ誰によって拵《こし》らへられたともわからない途方もない牽強附会《けんきょうふかい》の珍事が無暗と寄せ集められたりする。かくして私達は兎角《とかく》所謂逸話や逸事を寄せ集めて拵《こしら》へ上げた多くの偉大なる善人や偉大なる悪人や又は偉大な奇人の甚だしく非現実的な超人間的な幻像を持つやうになるのである。これも或る意味に於ては、必ずしも斥《しりぞ》くべきことではないが、しかし正当に一個の人間を理解せんとする為には、矢張さうした特殊相ばかりを観て居てはならぬ。逸話逸事は、やはり逸話逸事であって、その人の全生活はそれだけでは構成されないのである。

多くの傑出した禅僧とおなじく、良寛も甚だ多くの逸話奇話を残した一人である。そしてそれらの奇妙な逸話のみを通じて想像された一個の超脱的奇僧が、これまで多くの人々によって良寛の全体だとされて来た。若し良寛のあの平凡味に徹底した詩歌が残らなかったならば、今日おそらく私達は依然として彼を単なる一個の奇僧としてのみ観るに止まったであろう。

これまで世に知られた良寛の逸話奇話の多くは、越後の各地（とりわけ彼の住んでゐた西蒲原、三島両郡地方）に口碑として伝へられて来たものであった。その多くは西郡久吾氏編『北越沙門良寛全伝』中に集録されてゐる。私がこゝに紹介しようと思ふところのそれも、半ばは口碑によって伝へられたものであるが、しかし半ば之れまで世に知られずに居た記録によって伝へられたものである。その記録といふのは、良寛が生前親しく往来してゐた越後

かれい（ひらめ）の逸話
（こしの千涯画）

西蒲原郡国上村大字牧ケ花解良家に秘蔵され来ったもので、同家の先々先代三郎兵衛栄重（文化七年正月八日生、安政六年二月二十六日歿）と云った人の筆になったもので『良寛禅師奇話』と題した小冊子である。又口碑として伝へられたもの〻多くは、与板町藤井界雄師その他数氏の注意して集め置かれたのに従った。それから採録の順序は漠然であるが、年代によることゝした。しかし『良寛禅師奇話』の分だけは他と区別して終りに添へることにした。

□

少年時代の良寛は性質が極めて魯鈍[1]《ろどん》無頓着で襟を正して人に接することなどはてんで出来なかった。そして土地の人々から「名主《なぬし》の昼行灯[2]《ひるあんどん》」と云ふ綽名《あだな》をつけられて居た。

□

良寛がまだ、八九歳の頃であった。家人に叱られる時に、よく上目で叱った人の顔を睨《にら》む癖があった。或時それを気にして彼の父は云った、「親の顔を睨む奴《やつ》は鰈《かれい》になるぞ」と。それをぢっと聞いてゐた良寛はやがてぷいと家を出たが、いつまでたっても帰って来なかった。家人はひどくそれが気がゝりだったので、大さわぎをして方々を捜し廻ったが、なか〳〵見つからなかった。と、思ひがけない海浜の岩の上に、彼はただ一人しょんぼりと立ってじっと海を眺めてゐた。それを見た人々は驚き喜んでそこへ駈けつけて行き、それでもなほ気づかずにぼんやりしてゐる彼をつかまへて、「こんなところで何をしてゐるんだ」と声をかけた。少年は始めて我に返ったやうに人々の顔を見ながら「おれはまだ鰈《かれい》になって居らんかね」と訊《たず》ねた。

長男と生れた彼は十八歳[1]で父の後を承けて名主役見習となった。しかし間もなく彼は何か感じたことがあったと見え、一夕友達と一緒《しょ》に青楼《せいろう》[2]へ上り痛快な馬鹿遊びをして大金を立ちどころに投費し、しかも何等の悔恨《かいこん》[3]の色なく帰途寺門に走って剃髪することゝなったのだと云ふ事である。

□

或は云ふ、彼が出家したのは、家職を継いでから間もなく、駅中で死刑に処せられた盗賊があった。その死刑執行に立ち合はされた場合に深く感ずるところがあったらしく、帰宅の後直に家を出て桑《そう》門[4]に赴いたのだと。

□

或は云ふ、彼は家督を相続すると共に妻を娶ったが、何故か半歳ならずしてその羈絆《きはん》[5]を脱したのだと。

□

更に又曰ふ、彼が名主見習役となった当時、出雲崎代官と漁民との間に葛藤[6]を生じ確執《しつ》[7]容易に解けないところから、彼はやむなく調停の労をとらなければならなくなった。しかし魯鈍《ろどん》[8]に生れた彼は、さうした仲裁の任に当りながらも、代官の方へ行っては漁民の悪口雑言[9]をそのまゝ少しも偽らずに告げ、漁民に対しては代官の嘲罵《ちょうば》[10]を何等の手加減を施さずに有りのまゝ伝へ、かくすることによって事態はます〱紛糾《ふんきゅう》[11]せしめ、つひに代官の責むるところとなるに及んで、彼は今更の如く慨嘆《がいたん》[12]し厭世[13]つひに出

1 十八歳—名主見習には十六歳でなったという。
2 青楼—遊女屋。
3 悔恨—後悔しうらめしく思う。
4 桑門—寺。
5 羈絆—束縛と同じく、外からしばられること。
6 葛藤—ごたごたともつれあうこと。
7 確執—たがいに自説をとおすこと。
8 魯鈍—のろま。
9 雑言—あくたれぐち。
10 嘲罵—相手をばかにすることば。
11 紛糾—こんがらかる。
12 慨嘆—なげく。
13 厭世—俗世間をいやがる。

家するに至ったのだと。

□

更に又曰ふ、彼が名主見習役となってから間もない時のこと、佐渡奉行が出雲崎を経《へ》て佐渡へ渡航したことがあった。その場合奉行の方では自家乗用の長柄《ながえ》の駕篭《かご》をも船に積まんことを求めた。しかし有るかぎりの船の大きさに比《くら》べて駕篭の柄《え》はあまり長かった、名主役の彼はそれを見て「どうしても積むことが出来ぬなら柄を好加減《よいかげん》切って短かくしたらよからう」と云った。困《こう》じて果てゝ船夫等は名主の此の言葉を聞いて喜んでそれに従った。けれどもその事によって惹起《じゃっき》[14]された佐渡奉行対名主の悶着《もんちゃく》[15]は容易ならぬものであった、之れが結局彼をして世を遁《のが》るゝに至らしめた原因であったと。

□

良寛が備中国玉島円通寺在学中のことであった。或る時その附近のある村家に昼盗が忍び入ったと云ふ訴へが村吏の許へ届いた。村吏はそれは近頃此のあたりにうろついてゐる乞食坊主の所為《しわざ》に違ひないと云ふので早速その乞食坊主を捕へて来て訊問《じんもん》[16]を試みた。しかし、乞食坊主は何と問はれても一言も答へなかった。村吏はとう〳〵持てあまして罪を彼に帰し、人々に命じて土穴を掘って彼を生埋にさせようとした。と、そこへ偶然その村の豪農某が通りかゝって、ひどくその乞食坊主に同情を寄せ村吏に向って「事こゝに至っても何等答をしないと云ふのは決して凡人ではない、近頃聞くところによると円通寺に一人の雲水[17]があって表面は極めて凡俗に見えるが内心深い悟

14 惹起―ひきおこす。
15 悶着―もめごと。
16 訊問―調べてたずねる。
17 雲水―修行中の僧。

道を得て居ると云ふ事である、或は其雲水なのかも知れない」と云ふことを語った。そこで村吏は再び言葉を改めて訊問して見ると、始めて彼は口を開いて自分が円通寺の雲水である旨を答へた。そしてその時彼は言葉をつゞけて云った「人が一旦他人から疑はれ出した以上はいくら弁解したとてそれは結局無益な申訳に過ぎないものだ、それを思ったから自分は之れも何かの見えない自分の罪業の然らしむるところと諦め、如何なる苦しみをも甘んじて受ける覚悟で黙ってゐたのだ」と。そこで村吏等は深く自分等の過《あやま》ちを謝して、早速彼を放免した。その乞食坊主が即ち良寛であったと云ふことである。（これは今なほ円通寺に伝はってゐる口碑で、円通寺現住職石川戒全[1]禅師《かいぜん》の直話である）

□

玉島円通寺時代から、良寛は手毬《てまり》を愛し、童男童女を愛した。そして乞食坊主の姿をして常に手毬歌をうたひながら到るところで子守娘などと嬉戯するのを常としてゐたと云ふ事である。

□

良寛和尚に嫌ひな物が三つあった。料理人の料理と、歌よみの歌又は詩人の詩と、それから書家の書。

□

良寛和尚に好きなものが三つあった。童男童女と、手毬と、ハジキと。

□

良寛が永い間の雲水の旅から郷国へ帰って来て彼が最初に身を寄せたのは、彼の生

1　石川戒全―円通寺第二十五世の住持。備後に生れ、海徳寺より円通寺に移り、田代亮介等の協力で円通寺に良寛詩碑を建立し、良寛顕彰につとめた。昭和十五年歿、七五歳。

2　郷本―寺泊町にあり、日本海に面し寺泊の西方約十キロにある寒村。

3　「北越奇談」―橘崑崙の著。越後地方の奇談を記し、六巻ある。

4　中山―出雲崎町にあり、良寛記念館の南方約一キロ。

5　万因寺―京都仏光寺の末寺。天文五年創建。信州より尼瀬に移り、円知、円順の高僧を出す。

6　倶舎論―印度の世親の著。玄蔵の漢訳三十巻。仏教における素朴な実在論で、小乗仏教の代表的思想を示す。

7　馬之助―山本由之の子。良寛の甥にあたる。名は泰樹、通称左衛門、号は眺島斎。橘屋の当主となり、天保二年歿、四三歳。

馬之助訓戒の逸話
（こしの千涯画）
（110頁も参照）

地出雲崎から二里ほど隔った郷本《ごうもと》[2]と云ふ漁村の空庵であったとは『北越奇談』[3]に誌《しる》すところであるが、出雲崎の古老の語るところによれば、何でもその前か後かに彼は出雲崎に近い中山[4]と云ふ所の小庵にも居たことがあるとの事である。しかも彼が縁の下に生えた筍を自由に伸ばさせてやる為めに縁板に穴をあけ、畳に穴をあけ、最後に屋根にまで穴をあけてやったと云ふ有名な逸事は、そこに仮住して居た間の出来事だったと云ふのである。

□

いつの頃のことか、良寛は出雲崎万因寺《まんいんじ》[5]から倶舎論《ぐしやろん》[6]を借読した。そしてそれを返却する時に謝礼として豆腐《とうふ》を贈り、左のざれ歌一首をも添へたと云ふ。

雁鴨《がんかも》はわれを見捨てゝ去りにけり
　豆腐に羽根のなきぞうれしき

□

五合庵在住の前か後かわからぬが、良寛は出雲崎の生家橘屋の若主人馬之助[7]（良寛には甥に当る）がその頃放蕩の噂《うわさ》高かったのを深く憂ひて、一日訓戒を与へる為めに出掛けて行った。しかし、いざなにか云はうと思ふと、どうしても言葉が出ないので、とう〳〵三日を空しく費してしまった。三日目に彼れは何と思ったか、そのまゝ何も云はずに暇《いとま》を告げた。が、立ち際に草鞋を穿《は》かうとした手を控へて、彼れは若主人を呼んだ。そして草鞋《わらじ》の紐《ひも》を結んでくれと頼んだ。若主人も今日に限って不思議なことを云はれるものだと思ったが、命のまゝに和尚の草鞋の紐を結びにかゝった。と、その刹那、良寛は無言のまゝぢっと甥の顔を見守った。良寛の頬には涙が伝ってゐた。やがて又無言のまゝ彼は去った。

その事あってから橘屋若主人の生活が頓《とみ》[1]に改善されたと云ふことである。

□

良寛は托鉢の途中よく路傍《みちばた》の大木の下などに坐り込んで、時に歌や詩の集を読んだり、時には砂上に指で字を書き、時のたつのをも忘れてゐるやうな事が度々あったと云ふ事である。

□

手毬とハジキに対する良寛の愛好は、殆んど神秘の程度に達してゐたらしく、容易に他人からの揮毫《きごう》の求めに応じなかった彼れも、子供を仲介者として手毬かハジキ用の貝殻かを贈って求めさせると、如何なる場合でも筆を執ることを辞さなかったと伝へられてゐる。

到るところで良寛は手毬やハジキを玩《もてあそ》んでゐる童男童女の親しい仲間であった。時には遊廓へはひり込んで娼婦どものハジキの仲間にさへなって平気で遊んでゐた。その為めに弟由之から左の如き歌を以て忠告されたことさへある。

[2]すみ染のころも着ながらうかれ女とうか〱あそぶ君が心は

しかし、良寛は之れに答へた。

[3]うか〱とうき世をわたる身にしあれば
よしやいふとも人はうきゆめ

1　頓に—急に。
2　うかれ女—浮かれ女で遊女をいう。
3　うきゆめ—浮き夢であろう。人生のはかないことをたとえて「浮生の夢」という。

由之はなか〳〵承知しないで、更に次の一首を贈った。

うか〳〵とわたるもよしや世の中は
　来ぬ世のことを何とおもはむ

だが、結局こんな事では良寛はへこまなかった。

この世さへうから〳〵とわたる身は
　来ぬ世のことをなにおもふらむ

□

ある日例の如く良寛は子供等とかくれんぼをして遊んでゐた。中に意地の悪い子供が一人あって、良寛が物蔭に隠れたのをそのまゝ置いてきぼりにしようと云ひ出して無理に他の子供等を同意させた。そして数時間を経てもなほ彼等は帰って来なかった。しかし、良寛は平然と元の通りにして子供等の「よし」と呼ぶのを待って居た。と、やがてそこを通りかゝった人が、彼れの其の様子を見て驚きのあまり「まあ、良寛様、そんなところに何をしてござる」と叫んだ。その声に良寛もおなじく驚いて「馬鹿そんな大きな声を出すと鬼が見つけるわ」と云った。これは普通良寛ののんきさ加減を示す好話柄《こうわへい》とされてゐるやうだが、私達はむしろそれを子供等に対してさへ「他を欺く」と云ふ事を敢てしなかった良寛その人の意識的な行為として見たいのである。

□

多分五合庵在住当時の事であらう、良寛は時々日あたりのよいところに紙をひろげて沢山の生きたシラミをその上に這はして楽しさうに眺めたり、やがてそれに倦むとそれらのシラミを又自分の懐中に入れたりしてゐたと云ふことである、それかあらぬか、和尚の歌に左の一首がある。

蚤しらみ音《ね》に鳴く秋の虫ならば
わがふところは武蔵野の原

□

ある年の秋の月のいゝ晩のことであった。良寛は興に乗じて芋《いも》畑の中をあちらこちらとさまよひ歩いて居た。と、やがて畑の持主がそれを見つけて、これはてっきり畑荒しだと思ひあやまり突然鉄拳《てっけん》を揮って良寛の頭を打った。そして、それだけで気が済まずに、とう〳〵彼れを縛《しば》って木の枝に吊して置いて、あり合せの棒で滅多矢鱈《めったやたら》に擲《なぐ》った。それでも良寛は逆らはなかった。が、とう〳〵堪へられなくなって彼は自分は良寛である旨《むね》を白状し、芋《いも》などを盗む気は更になかったが月がいゝのでぶら〳〵歩いてゐたのだと告げて罪を謝した。百姓は始めてそれを知り、大に恥ぢ入って深く罪を謝したが、良寛は少しも相手を咎めなかったばかりか、むしろ気持よさゝうに笑って、左の如き一首の古歌を口ずさみながら飄然とそこを去った。

打つ人も打たるゝ人も諸《もろ》共に
[1]如露亦如電《にょろやくにょでん》、応作如是観《おうさにょぜかん》

□

文化年中江戸の亀田鵬斎《かめだぼうさい》が越後来遊中、良寛の書を見て大に敬服し、一日国上山五

1 如露亦―「露のごとくまた電のごとし。まさに是のごとき観をなすべし」世の中は変りやすいのだからと思っておれ。少しのことに腹などたてるな。（129頁参照）

国上山を望む
（田植、路にはざ木の列）

合庵に彼れを訪ねた。折から良寛は坐禅をしてゐて、遠来の珍客のあるのにすら少しも気がつかない様子である。流石《さすが》の鵬斎もそれには致し方なく、ほゞ半日をその側に侍坐してゐて、やうやく語を交へることを得た。鵬斎が真に草書の妙を悟ったのは良寛に遇ってからの事だと云はれてゐる。

□

鵬斎の五合庵訪問に関しては、更に今一つの興味ある逸話が伝へられて居る。季節はいつ頃かわからぬが、何でも月のいゝ晩景を選んで鵬斎が五合庵に良寛を訪ねたことがあった。折から良寛は夕食を済ましたところらしかったが、鵬斎の顔を見るや否やかたへにあった摺鉢を持ち出しそれに水を注いで洗足をすゝめた。鵬斎は驚いて「これは摺鉢ではないか」と云った。良寛はそれに答へて「いかにも摺鉢だ、しかし味噌をすることが出来ると同時に足も洗ふことも出来るではないか」と云った。それには鵬斎も返すべき言葉がなく、すゝめられるまゝにその妙な洗足器で足を洗って、上へあがった。

鵬斎は好酒家であった。しばらく話をまじへた後で、彼は酒が飲みたいがと云った。良寛も酒は好きな方だったので、今こゝにはないが何なら買ひに行って来ようかと答へた。そして相手の返事をも待たずに矢張かたへにあった酒徳利をぶら下げて、良寛は早速出かけた。その時はもうまんまるい月が空高く昇ってゐた。案内のわからぬ此の山腹の小庵に唯一人置き去りにされた鵬斎は、刻々にたまらない淋しさに襲《おそ》はれるのを覚えた。酒屋への距離はどれ程あるか彼にはわからなかったが、良寛の帰り

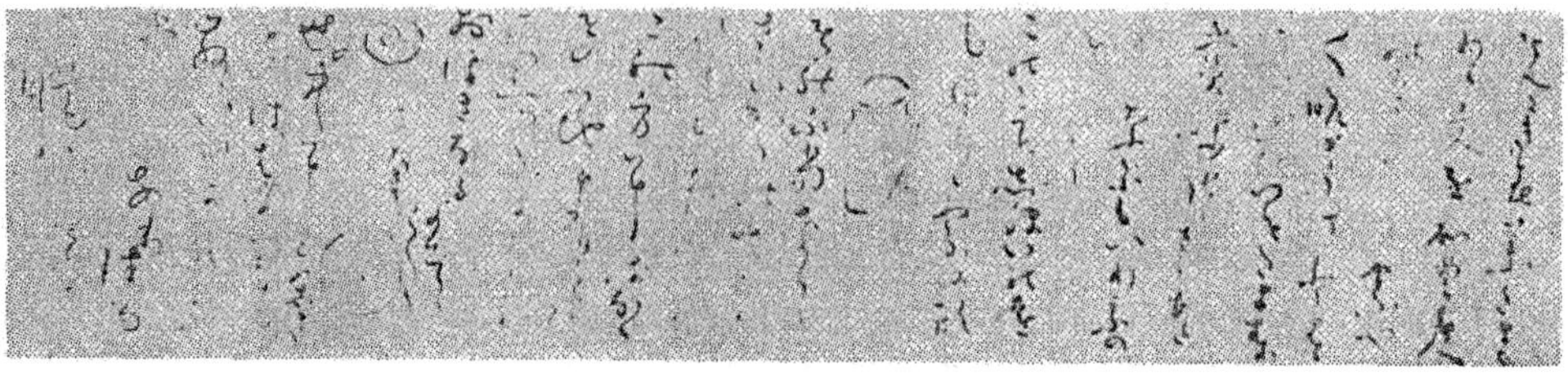

さざえの殻の手紙

はあまりに遅いやうな気がして、彼はやるせない不安をさへ感じた。

とう〳〵鵬斎はたまらなくなって、庵から出て、良寛の行った方角へ何と云ふことなしに歩を運んだ。と、庵からどれ程も離れて居ない所に立ってゐる大きな松の樹の根元に坐ってゐる人影のあるのが目についた。彼は半ば怖ろしく半ば元気よくその方へ近づいて行って見ると、それは良寛その人であった。良寛は松の根に腰かけて、全く我を忘れて月を眺めてゐる様子であった。そして鵬斎に声をかけられて始めて我に返ったらしく、しばらく怪訝《けげん》さうにこちらを見て居たが、やがて大きな声で「どうです、いゝ月ぢゃありませんか」と云った。流石の鵬斎もこれには少し面喰ったが、それでも「月もいゝですが、酒はどうなりました」と云ひ返した。それを聞くと同時に、良寛は慌《あわ》てゝ立ち上り、かたへにころがしてあった徳利を引攫《つか》んで、「や、忘れて居た」と云ひさま夢中で駈け出した。

□

与板町在の花井と云ふところに、与三治と云ふ仏師があった。どう云ふことからか良寛にいくらかの貸金があった。彼は金は少しも惜しいとは思はなかったが、その貸金を因縁にどうかして良寛の書を得たいものと、永い間心がけてゐた。しかし、なかなか、その為めの機会が得られなかった。

と、うまい工合に或る時寺泊附近の海岸の一本道で良寛に行き遇った。かれは今こそとばかり良寛をとらへて貸金の催促を試みた。例によって良寛は金がないから待ってくれとあやまった。仏師はこゝだと思ってそれでは何でも好いから字を書いてくれ

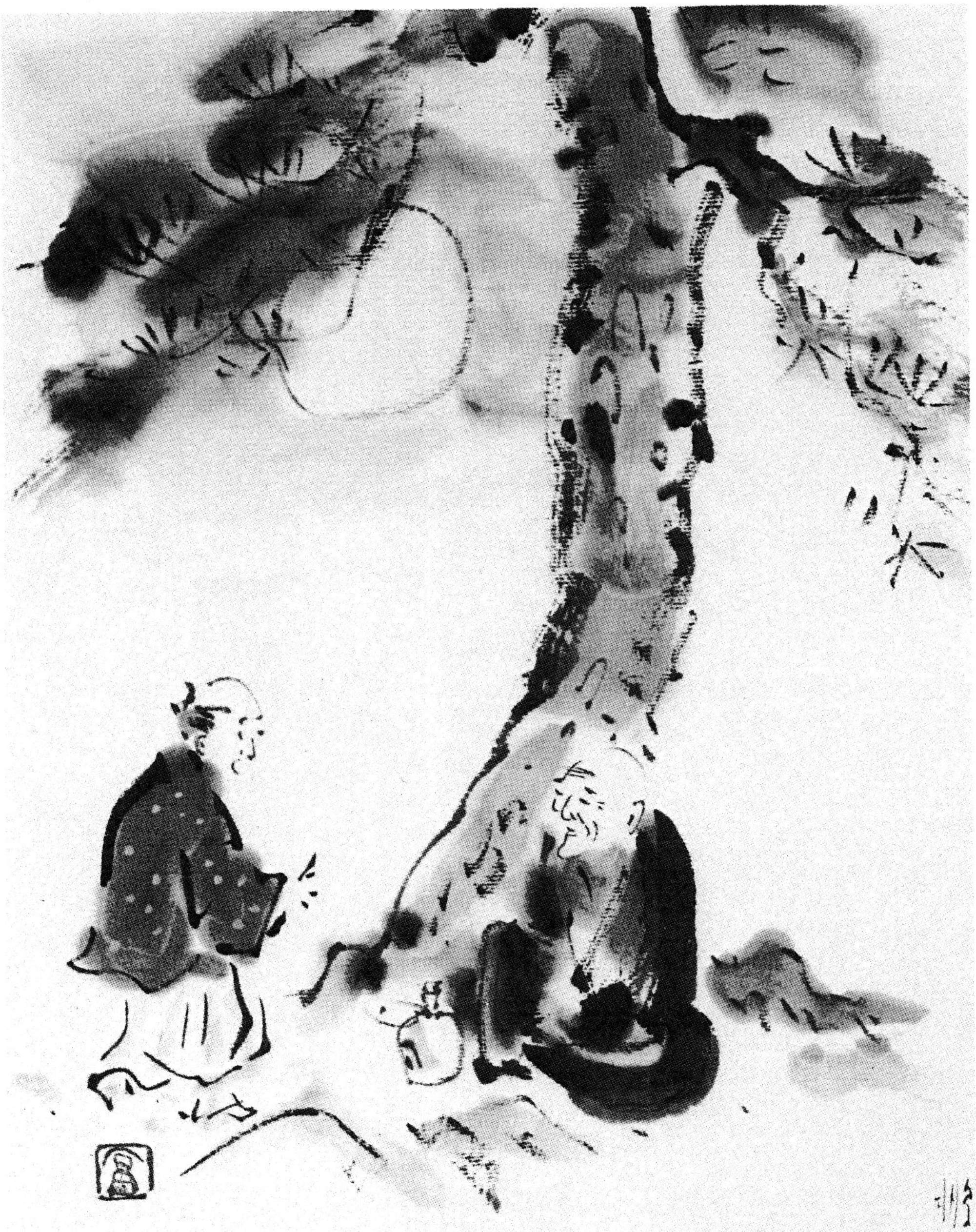

挿絵「月見の良寛」

とせがんだ。そしていやがる良寛を無理強《じ》ひにして持ち合せの塵紙に字を書かした。良寛は道の真中に立ちふさがって両手に塵紙をひろげてゐる仏師を前に控《ひか》へて、仏師の矢立《やたて》から取り出したちび筆を揮《ふる》って左の如き一首の歌を書いた。そしてそれによって永い間の負債の帳消しをしてもらった。

このごろの恋しきものは浜べなる
さゞえの殻《から》のふたにぞありける

此の[1]「さゞえの殻《から》のふた」はおそらく丸いもの、即ち金がほしいの意であらうとは、その地方での口碑の伝ふるところである。

□

或る年の秋のことであった。一日良寛は托鉢の途中、[2]山田の駅の某家の庭に咲いて居た菊の花を折って持って行かうとした。すると、その家の主人がそれを見とがめて大に怒った風をして見せて置いて、その場はそれで済ますことにした。そしてそれから数日を経てその時の良寛の様子を絵に画いて、それを良寛に示し過日の謝罪の代りに此の画に賛をしてくれと望んだ。良寛もそれには何とも返答の仕様がないので、やがて無言のまゝ次の一首を賛とした。

良寛僧が今朝のあさけはなもて逃ぐるおんすがた後の世まで残らむ

□

或る年の暮近い日のことであった。その当時家運衰頽《すいたい》[3]してひどく困ってゐた出雲崎の橋屋即ち良寛の生家へ宛《あ》てゝ、良寛から一通の手紙が届いた。野僧近ごろ金が溜っ

1 「さざえの殻のふた」はおそらく丸いもの、即ち金がほしいとの意であろう—この口碑は誤である。由之への手紙に「この頃塩入をもらひ候。そのふたなく候。さざえ殻のふたよからむと思ひ候もこの方にはなく、その御地に有之候はば二つ三つたまはりたく候」とあるので、それをいう。この時もその殻をさがしていたのであろう。

2 山田の駅の某家—三島郡寺泊町の西端にあり日本海に面している部落である。一説には与板町の山田杜皐の家と伝えられている。また一説には島崎の木村家ともいわる。

3 衰頽—おとろえすたれる。

ふとんを盗まれる。（こしの千涯画）

て困る、山住みの身に甚だ不用心ゆゑ入用ならばいくらでも用立てするから使をよこしてくれと云ふやうな事が書いてあった。此の手紙を受取って山本家では、時が時とて其喜びは一通りでなかった。早速何か御馳走をとゝのへてそれを持たせて使を送った。使の者が五合庵を訪ねると、丁度良寛在庵中であった。良寛は使の者から御馳走の重箱を受取ってそれを棚へ上げるや否や、別室に入って出て来なかった。使の者は空しく数時間を過して今か今かと待って居たが、良寛はつひに出て来なかった。使の者もとう〳〵待ちきれなくなって、別室に向って声をかけると、漸くの事で良寛が出て来た。見ると、彼れは頻りと寝ぼけ眼をこすってゐる。使の者もこれには呆《あき》れ果てて、仕方なくこちらから用向を打ち明けた。すると、良寛は「さうか」と云って笑ひながら懐中から一包の金を取り出した。そして長時間を費してその紙をほぐし最後に中から一朱銀一枚を取り出した。使の者はいよ〳〵呆気にとられてしまった。しかし、良寛は頗る真面目で、それを使の者に渡すと同時に云った、「さあこれだ、大切にして持って行かっしゃい」と。

□

良寛の歌に「神嘗月《かんなづき》の夜蓑《みの》一つ着たる人門に立ちて物こひければ」と云ふ前書きをした

　いづこにか旅ねしつらむぬばたまの
　　夜のあらしのうたてさむきに

と云ふ一首の歌があるが、此の歌は一夜良寛の庵へ盗人が忍び入って何も取るものが

1 有願―南蒲原郡大島村代官新田の人。俗姓は田沢氏で庄屋だった。幼時出家して燕の万能寺に住し、新飯田の田面庵（円通庵）にて文化五年歿、七三歳。

2 狩野梅荘―狩野派の画家。詳細不明。

有願和尚の画と賛

なくてうろ〳〵してゐるのを見て良寛はそれが気の毒になり、自分の着物をぬぎ与へて送り出してやった折に詠んだ歌だとも云はれてゐる。

□

良寛の容貌には、大体に於てさう大して異常なところがなかったさうであるが、ただ頸《くび》が正面へ向いたまゝ左右へ廻らないやうに出来て居たと云ふことである。

□

良寛は庵室にある間よく習字に努《つと》めたらしく、或人の訪ねた時机の上に反故《ほご》が山を成して居り、その上によごれ褌《ふんどし》が載せてあった事などがあったと云ふ。

□

手習ひの速成法として良寛が誰かに教へたと伝へられる話に「何でもいゝから手を沢山動かせ」と云ったと云ふ事、「手本によって字を習ふ時は眼は絶えず手本の上にだけ注いで決して自分の書く字の方を見てはならぬ」と云ったと云ふ事などがある。なほ良寛自らは毎朝空中に千字文を一通りづつ書き習ふのを常としたと云ふ事である。

□

良寛のかいた絵と称するものが諸所に保存されてゐる。至極簡単なものに過ぎないが、全然素人の筆とは思へないところがある。伝ふるところによると、良寛はいつ頃の事か越後燕町在の新飯田と云ふ村に庵を結んでゐた有願《うがん》[1]と云ふ坊さんについて画法を学んだ事があると云ふ事である。有願は狩野梅荘《かのばいそう》[2]の弟子で相当にいゝ絵をかいた。

□

良寛の得意な画題の一つに髑髏《どくろ》があった。いつの頃の事か明らかでないが、これも髑髏を好んで画いた山岡鉄舟[1]居士《こじ》が良寛の髑髏図を見てひどく感心し、「良寛の髑髏は脂気《あぶらけ》がぬけて居るが吾輩のにはどうもまだ脂気があって面白くない」と嘆じたことがあるという話である。

□

良寛は又大工仕事のやうな手細工を好んだ。随《したが》つて大工を非常に好んだ。そして「世の中に大工の仕事ほど正直なものはない」こんな事をもよく口にしてゐたと云ふ事である。何でもない桐の木の箱に「南無阿弥陀仏」と云ふ六字を墨さしで書いたらしい良寛の筆蹟が諸所に見出された。これは恐らく大工が箱などをつくる心持は南無阿弥陀仏を念ずると同じ心持でなければならぬと云ふやうな意味で特に良寛が書いてくれたものであらうとは、或る高徳な老僧の推定であった。

□

或時誰かゞ良寛に向ってたづねた。

「あなたは古人のうちで誰を一番よく学ばれましたか、西行法師[2]ですか、喜撰《せん》法師[3]ですか。」

良寛は答へた。

「わしは何人の善いところをも学ばない。皆の学び残したところを学ばうと思って居る」

問者は重ねて問うた。

1　山岡鉄舟―旧幕の志士。名は高歩、通称鉄太郎。大胆で偉く、軍学、剣術の名人。幕末には官軍と交渉、天下を安泰に導く。明治天皇の侍従となり子爵。明治二一年歿五三歳。

2　西行法師―平安末期の武人にして歌人。

3　喜撰法師―平安時代の歌人。六歌仙の一人。

「それでも一休和尚[4]だけにはいくらか学ばれるところがあるでせう」

良寛は答へた。

「まづさうと云ふものだ」

問者は三たび問うた。

「それはどんなところですか」

良寛は答へた。

「これだ」

かう云ひながら良寛は懐中の論語を問者の前に示した。これもある老僧の語ったところである。

□

良寛の蔵書には蔵書印の代りに「今我が家にあり」[5]と云ふ文句が自署してあるものが多かったと云ふ事である。

□

良寛の親しく出入してゐた与板町の某富豪[6]が、或時大金を投じて当時盛名の画家応挙に頼んで、犬ころを幾匹か書いてもらひ、驚くべく立派な表装を施して床の間にかけ、それを自慢話の種にしてゐた。折から良寛が其の家を訪ねて、一夜をその掛物のかけてある座敷で明すことゝなった。そしてその贅沢な掛軸をつくぐ眺めてゐたが、やがて家人の見ぬ間をねらってその絵の余白に思ひ切り自由な書き方で賛を書いた。そして素知らぬ顔に翌朝その家を辞し去った。

4 一休和尚―京都大徳寺四十六世の禅僧。諱は宗純、号は狂雲子。安国寺にて出家、清叟、謙翁無因、華叟に学ぶ。妓王の出家に感じ、鴉の声に大悟。天下を漫遊して奇行あり。文明十三年歿、八八歳。

5 「今我が家に在り」という文句が――かかる署名は今まで発見されておらず、「おれがの」の署名の誤であろう。

6 与板町の某富豪―与板の大坂屋、三輪権平の家である。犬に題したのは次の賛である。趙州問有答有、問無答無。君問有也不答、問無也不答。不審意、作麼生也不答。
○趙州有かと問へば有と答へ、無かと問へば無と答ふ。君有かと問ふもまた答へず、無かと問ふもまた答へず。不審の意、作麼生　また答へず。
○趙州は従諗禅師。
○応挙がかいたのは天明八年であるが、良寛が賛したのは文政頃であろう。

□

地蔵堂町に一人のたちの悪い舟子《ふなこ》があって、或る時良寛の乗り来ったのを見、一つ脅《おび》かして見ようとたくらみ、川の真中近くでわざと舟を覆《かえ》して良寛を水中に投じた。そして暫《しばら》く良寛の苦しむのを見て楽しんでから、舟へ引上げてやった。しかし、良寛は少しも驚きもせず、怒りもせず、困りもしないで、むしろ一命を救ってくれた舟子の恩に対して深い謝意を表して飄《ひょう》然と立ち去った。

□

良寛が地蔵堂の文人画家富取芳斎[1]に語ったと伝へられる話に「手紙の字だけは子供が読んでも解るやうに書かなくてはならぬ」と云ふ一事がある。

□

良寛終焉の地として名高い三島郡島崎村木村家の女[2]に向って良寛の与へた教訓の一つとして「女はわけて大きな声で話をするやうにしなければならぬ、小さな声で云ふ女の話にろくな事はない」と云ふ事が伝へられてゐる。

□

毎年田植ゑの季節になると、良寛はきまって農夫が田植ゑの作業に従事してゐる様子を自画してそれを庵室にかけ、その前に香華《げ》を供《そな》へるのを常とした。秋の収穫季にも亦同様の挙に出づることを忘れなかった。

□

良寛は常に到るところに托鉢し、到るところに宿を求めた。しかし決して同じ家に二

1　富取芳斎―西蒲原郡分水町地蔵堂の画人。父祖の影響にて幼より画を好み、九歳より画を学び、京都に中林竹洞、江戸に谷文晁らに学びのち一家を成す。明治十三年歿七三。

2　木村家の女―おかのに与えた八ケ条にはなく、他の戒語にことばの注意多く「口を耳につけてささやく」などがこれに当ろう。

3　星彦右衛門―三島郡寺泊町竹森の人。越後線大河津駅西方一キロにあり、当主は星省一郎という。

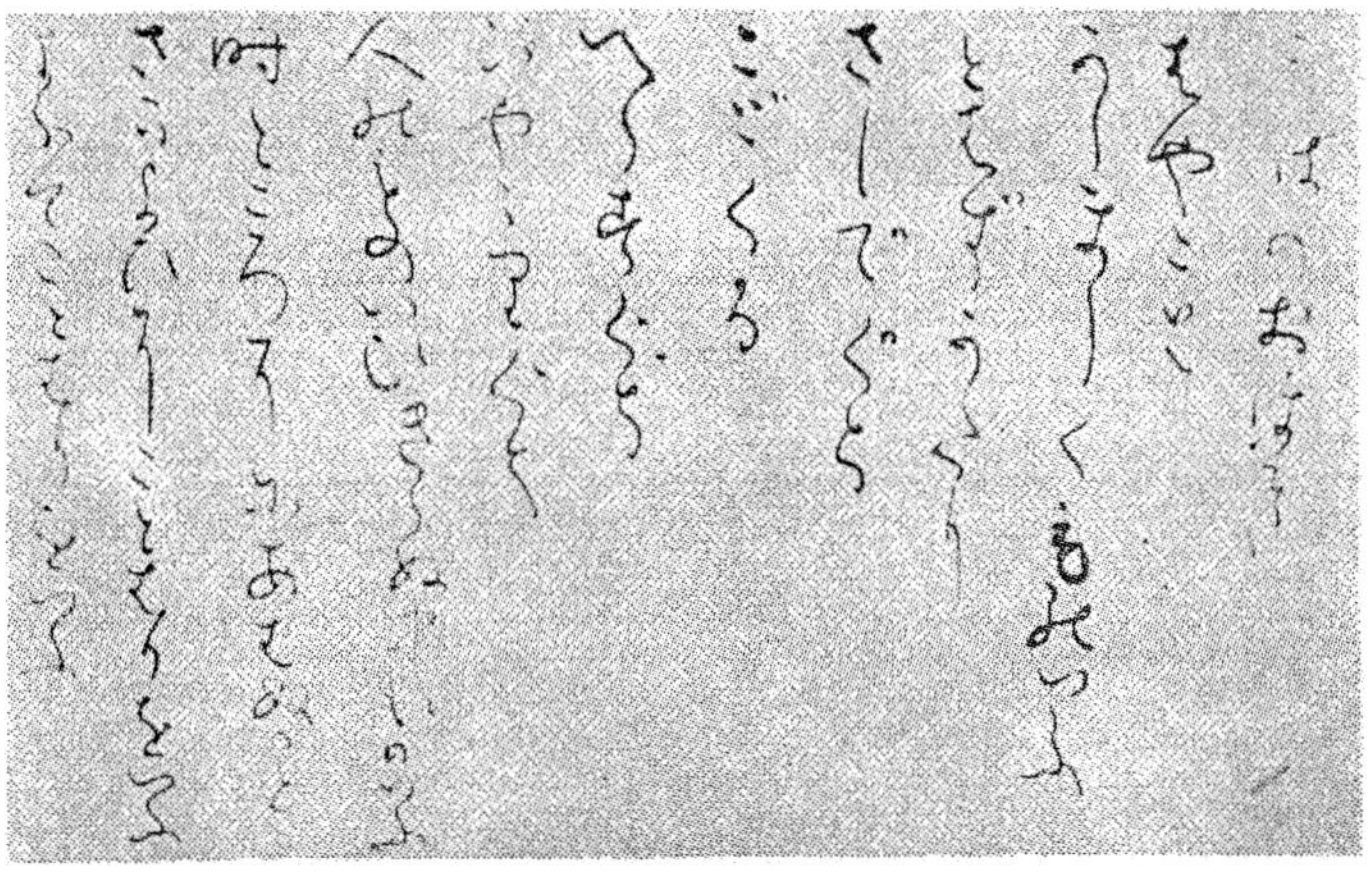

戒語の一部

泊以上留まらなかった。殊に晩年には滅多に外泊することはなかったと云ふ事である。

□

良寛が晩年の頃の話である。一日良寛は三島郡竹森の星彦右衛門《ひこえもん》[3]方を訪ねた。そして日暮れまでそこに居て、夕食後その家の主人に伴はれて隣家へ湯をもらひに行き、入浴後直ちに辞《じ》し去った。良寛が出て行かうとする時、その家の子供は「あ、良寛さま其の杖はうちの杖だ」と呼びかけた。良寛は一向それを気にもとめずに「いや、おれの杖だ」と云ったまゝさっさと出て行った。しかし、実はそれは良寛の杖でなくて他の人のであった。良寛の杖は依然として星家に残されてあった。

と、時経てから良寛は思ひがけなく「杖を取り違へてすまんかった。」と云ひ〱戻って来た。しかし、その時はもう余程夜が更けて居たので、家人は頻りに泊って行けとすゝめ、その代り今夜こそ何か書いて貰《もら》ひたいとせがんだ。良寛も仕方なく「困ったなあ、それでは何か書くものがあったら書いて行く」と云った。が、折あしくそこには持ち合はせの紙がなかったので、主人は庄屋へ紙を借りに出かけた。すると、その留守に良寛は炉辺に掛けてあった香代帳を取り下して、

老の身のあはれを誰にかたらまし
　杖を忘れてかへるゆふぐれ

と云ふ一首を書いて、主人の戻って来ぬ間に闇夜《あんや》提灯も持たずにさっさと帰って行ってしまった。

□

1　其の書付―西蒲原郡粟生津村鈴木家の書巻中にあったという。

2　朗暢―のびのびとしてほがらかである。

3　富取倉太―富取武右衛門である。

良寛の死病は、俗に云ふ痢病《りびょう》であった。その点では芭蕉《ばしょう》と同じである。しかも、和尚も亦芭蕉と同じく其の最期の一瞬時までも、聊《いささ》かも我を忘れて取り乱すやうなことがなかったと云ふ。加之《しかのみならず》、良寛は病毒の他人に伝染せんことをおそれて、一切他人を近づけず、極めて明らかな意識を以って最後まで痢病経に教へてある通りの作法を守りつゞけたと云ふことである。

これ以下は前に述べた解良栄重の手記になった『良寛禅師奇話』と題する小冊子中の挿話を多少文章を改めて始めて世に紹介するものである。

□

良寛禅師は常に黙々として動作閑雅、余有るが如し、心広ければ体ゆたかなりとはこのことならん。

□

禅師常に酒を好む。然りと雖量を超えて酔狂に至るを見ず。又相手は田父野翁たりとも、互に銭を出し合ひて酒を買ひ呑む事を好む。しかも汝一盃吾一盃と云ふ風に、盃の数彼我《ひが》幾《ほとんど》多少なからしむるを常とす。

□

又煙草をも好む。初めは煙管《きせる》、煙草入等を自ら持ちし事なく他人のものを用ひて吸ふを常とせしが、後自ら持つ事あり。

□

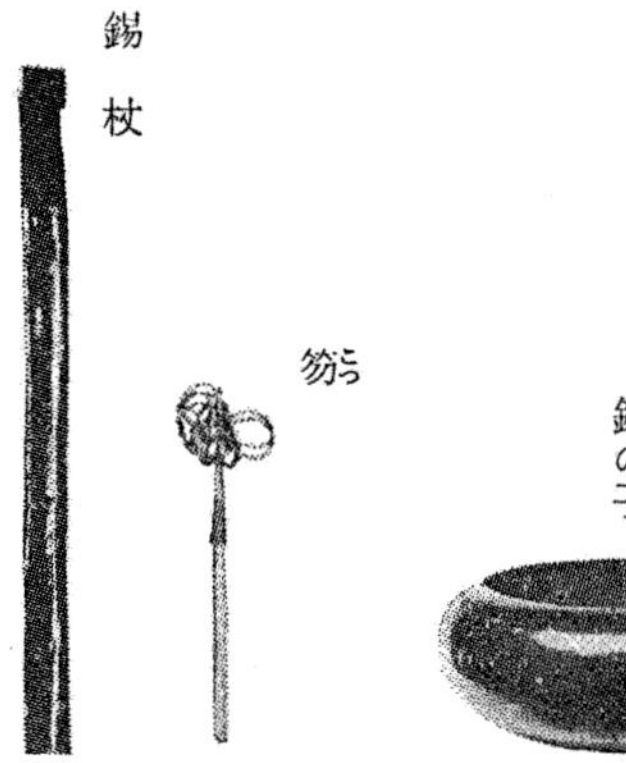

禅師その随身《ずいじん》の具を他家に至る毎に多く遺失し去る事あり。或人教へて其の品々を書記し、出立する前読むこと一遍せよと云ふ。師宜《うべ》なりとし、後自ら随身の具を書記して出立の前必ず一読す。[1]今其の書付某家にあり。

□

師常に云ふ、吾は客あしらひが嫌ひなりと。

□

又言ふ、人の家に到る毎に、必ず何処より来るかと問ふ。そもそも何の用ありて然るかと。

□

師音[2]吐《と》朗暢《ろうちょう》、読経の声心耳に徹す。聴者おのづから信を発す。

□

師常に手まりをつき、はじきをなし、若菜を摘み、里の子供と共に群れて遊ぶ。就《なか》中《んずく》、師が地蔵堂の駅を過ぐるや、其地の児童必ず相追随して、先づ「良寛さま一貫」と呼ぶ。師驚きて後ろにそりかへる。次に「良寛さま二貫」と云ふ。師一層多くそりかへる。かくの如くして二貫三貫と順次其の数を増す毎に、師のそり反り方ますますその度を加ふ。而して最後に後ろへ倒れんとするに至り、児《じ》輩《はい》之《こ》れを見て喜び笑ふ。其の駅の[3]長富取倉太幼年の頃余が家（解良家）に客たり。偶々師共に宿して云ふ。君が里の児輩癖《くせ》甚だわろし、以後そのことをなさしめざれ、吾老いて甚だ難儀なりと。余その側にありて云ふ、師何ぞ労を忍びて其の如き戯れをなすの要あらんや、如かず自らなさゞるにはと。師答へて曰《い》ふ、仕て来た事はやめられぬと。

こは一年《ひととせ》人々の物をせり売するを師立ち寄り見、あまりに声高く物の価を呼ぶに驚きて後ろへそり反《かへ》りし事あり、爾後《じご》この戯をなせしと云ふ。

□

師到るところに児輩と群をなして戯る。何れの里にや、師その地の児童と遊ぶによく死者の態《てい》をなして路傍に臥すを常とす。児童或は草を以《もっ》て之れを掩《おお》ひ、木の葉を以て之れを覆《おお》ひ、以《もっ》て葬りの事に擬《ぎ》して笑ひ楽しむ。後に一狡《こう》児[1]あり、師が死者の体をなすや、指を以て師の鼻をつまむ。師もその久しきに堪《た》へずして、自ら蘇生[2]す。こは禅師自ら気息を調へんが為めになせし事ならんか。

□

師余が里牧ケ花《まきがはな》[3]に托鉢す。甲の家の門に立つや、人それは半兵衛が家なりと云ふ。師ぬき足して去る。又その隣に至れば、おなじくこは半兵衛が家なりと云ふ。師又おなじくす。かくの如き十数戸、師つひに空しく去る。こは昔半兵衛と云ふもの酔狂して師をこらせしことあり、師ふかく半兵衛の名を怖る、爾後《じご》人この戯をなすものなりと云ふ。しかも師自らは半兵衛が家しかく多くあるべきかを疑はざるが如し。

□

禅師嘗て早苗《さなえ》[4]とる頃余が家に宿す。狂僧に智海《ちかい》[5]と云ふ者あり、驕慢《きょうまん》[6]こりて狂を発す、常に云ふ吾衆生の為めに一宗を開かんと。而《しか》して自らを古《いにし》への高僧に比し即今《そくこん》[7]の僧徒《と》を児輩視《し》す、かくの如きを以て彼常に良寛禅師の人に尊ばるゝを妬忌《とき》[8]す。かの日彼大

1 狡児—ずるい子供。
2 蘇生—生きかえる。
3 牧ケ花—西蒲原郡分水町の字名。
4 早苗とる—田植えをする。
5 智海—出雲崎浄現寺の僧。智現の子。
6 驕慢—いばること。
7 即今—ただ今。
8 妬忌—ねたみきらう。
9 宿怒—前からのいかり。
10 傍人—そばにいた人。
11 従容—ゆったりとおちついて。
12 三条—新潟県三条市。
13 宝塔院—真言宗。三条市裏館にあり。三条定明の妾の護念仏観世音をまつるという。住持の隆全和尚と良寛と親交があった。
14 菅公—菅原道真公をいう。
15 数巾を掃ふ—数幅を書く。巾は幅の略。
16 佐理卿の秋萩帖—藤原佐理は平安朝の能書家で三蹟の一人。秋萩帖は普通は小野道風の書と伝えられているが、その明証なく、また二人位の書とされている。
17 鈴木文台が五合庵をたずねた記事に、机上に石硯と禿筆と、漆のごとく何度も書いた五・六十張の紙があったと記してある。
18 水くきの筆をも持たぬ身ぞつらき昨日は寺へ今日は医者どの。

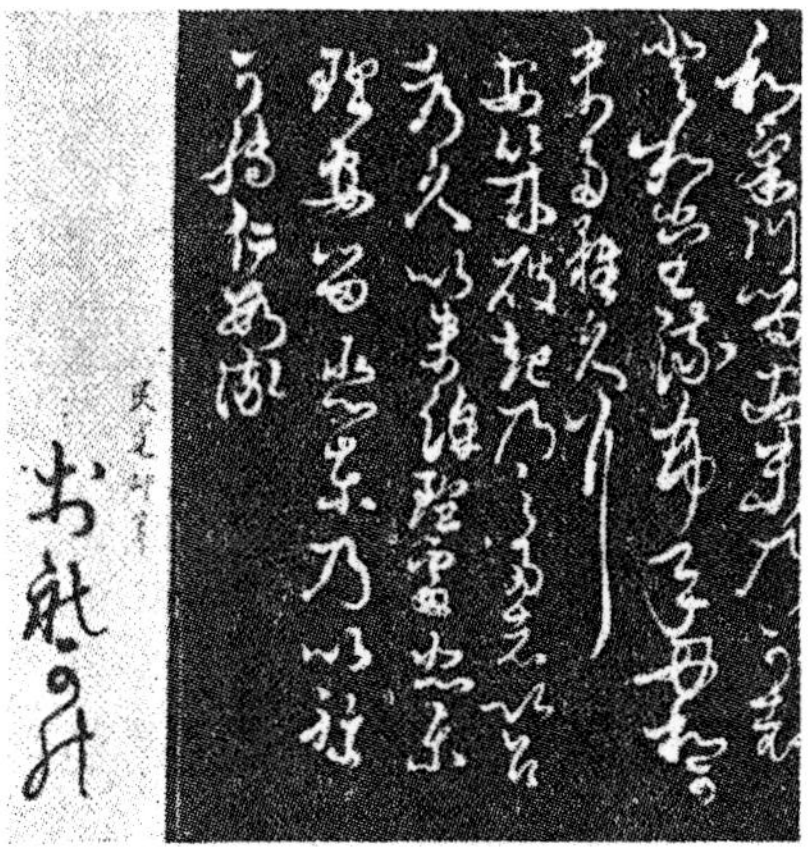

手本の「秋萩帖」と
自筆の「おれかの」

酔し、田を打つと称して泥にまみれて余が家に来り、偶々禅師の余が家に在るを見るや、[9]宿怒《ど》忽ち発し、敢て一言を交へず、濡るゝ所の帯を以て師を打たんとす。事不意に出づ、師又何の故たるを知らず。然りと雖身又避けんともせず。[10]傍人驚きて抑へとめ、師をして一室に引き、狂僧をして去らしむ。其の日暮に及んで雨頻に降り出づ、師室を出で、[11]従容《しょうよう》として問うて曰《い》ふ、かの僧雨具を持てりしや、と又余事を云はず。

□

余幼き頃[12]三条の[13]宝塔院《ほっとういん》に寓居し書を学ぶ。師も亦来り宿す。余俗にハリコロバシと云ふ物を持てり。師に対して云ふ。師我が為に[14]菅公の像を書け、若し肯んぜずば此のもの化《ば》けて夜師のもとに往かんと。師之れを見て恐るゝものゝ如し。為めに菅公の尊号と神詠とを書してたまふ。今なほ家にあり。

□

師に書を求むれば手習をして手がよくなりて後書かんと云ふ。時ありて興に乗じ数[15]巾を掃《はら》ふこともあり。敢て筆硯と紙墨との精粗を云はず、自らの詩歌を諳記して書す。故に脱字あり、大同小異ありて、詩歌の字句一定せず。

□

師草書を好む。懐素の自敍帖《じじょちょう》、[16]佐理卿《さりきょう》の秋萩帖《あきはぎちょう》等を学ぶと云ふ。国上の庵なほ筆硯紙墨の蓄へありしと見え、[17]手習の反故なども見うけられし事ありと云ふ。島崎に移りて後は紙筆もたくはへず、事あれば人の家に行きて書く。[18]「きのふは御寺けふは医者どの」と云ふは此の頃のたはむれ歌なるべし。

□

師が国上の庵に在りし時、炉の隅に小壺を置き、俗に醤油の実をその中に貯へ、食の余るあれば皆此の壺中に投じ置き、夏日《かじつ》なほ之れを食す。人至れば人にもすゝむ。人之れを食すに堪《た》へずと雖、師は自若[1]として臭穢《しゅうあい》[2]を知らざるものゝ如し。師自ら曰《い》ふ、蛆《うじ》此の中に生ずと雖、之れを椀中に盛《も》れば虫おのづから逃げ去る、敢て食ふ事に害なしと。

□

余が兄妻を娶りし時、師古き扇子筥《せんすはこ》を持ち来り、祝ひの詞を述ぶ。余が祖父にや、師に向ってそのやうなる世間並の事を誰が教へ申せしと問ふ。師答へて地蔵堂の北川《ほくせん》[3]の妻が教へしなりと云はれしとぞ。

註、北川、姓は富取、医を業とす。

□

禅師又囲碁を好む。而も敗くることあれば不興[4]す。何れの年にや地蔵堂の長《おさ》[5]富取某《とみとりなにがし》[6]と碁を対す。師多く勝つ。主人佯《いつわ》り怒りて曰《い》ふ。人の家に客として来りながら其の主人に勝つとは無礼も甚《はなは》し、以後吾が家に来ること勿れと。師色を失ひて、其家を辞《じ》し帰途余《よ》が家に来り、意気甚《はなは》だ昂《あが》らず、何事か深く憂ふる所あるが如し。余が祖父《そふ》その故を問ふ。師曰く、地蔵堂の某《なにがし》に勘当されたるなりと。余が祖父曰く、そは甚だお気の毒なり、我師の為めに行きて謝せんと。明日相携へて某《なにがし》の家に到り、前日の無礼をわぶるに擬す。その間師門前に立ちて敢て入らず。事成りて後内より招けば、師は

1 自若―平気なさま。
2 臭穢―くさくてきたない。
3 北川―富取北川。地蔵堂の医師。
4 不興―不快に思う。
5 長―かしら。ここでは庄屋をいう。
6 富取某―富取武右衛門である。
7 夢遊集―鴨長明の著にして三冊あり。各冊の表紙裏に「おれがの」と書き、第一冊には林甕雄の説明あり。
8 「ほんにおれがの」―「おれがの」の誤なり。
9 井上桐麻呂―井上桐斎のこと。名は智徳、字は逸休、通称仁兵衛、随処、培根堂とも号した。南蒲原郡田上村の人。柳川の庄屋となり、のち北蒲原郡則清の庄屋となり、文久三年歿、七三歳。詩集歌集あり。
10 柳川―三条市の北隅にある部落。
11 則清―北蒲原郡佐々木村の字。井上家の跡の一部は小学校となっている。
12 軽諾―かるがるしく承知をすること。

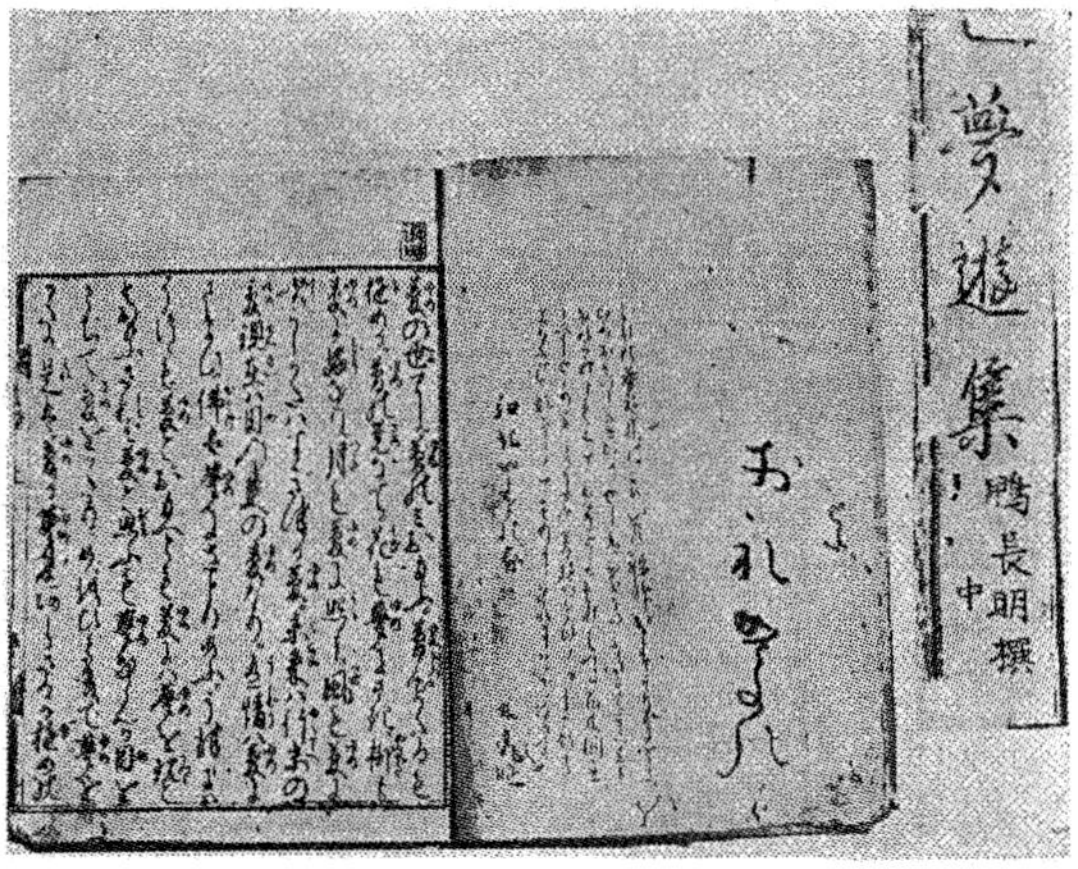

「おれがの」と記入の夢遊集

じめて入る。而も後直ちに又碁を囲みしと云ふ。こは余が生前の事なれども故人観国《かんこく》の語りしところなり。

註、観国は国上村字溝古新清伝寺（仏光寺派）の住持なり。

□

師又銭などをかけて碁を囲むこともあり。人多く師に勝ちをゆづる。師銭が多くなりてやり処なしと云ふ。又曰く人は銭の無きを憂ふれども、我は銭の多きを患《うれ》ふと。

□

師平生喜怒の色をなさず、疾言するを聞かず。其の飲食起居舒《おもむろ》にして愚《ぐ》なるが如し。

□

師の随身の具、笠などに「おれがの、ほんにおれがの」と書してあり。余が家に師の持ちたりし夢遊集《むゆうしゅう》[7]あり、それにも「ほんにおれがの」[8]と記しあり。

□

井上桐麻呂《いのうえきりまろ》[9]（初柳川《やながわ》[10]に住す 今則清《のりきよ》[11]に移る）師を尊信して常に国上の草庵を訪《と》ふ。彼当時の善人を師に問ふ。師余が父（解良叔問《けらしゆくもん》）を教ふ。桐麻呂爾後《じご》余が家に住す。

□

師能く人の為めに病を看《み》、飲食起居心を尽す。又よく按摩《あんま》をし、灸などをなす。人明日我が為めに灸《きゅう》をせよと云ふ。師明日の事は又明日と答へて敢て諾《だく》せず。軽諾信少《けいだくしんしょう》[12]なきが為めか、又生死《しょうじ》明日を期せざるが故か。

1　毀誉―悪口をいったりほめたりする。
2　里長―庄屋をいう。
3　七日市―三島郡三島町の大字。七日市の某は山田権右衛門であろう。由之の子、馬之助の妻遊子は当家の女である。
4　弘斎―巻菱湖の別号である。良寛は菱湖のように型にはまった字を好まなかった。
5　ひさぐ―売る。当時は人身売買が行われていた。
6　中山―出雲崎町大字中山であろう。
7　山田某―山田杜皐の家であろう。
8　通宵―一晩中。
9　手巾―手ぬぐい。

盆踊の良寛（中村岳陵画）

□

師決して人を毀誉《きよ》[1]せず。然りと雖時ありて或る里長[2]某居宅《なにがしきよたく》を造る。甚だ壮大なり。師曰《いわ》く貧すれば鈍すとはかくの如きを云ふなりと。

□

師嘗て風邪に感じ七日市《なぬかいち》[3]某の家に臥す、明旦《みょうたん》起きて見れば屏風にて床を囲む。師曰く、宜《うべ》なり我が病む事、弘斎《こうさい》[4]の屏風を立つればなりと。

□

師の嫌《きら》ふところは書家の書、歌よみの歌、又題を出して歌をよむこと。

□

師色紙《しきし》短冊《たんざく》を出して書を求むる人あるも、詩歌随意に書し、字行定法なし、当今和学者流の法のあることを知らざるもの〻如し。

□

師嘗《かつ》て茶の湯の席に列《つらな》りし事あり、所謂《いわゆる》濃茶なり、師知らずに飲みほして見れば、次客席にあり。師やむなく口中含むところを碗に吐きて与ふ。其の人念仏を唱《とな》へつ〻飲みしと。之れ師みづから語りしところなり。

□

右と同じ席にてのことにや、師鼻くそを取りてひそかに座の右に置かんとす、右客《ゆうきゃく》袖をひく、左に置かんとす、左客《さきゃく》又袖をひく、師止《や》むことを得ずして再び之れを鼻中に置きしと云ふ。

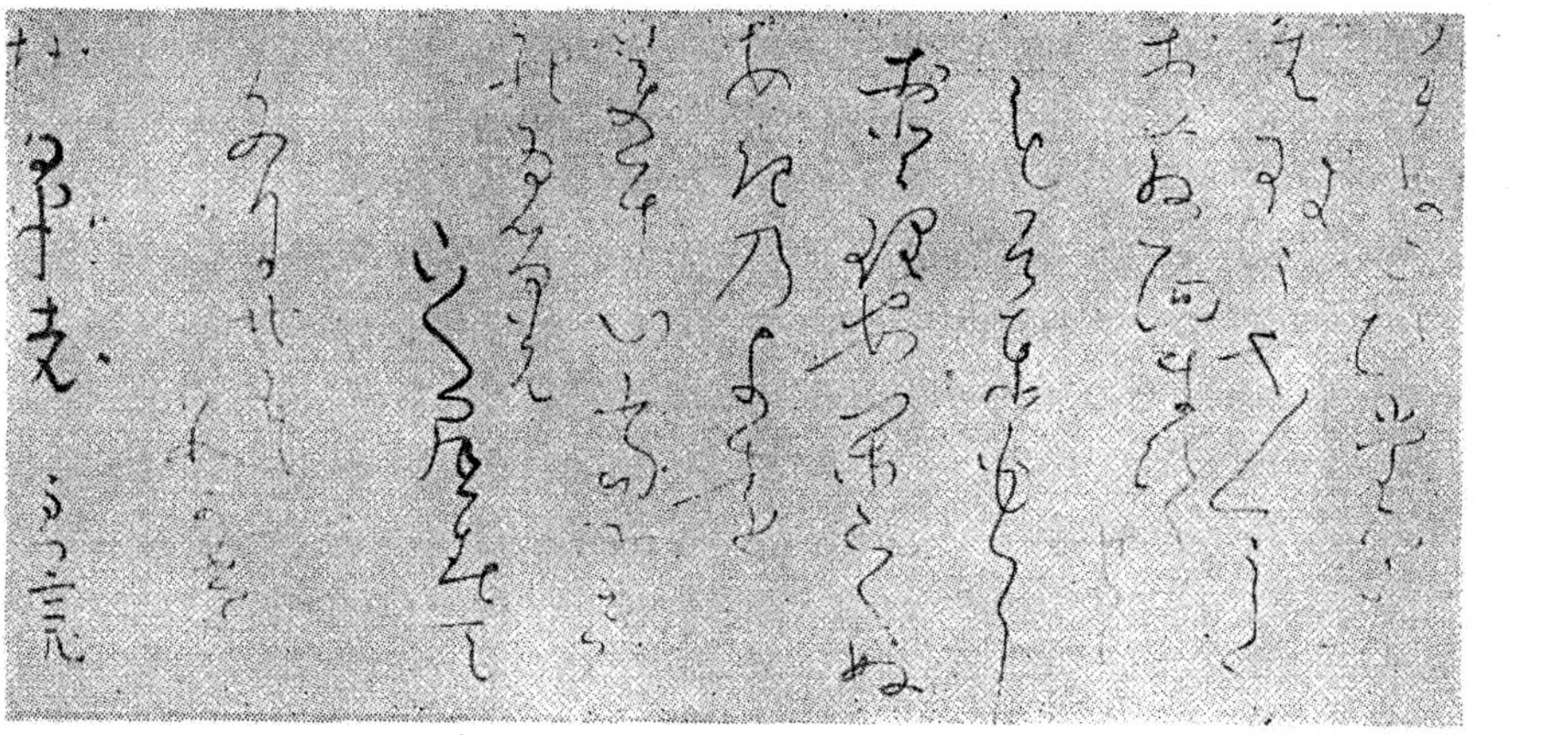

盆踊手拭の礼状

□

師嘗《かつ》て某の駅を過ぎ娼家《しょうか》の門に至るや、遊女あり走り出でゝ師が袖をひかへて泣く。師其の故を知らず。たゞ茫然《ぼうぜん》[5]としてなすにまかす。後に至りて其の故をたづねしに、そは彼の遊女幼にして身をひさぎて他郷に在り、父母の容形《かおかたち》を知らず、しかも父母を思ふこと切なるの余《あまり》前夜父来ると夢み、師を見て其の父なりと思ひしが故なりと云ふ事明らかとなれり。此の話も師自ら語りしところなれども、余《よ》幼にして始終を詳《つまびら》かにせず。

□

師ある時托鉢の途中[6]山の頂に憩ひし事ありしが、少憩《しょうけい》の後再びもと来し道に行き托鉢せしに知る人ありこれ先刻の僧なりと云ふに、師驚きて帰り去りしことありしと。

□

師与板駅[7]山田某《なにがし》の家に宿す。其家に一画幅あり、獣を描く。師甚だ之れを珍愛し、一時人なきを見て、師自ら其の画幅に対し画中の獣の形容をなす。折から家婦人の来るあり。師曰く、我今何をなせしか君の知れりやと。婦人曰く師画中の獣の態をなしたまへるにあらずやと。師驚きて曰《い》ふ、君は堅き人なり、然りと雖《いえども》、明らかにかくの如くなりと云ふことなかれ、奴婢《ぬひ》が気づかひをすればなりと。

□

毎年中元前後郷俗[8]通宵《つうしょう》踊りをなす、都《すべ》て狂へる如し。師甚だ之れを好む。ある夜師自ら手巾《しゅきん》[9]を以て頭を包み婦人の態をなし衆と共に踊る。人あり、その師なることを知り、傍に立ちて聞こえよがしに云ふ「この娘子品よし[1]誰家の女ぞ」と。師之れを聞きて大に悦び、後人に誇って曰く、我衆と共に盆踊りをなすや、人ありあれは誰家の女ぞと云へりと。

□

余問ふ、歌を学ぶ何の書を読むべしやと。師曰《いわ》く[2]万葉をよむべし。余曰く万葉は我輩《はい》不可《ふか》解《かい》と。師曰く解かるだけにて事足れりと。時に又曰く古今はまだよいが、[3]古今以《い》下《か》不堪読《よむにたえず》と。

□

師五十音の理を自ら考究して頗る其の旨を得たり。我地方未だ[4]真淵[5]本居《もとおり》の書なし。師は[6]先づ鞭をつくるものなり。余幼にして此の事を聞く。師示すに活用を以てす。先づ初言《しょげん》を、次に体用令助を云ふ。自ら心に得ざれば師は黙して語らず。其の理を心に自得して後、師又語らる。惜哉余《おしいかなよ》[7]浅膚《せんぷ》にして其の要を学ばず、今日に至りて[8]臍《ほぞ》を噛《か》む。師曰く我一冬草庵にあり五十音を考へ其の大旨《し》を得たりと。

□

師国上の草庵に在し時、筍厠《し》中に生ず。師蠟燭《ろうそく》を点《とも》して屋根を焼き竹の子を伸《の》ばしやらんとす。しかも、その為めに却て厠《かわや》を焼失しけりと。

□

人曰く金を拾ふは至って楽しと。師之《こ》れを聞き自ら地上に金を捨て、やがて自ら之れを拾ふ、更に情意の楽しきなし。初め人吾を欺くかと疑ふ。捨つること再三、つひ

1 品よし—姿態のこなしがよい。上品の意味にあらず。

2 万葉—万葉集をいう。平安朝初期編集の歌集にて、仁徳天皇頃より奈良朝末期の歌約四千五百首を集めて二十巻とす。

3 古今—古今和歌集をいう。宇多天皇の勅命をうけて紀貫之ら五人が千百首の秀歌を撰進して二十巻となしたもの。延喜五年の作。

4 真淵—加茂真淵をいう。徳川中期の国学者。遠江国浜松在に生まる。荷田春満に国学を学び、江戸に出て国学を研究。「万葉考」「冠辞考」等を著わし、明和六年歿、七三歳。

5 本居—本居宣長をいう。江戸中期の国学者。伊勢国松阪の人。堀景山に儒学を学び、契沖の古今余材抄等に国学の目を開き、賀茂真淵により古学を志す。古事記伝等を著わし、享和元年歿、七一歳。

6 先づ鞭をつくる—先鞭をつける。さきがけをする。

7 浅膚—浅はかなこと。

8 臍を噛む—後悔する。

に其の在るところを見失ふ。師百計してやうやく拾ひ得たり。その時に至って初めて楽しきを知る、且曰《いわ》く人我を欺かずと。

□

[9]郷言《きょうげん》稲の豊熟《ほうじゅく》するを「ぼなる」と言ふ。ぼなるは吼《ぼ》なると云ふなるべし。師之れを聞き、稲の吼《ほ》ゆるを聞かんと終夜田間に[10]彷徨せられしことありと云ふ。

□

夏夜《かや》、田家にては厩《うまや》に藁《わら》をつかねたるを[11]縄を以て梁下《はりした》に吊《つる》し下ぐるを例とす。之れ[12]蚊子《ぶんし》の馬を刺《さ》す事あれば、馬之れに触れて蚊子を追ふが為めなり。師之れを見、その故を問ふ。人之れ蚊《か》を去るの法なりと教ふ。師即ち草庵に帰りて自ら之れをなし[13]晏如《あんじょ》たりしと云ふ。

□

師一日雨に逢ひ石地蔵の笠着たる傍に立ちて凌《しの》ぐ。人師なることを知り、伴うて家に帰り、而して書を求む。師即ち「いろはにほへと」の歌を十二枚に大書すと云ふ。

□

[14]新潟町飴屋《あめ》万蔵《まんぞう》といふもの、師の書を信じ其の家の[15]招牌《かんばん》を書き貰《もら》はんことを欲し、一日紙筆を携《たずさ》へて師を追ひ、地蔵堂の駅某《なにがし》の家にて師に逢《あ》ひ、懇願《こんがん》してつひに其の所欲をかなへしと云ふ。師此の日人に語って曰《いわ》く、吾今日厄《やく》に逢へり云々と。余《よ》今年新潟を過ぐ、其の家なほ禅師の招牌《かんばん》をかゝぐ。当時を追想して独[16]徘徊《はいかい》したりき。

□

9 郷言—郷土のことば。方言に同じ。
10 彷徨—ぶらぶら歩きまわる。
11 縄を以て—現在は見られないが、実在したものは、藁をたばねたものを下げるか、その代りに縄を下げておいたものである。
12 蚊子—蚊である。
13 晏如—安らかにおちつくさま。
14 新潟町飴屋万蔵—新潟の中心街たる柾谷小路の東、東堀通の辺にあった有名な飴屋。
15 招牌—看板。
16 徘徊—ぶらぶら歩く。

盗人あり、国上の草庵《そうあん》に入る。一物の盗み去るべきものなし。密《ひそか》に師の臥蓐[1]《がじゆく》をひきて奪はんとす。師寝て知らざるものゝ如くし、自ら身を転じてなすがまゝにまかしたりきといふ。

□

医師正貞[2]《しょうてい》と云ふもの（原田正貞）あり、師に問うて曰《いわ》く、吾金を欲す如何にせば金を得べきかと。師曰く業を勤めて人の手元を見ることなかれと。更に他の人同じき道を問ふ。師答へて曰く、金を人に借ることあらば其の期をたがへずに返すべしと。

□

師余が家に信宿[3]《しんしゅく》日を重ぬ。上下おのづから和睦《ぼく》し、和気家に充《み》ち、帰り去ると雖《いえども》数日のうち人自《おのずか》ら和す。師と語る事一たびすれば胸襟[4]《きょうきん》清きを覚ゆ。師更に内外の経文[5]《きょうもん》を説き善を勧むるにもあらず、或は厨下[6]《ちゅうか》につきて火を焚き、或は正堂に坐禅す。其の話詩文にわたらず、道義に及ばず、優游[7]《ゆうゆう》として名状すべき事なし。唯道義の人を化するのみ。

□

師嘗って日蓮宗の家に宿《しゆく》し看経[8]《かんきん》せしに家人袖をひきて頻りに止めよと云ひしと、師みづから語られしことありき。

□

師が平生の行状詩歌中に具在[9]《ぐざい》す。今又こゝに贅《ぜい》せず、たゞ其の逸事[10]《いつじ》を録するのみ。

師一生奇行異事の人に云ふべきなし。唯一事あり。そは師死して後、棺《かん》に納め日を重

1　臥蓐―ふとん。
2　医師正貞―原田鵲斎の子で、分水町中島に住む。良寛の五合庵より約六キロで、医療のときは厄介になっていた。
3　信宿―二泊すること。
4　胸襟―心のうち。
5　内外の経文―内経は仏教の経文、外経はそれ以外の経文。
6　厨下―台所のあたり。
7　優游―ゆったりとしている。
8　看経―経文をよむこと。
9　具在―くわしくある。
10　逸事―こぼれ話。

ぬ。尼某《あまなにがし》来り、哀痛の情に堪《た》へず、一たび死者の風姿[11]《ふうし》に接したしと哀願す。人々止《や》むことを得ずして棺を開き見しに、頂骨不傾厳《かたむかずげん》として生けるもの丶如かりしと云ふ事之《こ》れなり。

□

師神気内に充ちて秀発[12]《しゅうはつ》す。其の形容神仙の如し。長大にして清癯[13]《せいく》、隆準[14]《りゅうせつ》にして鳳《ほう》眼《がん》、温良にして厳正、一点香火の気なし。余牆[15]《しょう》高くして宮室の美を知ることなし。今其の形状を追想するに、当今似たる人を見ず。鵬斎[16]《ぼうさい》曰く喜撰[17]《きせん》以後此の人なしと。

□

師嘗《かつ》て余が里観照寺[18]にありしことありと雖《いえども》、余幼くして知らず。

□

坡丈[19]《はじょう》と云ふものあり、俳諧歌者なり。自ら拙書[20]《せつしょ》を歎《たん》ず。師之れを聞きて曰く、妍媸[21]《けんし》に心を労することなかれ、書自ら成らんと。坡丈之れより字を書くに易きを得たりしと。其の徒《と》若水[22]《じゃくすい》語る。

□

師初め他州に雲水し、後国上の五合庵に住し、又同村乙子《おとこ》の宮の庵《いおり》に住む。老いて後島崎の里能登《のと》屋某《なにがし》と云《い》ふもの丶家の後ろに住む。蓋《けだ》し国上を去りしは薪《しん》水の労を厭《いと》うてなるべし。

□

土佐にて江戸の万丈[23]《まんじょう》と云へる人師と一宿を共にせしと、その時のこと万丈の筆記に

11 風姿—すがた。
12 秀発—すぐれて外へあらわれる。
13 清癯—細身ですっきりしている。
14 隆準—鼻すじが高い。
15 牆高くして—垣根が高くて家の中が見えないというので、人物があまり偉大ではかり知れないことにたとえる。
16 鵬斎—亀田鵬斎のこと。江戸の儒者。
17 喜撰—平安時代の歌人。六歌仙の一人で桓武天皇の子孫というが伝記不明。
18 観照寺—分水町牧ケ花にあり真言宗の寺院。良寛は五十三歳の頃住んでいた。
19 坡丈—分水町大字野中才の専念寺にいた僧。俳諧、茶道をよくした。同寺に坡丈の句碑あり。天保十年前、七十七、八才で歿した。
20 拙書—字がまずいこと。
21 妍媸—美しいこととみにくいこと。
22 若水—西蒲原郡吉田町大字野本の庄屋。姓は治田、名は彦左衛門といい、別号を適水亭ともいう。解良栄重の親友で俳人。
23 万丈—江戸小日向新屋敷一丁目に住み、通称近藤又兵衛、椿園主人、万丈と号した。嘉永元年歿、七十二歳。解良家に弘化二年、万丈が記した「寝覚の友」と「歌集」がある。

あり。

□ 此の数条思ひ出づるにまかせて筆記す、年歴次序なし。

□ 師仏に入るその初めは如何なる故なるを知らず、[1]釈遍澄《へんちょう》に問ふべし。

□ 筍盗《たけのこぬすみ》の話

イマシメ玉

歌詩の話

[2]見義《けんぎ》所持屏風の話

[3]文台先生とはれし話

[4]鵬斎《ほうさい》贈答の詩歌

[5]水原角鈇《すいばらかくふ》の話

（『良寛禅師奇話』の最後はかくの如く題目だけを七つ並べてあるまゝに終って居るが、筆者は後日なほ書きつゞける為めの用意にこんな事をして置いたのだと思はれる。）

---

1 釈遍澄―島崎村（現、和島村島崎）早川家の人。良寛の法弟、のち地蔵堂町至誠庵に住し願王閣主となった。富取芳斎に画を学び、琢山、芝田、翠陰と号した。良寛はこの人の膝を枕にしてなくなったと伝えられる。明治九年歿、七五才。

2 見義―粟生津村の鈴木見義。号を桐軒といい医を業とす。文台の兄で良寛と親交があった。

3 文台―粟生津村の鈴木文台。儒者で良寛の親友。

4 鵬斎―江戸の儒者である亀田鵬斎をいう。

5 水原角鈇―第四字は「フ」と読んでいるが原蹟は「黏」に近く、また「角黍」は「ちまき」のことである。（宮栄二説による）

十、良寛の真生命

云ふまでもなく、良寛は一個の[6]隠遁者であった。しかも北国辺土の一隅に彼自身の所謂《いわゆる》[7]「山かげの石間《いわま》をつたふ苔《こけ》水のあるかなきかに」生れ且死んだ一個の[8]心身脱落者に外ならなかった。極端に云へば、彼の如きは実に一個の憐れむべき敗残者、為すなき逃避者に過ぎないのである。而《しか》もなほ斯《かく》の如き[9]韜晦《とうかい》的、隠遁的、回避的生活裡《り》に没頭してゐた彼の如き人格と其の芸術とが、今日の吾々の心胸にしかく切実なる響を伝ふると云ふのは、そも〳〵これ何故であるか。

[10]襤褸又襤褸、々々是生涯、食裁取路辺、家実委蒿萊、看月終夜嘯、迷花言不回、自一出保社、錯為箇駑駘。

○

[11]生涯懶立身、騰々任天真、嚢中三升米、爐辺一束薪、誰知迷悟跡、何問名利塵、夜雨草庵裡　雙脚等間伸。

○

夕顔も絲瓜《へちま》も知らぬ世の中は
たゞ世の中にまかせたらなむ

○

霞立つながき春日を子どもらと
手まりつきつつ今日もくらしつ

○

6　隠遁者―世をのがれた人。

7　山かげの―山かげの石間をつたふ苔水のかすかにわれはすみわたるかも。または、山かげの岩間もりくる苔水のあるかなきかに世をわたるかも。の二首があり、例歌は両者を混合してできているようである。

8　心身脱落者―仏教の悟道に達した人。

9　韜晦的―才知学問をつつみかくして外にあらわさぬこと。

10　襤褸《らんる》又　襤褸、襤褸　是れ　生涯。
食は　裁《わず》かに　路辺に取り、
家は　実に　蒿萊《こうらい》に　委ぬ。
月を　看て　終夜嘯《うそぶ》き、
花に迷うて　言《ここ》に　回らず。
一たび　保社を　出でしより、
錯《あやま》って　箇の　駑駘《どたい》と為る。
○襤褸―やぶれごろも。○蒿萊―よもぎ。○保社―相互に助けあう団体。寺院をさす。○駑駘―のろまな馬。才能の劣った人間。

11　生涯　身を立つるに懶く、
騰々として　天真に任す。
嚢中　三升の米、
炉辺　一束の薪。
誰か　知らん　迷悟の跡、
何ぞ　問わん　名利の塵。
夜雨　草庵の裡、
双脚　等間に伸ぶ。
○懶立身―立身出世は気がすすまない。○騰々―こだわらずに進むさま。○名利塵―俗世間の名誉や利益。○等間―ひまでのんびりと。間―（旧）閑に作る。○この詩は乙子神社境内にある石碑に刻まれてある。

「焚《た》[1]くほどは風がもて来る落葉かな」、一見何と云ふたはけ方であらう、何と云ふ退嬰《たいえい》[2]的生活であらう。しかも、かうした人格が、今日——此の進歩的な、発展的な、奮闘的な、積極的な、攻取的な、活動的な趨勢《すうせい》の高潮期にあると称せられる今日に至って、特に驚くべき多くの讃嘆《さんたん》者を得つゝあると云ふのは、全く何と云ふ不思議な矛盾であらう。

今日良寛の光輝がしかく広い世間に認められるに至ったのは、良寛その人の人格は兎《と》に角その詩と歌と書との非凡な力によるのであると思ふ人があるかも知れない。しかし、彼みづからは「自分に三つの嫌ひなものがある、それは詩人の詩、歌人の歌、書家の書、及び料理人の料理である」と云ひ、又「[3]孰謂我詩詩、我詩是非詩、知我詩非詩、始可与言詩」と云ってゐる如く、良寛の芸術は決して普通人の所謂《いわゆる》芸術ではなかった。彼れの芸術は——詩も歌も書も——凡て之れ良寛その人の人格の表現に外ならなかったのである。良寛の詩も歌も書も、凡てかれの人格と生活とを外にしては、到底《とうてい》あり得なかったところのものである。随って、良寛の芸術に対する尊崇は、同時に良寛その人の人格と生活とに対する尊崇でなければならず、彼れの芸術から受けるところのものは、悉《ことごと》く彼の人格と生活とから受けるところのものに外ならぬのがある。

こんな風に考へて来て更に今日の如き所謂《いわゆる》活動的、奮闘的、進取的な社会に於て、良寛の如き極端に無為《むい》な、逃避的な、退嬰《たいえい》的な人格とそれの表現としての芸術とが、しかく異常な讃嘆を博しつゝある現象について考がへると、吾々はあまりにその矛盾《むじゅん》

1 この句は良寛が長岡の領主牧野侯に召されたときに詠んでことわったとも伝えられている。今は五合庵前の石碑に刻まれている。

2 退嬰的—ひっこみじあん。

3 孰《たれ》か謂う　我が詩は詩なりと、
我が詩は　是れ　詩に非ず。
我が詩の　詩に非ざるを知らば、
始めて　与に　詩を言うべし。
○良寛は詩の本質は言志にありとし、当時一般流行の声律や美辞麗句に拘泥した詩型を排撃したものである。

4 無用の用—荘子の唱えたもので、役に立たないものが、かえって役に立つこと。

5 田沼時代—田沼意次、意知父子がわいろを主として政治が非常に乱れた時代で、安永元年、意次が老中になり、天明四年に殺され、天明六年、意知が老中を免じられるまで。

6 文化文政期—文化元年（1804）から文政十三年(1830)の約三十年間は学問・芸術・産業などに庶民文化の栄えた時期である。

7 頽廃—くずれすたれる。

8 自棄—やけになる。

9 市井裏—まちなか。

10 茶化嘲笑—軽くごまかしてばかにする。

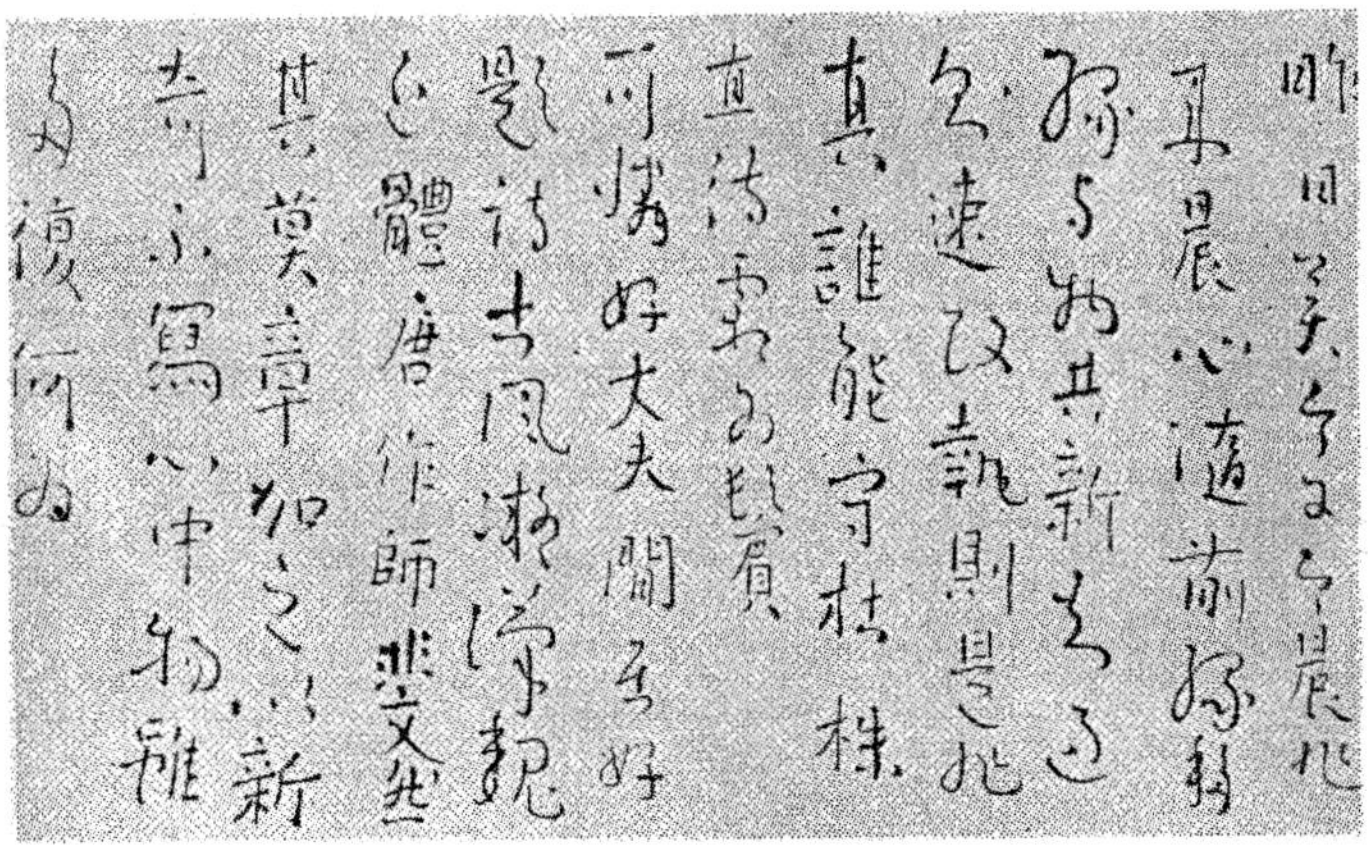

詩の本質を詠んだ詩
（解良家蔵）

の甚しいのに驚かないではゐられぬのである。しかし、これは決して単にかの土中に永く隠されたる宝玉が偶々《たまたま》或機会に於て発掘せられて、突如人目を驚かすと云ふやうな偶然事と同一に論ずべき事ではなくして、極めて必然的な、極めて内的な意義の根柢《てい》を有する極めて貴い事柄に属しはしないだらうか。良寛のそれの如き人格乃至《ないし》芸術が現代の如き社会に於て一層それの光輝を増し来ると云ふ事は、まことにこれ謂《い》ふところの[4]「無用の用」に外ならぬ。而《しか》も此の「無用の用」の奥に吾々は現代の生活そのものにとりての最も重大な何ものかの暗示を探り得ないであらうか。そも〳〵現代の人心が良寛に求むるところのものは何であるか。良寛が現代の人心に与ふるところのものは何であるか。此所謂《いわゆる》「無用の用」の根柢《てい》に厳《げん》として存する何ものかの意義を――其不可説の意義を獲得することが私達にとりては更に〳〵重要な一大事ではないだらうか。云ふまでもなく良寛は一個の僧であった。しかも彼は決して謂《い》ふ所の救世者でもなく、説教者でもなかった。彼の世に出たのは、かの所謂[5]田沼時代を以て称せられる徳川幕府政治の腐敗の殆《ほとん》ど絶頂に達した時であった。社会生活の状態から云ってもかの[6]文化文政期前後の人心の[7]頽廃《たいはい》その極に達したと云ってもいゝ時であった。而も一方に於ては斯《か》くの如き時勢に処すべく余りに清きを愛し、正しきを愛する少数の人々がなくてはならなかった。而して夫《それ》らの人々の或者は謂《い》ふ所の勤王《きんのう》の志士となり身命を犠牲にして革新の任に当らうとした。彼の父以南の如きも正に其一人であった。又或者は声を大にして人道を叫び、正義を説いて。更に又或者に至っては自らの弱さのあまり絶望的[8]自棄《じき》に堕《だ》し、世をも身をも冷眼視し、[9]市井裏《しせいり》に隠遁して[10]茶化嘲笑《ちゃかちょうしょう》のうちに一生を終った。わが良寛も亦かくの如き少数の清く正しき人の一人であった。しかも、彼は出でゝ戦ふべくあまりに弱く、冷眼を以て笑ふべくあまりに温かく且純であった。弱かったが故に彼は身を退けた。しかし、それと同時に彼は温かゝったが故に、世を忘れ生を忘れることは出来なかった。かくて、一旦《たん》はたゞひとへに世を逃《のが》れ、身を退けた彼も、いつとはなしに世間の堕落《だらく》に対する嘆きと人生の無常に対する悲しみに動かされ、救世の大願を以て立ち、[1]衆生済度《しゆじようさいど》の理想を以て動くやうになった。けれどもさうした道を進むに随って、再び彼はみづからの弱さの為めの苦しみと悩みとをます〳〵激しく感じないわけには行かなかった。そして幾度か起ち、幾度か躓《つまず》いた果に、彼はつひに一切を否定し、あらゆるものに対して空観をいだくより外に仕方なき境地まで行った。しかもその一切否定のどん底から、彼の前に始めて広大な天地が開けた。弱きに徹《てつ》して彼は強さを得た。一切を否定することによって彼は始めて自己の生の無敵を知り、自己の生に対する本当の愛着を感じた。外に向って居た彼の眼は、爾後《じご》専ら自己の内部に注がれるやうになった。世を救はうとしてゐた彼は、一転してただひとへに自分一個の救ひを求める彼となった。自分一個の救ひ——それが同時に万人の救ひであると信ずる彼となった。自分一個を生かすこと——それが同時に万人を生かすことであると信ずる彼となった。仏典の所謂《いわゆる》「人自ら意を伏することと能《あた》はずして反《かえ》って他人の意を伏せんと欲す、能く自らの意を伏せば他人の意おのづから伏すべし」(三慧《え》経[2])——その道へ彼も進んだ。かくて一切否定は同時に一切肯《こう》定であった。凡てから離れることは、同時に一切を得ることであった。彼はつひに凡《すべ》

1 衆生済度—迷っている多くの人を救って悟らせる。

2 三慧経—物をえらぶのに聞慧、思慧、修慧の三種あることを説いた経。

てを失うて凡てを得るの道に進んだ。かくの如くして極めてうぶな、極めて自然な、心持で営まれたのが、実に良寛の一生であった。

身を捨てゝ世を救ふ人もますものを
草のいほりにひまもとむとは

墨染のわが衣手《ころもで》のひろくあらば
まづしき人をおほはましものを

時にはかう自らを責める事があり、又時には農家の繁忙期に自ら農夫作業の図を画いてそれを床に懸け供養禮拝《くようらいはい》怠らなかったと云ふ程に自らを責める事のあった彼ではありながら、しても根柢に於て彼の心は安らかに彼をして彼みづからの道を歩ませたのであった。

随《したが》って良寛は決して世の所謂宗教家ではなかった。各宗に亙《わた》ってあれ程学問の競起した時代はないと云はれるのが良寛当時のわが仏教界の状態であった。又各宗に亙《わた》ってあれほどの政府の優遇を受け、あれほどの権力を持たされた時代はないと云はれるのが、その当時のわが仏教界の状態であった。しかも、かくの如く宗門や寺院や、教権の勢力の盛大であった時勢に生れ合せながら、わが良寛はさうした傾向とは全く反対な中古的とも称すべき隠遁独行の道へと進んだのであった。

3 我見講経人、雄弁如流水、五時与八教、説得太無比、
自称為有識、諸人皆作是、却問本来事、一個不能使。

○

3 我講経の人を見るに
雄弁 水を流すが如し。
五時と八教と
説き得て 太だ 比無し。
自ら称して 有識と為し
諸人も 皆是と作す。
却って 本来の事を問えば
一箇も 使う能わず。

○講経人―説教している僧。○五時―華厳時、鹿苑時（又は阿含時）、方等時、般若時、法華涅槃時で、釈迦一代の教法を説いた時期の前後によって分けたもの。○八教―頓教、漸教、秘密教、不定教（化儀）、蔵教、通教、別教、円教（化法）の八教で、化儀は釈迦一代の施化の形式方法、化法は内容の教理によって分けたものである。○有識―学識のある人。○本来事―法の本体。

[1]仏説十二部、部々皆淳真、東風夜来雨、林々是鮮新、
何経不度生、何枝不帯春、識取此中意、莫強論疎親。

かうした自由な天地に探り入ったのが良寛の求道であった。随《したが》つて彼が生涯親しく出入してゐた家は、神道、日蓮宗、浄土宗、浄土真宗、真言宗等殆んどあらゆる宗旨を網羅《もうら》してゐると云ってもいゝ程であった。彼には宗旨の別などは眼中になかった。人人も亦自家の宗旨などを別にして彼を尊崇した。それは彼が禅宗に属しながら浄土真宗の家で死に、同じ宗旨の寺に葬られてゐる一事でも知られるのである。而してかくの如く宗旨《しゅうし》の別などを眼中に置かなかった彼は、同時に何人に向っても宗義を談じたり、経典《きょうてん》を講じたり、法を説いたり、道義をすゝめたりするやうな事は、殆んどなかったと伝へられてゐる。此の点の如きは、良寛が最も鮮かに、世の所謂《いわゆる》宗教家と選を異《こと》にしてゐた点である。良寛は実にかくの如く他人の前に経《きょう》を読まず、法を説かず、道を談ぜざる点に於て、謂《い》ふところの宗教家ではなかった。

けれども、今日なほ伝へられるところの多くの逸事逸話の示すところによって明かなるが如く、良寛の生活はかの鈴木文台[2]の言の如く実に「かの道徳の深[3]邃《すい》の如きは我徒の窺《うかが》ふ所にはあらざるなり」と云ふ程度まで到入してゐたのである。而《しか》して彼の赴くところ常に不可思議な道徳的感化の及んだ事が、今日なほ歴々として窺ひ得るのである。[4]破笠衲衣《はりゅうのうい》の一貧老僧が飄然《ひょうぜん》として去来するところ、到るところの町、到るところの村、いたるところの家、そこには常に不可思議なる和らぎと歓びとが薫風[5]《くんぷう》の如《ごと》く漂うたと云ふ――これは又何たる奇蹟に似た事実であらうぞ。

---

1 仏説十二部、部々皆淳真なり。
東風　夜来の雨、
林々　是れ　鮮新なり。
何れの経か　生を度せざる、
何れの枝か　春を帯びざる。
此の中の意を　識取して、
強いて　疎親を　論ずること莫かれ。
○仏説十二部―仏陀の所説を十二種に分類したもの。修多羅（契経）、祇夜（応頌）、和伽羅（授記）、伽陀（諷誦）、尼陀那（因縁）、優陀那（自説）、伊帝目多（本事）、闍多那（本生）、毘仏略（方広）、阿浮達磨（未曾有）、阿婆陀那（譬喩）、優婆提舎（論議）をいう。○東風―春風。○鮮新―新鮮に同じ。

2 鈴木文台―粟生津村の儒者。

3 深邃―おくふかい。

4 破笠衲衣―やぶれがさにやぶれごろも。

5 薫風―青葉の香をふきおくる風。

6 小林粲楼―小林存。新潟の民俗学者。

7 如是両字高着眼、百千経巻在這裡、若随多聞慶喜後、依旧蒼蠅鑽故紙、「法華讃」
如是《にょぜ》の両字を　高く眼に着けよ、
百千の経巻は　這裡《しゃり》に在り。
若し　多聞《たもん》慶喜の後に随わば、
旧に依って　蒼蠅《そうよう》　故紙を鑽《き》らん。

8 原坦山―明治時代の禅僧。文政二年磐城国平村に生まれ、十五才上京し昌平黌に入る。二十六才出家し、風外について参究。東京大学に印度哲学を講じ、曹洞宗大学林総監となり明治二五年歿、七四歳。

9 潦倒―おだやかで奥ゆかしい。

遷化の図
（こしの千涯画）

而もその人みづからは実に弱き自己に徹《てつ》して、ひたすらにおのれ一人の救ひを求めてやまなかった、むしろ憐れむべき一個の隠遁《いんとん》者に外ならなかったではないか。而《しか》してその人の今日私達に遺した芸術の凡てと雖も、正にさうした生活、さうした人格そのものゝ表現に外ならぬのではないか。『弥彦神社附国上と良寛』の著者[6]小林粲楼《さんろう》氏は云ふ「彼れ曾て法華の序品《じょぼん》に題して曰く[7]『如是両字高着眼、百千経巻在這裡』と……（中略）……近代の碩《せき》徳[8]原坦山は良寛の此頌《じゅ》に対し瞿《く》然として『我朝仏学の蘊奥《うんのう》を究めしもの空海以下唯此人あるのみ』といふ、真に[9]潦倒《ろうとう》者にして始めて潦倒者を知ると言ふべき也」と。更に云ふ「要するに彼れは『如是』の衲僧《のうそう》のみ、彼を説明するには当年の彼自身ならざる可からず」と。果して然るか、果して然るか。

併し私は重ねて自ら問はう。現代の人心は良寛に向って何を求めなければならぬか。そもそも又良寛が現代の人心に向って与ふるところのものは何であるかと。

大愚良寛　畢

遺跡巡り要図

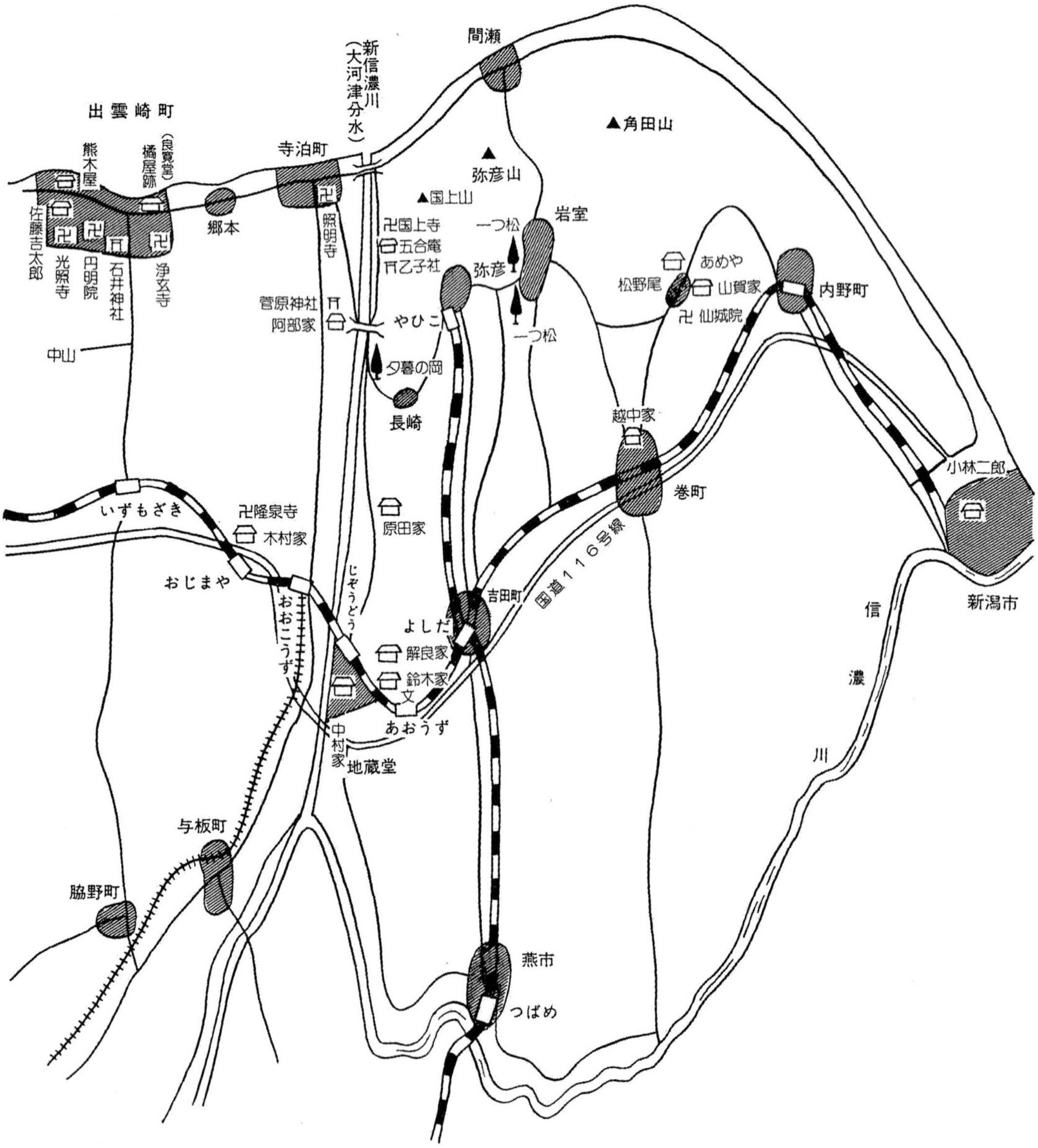
出雲崎町
熊木屋
(良寛堂)橋屋跡
佐藤吉太郎
光照寺
円明院
石井神社
浄玄寺
郷本
寺泊町
照明寺
新信濃川(大河津分水)
間瀬
角田山
弥彦山
国上山
国上寺
五合庵
乙子社
一つ松
岩室
弥彦
一つ松
菅原神社
阿部家
やひこ
夕暮の岡
長崎
あめや
松野尾
山賀家
仙城院
内野町
中山
越中家
巻町
小林二郎
新潟市
いずもざき
隆泉寺
木村家
原田家
おじまや
おおこうず
じぞうどう
吉田町
よしだ
解良家
鈴木家
文
国道116号線
あおうず
中村家
地蔵堂
信濃川
与板町
脇野町
燕市
つばめ

良寛遺跡巡り

1　火災—大正六年出雲崎羽黒町の南屋藪店より出火し百戸ほどを焼失した大火である。

2　佐渡と出雲崎や—佐渡と出雲崎やすじかひ向ひ橋をかけたや船橋を。さらに古くは「お船歌」として、「佐渡と越後はすぢ向ひ、凡そ越後へござるもの、橋をかけます船橋を」とある。

3　芭蕉が出雲崎へ来たのは、元禄二年（一六八八）。七月四日に泊り、五日柏崎へ向って出発。「荒海や」の句は銀河の序と共に刻され、昭和三十年建碑されてある。

4　芭蕉—松尾芭蕉。徳川初期の俳人。伊賀国上野に生る。北村季吟、松永貞徳に学び、俳諧蕉風を開く。「奥の細道」、「七部集」などあり、元禄八年歿、五一歳。

良寛遺跡巡り

大正六年七月九日——

午前九時四十五分糸魚川発の汽車で、私はいよ〳〵良寛遺跡めぐりの旅に上った。雨あがりの空は気持よく晴れ渡って居た。北日本アルプス連山の雪をいたゞいた頂も、今日は一きは空高く聳《そび》えてゐるやうに見えた。近く突立った山々までが、今日は何だか思ひ切り背伸びしてゐるやうに見えた。海も至って穏やかであった。海の方から汽車の窓へそよ〳〵吹き込んで来る風が、かなり永い間身内に立ち籠もって居た悪暑さをからりと払ひ去ってくれたやうに思はれた。私の心全体に静かな興奮が漲《みなぎ》り渡った。

午後一時何分かに柏崎駅で私は近頃全通したばかりの越後鉄道に乗りかへた。こゝから先は私には全く未踏の地であった。海に沿《そ》うて幾重も重なって長く〳〵続いた小山つゞきと云っても好いほどの高い砂丘、その砂丘一面に幾里もの広さに亘《わた》って林をなしてゐる枝ぶりの奇怪な黒松、汽車の進行につれて時々それらの砂丘の一寸した絶え間からチラリ〳〵と見える海の色、所々に群をなして高く突立ってゐるロータリー式の石油井——さう云ったやうな風致を示してゐる中越地方の自然は、同じ越後の国に生れ育った私にも、妙に異国的な感じを与へた。此のあたりからはもう頸城《くびき》地方で見るやうな高山は見えないで、樹木の多い小山のつらなりが到るところで狭い平地の眼界を遮《さえぎ》ってゐた。

良寛堂

やがて私の耳に「出雲崎」と云ふ駅の名を呼ぶ声が一種特別の響きを与へた。私は慌《あわ》てゝ立ち上って窓をのぞいた。出雲崎と云へば、良寛出生の地として私の久しく想像に描いて居たところであった。初めの計画では、私の此の旅行で第一に立ち寄るべきところは此の町であった。しかし、つい近頃此の町は火災[1]に罹《かか》って大部分焼けてしまひ、町のうちがまだ何かとごた〳〵してゐると云ふので、此の町へ立ち寄ることはやめにしたのであった。

停車場の光景には他と比較して何等の変化のあったのではないが、私の胸にはたゞならぬ波動が感じられた。停車場のうしろはすぐ樹木の多い小山になって居て、かなり広い道がその裾をめぐって通じてゐた。出雲崎の町はその小山を越えて、更に一里近く道のりを隔てた海岸にあると云ふことであった。私はすぐ私の眼の前に立ってゐる小山の彼方の日本海を想像した。その岸に沿うてつくられた小さな港町の焼跡を想像した。その町から望んだ佐渡の島山の眺めを想像した。[2]「佐渡と出雲崎やすぢかひ向ひ橋をかけたや………」と昔から歌ひ伝へられた民謡がおもひ合はされた。[3]「荒海や佐渡に横たふ天の河」と此の地で詠んだ名高い芭蕉[4]の句もおもひ合はされた。

たらちぬの母がみ国と朝夕に佐渡がしまべをうち見つるかな
垂乳根の母のかたみと朝夕に佐渡の島根をうち見つるかな
いにしへにかはらぬものはありそみとむかひに見ゆる佐渡が島なり
天も水もひとつに見ゆる海の上に浮び出でたる佐渡が島山

かうした良寛その人の歌もおもひあはされた。そして出発する前から私の内部に漲《みなぎ》ってゐた静かな、厳粛味を帯びた一種の興奮――此の旅の目的に伴うた心の興奮が、刻々に熱度を加へて行くやうに感じられた。そしてその心の興奮は、汽車がいよ〳〵私の目ざす西蒲原郡の平野――私はこれまでにこんなに平らな広い土地を見たことがない――へ出て、突如としてその平野の入口の、すぐ眼の前に高く聳え立った弥彦山[1]の端麗な姿を望んだ刹那に、われながら不思議なほどの高調に達した。全国にたぐひの少ない此の平野の門戸に、しかも日本海の岸近くに巍然《ぎぜん》[2]として立って居る此の山は、まったく何と云ふ端麗な姿を備へてゐることであらう。その輪廓をなしてゐる線は、何と云ふ柔かみと温かみとを持ってゐることであらう。

ももつたふ　いやひこやまを　いやのぼり　のぼりて見れば　たかねには　や
くもたなびき　ふもとには　こだちかみさび　おちたぎつ　みをとさやけし　こ
しぢには　やまはあれども　こしぢには　みづはあれども　こゝをしも　うべし
みやゐと　さだめけらしも

かうした良寛の嘆美は、したしく其の山に登った者でなければわからぬが、しかし私にはむしろかうして平野から仰視《ぎょうし》した其の山の風姿が、太古このかた此土地に住む多くの人の心を引きつけたのではないかとおもはれた。かうした弥彦山の英姿に見入ってゐた私の眼は、やがてその山と相並んで立ったゆるやかな円味のある輪廓を持った、それよりはずっと低いが、しかし矢張高山の趣を備へた他の一つの山に転じた。それが即ち良寛の最も永く住んでゐた庵の跡のある国上山であった。

あしびきの　国上の山の　山かげに　庵をしめつゝ　朝にけに　岩の角みち

1　弥彦山―越後平野の西方にそびえる名山、高さ638メートル。ふもとに弥彦神社あり。

2　巍然―山の高くそびえるさま。

3　老軀―老体。

4　乙子祠畔―国上山の乙子神社わき。

弥彦山を望む

踏みならし　い行きかへらひ　まそかゞみ　仰ぎて見れば　み林は　神さびませり　落ちたぎつ　水音さやけし　そこをしも　綾《あや》にともしみ　春べには　花咲きたてり　皐《さ》月には　山時鳥《ほととぎす》　うちはふり　来鳴きとよもし　長月の　時雨《しぐれ》の雨に　もみぢ葉を　折りてかざして　新田実《あらたま》の　年の十とせを　過しつるかも

時にかう歌ひながらも、なほ且心の奥ふかく限りなき寂寥《せきりょう》と悲哀とを蔵してゐた五合庵時代の良寛、[3]「老軀《ろうく》多病薪水に便ならざるの故を以て」と伝へらるゝ理由の半面に蔽《おお》はんとして蔽ひがたき人間のなつかしさを以ってして、しかもなほ全く人里の裡に下り得なかった[4]乙子祠畔《しはん》小庵時代の良寛——さう云《いっ》たやうな故人の俤《おもかげ》をさま〴〵に心に描きながら、私は西日の光のまぶしく射し込む汽車の窓にもたれて、しみ〴〵と其の二つの草庵の遺跡を持った山の姿に眺め入った。弥彦山を眺めた時私の心に感じられた神々《こうごう》しさの感が、今かうした国上山を望むに及んで、いつしかそれは人間的な懐《なつか》しみの感じと変ってゐた。私は又その山の裾をめぐらしてゐる小山のつらなりをも見た。更に又その山を起点として前面に展開された平坦々《たんたん》たる緑の平野を眺めまはした。その平野のそちこちに散在する森や村を眺めた。私の心はいつしか、かの山と此の平野との間を、いつもたゞ独りでさまよひ歩いてゐた一人の老隠者の衲衣破笠《のういはりゅう》のさびしげな姿が描かれてゐた。

良寛がいほりの跡のくがみ山仰ぐわが目にしむ涙はも

たゞこゝまで来て私がやゝ意外に感じたことは、弥彦と云ひ国上と云ひ、角田と云ひ、又それらの高い山の麓をめぐってゐる小山と云ひ、凡ての山の輪廓の線の感じが、私の郷里附近のそれとはちがって、北国の山とは思はれぬほどの柔かみを持ってゐること、眼前に展開された平野の感じが底に云ふばかりな淋しみを蔵してゐるらしくして、しかも見渡したところ稀な穏やかさと豊けさとを示してゐること、北国と云ひながら北に高い山——弥彦、角田、国上皆然り——を持って居り、随てそれらの山の面がいづれも日に向ってゐることなどであった。私はこれらの特色のうちに、不思議にも一種の南国味の加味されてゐることを思はないでは居られなかった。そしてそれと同時に私は嘗《かつ》てある人が良寛の書を讃美して日本海の怒濤《どとう》の気分を持ってゐることを云ひ、又ある人が良寛の性格のうちに同じくさうした要素の多分にあることを云ったのを読んだ場合に感じた私の疑問が、今かうして目のあたり此の地の自然を見るに及んで幾分解決の緒を見出したやうに思はれた。

こんな事を感じたり、考へたりしてゐるうちに、汽車は私がこゝ暫くの宿りを求めることになってゐる巻町《まき》[1]に着いた。そして私はこの度の旅行の目的に向っての最も力強いたよりとしてゐる松木徳聚[2]氏を其の仮寓《かぐう》たる越中屋[3]と云ふに訪ねた。早速旅装を解いてしばらくさま〴〵の雑談を取り交はしてゐたがいつの間にか話は良寛のことに移って行った。そして私が湯に入り、松木氏と共に夕食をしたゝめてゐるうちに、もう此の家の主人は良寛の詩稿を表装して小さな掛物としたものを持ち出して床にかけてくれた。それは『円通寺』以下数篇いづれも私の記憶に存してゐる旅の詩を楷書の細字で書き列ねたものであった。そんな事で話はます〳〵佳境に進んだ。しまひには宿の主人も一緒になって話し込んだ。松木氏とはずっと以前から幾度となく良寛につ

1　巻町は越後線巻駅の所在地、西蒲原郡の中心都市で当時は郡役所もあった。

2　松木徳聚—明治六年北魚沼郡広瀬村に生る。新潟師範卒業後、東京高等師範学校にて歴史地理を専攻、柏崎中学校教諭より糸魚川、巻、長岡中学校校長となる。

3　越中屋—巻町七区にて町の中心にあり、当時の主人は上原久平、旅館のかたわら古物商もやっていた。現主は上原六郎。

4　稲葉氏—稲葉仁作。明治三十一年新潟師範学校卒業。当時は西蒲原郡視学、のち安塚農学校長となり、大正九年歿、四七歳。

5　手合—人々。

6　牽強附会—こじつけ。

7　亀田鵬斎—江戸の儒者、書家。

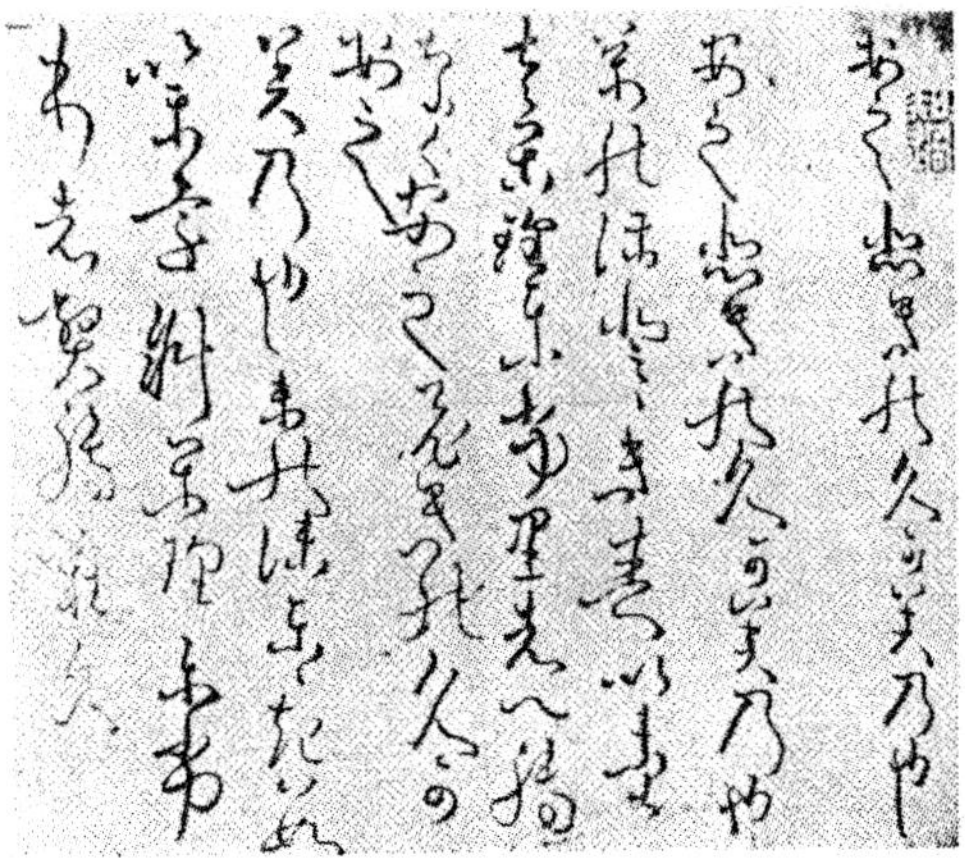

書の練習態度

いての話を取交はして来たから左程《さほど》驚きもしなかったが、宿の主人の熱心にはひどく驚かされた。宿の主人はこんな事を云った。

「良寛さまのことなら――此の辺の者は大概良寛さま良寛さまと云ひます。良寛と呼び捨てにする者はあんまりありません……此の辺の者は誰でも知ってますし、又何かにつけて良寛さまについての面白い話をしたものです。尤《もっと》も詩とか歌とか書とかについての知識は別ものですがね」

やがて同じ家を仮寓《かぐう》としてゐる此の郡の視学の稲葉《いなば》[4]氏と云ふ人がやって来て、矢張《やはり》いつの間にか良寛談の仲間入をした。

「良寛禅師の感化は実際意外なほどですが、しかし若い者なんかには「焚くほどは風がもて来る落葉かな」と云ふあの有名な句を、妙に曲解して自分達の都合のいゝ口実に使ってゐる手合《てあい》[5]もありますよ」

これは稲葉氏の話であるが、教育者はさすがに教育者らしい観察をするものだと思はないでは居られなかった。

宿の主人は所々へ出あるく機会の多い自分の道楽半分の商売を持ってゐるので、所所で聞いて来たさま〴〵の逸話を知ってゐた。それをつぎ〴〵に思ひ出すまゝ私に話してくれた。中には随分牽強附会《けんきょうふかい》[6]らしい話もあったが、それでもかなり興味深い事実談らしいものもあった。わけても面白いと思ったのは文化七年に江戸の亀田鵬斎《かめだぼうさい》[7]が国上山の五合庵を訪ねた時の話であった。鵬斎は随分永く越後に居たと云はれる。そして彼の草書は良寛について学んだものだと云はれる。彼が国上山の五合庵を訪れたのは、或る秋の晴れた日であった。折からの秋景色を賞しながら、彼はたど〳〵と国上の山坂をのぼって、良寛の庵に着いたのは日ぐれ方であった。幸ひ良寛は庵に居た。そして鵬斎の姿を見ると早速大きな擂鉢《すりばち》を一つ持ち出して来た。鵬斎はひどく不審《ふしん》[1]に思って、その擂鉢を何にするのだと訊ねた。良寛はお前様は大分足が汚れてゐる様だから之で洗ってはどうだと云った。「之は擂鉢ではないか」と鵬斎が云った。「擂鉢にも使ふが足を洗ふ事も出来る、何しろこゝには之より外に何もないのだから之で洗ひなさい」と良寛が答へた。鵬斎はやむを得ず其通りやった。それから上へ揚っていろ〳〵と話をしてゐたが、鵬斎はやがて酒が飲みたくなったと云った。良寛はこゝには酒の有り合せはないが、麓の村まで行けばあるから買って来ようと云った。鵬斎はそれは大変だと思ったが、矢張飲みたいので、それでは買ひに行って来てくださるかと云った。良寛はよしとばかりに古びた徳利をぶら下げて出かけた。鵬斎は一人居残って待ってゐたが、そのうち日が全く暮れて、いつしか月が高く昇る時刻になった。初めのうちこそ何でもなかったが、時刻がたつにつれて鵬斎はたまらない待ち遠ほしさと、つひにはやりどころのない淋しささへ感じ出した。しかし、いくら待っても良寛は帰って来なかった。鵬斎は堪へ切れなくなって草庵を出てあたりをぶら〳〵歩きながら月でも眺めて、せめて心をまぎらさうとした。と、見るともなく見ると、とある大きな松の樹の根元に人間らしい者の居るのが目に留った。いくらか薄気味悪く思ったが、鵬斎はその方へ近寄って行った。そしてよく見るとそれは良寛その人で、丁度松の根元に腰を下ろして、しきりと月を眺めて居るところであった。鵬斎はいきなり

---

1 不審—あやしい。

2 松野尾—北陸街道にある村。当時は中川立松、小出八右衛門のほか山本家、仙城院、岩崎家など文人が多く良寛の交友が多かった。現在は巻町に入る。

3 飴屋—西蒲原郡松野尾村大字松山の大越金七。北陸街道に面して飴屋を営み、五十年程前まで菓子屋をしていた。松山のバス停付近。

4 山賀五兵衛—西蒲原郡松野尾村（巻町）の人。もと鈴木氏。東条琴台に学び、のち水利殖産に尽くし、村長、県会議員となり、明治四三年歿、七十歳。

5 小山竜作—頸城の人、明治二十二年新潟師範学校を卒業し、郡長をなす。

6 布袋—布袋和尚で定応大師のこと。

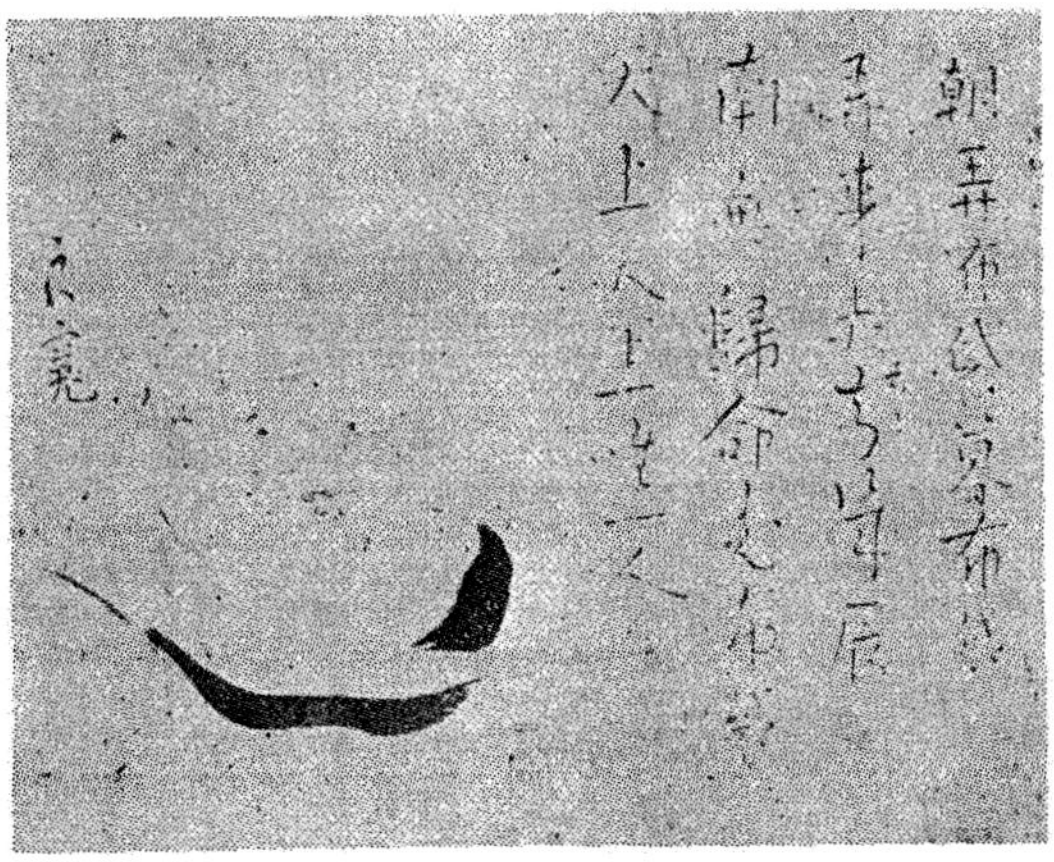

布袋の自画賛

「そこに居るのは良寛さんぢやないか」と訊《たず》ねた。その声に応じて良寛は「どうです、いゝ月ではないか」とさも感じ入ったやうに云った。しかし鵬斎はそれには答へずに酒はもう買って来たのかと訊《き》いた。ところがそれを聞くと同時に、良寛は弾ね出されたやうに立ち上って、地べたにころがしてあった徳利を取り上げるや否や「や、忘れて居た、これから行って来る」と云って駈け出した。

宿の主人から聞いた話に今一つ面白いのがある。それは松野尾《まつのを》[2]と云ふ村の飴《あめ》[3]屋某が持って居た良寛の書の二幅対《つい》の掛物についての話がある。その飴屋へは良寛は時々遊びに行ったと云ふ事だ。ところがある日飴屋の主人は良寛に向って揮毫《きごう》を求め、更にあなたの字はむづかしくて誰にも解らんから今日は解るやうに書いてくれと云ふ註文を出した。良寛は「よし〱」と云った。そしていよ〱書いてくれた字を見ると、それは「一二三」と云ふのと、「いろは」と云ふのゝ二枚であった。書き終ってから良寛は云った。「これなら振仮名をしないでも解るだらう」と。此の二幅対の書幅は、今では同じ村の山賀五兵衛[4]と云ふ人が秘蔵してゐるとの事である。

○

七月十日

朝早く松木氏に連れられて、私達の宿のつい近くに住んでゐる此の郡の郡長小山龍[5]作氏所蔵の良寛の筆蹟を見せてもらひに行った。詩を書いたもの数点あったが、中で最も珍らしく感じたのは自画自賛の布袋《ほてい》[6]であった。良寛の画は幾つもあると云ふ事を前から聞いてゐたが、私の見たのはこれがやうやく二つ目であった。画はとり立てゝ云ふほどのことはないが、その布袋の賛は良寛の面目の躍如[1]としたものであった。他は恵比寿[2]大黒[3]が地上に坐って話をしてゐる誰れかの画に賛をしたもの、この賛も特色的なものであった。その日は又た同じ町の内木氏[4]所蔵の三四点をも見せてもらった。いづれも詩で、しかも詩集中に収められてあるものであった。

此の日も到るところで良寛の逸話を少なくとも二つ三つ位づゝ話された。さほど耳新らしいものはなかったが、話す人々がいづれも皆真面目な態度で、しかも深い興味を以て話す一事は、今更ながらうれしく且ゆかしい事に思はれた。

○

七月十一日

此の日は終日他に忙しい用事があった為めに、良寛に関する話を聞く事も出来ず、又筆蹟を見せてもらふ機会もなしに過ぎた。

○

十二日

朝新潟へ行き、旧友斎藤樹蔭、藤井落葉[5]二氏を訪ね、始めて此地の歌人小金花作[6]氏に遇《あ》ひ、午後熱心な良寛研究家として古くから其の名を知られた小林二郎[7]翁を訪《たず》ねた。越後に生れながら新潟の地を踏んだのは今回が初めてゞありながら、私の心はただ一すぢに小林翁の許にのみ走ってゐた。斎藤氏に伴はれて翁の家を訪ねると、幸ひ翁は在宅中で既に与板町[8]の藤井界雄《かいおう》[9]師からの紹介もあったと歓んで私を迎へられた。うち見たところ翁はもう八十近い高齢のやうに思はれたが、体格はいかにもしっかり

1 躍如―目のあたりにありありと現れるさま。

2 恵比寿―七福神の一。蛭子神で、肥えて笑顔し、狩衣指貫をきて、風折烏帽子左手に釣竿をもち右に鯛を抱く。商家でまつる。

3 大黒―七福神の一。俵の上にのって福杵をかざし袋をかついでいるもので大国主神といわれている。

4 内木清吉で、金物店を営む富商、巻郵便局長もしていた。

5 藤井落葉―新潟市の藤井忠太郎。紙商で歌人。小金花作と共に柳桜会を結ぶ。

6 小金花作―佐渡相川町に生れ、本名は山田穀城。病気のため私塾に入り、新聞記者となり、新潟新聞主筆。歌人。昭和八年歿、五八歳。

7 小林二郎は南蒲原郡二俣村の人。片桐省介の弟。新潟市に出て印刷業を営み、東仲通郵便局長、良寛研究をなす。大正十五年歿八六歳。

8 与板町―三島郡の中心都市。信濃川に臨み往時は舟運の中心として大坂屋備前屋等の豪商で繁栄した町である。

良寛の父の新木与五右衛門、外護者の三輪長兵、友人の山田杜皐、弟由之の松下庵、導師になった徳昌寺の大機和尚など知人ははなはだ多い。

9 藤井界雄―宣界の長男、与板光西寺の住職。京都に出て苦学をし宗学に深し。大正十一年歿、七五歳。

10 野僧―僧侶の謙称。

11 草庵―草ふかいおり。

12 「うちつけに」は、突然にというので、突然おこった地震に死んだならそれでよいのに、死にもしないで、こんな憂き目を見るのがつらいことですよ。

13 臘八―十二月八日。

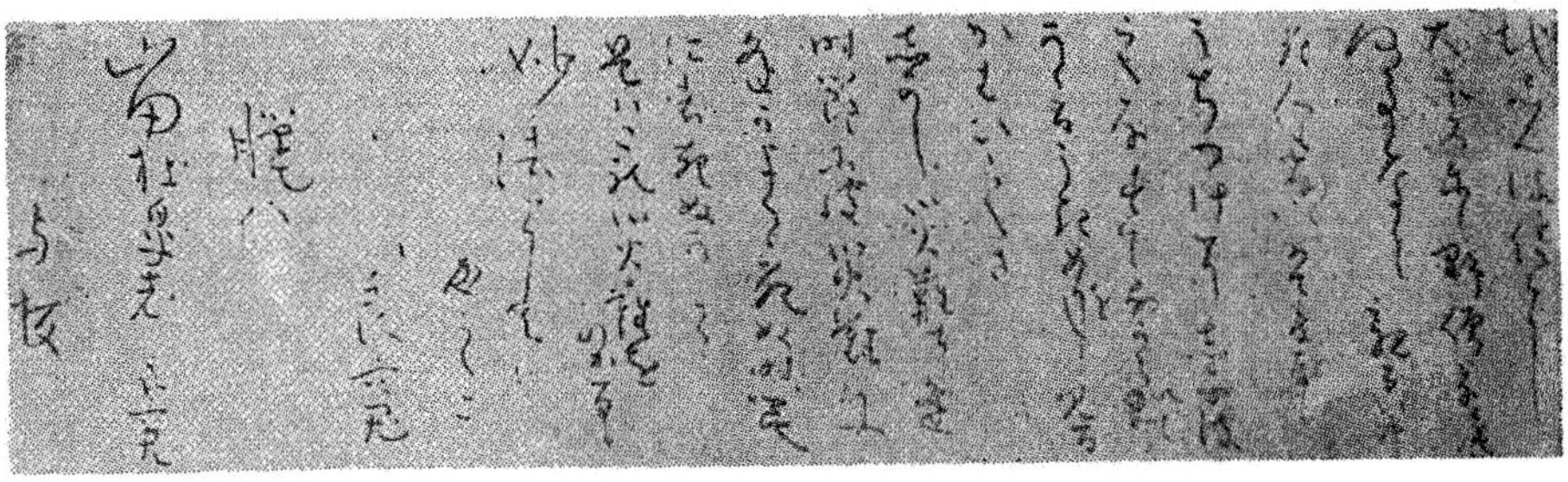

杜皐への地震見舞

して居られ、顔面には稀に見る福徳円満の相を備へて居られた。先づ階下の茶の間らしい一室に案内されたが、その部屋《へや》へ入るや否や良寛のかの有名な

鉢のこをわがわするれどとる人はなしとる人はなし鉢の子あはれ

の一首が額に仕立てゝ高く掲げてあるのが私の眼にとまった。やがて階上の客間へと招《しょう》じられたが、そこには眼にとまるもの悉《ことごと》く良寛と云ってもいゝほど多くの筆蹟が、或は額にし或は柱懸けとし、或は軸物としてかけ集められて居た。それらの筆蹟について一々翁の説明を求めた上で、私は翁が良寛研究を始められてから幾年ぐらゐになるかを訊ねた。翁は小さな声で「もう四十年あまりになります」と答へられた。やがて翁はどこからか良寛の筆蹟の複写を二枚取り出して来て、これを上げますと云って差し出された。一枚は巻紙幅に截《き》った唐紙に刷られた良寛の書翰であった。そしてその文句は次の如《ごと》きものであった。

「地しんは信に大変に候《そうろう》[10]野僧《やそう》[11]草庵は何事なく親るゐ中死人もなくめで度存候

[12]うちつけに死なばしなずてながらへて

かゝるうきめを見るがわびしさ

しかし災難に逢ふ時節には災難に逢ふがよく候死ぬ時節には死ぬがよく候

是はこれ災難をのがるゝ妙法にて候

かしこ

良寛

[13]臘《ろう》八

山田杜皐《とこう》老[1]　与板

今一枚の方は楷書で謹んで書いたものらしく、文句は仏遺教中から日常生活の心得を抜き書きしたもので、最後にそれを勧奨した良寛自身の言葉が添へ書きしてあった。[2]小林翁の話によると、これは以前翁が秘蔵されてゐたのであるが、後大阪の某氏の[3]懇請《こんせい》にまかせて譲られたもので、今ではその大阪の某氏が堂を建てゝそれを納め守り仏のやうにして居られるとの事であった。

それから翁は手づから秘蔵の良寛筆蹟をつぎから次へと数十点の多くを出して見せられた。そして一つ毎に翁自身情味のある声で朗吟して聞かされた。詩、長歌、短歌、殆んどあらゆる種類のものがあった。私は翁の感興に堪へないと云った風な様子と、良寛の筆蹟とを見比べながら、たまらない感激に撲《う》たれた。ある時には我知らず眼のうるむことさへあった。わけても

よひ〳〵に　霜はおけども　[4]よしゑやし　あられはとけぬ　[5]としのはに　雪はふれども　よしゑやし　春日にきえぬ　[6]しかすがに　人のかしらに　ふりつめば　つみこそまされ　[7]あらたまの　としはふれども　きゆとはなしに

の一首を朗吟された時の小林翁の顔面には、何とも云って見やうのない情感の現れがあった。

[8]みづとりのかものはの色のあをやまの
こぬれさらずてなくほゝぎす

1　山田杜皐―与板の酒造家山田屋九代の当主。父は五代金重にして、名を重翰という。俳句絵画をよくし、良寛の親友。天保十五年歿七十歳。

2　小林翁―小林二郎。

3　懇請―心をこめたたのみ。

4　よしゑやし―どうなろうともよい。

5　としのはに―毎年のように。年毎に。

6　しかすがに―そのようであるとはいうものの。

7　あらたまの―年の枕詞。

8　「はの色の」までは序詞。青山の梢を立ち去らないで時鳥がよい声で鳴いているの意。序詞は、水島の鴨の羽の色で、青にかかる。この歌を良寛の書いたものは、弥彦宝光院の裏山に石碑として刻まれてある。

[9] さよなかにほらふくおとのきこゆるは
をちかた里にほ（火）やのぼるらし
[10] くさのいほに足さしのべてをやまだの
かはずのこゑをきかくしよしも

等をはじめとして、歌にも詩にもこれまで読んだおぼえない佳《よ》い作もかなりあったが、それらは後で別に写させて貰《もら》ふことにして、最後に小林翁が最も大切にしてゐられるらしい六尺屏風《びょうぶ》二双に詩と歌とを書いてある、最も代表的な良寛の筆蹟を見せて貰《もら》った。私はこれまで良寛の詩や歌や人格に対しては、随分とはげしい崇敬の念を持ち、多少の理解を持ち得て来たとは思ふが、書については一向に無知であった。それが斯うして目のあたり多くの代表的な筆蹟を見せてもらって居るうちにいつしか私の眼がこれ迄知らなかった新らしい世界に向って開けて来たやうに思はれた。書の技巧上のテクニックの事は私にはわからないけれども良寛の書が彼の歌や詩に於けると同じく彼自らの力強い表現である事が理解された。私の心には彼の書を通じて、彼自身の崇高な超越的人格が、さながらに表現されてゐるのが見えるやうな気がした。しかも、彼の書の一枚一枚に、それを書いた時々の彼自身の気分の変化が、鮮やかに現はれて居るのが感じられた。良寛の書に対して居ることは、良寛の書いた字に対してゐることよりも、むしろ良寛の内部の「人」に対してゞあるやうに感じられた。私はこれまでにこれほど全人格的な、即ち芸術的な字を見たことがなかったやうに思ふ。この新らしい世界を私の前に開いてもらったゞけでも、私は小林翁その人に深い感謝を

9　さ夜中に法螺吹く音の聞こゆるは、遠方里に火やのぼるらし―で、夜中に法螺貝の音を聞き、さては遠方に火事があるのだろうとの意である。

10　草の庵に足さし伸べて小山田の、蛙の声を聞かくし由も―で、草庵に足を伸ばしてゆったりとした心で、山の田に鳴く蛙の声を聞きたいものだなあの意である。記念館碑による。
　聞かくし由もは、聞く方法がほしいものだなあの意。

小丸山の一つ松

捧げなければならぬわけである。

こんな風にして、小林翁の許で、私は三時間余を過した。しかし、私自身とにかく、非常の暑さの中で老体の翁をかうして煩《わずら》はすことがひどく済まないやうな気がしたので、私は離れがたない思ひに引かされながらも、やがて暇《いとま》を告げることにした。小林翁はあまり多くを語る人ではなかったが、言葉少ないうちにぽつり〳〵と話してくだすった良寛その人の芸術や人格についての翁自身の知識や感想の断片の多くは、翁その人の人柄から受けた感銘と共に、私には得難い心の宝であった。

辞して階下に下りると、翁は再《ふた》び先刻の茶の間へと私を呼び入れて、最後に良寛の念持仏であった小さな観音の木像と石地像とを仏壇の中から出して示された。そして観音像には良木といふ作者の銘があり、石地蔵は与板のある石屋の刻んだものだと云ふことをも話された。しかし、私にはその場合彫刻者の誰であるかと云ふ事や、彫刻の芸術的価値と云ふよりも、むしろそれが良寛その人の信仰の一つの表象として、その二個の仏像が一段と崇厳に感じられた。私は襟を正して礼拝せずには居られなかった。

小林翁の許を辞して、再び落葉氏を訪ね、伴はれて新潟市の一角を三十分ほどの時間を費して見物してから信濃河畔のとある家で夕食を喫《きっ》し、直に又西蒲原地方へと引き返した。

○

七月十三日

1 高橋重四郎―巻税務署間税課長。写真技術がうまかった。

2 岩室―北陸街道に沿うた地。弥彦の東方約六キロにあり、温泉もあり料理店も多い。

3 田中の一つ松が時雨にぬれている状景を詠んだもの。旋頭歌。

4 雨にぬれる一つ松に同情して詠んだもの。

5 (4)と同趣の短歌である。

6 田中の松を友人に見たてて情愛をこめて詠んだもの。この一首が石碑に刻られてある。

田中の一つ松

早朝車を雇《やと》って巻町を出た。僕とは旧知の間柄で、目下同町在住の高橋重四郎氏[1]に頼んで写真機を携へて同行して貰《もら》ふことにした。快い夏の朝の風を浴びながら、車は平らな田中の道を、弥彦山の方向へと走った。僅か一里余の道のりで、私達はもう弥彦からつゞいた小山の麓《ふもと》の森かげの道へ分け入った。その道はずっと山際に沿うて走って居り、その道に沿うて幾つかの村落が山を背にしてつくられてゐるのであった。それらの村落のうちで、先づ第一に私達の注意を惹いたのは岩室《いわむろ》[2]と云ふ、稍《やや》町がかった村であった。

此の村は昔から女を相手の遊び場として有名な村で、今日でも殆《ほと》んど軒並みにさうした稼業を営む家がつゞいて居るのであった。けれども今の私にとっては、その岩室と云ふ名がさうした事でよりも、もっと深く心を動かす事が他に一つあった。それは矢張《やはり》良寛に関してゞあった。良寛の数多い歌の中で特に私の忘れ難い幾つかの歌のうちに、此の「岩室」と云ふ響のいゝ土地の名が詠み込まれてゐるのであった。

[3]岩室の田中に立てる一つ松の木けさ見れば時雨の雨に濡れつゝ立てり
[4]一つ松人にありせば笠かさましを蓑かさましを一つ松あはれ
[5]岩室の田中の松をけふ見ればしぐれの雨に濡れつゝたてり
[6]岩室の田中の松はまちぬらしわをまちぬらし田中の松は

いみじい温かみの充ち溢れた歌である。「岩室の田中に立てる一つ松の木」――かう云っただけで既にその表現のうちに無限の情趣がある。私は岩室の村に入るや否や何により先づ此の「一つ松」の所在をたづねないでは居られなかった。折からとある店先に「岩室案内発売所」と云ふ小さな看板の掲げてあるのが目にとまったのであわててそれを買って披《ひら》いて見た。料理屋や湯宿や女の写真ばかりごた〳〵と入れてある小形の美しい冊子の中にも、さすがに其の「一つ松」のことを忘れずに次の如く書いてあった。

小丸山の一つ松

岩室より石瀬《いしぜ》へ通ずる国道の南[1]、田中の丘陵に立てる古老の松を云ふ（里人吉政《よしまさ》の松と云ふ）源三位頼政の末子吉政の墓印《はかじるし》なりと云ふ。

里人此附近にて古代の石鉄土器古鐘の破片及び石器時代の土人の遺物俗に矢の根石と称するもの発掘せられたる例枚挙にいとまあらず之を以て之を見れば此の地方が幾千年の旧地なるかは推して知るべきのみ……云々

そしてその終りに良寛の歌をも添へてあった。

そこで私はこの案内記の示すところに従って、岩室の村を出外れると同時に眼を見張ってその方角を見廻した。そして山際の青田の中の古墳状をした小丘の上に、いかにもさびしげに立ってゐる一本の古松を見た。成程それは特別の注意を払はないでも、此の道を通る者の眼にはおのづから映らずに居ないやうに見えた。

「成程あれだな。」かう私は思はず叫んで、更に私の後から自転車を走らせて来た高橋氏を振り返って云った。「あの松ですね、良寛さんの親友だったのは」

「さうです、あれにちがひありませんね」高橋氏は笑ひながら答へた。

しかし、かうした二人の話を聞いてゐた車夫は、突然歩調をゆるめて云った。

1　国道の南―国道の北の誤りであろう。

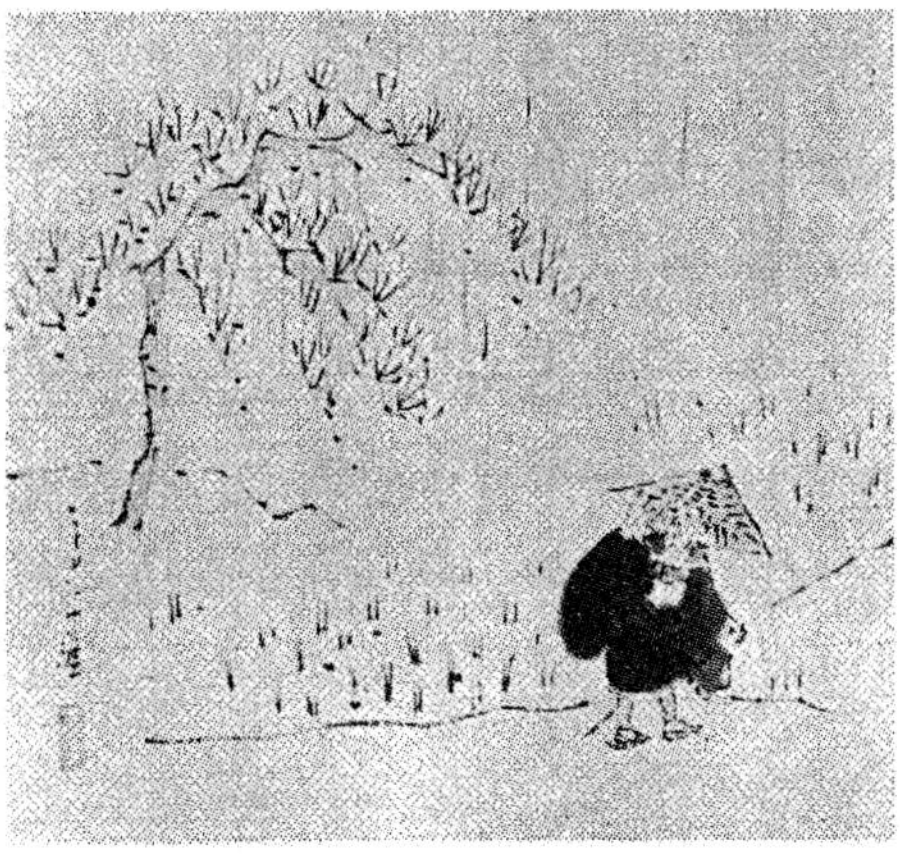

しぐれの一つ松
(こしの千涯画)

「あれも一つ松にはちがひありませんが、あれは近年さう云ふので、昔から云ひ伝への ある一つ松は、もっと先の田圃中《たんぼなか》にあるがんらしうごわすて」

そして彼は更に話をつゞけた。

「案内記には写真まで出て居りますが、もう少し先きにある一つ松はとうの昔に枯れてしまって、今あるのはその枯れた根元から生えた小さな若木だけですて。」

車夫がそんな話をしながら歩いてゐるうちに私達はいつの間にか樹木の茂った村端を出はづれてひろ〳〵とした田の中へと出て居た。道はそのあたりでずっと山際を離れて、見るかぎり平らな青田がつゞいて居た。やがて車夫は立ち留った。

「あれです」梶棒《かじぼう》から離した片手で南の方の田の中の一点を指しながら彼は云った。

「あそこに一寸小高いところがあるでせう、あの上に昔の人の一つ松と云ったのが立って居ったがんです。それ、少しばかり枯れた片見が残っとりますでせう。」

いかにも、そこには大きな木の枯れた跡の根株らしいものが突き出て見えた。そしてその傍にまだ二十年とたつかたゝぬぐらゐの松の木が一本生えてゐた。しかし、私には謂《い》ふところの本当の「一つ松」がそこに立って居たそれであるか、つい先刻《さつき》見て来たそれであるか、判断のつけようがなかった。尤も良寛の歌の味はひを味はせる点では今は枯れてないと云ふ其の松の在り場所が一層適切であるやうには思はれるのであったが……。

だが、結局私にはそれはどちらでもよかった。たゞその場合の私には——良寛が永い間孤独な生活を営んでゐた国上山の麓からずっと続いてゐる此道、彼が托鉢の往き来に歩みなれた此道から見えるとある地点、広い田の中のとある地点に、一本の年古《ふ》りた松がいつも淋しさうに立って居た。そしてつひにはそれは彼の心に清く美しく根強い愛着を喚び起した——その事が以前よりも一層実感的に想像されさへすればそれでよかったのである。やがて道は再び山際の森かげへと分け入った。坂をのぼり下りする度数もしげくなった。そのあたりはもう弥彦山の麓をなしてゐるのであった。その山の端麗な姿が絶えず右手の空高く仰がれた。そしてそれへ近づいて行けば行くほど、ます〳〵木立が神さびて見えるやうな気がした。古風な建て方の人家が、道に沿うて散在してゐた。

弥彦村は岩室から一里の道のりであった。越後の一の宮と称せられた弥彦神社は、弥彦山の麓に密接して建てられてゐた。[1]社殿は明治四十五年炎上後年ならずして起工して最近漸く再建の工を了へたばかりの新建築、社殿附近の古木老樹も多くは焼失して、昔ながらの幽静神厳な外観を見ることの出来ないのは遺憾であったが、それでも火災の及ばなかったあたりはさすがに今なほ古木老樹の蔭が暗く神さびて見えた。

[2]伊夜日子のおのれ神さび青雲の
たなびく日すら小雨そぼふる

[3]伊夜日子の神のふもとに今日らもか
鹿《か》の伏《こや》すらむ皮のきぬ着て角つけ乍ら

[4]万葉集時代にかゝ歌はれて居たなどゝ云ふことを知らないでも、此の山によって日本海の風雪を遮《さえ》ぎり防がれ、暖かく且泰らかに東南へと開けてゐる此の附近一帯の地

1 弥彦神社は明治四十五年三月十一日夜類焼にあい殆んど全焼。現在の社殿は大正八年に落成したものである。

2 万葉集巻十六の歌。弥彦山の高く尊厳なことを詠んだものである。

3 万葉集巻十六にある仏足石歌体の歌。弥彦山麓には当時野生の鹿が住んでいたのである。良寛の頃には国上山にも鹿が住んでいた。（旧）かごの住むらむ—は国歌大観により改む。

4 万葉集時代—万葉集に明らかな時代は仁徳天皇から天平宝字三年までの四百五十年間である。

5 弥彦山の秀麗と尊厳を詠んだものである。
○ももつたふ—多くの地を伝わって行く意の枕詞で、いやひこの、「い」（五十）にかかる。（旧）もも中の。○ふもとには—（旧）いはもにはは誤。○おちたぎつ—落ちて滝のようになっている。

6 伊夜日子—（旧）五十八日子は全伝によるも現行の多数により改む。以下同じ。

7 弥彦神社の鎮坐を詠んだもの。○まぐはしも—美しい。○うらぐはしも—麗わしい。○綾にともしみ—ほんとうに珍しいので。

8 弥彦の杉木立の参道を通った感激。

弥彦神社

勢に注意を払ふ者にとりては、此附近一帯の地が如何に古くから人間の住むべく選ぶに適した土地であったかと云ふ事、更にそこを選んで住んだ人々が此の恩恵深く、容姿の端麗な弥彦山を如何にありがたく貴いものに思ったかと云ふ事などは、おのづから想像する事が出来るのである。そして私はこゝにも自然と人間との関係の微妙な一面に触れないでは居られなかった。

[5] もゝつたふ　いやひこ山に　いや登り　登りてみれば　高ねには　やくもたなびき　ふもとには　木立神さび　おちたぎつ　水おとさやけし　この水の　たゆる時なく　其の山の　いや遠長く　ありがよひ　いつきまつらむ　いやひこの神

[6] 伊夜日子の杉のかげ道ふみわけて
　　われ来にけらしそのかげ道を

○

[7] 伊夜日子の　麓の木立　神さびて　いく世経ぬらむ　威速振《ちはやふる》　神さび立てり　山見れば　山もたふとし　里見れば　里も豊けし　朝日の　まぐはしも　夕日の　うらぐはしも　そこをしも　綾にともしみ　宮柱　太敷立てし　伊夜日子の神

[8] 伊夜日子の森のかげ道ふみわけて
　　我れ来にけらしそのかげ道を

かうした良寛の歌のかず〳〵を思ひ合せながら、私達はしばらくあちらこちらをさまよひ歩いてから、とある宿屋の楼上で午餐《ごさん》を喫《きつ》し、一休みした後でそこを出て国上《くがみ》へと向った。道はやはり山際に沿《そ》うた森かげに通じて居た。坂が多いので思ふやうに

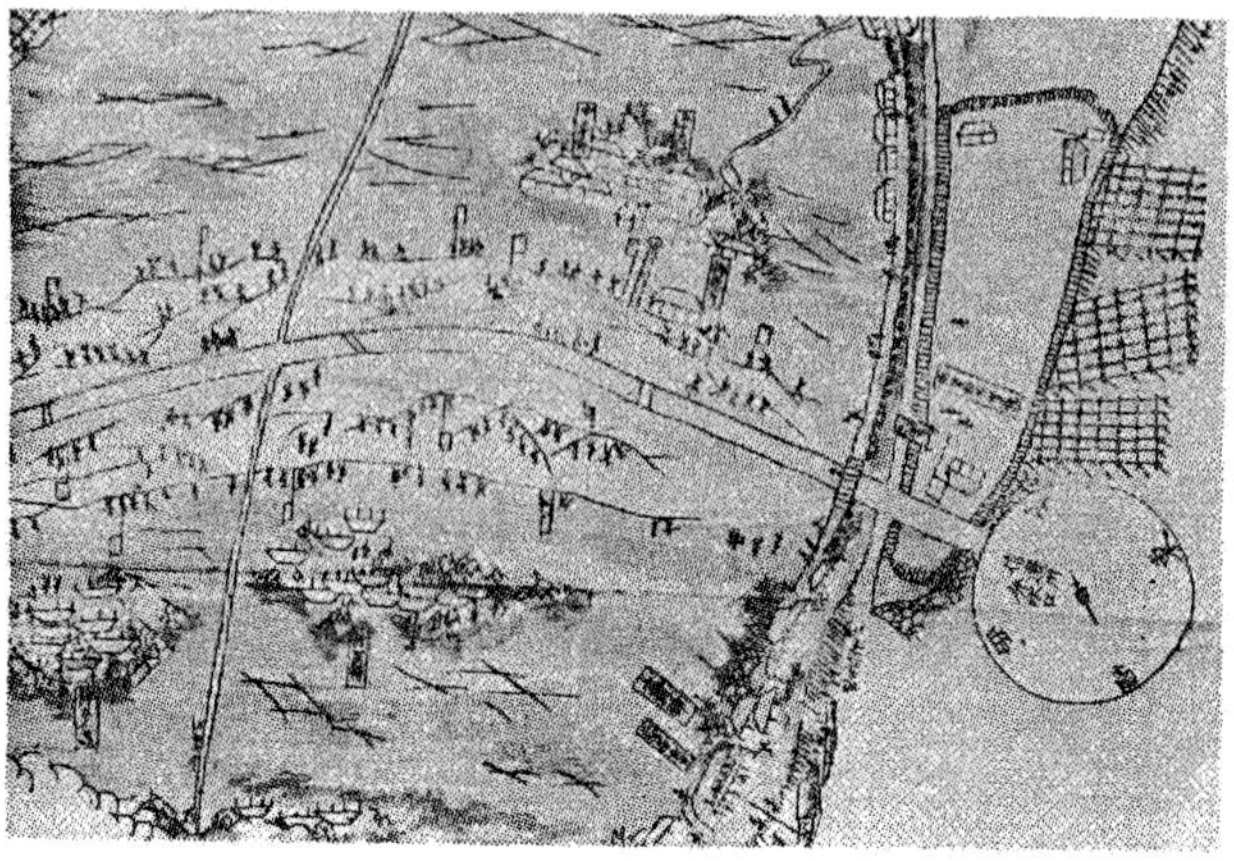

分水工事の版画（取入口附近）

道がはかどらなかった。

　その日私はそこから国上の国上寺《こくじやうじ》までのぼり、良寛が永く住んで居た五合庵の跡と乙子《おとこ》祠畔《しはん》の庵の跡とをたづね、最後に国上村字渡部《わたべ》の阿部家をたづねて再び巻町へ引返す予定であった。しかし、こゝまで来るのに既に一日の半ばを過したところから考へると、到底それは実行の出来ない計画であった。弥彦の村を出はづれるとそこはもう国上村の地域であった。そして弥彦村が弥彦山を背にして居る如く。国上村は国上山を背にして拡がってゐた。けれどもその山への登り口まで行くにはなほ小一里の道のりがあり、更にそこから国上寺まで十町余の山坂をのぼらなければならなかった。随《したが》ってそこへ登るとすれば、その日のうちに渡部の阿部家を訪ねることが出来ないばかりか、いくら急いでも巻町まで引返すことすら出来さうにもなかった。と云って、折角ここまで来て良寛と最も縁故の深い五合庵跡をたづねないで帰ると云ふことは、何としても忍《しの》びないことであった。私は全く当惑してしまった。尤も行き暮れたところを何処でも自分の宿と定めて一夜を明かすほどの自由な心――良寛が持って居たやうなさうして自由な心――さへ私にあったなら、少くとも他の人々と明日の約束を取交してさへなかったなら、私はその場合何等当惑する理由がなかったのであらうけれど……。

　こんな事をひとりでくよ／＼思ってゐるうちに、車がもう国上村の一部である麓と云ふ部落を過ぎて、国上山の登り口近くへ来て居た事を、車夫の口から告げられた。

「どうしませう、これから直ぐに国上寺へお登りになりますか、それとも渡部の方へ

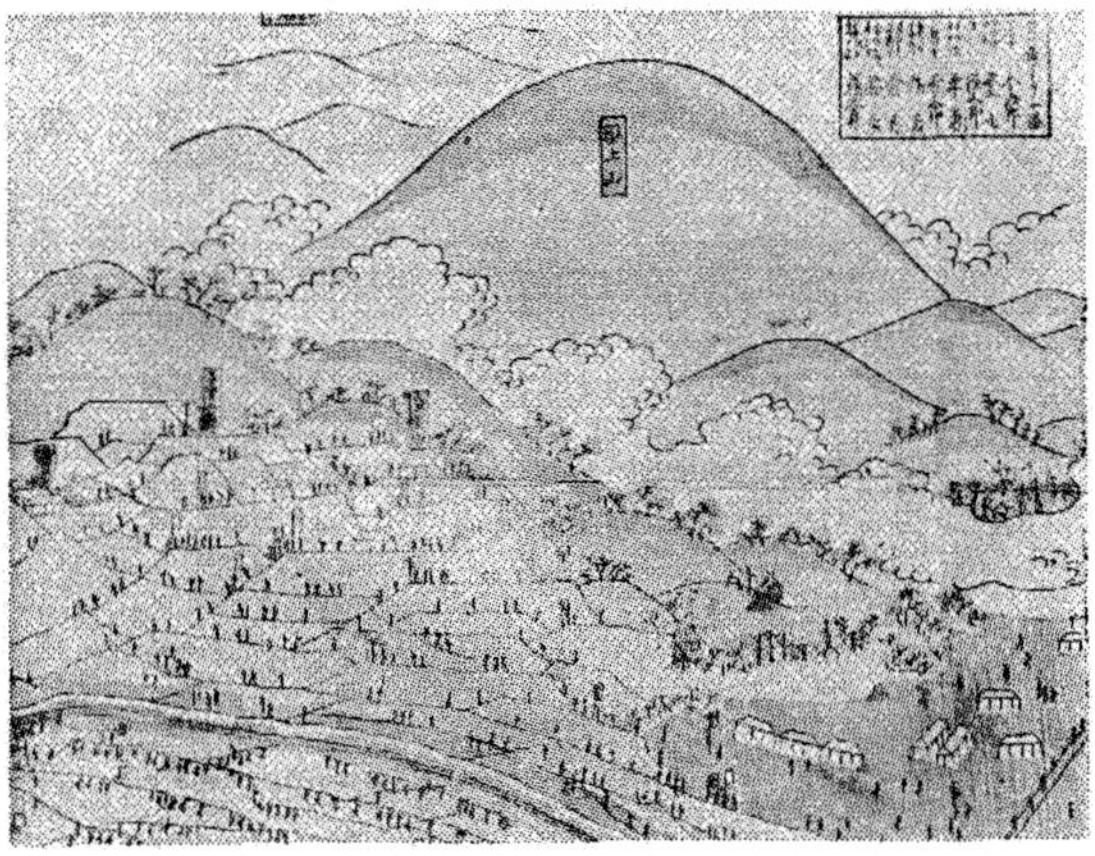

分水工事の版画
（国上山の下）

おいでになりますか」から車夫は訊ねた。「渡部の村もすぐそこですし、国上寺の登り口もぢきですが。」

「さあ、どうでせうかね」私はかう答へるより外に仕方がなかった。けれどもいつまでもそれではならないので、私は兎《と》も角も一応高橋氏にはかることにした。

「さうですね」高橋氏も矢張《やはり》私と同じく当惑を感じてゐるらしかったが、すぐさう云ったあとから「どうです、渡部の方を先になすっては、国上寺の方は今日もしだめでしたら、又出なほして来ることにしても好いわけですが、阿部さんの方は折角あてにして待っておいでゞせうから」と云った。成程……と私も思った。さう云ふ場合には私は結局対人関係の方を重んじなければならないのであった。しかし、その渡部の村も思ったよりはひどく遠かった。おまけにそのあたりは信濃川の分水工事で散々に荒らされてゐた。人間の力で今や驚くべく幅の広い、底の深い河がそこに掘られつゝあった。その昔酒顛童子《しゅてんどうじ》が住んで居たとまで伝へられた国上山、「高ねには鹿ぞ鳴くなる麓には紅葉散りしく」と良寛によって歌はれた其国上山の麓が、今やかくまでに変り果てゝ居ようとは、私には全く思ひもよらぬ事であった。泥まみれになった工夫の群、縦横に敷かれたレールの上を走るトロッコのとゞろき、蒸汽機関から吐き出真黒な煤煙、掘りくづされた山の断面、所々に積み上げられた土砂、人々の叫び……私の心にはむしろ思ひがけない一種の不安さへ湧《わ》き起るのであった。けれども又私はかうも思ひなほして見た——此の希有《けう》な大工事がやがて成功して、こゝに今まで見ることの出来なかった洋々たる大河が通じるやうになり、更に幾年の後掘りくづされた山々の断面までが草や木で蔽はれるやうになったら、人々はむしろ以前にも増して此のあたりの自然の美しさを賞するやうになるのかも知れない。けれど……

私達はやがてその人工の河に架けられたあぶなさうな橋を渡って渡部の部落へ入った。しかし、私達の目ざして来た阿部家はその家込《やご》みから、更に三四丁も離れた小山と小山との谷合にあった。私達は再び掘くづされた小山の断面につけられた危ふげな道を辿って行った。そこと教へられた谷合には、人の背丈よりも高いと思はれるほどの真菰《まこも》が一面に生え茂って居て、その中でヨシキリが頻りに鳴き交してゐた。阿部氏の家はひぐらしの頻りに鳴いてゐる奥深さうな森をうしろにして建てられた、新らしい大きな家であった。取次ぎの人に来意を告げると、やがて老主人桓次郎《かんじろう》[1]氏が出て来て迎へられた。

此の阿部家は良寛が五合庵時代に最もしげく訪れた家で、その当時の主人は定珍翁《ていちんおう》[2]と云って良寛とは最も意気相投じた歌人であった。しかし、良寛が訪ねた当時の阿部家はこゝではなかった。

「もとの家は河の向ふ岸の山際にあったのですが、分水工事の為めに取りくづされて仕方なしに近年こんな所へ移ったのです」と老主人は笑ひながら話された。

阿部家所蔵の良寛遺墨中の最も重要なものは、詩を書いた屏風二双（一双は草書、一双は行書）掛物数幅、及びさまぐ〱の文書を集めた巻物五巻等であった。良寛の書を味はふには屏風と掛物が最も代表的なものであったが、私にとって就中《なかんずく》最も興味の深かったのは、五巻の文書であった。その中には手あたり次第の紙片に書いて家人に

1 阿部桓次郎―阿部家第十一代の当主。固堂と号し、大橋陶庵の門に入り詩文の才もあり、刀剣の鑑識で知られている。昭和三年歿、六六歳。

2 阿部定珍―阿部家第七代の当主。渡部村の庄屋で造酒右ヱ門といい、詩歌をよくした。五合庵に近かったので良寛も頻繁に出入し、親交が深く、唱和した秀歌が多く残っている。天保九年六月に四国霊場巡拝中に歿、六十歳。

3 菅原神社の坂から見渡すと、櫨の木の上に雪が積もっているの意。

4 あまがみのみやは「天神の宮」である。歌意は(1)と同じ。

5 (3)と同じ。

阿部家の雪景

示したらしい自作の歌稿及詩稿が沢山《たくさん》あった。五合庵、乙子祠畔の草庵、島崎村木村家邸内の仮寓《かぐう》等の各所から阿部家へ寄せた手紙も沢山あった。それから又阿部家滞留《たいりゆう》中主人定珍翁と寝ころびながら詠み合ったらしい応答の歌稿も沢山あった。時にはさうして歌を詠みながらの対談中定珍翁と文法上の議論を交へた筆の跡も応答歌稿のところ〴〵に挾まって居た。さうしたさま〴〵な文書のいづれを見ても私には多大の興味が感じられたのであるが、わけてもそのやうな歌稿のところ〴〵に同じ歌をこれでもう動かぬといふところまで幾様にも詠み変へてあるのが、限りないなつかしみを故人の上に感じさせないでは措かなかった。

[3]このみやのみやのみさかゆみわたせば
　みゆきふりけりいつかしが上に
[4]あまがみのみやのみさかゆいでたてば
　みゆきふりけりいつかしが上に
[5]このみやのみやのみさかゆみわたせば
　みゆきふりけりいつかしが上に

このやうなのは中でも最も簡単なものゝ一つであるが、それにしても此のやうに二度同じ歌を書いた間へ一寸ちがった歌ひ方の歌一首を入れてあるのを見ても、一首の歌を自分のものとしてしっかりと攫《つか》むまでの故人の心的経過の一端が窺《うかが》ひ知られるのである。何事でも極めて自然に歌はれてゐるのは良寛の歌のすぐれた特色の一つではあるが、しかもその自然さは決してなげやりとか無法とか云ったことゝ同じ意味のものでない事が、かうした事実を見るに及んで、一層確実に知ることが出来るのである。更に驚くべき事は矢張此の阿部家に蔵せられてある[1]文化二年刊行校異本の万葉集二十巻の、いづれの頁にも良寛自筆の細密な書き入れの存してゐることである。万葉学に暗い私には良寛のその書き入れが何を根拠として（[2]千蔭《ちかげ》の[3]略解《りやくげ》に拠ったものと思ふが）なされたものであるかを確め得なかったけれども、兎に角それほどの苦心を費して良寛が万葉集を読んだと云ふことは、軽々しく看過することの出来ない事実であると思った。伝ふるところによれば良寛は常に「自分の嫌ひなものは書家の書と料理人の料理と歌人の歌と詩人の詩である」と云って居たと云ふことであるが、しかしかうした彼の態度も以上の如き半面の事実を外にしては其の真意味の誤られ易いものであることが解った。而《しかう》してかくの如きにひとり彼の歌に於てばかりではなく、詩に於ても書に於てもおそらく同様であらうと思れる。就中書に於て彼は甚だしく所謂書家の書を嫌って居たのは事実であるらしいが、しかも他面に於いて彼は生涯を通じて常に習字の努力を怠らなかったと伝へられてゐる。書に於て彼の学んだのは主として[4]懐《かい》素《そ》と[5]道風とであった。彼は他人から借り受けたそれらの手本を常に懐中して、在庵の時は勿論、托鉢の間と雖到るところでそれを習った。しかし彼の手習は世間の人のするそれとは余程趣を異にしてゐた。彼は常に人に向って「習字をするには絶えず手本の方ばかり見てゐれば好い、自分の手元を見たり、自分の書く字を見ることは決してしてはならぬ」と教へたと伝へられてゐる。更に彼自身は常に手を以て空中に字を書くことを以て最上の習字法としてゐた。時には路傍の樹下に坐し、砂上に指を以て習

1　文化二年刊校異本の万葉集―文永三年に仙覚の書写した二〇巻の活字附訓本を印行したもので、文化二年成俊の奥書で発行。

2　橘千蔭―江戸時代後期の歌人。枝直の子。加茂真淵に学び、芳宜園、朮園と称し歌文を楽しむ。「万葉集代匠記」「うけらが花」あり、文化五年歿、七四歳。

3　万葉集略解―万葉集の注釈書で三八巻。寛政三年起稿、八年稿了。十二年清書終了。文政九年刻了。

4　懐素―唐代の書家。長沙の人。俗姓を銭、字を蔵真という。芭蕉の葉などに刻苦して書道を学んだという。自叙帳、聖母帳、小草千字文など草聖の名を伝えている。

5　小野道風―平安時代三蹟の一人。醍醐帝に愛され、宮門の額はほとんど書く。当時に重んぜられ玉泉帳、秋萩帳などを残す。康保三年歿、七一歳。

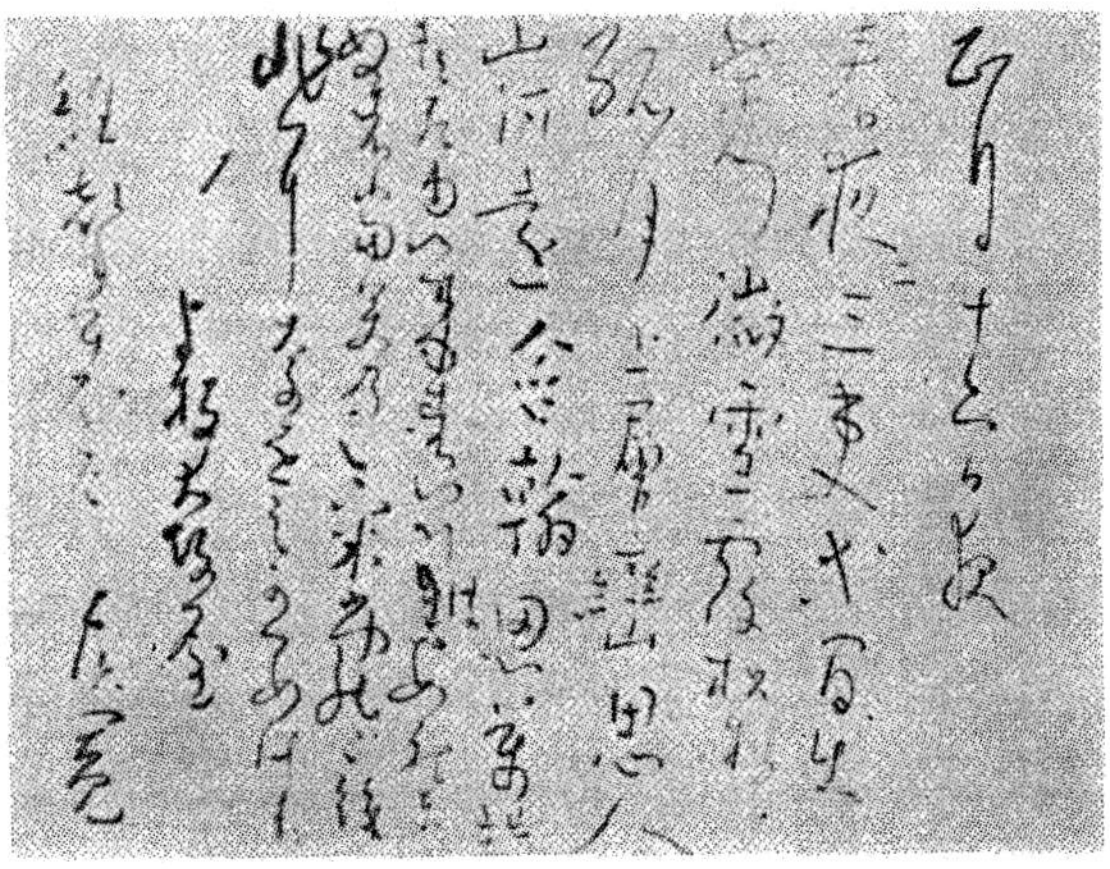

維馨尼への手紙

字し、日の暮れるのも忘れてゐたことなどがあったと云ふことである。

老主人の良寛談を聴いたり、文書中の重要なものを抜き書きしたり、又は同伴の高橋氏に頼んであれこれと写真に撮って貰ったりして阿部氏邸に居ること三時間余、時計の五時を打ったのに驚いてそこを辞した。しかし、如何にしてもそれから国上寺へのぼり五合庵趾を訪ねると云ふやうな時間はなかった。国上寺へ行っても良寛の筆蹟は屏風の外見るべきものがなく、五合庵も良寛在住当時のそれは夙《とう》の昔に朽《く》ちこぼたれてしまって、近年その趾に新しく建てられた小庵があるに過ぎないのであったが、それでも故人が最も好んで最も永く住んだ庵の跡であるだけにそこを訪ねずに帰ることが、たまらなく残り惜しい気がした。しかし、何と云っても今の場合仕方がないので、せめては国上山の写真だけでも撮って帰りたいと思って、そのことを高橋氏に謀《はか》った。高橋氏もそれには同意した。そこで私達二人は阿部家の門を出ると同時に、殺風景な掘割工事を越えて向うに高く聳《そび》えてゐる国上山の全景を最もよく写し撮《と》ることの出来る地点を探しにかゝった。ところが、私達のさうした様子を門内から見送ってゐられた阿部翁は、慌《あわ》てゝ私達のところへやって来て国上山を写すのならば、こんな平地ではいけない、あそこの山がいゝと云って、門前から一丁程離れたところに突立ってゐる大きな樹木の茂った小山を指さゝれた。そしてこちらの返事も待たずに「私についていらっしゃい」とばかりに先に立ってドシ〳〵歩き出されるので、私達もかなり疲れても居たし、気がせいても居たのであるが、仕方なしに老主人の後について、その急勾配の小山を息をあへぎあへぎ登って行った。山をのぼり切ると、そこに

[1]菅原社《すがわらしゃ》と云ふ額《がく》のかゝげられたかなり立派な社があった。先にたった阿部翁は社の石段を登りながら私達の方を振り返って云はれた。

「これが渡部の村の鎮守で、良寛さまが『此の宮のみやのみさかゆ……』と歌はれた、その宮のみ坂が即ちこれです。尤も『み雪ふりけりいつかしが上に』の『いつかし』は坂のずっと下にあった老木でしたが、余程前に枯れてしまって今は影も形もありません。」

いよ〳〵皆が社の境内《けいだい》の平らなところまで登り切ると、阿部翁は更に国上山の方を指さしながら「どうです。こゝからどこもかも見えるでせう。それあの山の中腹に白く光って見えるのが、あれが国上寺《こくじょうじ》の阿弥陀《あみだ》堂で、その少し下に五合庵があるのです」といかにも得意げに語られた。

高橋氏は早速写真機を据ゑつけにかゝった。阿部翁はその傍でいろ〳〵と指図をされた。私はたゞ一人離れた地点にたって、刻一刻黄昏の色の濃くなりつゝある国上の山を眺めながら、矢張かうした淋しい黄昏時に唯一人とぼ〳〵とあの山の草庵へ帰り行くのを常としたであらうと思はれる良寛その人の姿を想像した。そして次の如き良寛[2]その人の歌も思ひ出された。

[3]たそがれに　国上の山を　越えくれば　高ねには　鹿ぞ鳴くなる　麓には　紅葉
散りしく　鹿のごと　音《ね》にこそ鳴かね　紅葉の　いやしく〳〵に　ものぞ悲しき

[4]夕ぐれに国上の山をこえ来れば
衣手さむし木《こ》の葉散りつゝ

1 菅原社―渡部橋を渡りきると西方にそばだつ百メートル程の丘の上にある。菅原道真をまつる。下を新信濃川（分水）が流れて海に注ぎ、晴天には佐渡が島が望まれ、川の向いが国上山で五合庵などがあり、東は越後平野を望む景勝の地である。丘はその昔は渡部城の所在地と伝えられている。

2 その人の歌―（旧）その人の詩

3 国上山の晩秋のさびしさを詠んだ歌。〇いやしくしくに―いよいよしきりに。

4 前歌と同じ。

5 山住のさびしさや、衆生の悩みを思っての情を詠んだ歌。長崎は分水町の大字で、国上山の東山麓にある。

6 御風の歌。五合庵は遠くないのに日没で行けぬ心残りを歌ったもの。

7 同。五合庵のある国上山の麓での日没を悲しんだ歌。

挿絵「天神山」

越後平野の雪景（稲をほすはざ木の列）

やがてその山を降りた私達は、阿部翁に別れを告げると同時に、出来るだけの速さで再び国上から弥彦へ通ずる山もとの道を急いだ。到るところの森で蜩《ひぐらし》がしきりに啼《な》き交して居た。平野のあちらこちらから群《む》れ飛んで来る数百とない烏が、いづれも国上山の麓の森へと塒《ねぐら》を求めて行った。

[5]長崎の森のからす啼《な》かぬ日は
　あれども袖のぬれぬ日ぞなき

と良寛の歌ったその長崎の森ちかいあたりでは、わけてもその啼《な》き騒《さわ》ぐ声が著《いちじる》しいやうな気がした。弥彦の村から一里近い手前の麓と云ふ村の辺で日が全く暮れた。始は云ひやうのない快かった夕ぐれの涼しさも暗くなるにつれてやるせない淋しさを誘ふやうに感じられた。

[6]あまつたふ日は傾きぬ良寛が
　いほりの跡も遠からなくに

[7]良寛がいほりのあとの国上山
　その麓にて日は暮れにけり

故人をおもふ想ひと、旅の哀愁とがもつれ合って、私の心は稀有《けう》な感情の湿《うるお》ひのうちにあった。

弥彦の村を通ったのは夜の九時で、巻町の宿へ帰りついたのは十一時であった、折わるく暗夜だったので、かの岩室の一つ松を再び見ることが出来なかった。

○

七月十四日

早朝宿の主人が良寛の筆蹟二点を持って来て見せてくれた。一つは浦浜村[1]大久保氏[2]所蔵の巻物で、それには次の如き一首が書いてあった。

[3]あしびきの　久駕美《くがみ》のやまの　やまもとに　いほりをしつゝ　をちこちの　さとにいゆきて　いひをこひ　ひとひふたひと　すごせしに　あまたのとしの　つもり来て　身にいたつきの　おきぬれば　たちゐもよ　こゝろにそはず　うつしみのしりにし人も　もみぢ葉の　すぎてゆければ　いまさらに　よにはありとも　ありぎぬの　ありがひなしと　もひしより　いひもこはずて　とぢこもり　久駕美《くがみ》のやまの　やまもとに　みまかりにけり　あさつゆのごとや　ゆふきりのごとや

今一つは巻町池亀氏[4]の所蔵の掛物で、それには次の如き三首の短歌が書いてあった、

[5]やちまたにものなおもひそみだぶつの
　もとのちかひのあるをしるべに

[6]われながらうれしくもあるかみだぶつの
　ゐますみくにゆくとおもへば

[7]くさのいほにねてもさめてもまうすこと
　なむあみだぶつなむあみだぶつ

いづれも聊《いささ》かの疑ひもない真筆だと思った。たゞ前掲浦浜氏所蔵の長歌のうちで、作者みづからの身の上を歌ったものとしては、「みまかりにけり」の句が穏やかでな

1　浦浜村―巻町の大字。日本海に面し、角田浜と間瀬との中間にある。

2　大久保氏―大久保重作。

3　国上の草庵で托鉢生活をしていたが老衰して死んだというのであるが、自己描写かともみられる。○いたつき―病気。○すぎてゆければ―死んでいったので。○ありぎぬの―「あり」にかかる枕詞。

4　池亀氏―池亀範育。西蒲原郡役所養蚕技師。

5　弥陀の本願を信じてかれこれ迷うなの意。○やちまたに―八千岐に。あれこれと。○ものなおもひそ―物な思ひそ。物を思うな。○もとのちかひ―本誓で本の大誓願。弥陀の四十八誓願をいう。

6　阿弥陀様のいる国へ行くのだから死を恐ろしく思うなの意。

7　草庵では念仏三昧でいるとの意。

いやうに思はれると云った人もあったが、かうした例は他にも幾つかあるので、私は別に怪しみもしなかった。

午前九時三十八分発の汽車で、私はかねて約束のある国上村字牧ヶ花《まきがはな》[8]解良淳二郎《けらじゅんじろう》[9]氏を訪ふべく松木氏と共に宿を出た。汽車は粟生津《あおうず》駅で降りるのが道順なので、私達は幸ひその粟生津村の鈴木家[10]を訪ね、そこに伝へられてゐた良寛に関係ある文書を見せて貰ふと共に、同家の先々代鈴木文台《ぶんたい》[11]先生の遺跡を弔《とむら》ふたり遺品を見せてもらったりしようと云ふことに決した。しかし、私達は二人とも此の土地には全く不案内なので、さま〴〵に考慮をめぐらした結果、先づその村の小学校を訪ねて、そこで何とか案内を頼むことにしたところが、そこの校長は案外にも深切に私達を遇してくれて、午飯《ひるめし》までも馳走してくれた上に、わざ〳〵自分で私達を鈴木家へ連れて行って紹介してくれた。鈴木家の当主（文台翁の孫）は時之助《ときのすけ》[12]と云って、早稲田の文科の第一回卒業の人であった。見るからに温厚篤実の人で、いかにも故人文台翁の後を継ぐべき君子人のやうに思はれた。文台翁徳化の中心であった学塾の跡は今は鈴木家の菜園となってゐるが、その徳化は今日なほ著《いちじる》しく郷土民俗の上に見ることが出来ると云ふことは、誠に貴い事実である。西郡氏の『良寛全伝』の中に左の如き逸話が録されてゐる。

「文化十年の交《こう》、太田芝山《しざん》[13]来越し、帷を西蒲原牧ヶ花に垂れ[14]、弟子進む。文台年十八、之れに師事し又其講筵《こうえん》[15]を助く、禅師（良寛）時に年五十七、亦《また》座に在り、歎称《たんしょう》[16]して曰く、斯《こ》の児、異日必大器[17]を成すべしと、鑑識《かんしき》[18]卜亀《ぼつき》[19]の如し」

8　牧ヶ花—分水町の大字。粟生津駅より西方約一キロ半、西川に臨む平和な部落である。

9　解良淳二郎—解良家十七代の当主。解良家は牧ヶ花の豪農で庄屋として郷民の信頼を得ていた。十代の叔問は良寛の外護にあたり、十三代栄重には「良寛禅師奇話」がある。淳二郎は明治二九年新潟師範学校を卒業し、温順博学よく家運を盛にし昭和十七年歿、七一歳。

10　鈴木家—粟生津の鈴木文台惕軒時之介と漢学の続いた家で、良寛と親しかった。

11　鈴木文台—粟生津の儒者。良寛の親友。

12　鈴木時之助—惕軒の三男で、彦岳と号す。家塾を出て青山学院・早稲田専門学校に学び、明治二十九年より四十五年まで長善館主となる。のち粟生津郵便局長となり大正八年歿、五二歳。

13　太田芝山—文化十年牧ヶ花に来りて半年間程唐詩選を講じた。時に文台も論語を講じ、来聴した良寛に驚かれたという。芝山は不詳。

14　帷を垂る—塾を開いて教授すること。

15　講筵—講座をいう。

16　歎称—感心してほめる。

17　大器—大きな器量のある人物。

18　鑑識—物を見分ける眼力。

19　卜亀—うらない。よく適中することをいう。

更に同書に良寛と文台との交遊について左の如き逸話が載せてある。

「禅師論語[1]を愛読し、疑義を鈴木文台翁に質《ただ》す、翁曰く、其事は某註《ぼうちゅう》に出《い》づ師未だ読まざるかと、師曰く野衲《やとう》[2]註を読むを欲せず、之を読まば却《かえっ》て疑を増さん事を恐ると、師の六経[3]を以って直《ただち》に註脚[4]となすの概《がい》[5]想見すべし」

「文台翁に書翰《かん》を送りて来庵を促《うなが》しければ翁は折角の案内なればとて風雪を冒《おか》して訪問したりけるに師曰く、衲《わし》は他家の御斎《おとき》に行く可ければとて、飄然《ひょうぜん》庵を出で去れり、翁徒然《つれづれ》に堪《た》へず室内を掃除し机案《きあん》[6]を払拭《ふっしょく》[7]しなどして待てど暮せど師は帰来せず、日哺《にっぽ》[8]に及びたりければ、翁は崑岡《こんこう》[9]手を空《むな》しくして帰家せりとぞ」

「これも文台翁師を庵室に訪問したる時の事なりけり、師は昼飯を供せんとせしも椀《わん》、箸《はし》なし、師去りて火葬場に至り、野飯《のめし》を盛《も》りたる破椀《はわん》を拾ひ来りて飯汁を供せり、流石《さすが》の翁も之れには辟易《へきえき》[10]したれども、師は平然たり、蓋《けだし》浮穢不二《ふあいふに》[11]、真妄一途《しんもういっと》の意なり、而《しかう》して五合庵訪問の奇客は概《おうむ》ぬ此御馳走に会はざるものなかりしとぞ」

以上でほゞ良寛と文台との交遊の如何なるものであったかの輪廓が窺ひ知り得るのであるが、私は更に何等か良寛その人の文書の鈴木家に伝はって居るものがないかをたずねて見たが、不思議なことにはそれは一つもなかった。たゞ鈴木家の本家即ち同村鈴木宗久[12]氏の蔵してゐられる文書一巻を借り受けて置いたからと云って、それを見せてくれられた。この一巻中に収められた文書は多く文台翁の兄君鈴木桐軒《とうけん》[13]翁に寄せられたもので、それは既に西郡氏の『全伝』中に採録されたものであった。その一巻を繰り返し読誦したあとで、私は更に文台翁の良寛観で、既に西郡氏その他の人々の

1 論語—孔子およびその門人の言行を集録したもので二十巻ある。儒教の中心となり、四書の一。
2 野衲—僧の謙称。
3 六経—儒教を説く中心の書で、易経・詩経・書経・春秋・礼記・楽記をいう。
4 註脚—註釈の根底となるもの。
5 概—気概。心のおもむき。
6 机案—つくえ。
7 払拭—ふきそうじをする。
8 日哺—日暮。
9 崑岡—玉を産する宝の山。
10 辟易—驚いてしりごみをする。
11 浮穢不二、真妄一途—絶対無差別の不二法門をいう。浮は浄で解脱、穢は垢で煩悩、この二つも、真も妄もすべて一体だという意。
12 鈴木宗久—粟生津村鈴木家の宗家である。桐軒の孫、順亭の子の代にあたる。吉田町長をつとめ、昭和一九年歿、七十歳。
13 鈴木桐軒—粟生津村の儒者。文台の兄。通称を見義または隆造といい、桐軒と号した。
14 村上藩—新潟県の最北にある町。村上市となる。元和年中に堀直寄が臥牛山に築城し、のち内藤弌信城主となり明治維新に至る。
15 三宅相馬—村上藩士。通称相馬、郡吏より郡奉行となる。儒学、詩文にくわしく、政務財政に達し藩政に尽した。万延元年歿六十歳。
16 供炯矚候—ご覧にいれます。
17 斟酌—意味をくみとって考える。
18 林国雄—江戸の国学者。本居宣長、平田篤胤に師事し、歌人、国学者で私塾を開く。北遊して越後にも来たが不詳。
19 林甕雄—国雄の子。通称東馬、号を常盤居。文政、天保頃来越し、弘化四年には解

著作中に紹介せられたもの以外に何か伝はるものがないかをたづねたところ、幸ひにもその後時之助氏の手によって蒐集せられた文台翁書翰中に、[14]村上藩の[15]三宅相馬と云ふ人から良寛の如何なる人なるかをたづねられたのに対する故翁の長い返書が一通あった。私はたまらない嬉しさをおぼえながら、早速その全文を写させてもらった。

「……（前文略）……御示しに任せ拙《せつ》文呈上[16]供烱矚《けいしよくにきようし》候、乍去《さりながら》寛師の書と一聯になし被下候ては実以て恥入候間御軸の背面になりとも御取合せ被下度《くだされたく》此段御[17]斟酌《しんしやく》に預り度候、寛師和歌遺稿二巻江戸[18]国雄の義子[19]甕雄《みかお》（林姓）と申すもの取しらべ[20]上梓《し》致候ひきと先年より其催しも有之《これあり》候、詩稿一巻長短篇取合せて二百余も有之候、其外[21]逸《いつ》篇《べん》も余ほど有之様子に候、其内小生記憶に存し候もの二十ばかりも御座候

○

[22]陽春二月時、桃李花参差、高者覆館閣、卑者当庭幃、色奪朝日艶、
香入暮雲飛、駐輦公子酔、連袂佳人之、一夕狂風発、満城為雪飛。

○

[23]生涯懶立身、騰々任天真、嚢中三升米、炉辺一束薪、誰問迷悟跡、
何知名利塵、夜雨草庵裏、双脚等間伸。

○

[24]袖裏毬子直千金、謂言好手無等匹、箇中意旨若相問、一二三四五六七。

右等の詩にて粗々《ほぼ》其平生も相知れ候、橘氏（良寛の家）は旧族にて昔年[25]大納言某佐州左遷の節風待ほど彼家に旅寓《ぐう》有之、船出之砌《みぎ》り、主人と送別彼卿の留別何とも情

良家にも滞在し、良寛の歌を採集していた。文久二年歿。

20 上梓—出版。

21 逸篇—とり残された詩篇。

22 陽春二月の時、桃李花参差《しんし》たり。
高きものは 館閣を覆ひ、
卑きものは 庭幃に当る。
色は 朝日を奪ひて艶に、
香は 暮雲に入りて飛ぶ。
輦を駐めて 公子酔ひ、
袂を連ねて 佳人之く。
一夕狂風発り、満城雪と為りて飛ぶ。
○参差—いりみだれている。○館閣—建物の二階。○卑—低。○庭幃—庭にめぐらした幕。

23 生涯 身を立つるに懶く、
騰々として 天真に任す。
嚢中三升の米、炉辺 一束の薪。
誰か問はん 迷悟の跡、
何ぞ知らん 名利の塵。
夜雨 草庵の裏、双脚 等間に伸ぶ。
○立身—立身出世。○騰々—進むさま。○嚢中—托鉢の頭陀嚢の中。○名利—名誉利益。○等間—ひまで のびのびしている。

24 袖裏の毬子 直千金、
謂ふ 言 好手 等匹無なしと。
箇中の意旨 若し 相問はば、
一二三四五六七。
○袖裏—袖のなか。○毬子—手まり。○謂—思。○言—吾。○好手—上手。○等匹—ならぶもの。

25 大納言某—日野資朝。正中の変に敗れ、北条氏に捕えられて、正中二年佐渡へ流され、正慶元年六月斬罪に処せられた。

深く哀れに覚え候、只今思出不申《もうさず》候故不申候、寛師幼名栄蔵、父を[1]以南と申し俳諧歌に誉有之候、家世々出雲崎の亭長に御座候、寛師も一旦家督相続致し候処駅中にて死刑の盗賊有之候節出役、其日帰宅の後直に出家致され候由申伝へ候、師の弟名[2]香、澹斎と号し申候、此人京都[3]菅原博士の塾長相務め……[4]澹斎の弟新左衛門と称し先職を継ぎ罷《まかり》在候。此人[5]豪奢《しゃ》不羈《き》にて[6]斥逐《せきちく》を蒙り名を[7]由之《ゆうし》と改め和歌を以て数年奥州遊歴致され帰郷の後小生も折々相見申候、実に[8]磊落豪邁《らいらくごうまい》の人に御座候。読歌は勿論伊勢源氏に精敷《くわしく》二語の註釈草稿《こう》只今家蔵のよし、「[9]海月《くらげ》の骨」と申す仮名遣《かなずかい》の小冊子は[10]上木有之候由。由之の子[11]馬之助と申し、善書の名有之、是も奥州の方遊歴致し中年[12]物故《ぶっこ》、それ故知る人も御座なく候。馬之助の子[13]泰人《やすんど》と申し歌道心に懸不浅、当主人に御座候。右之両人は小生一面も無之候、寛師の縁より不思無用の事書きつらね候……（以下略）……

霜月二十六日　　　　　　　　鈴　木　文　台

三　宅　相　馬　様

写し終って私は此の書翰中良寛の弟由之に関する記述のうちに、私が今まで暗中摸《も》索《さく》してゐた問題解決のヒントのいみじくも与へられてゐるのを、わけてうれしく思った。それは『大愚良寛』中にも書いて置いた事で、即ち良寛が何故に帰国後に於て自分の出生地であり、且生家の依然として存してゐる出雲崎の地を遠ざかり勝ちであったかと云ふことについての疑問である。而《しか》も今や此の文台翁の手翰《かん》によって始めて弟由之の人となりの輪廓を知り、且「斥逐《せきちく》を蒙《こうむ》り」の四字を見るに及んで、私には此の

1　橘以南—良寛の父。
2　橘香—以南の四男。良寛の弟になる。通称中務、号を澹斎という。博学にして京都に上り、禁中の学師菅原長親に学び、勧学館の学頭となり、禁中の詩会にも出頭。寛政十年歿、二九歳頃。（石田吉貞説）
3　菅原博士—長親。
4　澹斎の弟新左衛門—兄の誤。由之である。
5　豪奢不羈—ぜいたくで気ままなこと。
6　斥逐—追放。
7　由之は文政四年三月に出雲崎を出て奥州に遊び、鶴岡、酒田、秋田を経て北海道松前に渡り、文政八、九年頃帰っている。
8　磊落豪邁—心が大きくこだわらず、すぐれている。
9　海月の骨—文化十年秋に由之の著した文法ならびに仮名遣の書である。木版の小冊で公刊されている。
10　上木—出版。
11　馬之助—由之の長男。名を泰済また泰樹、号を北渚また眺島斎という。漢字は王羲之、趙子昂、仮名は千蔭の書を学びて能書にして歌をよくす。天保二年歿、四三歳。
12　物故—死亡。
13　泰人—馬之助の妾腹の子という。歌をよくし本間氏をつぐ。ここは泰世の誤。
14　和田氏—和田悌四郎。粟生津村の徳望家にして学問を好み、長年にわたり村長を勤む。昭和十四年歿、七五歳。
15　桂湖村—名は五十郎。新津の桂誉裕の五男、桂栄造の養子となり漢学を修め、東洋大学、国学院大学、早稲田大学教授となる。漢籍解題のほか著書多し。昭和十三年歿、七一歳。
16　孤拙兼疎慵　我非出世機　一鉢到処携　布嚢也相宜　時来寺門側　偶与児童期　生涯何処似　騰々且過時

重大な疑問に対する一道の光明が俄《が》然として天の一角から落ち来るが如く覚えたのであった。而《しかう》して此の時私の頭に浮んだ考へは、此のヒントを拠《よ》りどころとしての出雲崎方面の取りしらべと云ふ一事であった。

やがて私達は鈴木家を辞して、文台翁の墓に詣《もう》でた。そしてそれから直に前約のある牧ヶ花の解良家へ向はうとしたのであったが、粟生津校々長の勧めによって同村々長[14]和田氏の邸を訪ね、同家に愛蔵されてゐる良寛遺墨を見せて貰ふことにした。和田氏も矢張早稲田の政治科出身で、且[15]桂湖村《かつらこそん》氏の令兄だと云ふことであった。和田家所蔵の良寛遺墨は「[16]孤拙兼疎慵……」の詩を書いた横掛一幅と、「[17]いやひこの杉のかげみち……」の歌を書いた扇面と、それから「[18]誰が昔こなべ洗ひしすみれ草」「[19]あげ巻の昔をしのぶすみれ草」の二句を認めた短冊二葉とであった。

和田家に居ること一時間余、私達はいよ〳〵牧ヶ花の[20]解良家へと向った。牧ヶ花は此の粟生津から一里未満の道のりしかなかった。青田の中を通じた平らな一本道を辿《たど》りながら、私達はこの道も矢張その昔良寛の通ひなれた道だらうかなどゝ話し合ったりした。

牧ヶ花（西蒲原郡国上村のうち）に解良氏と云ふ旧家がある。遠い昔からの此の土地の豪族で且郷士であった。此の家は良寛の庵を結んで居た国上山からは約一里の道のりであった。どう云ふ因縁からか、良寛はその家の第十代喜惣左衛門（後に新八郎と改む号[21]叔問《しゅくもん》）栄綿《よしつら》（室暦十三年生文政二年歿）と親しい交りがあった。そして繁《しげ》く此家に出入した。今日良寛の逸話や筆蹟の伝はってゐる点では、おそらく此の家の右

孤拙と疎慵と、我は出世の機に非ず。
一鉢到る処に携へ、布嚢也相宜し。
時に寺門の側に来り、偶児童と期す。
生涯　何の似たる処ぞ、
騰々　且らく　時を過す。
○孤拙―下手。○疎慵―しゃばけがない。

17 いやひこの杉のかげみちふみわけてわれ来にけらしそのかげ道を

18 誰が昔　小鍋洗ひし　すみれ草―すみれに「墨」と「菫」とを掛けたものであろう。

19 あげ巻―髪を左右両方に分けて結いあげたもので、小児の髪。

20 解良家は西蒲原郡分水町大字牧ヶ花の豪農で、良寛と親交のあった叔問は第十代である。

解良家系譜によれば、新田氏の一族大井田式部大輔氏経といい、越後国魚沼郡に住んだ。

上杉氏が支配するに及んで春日山の長尾景忠に仕え、黒滝城に移り、城の屋敷によって家名としたらしい。落城の後牧ヶ花に移る。

村上藩の庄屋役をつとめ、藩の財政をたすけ、苗字帯刀を許された。殊に八代栄寿は功により褒賞をうけ二十石を賜わった。歴代の主たる人物をあげると、
1新八郎……8喜惣左衛門栄寿……10栄綿（叔問）……13栄重……17淳二郎……18順治（当主）

21 解良叔問―諱は栄綿、通称喜惣左衛門のち新八郎、号は叔問といった。学問を好み、学者を招いて学び、近郷の者にも学ばせた。林国雄、甕雄、加藤千蔭、大村光枝などの歌人を招き、文人墨客も宿らせ、良寛も親しく訪ね、外護につとめた。文政二年歿、五七歳。

に出づる家は一二以上にはなからう。……から云ふ事は西郡氏の『良寛全伝』や、人人の話によって、私はずっと前から知ってゐた。随て今回の私の旅行に於ても、此の解良家を訪ねることが最も重要な日程の一つであった。幸ひ藤井界雄《かいおう》[1]師からの紹介もあり、且《かつ》最もうれしい事には解良家の当主淳二郎《じゅんじろう》氏とは松木氏が同窓の友であると云ふ事で、私が困難な事の一つに数へて居た解良家訪問は、寧ろ最も容易に取運ぶことが出来た。

解良氏の邸《やしき》は川に沿うて構へられてゐた。古風な門を入ると、右手に大きな土蔵があり、正面の前庭は詩趣に富んだ細竹が植ゑ込まれてゐた。そこを右に廻って入ると、萱葺《かやぶき》のいかにも古風な、驚くべき大きな本館があった。玄関には注連縄《しめなは》が張られてあった。案内を乞ふと、袴をはき衣紋《もん》を正した白髪長髯《ぜん》の老執事《しつじ》[2]が二人出迎へた。主人はまだ四十を幾つも出て居られないと思はれる若い、はき〳〵した、気持の好い紳士《しんし》であったが、家風の万事は現代稀に見る古風を以て充たされてゐた。しかもそれは現代的な貴族風とは全然趣を異《こと》にし、味はひを異にした、いかにも気持の好い空気を漂はせてゐた。

解良氏との会談を初めて間もなく私達は私達の今居る此の家が、良寛その人の訪ねた当時のまゝの家である事を知った。画家嵐渓[3]の苦心を重ねて築いたと云はれる庭のたゞずまひも、私達に云ひやうのないしっとりした気分を与へた。

同行の松木、稲葉の二氏が共に解良家の当主と同窓の友であると云ふ縁故から、私までもつひに其の日をそこに一泊させて貰ってゆる〳〵良寛研究に関する資料を調べさ

---

1 藤井界雄―与板町の学僧。

2 執事―解良勝次郎と解良元吉。

3 嵐渓―長谷川嵐渓。三条市の画家。名は荃、字は芳孫、別号を香峰、墨霞という。江戸に出て漢学を大槻磐渓、画を春木南湖に学ぶ。仙台に赴いて菅井梅関に山水を学ぶ。帰郷して画壇に雄視す。慶応元年歿、五一。

4 片山三男三―村上市に生れ、明治二九年新潟師範卒業、東京高等師範に学ぶ。三島郡長、新潟商工会議所会頭となり昭和二九年歿八二歳。

5 ますらをは武人と解すべきでなく、毅然として道を守る人というほどの意であろう。古道の衰微を嘆いた歌である。

6 哀傷の歌であるが、清楚で美しい情景の歌である。

7 つづれは破れたぼろ衣。つづれさせてふむしは蟋蟀のことをいっている。

8 旧套―旧型。古いならわし。

9 心月輪―シンゲツリンと読んでいるが、正しくは「心 月輪のごとし」と読むべきであろう。仏教の「月輪観」を書いたものである。

解良家の庭園

せて貰《もら》ふことになった。解良、松木、稲葉三氏と、それから後で招きに応じて来られた三島郡長の[4]片山三男三《みおぞう》氏とが、相共に学窓時代の昔に帰って打解けた会話に興じて居られる間に、私は貸し与へられた良寛の文書をたゞ独りしみ〴〵とした心で閲覧した。解良家の所蔵にかゝる良寛の筆蹟は、掛物四幅、横巻二巻、額一面であった。

四幅の掛物のうちで最も私の注意を惹《ひ》いたのは短冊三葉を仕立てたそれであった。歌は

[5]ますらをのふみけむ世々のふるみちは
　あれにけるかもゆくひとなしに
[6]しらつゆにみだれてさけるをみなへし
　つみておくらむそのひとなしに
[7]あきもやゝよさむになりぬわがかどに
　つゞれさせてふむしのこゑする

と云ふ三首で、これは既に歌集中にも収められてゐる歌であったが、驚くべきは其の短冊の書き方が全然[8]旧套《きゆうとう》を無視して、しかも其の字と云ひ位置と云ひ此の人を外にしては見ることの出来ない自由な、そして見事な快いものであることであった。短冊に書かれた良寛の歌は極めて少ない上に、これほど気持よく書かれたものは殆んど他に見ることが出来ないと云っても過賞でないと私は思った。

次は額一面、これは良寛尊崇者の間に広く知られた所謂《いわゆる》名物の一つで、大きな古鍋蓋の裏に「[9]心月輪」の三字を刻したもので、「良寛書」の三字も鮮やかに読むことが

出来た。書は云ふまでもなく良寛の特色を最もよく現したものであるが、私はそれよりも何故このやうな汚ならしい古鍋蓋を特に選んで額にしたかと云ふ事に興味を持った。しかし、その事については何事をもつひに知る事が出来なかった。

さてその次ぎに横巻二巻、これは解良家へ宛てた良寛の手紙、その折々に書き散らした詩歌の詠草、その他戒語、文法摘要《てきよう》等を集めたものであるが、私にとっては此の方が一番うれしく、なつかしく、貴く思はれた。私はそのうちに人としての良寛が、到所に活現してゐるのを見ないわけには行かなかった。此の二巻の横巻には左の如き鈴木文台翁の題文が添へられてあった。

1 上人必可伝者有三、而道徳不与焉、曰詩、曰和歌、曰書、凡人有能得上人之一者、則皆足以不朽乎後世矣、況兼有者乎、而上人之於三者、土苴視之、非有意於求恃之伝而不朽也、是愈可貴也、如唐僧霊一、処黙輩以詩伝焉、如懐素高閑輩、以書伝焉、而未聞彼此易其可伝者、而又可伝否也、殊方界絶、無論不通皇国之和歌、又不知其道徳比吾上人若何也、古者皇国之高僧達和歌者、妙書者、巧詩者、亦不少矣、雖然、皆長于彼、短于此、又未有兼通並能者也、然則人得上人一紙半幅者、豈可不珍襲乎、頃解良子直、出篋中所収上人詩歌俗牘数十紙、装為三横巻、以示余、余披而見之、詩則草率所為、似未脱稿者、俗牘則答子直之先大人叔問君者十而居九、大抵謝恵米資菜菓等物也、余於是慨然嘆曰叔問君能知可与之人以与之、与之而不傷恵、上人能得可受之人以受之、受之不傷廉、其与其受、一出乎道義之交、故人之知叔問君者、可以知上人、而知上人者亦可以知叔問君、余不肖亦嘗辱

1 上人必ず伝ふべきもの三あり。而して道徳は与らず。曰く詩、曰く和歌、曰く書と。凡そ、人、能く上人の一を得るものあれば、則ち、皆以て後世に不朽にするに足る。況んや兼ね有するものをや。而るに上人の三者に於ける、土苴のごとく之を視、之を恃んで伝へ、不朽を求むるに意あるに非ず。是れ愈貴ぶべきなり。唐僧霊一処黙輩の如きは詩を以て伝はり、懐素高閑輩の如きは書を以て伝はる。而るに未だ彼此其の伝ふべきものを易へて、又能く伝ふるや否やを聞かざるなり。殊方界絶、皇国の和歌に通ぜざるは論なく、又其の道徳吾が上人に比するに若何ということを知らざるなり。古は皇国の高僧にして、和歌に達せし者、書に妙なる者、詩に巧なる者、また少しとせず。然りと雖も、皆彼に長ずれば此に短にして、又未だ兼ね通じ並び能くする者はあらざるなり。然らば則ち人上人の一紙半幅を得るもの、豈珍襲せざるべけんや。頃、解良子直、篋中に収むる所の上人の詩歌俗牘数十紙を出し、装して三横巻となし、以て余に示す。余披いて之を見るに、詩は則ち草卒に為る所にして未だ稿を脱せざるものに似たり。俗牘は子直の先大人叔問君に答ふるもの十にして九に居る。大抵は米資菜菓等の物を恵まれたるを謝するものなり。余是に於いて慨然として嘆じて曰く「叔問君は能く与ふべきの人を知りて以て之を与へ、之を与へて恵を傷らず。上人は能く受くべきの人を得て以て之を受け、之を受けて廉を傷らず。其の与、其の受、一に道義の交に出づ。」故に人の叔問君を知る者は以て上人を知るべく、而して上人を知る者はまた以て叔問君を知るべし。余不肖なるもまた嘗て二公の眷遇を辱うすること久し。今、此の巻を見て黙止

することを能はず。是を以て巻端に書す。
弘化四年丁未八月
○土苴—あくた。○霊一—唐代の僧。広陵の呉氏の子。余杭の宜豊寺に居り、禅誦の暇には詩歌を賦し、張継、皇甫曾の友人だった。○処黙—唐代の僧。はじめ貫休と共に出家し、後廬山に入って修睦した。全唐詩に八首存している。○懐素—唐代の書家。○高閑—唐代の書僧。宣宗に召されて紫衣を賜わる。のち湖州に帰り開元寺に終る。
○解良子直—叔問の子栄重である。○篚中—かごの中。○俗牘—手紙。○装—表具をする。○眷遇—特別に目をかける。
○この文の訓読には文台詩文集の原本を参照した。

2　青陽—春。

3　御慶—お祝。

二公之眷遇久矣、今見此巻不能黙止、是以書巻端。

弘化四年丁未八月

此の横巻中に収められた主要な本文は、多くは西郡氏の『良寛全伝』中に再録されてゐるから、こゝには一々挙げない事にするが、此等の横巻を繙読《ほんどく》して、第一に私の心にとまった事は、前掲文台翁の題文中にもあるが如《ごと》き解良叔問《けらしゅくもん》翁の良寛に対する交情についてゞあった。

○

青陽《せいよう》[2]の御慶《ぎょけい》[3]何方《いずかた》も目出度申納候、然れば旧冬はもち、やうかん共恭納受仕候、尚永日の時を期候、敬白

正月四日　　　良寛

叔問老

○

今日はこんぶ、たはし、たしかに相とゞき候、先日は菊のみそづけたまはり珍味仕候、且又貧人に餅多くたまはり大慶に奉存《ぞんじたてまつり》候、暖気催候はゞ参上仕度候、敬白

正月廿日　　　良寛

解良叔問老

○

寒気如何《いかが》御暮被遊《あそばされ》候や、住庵無事罷過《まかりすぎ》候、米、もち、茶、煙草、菜等いろ〱被下《くだされ》恭受納《うやうやしくじゅのう》仕候、さて歳暮《せいぼ》贈物は今日受取候間、別に遣《つか》はさるゝ事御無用になし可《くだ》

被下候《さるべく》……（後略）……

十一月廿日

解良叔問老

良寛

○

先日は御手紙辱《かたじけなく》披見《ひけん》仕候、如仰《おおせのごとく》歳暮《さいぼ》御取込信《まこと》に入察《さっしいり》候、其節ナンバン、ナスビ、過《すぎ》し頃はミソマメ辱《かたじけなく》奉存《ぞんじたてまつり》候、野僧は此冬は暖にて、食物も春までたくはい有之、安穏《のん》に過候間、御あんじ下さるまじく候、以上

十一月廿六日

○

先日は寛々《ゆるゆる》御目に懸喜悦《かかりきえつ》仕候、さて帰庵後《きあんご》、病気もだん〱平癒《ゆ》、托鉢《たくはつ》にも両三度出候へば、米も一斗あまり有之《これあり》候

○

先頃は歳暮の御贈物受納《じゅのう》仕候煙草も落手《らくしゅ》仕候、殊にみそ豆恭奉存《うやうやしくぞんじたてまつり》候、野僧此頃は寒気にてせんき起候処、かせいも[1]夜に焼いてたべ快気仕候　猶期永春之時候《なおえいしゅんのときをきし》、

敬白

臘《ろう》月廿六日

○

寒気の節御清和御渡被遊候哉《おしのぎあそばされや》　野僧無事に罷過《まかりすご》し候、いつぞやおき候米つかはされ可被下《くださるべく》候、かやは宝珠院《ほうじゅいん》[2]へあつらひおき候間、ぬす人のきづかひ無之《これなく》候、此度御

1 かせいも―かしゅういも（何首烏）であろう。ヤマノイモ科に属し、栽培されて食用にされたり、薬用としては解熱、止血、消炎、止瀉等にされる。（松田一郎説）

2 宝珠院―五合庵のすぐ下にある。国上寺に属していた寺院。

3 鼻紙―（旧脱）

4 下手巾―（旧脱）

5 掛絡―小さい袈裟。

6 行履物―旅行用の品物。

7 桐油―桐油紙で、当時の雨具。（旧）桐脚

8 鉢嚢―鉄鉢と頭陀袋で、ともに托鉢具。

9 之を読むべし。然らざるに於ては、不自由に至る者なり。

10 鈴木隆造―文台の兄。粟生津の医師。

11 午睡―ひるね。

12 頭陀―托鉢のふくろ。

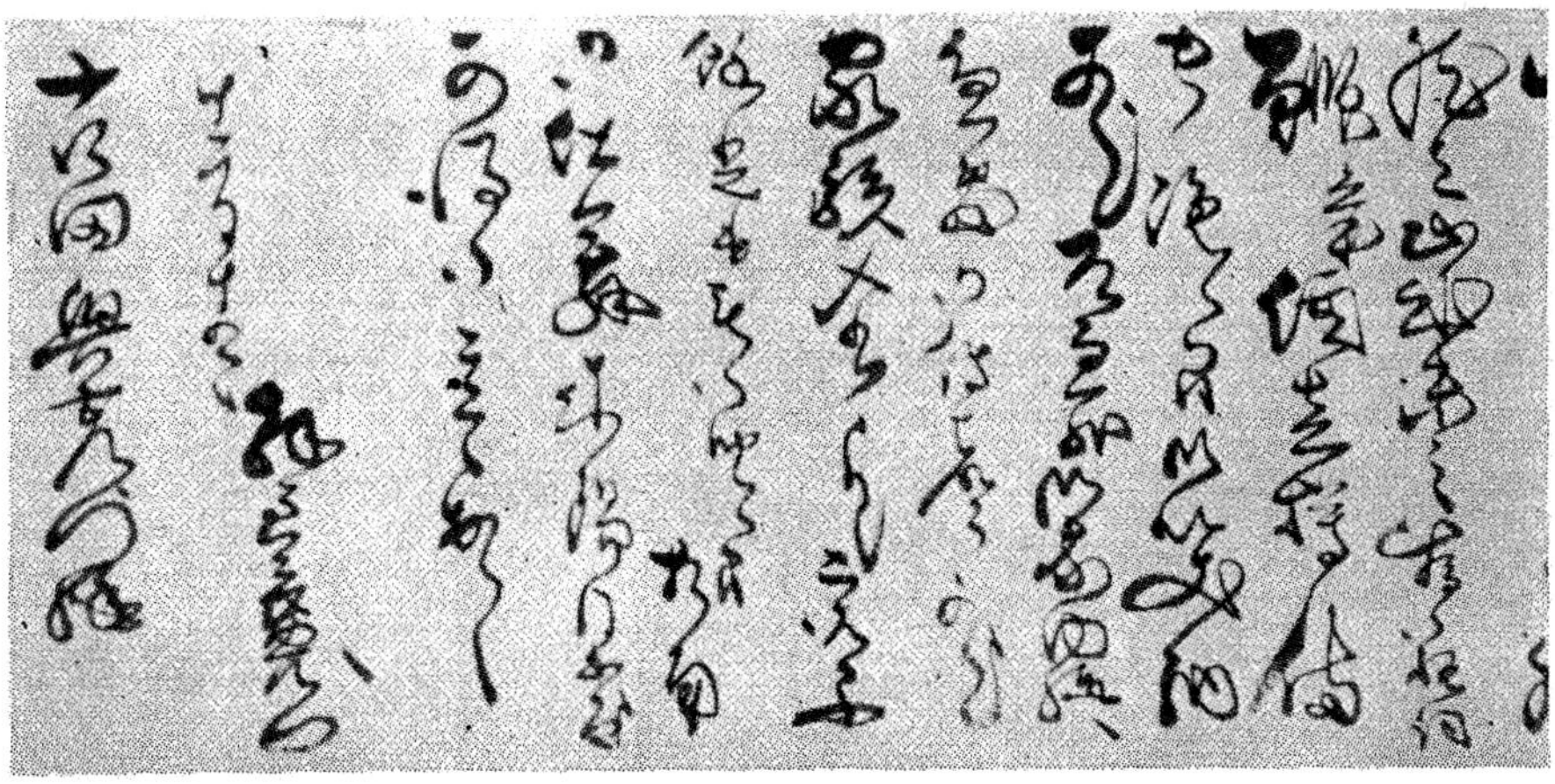

解良叔問の手紙

返さい不仕《つかまつらず》

十一月十八日

（此の文中「いつぞやおき候米」とあるは、托鉢《たくはつ》して集めた米を一旦《たん》解良家へ預けてゞも置いたものらしく思はれる。蚊帳《かや》を借《か》りて使用して居た事も面白い事実である。——著者註）

から云ったやうな手紙は以上の外にもなほ幾通もあったが、それらを通して知り得る解良翁の良寛に対する交情がいかにも懐しくゆかしく思はれると同時に、良寛その人の日常生活の実況も仄《ほの》見える心地がした。これらの手紙をあちこちと読み味はひながら、私はふと其日粟生津の鈴木家所蔵の文書中に見た左の如き良寛手記の紙片を思ひ出した。

第一受用具

頭巾《ずきん》、手拭《ぬぐい》、[3]鼻紙、扇子《せんす》、銭、手毬《まり》、ハヂキ。

第二随身具

笠、脚絆、カフカケ、上手巾、[4]下手巾、杖、[5]掛絡《から》。

[6]第三行履物《あんりもの》

著物《きもの》、[7]桐油、[8]鉢嚢。

右出立の砌《みぎり》、[9]可読之《これをよむべし》、於不然至不自由者也。

これは一日禅師が[10]鈴木隆造《りゅうぞう》翁宅に来遊し[11]午睡《ごすい》して居られた間に隆造翁が私《ひそ》かに其の[12]頭陀《ずだ》を披《ひら》いて見たところから云ふ事を書いた紙片があったので、それをこっそり取っ

1 自叙帖―唐の代宗の大暦十二年に懐素が自分の書歴を叙べたものである。真蹟と称するものも数本伝わっている。

2 秋萩帖―小野道風の書といわれ、古雅な書風で優麗温雅な線の書である。「秋萩の下葉色づく今よりぞひとりある人のいねがてにする」から始まる四十八首と王羲之の尺牘十二通を臨書してある書巻である。

3 散々難美帖―秋萩帖と同じ。「ささなみやいた山風の湖吹けば釣する海人の袖返る見ゆ」の歌があるのによる。

解良家の雪景

て置いてそのまゝ秘蔵《ひぞう》して置いたものだと云ふことであるが、人間の簡易生活もこゝまで徹底すると一種の崇厳味《そうごんみ》の加はることを思はずには居られなかった。

次に今一つ解良《けら》家所蔵の良寛文書を読んで興味深く思った事は、左の如き一通の手紙についてゞあった。

是はあたりの人に候、夫は他国へ穴ほりに行しが如何致候うやら冬はかへらず、こどもを多くもち候へ共、まだ十よりしたなり、此春は村々を乞食してその日を送り候、何をか与へて渡世の助にもいたさせんともおもへども、貧窮の僧なればいたしかたもなし、なにかなりとも少々此者に御あたへ可被下《くださるべく》候

正月四日

これは云ふまでもなく一種の紹介状であるが、諸所に保存されてある良寛の甚だ数多い手紙のうちで、他人に他人を紹介した手紙は殆ど見当らない程であるにも拘《かかわ》らず、こゝにかくの如く堂々とした一通の紹介状の存することは、何とも云ひやうのないうれしい事に思はれた。しかも此の一通の手紙がとりわけ書も立派に、字の配列も行儀よく書かれて居たことは、一層私には喜ばしかった。

更に今一つ私の注意を惹《ひ》いた事は、

「先日草庵《そうあん》へ御来臨の処、其日より又風を引きかへし候、一両日以来人心に罷成候　書写致し候法華経指上候　病中ゆゑ筆力無之御免被下《これなくごめんくださるべく》候　紙は使尽候　筆は御返申上候」

と云ふ手紙のうちにある「法華経の書写」と云ふ事であった。良寛書写の法華経――

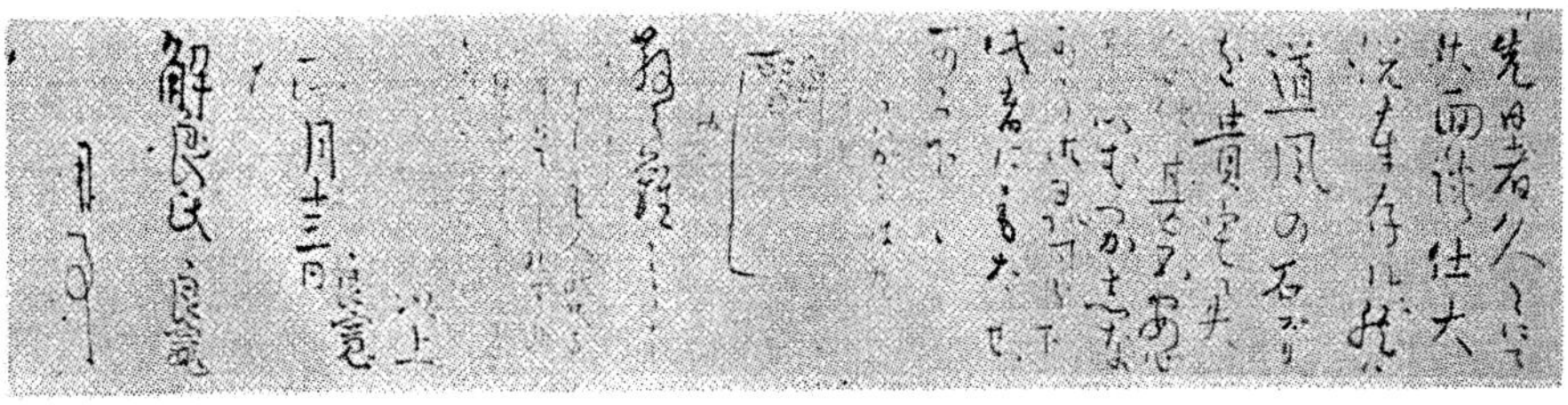

ささなみ帖の手紙

それこそ見ものだと思ったからである。そこで私は此の事について解良氏に訊《たず》ね、もし其法華経が今日なほ保存されて居るものならば是非見せて貰ひたいと頼んだ。けれども其の法華経は到底見ることの出来ないものであった。と云ふのはその法華経は文化十四年三月に解良叔問《しゆくもん》翁が、自邸《じてい》の古屋敷に地蔵尊一体を建て、その下に埋《うず》める為めに良寛の筆を煩はしたものだからであった。かう云ふ話をしながら、解良氏はにこ〳〵しながら言葉をついで

「一寸考へるとまったく惜しいやうな気がします。そんな事をして置くのは勿体《もったい》ないから掘り出したらどうだなどと云ふ人もありますよ。しかし、そんな事の出来る性質のものではありませんからな」

こんな事を云った。

「まったく惜しいやうに思はれますね」

「だが、掘り出して見たところで、もう朽《く》ちてしまってゐるでせう」

こんな話が一しきり私達の間に取り交はされたりした。

その夜はそれだけで寝《しん》に就いたが、翌朝更に解良氏は良寛が手習ひするのに解良家から借用するのを常として居たと云ふ懐素の自叙帖[1]一巻を出して来て見せてくれられた。その懐素の書を見てゐるうちに私は前日文書中に良寛が解良家に置き忘れた道風の石刷《ずり》の処置を頼んだ手紙のあったことを思ひ出した。そしてそのことを解良氏に話すと、解良氏は良寛の手習ひした秋萩《あきはぎ》帖[2]も散々難美《ささなみ》帖[3]も共に自分の家から借りて居たものらしいと云ふ事を話された。

こんな事を話し合ってゐた間に、解良氏は何か急に思ひついた事があるらしく、座を立たれたが、やがて半紙二つ折の縦綴の帳面のいかにも古ぼけたのを二冊持って来て示された。先づ手に取った一冊は表紙に『今日葊雑記《こんにちあんざつき》』[1]と書いてあった。

「それは三郎兵衛《さぶろうべえ》[2]といふ祖父さんの覚え書きです」

と解良氏は註を入れられた。そして表紙をめくって私が読み初めると、解良氏は更に、

「いや、その帳面の方には御参考になることは何もありません、たゞおしまひの方に一寸良寛さんの花盗みの事が書いてあるだけです」

から云って、手づからその個所を出して示された。見るとそこにはこんな事が書かれてあった、

上人《しょうにん》一日山田[3]の駅某が菊の花を折る、主人見とめて花盗人入りしとし其図を絵に画きて是に賛をせばゆるさんと云ふ、上人筆をとりて、

良寛僧[4]がけさのあさげ花もてにぐるおんすがた後の世まで残らむ

私は早速それを写し取った。それを見てとった解良氏は手早く他の一冊を示して

「これこそ今迄あまり人に見せなかったものですが此上ない参考資料のやうに思はれます」と云ひながら私の手に渡された。見るとその表紙には小さく『良寛禅師奇話』[5]と朱《しゅ》で書いてあった。私の胸は突然の歓《よろこ》びに躍らざるを得なかった。私は微《かす》かに手のふるへるのを覚えながらその表紙をめくった。第一頁の初頭には『今日葊雑記——弘化二年』と題されてゐた。それはかの叔問《しゅくもん》[6]翁の子三郎兵衛栄重《よししげ》[7]翁（文化七年生安政六年歿）の手記になったものであった。

1 今日葊雑記—花盗みの書いてある冊子。

2 三郎兵衛—解良栄重をいう。

3 山田—寺泊町の大字。日本海に面す。

4 良寛が花を盗んで逃げる姿は絵にかかれて、このように後世まで残ることだの意。自分のことを「おん姿」など他人めかした点がおもしろい。

5 良寛禅師奇話—解良栄重が直接良寛に接したり見聞したことを記したもので、最も信用できる良寛の人間像である。嘉永二年頃より書かれ六十話と七題より成る。

6 解良叔問—解良家十代の当主。良寛の外護者。

7 解良栄重—解良家第十三代の当主。

8 口碑—世間の言いつたえ。

9 耽読—読みふける。

10 粛然—おそれつつしむさま。

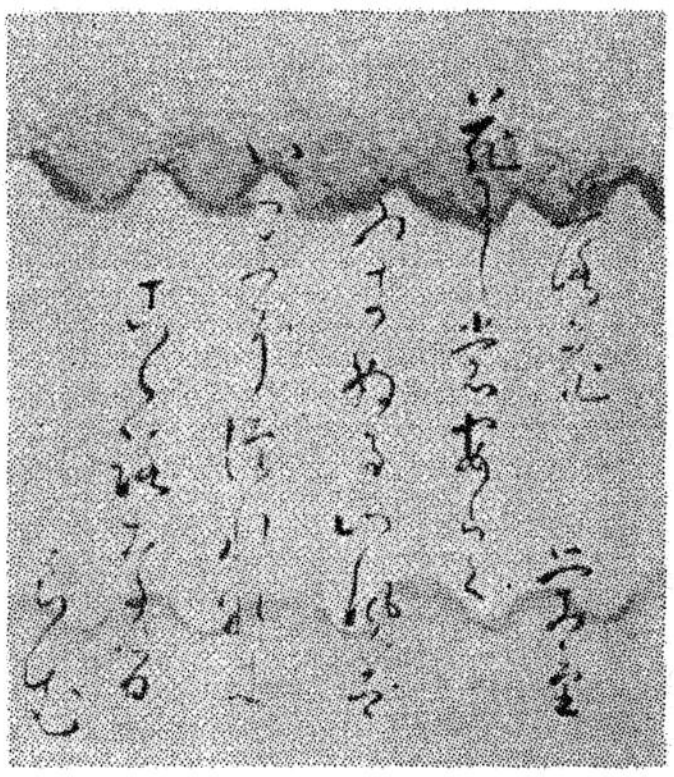

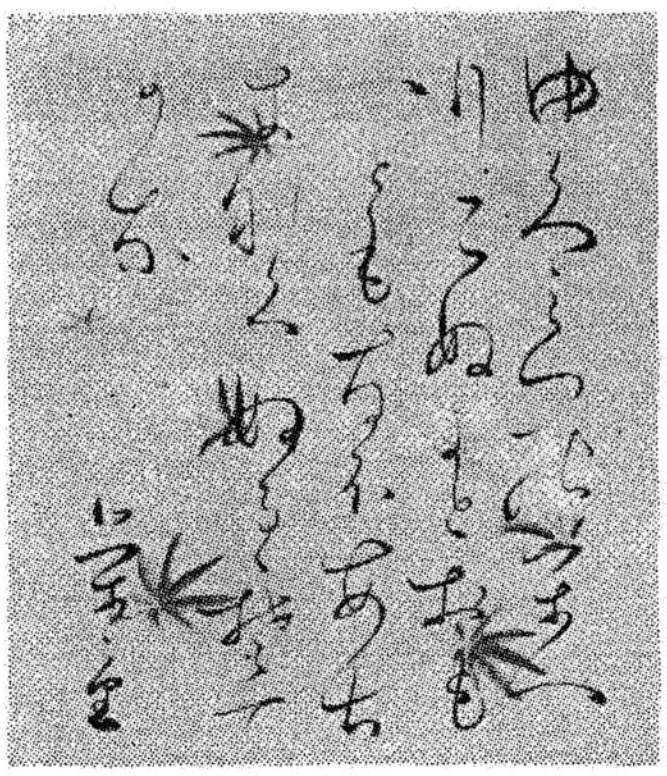

解良栄重の筆蹟

その所謂『良寛禅師奇話』の一行々々が如何に私の心を躍らせたかは、到底《とうてい》私自身には言ひ現はすことが出来ない。「このやうなものが私の前に現はれて来ようとは、全く思ひがけなかった、これは一体どうしたことだらう」そんな風な思ひまでが、繰《く》り返し〳〵私の胸をくすぐるやうな気がした。それは半紙の罫紙《けいし》十四五枚ばかり費《つい》やして、良寛の行状について見聞したことや、又は筆者自身の印象を書きつらねたものであった。良寛の行状について口碑《[8]こうひ》以外にはいくらも知ることが出来ない――かうした事が研究者間の殆んど定説となって居る今日、このやうな立派な記録があらうとは、まったく思ひもかけない事であった。私は殆んど夢中になってそれを耽読《[9]たんどく》した。そしてある瞬間には声をあげて笑った。ある瞬間には襟を正して粛然《[10]しゆくぜん》となった。又或る瞬間には膝を叩いて感じ入った。かうして三回たてつゞけに読み通してから、私は例《れい》によって写しにかゝった。けれどもその時解良《けら》氏は云はれた。

「それをお写しになるのは大変でせうから、後から誰かにうつさせて早速お送りします」

私はかうした家宝を見せて貰《もら》ったことだけに対してすら感謝すべき言葉を知らない程に思ってゐたのであるから、更《さ》らにかうしたことをまで甘んじて依頼することは、到底忍《とうていしの》びないことのやうに思はれた。しかし、折角の先方の厚意でもあるし、それにさうまでゆる〳〵しても居られない事情もあったので、心苦しく思ひながらもそのやうに依頼することにした。が、せめてはその中で最も深く私に感動を与へた箇所だけでも、自分の手で写し取って置きたいと思って、左の如き三四の逸話だけをノートに書き取った。

○

師常に黙々として動作閑雅にして余有るが如し、心広ければ体ゆたかなりとはこの言《こと》ならむ。

○

師常に酒を好む、しかりと云ども量を超て酔狂に至るを見ず、又田父野翁《でんぷやおう》を問はず銭を出し合ひして酒を買呑む事を好む、汝一盃《はい》吾一盃其盃《さかずき》の数、多少なからしむ。

○

師平生喜怒の色を見ず、疾言するをきかず、其飲食起居舒《おもむ》ろにして愚なるが如く、随身《ずいじん》の具《ぐ》、笠などには「おれがの、ほんにおれがの」と書して在り、余が家に師の持たれし夢遊集《むゆうしゅう》[1]あり、「ほんにおれがの」とあり。

○

師嫌ふところは書家の書、歌よみの歌、又題を出して歌よみをすること。

○

余問ふ歌を学ぶ何の書をよむべしや、師曰万葉をよむべし、余曰く万葉は我輩不可解《かいすべからず》、師曰わかるので事足れり、時に曰古今[2]はまだよい、古今以下不堪読《よむにたえず》。

○

盗あり国上の草庵に入る、物の盗み去るべきなし、師の臥褥《がじゅく》[8]をひきて密《ひそか》に奪はん

1　夢遊集—鴨長明の著。三巻より成り、各冊の表紙裏に「おれがの」と記してある。「ほんにおれがの」は誤。

2　古今—古今和歌集。延喜五年紀友則らによって撰進された歌集で千百余首、二十巻ある。

3　臥褥—ふとん。

4　正貞—原田正貞。国上村中島の医師、歌人。

5　信宿—二日以上とまること。

6　内外の経文—内経は仏教、外経はそれ以外の書物をいう。

7　厨下—台所。

8　優游—ゆったりしていること。

9　坡丈—三島郡大河津村野中才専念寺の僧。文化文政頃俳諧や茶道で知られた。天保十年前歿、七十八歳位。専念寺に句碑あり。

10　妍媸—美醜。

11　若水—吉田町大字野本新田の庄屋、治田彦左衛門、号を若水、適水亭という。解良栄重の友人で俳句をよくした。

12　井上桐麻呂—はじめ三条近くの柳川の庄屋、のち北蒲原郡佐々木村則清の庄屋に転ず。

木村家の玄関

とす、師寝て不知《しらざる》ものゝ如《ごと》くし、自《みずか》ら身を転《てん》じ其のひくにまかせて盗み去らしむ。

○

[4]医師正貞《しょうてい》と云ふものあり、師に問て曰く吾金《かね》を欲す如何せば金を得んと、師曰く業を勤《つと》めて人の手元を見る事なかれと。

○

師余が家に[5]信宿《しんしゅく》日を重《かさ》ね、上下《しょうか》自ら和睦《わぼく》し和気家に充《み》ち、師去ると云《いえ》ども数日の内人自ら和す、師と語ること一たびすれば胸襟《きょうきん》清きを覚ゆ、師更《さら》に[6]内外の経文を説き善を勧むるにもあらず、或は[7]厨下《ちゅうか》につきて火を焼き、或は正堂に坐禅す、其話詩文にわたらず道義に不及《およばず》、[8]優游《ゆうゆう》として名状すべき事なし、只道義の人を化するのみ。

○

[9]坡丈《はじょう》と云ふもの有、俳諧歌者なり、自ら拙《せつ》書を歎ず師是を聞て曰く[10]妍媸《けんし》に心を労することなかれ書自《おのずか》ら成らむと、坡丈是より字を書くに易しと、其徒[11]若水《じゃくすい》語る。

○

[12]井上桐麿《きりまろ》師を尊信して常に国上の草庵《そうあん》を訪ふ、当時の善人を師に問ふ、師余が父を教へらる爾後《じご》余が家に往来す。

やがて高橋氏に頼んであれこれと写真に撮って貰ったり、解良《けら》家珍蔵のさま〴〵な古書画を見せて貰ったりしてから、私達一行は打ち揃《そろ》って解良家を辞した。私の胸には言ひ現はしがたい感激がみち〴〵て居た、昨日来た道を歩いて粟生津《あおうず》の停車場へと戻るのであったが、私にはそれはまるで異った風趣の豊かな道のやうな気がしたのであった。（備忘の為めにこゝに一つ附記して置かねばならぬ事があるそれは解良家の珍蔵の中に橘守部《たちばなもりべ》[1]の短冊の甚だ多くあった事である。そしてその事についての解良氏の談によるとそれは前に掲げた『良寛禅師奇話』の筆者三郎兵衛翁が守部の門人であったからだとの事であった。参考とすべき事である。）粟生津の停車場で私と稲葉氏とは三島郡小島谷《おじまや》[2]行きの切符を買った。松木氏も片山氏も同じ汽車に乗ったが、行く先はちがって居た。高橋氏は一人反対の方向へ帰るのであった。汽車の窓からは依然として弥彦国上角田の三山が眺められた。私達の間の話題は依然として良寛に関することが大部分を占《し》めて居た。

私と稲葉氏との下車すべき小島谷駅は粟生津駅からは四つ目であった。道のりはおそらく四里とはあるまいと思はれた。小島谷の停車場で下車した私はこれまでよりは一層しんみりした気持で、稲葉氏に導かれるまゝに田畝《たんぼ》中のかなり広い平らな道を、西北と思はれる方角へ向って歩いた。

「あすこに見えるのが島崎村[3]ですから、ゆっくり歩いて行っても三十分とはかゝりませんよ」と稲葉氏は道のとつゝきに見える樹木の多い村を指さしながら云った。

私達はこれから其の島崎村へ行かうとしてゐるのであった。島崎村——こゝは実に良寛が彼の光輝ある長い生涯の最後の数年を送った所、而《しか》して彼の遺骸《いがい》が弟由之《ゆうし》[4]のそれと共に永遠の棲処《すみか》を与へられた地なのである。

「さうでせうね」私は稲葉氏の注意に対して辛《かろ》うじてこれだけの簡単な返答をしかなし得なかったけれども、私の心裡《り》には語るべくあまりに多くの感想が去来しつゝあったのである。

国上山附近と此のあたりとは、今日では郡の区劃がついてゐるけれども、一面の平

1 橘守部—天保の国学四大家といわれている。伊勢の人。江戸に住み国学和歌にすぐれた。嘉永二年歿七十歳。

2 三島郡小島谷—和島村にある越後線の駅。

3 島崎村—小島谷駅付近一帯の村で、今は隣の桐島村と合併して和島村となっている。

4 由之—良寛の弟山本由之で、橘屋の当主。

5 木村氏—三島郡和島村大字島崎にあり、屋号を能登屋という。その先祖は慶長五年に能登国上戸村から兵乱をさけて当地に移って来たという。良寛の世話をしたのは第十一代元右衛門利蔵である。良寛は文政九年初冬に裏屋に移り、天保二年正月六日になくなった。

6 隆泉寺—三島郡和島村島崎にある浄土真宗のお寺。慶長五年に木村家と共に兵乱を避けて能登国より当地に移った。良寛・由之の墓があり、良寛の銅像、鉄眼板の一切経を収めた経蔵および、寄進の由来を刻した良寛書の大蔵経碑などがある。

7 良寛は宗教の本質を生きて宗派には拘泥しなかった。神職の家に生まれ、真言宗に属し、曹洞宗を修め、浄土真宗の寺に葬られている。法にして倘し宗を立つべくんば、古聖孰か為さざらんと「唱導詞」のうちで宗派を否定している。

隆泉寺

野つゞきであるから交通も昔から左程《さほど》不便ではなかったにちがひない。しかも、彼の故郷出雲崎へもこゝからはさう遠くはないのであるから、良寛が此処に最後の棲家を求めたのも、必ずしも単に木村氏[5]と云ふ外護者があったからばかりではなかったらう。そんな事も思はれた。

「あすこに板葺の屋根の高く突出て居る新しい寺が見えますね」稲葉氏は突然又行く手の村の一角を指しながら云った。「あれがたしかに良寛さんのお墓のある隆泉寺《りゅうせん》[6]でせう。近頃改築したと云ふことですから」

「随分大きな寺ですね」から答へながら私は稲葉氏によって指さゝれた新らしい大きな板葺屋根を眺めた。降り注ぐ真夏の日光に屋根は光ってゐた。

大きな樹木の青葉が四方からそれを包まうとしてゐるやうにも見えた。

[7]「たしかあの寺は浄土真宗でしたね」私はさう大して深い意味もなくそんな事をたづねた。

「さうです」と稲葉氏は答へて、「して見ると良寛さんは宗旨ちがひの寺に葬られてゐる訳ですね」からいかにも大きな発見でもした如く言ひ足した。

「しかし、そんな宗旨なんてことは良寛さんの眼中にはなかったでせうよ」と私は答へた。「それもさうですね」と稲葉氏は明らかに私の言葉の意味を理解したらしく応じた。

やがて私達は村に入った。村の入口に幅の十間以上もあらうと思はれる水の濁った川が流れてゐた。川の中には真黒く日に焼けた子供が五六人水を浴びてゐた。三四人の子守娘が川端に立ってそれを見て居た。稲葉氏は早速その子守娘を捉《とら》へて訊ねた。

「お前達木村さんと云ふ家はどこだ知らんか」

「[1]のとやさんのことかね」から一人の娘は云った。

「さうだ」と稲葉氏は答へた。

「そんならその橋を渡って少し行ってから右側に大きな門のある家だ」と子守娘は橋を指しながら云った。

私達は子守娘に教へられたまゝに橋を渡って行くと、成程ぢきに木村家の門を右側に見出した。かねて書物の上で知ってゐた通り、門前には

『良寛禅師[2]遷化之地』

と刻した大きな碑が建てゝあって、この碑を蔽《お》ふやうにして枝ぶりの面白いかなり大きな松の木が一本立ってゐた。[3]碑陰《ひいん》には次の如き文が刻まれてあった。

[4]良寛禅師為北越禅林古宿、三島郡島崎村有木村元右衛門君者、為人謹厚勤勉篤奉吾真宗之教、師甚愛之親如父子、嘗謂人曰木村氏之居余涅槃場也、君夙諒其意、以別墅充師禅室、師游化无方、倦則来帰、閉戸入定、殆忘寝食、天保二年正月六日遂寂于玆、[5]享年七十三、今玆辛亥正当其八十回忌、木村氏之彦周作君、為建紀念碑于邸内、請[6]循誘僧正題字、使余記其由于碑陰、余曾聞師徳高行修、而未詳其伝、乃拠友人[7]藤井界雄所記、叙之如右。

明治四十四年七月　[8]円通道人釈連城撰並書

[9]小林群鳳刻

門を入って案内を乞ふと、やがて当主[10]周作氏みづから出でゝ迎へられた。前記碑文

1 のとや—能登屋は木村家が能登国から来たので屋号としている。

2 遷化—高僧が死ぬこと。

3 碑陰—石碑の裏側をいう。

4 良寛禅師は北越禅林の古宿たり。三島郡島崎村に木村元右衛門君なる者あり、人となり謹厚謹勉にして篤く吾が真宗の教を奉ず。師、甚だ之を愛し、親しむこと父子の如し。嘗て人に謂って曰く、木村氏の居は余が涅槃場なりと。君、夙に其の意を諒とし、別墅を以て師の禅室に充つ。師、游化方无く、則ち倦めば来り帰り、戸を閉ぢて入定し、殆んど寝食を忘る。天保二年正月六日遂に玆に寂す。享年七十三。今玆辛亥は正に其の八十回忌に当る。木村氏の彦周作君、為に紀念碑を邸内に建て、循誘僧正に題字を乞ひ、余をして其の由を碑陰に記せしむ。余曾って師の徳高く行修まれるを聞けども、而も未だ其の伝を詳かにせず。乃ち友人藤井界雄の記す所に拠り、之を叙すること右の如し。

明治四十四年七月　円通道人釈連城撰並書

小林群鳳刻

○古宿—古い高僧。○涅槃場—死に場所。○諒其意—其の心を信ずる。○別墅—別宅。○游化无方—遊びに行くにも人を教化するにもきまった方角がない。○入定—坐禅。

5 享年七十三—七十四歳が通説となっている。

6 循誘僧正—東京深川、浄土宗、本誓寺住職、福田循誘。

7 藤井界雄—与板町の学僧。

8 円通道人釈連城—山口県、徳山、真宗、徳応寺住職。本願寺派勧学、大正八年歿、七九歳。

9 小林群鳳—刈羽郡悪田（柏崎市桜木町）

の石工、小林源之助。刻字にすぐれ群鳳と号す。昭和十八年歿、六四歳。

10 周作氏―木村家第十四代の当主。大正十二年歿。七十四歳。

11 浅黄弁慶縞―薄青色の格子縞。

12 良寛上人御遷化諸事留帳―良寛葬儀の折の諸事留帳で、その後の墓碑建設についても記されてある。

13 示寂―僧の死ぬこと。

14 六ヶ寺―徳昌寺、正応寺、繁慶寺、曹泉寺、極楽寺は記載があるが一ヶ寺は不明。

15 十二ヶ寺―妙徳寺、大泉院、正源寺、知城、小島谷庵主、大慶寺、常禅寺、常念寺、浄玄寺、隆泉寺、光昌寺、一ヶ寺不明。

木村家の庭園

中にもその名の記されてある藤井界雄師からも、又三島郡長片山三男三氏からも既に紹介のあった旨を語られて、木村氏は快く会談をしてくれられ、更に別室に案内されて同家所蔵の良寛に関係ある遺品の殆んど全部を見せてくれられた。そのうちの主なるものは左の如くであった。

一、良寛禅師所持の笏

一、良寛禅師蒲団の切れ

之れは[11]浅黄弁慶縞木綿の至って粗末なものである。

一、良寛自筆詠草三巻

これは立派に表装して黒塗の箱に蔵めてあって、箱の蓋に「良寛禅師真筆和歌三巻、嘉永二年六月二十四日、木村元右衛門名物」と記してあった。話によるとこれは良寛病みて起つべからざるを知るや木村氏に乞うて紙筆を求め長短歌数十首を書き、かたみとして木村氏に贈られたものだと云ふことであった。歌はいつとなく詠んだものを思ひ出すまゝに順序なく書き列《つら》ねたものらしく思はれた。字には心持からか何処となく衰へが見えたが、しかも脱俗と云ふ特色に至っては良寛遺墨中無比のものだと思はざるを得なかった。

一、『[12]良寛上人御遷化諸事留帳』

これは半紙横綴の帳面で、天保二年辛卯《かのとう》正月六日即ち良寛[13]示寂《じじゃく》の時につくられた葬儀諸事留帳で、中について弔慰者二百八十五人の名を数ふることが出来た。

又取りおきを行った仏家は[14]六ヶ寺で、外に[15]十二ヶ寺の僧が葬儀に列した事も知られた。一個の乞食僧の葬儀としては何と云ふ盛んなものだらうとそれを披《ひ》見しながら私達は話し合った。

一、追悼歌集一巻

箱には「奉大愚良寛聖霊前」と記してあったこれは良寛の墓の出来上った天保四年三月四日の法養に際して親戚、知己の者等が墓前への手向に詠んだ追悼歌を集めたものである。

一、髑髏《どくろ》の自画賛

紙本半折《せつ》に良寛自ら髑髏《どくろ》の画を書いて、それに自ら詩[1]を以て賛したもの、詩は詩集中に収めてゐる。

一、以南「朝霧に……」の句

これは半折に「朝霧に一段ひくし合歓《ねむ》の花　以南」と書かれた良寛の父以南の筆蹟で、最後の瞬間までも良寛が枕の下に入れて置いて離さなかったと云ふ最も意味深い遺品の一つである。余白に小さく「水茎のあとも涙にかすみけりありし昔のことをおもひて」と良寛の筆で書かれてあるのを見るにつけても、それを秘蔵して居た良寛その人の心持の一端が窺《うかが》はれるのである。

一、小屏風一双

これは良寛の筆に成る色紙、短冊《ざく》、扇面、書画等を雑貼《ざつぱり》したもので、良寛その人を知る上には極めて重要なものである。[2]「あいはせにすむとりはきにとまるひとはなさけのしたにすむ」と云ったやうな俗謡もあれば、[3]「雨のふる日はあはれ

1　凡そ縁より生ずる者は縁尽くれば滅す。此の縁何より生ず。又前縁より生ず。第一最初の縁は何より生ずる。此に至って言語同断、心行処滅す。吾れ此を持して東家の婆に語る。東家の婆悦ばず。西家の翁に語る。西家の翁眉を顰めて去る。試みに胡餅に題して狗子に与うるに、狗子也喫はず。謂ふ是れ不祥の語、紛々の句なりと。生と滅とを丸めて一合相と為して、野辺の髑髏に与ふ。髑髏忽然として起き来り、我が為に歌ひ且つ舞ふ。歌は長し　三世の引、舞は妙なり　三界の姿。三界三世三たび弄し了って、月は落つ　長安半夜の鐘。
○言語同断心行処滅―言語でよく説き示すこともできず、心でよく測ることもできぬ。○胡餅―小麦粉で作った粗末な焼パン。○一合相―多くの法を合して一の相とすること。○三世―過去、現在、未来。○三界―欲界、色界、無色界。

2　俗謡の一つであいは鮎である。

3　良寛に書を強要した人が、雨の日に良寛を一室に閉じこめたので、致方なくこの句を書いたといわれている。

なり良寛坊」と云ったやうな戯句もあれば「[4]このよらはいつかあけなむ、このよらのあけはなれなばおみなきて、はりをあらはむ、こひまろびあかしかねけりながきこのよを——由之老へ、良寛」と云ったやうな切なる実感を歌ったものもある。

一、二枚折屛風一双[5]

良寛に関係ある人々の筆蹟を雑然と貼り交ぜたもの。「[6]露にちり嵐にはづむ螢かな」と云ふ以南の句などもあった。

一、大屛風一双[7]

良寛が自作の詩を草書で書いたもの、良寛の草書としては代表的のものゝ一つであると思ふ。

一、絹本詩幅三幅[8]

これも草書で詩一首づゝを書いたもので、前掲大屛風と共に良寛の草書の代表的なもの。

一、良寛画像

頭の大きくて長い、黒衣を着て風呂敷包を肩に結びちぎれ草履をはいた一人の老雲水僧の後から子供が手毬を持って追ひかけてゐる図。筆者の誰なるかは解らないが、「[9]華」の一字を署し「千とせの家」の五字を刻した印章が捺してある。此の像に良寛の弟由之が左の如き賛歌を書いてゐる。

[10]なき影は昔ながらの姿にてとへば空ふく風ぞこたふる

---

4 良寛が最後の病床にあった時の作といわれている。
この夜らは　何時か明けなん　この夜らの明けはなれなば　女来て　はりを洗はん　こひまろび　明かしかねけり　長きこの　夜を　〇はり—いばり、糞尿　のこと。

5 二枚折屏風—良寛の関係者である、父以南、由之、泰樹、泰人、杜皐、長凭など三十点がはられてある。

6 以南の句で色紙に書かれてある。

7 大屏風には袖裏毬子…、十字街頭…、今日乞食…、などの七絶、対君々不語、城中乞食了の五絶、生涯懶立身の七律、春気稍和調、宅辺有苦竹の五古などの書が収めてある。

8 絹本詩幅三幅—生涯懶立身、余郷有兄弟、自参曹渓道の五律をそれぞれに書いたもの。

9 五十嵐華亭—三条の画家。通称は長門、号は華亭、千歳の家といった。安永九年三条市槻田神社祠官の家に生まれ、狩野梅笑、岸駒に学び、美人花鳥によし。嘉永三年歿、七一歳。

10 なくなった良寛の姿は絵の通りであるが、問いかけても返事はなく、風の答えだけだ。

以上の如く数多くのいづれも意味の深い遺品を次から次へと閲覧し味読することによって私の心がいかばかり深い感動と、いかばかり複雑な想念とに充たされたかは、云ふまでもないことである。稲葉氏の助けを借りてあれこれと判読しつゝ、私の手帳に写し収った歌や詩やその他の文字も我ながら驚かれるばかりの量に達した。それらの歌や詩はいづれ他の機会に取り纏めて紹介するつもりであるが、こゝで特に覚え書きをして置かなければならぬのは、左の如き一首の長歌についてゞある。

[1]てをりて　うちかぞふれば　わがせこに　わかれにしより　けふまでに　としのやとしを　つれもなく　あれたるやどに　たをやめが　ひとりしすめば　なぐさむる　ことゝはなしに　なげきのみ　つもりつもりて　かげのごと　わがみはなりぬ　いまさらに　よにはありとも　ありのみの　ありがひなしと　おもへこそ　ひとひにちたび　しなめとは　おもひはすれど　ふたりのこ　見るにこゝろの　ほださえて　いはんすべ　せんすべしらに　かくりゐて　ねのみしなかゆ　あさなゆふなに

[2]まそかゞみてにとりもちてけふのひも
　　ながめくらしつかげとすがたと

[3]わがごとやはかなきものはまたとあらじと
　　おもへばいとゞはかなかりけり

これは一読してある一人の不幸な婦人に代って彼女の悲嘆を歌った作であることが解るが、さてその婦人の何人であったかについては何等の添へ書きもないのでつひに

1　哀傷の歌で、未亡人に代って苦衷を詠んだ。夫の死後八年たち、悲しみのあまり自殺しようと思うが、二児を見ると死ぬに死ねぬ。○たをやめ―かよわい女。○ありのみの―なしの枕詞。○ほださえて―拘束されて。

2　鏡を手に取って苦しんでいる。

3　この世に最も悲しんでいるかと思うとはかなくなる。

写真「木村家」

知ることが出来ないのであった。それは兎に角此の長歌が特に私の注意を喚起したわけは、つい数ケ月前私の郷里糸魚川の[4]牧江《まきえ》家所蔵品中(牧江家所蔵の良寛遺墨は凡て渡部村阿部家から定珍翁の第九子九郎次と云ふ人が持って来たものである)から割愛してもらった二首の長歌草稿と[5]同巧異曲のもので、技巧上から良寛の歌を研究する上に極めて重要な作と思はれる点にあった。私自身の蔵して居る其の二首の長歌と云ふのは次の如きものである。

○

[6]わくらはに　ひとゝなれるを　なにすとか　このあしきけに　さやらえて　ひるはしみらに　門さして　よるはすがらに　人のぬる　うまいもいねず　たらちねの　母がましなば　かいなでゝ　たらはさましを　わかくさの　つまがありせば　かいもちて　はぐゝまゝしを　家間へば　家もはふりぬ　はらからも　いづちいぬらむ　うづらなく　ふるさとすらを　くさまくら　旅ねとなせば　ひと日こそ　人もみつがめ　二た日こそ　人もみつがめ　ひさかたの　ながき月日を　いかにして　よをやわたらむ　ひにちたび　しなばしなめと　おもへども　心にそはぬ　たまきはる　いのちなりせば　かにかくに　すべのなければ　こもりゐて　ねのみしなかゆ　あさゆふごとに

[7]ひさかたのながき月日をいかにしてわがよわたらむあさでこぶすま

○

[8]くさまくら　たびのいほりに　うちこやし　としのへぬれば　うづらなく　ふりにしさとに　からころも　たちかへりきて　あからひく　ひるはしみらに　み

4　牧江家―糸魚川の名家で酒造家。靖斎、冥斎などの文人を出している。牧江靖斎―名は定憲。国上村渡部の定珍の九男。牧江家をつぐ。藍沢南城の門下にして経史詩文和歌を善くす。明治元年歿五二歳。

5　同巧異曲―大同小異。

6　大森求古の窮状を詠んだものである。○わくらはに―偶然に。○ひとゝなれるを―成人したのに。○あしきけ―悪い家。○さやらえて―拘束されて。○しみらに―終日。○すがらに―終夜。○うまいもいねず―安んじて眠りもせず。○たらはさましを―十分にしてくれるだろうに。○わかくさの―妻の枕詞。○はふりぬ―ほうり出す。○うずらなく―古るの枕詞。○みつがめ―仕送りをするだろう。○ひさかたの―月日の枕詞。○たまきはる―命の枕詞。○ねのみしなかゆ―音のみし泣かゆ。

7　長歌を綜合したもの。○あさでこぶすま―麻布で作ったささやかな夜具。

8　前記の長歌と同趣のものである。○うちこやし―ちょっと寝て。○からころも―裁つから、立つの枕詞。○あからひく―日にかかる枕詞。○ながきけを―長い日を。○おさにさやらえ―組長にじゃまされ。

づとりの　いきつきくらし　ぬばたまの　よるはすがらに　ひとのぬる　うまいもいぬず　たらちねの　はゝがましなば　かひなでゝ　たらはさましを　わかくさの　つまがありせば　かいもちて　はぐゝまゝしを　いへとへば　いへもはふりぬ　はらからも　いづちいぬらむ　つれもなく　よしもなけやに　うつせみをよせてしあれば　ひとひこそ　たへもしつらめ　ふたひこそ　しぬびもすらめながきけを　いかにわたらむ　かくすれば　ひとにいとはれ　かくすれば　おさにさやらえ　かにかくに　せむすべをなみ　こもりゐて　ねのみしなかゆ　あさゆふごとに

[1]あらたまのながきつきひをいかにして
　　いかにわたらむあさでこぶすま

此の歌の内容については今日ではこれまで何人も触れなかった良寛伝中の隠れた一大事実の発見が私の手にをさめられてゐるけれども、それは他日改めて公にすることとして、此の場合たゞ此の二首の長歌と前に掲げた木村家所蔵の長歌との間に存する技巧上の関係について、読者諸君の注意を促《うなが》して置けばそれで私の望は足《た》りるのである。けれどもその事の為めに、私は更に今一首木村家所蔵の長歌を写し添へて置く事が一層重要のことゝ思ふ。此の一首は『全伝』[2]の編者に従へば、良寛が木村邸に於て老病に罹《かか》り死期を知って詠んだ最後の詠歌だと云ふことである。即ち

[3]わくらばに　人と生れるを　うち靡き　やまふの床に　臥しこやし　癒《い》ゆとはなしに　いたつきの　日にけに増せば　思ふ空　安からなくに　嘆く空　苦しき

1　長歌を綜合して、大森求古の生活に同情している。

2　全伝の編者は良寛が自分を詠んだとするのは誤である。長歌の序にも、「求古に代りてよめる」「悲求古歌」「為求古述懐」「人に代りて」などとあるのにも知られよう。

3　大森求古も父の子陽歿後は島崎辺に放浪して苦境にあったので、孤独漂浪は良寛と相似ているので良寛の述懐とも考えるわけであろう。但し家もはふりぬ、はらからもいづちいにけむなど、詳細に見れば両者の相違が判別できよう。

4　隆泉寺—浄土真宗。戦国の兵乱を避けて能登国より島崎に来り、戊辰の戦火に焼失、現在の伽藍は大正三年に再建されたものである。

5　亡くなった住持—仏教学者島地大等の弟である大理が隆泉寺へ入って住職となったもの。本堂再建の労苦のため大正六年歿三六歳。

6　経堂—第十二代木村元右衛門（周蔵）が文政十一年隆泉寺へ一切経を寄進した時に建てたもの。戊辰の兵火にもかかわらず現存している。

7　子供と遊んださまがうかがわれる。

隆泉寺の経蔵

ものを　赤らひく　昼はしみらに　水鳥の　息つきくらし　ぬばたまの　夜はすがらに　人のぬる　安寝はいねず　垂乳根の　母がましなば　かいなでゝ　たらはさましを　若草の　妻がありなば　とりもちて　はぐゝまゝしを　家とへば　家もはふりぬ　はらからも　いづちいにけむ　つれもなく　荒れたる宿を　現そみの　よすがとなせば　一日こそ　たへもしつらめ　二日こそ　しぬびもすらめ　新田実《あらたま》の　長き月日を　如何にして　明しくらさむ　すべをなみ　ねをのみぞなく　ますらをにして

以上列挙した四首の長歌を読み比べて味はへば、一方に於て人としての良寛の半面に触れることが出来ると同時に、他方に於て彼の詠歌上の技巧の特色の一端をも窺《うかが》ふことが出来るやうに思った。

木村家所蔵の良寛遺墨を一通り見せて貰ってから、私達は同家の番頭さんに案内されて木村家の菩提寺である[4]隆泉寺境内にある良寛の墓に参詣した。隆泉寺は木村家のつい近くにある本派本願寺派の大きな寺で、本堂も庫裡《くり》も近頃改築したばかりだと見えて、まだ十分に体裁がとゝのって居なかった。折から数日前に[5]亡くなった住持《じゅうじ》の為めの盛大な法養が営まれつゝあった。本堂の前の左手に片寄って木村家寄進の立派な[6]経堂が建てられて居り、その前に良寛の遺文揮毫《きごう》にかゝる一基の碑が立って居た。又堂裏に良寛の左の短歌一首を書いた額一面が蔵してあった。

[7]いざ子ども山べに行かむすみれ見に
あすさへちらばいかにとかせむ

経堂の前を通って本堂の左側を真直に奥へ入って行くと、突当りの小高いところに立派な柵をめぐらした墓地が見えた。掃き清められた石段がそこへと通じて居た。あれが木村家代々の墓地で、良寛さんの御墓もあの中にあるのだと案内の人が云った。石段を昇りきると、すぐに私の眼にはそこの中央に建てられた大きな石碑の面に

良寛禅師墓

と刻まれた厳《おごそ》かな文字が読まれた。花崗石《みかげいし》を材として造られた其の墓碑は、高さ六尺幅五尺と云ふ大きなものであった。碑面には中央に前記の五大字が大きく刻まれ、その左右には左の如き故人の選作が細かい字で刻まれてあった。

[1]落髪為僧伽、乞食聊養素、自見已如是、如何不省悟、我見出家児、
昼夜浪喚呼、祇為口腹故、一生外辺鶩、白衣無道心、猶尚是可恕、
出家無道心、如之何其汚、髪断三界愛、衣壊有相色、棄恩入無為、
是非等閑作、我適彼朝野、士女各有作、不織何以衣、不耕何以哺、
今称釈氏子、無行亦無悟、徒費檀越施、三業不相顧、聚首打大語、
因循度旦暮、外面逞殊勝、欺他田野嫗、謂言好箇手、吁嗟何日寤、
縦入乳虎隊、勿践名利路、名利纔入心、海水亦難澍、阿爺自度爾、
暁夜何所作、焼香請仏神、永願道心固、似爾如今日、乃無不牴牾、
三界如客舎、人命似朝露、好時常易失、正法亦難遇、須着精彩好、
毋待換手呼、今我苦口説、竟非好心作、自今熟思量、可改汝其度、
勉哉後生子、莫自遺懼怖、

1
落髪して僧伽と為り
食を乞うて聊か素を養う。
自ら見ること已に是の如し
如何ぞ　省悟せざらん。
我れ出家の児を見るに
昼夜　浪りに喚呼す。
祇口腹の為の故に、一生外辺に鶩す。
白衣の道心無きは、猶尚是れ恕すべし。
出家の道心無きは
其の汚や　之を如何せん。
髪は　三界の愛を断ち
衣は有相の色を壊る。
恩を棄てて無為に入る
是れ　等閑の作に非ず。
我　彼の朝野に適くに
士女　各　作あり。
織らずんば何を以てか衣
耕さずんば何を以てか哺はん。
今　釈氏の子と称するに
行もなく　亦　悟りもなし。
徒らに檀越の施を費し、三業相顧みず。
首を聚めて大語を打き
因循して旦暮を度る。
外面は殊勝を逞うして
他の田野の嫗を欺く。
謂う　言　好箇手と
吁嗟　何れの日にか寤めん。
縦ひ乳虎の隊に入るも
名利の路を践むことなかれ。
名利　纔かに心に入れば
海水も亦　澍ぎ難し。
阿爺爾を度せしより、暁夜何の作す所ぞ。
香を焼いて仏神を請じ
永く道心の固きを願へり。
爾　今日の如きに似ば
乃ち牴牾せざるなからんや。
三界は客舎の如く、人命は朝露に似たり。

国上のいほりにゐまし丶時[2]
やまたつのむかひの丘に小男鹿立てり神な月
しぐれの雨にぬれつ丶たてり

天保二年正月六日諱辰《きしん》　従孫[3]　橘《たちばな》　泰《やす》　世《よ》　拝書

此の建碑は良寛示寂《じじやく》と殆《ほと》んど同時に弟由之父子によって計画され天保四年三月に至って漸く竣《しゅん》工、其の四日に盛大な三周忌の追善供養と共に建てられたものだと云ふことである。私達は其の墓碑の前に跪《き》[4]坐して、暫く黙拝《もくはい》をつゞけた。言語を絶した厳粛な気分が私の全心に沁《し》み渡るのを覚えた。此の良寛の墓の左側に、良寛の弟無果花苑《むかかえん》由之の墓が並んで立ってゐる。これは由之自身の遺志[5]によって、こ丶に建てられたものだと云ふ。碑面には『由之宗匠《そうじょう》墓』の五字と、『行く水はとゞまらなくにうらぶれて河原のよもぎなにまねくらむ』と云ふ故人の詠歌一首が刻まれてあり、左側に「天保五年在甲午《きのえうま》春正月十有三日卒《しゅつ》」と記されてあった。私達はその墓をも黙拝した。

更に此の墓地の右の隅寄りにや丶小さな一基の墓碑が建てられてゐた。それは木村家代々の墳墓であった。私は良寛、由之二人者の墓に比べていかにもつ丶ましやかに建てられた此の木村家の墳墓を見て、自家の墓地の大部分を他の者の為めに提供した上に、更に自家の墓をか丶る状態のま丶にあらしめた木村一家の人々の心持を、ひどくゆかしいもの、貴いものに思はないでは居られなかった。しかも其のつ丶ましやかに建てられた木村家の墓碑そのものに近寄って、精細に之れを観るに及んで、私は此

好時は常に失ひ易く、正法も亦遇ひ難し。
須らく精彩の好きを着くべし
手を換へて呼ぶを待つことなかれ。
今我苦口に説くも、竟に好心の作にあらず。
今より熟思量するに、汝が其の度を改むべし。
勉めよや後世子、自ら懼怖を遺すこと莫かれ。
○養素―素質を修養する。○外辺鶩―内部の心の修行をしないで、外部にばかり心を馳せている。○白衣―在家の衆。○三界―慾界・色界・無色界への執着。○有相色―本来は無であることを知らず、諸相は実有とすること。○朝野―世間。○三業―身口意のなすわざ。○因循―旧法を守ってぐずぐずしていること。○好箇手―やり手。○乳虎隊―危険な場所。○度爾―お前を出家させる。○秪悟―さからう。○好時―修行するによい時期。○苦口説―好きでいうのでない。

2　やまたづの―むかひの枕詞。○神な月―十月。○小男鹿―鹿のこと。

3　従孫橘泰世―良寛の弟が由之で、由之の孫になるので従孫といった。由之の子の馬之助は書がうまかったが墓碑のできる前天保二年七月になくなったので、その子泰世が書いた。

4　跪坐―ひざまづいて坐る。

5　由之は木村家へあてて「私分は小さくして師の御墓の右の方に御建て下され度候」と願っている。御風が左側といっているのは墓に向って左側の意である。「由之自身の遺志によって」とあるが、生前に願出により諒解ずみのものである。

1　ここには―今は良寛禅師庵室跡の石碑がある。
2　原田家―372頁参照
3　原田鵲斎の梅盗みを詠んだ長歌である。○つぬさはふ―石（いは）にかかる枕詞。

庵室への来客図

庵室跡の碑

の小さな墓碑の如何に貴いものであるかを知った。墓石こそ小さけれ、その面に刻まれた文字は、悉《ことごと》くこれ良寛其人の筆に成ったものだからであった。前面に刻まれた「南無阿弥陀仏」の六字の如何に神韻《いん》を帯びたることよ。更に側面に刻まれた年号から家名まで悉とく良寛の手によって書かれて居ることの、何と云ふ冥加《みょうが》であらう。私は此の木村家の墓前に立ちながら、良寛の如き隠れたる聖者をかくまでに理解し尊崇し得た祖先の美しき行為を、かくまで鮮やかに子孫に伝へる事の出来た木村家の名誉を、心ひそかに讃嘆しないでは居られなかった。

やがて離れがたい心地を抑へながらそこを辞した私達は、案内の人に請うて細い裏道から木村家裏門に於ける良寛最後の庵住の跡を見せて貰った。しかし、その庵は遠い以前に火事で焼けてしまひ、今日ではその跡に建てられた木村家所属の材木小屋によって辛うじて其所在点が示されて居るのみであった。

如仰此冬は島崎のとやのうらに住居仕候信にせまくて暮し難く候暖気なり候はゞ又いづ方へもまゐるべく………

しはす廿五日　良寛

定珍老

かう云ふ手紙が渡部村阿部家にあるところから見ると、それはひどく狭い（良寛にさへ狭いと感じられたほどだから）ところであったらしいけれども、しかもつひに最後の瞬間までも良寛はそこを去る事が出来なかった。尤も木村家当主の話によれば初めはたゞ出来合ひの建物の中へお入れ申して置いたが、後にそれを造作して一寸した

隆泉寺の墓地
中　央　良　寛
向つて左　由之
向つて右　木村家

庵のやうにしつらへたのだと云ふことであった。併しそんな事はどちらでも好いことで、兎にも角にも良寛の最後の数年がこゝで送られ、最後の息がこゝで引きとられたと云ふ事実のある以上、此の場所は永遠に一個の霊場たるべきである。

晩年にはあまり外出はされなかった、他出されても決して泊って帰られるやうなことはなかったさうである――かう云ふ事も木村家主人の口から話された。

私達は今木村家の材木小屋となってゐる其の良寛終焉の地点――木村家の門前には前述の如き大きな碑が立ってゐるが、[1]こゝには何の紀念すべき印がない――間近に佇《ちよ》立して、あたりへ生え繁った木々の枝に啼きしきる蟬の音を聴きながら、やゝ暫く黙想に耽って居た。

やがてそこを立ち去らうとした時の案内者の話に木村家主人は要事が出来て今し方外出されたとの事であったので、私達は再び木村家を訪ねて主人に礼を述べることを略し、そのまゝそこから停車場へ行くことにした。

○

午後三時三十六分小島谷《おじまや》の停車場で新潟行きの汽車に乗り込んだ稲葉氏と私とは、同四時十何分かに地蔵堂駅で下車し、殆んど駈けるが如くそこから二十町程ある国上村字中島の[2]原田家へと急いだ。此の原田家(附近の人は多く新堀《にいぼり》村の原田家と呼びならはして居る)は、矢張良寛と交りの厚かった少数者の一人鵲斎《じやくさい》原田有則《ありのり》翁及び其の子正貞《しようてい》(又は維則《これのり》)翁の家であった。当時の原田家は代々医を業として居た。良寛の長歌に

[3]つぬさ生《は》ふ　岩坂山の　山陰《かげ》の　みてらの梅を　三日月の　ほのみてしより

[1]さ根こじの　根こじにせむと　霞《かすみ》立つ　長き春日を　しのびかね　夕さりくれば
あぢ群の　村里いでゝ　旗すすき　大ぬを越えて　千鳥なく　磯辺《いそべ》をすぎて　真《ま》
木《き》立てる　荒山さして　岩が根の　こゞしき道を　ふみさくみ　辿《たど》り辿りに
しぬびつゝ　み垣に立てば　人の見て　そよやといへば　下部《しもべ》らは　おのがまに
〳〵　手をあかち　鐘うちならし　あしび木の　み山もさやに　笹の葉の　露を
おしなみ　呼び立てゝ　みちも無きまで　囲みけり　然しよりして　世の中に
花盗人と　名のらへし　君にはませど　いつしかも　年のへぬれば　小山田の
山田守るやの　あしの屋の　伏せやがもとに　夜もすがら　八束《やつか》のひげを　かい
撫《な》でゝ　おはすらむかも　此の月ごろは

[2]新田実《あらたま》の年は消えゆき年は経ぬ
花ぬす人は昔となりぬ

と云ふのがある。此の有名な「花盗人」が即ち原田鵲斎《じやくさい》翁であった、鵲斎翁は[3]林国雄《くにお》、[4]藤原光枝《みつえ》など云ふ当時の和学者や歌人等を師友として、歌や詩に於て多くの佳作を遺《のこ》した。良寛よりは七歳の年少であった。

道をたづね〳〵私達は四十分ほどを費して原田家に着いた。原田家の当主は年はまだ若かったが、いかにも趣味の豊かな精神的な傾向の人で特別私達を歓び迎へてくれられた。早速話は良寛の事に落ちて行ったが、話してゐるうちに私は此の原田家の当主ぐらゐ深い理解を以て良寛に対してゐる人は、おそらく此の地方にもさう多くはあるまいと思った。「世間ではこれまで良寛と云ふ人をたゞ[5]飄逸《ひょういつ》とか脱俗《だつぞく》とか云ふ特色

1　○根こじ—根から掘りおこす。○夕さりくれば—夕方になると。○あぢ群の—群の枕詞。○そよや—それだぞ。○手をあかち—手分けをして。○あしひきの—山の枕詞。○八束のひげ—長いひげ。

2　新田実—年の枕詞。年月が過ぎると花盗人も昔語りとなってしまった。

3　林国雄—林甕雄の親。越後へ来た国学者。

4　藤原光枝—325頁参照。

5　飄逸—物にこだわらず気の向くままにふるまうこと。

6　眺島斎—由之の子で名は泰樹、書にすぐれていた。

7　泰世—眺島斎の子。

8　原田勘平—原田鵲斎の後をうけて原田家の当主となる。明治四十年新潟師範学校を卒業、木山、燕等の小学校長歴任の後、専ら良寛研究にあたる。良寛遺墨集はじめ著書多し。

原田家

ばかりを主にして観て来たが、吾々はむしろ良寛を寂寥の人、孤独の人、一日とて自己の情感を歌はないでは居られなかった人――さう云った方面から良寛その人の内部へ這《はい》り込《こ》んで観たい」から云った意味の私の考を最も正当に受け入れてくれた人は此人であった。

私は此の人といつまでも此の良寛と密接な関係を持って居た家のうちで、心ゆくまで語り合ひたいやうに思ったが、汽車の時間の都合や何かの為めにそれの出来なかったのはひどく残念であった。そこで私達は凡ての他の事を措いて、早速其の家に蔵せられて居る良寛関係の文書や其の他の遺品を観せてもらひにかゝった。良寛その人の文書は横巻二巻に装して特に珍蔵されて居た。その中には和歌の詠草もあれば詩稿もあれば書翰もあった。又以南、由之、[6]眺島斎《ちょうとうさい》、[7]泰世等良寛の肉身者の書翰や詞藻《しそう》や藤原光枝、貞心尼等良寛と師弟の関係ある人の歌や書翰なども少なからずあった。良寛の詩歌にはこれまで世間に紹介されてゐないものも少なくなかった。更に良寛が愛用して居た薄茶々碗一箇と、良寛みづから作り良寛みづから愛翫《がん》して居たと伝へられる手毬《まり》一箇とに至っては、たまらない懐《なつか》しさをそゝる珍品であった。

しかし、今それらについての私のくど／＼しい説明を加へることの煩《わずら》はしさを避けて、私はその後受け取った原田家の当主[8]勘平《かんぺい》氏からの懇篤な報告をそのまゝ玆に掲げる事にする。

……（前略）……

良寛禅師の研究者は――少くとも禅師に興味を有する者は、其の好友たりし新堀

1 田連居—原田家の堂号。
2 鈴廼舎—本居宣長の号。
3 越の道のしり—越後のこと。
4 蒲原のこほり—蒲原郡のこと。
5 にひほり—中島村新堀。
6 学識を秋の穂のごとくたくさん原田家に集積しておきたいものだ。

茶室前の石地蔵

村の医師原田鵲斎《じやくさい》及び正貞《しようてい》の名を記憶せらるゝなるべし。田連居《たつらゐ》[1]は其の居宅にして亦余が茅屋《ぼうおく》なり。

林国雄は鈴廼舎《すずのや》[2]の門人として、「二神三名考」「日本書記写誤考」「三元論」等の著者として当時の和学者なり。一名真楫《まかじ》、常磐舎《ときわのや》と称せり、和歌に於ては藤原光枝《みつえ》と共に良寛が師友なりしは人の知る所。嘗《かつ》て北遊の際『田連居記』を作る。

井出《いで》の左大臣と聞えしは玉川の井出のほとりにすみたまひ、つゝみの中納言とうけたまはるは加茂川のつゝみに家居《いえい》したまへりとぞ。さるは、其居る所によりて家の名によぶこと常のならはしなりけり。こゝには越《こし》[3]の道のしり蒲原のこほり[4]の田つらなか中島にひほり[5]といふ所に、そこら広くきよめたる家あり。やがて田つら居と号《なづ》く。この田つらはかぎりなくひろく、ゆたけき田の面なれば、奥津御年《おきつみとし》の種おろすより埴生《はにふ》して、秋田かりおち穂ひろふをり〳〵のながめつくることとなし。それをまなびの意として、かぎりなくひろく奥つみとしの宝に出で、いにしへ人のひらひもしけむおちほをひらひとりて、めづらしき歌をもよみ出なんかし。

ものまなび秋のたり穂のたりみちて[6]
　　田つらの宿につめよとぞおもふ

世の良寛研究家にして、談其の周囲の人に及ぶや鵲斎と正貞とを以て同一人視《し》するものあり。鵲斎は鵲斎にして正貞は正貞也。鵲斎は歌に於ては有則《ありのり》と号し正貞は維則《これのり》又は正貞と号す、花盗翁は鵲斎にして断じて正貞に非ざる也、此の誤をなすもの豈只《あにただ》西郡《にしごおり》氏や粲樓《さんろう》氏のみならんや。さらば請ふ余をして暫らく先人の跡を辿らし

挿絵「原田家の茶室」

めよ。
鵲斎は国上村字真木山庄屋原田仁左衛門の三男にして、宝暦十三年に生る。幼名常七、後安永八年改名して宗四郎と称し、天明五年二十三歳にして分家し、寛政五年鵲斎と改めたり。

分家してより真木山に在ること実に三十二年。年五十五即文化十四年一家五人を率《ひき》ゐて今の中島[7]に移転し、文政十年六十五歳を以て卒《しゅっ》す。中島にある実に十年間也。

余が父嘗て録して曰《いわ》く

[8]鵲斎翁諱有則号十畝園又号薪山俳名木夫老後隠居寮加茂駅曰余年斎盗梅之後人
字曰盗梅老人法諱道明文政十亥年二月十六日卒

良寛と鵲斎との交友に就きては

暮投閑々舎[9]　良寛

自従一破家散宅。南去北来且過年。一衣一鉢訪君家。復是凄風疎雨天。

弥生の十日ばかり飯乞《いいこ》ふとて、真木山てふ所にゆきて有則《ありのり》が家のあたりを尋ぬれば、今は野良《のら》となりぬ。一本の梅のちりかゝりたるを見て、古《いにしえ》をおもひ出でてよめる。

[10]その上《かみ》は酒にうけつる梅の花
土におちけりいたづらにして

等によりて将又《はたまた》花盗人に与へたる長歌によりて人口に膾炙《かいしゃ》[11]せるもの、而《し》かも鵲斎の

---

7 中島の庄屋である斎藤伊右衛門が、医者がほしいからというので、原田氏を招いた。

8 鵲斎翁は諱は有則、十畝園と号し、又、薪山と号す。俳名は木夫という。老後の隠居寮を加茂駅に余年斎という。盗梅の後、人字して盗梅老人という。法諱は道明なり。文政十亥年二月十六日卒す。

9 暮に閑々舎に投ず。
一たび破家散宅してより
南去北来　且らく年を過す。
一衣一鉢　君が家を訪へば
復た　是れ　凄風疎雨の天。
○閑々舎―原田家をいう。

10 その昔は酒をくみかわしていると、その上に梅の花がひらひらと浮んだものだった。それが新堀へ越してしまって梅は地に落ち、酒もくみかわせず残念だ。

11 膾炙―もてはやされる。

詩文にして、良寛の詩歌にして世に現はれざるもの少しとせず以下良寛研究者の為めに資料を供せんとす。

1 春日宿良寛法師五合庵　鵲斎

欲得半閑入彩霞。東山仄路夕陽斜。前潭波穏稍無凍。庭園枝寒未着花。
客摘春蔬酤緑酒。主斟雪水煮清茶。高僧元愛風騒客。惟徳不孤三両家。

2 題良寛法師破木椀　鵲斎

何処得此器。云捨竹林来。非是寒拾物。可必陶倫盃。

3 題破木椀答　良寛

良晨行逍遥。褰衣歩東皐。以杖挑幽篁。下谷清泉淘。焼香盛朝粥。
和羔充夕餐。文彩雖不全。良知出処高。

4 鑿池同良寛法師賦　鵲

閑暇無他事。鑿池破緑苔。魚鯤放看楽。菡萏植須開。客到洗文硯。
僧来説劫灰。自玆君屢問。花月此含盃。

5 良寛法師賦呈　鵲

早已秋風至。日々待君遅。芭蕉猶未破。好是賦新詩。

6 贈良寛法師　鵲

一時振錫出塵寰。蹈遍白雲万畳山。寄語洞天秋月夜。拾得桂子落人間。

7 十月二日良寛法師至将帰有詩次韻答謝　鵲

今朝草々将帰去。山径蓬蒿露未乾。別後年寒君莫怍。田園偃竹自平安。

---

1 春日、良寛法師の五合庵に宿る。鵲斎
半閑を得んと欲して彩霞に入れば
東山の路仄きて夕陽斜なり。
前潭波穏やかにして　稍　凍ることなく
庭園　枝寒うして　未だ花を着けず。
客は春蔬を摘んで　緑酒を酤ひ、
主は雪水を斟んで　清茶を煮る。
高僧　元　愛す　風騒の客
惟れ　徳は孤ならず　三両家。

○これ以下の良寛、鵲斎などの詩歌は誤植が多いので、「鵲斎遺稿」の原蹟によって校訂した。誤植は特記せず。

2 良寛法師の破れた木椀に題す。鵲斎
何れの処にか　此の器を得たる
云ふ　竹林に捨て来れるなりと。
是れ　寒拾の物にあらずんば
必ず陶倫の盃とすべきなり。

○寒拾―寒山、拾得。○陶倫―陶淵明のような清節な人のなかま。

3 破れ木椀に題するの答。良寛
良晨行逍遥し、衣を褰げて東皐を歩く。
杖を以て幽篁を挑げ、谷に下りて清泉に淘う。
焼香して朝粥を盛り、羔を和して夕餐に充つ。
文彩　全からずと雖も、良に知る出処の高きを。

○良晨―晴れた朝。○淘―洗う。
○和羔―おつゆを作る。

4 池を鑿りて良寛法師と賦す。鵲
閑暇　他事なく、池を鑿りて　緑苔を破る。
魚鯤　放たれて楽しむを看、
菡萏　植えて　開くを須つ。
客致れば文硯を洗ひ、僧来れば劫灰を説く。
玆より　君屢問ふも、花月此に盃を含ま

ん。

5　良寛法師に賦して呈す。　鵲
早く已に秋風至る、日々君を待つこと遅し。
芭蕉　猶　未だ破れざるも
好し　是れ　新詩を賦さん。
○張説の詩に、戯問芭蕉葉、何愁心不開をふまえて作つたものであろう。

6　良寛法師に贈る。　鵲
一時　錫を振って塵寰に出で
蹈み遍ねし　白雲万畳の山。
語を寄す　洞天秋月の夜
桂子を拾ひ得て　人間に落つ。

7　十月二日、良寛法師至り、将に帰らんとして詩あり。次韻して答謝す。　鵲
今朝　草々　将に帰り去らんとす、
山径の蓬蒿　露未だ乾かざらん。
別後年寒きも　君怪しむことなかれ
田園の偃竹　自ら平安。

8　良寛上人を尋ぬ。　鵲
苔径　渓水に傍ひ、来たり尋ぬ丘岳の陰。
雪は深し燈火の影、鳥は和す木魚の音。
数聴く無常の偈、灰となり難し一片の心。
趺坐を驚かすを嫌はずんば、重ねて問へ古禅林。
○難灰—消すに消されぬ。○趺坐—坐禅。

9　国上へ花見にゆく人は、花ばかりでなしに、仏法の教をもみるだろうの意。

10　五合庵が隠れて見えず残念だ。五合庵は笹を刈って葺いただけの疎雑なものだから、強風にはさぞ寒いことでしょう。

11　立入禁止にして大切にしておいた梅が咲いた。良寛さまお泊りなさい。鶯も鳴くでしょうよ。
風の吹きくるがごとき禅師が飄然と来られたので、梅の花も折よく咲きましたよ。

12　寛政十二年六月四日の作である。大村光枝が阿部定珍と共に国上山の五合庵を訪ねた。

尋良寛上人[8]　鵲

苔径傍渓水。来尋丘岳陰。雪深燈火影。鳥和木魚音。数聴無常偈。
難灰一片心。不嫌驚趺坐。重問古禅林。

花見にまかる僧のもとへ[9]

天津空風のまに〳〵行く人は雲井のよその花も見るらむ

国上なる五合庵をたづね登りて

国上山のぼりて見れば木立ふり高根たかねに白雲かゝる

ぬば玉のよは明ぬらむあしびきのねぐらを出づる鳥のこゑ〳〵

良寛法師が僧庵へよみてつかはす[10]

国上山おもひやれども浮雲の立へだゝりて見るよしもなし

国上山をざゝかりもてふく庵の嵐の風やさむけかるらむ

良寛法師いたれりける時に[11]

しめゆひし庭の梅が枝咲にけりけふなほやどれ鳥の来鳴かん

天津空かぜふくごとの君しあればきませる宵に梅の花さく

四日光枝師定珍とゝもに国上山五合庵を[12]

とぶらひ侍りしに

岩がねの正木のかつらわけくれば柴の扉に白雲のゐる

植おきし池の蓮葉よひ〳〵は君待がほに露ぞこぼるゝ

植おきし蓮の露は玉なれやとはゞかけなむ君が袂に

[1]良寛法師が朝とくいたれりける折によみて遣侍る
国上山路わけぬらむ墨染の袖にうつらふ秋萩の花
[2]おなじくかへりたまふ時に
天つたふ秋の日和も夕暮の岡の松風いさとやたてる
[3]良寛法師にこたへ申すとて
しら露を玉にぬきてよ君がきる衣のうらにかけてしも見む
[4]また
ことの葉にむすぶもはかな女郎花はなの名だての露の心を
をりて後たれかいふべき女郎花はなに心を露もおかねば
[5]美豆枝うしひとよやどりてつとめて
かへらむとするところにて
やまかげのすぎのいたやに雨はふりこね
　さすたけの君がしばしとたちとまるべく　良寛
[6]こたへまつる
わすれめや杉のいたやにひとよみし月
　ひさかたの声なき影の静けかりしを　美豆枝
[7]うへのふたくさのしらべをうけたまはりて
あしびきのかたやまかげのうもれ水にも
　時しあればしづく白玉ならべて見るかも　有則

1　この年の秋によんだ歌であろう。

2　前歌と同じ日で、その夕方五合庵へ帰る時によんだ歌である。

3　良寛の本歌はないが、良寛の歌集に「白露に乱れて咲ける女郎摘みておくらん其の人なしに」とあるから、内容からみてこの歌への返歌らしい。

4　前歌と同じ。

5　大村光枝が五合庵に宿り、翌朝帰る時の歌。
　山蔭の杉の板屋に雨は降り来ね、さすたけの君が暫しと立止るべく。　良寛

6　忘れめや杉の板屋に一夜見し月、ひさかたの声なき影の静けかりしを　光枝

7　うへのふたくさのしらべ—良寛、光枝の二首の施頭歌をさす。
○しづく白玉—水の底に沈んで着いている白い玉の意で、共に泊った良寛、光枝をいう。

8 良寛と鵲斎と二人で月を眺めての作。○ひぢにけり—濡れてしまった。

9 ○おもふどち—同志の人で。○くろ—畔。

10 雲のあなたに住む人—雲界の人。

11 君は良寛をさしていう。

12 あだなりと—むだであると。

13 露の身は—秋の露と、露のごとくはかなき身との両意にかけた。

14 ちらばきむ—紅葉が風に散って身にふりかかったら着物として着ようの意。

15 五合庵へ行ったが、良寛は外出して留守だったのであろう。

16 君は良寛をさす。

17 月のみかげは良寛をさす。夕方になって月の出る頃に良寛が訪ねて来たのであろう。

---

8 その夜は法師と只ふたりして田づらに月を見侍りぬ

あさ衣袂《ころもたもと》はつゆにひぢにけりしづが門田《かどた》の月をながめて　有則

9 おもふどち門田のくろに円居《まどゐ》して夜は明しなむ月のきよきに　良寛

10 久《ひさ》かたの雲のあなたに住む人は常にさやけき月を見るらむ　良寛

11 円居《まどゐ》するこよひもあけて君いなば月にいくよの思ひそふらむ　有則

日に〱いづこへまかると人のとひければ

12 あだなりと人はいふとも浅茅原《あさちはら》あさわけゆかむ思ふかたには　良寛

かくなむ聞えければ

13 浅茅原《あさちはら》ふみならす秋の露の身はむべあだなりと人もいふらむ　有則

良寛法師がもとにて

14 高根なる紅葉《もみぢ》の錦《にしき》ちらばきむ露のやどりは風のまに〱

五合庵にのぼりて

15 国上山もみぢの錦たちゐつゝ見れどもさびし君なきいほは

良寛法師に申侍る

16 すみなれし国上の山にたつ雲を朝夕見つゝ君がしのばむ

良寛法師をまちえて

17 秋さむき露のやどりをむすびつゝ月のみかげをまちえつるかな

良寛法師が春いたらば来《く》べきよしいひながら

来《こ》ざりければ

1 谷の鶯—五合庵の谷の鶯がまだ鳴かないので春の来たことを知らないかの意。

2 君がたちきやは 出発したので あろう の意。

3 月あかき—月の明るき。〇ともなひつどひ—伴なひ集ひで大勢で来たのである。

4 雪まの若な—雪の間から伸び出た若葉である。

5 良寛法師のもとへ—の鵲斎のよんでやった歌は不明であるが、年代は寛政十二年である。従ってこの時に良寛は四十三歳である。

6 鵲斎の新堀からは良寛のいる国上は西方にあたっている。その西方と西の極楽浄土と掛けたのである。

7 世俗をのがれて国山に住んだとしても、世俗のわずらわしさは無いこともありませんでしょう。

8 手紙のことを雁の玉章というので、雁が途中で越年したため かといったので 興あり。

9 こき入る—しごき入れる。世の中の花を袂の中へしごき入れて、良寛は白雲のたなびく山へ帰られることでしょう。

10 世俗をきらう墨染のこの衣が狭いので、花はおろか、この賤しいわたしの身さえも包みかねているしだいですよ。

---

1 春立ちてきまさぬ君はあしびきの谷の鶯いまもなかぬか

すばやく法師がとひこしければ

2 くがみ山谷のしらゆきふみわけてかすみとゝもに君がたちきや

3 月あかき夜良寛法師人々ともなひつどひ給ひければ

我宿の庭の白露玉をなすたが衣《ころも》よりちりやおつらむ

早春法師のもとへ申つかはす

4 此ごろは雪まの若ないろ見えて朝な朝なに君ぞまたるゝ

5 良寛法師の許へ歌よみて遣《つか》はしけるに

あしびきの国上の山をもし問はゞ心におもへ白雲の外　良寛

と聞えし、又のかへしに

6 白雲の外としきけば朝夕におもひわすれぬ西の山の端

7 のがれてもおなじ月日の影なればよのうき雲のあらずやはあらぬ

良寛法師のふみとゞこほりて春になりてとゞく

8 あまつ雁《かり》いづこに年やこえぬらむ春立つ空につたふ玉章《たまづさ》

良寛法師花見にまかりて山に帰りたまふ時

9 よの中の花を袂《たもと》にこき入れて立ち帰るらむ白雲の山

御こたへ

10 世をいとふ墨《すみ》の衣《ころも》のせばければつゝみかねたり賤《しず》が身をさへ　良寛

良寛法師我が家を立ち出《い》で給ふ日によめる

[11]いづこにかやどりやすらむさみだれのふりとふりぬるこの夕ぐれに

良寛法師へ申侍《はべ》る

[12]とくなゆめけふゆふ衣《きぬ》の下ひもにちよの思ひをかけてこそやれ

[13]春の野のかすみに生ふる若草のつまはつまゝし袖はぬるとも

良寛禅師より鵲斎に宛てたる手簡、既に散逸して唯左の一に過ぎず。

此四月十六日[14]光枝老人死去被致候、其事は[15]渡部《わたべ》酒造衛門《みきえもん》殿方へ申来候、御知らせ申上候、以上

なにごともみなむかしとぞなりにける

なみだばかりやかたみならまし

正月十七日　良寛

鵲斎老人

鵲斎が野積《のづみ》に盗棋《とうばい》したる逸事は[16]桑楼《さんろう》氏著一八七頁、[17]西郡《にしごおり》氏著三一九頁の長歌によりて明かなり。大村光枝亦旋頭歌一首を寄す曰《いわ》く、

花ぬす人にまをし侍《はべ》る　美豆衣《みつえ》

色になる心のきはみ尽しけむ君あしびきのさかしきみちをよはにこえつゝ

からきめを見て彼[18]保昌が禁中の花ををりしは、思ふ女が故なり。是は只色香をめづる心のあまりに、思ひすさみし盗人のいとみやびたるかな。

鵲斎晩年加茂に隠居して余年斎《よねんさい》といふ。隠居の原因明かならず。梅を愛して鵲斎《じゃくさい》梅《うめ》と称する名木加茂に伝はれりと聞けど、今所在《しょざい》を知るに由《よし》なし、或は今の[19]鶴又館《つるまたかん》

11　ふりとふりぬる―しきりに降る。

12　今日結ぶ着物の下紐に、千代の後までも思いをこめて結んであげますから、他人を思ってこの紐をといてはいけませんよ。

13　たとえ袖は濡れようとも、妻は若草を摘むことでしょう。

14　大村光枝―江戸の国学者歌人。

15　渡部酒造衛門―渡部の阿部定珍をいう。

16　桑楼―小林存。「弥彦神社附国上と良寛」の著者

17　西郡久吾―「沙門良寛全伝」の著者

18　保昌―藤原保昌。智勇大胆にして武芸に練達す。和歌、笛をよくす。巨盗袴垂に衣を奪われんとするも笛を続け、刀にて撃たれんとして之を撃って服せしむ。長元九年卒。

19　鶴又館―主人は村松藩士で加茂市の駅前に出て旅館を営んでいた。五十年程前に東京へ引揚げ、頭山満に仕え、満洲へ渡りその後不明。館跡はいま水信屋支店となっている。

1　寂滅―死ぬこと。

2　さすたけの―君の枕詞。

3　旋頭歌である。山に残っている雪も花と見ましょう。月並な見立てかただが温雅な情愛のこもった歌である。

4　村里では夏衣を着ているが、山辺は春なのだろうか、まだ鶯が鳴いていることだ。

5　ゆか―古来は一段高く造って寝床などにしていた所で、ここでは寝床の意。○あかとき―暁の意。

6　未完で不明。

7　上句は序である。又も来て見む蜂のもみぢ葉との歌である。

8　国上山から佐渡へ行く船が見えるの意。佐渡の港をわたる舟は、佐渡の港を目ざしての意である。

9　そこなる寺は五合庵であろう。

10　山の主は五合庵の良寛であろう。

の辺なりと言ふ。

鵲斎の遺稿に詩稿一巻、三吟《ぎん》一把藁《ばこう》一巻、はいかいの連歌一巻、歌稿巻あり、皆珍とすべし。

正貞《しょうてい》は鵲斎《じゃくさい》の長男也。幼名太一《たいち》、寛政十一年を以て真木山《まぎやま》に生る、年十六即ち文化元年正貞と改名して医業を始む。何人の門に入りたりや明かならざれども大村光枝の周旋によりて江戸に遊びしこと光枝《みつえ》の手簡によりて明也《あきらかなり》。

光枝より鵲斎翁に宛てたる書面に曰く

御子息御よみ歌扨《さて》々感心仕候、是れは天然と被存候、御出精被成候はゞ北方に於て一旗御上可被成候云々。

是に依って正貞が和歌の実力想ふべし。

正貞の遺稿散逸《いこうさんいつ》して殆んどまとまりたるもの無し。其の良寛との交友は父鵲斎《じゃくさい》を通じて也。かりに二十歳より良寛に応酬《おうしゅう》したりとすれば禅師が五十三歳の文化五年以降にして其の寂滅《じゃくめつ》[1]の天保二年に至る二十三年間なりとす。

[2]はるのゝに若菜つまむとさすたけの君がいひにしことはわすれず

歳暮《せいぼ》たまはり　忝《うやうやしく》受納仕候

　しはす二十九日　　　　　　　　　良　寛

　　正　貞　老

如仰新春之御慶《おおせのごとくぎょけい》目出度申納候、今宵御酒一樽《たる》忝《うやうやしく》をさめ候、寒気も此ごろはゆるみ僧も快《こころよく》候、御歌

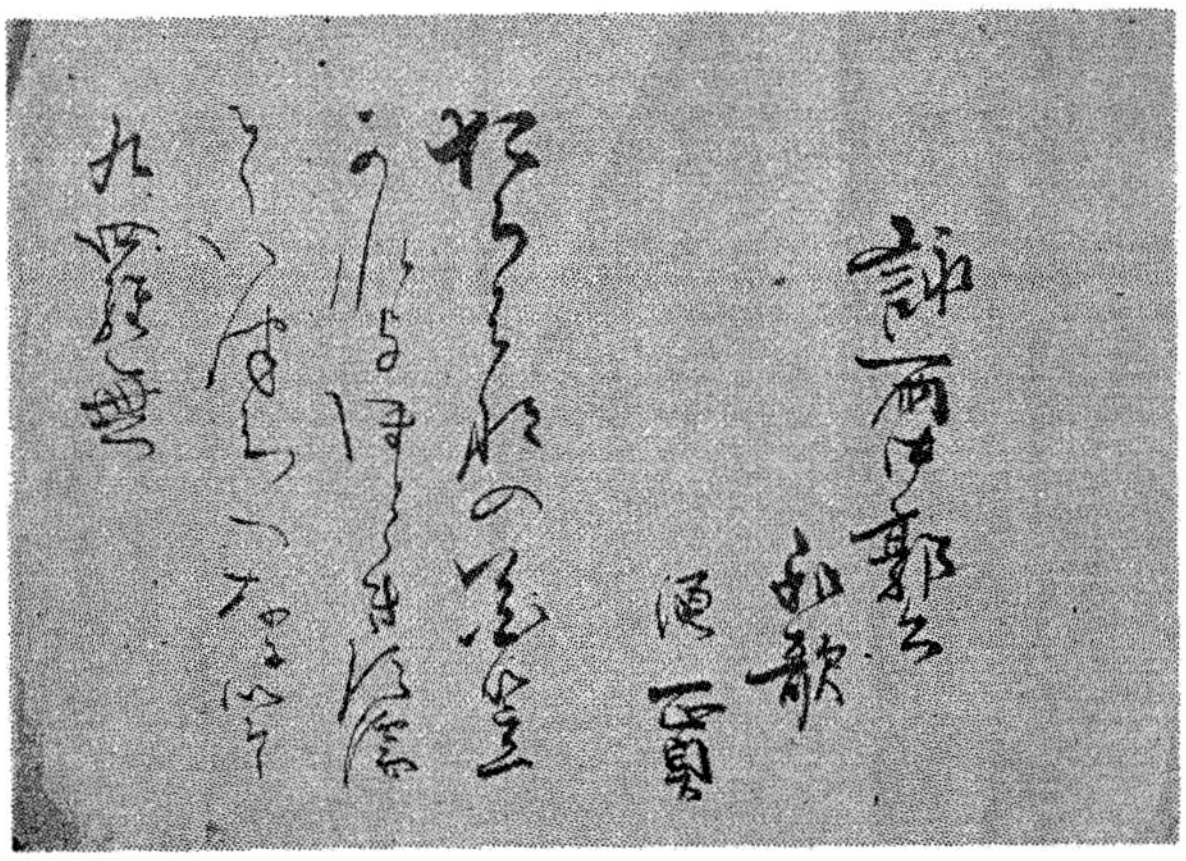

原田正貞の筆蹟

[3]はるといへばあまつみそらは霞そめけり
やまのはにのこれるゆきもはなとこそ見め

正月四日　良寛

正貞老

如仰《おおせのごとく》新春の御慶《ぎょけい》何方《いずかた》も目出度《めでたく》申納候《もおしおさめそうろう》、随て野僧無事に住山仕候、猶期永春時《えいしゅんのときをきし》候、　頓首《とんしゅ》

正月廿一日　良寛

正貞老

[4]夏衣たちてきぬれどみやまべはいまだ春かも鶯のなく

[5]ひとりぬる旅寝のゆかのあかときにかへれとやなく山郭公《ほととぎす》

[6]まくらべは虫ならば　良寛

正貞老

国上の山にのぼりて　正貞

[7]かりねつゝほり江の小舟こぎかへりまたもきて見むみねのもみぢば

[8]くがみ山のぼりて見ればま帆あげて佐渡の港をわたる舟見ゆ

[9]おなじ夜そこなる寺に宿りて

よあらしにふりくるものは雨ならでのきばにつもる落葉なりけり

[10]かへらむとしけるに山の主のよみ出けるうた　良寛

此山のもみぢもけふはかぎりかな君しかへらば色はあらまし

岩室の田中にたてる松を見て禅師の君の「笠かさましを」と詠ませたまひし昔のしのばれて　　正貞

[1]さらでだに秋は夕のかなしきに袖こそぬらせ松の下露

是れ所蔵の良寛禅師遺墨と正貞老の断簡[2]中に散見するもの蓋《けだ》し多くは世に表はれざるものに属す。

宅に良寛の遺物三品あり、曰く笏《こつ》、曰く御手作の毬子、曰く春雨と名くる湯呑是也。而して笏は往年武石[3]貞松《ていしょう》氏の手に入り、近年寒山和尚[4]の手にありといふ、寒山師よく日夕受持して五合庵主人を辱《はずか》しめざるか。

他の二品今尚有り。古色掬《きく》すべき手毬は禅師が、

[5]袖裏毬子値千金。謂言好手無等匹。箇中意旨若相問。一二三四五六七。

と吟じたるもの。刺繍も亦《また》禅師の作にかゝり、紅葉然《ぜん》たるあり、植木鉢然《ぜん》たるあり、日廻草然《ひまわりそうぜん》たるあり、あざみ然《ぜん》たるあり、或人曰く禅師の精神這箇《しゃこ》中に在りと、余《よ》曰く何ぞ其絵の斎藤与里[6]君の作に似たる所謂フランス式のハイカラならずやと呵《か》々笑したりき。赤城山人[7]箱に記して曰く

[8]きみが名はながき春日にこの手まりつきせず代々に伝ひやはせむ

湯呑《ゆのみ》春雨《さめ》は楽焼の大茶碗《わん》なり箱書に曰く

こは良寛禅師七日市山田氏[9]に得て愛《め》で給ひしも余が父田連居《たつらい》[10]翁に付与《ふよ》し給ふ所なり、翁もまた春雨のつれ〴〵にいとめでゝ春雨と名付く、

[11]維《これ》則《のり》誌《しるす》

1　さらでだに―そうでなくてさえ。〇袖こそ濡らせ―良寛の慈悲深さに感涙を催した。

2　断簡―書いた切れ端。

3　武石貞松―中蒲原郡中之島村の人。高橋竹之助、岡千仭に漢学を学ぶ。東北日報（新潟日報）の漢詩選者となり、修斎館を開く。昭和六年歿、六四歳。

4　寒山和尚―山田寒山。名は潤、篆刻家。墨竹に秀で、蘇州の寒山寺を得しという。尾張の人、東京に住む。大正七年歿、六三歳。

5　袖裏の毬子　値千金、
謂ふ　言　好手等匹無しと。
箇中の意旨　若し　相問はば
一二三四五六七。
〇袖裏毬子―袖のなかのてまり。〇好手―上手。〇箇中意旨―この気持。

6　斎藤与里―洋画家。埼玉県の人。渡仏して後期印象派等を学び、大胆な歪形と単純化で知られ、日展審査員、評議員となり、昭和三四年歿、七三歳。

7　赤城山人―三島郡与板の儒者。斎藤赤城。佐藤一斎に学び、青槐書院に教授。明治十九年歿、六三歳。

8　後半が歌の主意である。

9　七日市山田氏―三島郡三島町大字七日市の山田権右衛門。その子遊子は由之の子馬之助の妻となり、橘屋の親戚である。

10　田連居翁―原田鵲斎。

11　維則―原田正貞の字である。

古道具店に陳列せばまさに三文《もん》の価なかるべし。余は玆にも無用の言を提唱《ていしょう》せずむばあらず。

……（後略）……

かの日夕やみがほんのりと読んでゐる文書の上にしのび寄る頃、私達は慌《あわ》てゝ原田家を辞して、地蔵堂の停車場まで駈けつけ、三たび巻町へと戻った。地蔵堂町には[12]中村卯吉氏と云ふ有名な良寛崇敬家であって、そこには有名な良寛の自画像、紙数五十枚ほどの歌稿、良寛自筆の受取証、良寛の父以南《いなん》と退歩《たいほ》といふ俳人との連歌、良寛の弟橘香《たちばなかおる》の『遊居住記』等多数の貴重な資料が蔵されてあると云ふことであったがその日はつひにそこを訪ねるだけの時間がなかったのはかへすぐ〳〵も残念であった。しかし、例の高橋氏に依頼して、右所蔵品中最も私の心を惹きつけるやうに思はれた良寛の自画像だけは其の日のうちに写真に撮って貰ってある筈なので、辛うじて私は私の心をなだめることが出来た。

○

八月四日――

七月十八日一先づ良寛遺跡めぐりの旅を打ち切りにして帰郷した私は、再び他の要事をかねて八月一日出発、魚沼地方を巡遊して、此の日北魚沼郡の小千谷《おじや》町から三島郡寺泊《てらどまり》町へ来てその[13]照明寺《しょうみょうじ》と云ふ真言宗の寺に泊ることになった。その寺には折から三島郡教育会の夏期講習会が開かれてゐた。私はその会の講師宿舎に充《あ》てられてゐた部屋《へや》に仲間入りをさせて貰《もら》ふことになったのである。

12 中村卯吉―地蔵堂の人。中村好哉の後で、良寛が狭川塾に学んだ折は当家に寄宿していた。中村卯吉は第十二世で、二十歳頃戸長となり、地蔵堂郵便局長、地蔵堂町長を務め衆望あり。大正九年歿、六六歳。

13 照明寺―永承二年に紀伊国高野山竜光院の栄秀が弘法大師作の聖観音をもち来って小庵を結び、聖観音を安置したのが開基であるといふ。真言宗智積院の末寺となっていた。

寺泊の町は海の中から突立った山の崖を削って東西に細長くつくられたやうな町で、昔から有名な港である。右には弥彦山が高く聳《そび》えて居り、左には観音岬《ざき》が遠く海中に突出て居り、前には海上僅に二十一浬《かいり》を隔てゝ佐渡の島山が夢のやうに浮んでゐる。眺望のすぐれた点でも、此処ぐらゐなところは日本海岸を通じてさう幾ヶ所もあるまいと思はれる。

由緒ある古跡《せき》や趣の深い建て方をした殿堂も少なくなく、而もそれらはいづれも町の背後に続いた丘陵《きゅうりょう》の松林の間にあったので、一層ゆかしく感じられた。私の泊めて貰《もら》った照明寺はさうした建物のうちでも最も宏壮《こうそう》で、位置も最も良いところにあった。その寺の境内《けいだい》にある観音堂は越後三十三番の札所《ふだしょ》で、わけても尊げな建物であった。高い石段を上って此の観音堂の前に立って、更に後ろを向いて見ると、年古《ふ》りた松の枝間から、紺碧《こんぺき》の海と紫色に霞んだ佐渡の島がまぼろしのやうに見える。

[1]此の寺のみ坂に立ちて眺めやる佐渡がしまべは夢の国かも

私の口にはおのづから此《こ》んな言葉が口ずさまれないでは居なかった。

しかし、さうした事よりも何よりも、私にとりて此の観音堂が懐《なつ》かしく感じられたのは、そこが良寛の最も意味深い遺跡の一つだったからであった。二十余年の孤独な[2]雲水の旅から帰って来た良寛は、どうしたわけでか自分の生家のあった出雲崎には留らなかった。しかもあまりに遠くへ去りも得ずして、其の附近二三里の間をあちらこちらと身を容るゝに足る空庵《くうあん》の類を求めて転々してゐたらしい。出雲崎から海岸づたひに寺泊へ来る途中にある[3]郷本《ごうもと》と云ふ村のとある空庵にも彼は暫く足を留《と》めたと伝へ

1 照明寺の境内から佐渡の島は西の正面に浮んで見える。
2 雲水――行脚の僧。
3 郷本――寺泊町大字郷本。

られる。出雲崎郊外の中山[4]と云ふところの草庵にも居たことがあると伝へられる。而《しか》して帰国後三年、即ち享和二年の頃には彼は此の照明寺観音堂側の密蔵院《みつぞういん》[5]に居たと云《い》ふのである。

寺泊駅照明寺境地密蔵院仮住之時

[6]観音堂側仮草庵、緑樹千章独相親、時著衣鉢下市朝、展転飲食供此身。

良寛自身もかう歌ってゐる。しかし、惜しい事には其の密蔵院は天保年中の火災に焼失して、今日[7]では見ることが出来ないのである。私はやゝ暫くそこに立ってさまざまの想像に耽った。「時著衣鉢下市朝」と云ったやうな飄々とした托鉢僧の姿が眼前にちらついたり、草庵《そうあん》裡の炉辺《ろへん》に柴《しば》折りくべつゝ薄暗い燈火の光のうちに独りさびしく夜を更かしてゐる貧僧の姿がぼんやりと脳裡に描き出されたりした。そして偶然にも自分が一夜なり二夜なりを、かうした意味のある場所に泊めて貰ふやうになったことに、私は稀な歓びを感じずには居られなかった。

その日私は更に此の地の野沢[8]、前田[9]二氏の好意によって、此の町の外山《とやま》[10]家に秘蔵されてあった良寛の書いた同家過去帳及び観音和讃《わさん》二篇を見せて貰ふことが出来た。それを見るに及んで、私は始めて良寛の妹のむら子[11]と云ふのが、此の町の外山家へ嫁してゐたのだと云ふことをおもひ出した。そして其観音の和讃が全部平仮名で努めて読み易《やす》いやうに書いてあるのを見て、それはおそらく其のむら子の為めに書かれたものであらうと云ふことをも想像した。それと同時に、私は良寛が特に此の地を選んで暫《しばら》くでも居住したのは、おそらく又其のむら子[12]との縁故があったからであらうとも想像

4 中山―出雲崎町大字中山。

5 密蔵院―照明寺に属す。天保十二年の火災で焼失、昭和三十三年復興された。

6 寺泊駅照明寺境地密蔵院仮住の時
観音堂の側の仮草庵
緑樹　千章　独り相親しむ。
時に衣鉢を著けて　市朝に下り
展転飲食　此の身に供す。
○千章―千本。たくさん生えている。○著衣鉢―お衣を着て鉄鉢を持って。

7 昭和三十三年に再建されてある。

8 野沢―野沢康平。刈羽郡上条村生れ、池島氏。明治四十年新潟師範学校卒業。大正六年寺泊小学校教員。のち各小学校長をへて見附小学校長となり昭和十九年歿。

9 前田―前田徳治。寺泊町の人。当時寺泊町役場の土地係を勤務。郷土史に通じていた。昭和二十四年歿、五九歳。

10 外山―外山勘兵衛。寺泊町荒町にあり、塩をはじめ雑貨商。その両隣が古くは外山茂右衛門と外山文左衛門だった。外山文左衛門へは良寛の妹むら子が嫁していた。

11 むら子―良寛の妹で宝暦十年に生れ、十八歳では既に寺泊町外山文左衛門に嫁し、次代の文左衛門、乙五郎（妙成寺の日養上人）、子三郎（高山の伊藤五兵衛）を残し、文政七年歿、六五歳。

12 むら子との縁故―それよりも照明寺も真言宗で、良寛の弟円澄の依頼によるものであろう。

した。以上の遺墨と同時に、私は矢張此の地の本間家[2]と云ふ名家に蔵せられてゐたと云ふ左の如き一篇の詩の写しを貰った。

本間山斎[1]

因礼観音来此地、正是前山夕陽時、庭階虫鳴秋寂々、野草閑花没杖滋。

その夜私は此の寺の現住職で、かねて此等の現在の堂宇の再建者であるところの佐《さ》[2]伯大弘《へきたいこう》師にも面会して、何かと良寛のことについての話を聞いた。私は更に此の地の名家本間香浦《こうほ》[3]翁をも訪ねて、話を聞きたいと思ったのであったが、翁が久しく病床裡に籠居《ろうきょ》してゐられることを聞いて断念した。寺泊の町は海水浴で賑はうてゐた。私の泊《と》めてもらった照明寺は郡教育会の夏期講習会の宿舎に充てられてゐた為めに、こゝも非常に混雑してゐた。しかし、私は部屋を同じくした郡長片山[4]氏、講習会講師白神[5]氏等と共にしめやかな一夜を過すことを得た。夜に入って夏には稀な暴風雨がやって来た。それでも私達の間には、

風の音波のひゞきもみほとけのたふとさそふるこゝちこそすれ

と云ったやうな、却て一種の崇厳《そうごん》な気分が漂ふのを覚えた。

○

八月七日――

五日は他の要務の為めに西蒲原の巻町へ行って一泊、六日再び寺泊へ戻ってそこで一泊、七日には私は片山氏の好意で江部氏と云ふ案内者を得て、一緒に出雲崎へ行った。出雲崎は寺泊から海岸に沿うて行けば四里程の道のりしかなく、それに良寛が帰

1　本間山斎
観音を礼するに因りて此の地に来る、
正に是れ　前山　夕陽の時。
庭階　虫鳴いて　秋　寂々
野草　閑花　杖を没して滋し。
○礼観音―観音をお参りする。○秋寂々―秋は静かだ。○没杖滋―杖がかくれるまで草がしげっている。

2　佐伯大弘―寺泊町真言宗照明寺住職。高僧との親交あり、学徳は近隣に重んぜられ、深い学識を以て熱心に子弟を指導して人材を育成す。大正十二年歿、六二歳。

3　本間香浦―寺泊町の本間家に生まれ、名は健四郎。学問深く詩文にすぐれ町勢に尽力。寺泊町長、県会議員となり、順徳天皇遺蹟、聚感園等に尽くし、寺泊築港をなす。恩光集等の著あり、昭和六年歿六七歳。

4　片山―片山三男三。

5　白神―白神寿吉。長岡女子師範学校教諭で附属小学校の主事兼任、その後朝鮮へ渡り不詳。

国当時仮の宿りを求めたと『北越奇談』[6]にある郷本《ごうもと》[7]と云ふ村もその中途にあるので、私はその道をとらうと望んだのであるが、前々日の暴風で道がひどく悪くなってゐるからと云ふので、やむを得ず汽車で行くことにした。寺泊から長岡鉄道に乗り、大河津で越後鉄道に乗りかへてそこから四つ目の出雲崎駅で降りた。が、出雲崎の町は、そこからは北へ山一つ越えた一里先にあった。私達は先方へ約束してあった時間の都《つ》合《ごう》もあった為めに、そこから更に人力車に乗った。道は車に乗ってゐるのが却て苦しいほどの山道であった。眼の下に谷合ひの村を見て通るやうなところもあった。今にも倒れさうに突立った崖の下をびく／＼しながら通るところもあった。

さう云ふ間を通りながらも、私の想像には時々そのあたりの道をとぼ／＼と辿ってゐる一人の托鉢僧の姿がちらついて見えた。

[8]出雲崎いにしへ人のふみにけむ道をたどりてわれは行くかも

から云ったやうなこともしみ／＼感じられもした。

こんな風にしてほゞ一時間も過ぎたかと思った時、車はとある小山の端を廻った。と、その刹那私達の眼の前に突如として海――ひろ／＼とした海が展開した。その刹那の驚きと快さとはまったく云って見ようのないものであった。私は思はず感嘆の声を発した。佐渡の島山はこゝでは今迄私がどこで見たよりも鮮やかに、美しく見えた。

[9]荒海や佐渡によこたふ天の川

から芭蕉[10]の歌ったのも、こゝであればこそと思はずには居られなかった。出雲崎の町はすぐ眼の下にあった。つい先頃焼けたばかりの焼跡を中央にして、東西に一本長

6 北越奇談―橘崑崙の著。

7 郷本―寺泊町大字郷本。

8 いにしへ人―良寛をさす。

9 芭蕉が「奥の細道」の紀行中、元禄二年七月に出雲崎で作ったと伝えられる。

10 芭蕉―松尾芭蕉。伊賀の人。名は宗房、忠左衛門という。藤堂氏に仕え、のち江戸に出る。北村季吟に学び、閑寂を以て俳諧に蕉風を開く。七部集あり。元禄七年歿、五一歳。

く〳〵伸びた崖下の港町は、たまらなく私にはなつかしく見えた。わが良寛の生れた町！　わが良寛の育てられた町！そしてわが良寛が剃髪した町！

　坂を下って出雲崎の町へ入った私達は、先づ大字尼瀬《あまぜ》町の耐雪《たいせつ》[1]佐藤吉太郎《きちたろう》氏を訪ね、佐藤氏の指図で矢張尼瀬町の熊木[2]と云ふ旅館へ入った。案内された部屋は海の中へ造り出した中二階で、欄《てすり》に倚《よ》って見ればすぐ自分達の座の下で波が打ってゐる。ひろ〴〵とした海の眺め――佐渡の島も居ながらにして見ることが出来た。

　　[3]いにしへにかはらぬものはありそみと向ひに見ゆる佐渡が島なり
　　[4]天も水もひとつに見ゆる海の上に浮び出でたる佐渡が島山
　　垂《たら》[5]ちねの母がみくにと朝夕に佐渡が島べをうち見つるかな

かうした良寛の歌や、

　　佐渡と出雲崎や筋かひ向ひ橋をかけたや船橋を

と云ふ俗謡などがおのづと口ずさまれるのであった。

　最初私が出雲崎を訪ねようと思ひ立った時の希望では、同じく出雲崎に泊るならば、良寛の出家した光照寺《こうしようじ》[6]に泊めてもらひたいものだと云ふにあったが、しかし佐藤氏の話によると光照寺が先住が先頃他へ移転した為に目下その後住問題や何かでごたごたしてゐるから、却《かえつ》て不愉快な事が多からうとの事で、急に計画をかへて此の熊木旅館を宿とすることにしたのであった。けれどもかうして此の家に入って見ると、私はこゝも亦《また》得がたいところだと云ふやうな気がした。しかも、此の家の今の主人寿平《じゆへい》[7]氏の夫人は良寛と最も関係の深かった渡部《わたべ》村の阿部家の女であると聞くに及んで、私

1 佐藤吉太郎―出雲崎町尼瀬の人。号は耐雪。良寛の顕彰に尽くし、良寛堂、良寛記念館や銀河碑、俳諧伝灯塚等を建て、出雲崎編年史、日なたぼこり等を著す。昭和三十五年歿、八三歳。
2 熊木―熊木寿平。もと出雲崎の廻船問屋。のち旅館を経営。
3 ありそみ―荒磯海である。
4 空も水も青一色に見える向うに佐渡が見える。
5 良寛の母秀子は佐渡相川の橘屋庄兵衛の娘。
6 光照寺―出雲崎町尼瀬の曹洞宗の寺院。慶長二年果翁良珊の開基。三光観世音を宝物とし、船乗社会の信仰があつい。玄乗和尚のとき良寛が入山し、招隠舎の額がある。
7 寿平―熊木寿平。出雲崎町尼瀬の熊木旅館主人。
8 日野資朝―正中の変に佐渡へ流された公卿。
9 小倉実起―西園寺の庶流にして学芸を好み、音律にくわし。中村惕斎等と学問音楽を講ず。元和元年佐渡に流さる。
10 芭蕉―松尾芭蕉。元禄時代の俳人。
11 各務支考―美濃の俳人。蕉門の十哲。東華坊獅子庵とも称し、伊勢山田に住む。享保十六年歿、六七歳。
12 加藤暁台―名古屋の俳人。本名は草村平兵衛。暮雨庵と号す。蕉門の十哲。寛政四年歿六〇歳

にはます〳〵此の家に泊ったことがうれしい事に思はれた。

出雲崎も寺泊も同じく遠い昔から有名な港で、両港相並んで佐渡が島へ渡航の関門とされて来た。[8]日野資朝《すけとも》、[9]小倉実起《さねおき》などを始め佐渡への配流者の此の港から船出した者も古来少なくなかった。更に又此の町は古来趣味の旅行者の多くによって、その自然美を賞せられた点に於て、北陸海岸他に多く其の比を見なかった。従てその種の旅行者として此の地に来遊した名のある人々は驚くべく多かった。[10]芭蕉、[11]支考、[12]暁台、[13]十返舎一九《じっぺんしゃいっく》なども来た。[14]亀田鵬斎《ぼうさい》、[15]吉田松陰《しょういん》、[16]頼春水《しゅんすい》なども来た。[17]橘守部《もりべ》、[18]近藤芳樹、[19]前田夏蔭《なつかげ》なども来た。[20]雲泉、[21]五適なども来た。就中数奇の画家釧《くしろ》雲泉の如きは三年も居て、つひに生を此の地で終った。かうした過去のさま〴〵な人の去来の姿を回顧しながら、此の地の自然に対してゐると、更に又さま〴〵な感興が私の胸に湧《わ》き起るのであった。

私はやゝしばらく窓に凭《もた》れて真夏の日に照らされてゐる海を眺めてゐた。港内には僅二三艘の小さな荷積和船の外には何ものゝ影も認められなかった。見渡すかぎり港内にも港外にも波のうねりは殆ど見えないで、海はまるで眠ってゐるやうに見えた。海の向ふに長く横はってゐる佐渡の島は丁度《ちょうど》夢の中で見る山のやうであった。右の方には遠く突き出た岬の上に高く弥彦の山が端麗《たんれい》な姿を現はしてゐる。凡ては静かであった。凡ては夢のやうであった。しかし、かうした静けさのうちにあっても、私はいつとなしに秋から冬へかけての日本海の荒れ模様を思ひ合せずには居られなかった。

そしてそれと同時に、私は今かうして夢のやうな静けさのうちに浸《ひた》ってゐる此の町

13 十返舎一九—江戸の戯作者。本名は重田貞一。東海道中膝栗毛に知らる。天保二年歿、六八歳。

14 亀田鵬斎—江戸の儒者。名は長興、通称は文左衛門。井上金峨の門人。性豪邁にして学識深く、特に書道に長じ、北国に遊ぶ。文政九年歿、七五歳。

15 吉田松陰—長州藩の志士学者。名は矩方、通称寅次郎。文武兼備にして識見抜群、松下村塾を開いて教授。安政六年捕えられて刑死、二九歳。

16 頼春水—安芸竹原の学者。名は惟寛、通称は弥太郎。芸州藩儒。文化十三年歿、七一歳。

17 橘守部—伊勢の国学者。江戸に住み天保の国学四大家といわる。稜威道別等の著あり。嘉永二年歿。七〇歳。

18 近藤芳樹—岩国藩士にして歌文にすぐれた。本居大平、村田春海等に学び、明治十三年歿、八〇歳。

19 前田夏蔭—江戸の国学者。清水浜臣の門人。一橋慶喜の侍講のち北海道開拓に従事、元治元年歿、七二歳。

20 釧雲泉—肥前島原生れの画家。名は就、字は仲孚。倪雲林、董北苑の筆意を以て気韻高遠なる南画を作る。文化八年出雲崎に歿す。五三歳。

21 五適—中江杜澂。名は澂、号は松窠道人、看雲子など。詩書画琴と篆刻の五道にすぐれていたので五適と号した。母と共に出雲崎へ来り、文化十三年歿、六八歳。

良寛堂裏の海

の、その頃の物凄さや淋しさをも想像しないでは居られなかった。こんな事を何かと思ってゐるうちに、私の心は矢張いつの間にか良寛その人への聯想《れんそう》を喚《よ》び起してゐた。私が今対してゐる此自然を朝夕に見つゝ育てられた良寛の少年時代乃至《ないし》青年時代の初期――それを私はおのづと想像に描かないでは居られなかった。ふと私の眼に、すぐ間近の波打際で、パチャ〳〵泳いで居る、五六人の子供の群がとまったにつけても、私は彼等のうちに少年時代の良寛の俤を求めた。そして口碑の伝へてゐるところをおもひ合はせて、幼い頃から他の子供と交はることをあまり好まなかったと云はれてゐる少年栄蔵(良寛の幼名)が、唯一人群から離れてギラ〳〵と日の照る岩の上に坐ってぼんやり海を眺めてゐた姿を空想に描いたりした。

たらちねの母がみ国と朝夕に佐渡が島べをうち見つるかな

またしても良寛の此の歌がおもひ出された。そしてそれと同時に、さうした懐しさを以て朝夕にあの夢のやうに見える佐渡の島山を眺《なが》めつゝ、更に心ひそかに勤王の志を抱いてゐた父以南から折にふれて聴かされたであらうところの其の島を舞台にした古来のさま〴〵な時代的犠牲者の悲劇についてのとりとめのない空想を描きつゝ、いつまでも〳〵磯辺《いそべ》に立ちつくしてゐたらしい、やゝ物心づいてからの彼の姿をも想像して見た。私は雪と嵐と浪と凄まじく荒れ狂ふ冬の日などに、終日薄暗い家の内に閉ぢこもって少年時代の良寛は果してどんな風に時を過してゐたであらうか――そんな事をさま〴〵に想像して見たりした。

挿絵「出雲崎の港」

兎角するうちに、午飯の膳が運ばれた。私の心は空想の世界を去った。私の肉体はいつとはなしに快《こころよ》い涼しさに引きしまってゐた。それまで何処かへ行ってゐた井部氏[1]もその時戻《もど》って来たので、共に涼しさを賞しながら飯を喫した。食事中に宿の主人熊木氏が

　[2]いにしへをおもへばゆめかうつゝかも
　　　よるはしぐれのあめをきゝつゝ

と云ふ歌一首を書いた良寛の色紙一葉を持ってやって来た。私はその色紙を見ながら熊木氏にたづねた。

「貴方のところは阿部[3]さんと極近い御親戚だと云ふ事ですから、さぞ良寛さんのものが沢山おありでせう。御差しつかへがなかったら見せていたゞきたいものですが……」

けれども主人の答は意外であった。

「いかにも阿部とは親戚ですが、何しろ阿部の家では良寛さんの筆蹟は紙端一枚と雖も他人にやってはならんと申すことが、やかましい家憲《かけん》[4]の一ヶ条となって居りますので、とても私共などには及びもつきません、此の色紙一枚も私が多年心がけて居た結果やうやくのことで或る骨董屋[5]から手に入れましたやうなわけで、これが宅での一つの宝なんですよ」

主人の此の答は私には意外であったが、しかしこれと反対の答を聞いた以上にうれしかった。私は重ねて問うた。

1　井部氏―前出の江部氏と同人ならんも不明。
2　回顧すれば夢かうつつかの如くに感ぜられ、夜は静かに時雨の降る音に耳を傾けている。
3　阿部―国上村渡部の阿部定珍の家をさす。
4　家憲―家法。その家のきまり。
5　骨董屋―書画美術品を取扱う店。

「この辺ですら良寛さんのものを得ることがそんなにむづかしいんですかね」

「いや、とても〳〵。」から主人は即座に打ち消して「何でもずっと以前此の町で死にました医者で大層良寛さんの贋《に》せを書く名人がありましたので、贋物《にせ》ならば随分《ずいぶん》沢山ありますが、良寛さんの遺墨だと云って自慢《じまん》の出来さうなものは此の町にはほんの二三しかありませんな……尤も以南《いなん》さんや由之《ゆうし》さんのものならばいくらかあるやうですが」

「良寛さんの生家の橘屋には沢山あったでせうね」

「無論あったのでせうが、何しろ橘屋はその後ひどく[1]零落《れいらく》しまして、家人も今では此の土地に居ないやうな次第ですから」

「それで家や屋敷はどうなってゐるのですか」

「それですって！　橘屋の家は私共の宅と同じやうに海側にありまして、かなり大きな家でしたが、近来表の方を人に譲りまして奥の方だけを自分のものにして持ってゐるのですが、何しろかまはないものですから、ずゐぶんひどくいたんで居りまして住むことも出来ないやうになって居ります。先頃まで[2]遊廓の検黴院《けんばいいん》が借りて居りましたが、それすら家が荒れてゐる為めに居りきれなくなって他へ移転してしまひました。今は先達この火災で焼けた女郎屋《じょろうや》が借りて入って居ますが、それとて永く居るのではありませんから、これを機会に屋敷を全部買収してあのあばら家を取り払ひ、その跡へ一寸した堂を建てたらと云ふので、[3]佐藤吉太郎さんが目下奔走してゐられるわけなんです」

1　零落―おちぶれる。
2　遊廓の検黴院―娼妓の黴毒や淋病などを検査する場所。
3　佐藤吉太郎―出雲崎町尼瀬の良寛顕彰者。
4　ホトトギス派―正岡子規の唱えた写生を主とした俳派。明治三〇年柳原極堂が松山で「ホトトギス」を発刊、三一年高浜虚子に継がれて東京で続刊、鳴雪、漱石、誓子、草田男ら多くの俳人を出して今日に至る。
5　出雲崎編年史―佐藤吉太郎著三巻桜井広済堂刊。昭和二五年までに数年を要して五六千枚の原稿をまとめ、歿後高橋右左武郎、内藤広吉、小林睦治のペン書を昭和四六年刊。
6　禅光照寺―出雲崎町尼瀬の曹洞宗寺院。良寛の出家した寺。

光照寺

「なる程さうなくてはならんわけですからな。どうかまあ佐藤さんのお力でその計画を成功させていたゞきたいものです」

そんな話をしてゐるところへ、丁度折よく佐藤氏が見えたと云ふ取つぎがあったので、私達は食事を終って其の人を迎へた。佐藤氏は号を耐雪《たいせつ》と云って[4]ホトヽギス派の俳人として越後ではかなり名の聞えた人である。又最近では県下の代表的な漁業家として広く認められてゐる手腕家である。しかし、どちらかと云へば、氏は地方の隠れたる民心開発者の一人として最もよくその特色を示してゐる。氏がこれまでに自分の地方の人心開発のために為し来った努力は決して僅少なものではなかった。現在に於《おい》ても氏は此の地方に於ける漁業発展の為めの新計画に多大の努力を費しつゝあると同時に、他方に於ては伝ふべき歴史に富んだ此の[5]出雲崎の編年史の編纂《へんさん》に着手しつゝ更に此の地に於ける良寛の遺跡を記念せんが為めに大愚山良寛寺と名づくる一小堂を良寛出生の地点に建立しようとして奔走しつゝあるのである。私は今此の尊敬すべき先輩と相対して、一種の感激を禁じ得ないのであった。

佐藤氏について良寛の人格、閲歴、芸術等に関するさま〴〵な味の深い話や、大愚山良寛寺の建立に就ての苦心談や、出雲崎の歴史についての説明などを聴いてから、氏に伴はれて良寛が得道した尼瀬の光照寺を訪ふべく出かけた。光照寺へは宿から一二丁しかなかった。此の町も寺泊と同じく神社や寺院は凡て背後の丘陵上に建てられて居た。高い急な石段を上って私達は其の懐しい寺を訪うた。此の寺を此の土地の人は特に[6]禅光照寺と呼んでゐる。それは他に今一つ光照寺と名のる真宗の寺が此の町にあるからであった。そこは境内の眺望が甚だ佳かったが、建築はあまり立派なものではなかった。今の堂は寛政十年九月の火災後に建てられたもので良寛の居た頃のそれではなかったが、佐藤氏の話ではそれ以前の堂も今のとはさう大した差がなかったらしいとの事であった。本尊は釈迦牟尼仏《しゃかむにぶつ》[1]であるが宝物として伝承せられてゐる三光観世音は越後三十三観音札所の十九番として有名である。本堂に参詣した後で、私達は方丈の間へ案内されて、そこで暫く休んだ。その部屋の楣間《びかん》[2]に良寛の筆になる最も特色な草書三字の額[3]が掲げてあった。良寛の遺墨の現在此の寺に蔵せられてあるのは、これだけだと云ふことであった。良寛に関する史料とても何一つなかったのであるが、しかもこゝが良寛その人の得道し、修業して居た跡であるかと思ふと、何となく去り難い気がした。しかし、庫裡《くり》の方では法要か何かの準備と見えて、多勢の女や男がごた〴〵してゐたので、私達は間もなくそこを辞した。外へ出ると庫裡の二階の窓から四五人の若い坊さん達が顔をのぞかして私達を見た。私は彼等のうちにも良寛の幻影《げんえい》を追はないでは居られなかった。

そこから出た私達は、佐藤氏の案内で有名な孝女百合《ゆり》[4]の墓（碑文は白河楽翁[5]の筆）のある多聞寺《たもんじ》[6]や、芭蕉の「荒海や……」の句を刻した古碑のある妙福寺《みょうふくじ》[7]を訪ねて、更らに町筋へ出で、最後に橋屋の跡だと云ふとある家の前に立った。そこにはあまり見かけのよくない、煙草屋と駄菓子屋（?）との間の路地の入口で、その路地の奥に見える家（今は焼出されの女郎屋が借りてゐる）が昔の橋屋の一部であるとの事であった。しかし、あまりに取り乱され、あまり見苦しくされた其のあたりの光景は、私には、何等の感興を起させなかった。む

1 釈迦牟尼仏—仏教の開祖。
2 楣間—欄間をいう。戸と天井との間。
3 草書三字の額—招隠舎の三字額で、良寛が玄乗破了和尚に書いてあげたものという。
4 孝女百合—寛保年間に幕府から表彰された孝婦百合（由利）の事蹟を後世に残すため、尼瀬の庄屋野口寛猛が文政十一年に建碑。現在は善照寺前の行余館跡にあり。
5 白河楽翁—白河藩主となった松平定信。松平楽翁は石碑の「旌孝」の二字を書き、撰文は広瀬典、書は石井貞幹である。
6 多聞寺—真言宗にて神亀二年の開基という。上杉景勝佐渡征伐の折の毘沙門天をまつるという。
7 妙福寺—日蓮宗にて銀国山と号す。貞和年中の開基。俳諧伝灯塚がある。
8 別墅—別荘。
9 中山—出雲崎町大字中山。良寛記念館より一キロ余。
10 浄玄寺—出雲崎町羽黒町にある浄土真宗寺院。正安三年の建立。智現和尚に良寛の妹みか子が嫁した。
11 薙髪—髪を剃って出家すること。
12 妙現尼—良寛の妹みか子が浄玄寺の智現に嫁し、剃髪して妙現尼といった。嘉永五年歿、七六歳。
13 みか子—妙現尼のこと。
14 石井神社—出雲崎町石井町にあり、橋屋が祠官をしていた神社である。

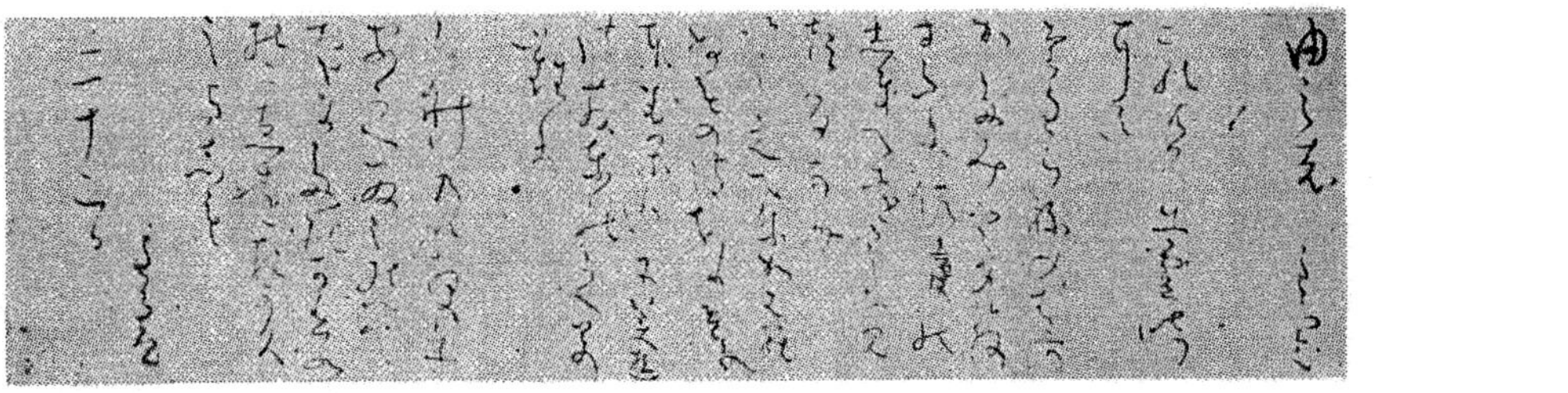

出雲崎の三首
（良寛記念館の歌碑）

しろそれは私には「こんなものを見なければよかった」と云ふほどの反感をさへ与へた。けれどもこれが現実だ、罪はむしろ間違った、私の主観の求め方にあるのだ——からみづから反省しないわけにも行かなかった。半ば皮肉な気分になった私は、「乞食僧良寛の生家の跡としてはこの方がむしろ趣が深いぢゃないか」と云ったやうな事をすら思ったりした。

　その日はそれから佐藤氏の別墅《べっしょ》[8]——町の背後の山上に建てられた何から何まで三角形に出来てゐる小庵《あん》へ伴はれて、そこで夕ぐれまでを過した。そこでの佐藤氏の話に[9]中山と云ふところの庵が、良寛が縁の下に生えた筍を伸ばしてやる為めに縁を破り天《てん》井《じょう》を破り最後に屋根を破りまでしたと云ふ逸話を残した場所だと云ふことであった。又此の町の浄玄寺《じょうげんじ》[10]と云ふ寺へ嫁し老後薙髪《ちはつ》[11]して妙現尼《みょうげんに》[12]と称した、良寛の妹みか子[13]の歌が非常に優れてゐることゝ、そしてその歌集は三冊に自書されて今でも保存されてあることなども話された。更に先刻行って見た橘屋の跡だと云ふ家の直ぐ向ひ側の路地《ろじ》の上に見えた神社が、[14]石井神社と云って代々橘屋が神官をつとめて居た社であると云ふ事も、こゝへ来てから佐藤氏によって話された。

　佐藤氏と別れて私達二人が宿へ帰ると、もう電灯がついてゐた。すぐに私達は湯に入り、夕食を喫した。海はだん〳〵暗くなって、沖にはチラ〳〵漁火が見え始めた。その夜は私は町役場楼上に催された講演会に行き、そこから帰って来てから、佐藤氏をはじめ五六の人々と酒を飲み話を交へしてゐるうちに、時計が十一時を打ったので慌《あわ》てゝ客人は帰り、私達は寝についた。私達の枕の下では絶え間なく波の音がしてゐた。

○

八月八日――

朝早く此の町の永滝文一郎[1]氏の訪問を受けた。永滝氏とは私は一寸ではあったが東京での旧知の間柄であった。先づさま〴〵な追懐談を交へた後に、永滝氏は此の町の鳥居《とりい》[2]氏と云ふ家に良寛一家の歴史に関する頗《すこぶ》る重要な古文書の保存されてゐる事を話した。其は良寛の弟由之及び其の子馬之助(泰樹)――ひいては橘屋一家にとりての重大事件の公文書で、やがて良寛の生涯にとりても深い意味のある資料であるとの事であった。そして是非私にそれを見て置けとの事であった。私の心は此の思ひがけない報告を得て躍った。早速私は永滝氏に伴はれて其の鳥居氏と云ふ家をたづねた。

鳥居家では歓んで迎へてくれられた。そしてすぐに其の文書を出して来て見せられた。披いて見るとそれは次の如きものであった。

乍恐以書付駈込御訴訟奉申上候[3]

比留間助左門代官所越後国三島郡出雲崎百姓八十四人惣代、惣兵衛、権右衛門奉申上候。当町名主左衛門並同人悴馬之助義、年中不用の人集めいたし乗馬弐疋迄飼置、御武家様同様の身持いたし権威を振ひ奢増長仕候に付、近年借金相嵩み町方えは無体の出金割懸け、小前百姓困難為致、別而去々亥年十二月中も金弐百両町方え助合相頼候得共、無謂金子出金いたし候上の事故、小前承引不仕候処、出雲崎町之義者、佐渡々場にて大御用相勤候に付、例年御赦御拝借同様に御買請

1 永滝文一郎―出雲崎住吉町の薬局、当時北越銀行に勤務、青年団長をしていたが三六歳歿

2 鳥井儀資―出雲崎町住吉町の人。

3 恐れ乍ら書付を以て駈込御訴訟申し上げ奉り候。

比留間助左衛門代官所、越後国三島郡出雲崎百姓八十四人惣代、惣兵衛、権右衛門申上げ奉り候。当時名主左衛門並に同人悴馬之助義、年中不用の人集めいたし、乗馬二疋迄飼い置き、御武家様同様の身持いたし、権威を振ひ、奢増長仕り候に付、近年借金相嵩み、町方えは無体の出金割懸け、小前百姓困難致させ、別して去々亥年十二月中も金二百両町方へ助合相頼み候へども、謂われ無き金子出金いたし候上の事故、小前承引仕らず候処、出雲崎町の義は、佐渡渡し場にて大御用相勤め候に付、例年御赦御拝借同様に御買受米仰せ付けられ、翌年四五六、三ケ月に代金御上納仕り来り申し候。然る処、去々亥年御買請米の儀、名主左衛門親子並びに年寄馴れ合い、小前には一向割渡し申さず横売致し、既に去夏中代金御上納差支え候に付、名主左衛門儀欠落仕り候間、御支配表へ御訴へ申し上げ、御陣屋より御手代中御出役の上、小前より厳しく御取立て弁納仕り候。尤も其の砌り名主役これ無く候ては諸御用御差支に相成り候間、其の段申し立て候処、長百姓の内、長兵衛並びに同人悴真吉両人仮役仰せ付けられ、御取向執計らい、則ち左衛門儀は行衛、日限、尋ね仰せ付けられ候間、所々相尋ね候内、同郡島崎村に忍び居り、百姓方え差越し候文通写し。

(左衛門の詫書)

此度一件の初発二百金助成の義は、兼て得心とは申しながら、我等数年御役中、町

方に対し寸功もこれ無く、剰へ度々大金を割出し、一統へ難義をかけ、其上此度は御役所御取立に相成り、別して難渋のやからもこれ有るよし、誠に以て後悔の至に候。然る上は御役所へ対し申訳もこれ無く、町家へ向い面目を失い候仕合せに付き、自後勤役の存念聊かこれ無く候。

仍って家事取締まり方、一統相談の上宜く相定め、我等病身退役の趣願い立てられ、馬之助一人勤にて家名相続致させ度、此の旨一向頼み入り候。尤も自分一身廃亡におよび候というとも、毛頭遺恨これ無く候間、草分より此かた数十代、合体の好身を以て、よろしく衆評頼み入り候事。

子六月　　　橘　左衛門

右の通り申し越し、其後町方へ立帰り候処、御役所より右長兵衛真吉両人共、直ちに名主仮役御免仰せ付けられ、左衛門親子従前の通り名主役相勤め、以前より猶々我儘増長仕り候。右体のもの名主役致し居り候ては、町方衰微に及び、殊に是迄品々謂われなき金子割懸け、其の上御買受米横売いたし、弁納致させ候始末、御吟味相願い候処、去る子七月より此の節まで八ヶ月に相成り候へども、何の御沙汰も御座なく、殊更、左衛門義、名主役相勤め候身分にて一旦欠落いたし、立帰り候ても一応の御糺明も御座なく、其の儘に差し置かれ候始末、恐れながら御役所の御執計何とも其の意を得難き御義に存じ奉り候。

一金四拾両、是は寛政二戌年、上納方差支へ、相頼み候節相渡し遣はし候。

一金五拾両、是は同三亥年、上納方弁金相願い候に付き差出し候分。

一金四拾両、是は同十年年上納方引負い弁

米被仰付、翌年四五六三ヶ月に代金御上納仕来申候、然る処、去々亥年御買請米之儀、名主左衛門親子並年寄馴合、小前には一向割渡不申横売致し、既去夏中代金御上納差支候に付、名主左衛門儀欠落仕候間御支配表え御訴申上、御陣屋より御手代中御出役の上、小前より厳敷御取立弁納仕候、尤其砌り名主役無之候ては諸御用御差支に相成候間、其段申立候処長百姓之内、長兵衛並同人忰真吉両人仮役被仰付御取向執計則ち左衛門義は行衛日限尋被仰付候間、所々相尋候内同郡島崎村に忍居、百姓方江差越候文通写

此度一件之初発弐百金助成之義は、兼て得心とは申ながら、我等数年御役中、対町方寸功も無之、剰度々大金を割出し、一統え難義をかけ其上此度者御役所御取立に相成、[6]別而難渋のやからも有之よし、誠以後悔の至に候、然る上は対御役所え申訳も無之、町家え向ひ面目を失ひ候仕合に付、自後勤役の存念聊無之候。

仍て家事取締方一統相談の上宜相定、我等病身退役之趣被願立、馬之助一人勤にて家名相続為致度此旨一向頼入候。尤自分一身廃亡におよび候といふとも、毛頭遺恨無之候間、草分より此かた数十代合体の好身を以て、宜敷衆評頼入候事。

子六月　　　橘　左衛門

右之通申越、其後町方え立帰り候処、御役所より右長兵衛真吉両人共直に名主仮役御免被仰付、左衛門親子従前之通名主役相勤、以前より猶々我儘増長仕候。

納相頼み候に付、差出し候分。

一金二百両、是は去子六月中、御買請米代金引負い欠落仕り候に付、弁納仕り候分。

一金三百両、是は当時御陣屋の義、惣名は出雲崎と唱へ、出雲崎尼瀬両町懸りに尼瀬町地内に御座候。

然る処六ヶ年以前申年、右陣屋場所を出雲崎町方へ引取り度き旨無益の儀、御支配江戸御役所まで願い出、大江戸詰往返共過分の儀これ無き処、右の通り三百両取立て申し候。日数二百五日相懸り候に付、一日金一両二分程に相成り、其の上町方において左衛門留守中諸品買掛りの金銭多分にこれ有り候も、右願中諸雑用に差支え候由申し、町家小店向へも一向払い方仕らず候。勿論右雑用勘定合せ一向小前へは申し聞かせず、我意ばかり相働き候儀に御座候。

一町入用万雑と申し、一ヶ月総五十貫文余匁宛毎月取立て、一ヶ年凡そ六百貫文余に相成り申し候。前々は右半減にても相済み来り候処、十余年以来右の通り過分に取立て申し候。尤も右遣払一向見せ申さず、稀には見届け度き旨小前より申し出候ものこれ有り候へども、権威に任せ難題申し懸け相掠め候に付、一人とも掛け合う儀相成りかね差控え候へば、弥以て権威に募り、非道私慾のみ仕り、小前一同難儀至極仕り候儀に御座候。

前書申し上げ候通り、名主左衛門義権威のみ強く、町方へ難儀相懸け、右ヶ条申し立て候外にも品々謂われなく出金致させ候分もこれ有り、別して去々亥年御買請米金引負い仕候に付、同人義も身分立ち難く相心得候や、一旦欠落いたし候に付、御支配御役所より御手代中御出役の上、不納の分小前弁納御取立て仰せ付けられ候程の事故、左衛門立帰り候は同人も相慎み申すべ

右体のもの名主役致居候ては、町方及衰微殊に是迄品々無謂金子割懸け、其上御買請米横売いたし弁納為致候始末御吟味相願候処、去る子七月より此節迄八ヶ月に相成候得共何の御沙汰も無御座、殊更、左衛門義名主役相勤候身分にて一旦欠落いたし立帰り候ても一応の御紀明も無御座其儘に被差置候始末、乍恐御役所之御執計何共難得其意御義に奉存候。

一金四拾両、是は寛政二戌年上納方差支相頼候節相渡遣候。

一金五拾両、是は同三亥年上納方弁金相願候付差出候分。

一金四拾両、是は同十午年上納方引負弁納相頼候に付差出候分。

一金弐百両、是は去子六月中御買請米代金引負欠落仕候に付弁納仕候分。

一金三百両、是は当時御陣屋之義、惣名は出雲崎と唱へ出雲崎尼瀬両町懸りに尼瀬町地内に御座候。

然る処六ヶ年以前申年、右陣屋場所を出雲崎町え引取度旨無益之儀御支配江戸御役所迄て願出、大江戸詰往返共過分之儀無之処、右之通り三百両取立申候、日数弐百五日相懸候に付一日金壱両弐分程相成、其上町方において左衛門留守中諸品買掛りの金銭多分有之候も、右願中諸雑用に差支候由申、町家小店向えも一向払方不仕候、勿論右雑用勘定合一向小前えは不申聞我意計相働候儀に御座候。

一町入用万雑と申し、壱ヶ月総五十貫文余匁宛毎月取立壱ヶ年凡六百貫文余に相成申候、前々は右半減にても相済来候処、拾余年以来右之通過分に取立申候、尤右遣払一向為見不申稀には見届度旨小前より申出候もの有之候得共、任権威に

き儀、御役所よりも御差当これ有るべく候処、其の儀無く、同人並びに忰馬之助義も以前通り名主役相勤め候心底にて罷り在り候段、何とも心得難く存じ奉り候。右一件御吟味の儀も、去る七月より数度御願い申し上げ、半年余も相立ち候へども相分らず、年越にも相成り候間、当正月に至り両三度御伺い申上げ候処、御掛り御手代中御病気、又御差合これ有り候旨仰せ聞けられ御延引、剰へ取扱人申付け候間、右取扱人へ掛合申すべき旨仰せ聞けられ候間、御役所より仰せ付けられ候由の取扱人名前のもの方へ掛合候へば、御役所より仰せ付けられ候儀これ無く、たとえ仰せ付けられ候とも、大造の名主私慾引負い筋には内熟執計には及び難き義の旨申し、一向に構い申さず候。

　詮ずる所、御支配御役所にては右の訳合にて御吟味御決着これ無く、彼是長引き候程、町方相治まりかね難儀至極仕り候。これに依り是非無く今般駈込み御訴訟申し上げ奉り候。

　何分御慈悲を以て右一件御奉行所様において欠落の訳並びに諸帳面等御吟味の上、御陣屋元町方無難に相治まり候様仰せつけられ下し置かれ候様願い上げ奉り候。右願の通り御聞き済み成し置かれ候はば有難き仕合に存じ奉り候。以上。

難題申懸け相掠候に付壱人共掛合儀相成兼差控候得者、弥以権威に募り非道私慾而已仕、小前一同難儀至極仕候儀に御座候。

　前書申上候通、名主左衛門義権威而已強、町方え難儀相懸け、右ヶ条申立候外にも品々無謂出金為致候分も有之、別而去々亥年御買請米金引負仕候に付、同人義も身分難立相心得候哉一旦欠落いたし候に付、御支配御役所より御手代中御出役之上、不納之分小前弁納御取立被仰付候程の事故、左衛門立帰り候は同人も相慎可申儀、御役所よりも御差当可有之候処無其儀、同人並忰馬之助義も以前通り名主役相勤候心底にて罷在候段、何共難心得奉存候。右一件御吟味之儀も、去七月より数度御願申上半年余も相立候得共不相分、年越にも相成候間当正月に至り両三度御伺申上候処、御掛り御手代中御病気又御差合有之候旨被仰聞御延引、剰取扱人申付候間右取扱人え掛合可申旨被仰聞候間、御役所より被仰付候由の取扱人名前のもの方え掛合候得は、御役所より被仰付候儀無之、縦被仰付候共、大造の名主私慾引負筋には内熟執計には難及義之旨申し一向構不申候。
所詮御支配御役所にては右之訳合にて御吟味御決着無之彼是長引候程町方相治り兼難儀至極仕候、依之無是非今般駈込御訴訟奉申上候。

　何分以御慈悲右一件於御奉行所様、欠落之訳並諸帳面等御吟味之上、御陣屋元町方無難に相治候様被仰付被下置候様奉願上候、右願之通り御聞済被成置候はゞ難有仕合奉存候。以上。

　　文化二丑三月　比留間助左衛門御代官所

申し渡し

越後国三島郡出雲崎町
名主　左衛門
同見習　馬之助
年寄　伊八郎

出雲崎町百姓八十四人総代権右衛門外八人より、左衛門並びに馬之助伊八郎に相掛り、勘定出入り吟味伺いの上、此の度松平兵庫頭様、水野若狭守様、御下知の趣申し渡す。出雲崎町百姓八十四人総代、権右衛門、善兵衛、吉右衛門、金八、源右衛門、六右衛門、仁兵衛、太兵衛、金左衛門より、左衛門並びに馬之助、伊八郎へ相掛り、勘定出入り証拠無き申し争いは双方とも取用い難く、町入用その外取立帳の類、並びに十一ヶ年以前申年、左衛門其外の者共出府入用帳、買請米割渡帳とも紛失致させ、勘定不分明にいたし、又は書付も取り置かず、小前へ割渡すべき買請米売払い代金相渡さず、その上左衛門儀無沙汰に家出いたし、右御米代も相納めず、小前不納の由伊八郎馬之助申立て、町方より差出させ、或は地子取立帳組み替え納め、印形等等閑にいたし置、特に小前へは皆済目録も見せず、且つ御蔵地代、出目米をも小前のもの共より差出させ、私慾これ無き由の申分相立ち難く、馬之助は幼年の節の儀もこれ有りと申しながら、右始末一同不届きに付、左衛門は家財取上げ所払い仰せつけられ、伊八郎は役儀取放ち過料金五百文、馬之助は名主見習取放ち、権右衛門その外のもの共は不埒の節も相聞かず候に付構い無し。町入用並びに買請米代其の外勘定合等の義は、諸帳面並の次第に付、吟味の沙汰に及ばず候。

午十月

越後国三島郡出雲崎町
百姓八十四人　総代　百姓　惣兵衛
同　同　権右衛門

御奉行所様

此の一通の公文書によって私に示された全くこれまで私の知らなかった、又思ひもよらなかった事実に対して、ひどく驚いてゐた私の前に、「これがその事件の判決です」と云って更に他の一通が差出された。それは実に次の如きものであった。

申渡

越後国三島郡出雲崎町
名主　左衛門
同見習　馬之助
年寄　伊八郎

出雲崎町百姓八十四人総代権右衛門外八人より、左衛門並馬之助伊八郎に相掛、勘定出入吟味伺之上此度、松平兵庫頭様、水野若狭守様、御下知之趣申渡。

出雲崎町百姓八拾四人総代権右衛門、善兵衛、吉右衛門、金八、源右衛門、六右衛門、仁兵衛、太兵衛、金左衛門より、左衛門並馬之助伊八郎え相掛り、勘定出入無証拠申争は双方共難取用、町入用其外取立帳之類並拾壱ヶ年以前申年、左衛門其外のもの共出府入用帳、買請米割渡帳とも紛失為致、勘定不分明にいたし又は書付も不取置、小前え可割渡買請米売払代金不相渡、其上左衛門儀無沙汰に家出いたし右御米代も不相納、小前不納之由伊八郎馬之助申立、町方より為差出或は地子取立帳組替納印形等等閑にいたし置、特に小前えは皆済目録も不見せ且御蔵地代出目米をも小前のもの共より為差出、私慾無之由の申分難相立、馬之助は幼年の節之儀も有之と乍申、右始末一同不届に付、左衛門は家財取上所払被仰付、伊八郎は役儀取放過料銭五百文、馬之助は名主見習取放、権右衛門其外之もの共は不埒の節も不相聞候に付無構、町入用並買請米代其外勘定合等之義は、諸帳面並之次第に付吟味之不及沙汰候。

午十一月

之れによって見ると橋屋が由之の代になってから町民との間に未曾有《みぞう》[1]の醜《しゅう》事件を惹《ひき》起した事は明らかで、しかもその事件の結果は由之及び其の嗣子《しし》馬之助即ち眺島斎《ちょうとうさい》泰樹が追放の罰を科せられたことになってゐる。それは今更知るべくあまりに大きな事件である。そも〳〵此のやうな事件は、由之の代に至って始めて勃発[2]したものであるか。それとも既に以南栄蔵(良寛)の頃から徐々[3]に醸成《じょうせい》[4]されつゝあったものであるか。いづれにしても之れは良寛その人の生活にとりても、重大な意味を有する事件でなければならぬ。こんな事を考へ始める事によって私の頭の中は時ならぬ混乱を来した。私はつとめてさうした複雑な考の起るのを抑へて、その場合たゞ与へられた事実を出来るだけ有りのまゝに受け容れて行かうと試みた。そして更に良寛の筆蹟二三点と、守部[5]千蔭[6]など云ふ人々の短冊をかなり多く見せてもらって、そこを辞した。

しかし、宿に帰ってから更に先刻《さっき》見せてもらった公文書が、一層強い力を以て私に

1 未曾有—あったためしのないこと。
2 勃発—急におこる。
3 徐々に—次第次第に。
4 醸成—事件を作りだす。
5 守部—橘守部。伊勢の人、のち江戸に住む。江戸時代の国学者。稜威道別等の著あり。嘉永二年歿、六八歳。
6 千蔭—江戸時代の国学者歌人。江戸の人。賀茂真淵に学ぶ。万葉集略解、うけらが花等の著あり。文化五年歿、七五歳。

次から次へとさま〴〵の疑問を強ひた。これほどの大問題があるのに何故これまでの良寛研究者によってあれが閑却[1]されて居たのであらう、そんな事さへ疑はれるのであった。そこで何よりも先にと思って、私は午飯を食べ終るとすぐ佐藤氏を訪ねる事にした。佐藤氏とはその事がなくとも訪問する約束をして置いたので、快く迎へてくれられた。私は早速かの公文書についての話を持ち出した。ところが佐藤氏にはとっくにそれについての一通りの調べがついてゐるのであった。氏は私の質問に応ずる為めに、目下編纂中の出雲崎編年史の大部な草稿を出して来て、それによって静かに大体次の如く語られた。

「これは決して突発的な事件ではなくて、遠い昔の出雲崎対尼瀬の関係に胚胎[2]《はいたい》してゐるのである。出雲崎と尼瀬とはもと二つの独立した町であった。それが一つに合併したのは上杉時代からである。そして代官所はずっと出雲崎の方に置かれて来た。それが寛永二年代官松下勘左衛門の時になって代官所を急に尼瀬の方へ移すことになった。出雲崎と尼瀬とは此の時から争ふやうになったのである。

当時尼瀬の方の大庄屋は野口与右衛門[3]で、出雲崎の方のそれは山本家即ち橘屋であった。そして両々相対して、勢力を競はうとしてゐた。しかし野口家の方の勢力が日に〳〵旺盛[4]となり、遂に代官所迄も尼瀬の方へ奪ふやうになったわけである。之れに引き代へ山本家の方は代官所の移転と共に、一層衰頽[5]《すいたい》が著しくなって来た。それでもうとても野口家の敵でないと云ふほどのところまで来た時に、山本家では一つは自家の勢力挽回[6]《ばんかい》の為め、一つは出雲崎の名誉恢復[7]の為め、代官所を出雲崎へ

1 閑却―すてておく。
2 胚胎―芽ばえる。
3 野口与右衛門―尼瀬村の名主。京都より京屋の先祖与右衛門が慶長以前にこの地へ来て開発したものという。塩浜奉行となり、良港をひかえて、沿岸交易を営み、佐渡渡航の中心地として経済政治に発展した。
4 旺盛―さかんなこと。
5 衰頽―おとろえ弱る。
6 挽回―もりかえす。
7 恢復―元通りになおす。
8 貫徹―つきとおす。
9 秀子―佐渡相川町橘屋の山本庄兵衛の娘。十七歳のとき。出雲崎町橘屋の新左衛門の養女となり、以南を婿に迎え、良寛以下四男三女を育てた。天明三年四月二十九日歿、四九歳。
10 敦賀屋―出雲崎住吉町にある富豪である。橘屋、京屋とともに出雲崎の御三家と呼ばれた。当時の主人は鳥居長兵衛で、その子権之助は樺太北海道の開拓で有名である。

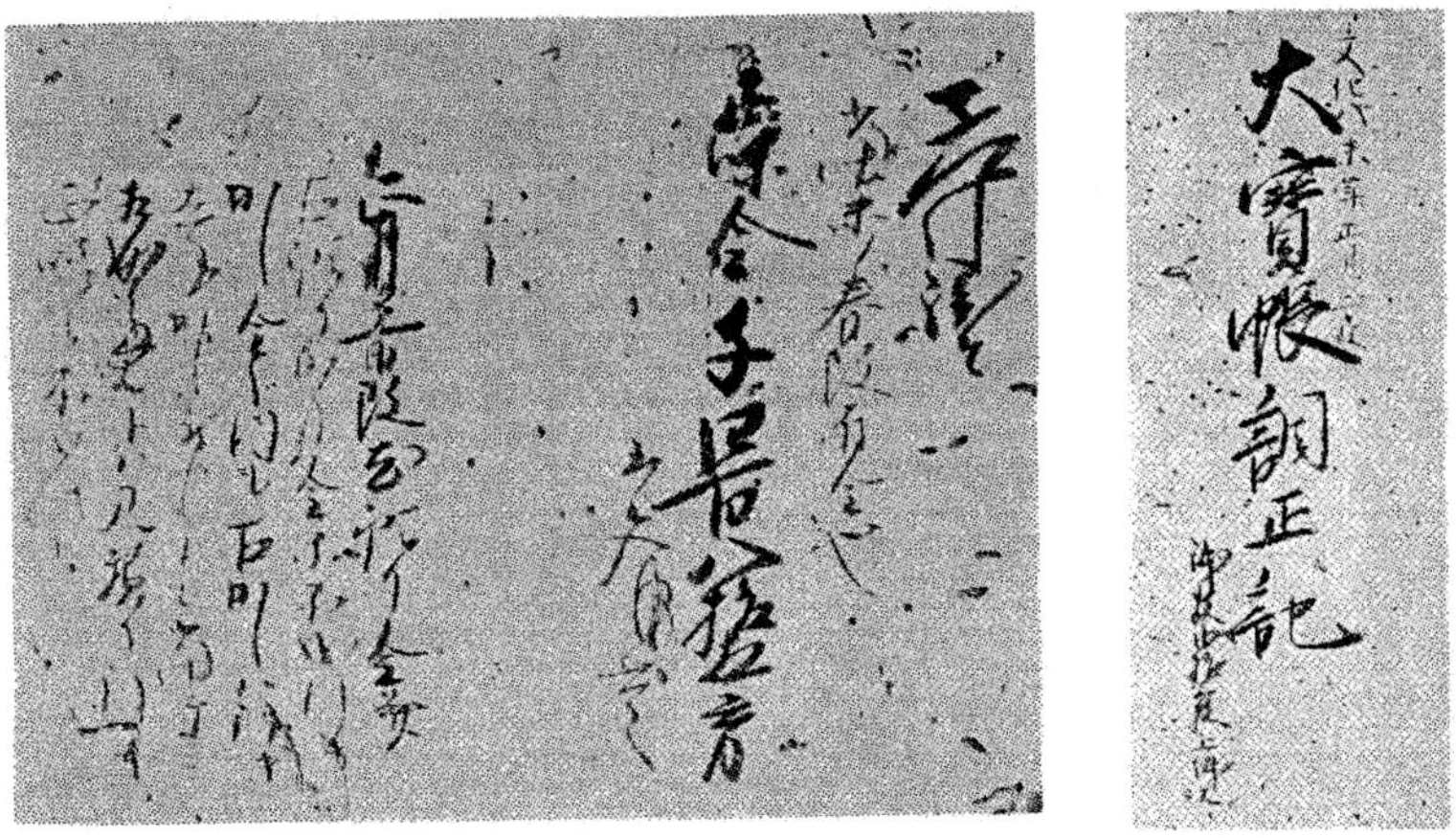

京屋の大宝帖

復活させる運動にとりかゝった。そしてしば〳〵訴状を其の筋へ出したが、一向効果があらはれないので、町民もつひに決心して江戸表へ出訴しても意志を[8]貫徹させようと云ふことになった。そして由之をして江戸へ出府させることにした。ところがどうしたわけか由之がその為めに要した旅費は一日一両二分と云ふ巨額なものであった上に、彼の不在中土地の商人に対する山本家の諸式支払が甚だ怠慢であったらしい。而も他方に於て出雲崎町民間の統一が欠けて居た為めに、いつとなくその間に全く反対の二派が生ずるやうになった。即ち山本派と非山本派である。此の両面の事情が原因となって、つひにかの訴願状の示す如き訴訟を提起するに至ったのである。

尤もかうした事は当の山本家に多分の資産さへあれば何でもなく解決する問題であるが、山本家は由来財産と云ふものは町屋敷少しばかりの外に殆んどなかったので、事茲《ここ》に至っても如何ともする事が出来なかったのである。更に之れに先立って良妻賢母の聞えの高かった良寛、由之等の母即ち以南の妻秀子[9]が死んで居た（天明三年）事も、山本家の財政整理上の大きな損失であったらうと思はれる。

もと〳〵此の橋屋対出雲崎町民の訴訟事件の起りは、橋屋の対抗者[10]敦賀屋を中心とした一派の者の代官所に向って開始した橋屋排斥運動によるものであるが、代官所の糺明《きゆうめい》に対して数字上の統計の即答が出来ない上に、一面恐怖の念もありして後に三十一名の抜印者が出たり、又代官所の方でも数百年存続して来た橋屋の如き旧家に対して懲戒を加へるに忍《しの》びないで居たり、更に表面上四百七十余人の橋屋擁護者があったりしたので、反対派一派はつひに最後の非常手段を取って時の奉行所に[1]駈込訴訟《かけこみそしょう》をさせるに至ったのである。

　かくの如くして結局かの申渡文の示すが如き結果となってあらはれ、由之は家財没収所払《ところばらい》[2]、眺島斎馬之助は名主役見習取放ちと云ふ悲運を見るやうになったのである。こんな風に永い間の変遷を見て来ると良寛の出家と云ひ、良寛出家以後間もなき以南の郷里脱出と云ひ、更に良寛最後の帰国以後に於ける出雲崎との関係と云ひ、[3]由之眺島斎等の他郷流浪《るろう》と云ひ、いづれその因て来るところがほゞ察知されるのである。

　更に之れは余談であるが寛政十一年九月に橘屋家筋書を[4]水原役所に提出せしめられた事実の如きも『良寛全伝』の著者西郡氏の解する如くそれが以南の死に関係のあった事と見るよりも、矢張例の代官所争奪問題に関するものと見るべきであると思ふ。何となれば丁度由之が該《がい》問題の為めに江戸に出府する前年の事だからである。

云々

　佐藤氏の以上の談話は、朝来混乱してゐた私の頭脳にとりては、うれしい光明であった。之れに導かれて私には更に見なほし、考へ直さなければならぬ重要問題が良寛の生涯について幾つもあるやうに思はれた。

　佐藤氏は更に良寛の父以南が古今を通じて[5]越後に於ける俳人中の最も傑出した一人であると信ずる旨を語られ、氏の手で集められた以南の句の多くをも見せてくられた。以南の句はこれまで世に現はれてゐるものはほんの十数句にしか過ぎず、私もそ

1　駈込訴訟―文化二年三月、出雲崎町百姓八十四人総代権右衛門らの訴訟をいう。

2　眺島斎馬之助―由之の子。泰樹である。

3　由之―良寛の弟、橘屋の当主となる。

4　水原役所―現在の北蒲原郡水原町。上杉常陸介親憲が知られている。延享三年代官所がおかれ、維新後、越後府、水原県となり新潟県となった。

5　越後の俳人―以南の歿後、追善のために編した「天真仏」の中に、中川都良は「高名北海に鳴て響宇宙にあまねし。かくて北越蕉風中興の棟梁といふならむか」と論じている。

6　岩端―清水を飲もうとしたら岩端に頭巾がつかえて困ったとの意であろう。

7　十六夜や―月が出ずよく見えないので「あなたはどなたですか」と尋ねた。それが十六夜の時だったので、相手が返事をしようとする間に月が上り、顔もわかった。

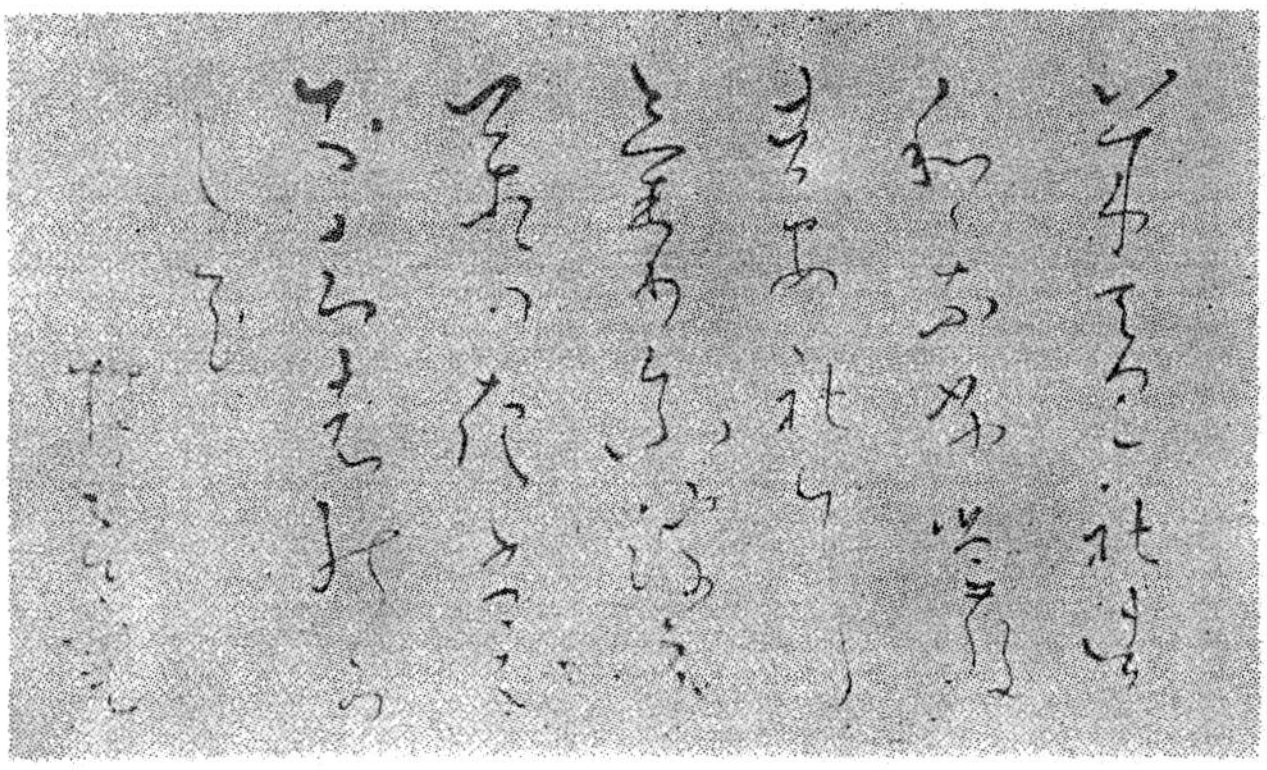

帰郷の歌

れ以上にまだ知らなかったので、佐藤氏の手記中から左の数十句だけを写させてもらった。

荒海や闇をなごりの十三夜
まき竹のほぐれて月の朧《おぼろ》かな
君恋し露の椎柴《ついしば》折り敷きて
木兎や古寺の鐘つく〴〵と
さまかへてのろりと出たり雲の峯
世やかはる我は老いぬる盆の月
昔今の人まぼろしにけふの月

（以上天真仏所載、西郡氏『良寛全伝』中にも載ってゐる）

水雞啼て蘆間の月の動きけり
嬉しげに篭を出る鵜ぞ哀れなり
涼しさや人おし分けて行く流
[6]岩端に頭巾つかへる清水かな
[7]十六夜《いさよい》や誰と問ふ間に月の客
蛩《きりぎりす》閨《ねや》に啼《な》く時声遠し
荒海に月の朧《おぼろ》となる夜かな

（以上竪並集所載）

燎《かがりび》のかげほのくらしさくら花

1　雲間から—部分的に変り易い天候の変化が知られよう。自分の付近は時雨であっても、雲間には星もまたたいて見える。

2　朝霧に—以南が半切に書いたものは良寛が父のかたみとして「水茎の跡も涙にかすみけりありし昔の事を思ひて」の歌を添えてある。句の筆跡は与板町の生家たる新木家跡の石碑に刻されてある。

3　夜の霜—原本は「かりよりも」である。諸本「つたよりも」に誤る。夜の霜と雁と対比したもの。

4　神農も—神農は古代中国の伝説上の帝王で、農作を教え薬を作ったという。句意は薬を作られた神農さまもどうか見許して下さいな。毒はあるといっても河豚汁はとてもうまくて食べずには居れません。

5　鶯や—村里でごはんが終り、さて朝茶にしようと啜ったら、鶯がよい声でなき出した。

6　大忍—尼瀬町小黒宇兵衛の子。七歳で川西村長善寺で出家、深谷市慶福寺の住職、宇治興聖寺住職となり文化八年歿、三一歳。無礙集あり。

7　長生院智現—中蒲原郡覚路津の人。のち出雲崎町浄玄寺を嗣ぐ。学徳にすぐれ、本山より副講師に補せられ各地に布教した。天保六年歿。その妻は良寛の妹みか子（妙現尼）である。

8　開徳院法賢—越前国粟田郡善久寺の人。智現の碩学を慕いて学び、善乗寺十三世となる。唯識論三十巻を究め、敬慕を受く。同講義を書く。嘉永四年歿六十余歳。

9　欣浄院了実—もと中蒲原郡大合村の人、海野忠観。来りて智現に学び、のち京都に赴き宗学を修む。浄厳寺住職、本山嗣講師となり、明治三年歿。

10　小林日董—出雲崎の人。幼名は次八。十

うちへ来て見れば更けたり夏の月
[1]雲間から星もこぼれてしぐれかな
星ひとつ流れて寒しうみのうへ
せゝらぎの分け行くばかりけさの雪
水仙花さはれば玉のひゞきあり
[2]朝霧に一段ひくし合歓の花
[3]夜の霜身のなる果やかりよりも
ほとゝぎす見はてぬ夢のあとつげよ
（以上西郡氏『良寛全伝』所載）
下さかなの市にすべるや寒の雨
凩《こがらし》やわづか放れて水静
蘭《らん》の香や高楼更に涼しき夜
チチンチン千代と囀《さえず》れ四十雀《から》

○

夏かけに今こそ澄す心なれ　以南
かはらず月も木々の梅雨晴　仙風
瓜茄子《うりなすび》の霄《よい》々市に匂はせて　旦水
出合頭《であいがしら》に無沙汰《ぶさた》詫《わ》びけり　以南
後妻は三十そこらと指さゝれ　風

一歳出家、飯高檀林に入りて修行、日薩に従って日蓮宗教院に入学。明治二四年日蓮宗管長となり、三七年大学林長となる。明治三八年歿、五八歳。

11　権田雷斧―新義真言宗の碩学、仏教界の泰斗。三島郡西越村の人。幼時より俊敏好学、真言宗を修め、一時曹洞宗に移ったが、のち真言宗に帰り、豊山派管長、豊山大学長となる。西越村に引退し、昭和九年歿八九歳。

12　小林昌吉―出雲崎町尼瀬の人。のち東京に遷り、昭和二九年歿。

13　田中喜六―田中甚六の誤。出雲崎住吉町の田中力之助の談によれば、御風閲覧の屏風は東京へ行き、安田靫彦所蔵という。

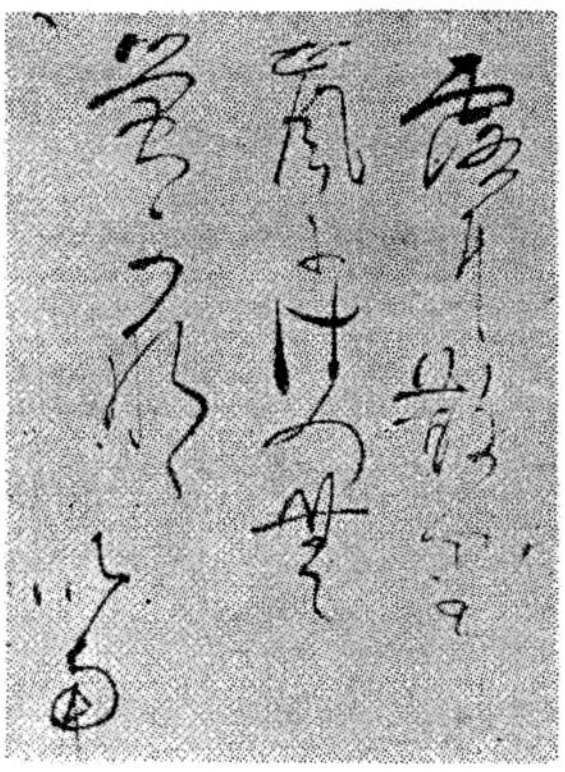

以南の俳句

神も浮世につれて御利生《ごりしよう》　水

○

淡雪《あわゆき》に杉の実まじる雫かな

[4]神農も見ゆるしたまへ河豚汁《ふぐとじる》

梅ちりていよ〳〵古き軒端《のきば》かな

[5]鶯や里の竈の朝茶時

とんぼうや妹山背山かけてとぶ

親ふたり見はてぬ夢ぞ夏の月

名月や秋の夕ぐれ行かへて

梅が香や風にみだれて糸の如し

それから佐藤氏は話をつゞけて、出雲崎と云ふところは良寛をはじめとして古来名僧を多く出した土地だと云ふことを語り、良寛当時前後に於て出た人だけでも、[6]釈大忍、[7]長生院智現、[8]開徳院法賢、[9]欣浄院了実等の数四を挙げることが出来ると云ひ、更に明治に於ては[10]小林日董の如き[11]権田雷斧の如きがあることをも言ひ添へられた。が、やがて話は佐藤氏が目下計画中の大愚山良寛寺建立のことに落ちて行き、いづれ近いうちにその計画を発表して寄附金を天下に募りたいから其の節は幾分の力を致すやうにとの事で話は一段落を告げた。やがて私はそこを辞して宿に帰った。

夜になってから、[12]小林昌吉氏の尽力で、私達は[13]田中喜六氏秘蔵の屏風を見せて貰った。良寛、以南等の詩歌の断片が沢山貼り交ぜにしてあった。その中からも私は目新

1 太弘和尚—寺泊町照明寺住職
2 野沢—寺泊小学校の野沢康平。
3 前田—寺泊町役場の前田徳治。

照明寺

らしい詩や歌を写し取った。

十一時頃寝に就いた。前夜と同じく静かな波のさゝやきが絶え間なく枕の下で聞えてゐた。昨日来此の土地で見たり聞いたり考へたりした事のあれやこれやを思ひかへしつゝ、私は永く眠ることが出来なかった。

この里の夏こそよけれよもすがら枕の下に波の音して
いにしへの事々胸にゑがきつゝよもすがらきく波の音かも
何ごとをおもへとてかもよもすがらわが夢みだす此の浦の波

一旦消した電灯を再たび点して、こんな文句を手帳に書きつけて見たりした。

○

その翌日私は離れがたない思を抱きながら、出雲崎の地を去って再び寺泊の照明寺に引き返し、前日まで、そこに集ってゐた多勢の人達の去った後の森閑《しんかん》と静まり返った庫裡《くり》の二階の広い客室で、太弘和尚[1]及び野沢、[2]前田[3]の二氏と共にしんみりした清談に一夜を過して、その翌日即ち八月十日に私は再遊を約して帰途に上った。寺泊から大河津までの人力車の上で、私は始めて早稲《わせ》がそろ〳〵穂を出し初めたのを見た。そして秋の近づきつゝあることが、しみ〴〵感じられた。私は更にさうした気持に動かされながら、左手に近く立ってゐる国上山を眺め、そこにたゞ一人庵してゐた良寛——十数回の秋をそこで迎へ送った其の孤独寂寥《こどくせきりょう》の人の生活をおもった。

良寛雑考

良寛雑考

良寛の周囲

良寛の周囲に集った人々の生活や芸術や、又は良寛を中心としてそれらの人々の間に醸《かも》されてゐた一種の雰囲気についての研究鑑賞は、後日を俟《ま》って試みたいと思ってゐるが、こゝにはそれらの人々のうちのおもなるものゝ略伝を掲げるにとゞめて置く。

○橘以南《たちばないなん》――良寛の父、初め左門と云ひ泰雄《たかお》と称す。通称は次郎左衛門、後伊織《のちいおり》と改む。与板町割元新木《あらき》与五右衛門の二男で、山本家に養子となったもの、配《はい》秀子は佐渡相川[1]山本庄兵衛の女で橘屋の姪《めい》に当るものであった。以南[2]性質朴淳雅《じゅんが》、広く皇典国学に通じ、又俳諧を好みて尾張の[3]久村暁台《くむらぎょうだい》を師友とし、一種の風格を備へて佳作が少なくない。初め家職を継ぎて石井神社の神官となり、出雲崎町の名主役を勤めてゐたが、三十九歳の時に職を[4]長男栄蔵《えいぞう》(良寛)に譲りて隠居し、老後更に[5]薙髪《ちはつ》して以南と号し、俳諧を以て諸国を行脚し、最後に京都に赴き、留ること数年、痛く皇室の[6]式微《しきび》を憤慨し、[7]天真録と題する秘書一巻を著し、寛政七年七月二十五日洛西《らくせい》桂川に身を投じて死んだ。享年六十。いつの別れに詠んだものか、[8]原田鵲斎の文書中に左の如き彼の送別歌二首がある。

[9]白雲の花はちらましいく度も
春の湊や山水の里

1 山本庄兵衛―佐渡の相川は金山の隆昌とともに発展した。出雲崎の橘屋から慶長年間に山本次郎左衛門泰久が相川へ分家し、初代の山本重右衛門となった。この庄兵衛は第五代で宝暦九年歿した。

2 質朴淳雅―飾り気がなく、すなおで上品。

3 久村暁台―尾張の俳人。

4 長男栄蔵―次男由之の誤である。

5 薙髪―剃髪と同じ。髪を剃って僧となる。

6 式微―衰微と同じくおとろえること。

7 天真録―以南の著書であるが、現在伝わらず内容は不明である。

8 原田鵲斎―分水町中島の良寛の友人。

9 あなたが旅立った後で、春の港や山水の里に白雲のごとく花は散るでせう。さてこの花を幾度眺めたらあなたは帰られることやら、早く帰って来てほしいものだ。

立酒[10]をおもひのまゝにのみぬれば
またいにたくもなくぞなりぬる

――以　南――

なほ以南についてのくはしい事は『大愚良寛』及び『良寛遺跡めぐり』のうちに述べて置いた。

○山本由之――由之は以南の二男で、良寛の次弟である。良寛の出家後家職を継ぎ、神官と荘官《しょうかん》[11]とを兼ね勤めた。通称新左衛門又は左衛門、泰儀《やすのり》と称した。父の薫化により、幼より国学を修め、和歌を学んだ。香川景樹《かがわかげき》[12]門下に山本由之とあるは此人であらう。名主役を勤めて居た間に、町民との間に忌《いま》わしい訴訟事件を生じ、つひに文化七年十一月家財取上[13]所払の判決を受け、翌年跡を長子泰樹《やすき》[14]に譲って、彼自身は諸方悠游[15]の身となり、最後に庵室を与板に結び松下庵と号し、専ら諷咏《ふうえい》を事とした。彼には又巣守、雲浦《うんぽ》、無花果苑[16]等の別号がある。由之の性磊落豪邁《らいらくごうまい》[17]であったとは鈴木文台[18]の文書に記するところである。古典の講義や和歌の添削《てんさく》[19]などをして、諸所に弟子をも持ってゐたらしい。彼は又『くらげの骨』[20]と題する文法書などを著はしたりした。彼の書いた伊勢物語、源氏物語などの精《くわ》しい註釈草稿もあったと云ふ事である。良寛とは繁《しげ》く往来してゐた。天保五年正月十三日、七十三歳で歿した。墓は遺言によりて良寛の墓側に築かれた。碑面に「由之宗匠《そうじょう》之墓」と記されてある。由之の歌は非常に多いが、良寛のとは全く趣の異《ことな》ったものである。そのうち特色的なもの数首を抄録[21]して置く。

辞　世

10 立酒―出発の折の酒。いにたくは往にたくである。通釈の必要はなかろう。
11 荘官―庄屋。
12 香川景樹―江戸時代の歌人。
13 家財取上―309頁参照。
14 泰樹―由之の子。
15 悠游―ゆったりと遊びまわる。
16 無花果苑―由之の号である。住居の庭にいちじくを植えてあったのでつけたのか、或は花が咲いても見えぬはかないものだとのことでつけたのかが不明。
17 磊落豪邁―物にこだわらず気が大きくすぐれている。
18 鈴木文台―粟生津の漢学者。良寛の親友。
19 添削―詩歌文章などを直すこと。
20 くらげの骨―由之が文化十年に著した文法書で、刊行された小冊子である。
21 抄録―抜き書。

1 流れゆく水は止まることなく、万物流転の運命のままに冥途へとゆく。悲しみに沈みながらもはかない河原の蓬が何を招くのだろうか。

2 嶺の庵の雪の曙は、まるで美しい銀盤にでも刻んだかと ばかり 美しく見える 世界だ。

3 夏草の繁みの中に混って真白に百合が咲いているが、混ぜようとしても混ぜることもできぬ純白な色だ。

4 風が寒く吹いてきた。別れ去ったあの人はわびしい麻衣だったが、さてはどんなに寒いことかと思いやることだった。

5 谷かげの古巣はいやだと思ったのか、今朝は花に移って鶯がよい声でないている。

6 池の中島の木の下に石が置いてある。夏は涼みがてら池の中島へ行き、木蔭の石まで行き泉を眺めるというのであろう。

7 「豊葦原の瑞穂の国」という天孫降臨の神勅をふまえ、常世の雁と技巧化した点がこの歌のみそであろう。稲がみのって雁が来たというだけのことである。

8 白露の玉と、玉江とを掛けた。白露がおりるようになって河べの芦も冬枯れ、刈る人もなく風が寒々と吹いてゆく。

9 「薤露行」の詩を、和歌に詠んだようなもの。薤上露、何易晞。露晞明朝更復落。人死一去何時帰。
薤上の露 何ぞ晞き易き。露晞けども、明朝 更に復た落る。人死してひとたび去れば、何れの時にか帰らん。

---

1 行く水は止まらなくにうらぶれて
河原の蓬《よもぎ》なに招くらむ

雪の歌とてよめる
2 しろがねにきざむこのよとみゆるかな
みねのいほりのゆきのあけぼの

百合のうたの中に
3 夏草のしげみにまじる真白百合
まじらふべくも見えぬ色かな

風吹きてもの悲しきあした
4 かぜさむく打ふくからにおもひやる
別れし人のあさのさごろも

うぐひす
5 たにかげの古巣《す》うしとや今朝よりは
花にうつらふうぐひすの声

いづみ
6 なか島の木《こ》下の石をよすがにて
なつはいづみに袖ひたしつゝ

かり
7 蘆《あし》はらのあきのみづ穂もみのるやと

とこ世の雁はさそひ来つらむ

冬のあし

[8]白つゆの玉江の蘆《あし》も冬がれて
あらしぞすさぶ刈る人なしに

つねなき世のこゝろ

[9]露じもはおきかはりてもあるものを
ひとの世ばかりはかなきはなし

おもひをのぶ

[10]しき島の道にむぐらのおひそめて
しげりぞまさるわくるまに〳〵

○橘香《かおる》[11]——以南の四男で、良寛の弟である。諱《いみな》は泰信《やすのぶ》、字は子測《しそく》、澹斎《たんさい》と号した。京都文章博士《もんじょうはかせ》高辻家（菅原長親）の儒官をつとめた。嘗《かつ》て勅命を奉じて古今集を講じ、詔によって名を香《かおる》と賜うたと伝へられる。寛政三年八月二十七日、年僅に二十一歳で歿した。

詠十三夜月[12]

咫尺幾望月、十三卜夜時、天寒蟾蜍疲、秋老姮娥悲、
但有清光満、何傷円影虧、寛平一宵譙、千載作佳期。

右五律一首、甲寅九月応制、伝旨於特進菅公以賜聖褒、満朝栄之、医田慶叔請詩洒書示之云、丙辰上巳前一日前紀伝道門下教授橘香。

---

10 歌道の頽廃をなげいたものである。敷島の道は歌の道である。遍澄のよんだ「利鎌もて刈り払ふべき人もなしむぐら繁れる敷島の道」も、これと同趣の歌である。

11 橘香の歿年。（石田吉貞説）
禅定院願海円成上座寛政十年三月二十七日、橘新左衛門弟、於京都病死。即東福院境内葬焉。（出雲崎円明院の過去帖）
橘新左衛門の弟は香であり、香が寛政十年三月二十七日に京都で病死し、しかも上座という僧籍名がつけられ、東福寺に葬られていることがわかる。

12 十三夜の月を詠ず。
咫尺　幾たびか月を望む、
十三　夜をトすの時。
天寒うして　蟾蜍疲れ、
秋老いて　姮娥　悲しむ。
但　有り　清光満ち、
何ぞ　円影の　虧くるを傷まん。
寛平　一宵の　譙、
千載　佳期と作す。
右、五律一首、甲寅九月応制。旨を特進菅公に伝え、以て聖褒を賜はり、満朝之を栄とす。医、田慶叔詩を請ひ、洒ち書して之を示すと云ふ。丙辰上巳前一日、前紀伝道門下教授、橘香。
○咫尺―八寸と一尺で、近いことをいう。
○十三卜夜時―十三夜というに同じ。○蟾蜍―ひきがえるで月をいう。○姮娥―月にいる女神。○円影虧―満月がかける。
○甲寅―寛政六年○丙辰―寛政八年。

○

述懐

[1]明日はいざ昨日忘れぬよの中に
けふのなげきの添はずもあらなむ

山家雪

[2]世にかよふ心のあとも絶えぬべし
この曙の雪のやまさと

朝霞

[3]さくらばな咲きにけらし吉野山
色なる霞あさな〳〵立つ

○円澄《えんちょう》——以南の第三男、名は円澄、字は観山、[4]泊瀬《はつせ》の碩学《せきがく》で、[5]円明院第十一世を襲《つ》いだ。寛政十二年正月歿、年三十一。

○みか子——以南の第三女で良寛の妹である。出雲崎浄玄寺《じょうげんじ》大久保智現《ちげん》に嫁し、老後[6]薙髪《ちはつ》して妙現尼《みょうげんに》と称した。和歌に長じ、歌集二巻を遺した。

良寛禅師の石碑の立ちける折に

[7]墨染のきみが袂につみなれし
野辺の若菜も形見とぞ見る

[8]みはやしゝ人も此世になき春と
知らでやはなの咲きにほふらむ

1 日々新の気を詠んでいるが、変転の激しい世に生きる作者の実感でもあろう。

2 純白無垢の銀世界と、世俗との対比を詠んでいるが、いずれにしても乱世に処せる作者の姿がしのばれる。

3 色なる霞と桜を見たてる作者の意図に、色即是空の仏教的の背景やら、何かしらひたむきに喜び観賞していられぬような作者の顔が見えるようだ。

4 泊瀬—長谷寺は新義真言宗である。

5 円明院—出雲崎町石井町にある真言宗の寺院。橘屋の檀那寺である。

6 薙髪—剃髪。

7 墨染の君—良寛をさす。

8 人と花との対比で悲哀がさらに強化された。

9 方便品—法華経二十八品中の第二品の名。釈尊が舎利弗に向い方便教と真実教とを開示せられたもの。また維摩経の第二品で、維摩居士が種々の方便をもって人人を教化することをのべている。

10 同じ霞は仏教の真理をいうのであろうが、その真理を色々に練変えて外見を変えて、木々に花を持たせるが如く悟境に導いてゆくのが心をひかれるとの意。

方便品《ほうべんぼん》[9]を賛して

幾度か同じ霞のねりかへて[10]
木々にはなもつ春ぞゆかしき

落葉如雨[11]

しぐるかと菅《すげ》の小笠をかざす手に
木《こ》の葉ちりくる森の下道

○橘左門泰樹《やすき》――由之の長男で、通称馬之助、北渚《ほくしょ》又眺島斎《ちょうとうさい》と号した。王羲之《ぎし》[12]、趙子昂《ちょうすこう》[13]又は千蔭《ちかげ》[14]を学んで書を能くし、歌道にも通じた。天保二年七月二十三日、四十三歳で歿した。(此の人の歌は別項に挙げて置くつもりである。)

○僧有願《うがん》――有願は良寛の最も親しい道友《どうゆう》[15]であった。良寛の有願を憶ふ詩に「[16]昔憶有願子、平生如狂顛、自一逐逝波、于今五六年」と云ふのがある。口碑によれば有願の病革《やまいあらたま》るや、手書《しゅしょ》して良寛を招き、其膝に凴《よ》りて瞑したと云ふ事である。又有願の趣味頗る良寛と相似、その書の如きもひどく良寛のそれに接近してゐたと云はれる。彼はもと南蒲原郡大島村代官新田の人、俗姓は田沢氏、旧里正《りせい》[17]であった、西蒲原郡燕の万能寺[18]に住し、後中蒲原郡新飯田《にいだ》の田面庵《たのもあん》[19]に隠居した。地蔵堂町[20]中村家の過去帳に「前総持《そうじ》海翁東岫《とうしゅう》大和尚禅師有願――文化五年戊辰八月三日」とあるのは、此の有願和尚の事だと云はれる。なほ右中村家に左の如き筆者不明の書翰一片が蔵されてゐる。

11　時雨と落葉との取合せがよい。

12　王羲之―三国時代東晋の書道家。書聖といわれている。衛夫人の書を学び、のち鍾繇梁鵠蔡邕の碑を学んで大成。楽毅論、蘭亭記、十七帖等をのこす。太元四年歿五九歳。

13　趙子昂―元時代の書家。初唐の書を復興し、寛博にして成熟の書である。行書千字文、三門記等あり。至治二年歿、六九歳。

14　橘千蔭―江戸時代の国家者、歌人。

15　道友―仏道を得た友。

16　亡くなった有願を追憶しての五言絶句だ。
昔、有願子を憶ふに、
平生　狂顚の如し。
一たび　逝波を逐ひしより
今に　五六年。
○狂顚―気ちがい。○逐逝波―死去のこと。

17　里正―庄屋。

18　万能寺―燕市にある。曹洞宗の寺院。

19　田面庵―白根市新飯田にある小庵である。円通庵ともいい有願も住んでいた所。

20　中村家―地蔵堂の豪家で、当時は好哉が当主で、良寛も遠い親戚で、ここに下宿して大森子陽の狭川塾へ通ったという。

[1](前略)東岫禅師云々被仰下、偖々《さて》感心仕候、御墨跡一枚何卒御願可被下候……偖近年之事之由、播州姫路之城主之御菩提寺之住持、積徳の御方にて、不計出奔、行末不知、国々詮議之ため長老一人、役人一人、駕篭一挺、乗掛馬一疋、此外僕二三人、路金百金、所々国々尋候得ども相知不申。段々乞食に銭などとらせ尋行中、国にて乞食中に怪僧一人有之候、則市中にて尋出候処、常の乞食同様也、外に引廻し、様々願候得ども、一切帰山之志無之、則金子百枚を得て乞食共に分けあたへ、夜着蒲団を長老と供に持たせ、村を離れ行きて、癩病人の木柴にてふきたる小屋に寝せて置、旦夕に迫りたるに、其夜具を敷、如何なる因縁にや此乞食甚だ哀れなるよし被申、食を与へ丁寧に看病いたし役人抔を無理に返し、長老は強而随身を願居候由。此癩病人死去、則師弟共に荷ひ葬り、先づ嬉しきよし被申、読経抔丁寧に被致、偖弟子に向て云よう、此死人の施物とて外になし、唯此椀中に残りたる痰は此間吐候て彼がもの也、施物には是を其方と我両人にて呑可申由。弟子承知仕り、両人のみけるに、弟子終に吐出す。師の曰、随身叶ふまじ。心に受けざるゆゑ吐出せり早速帰山仕べき旨被仰、長老も無拠姫路へ帰る。其後行末不知となん。

　東岫禅師者此方にては無御座候やと思付候間鳥渡書付入御覧候、何れ御筆跡一枚奉願上候、若し善光寺へ御仏参も御座候はゞ弊廬へ御入被下様御願可被下奉願上候

有願は画に於ても卓抜な技倆を持って居り。良寛が絵をかく事を学んだのは此の人によってゞあるとも云はれる。而して有願と良寛との交游の最初は、有願の姫路住職時代即ち良寛の玉島雲水時代にあったと想像される。

○僧遍澄《へんちょう》——良寛の詩の最初の[2]蒐集者だと云はれる。三島郡島崎村某[3]の二男で、二十五歳で剃髪《ていはつ》して五合庵に行き良寛について学ぶ。後西蒲原郡地蔵堂[4]至誠庵に住した。良寛臨終の際は此の人の膝にもたれて[5]入寂《にゅうじゃく》したと伝へられる。彼は又画家富取芳斎[6]について画を学ぶ、初め芝田と号し後琢山《たくざん》又は翠蔭《すいいん》と号して、かなり味ひのある画を描

1　東岫禅師云々仰せ下され、偖々感心仕り候。御墨跡一枚何卒御願ひ下さるべく候。……偖近年の事の由、播州姫路の城主の御菩提寺の住持、積徳の御方にて、計らず出奔、行く末知れず、国々詮議のため長老一人、役人一人、駕篭一挺、乗掛馬一疋、此の外僕二三人、路金百金、所々国々尋ね候へども相知れ申さず。段々乞食に銭などとらせ尋ね行く中、国にて乞食中に怪僧一人これ有り候。則ち市中にて尋ね出し候処、常の乞食同様なり。外に引廻し、様々願え候へども、一切帰山の志これなく、則ち金子百枚を得て乞食共に分けあたへ、夜着蒲団を長老と供に持たせ、村を離れ行きて、癩病人の木柴にてふきたる小屋に寝せて置き、旦夕に迫りたるに、其の夜具を敷き、如何なる因縁にや、此の乞食甚だ哀れなるよし申され、食を与へ丁寧に看病いたし、役人抔を無理に返し、長老は強ひて随身を願ひ居り候由。此の癩病人死去、則ち師弟共に荷ひ葬り、先づ嬉しきよし申され、読経抔丁寧に致され、偖弟子に向て云よう、此の死人の施物とて外になし、唯此の椀中に残りたる痰は、此の間吐き候て彼がものなり。施物には是を其方と我両人にて呑み申すべき由。弟子承知仕り、両人のみけるに、弟子終に吐き出す。師の曰く、随身叶ふまじ。心に受けざるゆえ吐出せり。早速帰山仕るべき旨仰せられ、長老も拠ろ無く姫路へ帰る。其の後行く末知れずとなん。
　東岫禅師は此方にては御座なく候やと思い付き候間、ちょっと書き付け御覧に入れ候。何れ御筆跡一枚願い上げ奉候。若し善光寺へ御仏参も御座候はば弊廬へ御入り下さる様御願い下さるべく願い上げ奉候。

いた。年七十五で、島崎村で歿《ぼっ》した。

7 いまはとてとゞめもあへぬふなでには
　　心して吹け沖つ塩風

8 山に住む甲斐ぞありけるねぐら鳥
　　木の間たちくき鳴かぬ日はなし

など彼も亦多くの歌を詠んだ。

○貞心尼――（本文、良寛の晩年の項に挙げて置いた）。

○大村光枝――藤原光枝、羽柴行蔵《はしばこうぞう》又は大村彦太郎などゝも称した。京都の人、後江戸に移り、三分坂法安寺側に住した。以南を初めとして、良寛兄弟皆此の人を和歌の師友としてゐた。彼は当時かなり広く世に知られた学者であったが、永く越後西蒲原三島郡地方に来游して居たのであった。文化十三年四月十六日、年六十四で江戸に歿した。

みつ枝うし、ひとよ、やどりてかへらんとするところにて

9 やまかげの杉のいたやに雨はふりこね
　　さすたけの君がしばしとたちまとるべく　　良寛

こたへまつる

10 わすれめや杉のいたやに一夜見し月
　　ひさかたの塵なき影の静けかりしを　　光枝

○解良叔問《けらしゅくもん》――越後西蒲原郡牧ヶ花の豪族解良《けら》家の第十代で、通称は喜惣左衛門、

---

2 蒐集者―集めた人。

3 島崎某―島崎のかじ屋早川甚五右衛門。

4 至誠庵―地蔵堂の鎮守願王閣の住宅で、社殿の南にある。遍澄は安政九年二十六歳から約三十年間この庵主をしていた。

5 入寂―僧の死をいう。

6 富取芳斎―地蔵堂の画家。三条の五十嵐華亭に花鳥を、京都で中林竹洞に山水を、江戸に出て名家と交わり名蹟を見て自得一家を成す。嵐渓と並称さる。明治十三年歿七三歳。

7 船出の人に対する情愛が見られる。

8 たちくきは間をくぐって行きで、鳥の飛び交う姿の叙景である。

9 原田鵲斎遺稿によれば、この歌のよまれたのは寛政十二年秋である。良寛四三歳、光枝四八歳である。歌体は旋頭歌である。客を留めたい良寛の好意が、周囲の荒涼とした光景のうちに温かく浮かんでいる。

10 塵なき影といって脱俗の情景を喜んでいる。

栄綿《よしつら》と称した。叔問はその号である。彼は良寛とは最も親しい間柄で、かねて良寛の人格及び芸術に対する最も忠実な理解者の一人であった。而して終始一貫して良寛に衣食の料を供するに努めた少数な外護者の一人でもあった。叔問は又詩もつくり、歌も詠んだ。[1]『良寛禅師奇話』の筆者[2]三郎兵衛栄重《よししげ》はその子である。栄重も直接良寛と相識《し》ってゐた。彼は又橘守部《たちばなもりべ》の門人で、和歌に秀で、[3]詠草数巻がある。

○阿部定珍《さだよし》——此の人も解良叔問と共に最も忠実な良寛の理解者であり、外護者であり、而して親友であった。良寛の歌に此の人への贈答歌の甚だ多いのを見てもその事が知られる。定珍は西蒲原郡渡部《わたべ》村の庄屋で、通称を造酒右衛門《みきえもん》と云った。壮にして和歌詩文を好み、江戸に遊ぶこと三年、諸名家とも交りがあった。帰来家職を襲ぎ、理民に努めた。彼は良寛が五合庵在住時代の最も大切な施主《せしゅ》であった。彼は詩にも歌にも秀《ひい》でた才能を示してゐる。天保九年六月二十日、西国《さいこく》霊場巡拝の途中土佐で歿した。

○原田鵲斎《はらだじやくさい》——此人も亦良寛の少数な最も忠実な理解者尊崇者の一人であった。国上村字真木山《まぎやま》庄屋原田仁左衛門の三男で、宝暦十三年に生れ文政十年六十五歳を以て卒《しゅつ》した。幼名常七、長じて宗四郎と称し、後更に鵲斎と改めた。初め分家して真木山に居ること三十二年、後中島に移転し、更に隠居して加茂に住んだ。諱《いみな》は有則《ありのり》、十畝園又薪山《まきやま》と号し、木夫と云ふ俳名もあった。良寛のかの有名な長歌「花盗人」の主人公は此の人である。このことについて大村光枝も彼に[4]旋頭歌一首を寄せてゐる。

花ぬす人にまほし侍る　　美豆衣《みつえ》

---

1 良寛禅師奇話—解良栄重が自己の直接良寛についての見聞を記したもの。

2 解良栄重—解良家第十三代の当主。

3 詠草数巻—栄重の詠歌を鈴木重胤が撰して、二巻としたものが残っている。

4 旋頭歌—和歌の一体で、五七七、五七七字の六句より成る。

5 大村光枝が鵲斎の花盗人を詠んだもので、歌の序、旋頭歌、後序（跋）となっている。思う存分風雅の道を尽くした君だ。けわしい道を夜半によくも越えたものだ。

6 保昌—藤原保昌。平安期の武人で笛の名手。

7 小黒字兵衛—尼瀬町の人。

8 川西双善寺—中魚沼郡川西町の曹洞宗寺院。

9 武州矢島村慶福寺—現在は深谷市矢島にある。曹洞宗の寺院。良寛が大忍を詠んだ「大忍俊利士、屢話僧舎中、自一別京洛、消息杳不通」の詩を相馬御風が書き石碑となっている。

[5]色になる心の極み尽しけむ君、あしびきのさかしき道をよはにこえつゝ

からきめを見て彼[6]保昌《やすまさ》が禁中の花ををりしは、思ふ女がゆゑなり。是はたゝ色香をめづる心のあまりに、思ひすさみし盗人のいとみやびたるかな。

鵲斎の遺稿に詩稿一巻、三吟一把藁一巻、俳諧集一巻、歌稿数巻がある。良寛との応答の詩歌も甚だ多い。

○原田正貞——鵲斎の長子で、文化十一年真木山《まぎやま》に生れ、幼名を太一と云った。彼は生涯医を業とし、傍ら詩歌に親んだ。大村光枝の周旋で江戸に遊学したこともある。正貞の遺稿は散逸《さんいつ》して殆んどまとまったものがないが、良寛との応答歌も少しは見られる。

○僧大忍《たいにん》——[7]尼瀬町小黒宇兵衛入道速円の長男で、[8]川西双善寺で得度を受け、[9]後武州矢島村慶福寺に住し、文化八年三月九日寂《じゃく》した。良寛と交りの厚かったことは、彼を憶うた良寛の詩によってもわかる。詩集に[10]無礙《むげ》集と云ふがある。卓抜な作に富んでゐる。

[11]懐良寛道人　　大忍

良寛老禅師、如愚又如癡、身心総脱落、何物又可疑、不住名利境、不遊是非岐、朝向何処往、夕向何処帰、任他世人誉、任他世人欺、師曾到吾廬、告吾微妙辞、吾又久抱病、因師既得医、其恩実無限、何以又報之。

10 無礙集—大忍の詩を集めて文化二年に刊行している。

11 良寛道人を懐う。　大忍

良寛老禅師、愚なるが如く又癡の如し。
身心　総べて脱落し、
何物か　又疑うべけん。
名利の境に　住せず、
是非の岐に　遊ばず。
朝に　何れの処にか　向って往き、
夕に　何れの処にか　向って帰る。
他の　世人の誉むるに任せ、
他の　世人の欺くに任す。
師　曾て　吾が廬に到り、
吾に　微妙の辞を　告ぐ。
吾　又久しく病を抱き、
師に因りて既に医するを得たり。
其の恩　実に限り無し、
何を以てか　又　之に報いん。

○任他—さもあらばあれともよむ。

良寛の肖像

良寛の肖像を直接その人の印象によって、画いたもので、私の知ってゐる限りでは、見るに足るべきものは少なくとも六種ある。

第一は新潟県西蒲原郡地蔵堂町中村卯吉[1]氏所蔵の有名な自画讃像で、これは私の編んだ『良寛和尚詩歌集』に複製を添へて置いた。第二は同上三島郡桐島村字島崎木村家所蔵のもので、これは「千とせの家[2]」と云ふ筆者の[3]落款《らつかん》があって、図は墨染の衣を着、小さな風呂敷包を肩にかけ、ちぎれ草履をはいた托鉢姿の良寛の後ろから手に手毬《まり》を持った子供が追ひかけてゐるさま、「なき影は昔ながらの姿にてとへば空ふく風ぞこたふる」と云ふ弟由之の賛が添へられてゐる。第三は、小林二郎[4]氏編の『僧良寛歌集』や『同詩集』などの口絵になってゐる端厳清楚な坐像で、「良寛道人遺稿」の編者上州前橋竜海院蔵雲和尚[5]（号寒華）の筆だと云ふことである。これは貞心尼の絵がたりによって寒華子《かんかし》の描いたものである上に、筆者の人格の高潔と技巧の卓抜とが相俟って、誠に貴さに充ちた肖像である。第四は刈羽郡妙法寺村西村氏[6]所蔵と云はれる片手に長い杖をつき、片手に小さな篭を提げた草摘みにでも行くらしい様子を描いたもので、これはもと貞心尼が持ってゐて日夜回向《えこう》の対象としてゐたものだと云ふことである。

「禅師[7]かくれまし丶ころそのおもひにてこの里にこもりゐけるにある人みすがたをうつしまゐらせてこれに物かきてとこひければやがてよみてかける時は弥生の十日あまりところは島崎なり」と前書して「[8]わかなつむこれもかたみとなりにけりはる

1 中村卯吉―地蔵堂の人。橘屋の親戚で、良寛が大森子陽の狭川塾に学んだ時は当家に下宿した。郵便局長、町長を勤め大正九年歿六六歳。

2 千とせの家―三条市一ノ木戸の画家五十嵐華亭である。名は勘解由、藤原正為、相模守盛香などといい、通称は長門、号を華亭、千歳の家という。槻田神社の祠官。狩野梅笑、岸駒に画を学ぶ。嘉永三年歿七一歳。

3 落款―書画に筆者が書き入れる姓名やおした印章をいう。

4 小林二郎―新潟の人、僧良寛歌集、同詩集の編者

5 蔵雲和尚―上州前橋、竜海院の第二十九世の住職。字は謙巌、長野県穂高村川口家の人。明治二年歿五七歳。慶応三年はじめて良寛の漢詩を集めて「良寛道人遺稿」を出版。

6 西村氏―現在は柏崎図書館に所蔵されてある。

7 禅師は良寛である。天保二年正月の歿後、その供養にこもり、三月に賛したものである。

8 良寛は野に出ては「子供らと手たづさはりて春の野に若菜をつめばたぬしくもあるかな」と若菜摘を楽しんでいた。由之が思い出してよんだのである。

9 由之―良寛の弟で出雲崎橘屋の当主となった。当時は隠居して与板の松下庵にいた。

10 藤井界雄―与板町光西寺の住職、学僧。

11 雲峰―与板町恩行寺の住職。

12 この宮は国上の乙子神社であろう。子供との遊びをよんだもの。

かむかしのゆふぐれの空——由之」[9]と云ふ由之の賛歌が添へられてゐる。第五は三島郡与板町[10]藤井界雄《かいおう》師所蔵のもので、これも托鉢姿の良寛のあとから二人の子供の追ひかけてゐる図、筆者は与板町字稲荷真宗大谷派恩行寺の住職であった[11]雲峰と云ふ人、[12]「この宮の森の木かげに子どもらとあそぶ春日はくれずともよし」の一首を良寛自ら賛してゐる。第六は本書の[13]口絵にその写真を載《の》せた[14]山田寒山氏所蔵のもので、晩年の良寛の日常生活の状態さへ偲ばれるゆかしい肖像である。賛は次の如きものである。

[15]「己丑之冬与早川樵巴同訪良寛禅師於島崎之庵喫茶賦詩　道不得師薄命身朝難甘食枕難親東西南北本有不迷路往来三十春　師有和韻玄談弥日尽歓而去後二年辛卯春正月五日禅師示寂余適有故不能会葬今夏四月百日期方至追想疇昔晤言又好痛惜不能忘慨然採毫　〔二九〕〔大夢高枕〕

これもその筆者の如何なる人であるかを今なほたしかめ得ないでゐる。なほこれらの肖像によって良寛の風貌《ふうぼう》の大体を想像して見ると、[16]清痩鶴《せいそう》の如き体軀、一味の哀愁を帯びた[17]鳳眼《ほうがん》、大きくして長き頭、太くして柔味のある半月形をなした眉、細く長き顔、心持ち突き出した顎(但し皮肉の気などは[18]寸毫《こう》もない)等が、最も鮮やかに眼に浮ぶ。総じて[19]清楚にして慈愛の湿《うるお》ひ豊《ゆた》かなのが良寛の風貌から受ける第一印象であるやうに思はれる。(良寛の肖像はその後以上の他にもなほ少なからず発見されたがそれらについては他日改めて述べることにした。)

良寛の俳句

良寛は折にふれて俳句もよんだ。今日知れてゐる俳句の多くは晩年の作のやうに思

---

13 口絵—二七二頁の「庵室への来客図」参照

14 山田寒山—東京の篆刻家。東京今戸で作陶したこともあり、篆刻と墨竹画は伊藤博文に認められ、尾崎紅葉とも交わる。大正七年歿、六三歳。

15 己丑の冬(文政十二年)早川樵巴と同に良寛禅師を島崎の庵に訪ひ、茶を喫し詩を賦す。

道　師を得ざる薄命の身
朝に甘食し難く　枕に親しみ難し。
東西南北　本　有りや不や
迷路　往来　三十春。

師に和韻有り、玄談日を弥り、歓を尽くして去る。後二年辛卯の春正月五日禅師示寂す。余、適故ありて会葬すること能はず。今夏四月、百日の期方に至る。疇昔晤言の又好きを追想し、痛惜忘るること能はず、慨然として毫を採る。

○早川樵巴—不明。○詩意は不幸にしてよい師に会わず仏教は不明だ。だがこの世に道があったとしても不明のまま三十余年を過した。○和韻—相手の作った詩の韻に和して作った詩。良寛詩集を見ると、「日々日々又日々、間伴児童送此身、袖裏毬子両三箇、無能飽酔太平春」がこれに当ろう。○玄談—仏教談をいう。○正月五日—六日の誤である。○百日—百ケ日の法要である。○款印には「九二」「大夢高枕」とあるが不明。

16 清痩—やせてすらりとしていること。

17 鳳眼—鳳凰の眼のように切れ長で、秀気神清、知慧功名超群の眼をいう。

18 寸毫—ほんの少し。

19 清楚—さっぱりしている。

はれるが、父以南が俳人であった所から考へると、或は良寛も少青年時代にはかなり多くの俳句を作ったのであらうとも想像されるが、それらは少しも伝はってゐない。今日伝はってゐる彼の俳句は多く左の如き味はひのものである。

[1]誰が昔小鍋洗ひし菫草《すみれぐさ》

[2]あげ巻の昔をしのぶすみれ草

[3]柴焼《しばた》いて時雨きく夜となりにけり

[4]おちつけばこゝも盧山《ろざん》の夜の雨

[5]風鈴《ふうりん》や竹を去ること二三尺

[6]人の皆ねぶたき時の行々子《ぎょうぎょうし》

[7]青みたる中にこぶしの花ざかり

[8]雨のふる日はあはれなりけり良寛坊

[9]新《あら》池や蛙とび込む音もなし

どくろの形かきて

[10]来てはうち行きてはたゝく夜もすがら

病篤かりし頃

[11]裏を見せ表を見せて散る紅葉

五合庵へ賊の入りたる後にて

[12]盗人にとりのこされし窓の月

放れ馬の絵に題す

1 水辺に菫の咲いているのだろうが、小鍋洗ひしというのが可憐で上品だ。

2 あげ巻の幼時と菫草で可憐な作となっている。

3 柴と時雨で暗い北国の情趣をしのばせる。

4 白楽天が都から遠く盧山へ流されたことをふまえての作であろう。

5 この作は「鵲斎遺稿」により文化八年の作であることが知られる。

6 よしきりの鳴く頃の初夏の気分をよんだもの。

7 こぶしの花の白と、周囲の薄緑との対照の美だ。

8 良寛の書をほしがる人が良寛を閉じこめて無理に書かせたとか、いろいろな逸話のついた句である。

9 芭蕉の「古池や蛙とび込む水の音」に対する句である。

10 良寛の髑髏の絵は山岡鉄舟も感心したというが、有の世界の人生と、悟境の無の世界の対比であろう。

11 良寛の辞世として知られているもの。有るがまま、それが人生だの意であろう。

12 詞書の通りで、この句とともに「いづこにか旅寂しつらむぬばたまの夜半のあらしのうたて寒きに」が知られている。

13 惜しむべし、虚空に馬を放ちけりと、放れ馬を惜しむべしといって興趣をつけたもの。

14　夢覚めてがよくきいている。山中の夜の、ひっそり静まった彼方に遠く蛙の鳴く音が静かに聞こえてくる。静寂そのものだ。

15　たゆく—だるく。疲れて力もなく。この語を中心として初秋の涼しさと、やがて捨てられゆく扇の運命とを照合してある。

16　蘇迷盧は須弥山で、ここでは高野山をさし、高野山にのがれた父以南のたよりが聞きたいの意と解し、以南の桂川投身を否認する材料とするものもある。

17　秋の収穫時の農家の情景である。

18　一気によみあげて、桜花満開の歓喜をずばりと表現した。

19　酔って実によい気分で寝たが、蓮の花の咲く極楽とはまさにこの境地だろう。

20　風呂上りの陶然とした気分、これを平生持ち続けたいものだ。

21　織りみだすに、じっと見つめる人、静かに降り続く雨、両者を描写したのであろう。

22　現在では考えられぬ幽遠な情趣だ。

23　杯をのみほし、酒も親しむ涼気の季節と、澄んだ秋の空気が感ぜられる。

24　いざさらばで客の動態を感じさせ、我もの「も」で相客のいたことや、秋の暮の早さなども感じさせる。

25　民家の野趣が感ぜられよう。

26　ほろりほろりで動態の気分がよく出ている。

27　山住みの虫声のよさを「ただ」で象徴。

---

13 可惜虚空に馬を放ちけり

山寺にやどりて

14 ゆめさめて聞ば蛙の遠音《ね》かな

秋もやゝ涼しくなりければ

15 手もたゆくあふぐ扇のおきどころ

やまざとに修行《すぎょう》しける折、夜のいとこゝろうきに雁《かり》の鳴きければ

16 蘇迷盧《そめいろ》の音信《おとずれ》告げよよるの雁

○

17 秋日和《びより》千羽雀の羽音かな

18 よの中はさくらの花になりにけり

19 酔ひぶしのところはこゝか蓮の花

20 平生の身持にほしや風呂上り

21 水の面《も》にあや織りみだす春の雨

22 火貰《もら》ひに橋越えて行く小夜時雨《さよしぐれ》

23 杯をほしてながむる秋日和《びより》

24 いざゝらば我もかへらむ秋のくれ

25 うら畠埴生《はにふ》の垣の破れから

26 真昼中ほろりほろりとけしの花

27 よひやみやせんざいはたゞ虫の声

[1] のつぽりと師走も知らず弥彦山
[2] 人の来て又も頭巾をぬがせけり
[3] 冬川や峯より鷲《わし》のにらみけり
[4] きませ君いが栗落ちし道よけて
[5] 留守の戸にひとり淋しき散り松葉
[6] 初時雨名もなき山のおもしろき
[7] 秋風にひとり立ちたる姿かな
[8] 柴垣《しばがき》に小鳥あつまるゆきの朝
[9] 悠然とくさの枕に秋の庵
[10] 日日々々に時雨の降れば人老いぬ
[11] 山しぐれ酒やの蔵に波深し

俳句にはどちらかと云へば彼れの生活の静寂味が素朴に表現されて居るやうである。又作らず飾らないうちに能く寂しく美しい自然の印象を捉へ得た句が多い。しかし彼の歌や詩に比べるとそれは遥に劣つてゐる。

因《ちなみ》に云ふ。良寛は歌、詩、又は俳句の外に、時に俗謡《ぞくよう》めいたものを少しは作つたらしい。兎に角彼れが俗謡（就中盆踊唄《ぼんおどりうた》など）をひどく愛好してゐた事は明らかで、さうしたものゝ情調や技巧などにも深い細かい注意を怠らなかつたことも亦明らかである。

---

1 のっぽりとで弥彦を象徴。

2 冬の寒さを「又も」で表現したのであろう。

3 一幅の狩野派の画となろう。

4 他人に対する愛情のあふれている句で、次の歌と同類のものである。「月よみの光を待ちて帰りませ山路は栗のいがの多きに」。

5 ひとり淋しきがよく情景を写している。

6 名もなき山に対しても興を感じている点がとるべき点でないか。

7 平凡であるが、物の真髄をとらえている。

8 僅かに暖気と食料のありそうな柴垣をとったのは、敵しく鋭い眼を感じさせる。

9 悠然と全世界をとらえた点が作者の真姿だ。

10 万物流転をひしひしと把えている。日日々々にといっているのがきびしい。

11 酒やの蔵で広い壁面が感じさせられる。波深しで寂静のわびしさ。広漠たる中の細くわびしい姿が対照的に一層わびしくなる。

良寛の画

良寛は又時には絵もかいた。有名な自画像をはじめとして髑髏《どくろ》とか布袋《ほてい》とか犬とか菊とか云った風なものを至極簡素な筆で画いたものが、今日でも少しは遺ってゐる。口碑の伝ふるところによると良寛は[12]有願《うがん》和尚から狩野派風の画のかき方を手ほどきして貰《もら》ったと云ふことである。さう云へば彼の画の線などにどこか狩野派らしいところがある。俳画などの風とは異って、大に謹厳な態度でかいてあるところに、一層の深い趣がある。字でも画でも良寛は如何なる場合にも浮いた気持などで書きなぐると云った風な事は、夢にも出来なかった人らしい。

良寛の書は、一寸した手紙について見ても、[13]いそいだり慌《あわ》てたりして書いたと云ふ風な字が一字も見当らない。良寛の遺墨中には[14]脱字や書き誤りが多いが、しかもそれは決して急いだり慌てたりした結果でなくして、一字一字ゆったりした気持で字を書かずに居られなかった結果である場合が多いやうに思はれる。自由である、しかし寸毫も懈慢《けまん》の気がない——これはたしかに良寛の書や画の一つの特色である。

良寛の戒語

無暗と他人に説法をしたり、他人に訓戒を与へたりすることを好まなかったと云はれる良寛にも、大体左の如き戒語を書いたものが、数ケ所に保存されて居る。

○

12 有願和尚は狩野玉元から画を習ったというから、良寛が習ったとすれば、その画風であろう。

13 良寛書は遅筆が主となっている。初期の「古手類」などの看板をはじめ、解良、阿部家の初期のものは必要以上にじっくり書いてある。中期のものには懐素の自叙帳のようなかなり速いようなものもあるが実に正確である。後年の木村家の歌書のようにゆっくり沈潜した境へと移っている。

14 脱字や書き誤りの出た主たる原因は原稿を見ることなく興に乗じて書いた結果であろう。

興のままに書くから、意前筆後となって文字が脱落してしまう。また似た文字はついつい誤って書いてしまう。叔を寂など誤るのはよいとしても、稚などを枝と書いてしまう。これは稚の字を書くのに、先ず稚のヘンを書き、そのうちにチ音の致が浮び、とうとう次にはそのツクリの支を書いてしまう。稚致の半分ずつを組み合せたものが出来たりしているのである。

誤字脱字を気がついて、書き入れたり、書き直したりするのはよいが、殊によると気がついても書かなかったり、書く余白のないものはそのままにしてある。研究してゆく場合には注意しないと困る。

1　幼児をたぶらかして慰みものにするのを戒めている。

2　盲者をなぶりものにするな。

3　人をおだてていい気分にしておいて慰み物にするな。

4　下僕に対する温和な語を勧めている。

5　乞食だからといって不人情にはするな。

6　他人に対しては隔意なく話せ。

7　物には軽重がある。それ程でもないのに厳重にいうのはよくない。

8　貸してくれといって借り、それを返さぬのはよくない。信義は守らねばならぬ。

9　相手の物語がいつまでも続くのはがまんのならぬこと、何をするにも相手のことを考えてやってもらいたい。

10　本意のないもの。

11　命令をする時にはきちんと命ずべきである。それを子供だからといって、ちょいとした心で命ぜられては困る。

こゝろあさく（見ゆるはト書イテ消シタ痕ガアル）おもはるゝは

[1]おさなきものをたらかしてなぐさむ

[2]目なきものをなぶりてなぐさむ

[3]人をおだてゝなぐさむ

[4]しもべをつかふにことばのあらけなき

[5]かたゐになさけなくものいふ

顎を出して歌よむ

かるはづみにものいふ

人にものくれぬさきにそのことといふ

人にものくれてのちそのことといふ

みだりにやくそくする

しらぬ道のことといふ

人に逢うてしんじつげにものいふ

神仏のさたする

こゝろよからぬものは

くちのうちでものいふ

[6]人にこゝろへだてゝものいふ

ことばにたくみのある

（おもふト書キテ消ス）いふことといはぬ

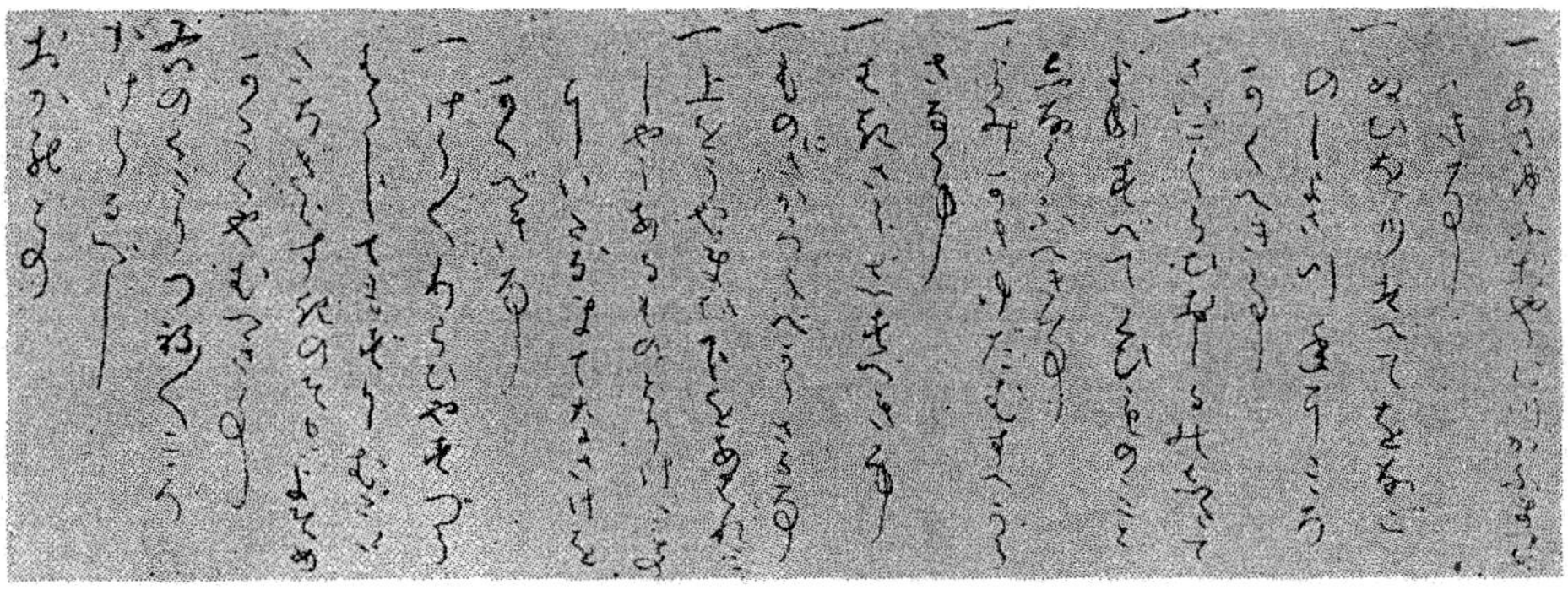

おかの宛　戒語

[7]さもなくてもあるべきことをきつくいふ
[8]かせれというてかへさぬ
くれるというてくれぬ
たへがたきものは
[9]ものいひのはてしなき
あいそなきものは
あまりしら〴〵しくものいふ
まばゆきものは
むかひてほむる
たのまれぬものは
おしはかりにものいふ
[10]ほいなきものは
やくそくのたがふ
こゝろづきなきものは
うれへある人のかたはらに歌うたふ
断食の人のかたはらにくひのみのはなしする
ねつかぬ人のかたはらにはなしする
人をあはたゞしくおこす
[11]かりそめにわらべにものいひつくる

1　酔っている人は何をいってもよくわかるものでない。それを理屈をいっているのは困りものだ。

2　怒っている人は常規を逸している。それに正しい道理を説くなどもってのほかだ。

3　布施は相手の心次第のもの、多少の批評はけしからんことだ。

4　托鉢をしたその収得の多少で前項と同じだ。

5　聴法の座では、静かに法話をきくべきだ。話をするとはけしからん。

6　読経のときは静かに経を聞くもの。私語は不可。

7　御馳走は相手の主人の誠意を示すもの。その品の批評はよろしからず。

8　饗応は十分頂けばそれでよい。強制は不可。

9　客人が遠慮深いのも饗応者としては困る。それ相応に食べてもらいたい。

10　自分で為し終えないような分外のことをいうなと戒めているのである。

11　子供が泣いた時にだますため、誰がした、誰が泣かしたのかという。これはあたかもそれまで子供に対していた相手を責めているようなものだ。

人のかほいろを見ずしてものいふ
[1]酔る人にことわりいふ
[2]はらたてる人にことわりいふ
無理な人にことわりいふ
[3]布施の多いすくないいふ
[4]托鉢のありなしいふ
[5]聴法の座にものいふ
[6]読経の座にものいふ
あくびとともに念仏する
[7]あるじのごちそうにこれこしろたといふ
[8]あるじのこはじひする
[9]まろうどのかたじぎする
ときならぬことといふ
ところにふさはぬことといふ
[10]身におうせぬことといふ
これもつほといふ
こどものなくときに
[11]だがしたといふ
かんせといふ

あすは雨がふるといひ、雨だといふ
[12]きうすうるといふ
[13]いしやどのがくるといふ
よしなきものは
など〳〵の心なき
あてどなきものは

仙人の話

——以上、新潟県西蒲原郡赤塚村大越氏蔵——

○

一、ことばの多き。
一、とはずがたり。
一、手がら話。
一、ふしぎの話。
一、人の物いひきらぬ中にものいふ。
一、能く心得ぬ事を人に教ふる。
一、はなしの長き。
一、ついでなきはなし。
一、いさかひ話。
一、へらず口。
一、たやすく約そくする。
一、口のはやき。
一、さしで口。
一、公事の話。
一、[14]公儀のさた。
一、ことばのたがふ。
一、物いひのきはどき。
一、かうしゃくの長き。
一、自まん話。
一、物いひのはてしなき。
一、[15]子どもをたらす。
一、[16]こと〳〵しく物いふ。

12 灸をすえるぞと子供をしかりつける。子供は脅迫するものではない。

13 医者が来るぞと子供をこわがらせて泣くのをやめさせる。病気になったらどうするか。

14 公儀は、いまでは政府にあたろう。政治批判は慎むべきである。特に封建時代である。

15 子供には純真でありたい。それをだますとはけしからんことだ。

16 何事も自然が第一。物言いの大げさなのもよくない。

1 厳格らしくいうのもよくない。

2 理くつをいって言訳のすぎたのもよくない。

3 引例の多いのもあきてしまう。

4 人が隠すにはそれぞれ理由のあること。あばき立てるはよくない。

5 自己の系譜は自己の作ったものでない、それを誇るのはおろかしいことだ。

6 推量の不確定な事を、真実として話す。誤りを招くもと、慎まねばならぬ。

7 それ程でもないのを詳細に説くは愚者の事だ。

8 若いうちは稼げ、むだ話する時間を惜しめ。

9 引例が違っては話にならぬ。

10 学者ぶって漢語を使うのは、からいばりのばか者のやることだ。

11 江戸言葉をふり廻すのも、なりあがり者のばか者だ。

一、[1]いかつがましく物いふ。
一、[2]ことわりのすぎたる。
一、その事のはたさぬうちに此事をいふ。
一、人のはなしのじゃまする。
一、しめやかなる座にて心なく物いふ。
一、事々に人のあいさつきかうとする。
一、酒にゑひてことわりいふ。
一、さきに居たる人にことわりをいふ。
一、親せつらしく物いふ。
一、人のことを聞きとらず挨拶する。
一、悪しきと知りながらいひとほす。
一、ものしりがほにいふ。
一、[3]ひき事の多き。
一、あの人にいひてよき事をこの人にいふ。
一、へつらふ事。
一、あなどる事。
一、[4]人のかくす事をあからさまにいふ。
一、顔を見つめて物いふ。
一、腹立てる時ことわりをいふ。
一、はやまり過ぎたる。
一、[5]己が氏素性を高き人に語る。
一、[6]推し量りの事を真事なしていふ。
一、ことばとがめ。
一、[7]さしたる事もなきをこま〳〵といふ。
一、見る事きく事を一つ一ついふ。
一、役人のよしあし。
一、こどものこしゃくなる。
一、[8]わかい者のむだばなし。
一、首をねぢて理くつをいふ。
一、[9]ひき事のたがふ。
一、おしのつよき。
一、いきもつきあはせず物いふ。
一、[10]好んでから言葉をつかふ。
一、くちまね。
一、[11]都言葉をおぼえしたり顔にいふ。
一、ね入りたる人をあはたゞしくおこす。
一、説法の上手下手。
一、よく物のかうしゃくをしたがる。

12 身ぶり手まねをまじえてする話は、とかく下賤になるものだ。

13 貴人に対して彼う致しまする。貴人に対して何でも敬語を使えばよいと思い、自分の動作に敬語をつけて、彼あ致しまする、此う致しまするなどというのをいましめた。

14 「くは」は「桑」で、桑門の僧侶をいい、僧侶の弁口をまねてすること。その前にある「説法者のべんをおぼえて、或はさういたしましたところで」などいうことであろう。

一、老人のくどき。
一、[12]しかたばなし。
一、こわいろ。
一、口をすぼめて物いふ。
一、めづらしき話のかさなる。
一、品に似合はぬはなし。
一、人のことわりを聞き取らずしておのがことをいひとほす。
一、ゐなか者の江戸言ば。
一、よく知らぬ事を憚なくいふ。
一、きゝ取りばなし。
一、人にあうて都合よく取りつくろうていふ。
一、わざと無ざふさにいふ。
一、[13]貴人に対してあういたしまする。
一、学者くさき話。
一、風雅くさき話。
一、さしてもなき事を論ずる。
一、人のきりやうのあるなし。
一、幸の重りたる時物多くもらふ時、有り難き事をといふ。
一、くれて後人にその事を語る。
一、おのれがかうした〳〵。
一、あひだの切れぬ様に物いふ。
一、説法者の弁をおぼえて或はさう致しました、所でなげきかなしむ。
一、さとりくさき話。
一、茶人くさき話。
一、[14]くはの口きく。
一、ふしもなき事にふしを立つる。
一、あくびと共に念仏。
一、人に物くれぬ先に何々やらうといふ。
一、あういたしました、かういたしました、ました〳〵のあまり重なる。
一、はなであしらふ。

以上九十ケ条

——以上貞心尼『蓮の露』所録——

これらによって見ても、良寛といふ人が如何に一部の人々の考うるが如き剽逸《ひょういつ》無頓着の人などでなかった事が、明らかに知り得る。おもふに、良寛は前にもしばしば述べた如く至って神経の働きの繊細[1]な感情の醇化《じゅんか》[2]された人であったにちがひない。心に於ても、形に於ても、彼くらゐ高貴を目ざしてゐた人は少なからうと思はれる。

而して彼の如くしかく物質的に貧しく乏しい生活を営みながら、彼のごとくしかく精神的に高貴であり得た人が、事実に於て存在し得たと云ふ事を考へる事は、同じく人間として此世に生くる私達にとりてはその事それみづから大きな力であり、歓《よろこ》ばしい光明であり、抛《よつ》て以て安心を得べき自信である。云ひかへれば、人間のあのやうな物質的貧乏な生活裡《り》にあっても、なほ且あのやうに美しく安らけく高く貴けく豊《ゆた》けく生き得るものだとの信念を、私達は実に良寛の如き人々の存在によって得ることが出来るのである。此の一事を以てしても私達は涙をながして恭敬《きょうけい》していゝのである。

良寛の絶筆

[3]西郡氏の『良寛全伝』には左の一首の長歌を以て良寛の絶筆だとしてある。

わくらはに　人と生《な》れるを　うち靡《なび》き　やまふの床に　臥《ふ》しこやし　癒《い》ゆとは
なしに　いたつきの　日にけに増せば　思ふ空　安からなくに　嘆《なげ》く空　苦しき
ものを　赤らひく　昼はしみらに　水とりの　息つきくらし　ぬばたまの　夜は
すがらに　人のぬる　うまいもいねず　垂乳根《たらちね》の　母がましなば　かいなでゝ
たらはさましを　若草の　妻がありせば　とりもちて　はぐゝまゝしを　家とへ

1 繊細—ひどくこまかいこと。
2 醇化—まじりけのないものにすること。
3 西郡氏が良寛の絶筆だとする反証については以下に述べてあるが、語句については二六七頁参照。
4 牧江靖斎—阿部定珍の子、九郎吉で、渡部より糸魚川の牧江家へ養子になった人。
5 阿部定珍—西蒲原郡国上村渡部の庄屋で、良寛の外護者。
6 平福百穂—日本画家。名は貞蔵、秋田県生。東京美校卒業後、四条派に洋画南画を取入れ、画境、技巧、着想にすぐれ帝展審査員。多くの名作を残し昭和八年歿五七歳。
7 大森求古—大森子陽の子で、越後にも放浪し悲惨な生活を終っている。
8 大森狭川—良寛の青年時代漢学の師たる大森子陽。
9 酷似—ひどくよく似ている。
10 貞心尼—良寛の法弟として福島、柏崎に住む。
11 弟子たち—与板の山田よせ子へ贈ったものである。(由之の日記参照)
12 添削—文字を加えたり削ったりして詩文をなおすこと。

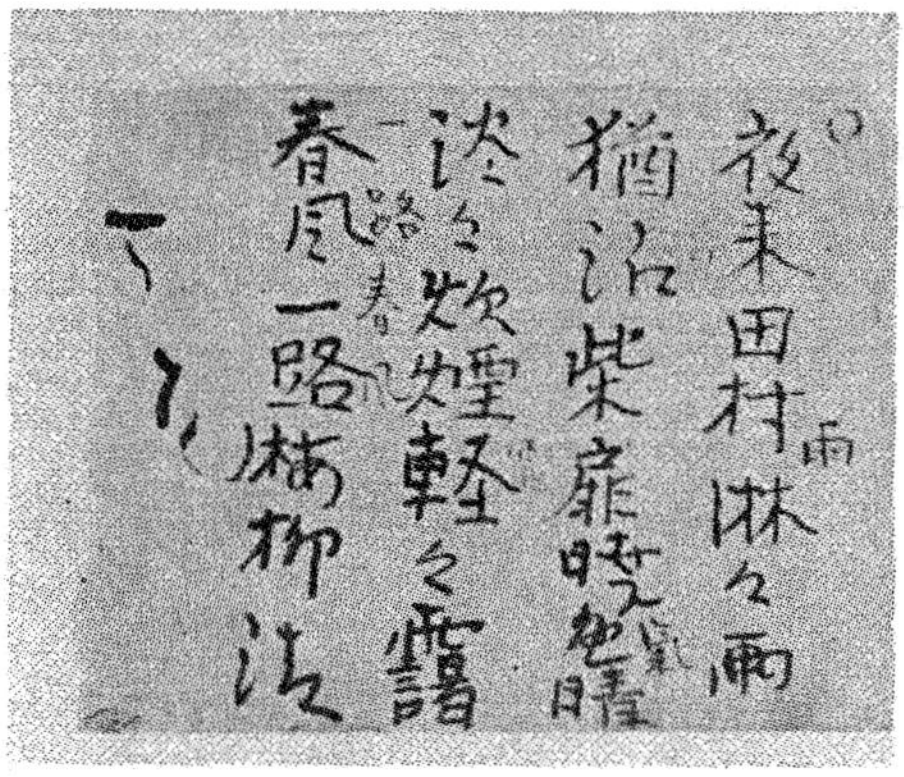
漢詩の添削
（原作は中川立松）

ば　家もはふりぬ　同胞《はらから》も　いづちいにけむ　つれもなく　荒れたる宿を　現《うつ》そみの　よすがとなせば　一日《ひとひ》こそ　たへもしつらめ　二日《ふたひ》こそ　しぬびもすらめ　あらたまの　長き月日を　如何にして　明しくらさむ　すべをなみ　ねをのみぞ泣く　ますらをにして

そして更にこれに「木村邸《てい》に於て老病に罹《かか》り、死期を知りて詠まれたる最後の詠歌にして絶筆なりとす」と云ふ解説が加へられてゐる。

併し私が私の郷里の故人牧江靖斎《まきえせいさい》[4]（阿部定珍の第九子）[5]の遺品中から見出した良寛遺稿の中に、右の長歌と殆んど同様のものが二篇あって（その一篇は今は平福百穂氏の所蔵に帰し、他の一篇は私が愛蔵してゐる）[6]それには一つの方に「為求古述懐」[7]と題してあり、一つには「悲求古歌」と題してある。いづれも私の編んだ『良寛和尚詩歌集』に入れて置いた。これによって見ると、西郡氏が良寛の絶筆と判読した長歌は、どうも絶筆ではなく、彼の幼時の師大森狭川《きょうせん》[8]の一子求古の為めに懐《おも》ひをのべた歌で、たま〳〵そのうちに歌はれた人の境遇が良寛その人のそれに[9]酷似してゐたところから、後日絶筆だと思ひ誤まられたものであるらしい。矢張良寛の真の絶筆は[10]貞心尼へ送った「裏を見せおもてを見せて散るもみぢ」と云ふ俳句と、[11]「弟子たちへかたみの歌」と前書ある「かたみとて何かのこさむ春は花夏ほとゝぎす秋はもみぢば」と云ふ短歌との二首なのであらう。

歌の添《てん》削《さく》

良寛も時々人から歌の[12]添削《てんさく》を頼まれたことがあるらしく、他人の歌についての意見を述べた手紙や、又は他人の詠草[1]に加筆したものが、少しは見受けられる。それらのうちには良寛の作歌上の用意を窺《うかが》ふ上の資料となるものが少なくない。その一二例を挙げると次の如くである。

一、眺島斎泰樹[2]の詠草に加筆したもの、(右傍の小文字は良寛の加筆である。)

〇月　を

[3]杉が枝に昔の月は宿れども
見なれし《あい見し》人はかげも止めず

〇冬の頃

[4]うつし身の人のこゝろの
あさからぬこゝろのそこのうれしさは
深き嘆きのたねとこそなれ

[5]さらぬだにねざめものうき冬の夜の
冬のねざめのものうきに
乾《かわ》きもあへぬ片しきの袖

〇百箇日の悲

[6]明くと暮ると
あけくるゝ憂き世の中を嘆きつゝ
急ぐともなくて立つ日数かな

〇初冬の頃

[7]我妹子《わぎもこ》が植ゑてさへ見し
朝夕にをしみしものを菊の花
折りて《けふは》手向となすがはかなさ

[8]見る毎《ごと》にいとゞ嘆きの増鏡

1　詠草―和歌を書いた原稿。

2　眺島斎泰樹―由之の子で、良寛には甥にあたる。

3　見なれし人では通俗的である。あい見し人で意味は同じだが上品である。

4　浅からぬ心の底では説明がくどすぎる。うつしみの枕詞を使って広く全般的にいいなし、人の心のとすなおにいった点がよい。

5　ねざめものうき冬の夜のでは、主体が何であるか不明瞭だ。順序を変えて「冬のねざめのものうきに」と「ものうき」を主体にした点がよい。

6　「あけくるる」では流れてしまって、嘆く対象がはっきりしない。「明くと暮ると」で、明けたからといって嘆き、暮れたからといって嘆く、その実情が出てくる。

7　「朝夕に惜しみしものを」、いつも惜しんでいたのはわかるが誰かは不明。「我妹子」でわかり、「植えてさへ見し」で惜しんだのが具体的に強くなった。「折りて」は蛇足。「今日は」で時間がわかり、特に情感の動きが出てくる。

8　4と同じ。

なれにし《あひみし》人のかげもとゞめば

[9]過し月のけふの此の日は来れどもはかなき《過ぎにし》人は音づれもせぬ

○

[10]思ひきや氷る霜夜も《は》片しきもの
袖の涙に朽《く》ちん物とは

[11]百とせと何にちかひけむ秋の野の《秋風に》
ちぎりはかなき《小萩がうへの》露の世の中

○月を見て

[12]見し人は其の面かげも無きものを
限なくすめる秋の月かな《照す秋の夜の月》

○はてに書ける巻に

[13]今更は《に》いつくしむべき影もなし
せめて書かなむ《まし》法《のり》のみ文《ふみ》を

二、[14]原田正貞への書翰

○

[15]夏衣《ころも》たちてきぬれどみやまべは
いまだ春かも（とや）うぐひすの鳴く

[16]ひとりねるたびねのゆかのあかときに

---

9 「はかなき人」を具体的に「過ぎにし人」と確定し、第一句の「過し月」を反覆し強めている。

10 連続的の「も」では印象が弱くなる。特別に他と区分して霜夜を「は」と印象づけた。

11 「ちぎりはかなき」は説明だけで印象的でない。「小萩がうへの」で具体性をもち、小萩の可憐さが特にはかなさを喚起す。

12 「すめる秋の月かな」の観念的なものを、「照す秋の夜の月」で客観描写とした。

13 「なむ」は現在やっていることについての願望である。「まし」は現在やってはいないが将来やってゆきたいの意となり、「まし」でなければならぬ。

14 原田正貞―国上に近い中島の親友の医師。

15 村里の夏姿と、山中の春とを対照したものである。

16 「かへれとやなく」が郭公に親しんでいる山住の作者を浮かび出させている。

かへれとやなく山ほとゝぎす
[1]（まくらべは虫ならば）

正貞老　　良寛

○

いそぎ候間おちしことも可有之《これあるべし》
酒たばこ恭《うやうやしく》納受仕候

[2]あるかひもなぎさによする白浪の
かへらぬ年をなに喚くらむ
（まなくひまなくなり
つゞきはいかに）

[3]おしめどもとしはかぎりとなりにけり
わがおもふことのいつかはてなむ

[4]あさな〳〵めがれぬつばきてもさへに
おりてぞおくるいたづらにすな
（あまりつまりたるやうなればうゐし椿
をけふこそはたてまつるとすはいかゞ）

正貞老　　良寛

良寛の贈答歌

良寛の数多い歌のうちで、特に注目すべきは他人への贈答歌である。無論良寛がひとり静かによんだ歌にも佳い歌が多くあるが、しかも彼の贈答歌に至ってはその殆んど凡てが秀歌であると云ってよい。人に向って自己の情想を流露し得た点に於て、私

1　暁に目覚めたその附近が虫の声ばかりなら、山にふさわしい郭公にしたいとの注であろう。
2　「なぎさ」は「有る甲斐もなき」と「なぎさに寄する」と両者を掛けたものである。上句のあえかなはかなさがよくきいている。
3　「わがおもふこと」は衆生救済の医者の本願であろうが、人生の短かさを歎じている。
4　「めがれぬつばきてもさへに」と細かく詠みこんだのをゆったりさせたかったのである。
5　藤井界雄―与板町光西寺の住職、学僧。
6　冥想―じっと静かに考えこむ。
7　散策―散歩。
8　思惟―考える。
9　倉皇―あわてる。
10　日野徳三郎―新潟の歌人、神職の日野資徳。新潟の商家に生まれ、好学でのち白山神社の祠官となる。明治四二年歿、六二歳。歌集「瓊の光」あり。

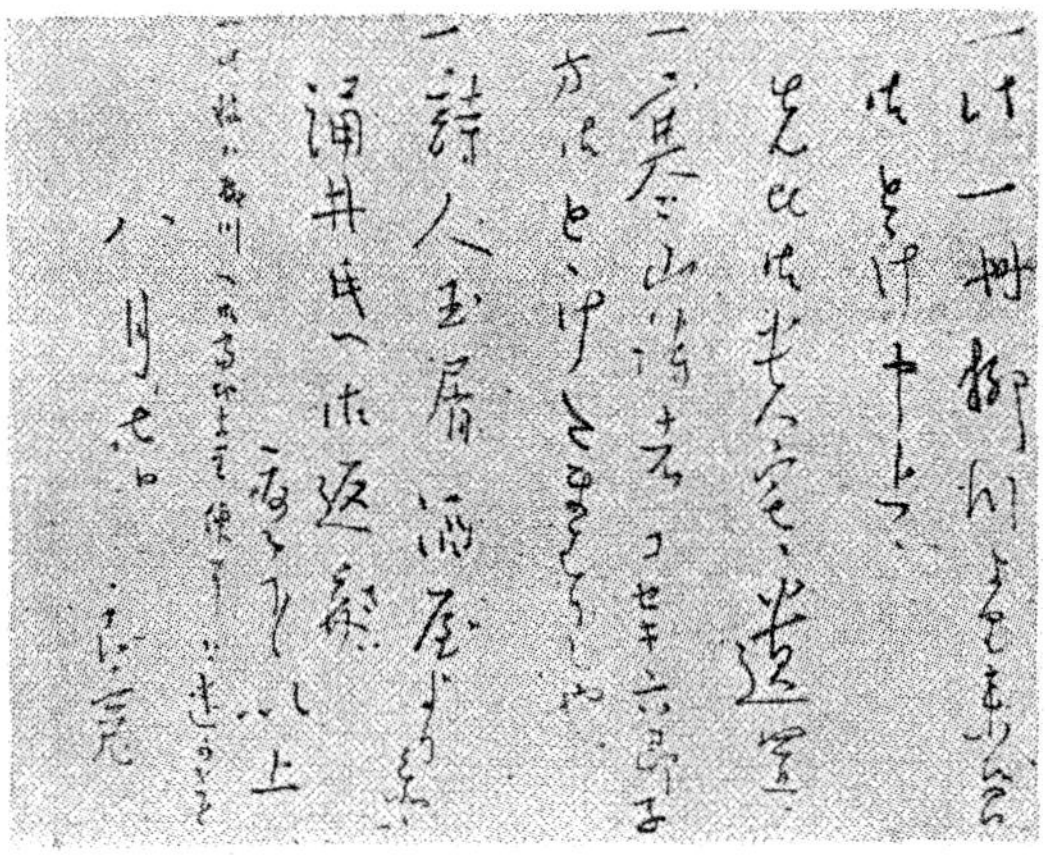

書籍関係の手紙

は古来良寛の歌ほど自由な、天真な、充実したものは極めて少なからうとおもふ。まったく良寛の贈答歌はたぐひ稀な天品である。良寛の歌を誦する人は此の点に注意して貰《もら》ひたいのである。

幼時の読書癖

幼少時代の良寛が如何に深く読書を好んだかを証する資料の一端にもとて、[5]藤井界雄師から左の如き逸話一篇を示された。

「禅師幼時、読書冥想に耽けるを唯一[6]の楽しみとして他出を好まざりき。母は其勤勉なることを心中甚だ喜びつゝも亦欝幽症《うつゆうしょう》に罹らざらん事をひそかに憂ふ。

或時、そは盆の夕ぐれにてありき。折柄屋前《おくぜん》を廻り過ぐる盆踊の一組あるを見、禅師に踊を見、且少時の散策《さんさく》[7]をとらんことを勧む。蓋し禅師の身体の為めを思へばなり。されど禅師喜色なく黙《もく》々として漸くに去る。暫くして日は全く没し、母所用ありて庭に下《お》り裏木戸に至らんとするや、傍《かたわら》の石燈篭の蔭に怪しき人影の佇むを認め、大に驚き且つ訝《いぶか》り宛矣《さながら》夜盗の忍び入りたるものと思惟[8]し、倉皇《そうこう》[9]携《たずさ》へ出でたる薙刀《なぎなた》を振上げ一下《か》せんとすれば、そのたゞならぬ気勢に驚きたるかの人影は、「母よ吾なりゆるし玉へ」と云ふ。その声に初めて吾子と知りたる母は、近寄りてよく見れば、正しく彼にして、しかも論語一巻を開きたるまゝ手にしてありきと。右は新潟の神職[10]日野徳三郎氏が良寛禅師の実妹より聴き得たる直話なりと云ふ。

越後帰りの鵬斎を諷した川柳

その昔の川柳に「鵬斎は越後帰りで字がくねり」と云ふのがあると云ふことである。越後へ来て良寛の感化を受けた後の鵬斎の書の上の変化が、如何に著しいものであったかゞこれによっても窺《うかが》ふことが出来る。

五合庵の創設者

良寛が彼の最も徹底した生活を営んでゐた国上山の五合庵が、貞享年間国上寺の隠居万元《ばんげん》阿闍梨《あじゃり》の為めに始めて建てられたものであることは前にも述べたが、此の万元阿闍梨の如何なる人物であったかについては、彼自身の『題五合庵壁幷引』[1]と題する文章が最も明らかに語ってゐる。

[2]「沙弥万元者釈氏之孤子也、生涯多病而懶学業、従来薄情而耽游戯、天和之初遭身之不幸、而自踏京城之花蹟、隠北越之雪、于時久賀躬寺貫主良長僧都幸知己之老僧也、故見吾煢々孑々、而哀憐益深、親分飯省衣、慰養玆有年矣、貞享之末、脩廬於寺院之傍、使吾居之、毎日寄粗米五合、扶頭陀之労、仍以為号、寝食弥安、起居最楽矣、於是忽忘昨日不意姿、云々」

なほ此の万元阿闍梨並に五合庵のことについて、かの『北越奇談』[3]の著者は次の如く記してゐる。

「万元和尚、是は越国の産にあらずといへども雲上山国上寺中興にして即ち此山に

1　五合庵の壁に題す。並びに引。題壁の文章と詩との意である。

2　沙弥万元は釈氏の孤子なり。生涯多病にして学業懶く、従来薄情にして遊戯に耽る。天和の初め身の不幸に遭ひて、自ら京城の花蹟に踏し、北越の雪に隠る。時に久賀躬寺の貫主良長僧都は幸に己を知るの老僧なり。故に吾が煢々孑々たるを見て、哀憐益々深く、親ら飯を分ち衣を省き、慰め養ふこと玆に年有り。貞享の末、盧を寺院の傍に脩め、吾をして之に居らしめ、毎日粗米五合を寄せて頭陀の労を扶く。仍りて以て号と為す。寝食弥く安く、起居最も楽し。是に於て忽ち昨日不意の姿を忘れ、片時の逸情を述べて壁に漫書す。（詞は略す）

3　「北越奇談」の著者—三条の橘崑崙。

[4]寂《じゃく》す、実は[5]皇都の産にしてやんごとなき御種にわたらせ給ふよし、即ち自述に「於《お》伊《い》の寝覚《ねざめ》」といへる書あり、其の始めにあらましを記し給へり、甚麗雅《はなはだれいが》なる文体にして奇説甚だおほしといへども、[6]入寂《にゅうじゃく》の後誰ありて[7]梓《し》に上《のぼ》すものもあらず、[8]誰渠《たれかれ》がもとに其艸稿《そうこう》の写しのみ残れり、予が家にも即[9]元和尚自筆の艸稿一冊を秘蔵せり、追て書林にあらはさんと欲す、扨《さて》元和尚博学大徳詩を賦《ふ》し和歌を詠《えい》じ、且《かつ》滑稽を好んで狂歌俳諧をよくす、生涯の奇事甚多し、即国上山阿弥陀《あみだ》堂を建立し、山中清寥《りょう》の地をえらんで隠居せり、名付て五合庵と称す。松竹緑をまじへ石径苔《けいこけ》厚く遥かに人跡を隔て誠に[10]遠公[11]支遁《しとん》が興可《しる》レ知《べし》。」

之れによって見ると、此の万元和尚の生涯もかなり味ひの深いものであったらしい。

[12]夕ぐれの岡の松の木人ならば
　むかしの事をとはましものを

と良寛が思慕をその人の上に寄せたのも決して偶然ではなかった。

万元和尚の歌は西郡氏の『良寛全伝』にも十数首載せてあるが、私はこゝに私の郷里の故人[13]牧江靖斎《まきえせいさい》の遺品中から見出した写本『沙門良寛師歌集』二巻の附録として添へられた『国上万元師歌集』中から[14]抜萃して置く事にする。

思ひ出でゝ啼く音もたえず百千鳥《ももちどり》
　そのきさらぎのけふの別れを

[15]君は我われは君ゆゑ身をすてし

4　寂す—僧の死ぬこと。

5　皇都—京都をいう。

6　入寂—僧の死ぬこと。

7　梓に上す—出版する。

8　渠—彼に同じ。

9　元和尚—万元和尚。

10　遠公—晋の 高僧慧遠。仏教を 道安に学び、盧山に寺を建てて修行す。義熙年中八十三歳で歿した。

11　支遁—晋代の高僧。陳留の人で道林と号した。餘杭山、支山寺、剡、洛陽の東安寺、長安等にて仏道を行う。太和初年歿。

12　渡部橋の上流に近く石湊の部落があり、松のこんもり茂った処が夕暮の岡という。万元修行の地と伝えられ、この歌の石碑がある。

13　牧江靖斎—渡部の阿部定珍の第九子。のち糸魚川の牧江家をつぐ。

14　抜萃—作品を抜き書きする。

15　出家に当っての哀愁をよんだもの。思ひかへさじと決意するのが心うたれる。

君はわれ〳〵は君にとすつる世を
　思ひかへすな思ひかへさじ
　　おもひかへさじおもひかへすな

[1]九重の都はさぞな八重山や
　越の雪路《じ》も今朝はのどけき

けふもまたきのふの空の雲はあれど
　よそにぞはらふ袖の春風

[2]夏草をむすぶためしの旅ごろも
　立ちわかるとも道なわすれそ

秋の夜は玉のうてなも淋しきに
　まして賤屋《しずや》にひとりねの袖

[3]よしあしもなにはもゆめの浮世ぞと
　おもふねざめの暁もがな

[4]つくば山よゝの言の葉しげりきて
　わけのぼるべき道もしられず

ながめやるそらにつれなき雨雲は
　いやひこ山のこなたにぞ立つ

越路なるいやひこ山のいやましに
　あひ見しかたもおもひつるかな

1　九重と八重との対照。越後路も美しかろうとの意であろう。

2　送別の悲哀は交通不便の時代だけに深かったであろう。「道な忘れそ」が強くひびく。

3　「よしあしもなし」と「なには」とを掛けた。浪速も夢のようなはかない浮世だの意。

4　筑波山は歌道をさしていう。起原は「古事記」に、日本武尊が火焼翁に
　にひばりの筑波を過ぎて幾夜か寝つる
それに対して翁が
　かかなべて夜には九夜日には十日を
と答えたことによる。

挿絵「夕暮の岡」

5　木の葉は風のまにまに散ってゆく。変化定めない世に松のごとく変らず、待つ身は辛い。

6　宗竜霊厳―大徳寺三八七代の門跡で、安永九年歿といわれているが誤ならん。

夕暮の岡の碑

身のつみも心のちりももろともに
　よそにあけゆくあかつきの空
よしや世はあしのかりねのかりにだに
　知らるな人にふかき心を
沖つ波雪気《ゆきげ》の風にたちまよひ
　なほ白妙《しらたえ》のこしのうなばら
[5]あき風に山の木《こ》の葉はさもあらばあれ
　人のこゝろの松はつれなき

宗竜禅師と良寛

貞心尼文書中にある宗竜禅師と良寛との関係についての消息は、良寛その人の或る時期の風姿を偲ばせるに絶好の資料である。その宗竜禅師と云ふのはおそらく京都大徳寺の[6]宗竜霊巌和尚の事であらう。求道の一念に燃えて居た頃の良寛の面目は、実に左の消息中に躍如《やくじょ》たるの感がある。

「宗竜禅師の事、実に知識に相違之なき事は良寛禅師の御話に承り候。師そのかみ行脚の時分、宗竜禅師の道徳高く聞えければ、どうぞ一度相見致し度思ひ、其の寺に一度わたらせしをりのこと、禅師今は隠居し玉ひて別所に居ましてやういに人に見え玉はず、みだりに行く事かなはねば、其侍僧《じそう》に付いてとりつぎを頼み玉へど、はか〴〵しく取り次ぎくれず、いたづらに日を過し、かくては折角来りし甲斐もなく、所詮人伝にて埒《らち》あかず、直にねがひ参らむと、其趣《おもむき》書きしたゝめ、或夜深更に忍《しの》び出《いで》、隠寮《おんりよう》のうらの方へまはり見るに、高塀にて踰《こ》ゆべくも見えず、こは如何せむと見めぐり玉ふに、庭の松が枝《え》塀のこなたへさし出でたるあり、是れ幸ひとそれに取り付、やう〳〵塀をこえ、庭の内に入りたれど、雨戸かたくとざして入る事ならず、是まで来りて空しくかへらむも残念なり、如何せんとしばし立ちやすらひて此処彼処《ここかしこ》と見わたし玉ふに、雨戸の外に手水鉢《ちようずばち》ありければ、是こそよき所なれ、夜明《あけ》は必ず手水《ちようず》し玉はん、其時御目《おめ》にあたるやうにと、手水鉢の蓋の上に、文書物をのせ置き、塀《へい》のもとまで行き玉ひしが、ふと心附、もし風の吹きなばたゝせんも知れずと、又立ちもどり、石を拾ひて其上にのせ置き、辛うじてやう〳〵立ちかへり、とかうする程に、はや朝の行事はじまり、普門品《ふもんぼん》中半よむ頃、隠寮《おんりよう》の廊下《ろうか》の方より、提灯てらして客殿の方へ来る僧あり、人々いぶかり、何事の有りて今時分来るならんと見居たるに、良寛と申す僧有る由、只今来るべしと、御使に参りたりと云ふに、皆驚き怪みけれど、我はうれしく、早速参り相見《しようけん》いたしけるに、今よりは案内に及ばず、何時にても勝手次第に参るべしと有りければ、それよりも度々参り、御話致しゝとの物語、其時の問答の事、問ひきかざりし事の今更残念至極にぞんじ〳〵[1]。されど実は有りがたき知識なればこそ其心ざしを憐み、一刻もさしおかず夜の明くるも待たで迎へをつかはされし御深切、道愛の深き事、聞くだに涙こぼれ侍りぬ。云々」

1 まゐらせ候。

2 水甕―短歌の結社雑誌。大正三年刊。尾上柴舟を中心とした「車前草」の廃刊後、岩谷莫哀ら東京帝大の学生を主会員として創刊。

3 逸見滄峯―岡山県の郷土史研究家、歌人。明治二十七年岡山県金光町に生れ、のち藤原幾太と改め岡山市住。長らく教育に従事、水甕同人。閑谷読本、池田光政公伝、歌集「さくら鯛」のほか著書多し。

4 抜萃―抜き書きする。

5 万代集―私撰集、二十巻。宝治二年夏撰定。平安期から鎌倉期に至る和歌を撰してある。

6 大嘗会和歌集―天皇即位に際し、大嘗祭に使用する屏風に書く歌を集録したもの。現存するものは仁明天皇以後嘉永元年まで四冊。

7 甕の泊から舟を出して運びこむが、あまり沢山で貢物が運びつくせぬ。

8 夫木鈔―藤原長清の私撰集、三十六巻。延慶三年までに成り、万葉以後撰にもれた歌を集録。

9 甕の泊にはとまると聞いているそのためか、漕ぎゆく舟に船酔の人が出たそうな。

10 万葉集―わが国最古の歌集、二十巻。

11 夜は明けたらしい。玉島の浦に餌をあさりながら鳴く音がきこえる。

12 柚木久太―玉島の洋画家。漢学者、詩人として知られた玉邨の子。日展審査員となる。

玉　島　要　図

① 水島春潮
② 弥高夏雲
③ 八幡秋月
④ 乙州蘆花
⑤ 飯山冬雪（香川県の飯野山 422 mの冬雪をいう）
⑥ 甕江帰帆
⑦ 沙美漁火
⑧ 白華晩鐘（円通寺は白華山にあり）
a 円通寺詩碑
b 天上大風碑

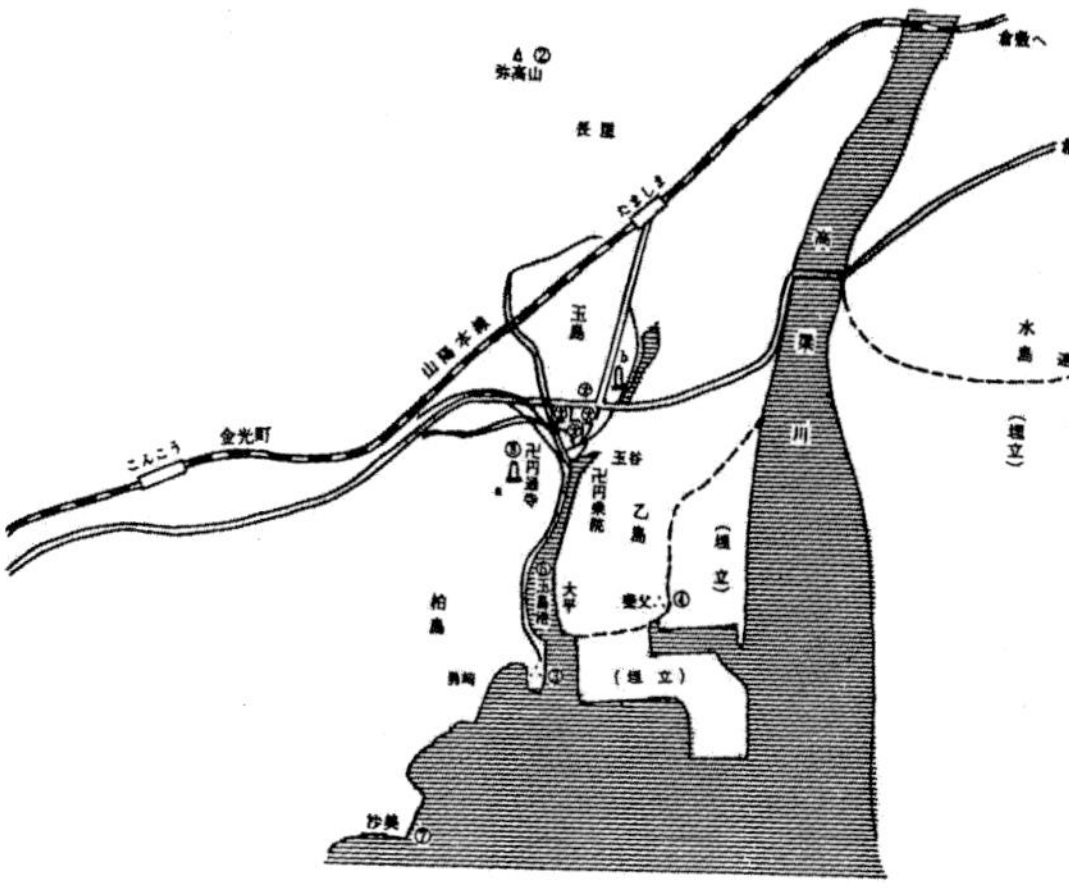

玉島円通寺

良寛が殆どその前半生の雲水生活の道場とした備中玉島円通寺の如何なる寺であるかと云ふ事も、良寛の生涯を考へる上に少なからず参考となることであるから、こゝに雑誌[2]「水甕」誌上に掲げられた逸見遙峯《へんみようほう》[3]氏の『玉島円通寺』と題した記事から重要な点[4]を抜萃して置くことにする。

玉島は元和寛永年間（皇紀二二七五—二三〇三）には、乙《おと》島と柏島との両方の島があったのが、古い地図によって知られる。其後に陸つゞきとなって、町が出来て玉島となってゐるのであるが、四五十年前程の繁栄は見られない。港は次第に浅くなりつゝある。それは河から吹き出す土砂の為である。四国通ひの汽船も深く入って来ない。其の上鉄道に離れて居るから、町として発達に影響せられてゐる。往時は此の辺を甕泊《もたひのとまり》と云ってゐたといふ、[5]万代集に

貢物はこぶ千舟もこぎ出よもたひの泊しほもかなひぬ（前中納言資実卿）

の歌があり尚、[6]大嘗会和歌集に

[7]はこひ積む甕《もたい》の泊舟出して漕《こ》けとつくさぬ貢ものかな（藤原家隆）

の歌がある、夫木鈔[8]にも、

[9]こぐ舟にゐふ人ありと聞きつるはもたひに泊るけにや有るらん（大宰大弐高遠）

などの歌がある、又古玉の浦と称せられて、万葉集の[10]

[11]ぬば玉の夜は明けぬらし玉の浦にあさりする田鶴啼きわたるなり

も玉島地方の歌らしいと、佐々木博士の「心の花」に載せられてゐた万葉集講義かに出てゐたと思ふが、今手元に無いので確かめられない。

昨年の文展に入選した、[12]柚木久太氏の「春潮」は、この玉島の港の絵である。長い〳〵入

海の西側が一筋町になって、港の奥に西から東へ一文字に町がある。海岸に面する方には倉庫が立ち並んで、昔中国地方で、肥料問屋の多かったのを偲《しの》ばされる。それが新町であって、そこから東へも町がのびてゐる、又南へも入海の側にのびてゐる。円通寺は、新町の西にある町から上りつゝふりかへって見ると、ひらけた田圃《たんぼ》一帯から、都窪郡の帯江[1]の銅山の煙突迄も眺められる。少し北方へ眼をやると、木下幸文[2]や小野務[3]の生れた長尾の方も見える。本堂の少し下の辺から、松や杉の古木が高く暗く、しん〳〵と生ひ茂ってゐる。庭へ上って見ると、露坐の仏像が岩石の間に安置せられて居る。そのあたりには、巨巌《きょがん》がたくさんかさなりあって、其の間には躑躅《つつじ》が点綴して美しい。此の山は、元の柏島村の東北にあるので、白華山《はっかざん》と云ふ。北から西へは老松が生えてゐる。近く山上へ公園を造る計画がある。南方は麦畠がひらけて、此頃は除虫菊の白い雪の様な花や、黄ろい麦が一面に見える。山上の明治十九年に建てられた、普門閣から見渡すと、入海の東に、乙島《おとじま》の円乗院が手近に見える。円乗院は、武者小路実岳[4]卿の系統を受けた歌人の僧澄月[5]の小僧時代を暮した寺である。南方は静かな瀬戸内海であって、帆船が往き来してゐる。源平合戦のあった、水島が製錬所を設けられて盛んに煙が上って居る。遠くは四国路の山脈が雲間にうすらぼかされて現れてをる。水島春潮[6]、弥高夏雲、八幡秋月、乙州蘆花、飯山冬雪、甕江帰帆、沙美漁火、白華晩鐘の八景の名も古めかしい。此の寺は曹洞宗であって宇都宮の良高禅師[7]の開基せられたもので、元禄十四年（二三六一）に建てられたのである。本尊仏は行基[8]の作であると伝へられて居る。円通寺と云ふ扁額は、享保九年（二三八四）に、良機[9]住職に宝鏡寺宮徳岩尼公の筆になったものをば賜はったとのことである。良寛師の師であった国僊[10]禅師は、当寺第十世であるが、現住職は第二十五世にあたる。約二百年余りで、二十五世を経てゐるとは一人の住職期間も短いものである。本堂は荒廃したため建てかへられることになってをる、其の予算が壱万五百円であると云ふ。良寛に関して、何度も人々から近頃になって尋ねられるが、材料が少しも無いと若僧は語った。

1 帯江—倉敷市の東南約四キロにあり。

2 木下幸文—徳川末期の歌人。備中国長尾村生。はじ慈延、澄月に学び、のち香川景樹に学ぶ。桂門十哲の一人。絵を釧雲泉、禅を誠拙和尚に学ぶ。文政四年歿四三歳。

3 小野務—徳川末期の歌人。備中長尾村に生る。亀山支藩に仕え、のち江戸に出た。幼より学を好み、歴史を横溝藿里、詩文を頼山陽、和歌を木下幸文、景樹に学ぶ。安政元年歿。

4 武者小路実岳—歌人。実陰の孫。遺風をうけて歌道を究め、秀歌多し。伴蒿渓、澄月法師等の歌匠を出す。宝暦十年歿四十歳。

5 澄月—徳川中期の歌僧。京都岡崎に住む。はじめ乙島円乗院にて修行、のち比叡山に登り苦学勤行、諸国巡歴して雅境を練る。実岳に学び和歌で四天王。寛政十年歿八五歳。

6 水島、弥高、八幡、飯山、沙美は地名。乙州は乙島、甕江は玉島、白華は円通寺である。

7 良高禅師—円通寺の開基。

8 行基—奈良薬師寺の僧。和泉国大島郡の人。広く衆生を教化し、一世の信仰を得た。東大寺の大仏建立には費用を勧進し、諸処に橋や堤を造り、道場諸院を建てた。天平勝宝元年歿八〇歳。

9 良機—円通寺第三世の住職。蔵山良機、山城の人、享和十四年歿。

10 国僊—円通寺第十世の住職。良寛の師。僊は仙と同じ。

良寛とその当時の有名な歌人との接触

『短歌私鈔』の著者斎藤茂吉氏[11]がその「良寛雑記」の中で良寛の歌風について次の如きことを述べてゐるのは、良寛の歌風について考へる上に少なからず参考とすべきことである。

「良寛が真に万葉ぶりの歌を作ったのは、五合庵定住以後にあるらしい。万葉を尊ぶに至ったのはいはゆる古学派の言説作物から暗示《あんじ》を得たものか、或は全然交渉なくて然《そ》うなったのか、一言で断ずることが出来ない。しかし縦《たと》ひ直接作物の影響がないとしても、言説から幾分の暗示を得たと考へる方が良寛の歌風を解釈するのに便利である」

良寛が千蔭《ちかげ》[12]の「略解」[13]によって万葉集を研究したことや、又その当時相当に地位を得てゐた大村光枝[14]と云ふ国学者と交はりのあったことについては前に述べたが、更にその後の調べによって良寛の生地出雲崎に[15]前田夏蔭《なつかげ》の門人が二三あったことや、[16]橘守部が永く出雲崎から国上附近に来てゐたことや又良寛の弟山本由之の名が[17]景樹《かげき》門下の一人として立派にそれ〴〵の系統人名中に挙げられてゐることなどが解った。から見て来るといよ〳〵良寛の歌が全然その時代の歌壇と交渉がなかったと云ふ事が断じがたくなるのである。

たゞ併し如何にその当時の歌壇との交渉が良寛との間にあったにしても、良寛その人は当時の歌壇の状況や世間の歌人などには、何等頓着するところなく、極めてのん

11 斎藤茂吉―歌人。山形に生れ、東大卒業後医師となり青山脳病院長となる。子規の歌に感動し、伊藤左千夫に学び、アララギの同人となり、作歌、歌論研究に没頭、著書多し。昭和二八年歿七二歳。

12 橘千蔭―江戸時代の国学者。

13 万葉集略解―万葉集の註釈書。橘千蔭著。

14 大村光枝―江戸の国学者。歌人

15 前田夏蔭―江戸の国学者。清水浜臣に従って国学を修め、和歌、考証学、筆札に長じた。水戸烈公、幕府に仕えた。元治元年歿七二歳。

16 橘守部―江戸の国学者。伊勢の人。天保の国学四大家の一人。越後に長し。嘉永二年歿、七〇歳。

17 香川景樹―歌人、鳥取の生。天保十四年歿七六歳

きに自分の歌を詠んでゐた事だけは、毫《ごう》も疑ふ余地がないのである。

芭蕉翁賛

是翁以前無是翁、[1]　是翁以後無是翁、
芭蕉翁兮芭蕉翁、　使人千古仰是翁、

から芭蕉を讃美した良寛の詩を出雲崎某家の貼交屏風《はりまぜびょうぶ》の中に見出した。西行[2]と並んで芭蕉は、良寛自身も随喜措《ずいきお》かなかった人物であることがこれによっても知られるのである。

良寛の文法

良寛の歌に文法上の誤りや仮名違ひなどの少なからずあることは、彼れの歌を蒐集[3]する者の何人も気づくところであらう。良寛の弟由之はその道にはくろうとであったらしいが、良寛の方は文法などには大して注意しなかったらしい。但し彼れが文法に注意しなかったと云ふことは、決して彼れが第一義的な技巧にまでも不注意であったと云ふことではない。然もさう云った風な良寛にも、時に自分の為めにか、或は何人かの為めにか、さうした事に関する覚え書きなどを書く必要があったと見えて、次に掲《かか》ぐる如き反故《ほご》が、(なほ他にも二三見た)世間に散在してゐる。興味ある事である。

□

いあ　いい　いう　いえ　いお
軽や　い　ゆ　え　よ

1 是の翁　以前　是の翁無く
是の翁　以後　是の翁無し。
芭蕉翁よ　芭蕉翁、
人をして　千古　是の翁を仰がしむ。

2 西行―鎌倉時代の歌僧。もと法皇御所の武人佐藤義清。出家して諸国を巡歴、名歌「山家集」を残す。建久元年歿七三歳。

3 蒐集―集める。

中あ　い軽　う重　え　お
重わ《うあ》　ゐ《うゐ》　う《うう》　ゑ《うゑ》　を《うお》
い軽　え軽重　あ中　お重軽　う重
を、や　なに　こそ
し　き、く、け、けれ《に》
さ、ぞのや何、こそ《けく》、み、き、く、け、
くも、
き、は、も、とも、
く、ぞ、や、
げに、こそ、あれ
み
は　続ケルコトバ
さ
よ　トメルコトバ
(一)
むめ　メト転ズ
は
ばや　願辞
はこそ　反ス辞

なむ　願辞ニモナリ　ユカンノベタル辞ニモナル

まし　ユカント同ジ

まほし

まくほし　ユキタク思フ意

めや　反ス辞

めや　はも　ノベタル辞

ず

ぬ

ね

し　先ヲカネタル辞

で

まく　ユクト云フコトヲノベタルコトバ

く　ユカクユクコトニナル

させ

られ

さしすせそ

（二）

にけむ、なむ、にてむ、てにき、てにし、てにしか、てにけりるれ、にたりるれ、

な＝そ、や、か、の、も、は、そ、て、よ、

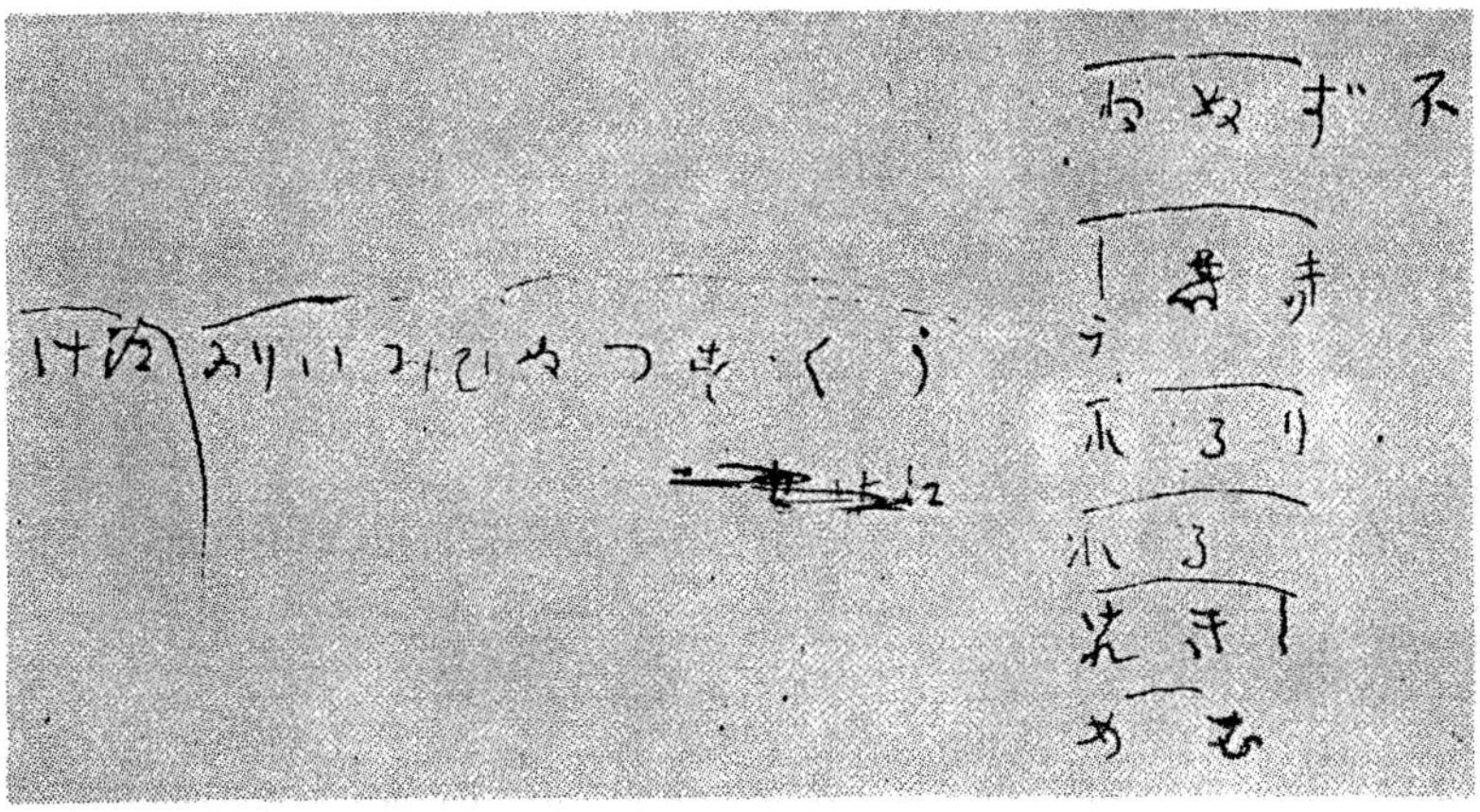

文法の一部分

（三）

らん、らし、べし、めりるれ、たりるれ、な、とも、や、を、か、こを、かは、

さ、は、も、らく、

（四）

ば、りるれ、かし、や、どもれ（ヒヾキヲノベル）

てにをはのうごき

ず、なで、き、り、む、し、

そのや何たれ

ぬ、なで、し、る《る》、む、き、

こそ

ね、なで、しを、しか、しに、れ《れ》けれ

エケセテネヘメエレヱ

かきくけこ　○来

さしすせそ

たちつてと

なにぬね

はひふへほ○

まみむめ

ら○　ろ○

1 声は子音、韻は母音をあらわしている。
この両者の組合せと特質を述べている。
声は帰して左右に通じ、韻は留まりて上下に通ず。
声は本にして、韻は末なり。
声は直にして顕われ、韻は断れて顕わる。
声は剛にして、韻は柔なり。
声は韻に和す、故に却って竪に下る。
韻は声に従う、故に却って横に行く。
声は体にして、韻は用なり。
声は清濁あり、韻に軽重あり。

さしすせそ ノコトバニ居テ用ユ
なにぬねの 出処ドチラニモツカズ
さむ 亦同じ
喚バ ビ《バヒ》 ブ《バフ》 ベ《バヘ》
帰ラ リ《ラヒ》 ル《ラフ》 レ《ラヘ》
踏マ ミ《マヒ》 ム《マフ》 メ《マヘ》

△

さ、 さ衣、さ筵、さをしか、さ蝿、さ霧
い、 いや彦、い行、い帰、い弥、いや雲
か、 か黒、か青
ま、 ま白、ま黒、ま袖、ま木、ま島、ま心、ま向
み、 み雪、み山、み行、み言、み歌、み林、
を、 を野、を川、を林、を松

——(以上西郡氏『良寛全伝』所載)——

○

つら〳〵考ふるに古事記日本紀万葉集宣命祝詞等のうへに古語とおぼゆる辞のすでに移言約言とおぼしきもの数々にあり、移約の言は本言ありて後のものなり太古の言にあらず 仍《よっ》ておもふに今猶《なお》上古のありつらむをはやくほろびてつたはらずと見えたり。をしき哉。

——出雲崎某氏蔵——

韻

声

あ	か	さ	た	な	は	ま	や	ら	わ
い	か**い**	さ**い**	た**い**	な**い**	は**い**	ま**い**	や**い**	ら**い**	わ**い**
う	か**う**	さ**う**	た**う**	な**う**	は**う**	ま**う**	や**う**	ら**う**	わ**う**
え	か**え**	さ**え**	た**え**	な**え**	は**え**	ま**え**	や**え**	ら**え**	わ**え**
お	か**お**	さ**お**	た**お**	な**お**	は**お**	ま**お**	や**お**	ら**お**	わ**お**

[1]声帰通左右、韻留通上下、声本、韻末。声直顕、韻斬顕。声剛、韻柔。声和韻、故却竪下、韻従声、故却横行。声体、韻用。声有清濁、韻有軽重。

くさ〳〵のあやおりいだすいそのもじこゑとひゞきをたてぬきにして

――佐々木信綱氏蔵――

1 飴屋―松野尾村に近い松山の大越金七の店をいう。

良寛自作手毬《まり》

越後西蒲原郡国上村中島原田家に良寛自作の繍毬一箇が珍蔵されてゐる。箱書は良寛と交りのあった原田正貞の筆で「良寛禅師所愛翫自作手毬――原田正貞」とある。手毬はゼンマイの綿を中に入れてその上を白い木綿糸でかゞり、更にその上に青と茶の二色の木綿糸で極めてナイーブな模様をかゞったものであるが、これが良寛その人が徒然《つれづれ》に手づから苦心して拵《こしら》へたものかと思ふと、たまらなく懐かしいものである。模様は植木鉢に何かの草花の咲いてゐるのを図案化したものらしく、色の取り合せと云ひ形と云ひ、不思議にエキゾテイクな味はひのあるものである。試みにその模様の大体の感じだけを、再現して見ることにする。

衣食の料

良寛が自分の衣食の料は悉く之れを他人の施与《せよ》によって得た事は、彼の数多い書翰

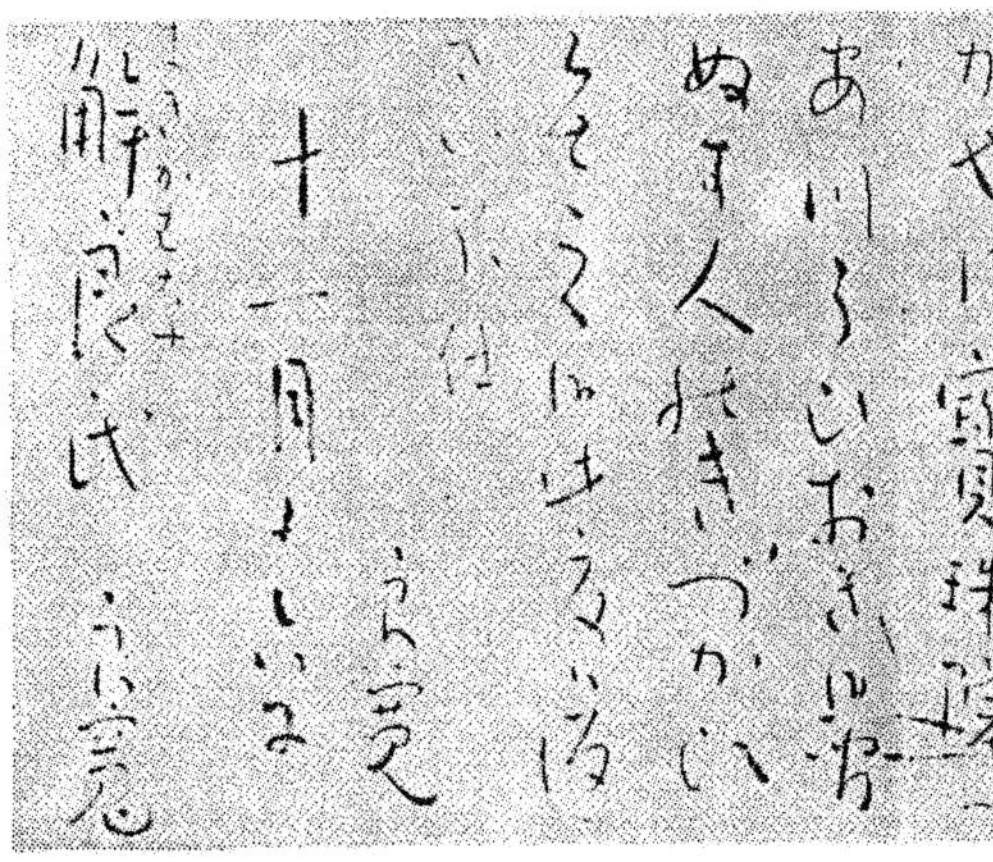

蚊張保管の手紙

の大半がそれの頼み状か礼状かであるのによっても明らかに知ることが出来る。夏になれば蚊帳《かや》を、冬になれば蒲団を他から借りなければならなかったほどに、彼の物質生活は簡易《かんい》なものであった。手を洗ふにも、足を洗ふにも、顔を洗ふにも、洗濯をするにも、而して味噌を擂《す》るにも、たゞ一つの擂鉢を以て之れに充てゝゐたと云ふほどに、彼の生活は調法に出来てゐた。それでゐて彼の人格と芸術とが、あれほどまでに高貴であったのだ。

「一二三」「いろは」

良寛の遺墨中の珍品として名高い「一二三」「いろは」の双幅（越後西蒲原郡松野尾村山賀氏蔵）は、もと同村飴屋《あめや》[1]某の蔵してゐたものだと云ふことである。その飴屋は良寛が托鉢の往復に屢々《しば》立寄って休むを常としてゐた家であったが、或日その家の主人が良寛に向って、「良寛様、お前様は字を書くに大相上手《たいそうじょうず》だと云ふ話だが、わしにも一枚書いてくださらんか」と頼んだ。良寛は「よし、よし」と答へた。主人は更に「それだが、わしにむづかしい字が読めんし、それに良寛様の字はわけてむづかしいと云ふ話だが、どうかわしには解りよい字を書いて貰ひもしたいもんだ」と頼んだ。良寛は笑ひながら再び「よし、よし」と云った。そして書いてくれたのが、かの「一二三」「いろは」の双幅だと云ふ事である。口碑は更にその双幅を書き終った時に、良寛は極めて楽しさうな笑顔で「どうだ、これならわかるだらう」と飴屋の主人に訊ねたと云ふ事までも伝へられてゐる。

教へ難きの嘆

良寛と親交のあった解良栄重[1]の手記[2]に「師余が家に信宿[3]日を重ね上下自ら和睦し、和気家に充ち帰去ると云ども数日の内人自ら和す。師と語ること一たびすれば胸襟清きを覚ゆ。師更に内外の経文[4]を説き、善を勧むるにもあらず。或は厨下《ちゅうか》[5]につきて火を焼《た》き、或は正堂に坐禅す。其話詩文にわたらず、道義に不及、優游《ゆうゆう》として名状すべきことなし。只道義の人を化するのみ。」と云ふ極めて貴い消息が伝へられてゐるが、併し他の一面に於ては良寛その人が他人を化せんとしての如何に深き悲しみを経験した人であるかを示す左の如き告白をも聞き得るのである。

としを経てをちさと[6]よりしば〳〵法を聴きにかよふ人あり、おのれも心ざしせちなる[7]にめでておもひをくだきてさとせどもそのしるしもなかりけり、おもほえず涙をこぼしぬさてかくなも

[8]いかにしてひとをそだてむのりのためこぼす涙はわが落すなくに

さう云ふ場合の良寛は、全くそれを自分みづからの事のやうにせつなく悲しく思ったのであらう。

良寛の夜具の裂片《きれはし》

良寛の示寂《じじゃく》[9]地越後三島郡桐島村大字島崎木村家に良寛の着て居た夜具の裂片《きれはし》が大切に保存されてゐる。浅黄の弁慶縞の木綿で、至って粗末なものである。

1 解良栄重—牧ヶ花解良家第十三代の当主。
2 手記—「良寛禅師奇話」をいう。
3 信宿—二日以上とまること。
4 内外の経典—内典は仏教の経典、外典はそれ以外の経典をいう。
5 厨下—台所。
6 をちさと—遠方の土地。
7 心ざしせちなる—志が深い。
8 仏法のための落涙は自分の説法によるものではない。如何に民衆を育成すべきなのか。
9 示寂—高僧の死ぬこと。
10 内山紙を二つ折として綴じた香典帳が現存している。
11 訃—死亡通知
12 大道太平—大道が行われて太平になるには、どうすべきかを図解したものである。人とか憎悪、かたいぢ、仇敵、我執、愛欲、ひいき、味方とかは争乱のもとであるから、仁徳を治めて、無我大我になれというのである。
13 藤崎家—現在は三条市敦田となっており、買い受けたのは完太、当主は保文である。
14 鈴木文台—粟生津村の儒者、良寛の親友。

良寛の葬儀の来弔者

同上木村家に「[10]良寛上人御遷化《こせんげ》諸事留帳——天保二年辛卯《かのとう》正月六日」と表記した帳面が同じく大切に保存されてゐる。それによると良寛の訃《ふ》[11]に接して来り弔するもの総て二百八十五人の多数に上ってゐる。一乞食僧の葬儀としては実に盛大なものである。

大 道 太 平

同上木村家の貼交屏風《はりまぜびょうぶ》の中に左の如き一片がある。どう云ふ場合に良寛が人に書き示したものか解らぬが、良寛その人の内生活を考へる上に甚だ興味深い資料である。

[12]

大道太平

人 憎 ゐぢ 敵

我愛 ひゝき 味方

争乱治仁無我大我

「天 上 大 風」

良寛遺墨中最もよく良寛その人の面目を発揮《き》したものゝ一つに数へられてゐる「天上大風」の楷書四字は新潟県南蒲原郡大崎村[13]藤崎家の蔵するところとなって居り、[14]鈴木文台の左の如き解が添へられてゐる。

1 良寛上人は道徳の外詩歌高遠にして書法絶妙なり。人、其の半紙隻字を得る者は珍襲愛翫す。之に因り、奸商黠估は人の財貨を騙し、玉石混糅す。余は上人と交はることの久しきを以て、人の来りて一言を題せんと乞ふ者尠からず。此は燕駅東樹氏の蔵する所なり。一日東樹氏来りて余に告げて曰く、上人在日、食を燕駅に乞う。小童有り、一紙を持して来りて曰く、願はくは此の紙に書せと。上人曰く、汝、将に何に用ひんとするかと。童曰く、我、此を用ひて風箏を作らんと欲す。天上大風の四字を請うと。上人便ち書して以て与ふ。僕、近ごろ之を得たり、之を軸にし、之を装して一幀と為さんと欲す。願はくは、子、其の然る所を記せと。余、展べて之を閲するに、其の真率無我の点画の間に現わるるを視、昔年の笑語を想ひ、慨然として筆を援り、以て識すと云ふのみ。

嘉永六年癸丑晩春　文台居士

○東樹氏―西蒲原郡燕町の人。東樹東右衛門、字は酣寛といい文雅に深く、歌をよくす。

---

1 良寛上人。道徳之外。詩歌高遠。書法絶妙。人得其半紙隻字者。珍襲愛翫。因之。奸商黠估。騙人財貨。玉石混糅。以余与上人交之久。人来乞題一言者。不尠。此燕駅。東樹氏所蔵。一日。東樹氏。来告余曰。上人在日。乞食燕駅。有小童。持一紙来曰。願書此紙。上人曰。汝将何用。童曰。我欲用此作風箏。請天上大風四字。上人便書以与焉。僕近得之。欲軸之装之為一幀。願子記其所然。余展而閲之。視其真率無我現於点画之間。想昔年之笑語。慨然援筆以識云爾。

嘉永六年癸丑晩春

文台居士□□

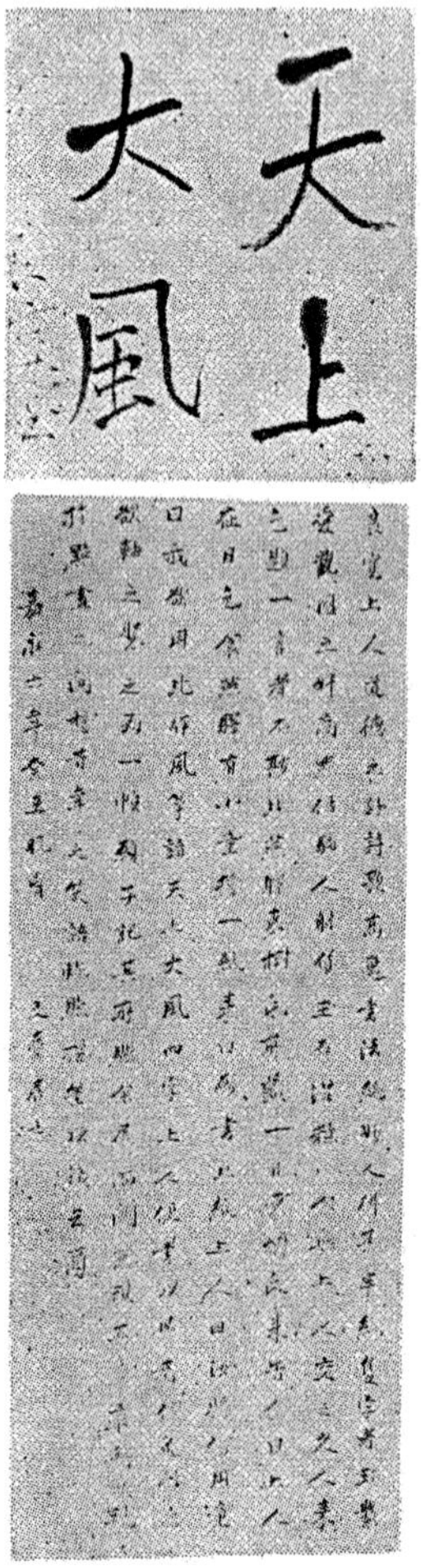

天上大風の書幅（藤崎保文蔵）

良寛和尚の庵跡をたづぬる記

1 五合庵
2 たくほどは句碑
3 五合庵標石
4 万元和尚の墓
5 武田霞山墓
6 国上寺
7 本覚院
8 宝珠院
9 清水の跡

良寛和尚の庵跡をたづぬる記

一

去年の夏、二回までも良寛和尚遺跡めぐりの旅に出ながらも、さま〴〵な事情に妨げられて、つひ一度もかの名高い国上《くがみ》山《やま》の五合庵趾《あと》をたづねることの出来なかった事は私にとってはどうしても忘れ去ることの出来ない遺憾《いかん》事であった。五合庵はまったく良寛和尚にとっては菩提樹下とも称すべき聖地であった。彼の生涯の精華は最も鮮やかに此の山中の小庵に於ける彼の生活によって示された。今日私達の尊崇措《お》かないところの彼れの芸術——詩も歌も書も——全くそこで完成された。随て真にしたしく彼れの生活を味はひ、彼れの芸術を味はんが為めには、私達は少なくとも一度は此の山中の庵趾をたづねなくてはならないのであった。しかも、因縁のいまだ熟するに至らなかった為めか、私は昨年の夏以来、二回までその山の麓まで行って居ながら、一度もそこをたづねるだけの機会を得なかったのである、何と云ふ残り惜しい事であったらう！けれども、切なる念願はいつかは達せられないでは止まなかった。私はつひにその機会を得た。それは大正七年十月二十六日（私は特にかう書いて置かなくては気

1　解良家―牧ヶ花の庄屋、良寛の外護者。

2　T君―高橋重四郎。

が済《す》まない）――私の第三回目の良寛和尚遺跡めぐりの旅の五日目であった。その前日は稀な秋日和であった為めに、折悪《おりあし》く流行感冒に冒されて居た私も、さほどの苦しさを感ずることなしに、日程通り牧ヶ花村の解良家《けらけ》[1]を訪《たず》ねて、同家所蔵の遺墨の殆んど全部を見せて貰ひ、更にそのうちのおもなものゝ写真をもとることを得たのであったが、其の日は朝早く目をさまして見ると、全く思ひもかけない雨降りであった。感冒の方はどうにか斯うにか熱もなくなり気分もよくなったやうであったが、雨戸に吹きつける雨の音を聞いては、何うしても心細さを感じずには居られなかった。私は思はず並んで寝てゐた写真師のT―君[2]を呼びおこした。

「どうでせう、こんな風でも今日は予定通り山登りが出来ようか」

「どうしてです」T―君はまだ雨の音を聞きつけないらしく、いくらか寝惚け声で問ひ返した。「お感冒がまだぬけませんですか」

「いえ感冒《かぜ》の方はもう大概いゝやうですが、此の雨ではね」から私は当惑《とうわく》を感じながら答へた。

「さうですね。随分ひどく降ってるやうですな」T―君は今更驚いたやうに云った。T―君のかうした驚きの言葉のうちには、「そいつはどうも困りましたな」と云ふ心持ちが明らかに読まれるのであった。

　けれどもその時私は思った。

　――こんな事ではいけない。これくらゐの雨で気を腐《くさ》らせてゐるやうでは又しても機会を逸してしまふにちがひない。そればかりか寧《むし》ろかうした秋の雨に濡《ぬ》れながらあの山中の庵跡をたづねる事の方が、どれくらゐ良寛さまを偲ぶにふさはしいか知れない。
出かけよう――
そこで私は改めてT―君に向って云った。
「だが、これしきの雨は何でもありませんよ。出かけることにしませうて」
T―君も快く賛成した。そして私達は間もなく床を離れた。

　[1]やまたづのむかひの岡にさを鹿たてり
　神無月、しぐれの雨にぬれつゝ立てり

着物を着かへながら、私はふと良寛和尚のかう云ふ旋頭歌[2]を思ひ出したりした。

二

朝七時発の汽車で私達は巻町を出た。一行は道案内の任に当ってくれたU―老人[3]と写真師のT―君と私と三人であった。汽車が進むにつれて雨は益々烈《はげ》しく車窓を打った。

「こんな風ではどうも山へ登れさうも思はれないね」

かうした言葉が時々思ひ出したやうに三人のうちの誰か知らの口から洩れた。しかしその度に同じく三人のうちの誰か知らの口から次のやうな言葉がきまってそれに応ずるのであった。

「なあに、大丈夫でさあ」

曇った硝子窓をのぞいて見ると、茫漠[4]たる蒲原平野は濃い灰色の雨雲に包まれて、

1 やまたづの―向ひ（迎へ）の枕詞。向ひの岡に鹿が立っている。十月の寒い時雨に濡れながら立っているが寒いことだろう。
2 旋頭歌―句の字数が五七七、五七七より成る和歌。
3 U老人―越中屋旅館の上原久平。
4 茫漠―広大でとりとめがない。
5 雁木―道路に面した人家より道路に向って二メートルほど、附け下げを出し、雨雪を避けて通行できるようにしたもの。

三山の図
（右より角田山、弥彦山、国上山）

ただほんの手近かの田や村や林がぼんやりとさびしさうに見えるだけであった。弥彦《やひこ》角田《かくだ》の山々は無論のこと、私達がこれから登らうとしてゐる国上《くがみ》の山さへ見えなかった。「かうして出かけはしたものゝ……」と云ったやうな不安を、汽車の進むにつれてますますはげしく感じないで居られなかったのは、おそらく私だけではなかったであらう。昨日まではまるで感じなかった旅の哀愁と云ったやうな気持も、不思議に今朝は感じられた。稲の刈り取られた広い田の中の道を歩いて行く菅笠《すげがさ》を被り蓑を着た人の姿などが、妙に淋しさを誘ったりした。

汽車は規定の時間よりずっとおくれて九時少し前に漸《ようや》く地蔵堂駅に着いた。風はいくらか穏《おだ》やかになったやうであったが、雨はとても止みそうになかった。停車場を出て町つゞきの雁木下《がんぎした》に入るまでに、私達の外套はもうしっぽり濡れてしまった。しかし一旦かうなってしまふと、却って私達の心持は引き緊った。そしてあの長い薄暗い地蔵堂の町をぬけて国上へ通ずる田の中の狭い道路へ出た頃には、私達は寧《むし》ろ予期しなかった愉快をさへ感ずるやうになった。

「良寛さまもよくこんな秋雨の降る日に此の道を歩いて地蔵堂あたりまで托鉢に出かけしゃったでせうて」着物の裾をはしょって上に古ぼけた長い黒のマントを着、素足に歯の厚い高足駄を穿いて、先に立って元気よく歩いて居たU——老人は時にこんな事を云った。

「まったく、あの大きな笠を被り、桐油《とうゆ》の合羽《かっぱ》を着、片手に鉢の子を持ち、片手に長い杖を引きずった良寛さんのとぼ〳〵した姿がそこいらに見えるやうな気がする」私

1 中村―地蔵堂町の中村卯吉。橘屋の親戚で郵便局長、町長などをした。
2 原田家―中島の旧家で、鵲斎、正貞は良寛の外護者で親友だった。
3 鵲斎―良寛時代の原田家当主。
4 正貞―鵲斎の子で医師。
5 饗応―酒食をふるまってもてなすこと。

中村家の下宿部屋窓

も半ば興じつゝこんな風に答へた。

「あの自画像のある地蔵堂の中村[1]さんは良寛さんとは親類の間柄だったさうですね」

近頃になって急に良寛通になったT―君までがこんな言葉をさしはさんだ。

「さうです。それは中村さんと云はれて思ひ出したが、なんでも中村さんのところに此の袷《あわせ》を何卒《なにとぞ》綿入におんなほし被下度《くだされたく》候」とか「此の綿入を何卒袷に御なほし被下度候」とか云ったやうな良寛さんからの手紙があると云ふ話だが、そんな事を思ふと一層此の道がなつかしいやうな気がしますね」私もつい先頃はじめて聞いた話を思ひ出してこんな話をした。

こんな風に道々良寛和尚の話に興じながら、十時半頃私達は、国上村大字中島の原[2]田家に立ち寄った。此の原田家も良寛和尚と最も親しい交りのあった鵲斎[3]翁及び正貞[4]翁の家で、和尚並に和尚の周囲の人々の筆蹟もかなり多く蔵されて居るのであった。それらの遺墨や文書類は去年の夏一度くはしく見せて貰ったのであるが、今回はそれらの中の幾点かを写真にとらせて貰《もら》ったり、更に又主人のいろ〳〵の話を聞いたりしたい為めに、立寄ることにしたのであった。

ところが、私のさうした望みが十分に達せられた上に、案外にもそのかみの正貞翁の居室であった部屋であたゝかな午餐《ひるめし》の饗応《きょうおう》[5]にまであづかった。更に私達は主人の特別の好意によって生涯忘れることの出来ない一つの悦びをさへ与へられた。それは午餐後私達は此の家の家宝として秘蔵されてゐる良寛和尚遺愛の茶碗で薄茶の饗応にあづかった一事であった。その茶碗は粟田焼らしいかなり立派なものであるが、一二ケ所縁のこぼれた所をついだ痕が見られた。そしてそれを容《い》れた箱には正貞翁の左の如き箱書が添へられてゐた。

そは良寛禅師七日市山田氏[6]に得て愛し給ひしもの。余が父田連居《たづらい》翁に付与したまふ所なり。翁もまた春雨のつれ〴〵にめでゝ春雨と名付く。維則誌《これのりしるす》

此の二つとありさうに思へない貴い記念の茶碗を唇にあてた時、私は眼に涙のにじむほどの感激を覚えずには居られなかった。そしてほんの一しづくをすらも余すのを惜しむやうな飲み方で一杯の茶を飲みほしてから、私は主人に向って云った。

「良寛さんもかうして此の茶碗で時々は薄茶ぐらゐ飲まれたのでせうか。どうも、私だけの考では良寛さんに薄茶の用意などがしてあったとは思はれませんがね」

「さあ」から原田氏は笑ひながら答へた。「さうかも知れませんな。しかし、番茶ぐらゐは時々どっかゝら貰って来て飲まれたでせうて」

「なるほど」私は更に云った。「それにしてからが、良寛さんは一体どう云ふ気でこんな茶碗なんか貰って来られたのでせう。その事だけでも考へて見ると非常に興味のある問題ぢゃありませんか」

かうした私の言葉は、その場合居合せた凡ての人々の意味深い哄笑《こうしよう》[7]を誘はずには措かなかった。私達四人はしばらく声をそろへて笑った。

「何にせよ、良寛さまのこんだからきっと此の一つの茶碗で水も飲まっしゃれば、湯も飲まっしゃれば、又時々は粥も啜らっしゃれば、味噌汁も啜らしゃったこんでせうてね」U[8]老人までがこんな笑談《ぜうだん》のつもりでない笑談を云って笑ったりした。

6 七日市山田氏―三島郡七日市の山田権左衛門で、その女遊子は馬之助の嫁となっている。

7 哄笑―大笑。

8 U老人―巻町の上原久平。

国上村の秋景

三

時計が一時を打ったのに驚いて、私達は尽きない興を強ひて破って原田家を辞した。幸ひ風も殆んどなくなり、雨も余程小降りになった。しかし、これからいよ〳〵純然たる田甫道《たんぼみち》になると云ふので、私達は——U—老人ばかりでなく——三人とも着物の裾を端折った。中島の村を出はづれて泥深い田の中の道へ出ると、午前は全く雨雲の裡に包まれて居た国上《くがみ》、弥彦《やひこ》の山々が、中腹から下だけではあるがうっすりと姿を現はし始めた。

「この按配《あんばい》では大丈夫山へも登れます。」かう元気よく云ってU—老人は相変はらず先に立って歩を早めた。妙に迂回してつけられた田の中の道を小一里も歩いたり、大きな杉の木の密生した丘陵の裾を廻ったりして、私達がいよ〳〵坂なりに一軒毎に一段づゝ高く家の建てられた国上村大字国上へ着いたのは、原田家を辞してから一時間後のことであった。かなりに強い傾斜のあるその村の坂道は、いたるところ薄暗く樹が繁って居た上に、まるで路のない山の沢でも歩くやうに大きな石がごろ〳〵してゐた。そのうへ、出がけに余ほど小降りになって居た雨が、又してもどしゃ降りになり出した。

「随分ひどい道ですねえ」かうした同じ嘆息を私もT—君も幾度となく洩《も》らさずには居られなかった。「どこまでかうした道がつゞくのだらうか」時にはそのやうな不安をさへ感ずることがあった。「こんな風でこれから国上寺までのぼるなんて事が一体全体出来ることなんだらうか」そんな事も考へられた。

しかし、U―老人だけはそんなことに少しも頓着しないらしく、たゞもう一途《いちづ》に此の村の村長の[2]玉木氏の家をたづねる事にばかりあせって居た。老人は甚だ曖昧な記憶を喚び起して、村へはひるとから其の家をさがし当てようとあせってゐたのであるが、村が尽きて道が暗い森蔭へはひる所まで行っても、それらしい家に出遇はなかった。が、丁度その村端の崖下の谷川に菜《な》を洗ってゐる女があったので、老人はあわてて其の女を呼びかけて訊ねた。そして玉木氏の家がすぐその谷川を隔てた数歩のところに門を構へた家であることが知れた。私達は目をつぶって居ても行けるやうに云ってゐたU―老人の記憶のあまりに無力であったことを気の毒にも思ひ、可笑しくも思はずには居られなかった。

玉木氏を訪ねて、しばらく休息を与《あた》へて貰ってから、私達は先づ同氏所蔵の良寛和尚遺墨を観せてもらったり写真をとらせてもらったりした。同氏所蔵の遺墨は「[3]白雲前与後……」及び「[4]生涯懶立身……」の詩の草書半折双幅と、「[5]来て見ればわがふるさとはあれにけりにはもまがきもおちばのみして」の歌の半折との二点であった。いづれも甚だ出来のいゝものであったが、就中歌の幅の巻どめの所に「国上山五合庵住僧良寛手跡、[6]文政九丙戌《ひのえいぬ》六月」と云ふ文字の読まれたのはゆかしくも亦うれしくも感じられた。文政九年といへば良寛和尚が此の村の[7]乙子神社側の草庵を出て島崎村木村氏邸内へ入った年であるから、此の歌はそれより以前に書かれたもの、恐らく乙子祠畔の草庵時代のものと見なければならぬ。そんな事を考へると、此一軸は単に和尚の

1　T君―高橋重四郎。

2　玉木氏―玉木久太郎。村長として村政につとめ、のち西蒲原郡会議員となる。昭和八年歿。

3　白雲　前と後と、青山　西又東。縦い　経過の客あるも、消息応に通し難かるべし。

4　生涯　身を立つるに懶く―41頁参照

5　修行先の他国から帰って来て見れば、わが故郷は荒れたててしまったものだ。庭も垣根も落葉だけでさびしいことだなあ。

6　文政九年は良寛六十九歳である。

7　乙子神社―国上の村中にある鎮守。弥彦の祭神の建諸隅神（乙子命）子をまつる。

国上寺の東参道

手跡が和尚の生前から人々の尊重することとなって居たことの一つの証左として意味ある記念品であるばかりでなく、むしろ和尚の書風の変遷を知る上の一つの貴重な資料であることが知られた。

玉木氏の談によると、此の国上村大字国上の地は生涯を通じて、良寛和尚の最も永く留って居たところであるにも拘らず、今日に於て良寛和尚の遺墨の蔵されてゐるものが自分の所を除いて殆んどないと云ってもいゝ有様であるとの事であったが、その何故であるかについては玉木氏は何事も語らなかった。

なほ五合庵についての玉木氏の話によると、良寛和尚在住当時の五合庵の如何なる体裁《ていさい》なものであったかについては殆んど知れて居らず、たゞ現在五合庵跡として記念する為めの小堂を建てゝあるその場所に明治三十年頃まで方九尺ばかりの四方無壁の小さな建物が立ち腐《ぐさ》れにしてあったのを見受けたばかりだとの事であった。しかも玉木氏はそれについて説明を続けて云った。

「ですが、あのやうな壁の無い小さな建物の中に、如何に良寛さまでも住んで居るわけには行かんかったでせう。」

直接その建物を目撃したのでもない私には、玉木氏のその判断の正否は判じ難かったけれども、さうした建物が何とかして今日までも保存してあったらばと云ふやうな残り惜しさが感じられないでもなかった。

いかにも味はひの豊かな人であるらしい老玉木氏の談話は、ひどく私の心を引きつけたが、どうしてか今日中に五合庵跡をたづねたいと云ふ私の念願は、談話の間にも

国上寺の西参道
（左が観音堂）

私をせき立てずにはゐなかった。幾度も口に出しかけては抑へて居た別れの挨拶の言葉を、私はつひに思ひ切って口に出した。その時はもう時計の針は三時半を指して居た。玉木氏はひどく驚いたらしく、私の挨拶に対して俄《にわ》かに何とも答へやうのない様子であったが、やゝしばらくしてから、

「それは意外でしたな。ですが、一体これからおのぼりになるにしても、お帰りの道はどちらへおいでになるおつもりですか。せめて天気でもよければですがなあ。」から云ふ驚きの言葉を冒頭に、しきりと「今日はこのまゝ自分の家に泊《とま》って」と云ふことをすゝめられたのであったが、さうした深切に対しては充分に感謝しながらも、私達は一つはどうせ苦しみついでだからと云ふやうな痩我慢にも駆られて、とう〳〵遑《いとま》を告げて出かけた。玉木氏もつひには「まあ行けるなら行って御覧なさい」と云ったやうな工合に私達の主張に気のない同意を与へ、門まで見おくって出て、すぐその門前から薄暗い杉の樹立の中へ通じた細い坂道を指して、「道はそれです」とまで教へられた。

　幸ひにも雨は再び小降りになって、殆んど雨傘をさゝなくても済むほどであったが、坂道の傾斜は一層急になり、凹凸もひどく泥も一層深くなった。しかし、その代り私達の元気は以前の比ではなかった。

「まさか途中で日が暮れるやうなことがないでせうね」元気よく出かけはしたものゝ時刻が時刻なので、私は一応かうした疑問もたしかめて置かないでは気が済《す》まなかった。

「なあに、大丈夫です。どんなにぐづ〱して居っても五時までには国上寺へ行けまさあ」かうU—老人は快活に答へた。

「そんなことを云って居ても、もし案外ひまどって山の中で暮れたらどうするつもりです」私は承知しつゝもかうした疑問を発して老人をからかって見た。

「五合庵にでも泊めてもらひますかな」老人は笑ひながら答へた。

四

路が嶮しくなり、樹立の茂りが深くなるにつれて私の心にはだん〱詩的情趣の湿《うる》ほひが加はった。

あしびきの国上の山の木下路を今日しもわれは辿《たど》るなりけり

あしびきの国上の山の木下路に幾たびかきくひよどりの声

五合庵在住の良寛和尚が殆んど毎日のやうに上下したのは此の路だ——これだけのことを思ふだけにも、私の胸ははげしく波打った。

[1]夕ぐれに　国上の山を　越えくれば　高ねには　もみぢ散りつゝ　ふもとには
鹿ぞ鳴くなる　もみぢさへ　時は知るといふを　鹿すらも　時知りてなく　とも
しむべしや　ましてわれは　うつしみのよの　ひとにしあれば

[2]わがやどをたづねて来ませあしびきの
山の紅葉を手折りがてらに

かう歌ったその人は既に八十年以前に此の世を去ってしまったけれど、その人の人

1　もみぢさへ　時は知るといふを
鹿すらも　時知りてなく　ともしむべしや（旧）鹿すらも　なをしおしむ　むべらへやとあるのでは意味を成さぬ。通行本による。
うつしみの　ひとにしあれば
最後は七字でまとめるのが常体である。
うつしみのよの　ひとにしあればと訂正。

2　山の紅葉を手折りがてらに訪ねてほしいとは謙遜しながらも、人懐しい心をよくあらわしている。

3　薪を担うて翠岑を下る、翠岑　路平らかならず。時に息ふ　長松の下、静かに聞く春禽の声。

4　377頁の写真参照。

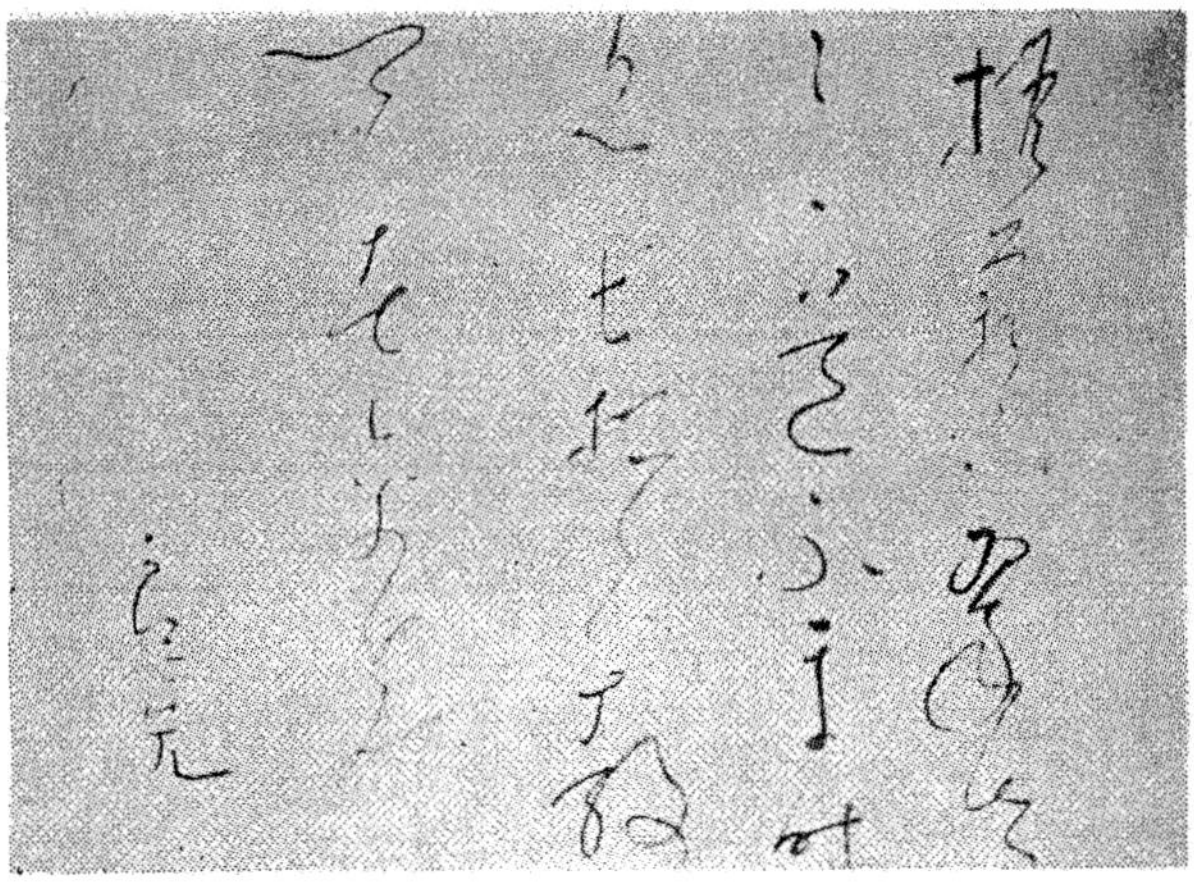

担薪の詩

格の輝き、その人の芸術の生命は、今日に至っていよ〳〵明らかに、いよ〳〵いき〳〵と私達の心を導く。現実は夢か、夢は現実か、私は今更の如く「芸術は永く生は短し」の一語の真実味にうたれずには居られなかった。

苔むせる老木の杉の下道にいくたびわれは立ちとまりけむ
そのかみのぜじの姿をまぼろしにゑがきつゝのぼるその山みちを
たちとまりおもへば夢かうつゝかも国上の山の雨にぬれつゝ

出がけには何かと話に興じてゐた私達も、一歩々々深く晩秋の山気のうちへ誘はれて行くにつれて、だん〳〵言葉少なになって行った。

秋雨にぬれつゝのぼるあしびきの国上の山はかうがうしかも
秋ふかき国上の山のそば路をわれらはのぼるうちもだしつゝ
その道のこゞしかるこそなか〳〵に君をしのぶよすがなりけれ

かなり高く上ってから私達は[3]「担薪下翠岑、翠岑路不平、時息長松下、静聞春禽声」かう云ふ良寛和尚その人の詩をしみ〳〵と思ひ出させたほどの見晴らしのいゝ所へ出た。そこには[4]観音像(?)を安置した方二間許りの、かなり立派な堂が建てられてあった。私達は先づ其堂前に礼拝してから暫くその縁に腰かけて足を休めた。山には杉が多かった。杉の木の黒ずんだ緑のところ〳〵に楓、楢《なら》、櫟《くぬぎ》などの紅や黄にもみぢしたのが点在して見えた。路ばたやら林の蔭《かげ》には、穂《ほ》を出した薄《すすき》や萱《かや》を交へて、さま〳〵の草がそれ〳〵特色のあるもみぢの色どりを見せて居た。雨はやんだが、空はまだ灰色の雲が一面にとざして居り山風が絶え間なく響を伝へて居た。近くの林間ではコガ

1　時に息ふ長松の下―前頁を参照。
2　薪を担うて翠岑を下る―前頁を参照。
3　静寂裡―ひっそりと静まりかえったうち。
4　会釈―あいさつ。

五合庵の前庭

ラや四十カラが啼きながら餌をあさって居り、遠くの梢からは木舌鳥《もず》や鵯《ひよどり》の叫び声が時々思ひがけなく聞えて来た。

「良寛さまも時々村里への往き還りにこんな場所で休ましやったことでせうてな」かうU―老人が口を切った。

「[1]時息長松下、静聞春禽声。さう云ふやうな詩の出来たのも、すぐそこにあるやうな松の木の下でゞせうさ」かう先づ私は老人の話に合槌を打った。

「[2]担薪下翠岑、翠岑路不平……」老人は話の下からすぐに此の詩にふしをつけて口ずさんで居た。

「良寛さんがどこかへ托鉢に行く途中、とある坂の上で休んだが、休んでゐるうちにどっちの方角から来てどっちの方角へ行くかも忘れてしまったらしく、しばらくしてから平気で又もと来た方角へ歩いて行き、余程遠くまで来て再び先刻その道で出遇った樵夫《きこり》に出遇って注意されて、始めてそれと気付いたことがあったと云ふ逸話を聞いたことがあるが、その時良寛さんが休んだと云ふのもやっぱし斯う云ったやうな場所だったんでせうよ。」私はこんなことも話した。

私達がこんな風にして[3]静寂裡《せいじゃくり》の快感に浸りながら、空想を走らせたり、話をまじへたりしてゐた間に、突然上の方からいづれも六十以上に見える婆さん達が、声高《こわだか》に話しながら下りて来た。婆さん達はいづれも蓙《ござ》を着菅笠《すげがさ》を被ってゐた。そして国上寺詣での戻りと見えて手に〳〵珠数《じゅず》をかけてゐた。婆さん達が私達に[4]会釈《えしゃく》して通り過ぎようとすると、突然U―老人は

五合庵標石

5　亀田鵬斎―江戸の儒者。

6　五合庵標石―俳人大江丸の書によるもの。

「五合庵までまだ大分あるかね」と訊《たず》ねた。

「なに、もうほんの一のぼりでござります」と婆さん達の一人が答へた。

これをきっかけに私達は云ひ合した如く立ち上って、歩き出した。堂の前からはすぐに傾斜の一段と急な坂になり、おまけに道が二筋に分れてゐた。右の方の坂の上り口に「月見坂」と云ふ石の標柱が建てられてゐた。そして先刻私がその昔その根元に良寛さんが休んだらしいと云った大きな松の木は、その月見坂の上り口にあった。

「月見坂！月見坂！」と私は頭の中でその名を繰《く》り返し読んでゐたが、ついに私には良寛さんについて一つの逸話が憶《おも》ひ出された。それは亀田鵬斎《かめだぼうさい》[5]が五合庵に和尚を訪うた時に、夕方和尚は鵬斎一人を庵に残して置いて自分は酒を買ふべく村をさして出かけたが、途中月の美しさに見とれてとある松の根元に腰をおろし、迎へに出た鵬斎《ぼうさい》に見出されて喚《よ》びかけられるまで凡てを忘れてゐたと云ふ話であった。此の月見坂と云ふ名は、その逸話に因んでつけられたものではないにしても、その場所が何だか良寛和尚のその逸話を生んだ所のやうに思はれてならなかった。しかし、私達はその道をとらないで先刻婆さん達の下りて来た坂を上った。

上《のぼ》るにしたがって坂が急になり、木立も茂くなって、上古から霊場とされてゐた此の山の特色が一歩一歩いみじく感じられた。そして到るところに私達は良寛和尚の詩を感じ、歌を思ひ、且その人の俤《おもかげ》を見た。かうして上ること二三丁で、私達はつひに五合庵跡に達した。

「こゝだ、こゝだ」かう云ふ叫びが、道の左手の薄暗い杉の木立のかげに「五合庵」[6]

1　索々たる五合庵――102頁参照。

2　大きな寺――本覚院であろう。国上寺の末寺で良寛当時よりずっと以前からある。

万元阿闍梨の墓

と刻んだ小さな標石を見出した刹那、私達三人の口から発せられた。

索々[1]五合庵、室如懸磬然、戸外杉千株、壁上偈数篇、釜中時有塵、竈裏更無烟、
唯有東村叟、時敲月下門。

いざこゝにわが身は老いんあしびきの国上の山の杉の下いほ

まったく想像してゐたとほり、そこは実に淋しい、薄暗いところであった。平地と云っては、僅に二十坪ぐらゐしかなく、うしろは老杉蔭《ろうさんかげ》暗く茂った山が蔽《おお》ひかぶさって居り、前はすぐ崖になってゐて、谷の間から遠くかすかに渡部村の裏山が見えるばかり、すぐ下の森かげにかなり大きな寺[2]が一つあるが、それとて良寛和尚の当時からあったものかどうかわからない。すく／＼と伸び立った杉の木からは、しきりに雫が落ちた。訪ねる人が少ないと見えて、地上には人の足跡が残ってゐなかった。

庵跡の入口に二本の丸木が立てられて形ばりの門とせられ、粗末な柴の袖垣《そでがき》らしいものを添へてさへあった。何人の手に成ったものか、私にはそれをそこに拵《こし》らへた人の気持がたまらなく懐しまれた。

山をうしろに崖を前にして、そこに方二間の茅葺《かやぶき》の空庵が建てられてゐた。その建物は昔ながらの五合庵でないことは充分明かに解ってゐたが、それでも私には縁に私の額をすりつけて拝みたいほどの貴さとなつかしさが感じられた。狐格子《きつねごうし》から覗いてその薄暗い、空っぽの内部を見た私の眼には、いつとなく涙の滲んでゐるのを感じた。私はやゝしばらく其の縁に腰かけたまゝ、殆んど放心に近い状態で居た。その間、私は一緒に来た二人の道伴れのあることなどは、全く忘れてゐたのであった。

五合庵の裏側
（左下隅が清水の跡）

3　凋落―しぼんで落ちる。
4　久賀躬山の五合庵の開基である慧海阿闍梨の墓がある。その左は没年月日である。烏は太陽の中に烏が居るというので日と同じに用いた。
5　慧海はあざなを万元という。
6　開基―寺を新たに建てた人。
7　欝蒼―青々と茂っていること。
8　その昔、良寛の汲んだ岩水はどこだ、どこだと落葉をかきわけてさがしていましたよ。

たづね来ていよ〳〵こゝとおもふさへわれには夢のこゝちこそすれ

堂の前の空地の崖際に、これも何人が植ゑたのかひょろ〳〵とした菊が二株三株、やう〳〵の事で咲いたと思はれるやうな小さなさびしい花を十ばかりつけてゐた。堂の前庭には一むらの竹と、二三本の椿と、一二本の美しく紅葉した楓との外には樹木はなく、たゞ雑草のみが到《いた》るところに生ひ茂って、時候柄いづれも[3]凋落《ちょうらく》の色を見せて居た。堂の横手の心持ち小高くなった空地には青黒い苔の蒸した数基の墓標が立って居て、中央の一番大きく一番古いものゝ表には、「[4]久賀躬山《くがみやま》五合庵開基祖慧海阿闍梨《えかいあじゃり》――享保二年春三月二十有三烏」と刻されてあった。此の[5]万元阿闍梨《ばんげんあじゃり》こそは良寛和尚の常に追慕《ついぼ》措なかったと云はれる此の庵《あん》の[6]開基《かいき》であって、此処《ここ》に孤住した十四年の間良寛和尚が如何に心をこめて此の墓の供養に努《つと》めたかは、想像に余りあるところであった。

T―君が写真をうつす準備に熱中し、U―老人が堂の縁に腰かけたまゝ四辺の風景に眺め入ってゐた間に、私はたゞ一人堂の周囲を右往左往しながらはてしない情感と空想とに耽《ふけ》って居たが、最後に私は堂裏にあると聞いた岩清水を探しにかゝった。堂の背後は一間と間隔を置かずにすぐ老樹[7]欝蒼《うっそう》たる山になって居て、四五尺の高さほど削った崖からは、雑木雑草が生ひかぶさって居り、地面は一面に落葉が厚く土を蔽うてゐるので、一寸見たゞけでは清水のありかなどはわからなかった。

[8]そのかみの君が汲みけむ岩水を落葉かきわけさがすなりけり

まったくその通り私は木の枝を折り、こゝと思はれた崖際の一角の落葉を掻きわけ

1 雪に外部と杜絶した山中では、岩清水を唯一の命綱として生活して来た意。
2 情景一致の幽遠な詩情と、真実を吐露しつつ、しかも客観的に描写して、余裕あまりある態度には頭が下がる。
3 無礙―さまたげるものがない。
4 山間の庵住を回顧し、しかもその意義を高調している。

清水にての炊事
（国上村にて）

て、辛うじてそこに微かながらも水の湧《わ》き出て居るのを発見したのであった。そして

[1]あしびきの　国上の山の　冬ごもり　日に日に雪の　ふるなべに　行き来の道の
あとも絶え　ふるさと人の　音もなし　うき世をこゝに　門さして　ひだのたく
みが　うつ縄の　只一すぢの　岩清水　そをいのちにて　新たまの　ことしのけ
ふも　くらしつるかも

さよふけて岩間のたきつ音せぬは
高ねのみゆきふりつもるらし

これがその所謂「たゞ一すぢの岩清水」であったかと思った時、私の眼には又しても涙の湧《わ》くのを覚えずには居られなかった。

[2]山かげの石間をつたふ苔みづのあるかなきかに世を渡るかも

と自ら歌った良寛和尚その人の清く且《かつ》さびしかった生活の味はひが、今この住む人なくして涸《か》れやうとしてゐる一すぢの岩清水を見るにつけても、私にはしみ〴〵味はれるやうに感じた。そして此の遠く人里を離れた北国の山中に、あのやうにして唯一人永い年月の間孤独にして[3]無礙《むげ》な生活を営んでゐた和尚の貴い心境が、いやが上にも貴くなつかしく思はれると同時に、私はつひ昨日牧ケ花村の解良《けら》家で始めて見出した良寛和尚その人の次の如き長歌を思ひ合はさずには居られなかった。

[4]うつせみの　仮のうきよは　ありてなき　ものともへこそ　白妙の　ころもにか
ふる　ぬばたまの　髪をもおろす　しかしより　天津御空に　ゐる雲の　あとも
さだめず　ゆく水の　そこともいはず　うちひさす　宮もわらやも　はてぞなき

5 良寛の生活態度であろう。世俗に対しては門を閉して脱俗のようではある。しかし宗教の目的は衆生の済度にあり、ここに思ひの絶ゆることなきが生まれるのである。
6 T君―高橋重四郎。
7 たそがれに―236頁参照。
8 大磯の安田氏―大磯の安田靫彦画伯。

国上寺

よけくもあれ　あしけくも　あらばありなむと　思ひし身の　なぞもかく　おもひはやまぬ　わがおもひ　人しるらめや　此のこころ　たれにかたらむ　語るとも　いふともつきぬ　ありそみは　ふかしといへど　高やまは　高くはあれど　時あれば　つくることありと　いふものを　かにもかくにも　つきせぬものは　わがおもひかも

[5]世の中にかどさしたりと見ゆれども
　　などかおもひのたゆることなき

やがて写真をとる準備が出来たと云ふT―君[6]の呼び声に驚かされて、私は半ば夢のうちにあるやうな気持でそこを離れた。そして写真をとり終ると、早々私達はそのなつかしい場所を去って、更に国上寺へと上ることにした。谷間を透して仄《ほの》かに見えてゐた麓《ふもと》のあたりには、もう村家の烟《けむり》が漂ひ、谷合の木の間には何処からともなく黄昏《たそがれ》の色が静かに迫《せま》って来るやうに見えた。「[7]たそがれに国上の山を越え来れば……」と云ふ良寛和尚の歌の味がしみ〴〵思ひ出されると共に、私の空想は矢張り良寛和尚その人のとぼ〳〵した托鉢姿を、そこの坂道かしこの木かげに描《えが》き出さずには措《お》かなかった。私は又私の此の稀有な感激に充《み》ちた旅を記念する為めに、路傍の林間から数片の紅葉を摘みとって外套のポケットに収めることを忘れなかった。一つは私自ら蔵し置かんが為めに、一つは又私の知ってゐる限りでの最も純真な良寛尊崇者である大磯[8]の安田氏に贈らんが為めに……

五

国上寺は千余年の昔から弘く世にその名を知られた巨刹《きよさつ》[1]であった。又かの酒顛童子《しゆてんどうじ》[2]の前身が此の寺の稚児《ちご》であったと云ふ伝説は、此の山と此の寺とに一種神秘な色彩を添へてゐる。更に私達には良寛和尚の詩歌を通じて此の寺が如何に崇厳《そうごん》な感じを与へて来たかわからないのであった。

　時計を出して見ると、もう五時に間がなかった。それに私達はもう大分《だいぶ》疲れを感じた。しかも坂はます〳〵急になり、樹立は一層深くなった。雨は幸ひにも先刻から止んだまゝであったが、林の蔭を渡って来る夕ぐれ近い風は寒さの身に沁《し》むのを感じさせた。国上寺まではどんなに坂が急でも僅かに二三丁の道のりでしかないと云ふ事であったが、その先山を下って再び地蔵堂の町まで戻《もど》る二里余の道のことを思ふと、私達は亦今更のやうに心細さを覚えずには居られなかった。

　けれども、三人のうちの誰かゞさうした事を口に出して云ふ度に、私達の間には必ず良寛和尚その人の話が持ち出された。

「良寛さまのことを思って見るがいゝ」

　私達は明らかにそれとは言はなかったけれども、互に心のうちでさう云ったやうな言葉を繰り返しながら自らを戒め他を励ましつゞけた。

　こんな風にして私達は、刻一刻黄昏の色の濃くなりつゝあった国上の山の杉の下路を上った。やがて又しと〳〵と降り出した冷たい秋雨に濡れながら……

1　巨刹―大寺。

2　酒顛童子―大江山にこもって美女を集めて豪遊したという山賊の頭目。源頼光らに退治されたという。これが若い頃には国上寺にいたものと伝えている。

自然碑（与板蓮正寺）

昭和 22 年　自宅庭前にて相馬御風

相馬御風略年譜

明治十六年（一八八三）
七月十日、西頸城郡糸魚川町大字大町（現糸魚川市大町）に父徳治郎、母チヨの長男として生れる。昌治と命名、一人息子。
家は代々社寺建築を世襲し、旧幕時代苗字帯刀を許され、この地方の社殿堂宇を手がけた。父徳治郎の代で家業を廃し、公私に奔走糸魚川町長の公職にもついた。

明治二十六年（一八九三）十歳
糸魚川町立尋常小学校四学年卒業後、四月組合立糸魚川高等小学校入学。

明治二十七年（一八九四）十一歳
糸魚川在住の俳人歌人と交わり、俳句、短歌などを作る。号を窓竹とす。

明治二十九年（一八九六）十三歳
組合立糸魚川高等小学校三学年終業、四月中頸城郡高田町（現上越市）高田中学校入学。

明治三十年（一八九七）十四歳
東都の俳人内藤鳴雪の添削を乞う。

明治三十二年（一八九九）十六歳
中学四年頃、当時高田中学国語教師、下村千《ち》別《わき》（本名莢《ひかる》）について短歌を学びはじめる。十二月母チヨ死去。

明治三十三年（一九〇〇）十七歳
佐々木信綱主宰「竹柏会」入会。一方雑誌「新声」に投稿。この頃から御風と号した。
又、高田新聞短歌の選者となる。

明治三十四年（一九〇一）十八歳
高田中学校卒業。受験準備の為京都在住中、新詩社京都支部、真下飛泉と交わり、氏の紹介で与謝野鉄幹の「新詩社」入会。作品を「明星」に発表。

明治三十五年（一九〇二）十九歳
九月、東京専門学校文科入学（現早稲田大学）

明治三十六年（一九〇三）二十歳
十月、新詩社脱退、前田林外、岩野泡鳴、等と東京純文社を組織し、雑誌「白百合」を発刊、明治四十年四月終刊まで続く。

明治三十八年（一九〇五）二十二歳
処女歌集「睡蓮」出版（東京純文社）装幀和田英作画伯。

明治三十九年（一九〇六）二十三歳
早稲田大学文学科英文学科卒業。
「文庫」の短歌選者となる。
島村抱月推薦にて、再刊された第二次「早稲田文学」編集に携る。片上天弦、岩野抱鳴、杉森孝次郎と共に早稲田文学社入社。以後、自然主義評論家として筆を揮う。又、創立の坪内逍遙主宰、文芸協会にも加わる。

明治四十年（一九〇九）二十四歳
十月、早稲田大学創立二十五周年に当り募集した校歌に思うものなく、審査員の坪内逍遙、島村抱月が御風に作成を命じ、「都の西北」の作詞が出来る。
十二月、藤田茂吉（鳴鶴）次女照子と結婚

明治四十一年（一九〇八）二十五歳
ツルゲーネフ「その前夜」（内外出版協会）、「御風詩集」（新潮社）出版

明治四十二年（一九〇九）二十六歳
ツルゲーネフ「父と子」（新潮社）、「ゴーリキー集」（博文館）出版。早稲田大学講師となる。

明治四十三年（一九一〇）二十七歳
ツルゲーネフ「貴族の家」（新潮社）出版

明治四十四年（一九一一）二十八歳
「論文作法」（作文叢書第六編・新潮社）出版。

明治四十五年（大正元年）（一九一二）二十九歳
「黎明期の文学」（新潮社）出版。

大正二年（一九一三）三十歳
「新文学初歩」（新潮社）。トルストイ「アンナ・カレニーナ」（早稲田大学出版部）小説「峠」（春陽堂）、アンドレーエフ「七死刑囚

物語」（海外文芸社）、「第一歩」（創造社）出版。
　七月文芸協会解散後、島村抱月創立の芸術座に中村吉蔵、楠山正雄、松井須磨子と共に参加。

大正三年（一九一四）三十一歳
　梗概・トルストイ「戦争と平和」（名著評論社）「自我生活と文学」（新潮社）ツルゲーネフ「処女地」（博文館）。
　トルストイ「人生論」（新潮社）、「毒薬の壷」（早稲田文学社）、「第一歩」（創造社）、「人魚の歌」（博文館）出版。
　三月、芸術座上演のトルストイ原作「復活」の劇中歌の歌詞を島村抱月と合作。この「カチューシャの唄」が全国に風靡した。

大正四年（一九一五）三十二歳
　「御風論集」（新潮社）、「我等如何に生くべきか」（米倉書店）、「ゴーリキー」（実業之日本社）、トルストイ「我が懺悔」「性欲論」（新潮社）、「個人主義思潮」（天弦堂出版）

大正五年（一九一六）三十三歳
　身心の苦悩、其極に達し、郷里退住を決意、二月退住に先立って「還元録」（春陽堂）を出版、三月一家を挙げて糸魚川に移る。
　ビルコフ「トルストイ伝」（新潮社）、「トルストイ論文集」（早稲田大学出版部）、トルストイ「ハヂ・ムラート」（新潮社）、「凡人浄土」（新潮社）出版。
　この年後半期より良寛研究に着手、生涯を通じての大業となる。
　六月、短歌結社「木蔭会」を組織する。

大正六年（一九一七）三十四歳
　「田園春秋」（春陽堂）出版。
　この年は、良寛研究資料の蒐集のため殆んどを旅行に費す。

大正七年（一九一八）三十五歳
　「大愚良寛」（春陽堂）を出版。この出版は各方面に多大な反響をおこす。
　「良寛和尚詩歌集」「樹かげ」（春陽堂）出版。

大正八年（一九一九）三十六歳
　「良寛和尚遺墨集」（春陽堂）出版。
　前年、父徳次郎、恩師島村抱月、この年には四男元雄を相ついで失い、感ずるところがあって幼時から楽しみにして来た釣を断つ。

大正九年（一九二〇）三十七歳
　「良寛和尚尺牘」（春陽堂）
　かねての趣味であった考古学の興味再燃、石器時代の遺跡、土器類の発掘などに力を入れたが、併せて神社仏閣の考証、仏教美術等の研究をはじめ、郷土資料の蒐集をはじめた。

大正十年（一九二一）三十八歳
　「曇らぬ鏡」（精華書院）「砂上漫筆」（春陽堂）出版。
　西頸城郡資料展をひらく。

大正十二年（一九二三）四十歳
　「銀の鈴」（春陽堂）「愚庵和尚其他」（春陽堂）「対山雑記」（人文社出版）出版。
　かねて申請中の西頸城郡西海村水保、観音堂の木彫観音が甲種国宝に指定される。

大正十三年（一九二四）四十一歳
　「如何にたのしむべきか」「生と死と愛」（日本青年館）「雑草苑」（高陽社）出版。

大正十四年（一九二五）四十二歳
　「良寛和尚歌集」（紅玉堂）「一茶と良寛と芭蕉」「野を歩む者」（厚生閣）出版。
　八月、家屋の改築なり大いによろこぶ。

大正十五年（昭和元年）（一九二六）四十三歳。
　「御風歌集」（春秋社）「良寛万葉短歌集」（春陽堂）「第二の自然」（春秋社）出版。

昭和二年（一九二七）四十四歳。
　「一茶随筆集」（人文会出版部）「曙覧と愚庵」（春秋社）「静と動との間」（春陽堂）出版。この年、この地方は未曾有の豪雪となり、交通の途絶、家屋の倒壊など相つぐ。

昭和三年（一九二八）四十五歳
　木蔭会の機関誌「木かげ歌集」創刊。
　歌集「月見草」（木蔭会）「良寛坊物語」（春陽堂）出版。
　八月。近辺からの出火、烈風のため大火となり、土蔵一棟をのこすのみで類焼、蔵書の殆んどと研究資料と家財のすべてを焼失。新たな文献資料と原稿全てを失い、精神的な大打撃を受ける。
　十二月新居落成

昭和四年（一九二九）（四十六歳）
　「義人生田萬の生涯と詩歌」（春秋社）「訓訳良寛詩集」（春陽堂）出版。

昭和五年（一九三〇）四十七歳

「貞心と千代と蓮月」（春秋社）「良寛さま」（実業之日本社）出版。
良寛百年忌を記念して、糸魚川直指院境内に良寛記念碑を建立。
御風個人雑誌「野を歩む者」創刊。以来この雑誌は逝去の前月まで編集発行を続けた。

昭和六年（一九三一）四十八歳
「郷土に語る」（春秋社）「良寛と蕩児」（実業之日本社）出版。

昭和七年（一九三二）四十九歳
七月十日妻照子逝去、奇しくも御風の生まれた日である。最愛の人をうしない以来うつうつとして楽しまず、病床にあること多く執筆も殆んどすすまず「野を歩む者」も再々休刊。
照子遺稿集「人間最後の姿」（春陽堂）出版。

昭和八年（一九三三）五十歳
「馬鹿一百人」「西行さま」（実業之日本社）「人間、世界、自然」（厚生閣）出版。
照子をうしなった心の痛手いえず殆んど病床生活をつづける。

昭和九年（一九三四）五十一歳
「砂に座して語る」「日のさす方へ」（実業之日本社）「一人想う」（厚生閣）出版。

昭和十年（一九三五）五十二歳
「良寛百考」（厚生閣）「続良寛さま」（実業之日本社）「道限りなし」（厚生閣）出版。

昭和十一年（一九三六）五十三歳
「相馬御風随筆全集」（全八巻）（厚生閣）「煩悩人一茶」（実業之日本社）出版。

昭和十二年（一九三七）五十四歳
「御風歌謡集」（厚生閣）「糸魚川より」（春陽堂）出版。
日華事変起る。

昭和十三年（一九三八）五十五歳
「郷土人生読本」「郷土文学読本」（実業之日本社）「良寛と貞心」（六芸社）「動く田園」、歴代歌人研究「良寛和尚」（厚生閣）出版。

昭和十五年（一九四〇）五十七歳
「先人を語る」「辺土に想ふ」（日本青年館）出版。

昭和十六年（一九四一）五十八歳
「一茶と良寛」（小学館）「一茶素描」（道統社）「良寛を語る」（博文館）出版。
十二月、第二次大戦おこる。

昭和十七年（一九四二）五十九歳
「丘に立ちて」（人文書院）「歌話」（輝文堂書店）出版。
用紙不足となり創刊十五年にわたる「木かげ」を廃刊、「野を歩む者」に「木かげ集」を設けて会員の短歌発表の便をはかる。

昭和十八年（一九四三）六十歳
「雪中佳日」（桜井書店）「日出チャンとギン公」（国民社）「ふるさと随想」（輝文堂書店）「神国の朝」（童話春秋社）出版。

昭和十九年（一九四四）六十一歳
「土の子海の子」（鶴書房）出版。
三月、激しい大腸カタルを病み一時重態におちいる。

昭和二十一年（一九四六）六十三歳
「静かに思ふ」（一聯社）出版。
春ころから左眼の視力がおとろえ、左眼失明状態となる。

昭和二十二年（一九四七）六十四歳
「雪国の自然」（愛育社）出版。

昭和二十三年（一九四八）六十五歳
五月、下痢状態から病勢すすみ危篤状態におちいる。肉親知己などが馳せ参じたが奇蹟的に一命をとりとめる。

昭和二十四年（一九四九）六十六歳
「待春記」（一聯社）出版。これが最後の出版となった。
「野を歩む者」以外はほとんど筆をとらず病臥のままに越年したが、歌作は精力的につづけ、一日数十首に及ぶこともあった。

昭和二十五年（一九五〇）六十七歳
「野を歩む者」最後の九十号を編集発行。
五月七日夕刻、突然脳溢血で倒れ危篤状態におちいる。
五月八日午前十時四十分永眠。法名大空院文誉白雲御風居士。

校註索引

著者：相馬御風（そうま・ぎょふう）
略年譜　本書 338～390 頁に記載

校註：渡辺秀英（わたなべ・ひでえい）
明治 34 年　新潟市西区内野町に生まれる。
昭和 5 年　新潟師範学校卒
県立新潟高校教諭・新潟大学講師などを経て、良寛や会津八一の研究に専念。
著書に、『いしぶみ良寛 正続』『良寛出家考』『会津八一の郷像』
『琴舟道人・文墨の世界』（以上、考古堂書店）
『良寛詩集』『良寛歌集』（木耳社）など、多数。

〔校　註〕大愚良寛
2015 年 11 月 15 日　新装版発行
著　者　相　馬　御　風
校註者　渡　辺　秀　英
発行者　柳　本　和　貴
発行所　株式会社　考古堂書店
〒951-8063　新潟市古町通 4－563
電　話（025）229－4058（代）
印刷所　株式会社　ジョーメイ

ISBN978-4-87499-841-0 C0095